COLLECTION FOLIO

Henry Fielding

Histoire de Tom Jones, enfant trouvé

I

Préface
de Jacques Brenner
Traduction et notes
de Francis Ledoux

Gallimard

PRÉFACE

Le grand critique Edmond Jaloux appelait l'Angleterre « le pays du roman ». La plupart des historiens de la littérature désignent Henry Fielding, avec Tom Jones, *comme « l'inventeur du roman anglais ». C'est dire l'intérêt historique que présente l'ouvrage que nous allons lire (ou relire). Affirmons tout de suite que, dans l'ordre du divertissement, il occupe également une place de premier rang.*

Fielding, fils de famille noble dont le père était prodigue et qui le fut passablement lui-même, fut très tôt attiré par la littérature. Il y prit goût dès sa douzième année, en 1719, où il fut admis au collège d'Eton. Il devint bon connaisseur des littératures grecque et latine, ainsi qu'en témoignent les nombreuses citations dont il a parsemé ses œuvres. Il fut par la suite un grand lecteur des littératures de son temps. On a conservé le catalogue des livres de l'impressionnante bibliothèque qu'il laissa à sa mort. Elle était mieux fournie que celle du fameux docteur Johnson. S'il n'aimait pas tellement la France, il se délectait de ses meilleurs auteurs. Il n'avait que vingt ans quand il traduisit L'Avare *de Molière. Il lisait aussi Scarron (ce que nous ne faisons plus guère), Lesage et Marivaux. De Lesage et de Marivaux, il semble avoir lu les romans plutôt que les comédies. On peut en être surpris parce qu'il travailla pour le théâtre avant de composer des romans. C'est l'échec de ses pièces qui le conduisit à écrire des œuvres qui sont dans la lignée du* Gil Blas *de Lesage, de la* Marianne *et du* Paysan parvenu *de Marivaux. Au demeurant, c'est à un écrivain espagnol, à Cervantès, que Fielding a déclaré devoir le plus. De même que Cervantès avait commencé son* Don Quichotte *pour se moquer des livres de chevalerie, Fielding entreprit son premier roman avec l'intention d'écrire une parodie de la* Paméla *de Richardson, qui avait paru en 1740 avec un grand succès. Richardson était beaucoup plus âgé que Fielding et n'apprécia pas du tout l'impertinence de ce jeunot.*

Paméla était une jeune et jolie servante qui savait résister aux sollicitations amoureuses dont elle était l'objet. A la fin, son maître lui offrait le mariage. Titre complet du livre : Paméla ou la vertu récompensée. *Fielding ne croyait pas à la vertu de Paméla ou plutôt il pensait que la jeune fille ne manquait pas d'esprit et de sens pratique, et qu'elle avait trouvé la bonne méthode pour se faire épouser.*

Il décida de donner un frère à Paméla. Il inventa un jeune valet, fort beau garçon et qui, par là, se trouve en butte aux avances de diverses filles et femmes, aussi bien sa riche patronne que des servantes d'auberge. Il résiste aussi bien aux cajoleries qu'aux menaces. Fielding l'avait prénommé Joseph. Si, à l'époque, une honnête jeune fille se devait d'arriver vierge au mariage, un garçon se montrait un peu ridicule en affichant une intraitable chasteté qui lui faisait repousser les plus ardentes et parfois les plus flatteuses invites. Fielding manifeste son esprit frondeur en soulignant que la vertu est relative, puisque la réserve recommandée aux filles devient comique quand elle est adoptée par un garçon.

Dans Les Aventures de Joseph Andrews *telles que nous les connaissons, le thème que nous venons d'indiquer se trouve effectivement développé, mais Fielding ne traite pas ses personnages en fantoches. Il leur a donné une vraie vie et des personnalités bien tranchées. Il a peint avec verve les milieux qu'ils traversent. Séduit lui-même par le résultat de son travail, il assura qu'il venait d'inventer un genre nouveau : l'épopée comique en prose.*

Son deuxième roman n'est pas moins irrévérencieux et relève du genre satirique. Il nous raconte la vie du chef d'une troupe de bandits. Or cet homme lui paraît comparable aux grands chefs militaires, voire aux chefs d'État qui agissent comme lui sur une plus grande échelle avec cette fallacieuse excuse qu'ils sont les maîtres non d'une bande, mais d'un pays. Plus ils auront causé de crimes, plus on les dira grands : « la grandeur, constate Fielding, consiste à apporter toutes sortes de maux à l'humanité. »

Célébrant Jonathan Wild le grand, *Fielding se plaçait dans la lignée de Jonathan Swift et devenait à son tour un maître de l'humour noir. Mais c'est au réalisme romanesque qu'il revint avec* Tom Jones *qui est son chef-d'œuvre.*

Écrire une préface à ce livre est une entreprise téméraire, car on peut donner l'impression de vouloir rivaliser avec Fielding qui s'est chargé lui-même d'expliquer sa méthode de narration et le caractère de ses personnages. Au surplus, à plusieurs reprises, il s'élève contre la prétention des critiques qui se croient capables de juger des œuvres qu'ils seraient incapables de composer. Les critiques devraient se contenter de décrire l'ouvrage dont on leur a demandé de parler. Le lecteur déciderait sur leur compte rendu si ledit ouvrage est susceptible ou non de l'intéresser.

*Comment se présente l'*Histoire de Tom Jones*? L'édition originale comportait six volumes. Le roman lui-même se trouve divisé en dix-huit « livres », de neuf à quinze chapitres chacun. Le chapitre liminaire de chaque « livre » est un essai critique où Fielding rassemble des réflexions sur des sujets divers et où il commente tantôt la forme et tantôt le fond de son ouvrage. Il se doute bien que certains lecteurs auraient préféré que le récit des aventures de Tom Jones ne fût pas interrompu par de fréquentes interventions de l'auteur. Qu'à cela ne tienne! Fielding invite le lecteur impatient à commencer chacun des livres de* Tom Jones *au second chapitre. Plus loin, il avertit que les chapitres contestés sont peut-être les meilleurs. En tout cas, il regrette que les succès de librairie aillent souvent à des romans ou à des nouvelles dont les auteurs seraient bien incapables de composer des petits essais comme ceux qu'il prend plaisir à fignoler.*

Beaucoup de grands romanciers devaient, à l'exemple de Fielding, céder à la tentation d'interrompre le déroulement de leurs romans pour nous faire part de leurs idées et de leurs sentiments sur des problèmes qui avaient retenu leur attention. C'est le cas d'un Hugo (notamment dans Les Misérables*), d'un Melville* (Le Grand Escroc) *et d'un Tolstoï* (Guerre et Paix)*. Melville appelle ses pages de commentaires « la comédie de la pensée », qu'il oppose à la « comédie de l'action ».*

On a dit que Fielding n'était pas tellement sûr de l'efficacité de tous ses procédés de composition et de narration, puisqu'il s'efforce en plus d'un chapitre de les justifier. Nous dirons qu'il voyait très bien les critiques que l'on pourrait lui adresser. Il passait outre, parce qu'il était très confiant en son génie. Il se voulait « le fondateur d'une nouvelle province littéraire » et entendait légiférer à son aise sur les droits du romancier. En fait, il revendique une entière liberté.

Ce que l'on admire peut-être le plus dans Tom Jones, *c'est le tableau que Fielding a brossé de son époque. Il nous décrit la vie que l'on menait à la ville et à la campagne, aussi bien dans la haute société que dans les milieux populaires. Dans la peinture de ses personnages, il avait décidé de respecter la vérité des hommes qu'il avait pu rencontrer et observer.*

Avant lui il y avait eu des romans héroïques et des romans d'aventures. Richardson avait été un novateur en proposant des « scènes de la vie privée » (où le lecteur retrouvait souvent le décor de sa vie quotidienne) et en introduisant des analyses psychologiques dans ses narrations. Sa faiblesse, selon Fielding, était de jouer au moralisateur. Richardson pouvait inventer des intrigues scabreuses, mais il se voulait toujours édifiant et tombait souvent dans le genre larmoyant. Opposant Fielding à Richardson, Coleridge a écrit : « Passez de celui-ci à celui-là, il vous semblera que vous sortez de la chambre d'un malade. Dans cette chambre, le poêle était allumé, l'atmosphère était chargée de miasmes et de vapeurs, ce n'était que larmes, sanglots, prières. Quel soulagement quand nous sommes lâchés dans la vaste et joyeuse campagne de Fielding. »

Ce que raconte Fielding est loin d'être toujours joyeux, mais la bonne santé de l'auteur est éclatante. Il aime assez les bons côtés de l'existence pour regarder en face les faiblesses et les cruautés des hommes.

Il aurait certainement pu écrire lui-même : « C'est avec les beaux sentiments qu'on fait la mauvaise littérature. » La *bonne littérature se fait avec tous les sentiments, les beaux et les laids, les bons et les mauvais, sans intention moralisatrice.*

*Les personnages de l'*Histoire de Tom Jones *sont très nombreux et très divers. Il n'en est pas de parfait. Vous serez peut-être tenté de considérer le squire Allworthy comme un modèle de sagesse et de générosité. C'est ce qu'il paraît d'abord, mais Gide a fort bien noté que sa bonté s'accompagne d'un peu de sottise. Il se laisse souvent abuser par les malins de son entourage et se trouve amené à se montrer injuste malgré lui. Il ne sait éventer les ruses ni déceler les* *calomnies dont lui-même n'est pas capable, « tant il est vrai, dit Gide, que l'on ne connaît bien que les sentiments dont on a l'embryon tout au moins dans son cœur ». Ce sont les âmes pures qui se laissent le plus facilement circonvenir. Les âmes noires sont habiles à prêter des motifs bas à la conduite d'autrui la plus désintéressée.*

Le roman de Fielding peut être considéré comme une vaste comédie des erreurs. Tout le monde se laisse plus ou moins tromper – sur le caractère, le comportement et les actions des autres – par certaines apparences et par des témoignages mensongers. Au demeurant, Fielding est un roublard meneur de jeu. Ne nous livrant que morceau par morceau les renseignements qu'il détient, il nous laisse nous engager sur de fausses pistes. Pour connaître la vérité sur la naissance de Tom Jones (qui était sa mère et qui était son père), nous devrons attendre très longtemps. C'est une des énigmes que Fielding nous propose. Le titre du livre parle d'enfant trouvé, mais un enfant trouvé est d'abord un enfant abandonné. Tom Jones a été abandonné par qui, comment et pourquoi?

Voilà des questions qu'il a dû souvent se poser. Devenu jeune homme, il ne cherchera pas à se dérober quand il se croira le père d'un enfant qui n'est pas le sien. Nous avons vu, dans Joseph Andrews, *que Fielding ne pensait pas que les garçons se dépensent plus pour séduire les filles que celles-ci ne s'agitent pour attirer les garçons. Elles sont plus malignes qu'eux et le brave Tom Jones s'accusera en lui-même d'avoir débauché la petite Mariette Seagrin, alors qu'il était en réalité tombé dans ses filets et qu'il n'était pas son premier amant. (Nous vous laissons découvrir comment cet épisode se termine.)*

Fielding nous présente Tom comme un bon diable et un honnête gaillard, mais « inconsidéré ». Joli garçon comme Joseph Andrews, il ne résiste pas aussi bien que celui-ci aux avances des dames et des demoiselles. Il est pourtant sincèrement amoureux de la jeune Sophie. Quand celle-ci, qui l'aime aussi, découvre ses fredaines, elle décide de ne plus le voir. Car qu'est-ce qu'un amoureux qui ne sait pas se montrer fidèle? À cette question Fielding nous invite à répondre par une autre question : que serait un grand amour qui ne surmonterait pas une déception passagère?

Tom a une vitalité comparable à celle de Fielding. Il se laisse emporter par son tempérament. Fielding ne semble à aucun moment lui retirer sa sympathie. Il a le sang vif, mais une bonne nature.

Pour sa part, il ne ment que pour rendre service. Nous qualifierons d'honnêtes mensonges ceux que l'on fait pour ne pas nuire à autrui ou pour ne pas révéler les fautes d'un ami. Dans son enfance, Tom était allé jusqu'à revendiquer l'entière responsabilité d'une entorse au code rural afin que son complice soit épargné. En dépit d'une magistrale fessée et de la menace d'en recevoir une autre, il avait maintenu son mensonge. Selon Fielding. il méritait un éloge plutôt qu'un blâme. (C'est aussi ce que nous pensons.)

Fielding avait en horreur les interprétations étroites de règles morales édictées par la religion et la philosophie. Il met en scène deux grotesques prétentieux, élevés pourtant à la dignité de pédagogues par Allworthy, et qui s'appuient sur des textes bibliques ou de savants traités pour justifier des opinions détestables et des condamnations abusives. Les beaux discours servent souvent à camoufler de mauvaises raisons et de vilains sentiments.

Walter Scott a écrit que les personnages de Fielding sont typiquement anglais et qu'ils sont même « inconnus des autres pays ». Il cite en particulier le squire Western, le père colérique de la douce Sophie. Pour un lecteur d'aujourd'hui, Western appartient à une société révolue plutôt qu'à un pays étranger. Chaque époque a ses idées reçues, ses préjugés, sa hiérarchie et ses injustices sociales ou autres. Certes, les hommes n'ont jamais été égaux et ne le seront jamais : on sait toutefois que la division en classes était autrefois plus marquée que maintenant. Dans l'Angleterre de Fielding, un paysan et un seigneur appartenaient à des races différentes. Ils n'étaient pas nécessairement ennemis. Pas plus que, dans nos armées actuelles, le « première classe » (tiens, encore la division en classes) n'est l'ennemi de son colonel. Pas plus que le chauffeur d'un ministre ne déteste son patron. Ainsi Tom Jones est d'abord très bien considéré par le squire Western qui trouve en lui un parfait compagnon de chasse. Il devient le dernier des chenapans quand le squire, qui est aussi un père, découvre qu'il est épris de Sophie, dont il ne saurait rêver obtenir la main. L'union d'une fille de squire avec un « enfant trouvé » n'est pas pensable pour lui. Cette mésalliance serait un déshonneur.

La condition des femmes, depuis ce temps, a beaucoup changé dans les sociétés occidentales. Les filles se trouvaient, jusqu'à leur mariage, sous la complète dépendance de leur père et c'était le père qui choisissait leur mari. C'est sans le consentement de Sophie que

Western décide de la marier à un neveu d'Allworthy, un garçon qu'elle déteste. La rébellion de sa fille, pour laquelle il semblait pourtant éprouver une vive affection (et d'ailleurs il l'éprouvait sans doute) provoque en lui une véritable fureur. Allworthy essaie en vain de le calmer. Western considère que le mariage n'est pas seulement l'union d'une fille et d'un garçon, mais une alliance entre deux familles. L'intérêt des familles devait passer avant l'intérêt des individus. Fielding remarque que, sur ce point, Western se conduit comme les rois : on mariait souvent une jeune princesse à un prince étranger qu'elle n'avait jamais rencontré. De tels mariages étaient des affaires entre États.

La lecture de Tom Jones *nous invite à beaucoup de comparaisons entre les mœurs d'avant-hier et celles d'aujourd'hui. D'un point de vue romanesque, nous trouvons passionnant d'observer la manière dont les héros réagissent dans des situations différentes de celles que nous connaissons nous-mêmes. Nous pouvons tenter d'imaginer comment nous nous serions comportés à leur place. Nous pouvons enfin rêver sur la façon dont nos petits-enfants jugeront le monde actuel et les changements dont nous sommes si satisfaits.*

Au début de son livre, Fielding annonçait qu'après des scènes campagnardes, il nous offrirait des scènes plus épicées en nous conduisant à la ville. Voulait-il opposer les mœurs rudes des villages aux mœurs dissolues de la capitale? Au vrai, il n'a flatté personne. Les roués qu'il nous présente dans les élégants salons de Londres risquent fort de pervertir le brave Tom. Mais il est venu là parce qu'on l'a injustement chassé de son lieu d'origine. Il s'en sortira quand il aura retrouvé sa Sophie. On voit bien que Fielding était au fond un optimiste. (Il avait, lui aussi, rencontré une Sophie.)

Tom Jones *parut à Londres en 1749. Dès l'année suivante, une adaptation française fut publiée à Paris par les soins de Pierre-Antoine de La Place, lequel avait très sérieusement écourté le texte. À l'époque, toutes les œuvres étrangères étaient remaniées par les soi-disant traducteurs, lesquels croyaient parfaitement connaître les goûts et les exigences de leurs compatriotes. L'œuvre restait cependant scandaleuse et la police en interdit rapidement la vente. Il est plaisant de savoir qu'un exemplaire fut retrouvé par Marie-Antoinette et qu'elle le plaça dans sa bibliothèque de Trianon. Pas moins de six autres traductions françaises, certaines intégrales, virent le jour entre 1796 et 1841. Enfin, c'est en 1964 que Francis Ledoux publia dans la Bibliothèque de la Pléiade le texte que nous reproduisons aujourd'hui.*

Cette année-là on parlait beaucoup de Fielding à Paris parce que venait de sortir au cinéma un film de Tony Richardson, où Albert Finney jouait le rôle de Tom Jones.

Jacques Brenner

HISTOIRE DE TOM JONES,
ENFANT TROUVÉ

A L'HONORABLE
GEORGE LYTTLETON, ESQ.,
L'UN DES LORDS-COMMISSAIRES DE LA TRÉSORERIE.

Monsieur,

En dépit de votre constant refus, chaque fois que je vous ai demandé l'autorisation d'inscrire votre nom en tête de cette dédicace, il me faut insister encore sur mon droit à désirer votre protection pour le présent ouvrage.

C'est à vous, Monsieur, que cette histoire doit d'avoir jamais été commencée. C'est votre désir qui m'a tout d'abord fait penser à pareille composition. Tant d'années se sont écoulées depuis lors que vous avez peut-être pu oublier ce détail; mais vos désirs sont pour moi des ordres, et leur empreinte ne saurait jamais être effacée de ma mémoire.

De plus, sans votre assistance, Monsieur, ce récit n'eût jamais été mené à son terme. Qu'une telle assertion ne vous alarme point ! Je ne prétends pas vous exposer au soupçon d'être un auteur de romans. Tout ce que je veux dire, c'est que je vous dois en partie ma subsistance durant une bonne portion du temps que je passai à l'écrire : autre point qu'il est peut-être nécessaire de vous remettre en mémoire, attendu qu'il est certaines actions dont vous auriez tendance à vous montrer extrêmement oublieux; mais de celles-ci, j'espère conserver toujours meilleure mémoire que vous-même.

En dernier lieu, c'est grâce à vous que l'histoire se présente telle qu'elle est maintenant. S'il y a dans cet ouvrage, comme d'aucuns l'ont bien voulu dire, une plus puissante peinture d'un esprit véritablement bon que dans aucun autre roman, quelle personne vous connaissant, lequel de vos familiers pourrait douter sur quel modèle fut copiée cette bonté ? Le monde ne me fera pas, je suppose, le compliment de penser que je l'empruntai à ma propre personne. Peu me chaut : il reconnaîtra que les deux êtres de qui je l'ai prise, c'est-à-dire deux des hommes les meilleurs et les plus éminents du monde, sont mes fermes et ardents amis. Je pourrais me satisfaire de cela, et pourtant ma vanité en ajoutera un troisième à la paire, et ce sera l'un des plus grands et des plus nobles non seulement par le rang, mais dans toutes les vertus privées et publiques. Mais ici, alors que jaillit de mon cœur ma gratitude pour les bienfaits princiers du duc de Bedford, vous me pardonnerez de vous rappeler que c'est vous qui me recommandâtes tout d'abord à l'attention de mon bienfaiteur.

Et quelles sont vos objections à m'accorder l'honneur que j'ai sollicité de vous ? Comment ! vous avez fait un éloge si chaleureux de ce livre, que vous auriez honte de lire votre nom en tête de la dédicace ! En vérité, Monsieur, si le livre lui-même ne vous fait point honte de vos éloges, rien de ce que je pourrais écrire ici ne le fera ou ne le devrait faire. Je ne vais pas renoncer à mon droit à votre protection et à votre patronage parce que vous avez loué mon livre : car, bien que je me reconnaisse tant d'obligations envers vous, je n'ajouterai pas au nombre ce fait, dans lequel l'amitié, j'en suis convaincu, a fort peu de part, puisqu'elle ne saurait ni influencer votre jugement ni porter atteinte à votre intégrité. Un ennemi peut à tout moment obtenir votre approbation du seul fait qu'il la mérite; et tout ce que les fautes de vos amis peuvent espérer, c'est votre silence; ou peut-être, si les accusations contre eux se font trop sévères, une douce palliation de votre part.

Bref, Monsieur, je soupçonne que c'est en réalité votre aversion pour la louange publique qui vous empêche de faire droit à ma requête. J'ai remarqué que vous partagez avec mes deux autres amis une grande répugnance à entendre la moindre mention de vos vertus personnelles; et que, comme l'a dit un grand poète de l'un d'entre vous (il aurait aussi bien pu le dire des trois), vous faites le bien en tapinois, et rougissez de le voir devenir renommée.

Si les hommes ainsi faits sont aussi soucieux de se dérober à l'approbation que d'autres d'échapper à la censure, combien juste doit être votre appréhension de voir votre réputation livrée entre mes mains; que ne pourrait craindre, en effet, un homme attaqué par un auteur qui lui devrait autant de torts que je vous dois d'obligations ?

Et cette peur de la censure n'augmentera-t-elle pas en proportion de la matière qu'un homme aura conscience d'avoir offerte ? Si sa vie entière, par exemple, aurait dû être un objet continu de satire, il peut bien trembler quand un satiriste déchaîné le prend en main. Eh bien, Monsieur, si l'on applique cela à l'aversion que votre modestie montre pour le panégyrique, combien raisonnables paraîtront les craintes que je vous inspire !

Et pourtant vous auriez sûrement pu satisfaire à mon ambition, simplement confiant que je préférerai toujours me plier à vos inclinations que satisfaire les miennes propres : de cela, je vous donnerai un puissant exemple dans la présente adresse, pour laquelle je suis décidé à suivre l'exemple de tous les autres dédicateurs en ne tenant pas compte de ce que mon protecteur mérite réellement de voir écrit, mais de ce qu'il lui plaira le plus de lire.

Sans autre préambule donc, je vous présente ici le travail de plusieurs années de ma vie. Le mérite qu'il peut avoir vous est déjà connu. Si, me fondant sur votre jugement favorable, j'ai conçu pour lui quelque estime, on ne saurait l'imputer à la vanité; car j'aurais adhéré aussi aveuglément à votre opinion si elle eût été émise en faveur de l'œuvre de tout autre. Négativement, au moins, puis-je dire que, eussé-je eu conscience d'aucun grand démérite dans mon ouvrage, vous seriez la dernière personne à la protection de laquelle je me fusse permis de le recommander ?

J'espère, en fait, que le nom de mon protecteur convaincra le lecteur, dès l'abord de ce livre, qu'il ne trouvera dans tout son cours rien de préjudiciable à la cause de la religion et de la vertu, rien qui ne soit conforme aux règles les plus strictes de la décence ou dont la lecture puisse offenser le regard le plus chaste. Je déclare, au contraire, m'être sincèrement efforcé dans ce récit de louer la bonté et l'innocence. Cet honnête dessein, vous avez bien voulu estimer que je l'avais atteint, et, à vrai dire, c'est dans ce genre de livres qu'il a le plus de chances de l'être; car un exemple est une sorte de tableau dans lequel la vertu se trouve, pour ainsi dire, exposée à la vue et nous impose l'idée de cette beauté dont Platon nous affirme qu'elle réside dans ses charmes dénudés.

Ne me contentant pas de montrer cette beauté de la vertu capable d'attirer l'admiration de l'humanité, j'ai tenté de déterminer un mobile plus puissant à l'action humaine en sa faveur, en convainquant les hommes que leur intérêt véritable les invite à la rechercher. Dans ce dessein, j'ai montré qu'aucune acquisition coupable ne peut compenser la perte de ce ferme bien-être intérieur de l'esprit, qui est le compagnon assuré de l'innocence et de la vertu; non plus qu'elle ne peut en aucune manière balancer le mal de cette horreur et de cette inquiétude qu'en son lieu la culpabilité introduit en notre cœur. Et, en outre, qu'autant ces acquisitions sont en elles-mêmes généralement sans valeur, autant les moyens de les atteindre sont non seulement vils et infâmes, mais au mieux incertains et toujours pleins de danger. Enfin, je me suis grandement efforcé d'inculquer que la vertu et l'innocence ne peuvent presque jamais se trouver endommagées que par l'imprudence; et que c'est elle seule qui les attire dans les pièges que leur tendent la fourberie et la scélératesse. Moralité à l'élaboration de laquelle j'ai apporté d'autant plus d'ardeur que son enseignement est, entre tous, le plus susceptible de rencontrer le succès; étant donné qu'il est bien plus facile, à ce que je crois, de rendre sagaces les gens de bien que de rendre bons les hommes mauvais.

Pour toutes ces raisons, j'ai mis tout l'esprit et l'humour dont je puis être doué dans le récit qui suit, et dans lequel je me suis efforcé de contraindre par le rire les hommes à abandonner leurs folies et leurs vices favoris. A quel point j'ai réussi dans cette bonne tentative, j'en laisse juge le lecteur sincère, lui demandant seulement deux choses : premièrement, de ne s'attendre pas à trouver dans cet ouvrage la perfection; et secondement, d'en excuser certaines parties, si elles n'atteignent pas le peu de mérite qui, je l'espère, paraîtra dans d'autres.

Je n'accaparerai pas plus longtemps, Monsieur, votre attention. En vérité, je me suis laissé entraîner à une préface, alors que j'entendais n'écrire qu'une dédicace.

Mais comment pourrait-il en être autrement ? Je n'ose vous louer ; et le seul moyen que je connaisse de l'éviter, quand vous occupez ma pensée, serait de rester entièrement muet ou de tourner ma pensée vers un autre objet.

Pardonnez-moi, donc, ce que j'ai dit dans cette épître, non seulement sans votre consentement, mais absolument contre votre gré, et accordez-moi au moins la permission de déclarer ici publiquement que je suis,

Monsieur,

avec le plus grand respect et la plus profonde gratitude,

Votre très obligé,
très obéissant et très humble serviteur

HENRY FIELDING.

LIVRE PREMIER

CHAPITRE PREMIER

Introduction à l'ouvrage, ou menu du festin.

Un auteur devrait se considérer non comme un monsieur qui offre une fête intime ou gratuite, mais plutôt comme quelqu'un qui tient une table d'hôte publique à laquelle tout payeur est le bienvenu. Dans le premier cas, il est bien connu que l'amphitryon offre la chère qu'il lui plaît; et quand bien même elle ne serait que fort quelconque et ne répondrait aucunement au goût de la compagnie, celle-ci se doit de n'y rien trouver à redire; que dis-je, les convenances veulent qu'elle montre ouvertement son approbation et applaudisse à ce qui lui est servi. Or, c'est le contraire qui se produit pour le tenancier d'une table d'hôte. Les gens qui paient pour ce qu'ils mangent exigent la satisfaction de leur palais, quelque difficile ou capricieux qu'il soit; et si tout n'est pas à leur goût, ils revendiquent leur droit à la critique, à l'exprimer ouvertement et à maudire leur hôte sans aucune contrainte.

Aussi pour éviter de mécontenter ses clients par pareille déception, il est d'usage pour l'hôte honnête et bien intentionné de fournir un menu dont tout un chacun peut prendre connaissance dès son entrée dans la maison : ainsi renseigné sur le repas auquel on doit s'attendre, on peut soit rester et se régaler de ce qui vous est proposé, soit quitter les lieux pour se rendre à quelque autre table mieux appropriée à vos goûts.

Ne dédaignant pas de faire emprunt à l'esprit ou à la

sagesse de quiconque est capable de nous en offrir, nous avons condescendu à accepter la suggestion offerte par ces honnêtes pourvoyeurs : non seulement nous placerons en introduction une carte générale de tout notre régal, mais encore offrirons-nous au lecteur le menu particulier à chaque service de ce volume et des suivants[1].

L'aliment, donc, que nous proposons ici n'est autre que *la nature humaine*. Et je ne crains point que mon judicieux lecteur, quelle que soit la somptuosité de ses goûts, trouve à redire ou se froisse du fait que je n'aie mentionné qu'un seul article. La tortue contient, outre les délicieuses parties gélatineuses[2], maintes nourritures diverses — comme une longue expérience l'a enseigné à l'alderman[3] de Bristol, tant versé dans l'art du bien-manger; et le lecteur averti ne saurait non plus ignorer que dans la nature humaine (bien qu'elle soit ici rassemblée sous un nom général) se trouve une variété si prodigieuse qu'un cuisinier aura plus vite fait de venir à bout de toutes les sortes de nourriture animale et végétale qu'un auteur d'épuiser un sujet si vaste.

Une objection sera peut-être à craindre de la part des plus délicats, c'est que ce plat soit trop répandu et trop vulgaire; ne fait-il pas le sujet de tous les romans, nouvelles, pièces et poèmes qui abondent à tous les étalages ? Mais bien des mets exquis pourraient être ainsi rejetés par l'épicurien s'il suffisait, pour les condamner comme répandus et vulgaires, que l'on pût trouver quelque chose du même nom dans les plus misérables ruelles. En réalité, il est aussi difficile de rencontrer la véritable nature chez les auteurs que de trouver le jambon de Bayonne ou le saucisson de Bologne dans les magasins.

Mais, pour poursuivre la même image, tout réside dans la cuisine de l'auteur, car, comme nous le dit M. Pope :

> L'esprit véritable est la nature à son avantage parée;
> Ce qui, souvent pensé, jamais ne fut si bien exprimé.

Le même animal qui a l'honneur d'avoir un de ses morceaux servis à la table d'un duc se verra peut-être avili en une autre partie de son corps, et certains de ses membres pourront être pendus, comme au gibet, à l'étal le plus abject de la ville. Où, donc, est la différence entre la nourriture de l'aristocrate et celle du portefaix, tous deux dînant du même bœuf ou du même veau, si ce n'est dans l'apprêt, l'assaisonnement, la garniture et la présentation ? De là vient que l'une provoque et excite l'appétit le plus languide, alors que l'autre détourne et émousse le plus rude et le plus aigu.

De même, l'excellence de la nourriture de l'esprit réside moins dans le sujet que dans l'art de l'auteur à le bien accommoder. Combien, donc, le lecteur sera-t-il heureux de découvrir que, dans l'ouvrage suivant, nous nous sommes étroitement conformé à l'un des plus hauts principes du meilleur cuisinier qu'ait produit notre époque ou peut-être celle d'Héliogabale. Ce grand homme, comme ne l'ignore aucun amateur de bien-manger, commence par présenter à ses hôtes affamés des plats simples, pour s'élever graduellement, à mesure que leur appétit diminue, jusqu'à la quintessence même de l'assaisonnement et des épices. De même, représenterons-nous à l'appétit aigu de notre lecteur la nature humaine sous cet aspect le plus simple et le plus uni où on la trouve dans les campagnes, pour ensuite la hacher en un ragoût hautement assaisonné à la française et à l'italienne de toute l'afféterie et tout le vice qu'offrent les cours et les villes. Grâce à quoi, nous ne doutons pas de donner au lecteur le désir de poursuivre sans fin sa lecture, tout comme l'illustre personnage ci-dessus est censé avoir fait manger certaines personnes.

Ces prémices posées, nous ne ferons pas plus attendre leur repas à ceux qui apprécient notre menu, et nous passerons aussitôt au premier service de notre histoire.

CHAPITRE II

Bref portrait du squire Allworthy[1] et description plus étendue de Mlle Brigitte Allworthy, sa sœur.

DANS cette partie de la région occidentale de ce royaume communément appelée Somersetshire, vivait dernièrement et vit peut-être encore un gentilhomme du nom d'Allworthy, dont on peut bien dire qu'il était aussi bien favorisé de la nature que de la fortune; car l'une et l'autre semblaient avoir joué à qui le pourvoirait et l'enrichirait le plus. De cette rivalité, la nature paraît bien être sortie victorieuse, lui ayant conféré maints dons alors que la fortune n'en avait qu'un à lui accorder; mais en déversant celui-ci, elle se montra si prodigue qu'à l'avis d'autres personnes cette seule dotation surpassait peut-être encore tous les divers bienfaits dont il était redevable à la nature. A la première, il devait un physique agréable, une saine constitution, un solide entendement et un cœur bienveillant; la seconde lui valut l'héritage de l'un des plus vastes domaines du comté.

Ce personnage avait épousé dans sa jeunesse une femme fort belle et fort estimable, qu'il avait beaucoup aimée et dont il avait eu trois enfants, qui étaient tous morts en bas âge. Il avait eu, en outre, le malheur de perdre cette femme bien-aimée elle-même, cinq ans environ avant l'époque où commence notre histoire. Cette perte, toute grande qu'elle était, il la supporta en homme de sens avec fermeté, encore que — il faut bien l'avouer — il apportât souvent quelque bizarrerie dans ses propos à ce sujet; car il disait parfois qu'il se considérait toujours comme marié, sa femme n'ayant fait que le précéder de peu dans un voyage qu'il ferait certainement, tôt ou tard, à sa suite, et qu'il ne doutait aucunement de devoir la retrouver en un lieu où ils ne seraient plus jamais séparés — sentiments qui firent mettre en cause son bon sens auprès d'une partie de ses voisins, sa religion auprès d'une autre et sa sincérité auprès d'une troisième.

Il vivait à présent la plupart du temps retiré à la campagne avec une sœur pour laquelle il éprouvait une très tendre affection. Cette demoiselle avait quelque peu dépassé la trentaine, époque à laquelle, selon l'opinion des gens malveillants, on peut bien assumer sans impropriété le titre de vieille fille. Elle était de ces femmes dont on loue plutôt les bonnes qualités que la beauté, et que leur propre sexe qualifie généralement de « très bonne personne » — une personne assez bonne, Madame, pour que vous puissiez désirer la connaître. En fait, elle était si loin de regretter cette absence de beauté qu'elle ne mentionnait jamais sans mépris cet avantage, si on peut ainsi l'appeler; et elle rendait souvent grâces à Dieu de ce qu'elle n'était pas aussi jolie que Mlle Une telle, que sa beauté avait peut-être conduite à certaines erreurs qu'elle eût sans doute évitées autrement. Mlle Brigitte Allworthy (tel était le nom de cette demoiselle) s'imaginait à fort juste titre que les charmes de la personne chez une femme ne sont guère que des pièges pour elle comme pour autrui; et son comportement ne laissait pas d'être si sage, que sa prudence était autant sur ses gardes que si elle eût eu à redouter tous les pièges tendus jusqu'à ce jour à toutes celles de son sexe. En fait, je l'ai observé, bien que cela puisse paraître assez inexplicable au lecteur, cette garde de la prudence, tout comme les milices, est toujours le plus prête à remplir son devoir là où il y a le moins de danger. Souvent, elle déserte avec une vile lâcheté ces parangons pour lesquels tous les hommes ne font que désirer, soupirer, mourir et tendre tous les lacs en leur pouvoir; et elle s'attache constamment aux talons de cette espèce supérieure de femmes envers lesquelles l'autre sexe marque des égards plus distants et plus respectueux et que (désespérant du succès, je suppose) il ne s'aventure jamais à attaquer.

Avant de poursuivre ensemble plus avant, je crois bon, cher lecteur, de t'avertir que j'ai l'intention de me lancer dans des digressions tout au long de ce récit et aussi souvent que j'en verrai l'occasion, ce dont je suis moi-même meilleur juge que n'importe quel pitoyable critique; et je profite de cette circonstance pour prier tous ces critiques de s'occuper de ce qui les regarde et de ne point se mêler des affaires ou des ouvrages qui ne les concernent en rien; car, tant qu'ils n'auront pas justifié de l'autorité qui les érige en juges, je ne plaiderai pas devant leur juridiction.

CHAPITRE III

Curieuse aventure qui arriva à M. Allworthy à son retour à la maison. Bienséante conduite de Mme Déborah Wilkins, avec quelques improbations concernant les bâtards.

J'ai dit au lecteur, dans le chapitre précédent, que M. Allworthy avait hérité une grande fortune; qu'il avait bon cœur et qu'il était dépourvu de famille. Bien des gens en concluront sans doute qu'il vivait en homme honnête, qu'il ne devait pas un shilling à quiconque, qu'il ne prenait que ce qui était à lui, qu'il tenait bonne maison, qu'il accueillait cordialement ses voisins à sa table et qu'il se montrait charitable envers les pauvres, c'est-à-dire envers ceux qui préféraient mendier que travailler, en leur en donnant les restes; qu'enfin il mourut immensément riche et fit édifier un hôpital.

Et il est bien vrai qu'il fit nombre de ces choses; mais s'il s'en était tenu à cela, je lui aurais laissé le soin de consigner ses propres mérites sur une belle pierre de taille au-dessus de la porte de cet hôpital. Ce sont des faits d'un genre bien plus extraordinaire qui feront l'objet de cette histoire, sans quoi je gâcherais bêtement mon temps à écrire un ouvrage si volumineux; et toi, avisé ami, tu aurais autant de plaisir et de profit à parcourir un certain nombre de pages de ce que certains auteurs drolatiques se sont facétieusement plu à appeler *l'Histoire d'Angleterre*.

M. Allworthy avait été absent un bon quart de l'année, s'étant rendu à Londres pour une affaire très particulière; j'ignore de quoi il s'agissait au juste, mais je puis juger de l'importance de la chose au fait qu'elle le retint si longtemps loin de son foyer, d'où il ne s'était pas absenté un mois entier en l'espace de plusieurs années. Il arriva chez lui fort tard dans la soirée et, après avoir pris une légère collation avec sa sœur, se retira très fatigué dans ses appartements. Là, après quelques minutes passées à genoux (habitude qu'il ne transgressait jamais sous aucun prétexte), il se disposait à se mettre au lit, quand, écartant les draps, il découvrit à sa grande surprise un tout jeune enfant emmailloté de langes grossiers et dormant d'un doux et profond sommeil. Il resta un moment perdu d'étonnement à cette vue; mais, son bon naturel prenant toujours le dessus dans son cœur, il commença bientôt d'être touché de compassion pour le petit malheureux qu'il avait devant lui. Il tira alors la sonnette et fit dire à une servante d'âge respectable de se lever immédiatement et de venir le trouver; et dans l'intervalle il fut si captivé par la contemplation de la beauté de l'innocence, visible dans ces vives couleurs par lesquelles la prime enfance et le sommeil la font toujours briller, que ses pensées étaient trop accaparées pour lui représenter qu'il était en chemise lorsque la matrone se présenta. Elle avait pourtant laissé à son maître tout le temps nécessaire pour se vêtir; car, par respect pour lui et par égard à la décence, elle avait consacré de longues minutes à ajuster sa coiffure devant le miroir, nonobstant toute la hâte avec laquelle elle avait été convoquée par le messager et que son maître, pour autant qu'elle en savait, pût bien être en train d'expirer d'une attaque d'apoplexie ou de quelque autre accès.

On ne s'étonnera pas qu'une créature si soucieuse de bienséance pour sa propre personne fût scandalisée de la moindre entorse à cette décence chez autrui. Aussi, à peine eut-elle ouvert la porte et aperçu son maître debout près du lit en chemise et sa bougie à la main qu'elle recula, prise d'une peur affreuse, et qu'elle serait peut-être tombée en pâmoison si, se souvenant alors de sa tenue, il n'avait mis fin aux terreurs de la brave femme en la priant de rester un instant dehors pour qu'il pût jeter quelque vêtement sur ses épaules et supprimer ainsi toute cause de scandale pour le chaste regard de Mme Déborah Wilkins, qui, bien que dans sa cinquante-deuxième année, déclarait n'avoir jamais vu un homme sans habit. Les esprits moqueurs et impies riront peut-être de sa peur première; mais le lecteur plus sérieux, s'il considère l'heure de la nuit, le fait qu'elle eût été tirée de son lit et la situation dans laquelle elle avait trouvé son maître, ce lecteur excusera pleinement et approuvera sa conduite, à moins que la prudence qui est censée accompagner les vierges à cette période de l'existence à laquelle avait atteint Mme Déborah ne vienne quelque peu restreindre son admiration.

Quand, à la rentrée de Mme Déborah, son maître la mit au courant de la découverte du nourrisson, elle fut encore plus consternée que lui; et elle ne put se retenir de s'écrier, avec une grande horreur dans le ton comme dans le regard : « Mais, mon bon Monsieur ! que va-t-on faire ? » M. Allworthy lui répondit qu'elle devrait s'occuper de l'enfant pour cette nuit-là et que, le lendemain, il aviserait à trouver une nourrice.

— Oui, Monsieur, dit-elle. Et j'espère que Votre Honneur donnera l'ordre d'arrêter la coquine de mère, car ce doit être quelqu'un du voisinage; et je serais bien aise de la voir envoyer à Bridewell[1] pour être fouettée derrière la charrette. En vérité, ces mauvaises cataus ne sauraient être trop sévèrement châtiées. Je parierais que ce n'est pas son premier, à voir l'impudence avec laquelle elle l'a attribué à Votre Honneur.

— Me l'a attribué, Déborah ! répondit Allworthy. Je ne puis croire que tel ait été son dessein. Je suppose qu'elle n'a usé de ce moyen que pour assurer le sort du petit et, vraiment, je suis heureux qu'elle n'ait pas fait pis.

— Je ne sais pas ce qui serait pire, s'écria Déborah, que de voir de telles filles perdues venir déposer le fruit de leur péché à la porte des honnêtes gens; or, bien que Votre Honneur connaisse sa propre innocence, le monde est porté à censurer; et ç'a été le sort de maint homme honnête de passer pour le père d'enfants qu'il n'avait jamais engendrés; et que Votre Honneur pourvoie à l'avenir de celui-là pourrait offrir encore plus matière aux soupçons; d'ailleurs, pourquoi Votre Honneur subviendrait-il à des besoins que la paroisse est tenue d'assurer ? Pour ma part, si c'était l'enfant d'un honnête homme, en vérité... mais, pour ma part, il me répugne de toucher à ces vils bâtards, que je ne considère pas comme mes semblables. Pouah ! comme il pue ! Ça ne sent pas le chrétien. Si je puis me permettre de donner mon avis, je le ferais placer dans un panier, et je l'enverrais déposer à la porte du marguillier. La nuit est belle, il n'y a qu'un peu de pluie et de vent : si on l'enveloppe bien et si on le met dans une corbeille bien chaude, il y a deux chances contre une qu'il vive jusqu'à ce qu'on le trouve demain matin. Mais, s'il ne vivait pas, nous aurions fait notre devoir en en prenant le soin qui convient; et peut-être est-il préférable que de pareilles créatures meurent dans l'état d'innocence plutôt que de grandir pour imiter leur mère; car on ne saurait rien attendre de mieux de leur part.

Ce discours comportait certains traits dont aurait pu s'offenser M. Allworthy, y eût-il prêté attention; mais il avait pour lors glissé un doigt dans la menotte de l'enfant, qui, par sa douce pression semblant implorer son secours, aurait certainement battu en brèche l'éloquence de Mme Déborah, quand bien même elle eût été dix fois plus grande. Il ordonna alors positivement à la gouvernante de prendre l'enfant avec elle dans son propre lit et d'appeler une femme de chambre pour lui donner une bouillie et d'autres choses en cas de réveil. Il ordonna en outre que l'on se procurât dès le lendemain matin des vêtements convenables pour le bébé et qu'on le lui apportât aussitôt qu'il se réveillerait.

La clairvoyance de Mme Wilkins et le respect qu'elle portait à son maître, chez lequel elle jouissait d'une excellente place, suffirent à faire taire ses scrupules devant des ordres aussi péremptoires; elle prit l'enfant dans ses bras sans aucune apparence de dégoût pour l'illégitimité de sa naissance, et, après avoir déclaré que c'était un gentil petit enfant, l'emporta dans sa chambre.

Allworthy s'abandonna alors à l'agréable sommeil que peut goûter un cœur affamé de bien quand il est pleinement satisfait. Ce sommeil étant plus doux peut-être que celui qu'occasionne tout autre repas, je m'appliquerais à en donner une plus ample description, si seulement je savais quel air recommander au lecteur pour susciter en lui pareil appétit.

CHAPITRE IV

Où une description met en danger le cou du lecteur ; comment il y échappe ; et de la grande condescendance de Mlle Brigitte Allworthy.

LE style gothique ne pouvait rien produire de plus noble que la demeure de M. Allworthy. On y trouvait un air de grandeur qui vous frappait de respect et rivalisait en beautés avec la meilleure architecture grecque; et elle était aussi commode à l'intérieur que vénérable à l'extérieur.

Elle se dressait sur le versant sud d'une colline, mais plus près du bas que du sommet de façon à se trouver abritée du nord-est par un bosquet de vieux chênes qui s'élevaient au-dessus d'elle en une ascension graduelle de près d'un demi-mille, et assez haut cependant pour jouir de la plus charmante des vues sur la vallée qui s'étendait en contrebas.

Au milieu du bosquet il y avait, descendant vers la maison, une belle pelouse. A la partie supérieure de celle-ci jaillissait d'un rocher couvert de sapins une source abondante qui formait une cascade continue de trente pieds environ, non tout au long de marches régulières, mais en chute naturelle sur des pierres inégales et moussues jusqu'en bas du rocher; là, l'eau courait dans un lit caillouteux qui, agrémenté de nombreuses cascatelles, s'en allait en méandres tomber dans un lac au pied de la colline à environ un quart de mille sous la maison, du côté sud, et que l'on pouvait contempler de toutes les pièces de la façade. De ce lac, qui occupait le centre d'une belle plaine, parée de bouquets de hêtres et d'ormes et où paissaient des moutons, sortait une rivière que l'on voyait serpenter au travers d'une étonnante variété de prairies et de bois jusqu'à son débouché dans la mer, dont un large bras et une île située au delà fermaient l'horizon.

Sur la droite de cette vallée s'en ouvrait une autre de moindre étendue, ornée de plusieurs villages et terminée par l'un des clochers d'une vieille abbaye en ruine, recouverte de lierre, et une partie de la façade demeurée entière.

Sur la gauche, le paysage offrait la vue d'un très beau parc, au terrain très irrégulier, agréablement diversifié par toute la variété que pouvaient offrir les pentes, les pelouses, les bois et les eaux, répartis avec un goût admirable, mais qui devait moins à l'art qu'à la nature. Au delà, la campagne s'élevait graduellement jusqu'à une chaîne de montagnes sauvages, dont le sommet dominait les nuages.

C'était la mi-mai, et la matinée était remarquablement sereine quand M. Allworthy s'avança sur la terrasse, où l'aube dévoilait de minute en minute le ravissant paysage que nous avons dépeint. Alors, après avoir lancé des coulées d'une lumière qui avait gagné le firmament en avant-courrière de sa pompe, dans tout le flamboiement de sa majesté se leva le soleil — dont la gloire ne pouvait être surpassée que par une seule chose ici-bas : M. Allworthy lui-même, cet être humain débordant de bonté, qui méditait sur la façon de se rendre le plus agréable au Créateur en faisant le plus de bien possible à Ses créatures.

Prends bien garde, lecteur. Je t'ai inconsidérément amené au faîte d'une colline aussi escarpée que celle de M. Allworthy, et je ne sais trop comment te faire redescendre sans que tu te rompes le cou. Quoi qu'il en soit, risquons-nous toujours à nous laisser glisser ensemble jusqu'en bas; car Mlle Brigitte sonne sa cloche pour appeler M. Allworthy à son petit déjeuner, auquel je dois assister et où, s'il te plaît, je serai heureux de jouir de ta compagnie.

Les compliments habituels une fois échangés entre M. Allworthy et Mlle Brigitte et le thé servi, le digne homme fit venir Mme Wilkins et annonça à sa sœur qu'il avait un cadeau pour elle; ce dont elle le remercia, s'imaginant, je suppose, qu'il s'agissait d'une robe ou de quelque ornement pour sa personne. En fait, il lui faisait souvent pareils présents; et elle, pour la satisfaction de son frère, consacrait beaucoup de temps à sa parure. Je dis pour la satisfaction de son frère, car elle-même exprimait toujours le plus grand mépris pour la toilette et pour ces dames qui en font leur principale préoccupation.

Mais si telle était son attente, combien elle fut déçue quand Mme Wilkins, obéissant aux ordres de son maître, présenta le petit enfant ! Les grandes surprises, on l'a remarqué, ont tendance à être muettes; ainsi resta Mlle Brigitte jusqu'à ce que son frère rompît le silence et lui racontât toute l'histoire que nous ne répéterons pas, notre lecteur la connaissant déjà.

Mlle Brigitte avait toujours exprimé une si grande considération pour ce que les dames se plaisent à appeler vertu, elle avait elle-même maintenu une telle rigueur de caractère que l'on se serait attendu (et particulièrement Wilkins)[1] qu'en cette occasion elle donnât vent à une grande acrimonie et opinât à rejeter immédiatement cet enfant de la maison, comme on ferait d'un animal nuisible; mais elle prit au contraire la chose du bon côté, exprima une certaine compassion pour le pauvre petit être et loua la charité de son frère dans ce qu'il avait fait.

Le lecteur s'expliquera peut-être ce comportement par la déférence de la demoiselle envers M. Allworthy, quand nous lui aurons précisé que le brave homme avait conclu son récit en annonçant sa résolution de prendre soin de l'enfant et de l'élever comme son propre fils; car, à la vérité, elle était toujours prête à complaire à son frère et contredisait rarement ses avis, en admettant même qu'elle le fît jamais. Elle faisait bien parfois quelques observations, comme par exemple que les hommes étaient bien têtus, qu'il fallait en passer par où ils voulaient, et qu'elle aurait bien voulu jouir d'une fortune personnelle; mais ces remarques étaient toujours prononcées à mi-voix et ne s'élevaient jamais au-dessus du murmure.

Ce qu'elle s'abstint de dire sur l'enfant, cependant, elle le déversa avec la plus grande abondance sur la pauvre mère inconnue, qu'elle qualifia d'impudente catau, de drôlesse lubrique, de putain effrontée, de vile fille de joie et de toutes les autres appellations dont une langue vertueuse ne manque jamais de cingler celles qui déshonorent le sexe.

Une consultation se tint alors sur les mesures à prendre pour découvrir la mère. On commença par passer en revue les mœurs de toutes les servantes de la maison, qui furent l'une après l'autre acquittées par Mme Wilkins, non sans apparence de bien-fondé; car elle les avait réunies elle-même, et il eût été difficile de trouver ailleurs semblable assemblage d'épouvantails.

On passa ensuite à l'examen des habitantes de la paroisse; ce soin fut confié à Mme Wilkins, qui devait faire son enquête avec toute la diligence imaginable et rendre compte dans l'après-midi.

La question ainsi réglée, M. Allworthy se retira dans son cabinet, selon son habitude, et laissa l'enfant à sa sœur qui, sur le désir qu'il en avait exprimé, avait accepté d'en prendre soin.

CHAPITRE V

Qui traite de quelques affaires ordinaires, ainsi que d'une remarque fort peu ordinaire à leur sujet.

Après la sortie de son maître, Mme Déborah resta debout, silencieuse, attendant une indication de Mlle Brigitte; car, pour ce qui s'était passé en présence de son maître, la prudente gouvernante ne s'y fiait aucunement, ayant souvent vu les sentiments de la demoiselle en l'absence de son frère différer grandement de ceux qu'elle avait exprimés devant lui. Mlle Brigitte ne la laissa pas longtemps, cependant, dans cet état d'indécision : après être restée un moment à contempler l'enfant endormi dans le giron de Mme Déborah, la bonne demoiselle ne put se retenir de lui donner un gros baiser, tout en se déclarant ravie de sa beauté et de son innocence. La gouvernante n'eut pas plus tôt observé cela, qu'elle se mit à étreindre et à embrasser l'enfant avec d'aussi grands transports que l'on en voit parfois aux sages dames de quarante-cinq ans envers un jeune et vigoureux marié, s'écriant d'une voix perçante : « Ah, le cher petit être ! Pour ça, je le déclare, c'est bien le plus beau bébé que j'aie jamais vu ! »

Ces exclamations se poursuivirent jusqu'au moment où elles furent interrompues par la demoiselle, qui se mit en devoir d'exécuter le mandat dont l'avait chargée son frère et donna ses ordres en vue de procurer à l'enfant tout le nécessaire, assignant une très belle pièce de la maison pour lui servir de nursery. Ces ordres étaient en vérité si libéraux que, l'enfant eût-il été le sien, elle n'aurait pu aller au delà; mais, afin d'éviter que le lecteur vertueux ne puisse la condamner d'avoir montré une trop grande considération pour un nourrisson bâtard, envers lequel toute charité est condamnée par la loi comme irréligieuse, nous estimons bon de préciser qu'elle conclut le tout en disant que, puisqu'il avait pris fantaisie à son frère d'adopter ce petit morveux, il y avait lieu, supposait-elle, de traiter le jeune monsieur avec beaucoup de tendresse. Pour sa part, elle ne pouvait s'empêcher de penser que c'était un encouragement au vice; mais elle connaissait trop l'entêtement des hommes pour s'opposer à aucune de leurs ridicules dispositions.

Comme nous l'avons indiqué, elle accompagnait d'ordinaire de réflexions de cet ordre tout acte de complaisance envers les goûts de son frère; et, sans nul doute, rien ne pouvait plus contribuer à rehausser le mérite de cette complaisance que l'affirmation qu'elle savait, en même temps, la folie et la déraison des goûts auxquels elle sacrifiait. L'obéissance silencieuse n'implique aucune contrainte de la volonté et peut donc être maintenue aisément et sans douleur; alors que si une femme, un enfant, un parent ou un ami agit conformément à nos désirs en grommelant et à contrecœur, en exprimant sa répugnance et son mécontentement, la difficulté manifeste qu'ils éprouvent doit grandement accroître l'obligation que l'on en a.

Cela étant une de ces observations profondes que bien peu de lecteurs, on le peut supposer, seraient capables de faire par eux-mêmes, j'ai cru bon de leur offrir mon secours; mais c'est là une faveur qu'il ne faudra pas attendre souvent dans le cours de mon ouvrage. En fait, je ne les gâterai que rarement ou même jamais de la sorte, si ce n'est en des cas semblables à celui-ci où seule l'inspiration dont nous autres auteurs sommes doués peut rendre quelqu'un capable de la découverte.

CHAPITRE VI

Mme Déborah est introduite dans la paroisse par une comparaison. Brève description de Jenny Jones ; difficultés et découragements qui peuvent assaillir les jeunes personnes dans leur recherche de l'instruction.

MADAME DÉBORAH, ayant réglé le sort de l'enfant selon la volonté de son maître, se préparait à visiter les habitations qui étaient supposées cacher la mère.

De même que, lorsque la gent ailée voit un milan,

oiseau redoutable, prendre son essor et planer au-dessus de sa tête, l'amoureuse colombe et tous les innocents oiselets répandent alentour l'alarme et gagnent, tremblants, leur retraite, tandis que lui bat fièrement l'air, conscient de sa dignité, et médite ses mauvais desseins.

Ainsi, quand l'approche de Mme Déborah fut annoncée le long de la rue, tous les habitants coururent, tremblants, se réfugier dans leurs maisons, chaque matrone craignant que la visite n'échoie dans son lot. Elle, d'un pas majestueux, s'avance fièrement sur le terrain : elle porte haut sa tête altière, emplie de la vanité de sa propre prééminence, et combine d'effectuer la découverte projetée.

Le sagace lecteur n'inférera pas de cette comparaison que ces pauvres gens eussent aucune appréhension du dessein dans lequel Mme Wilkins s'avançait alors vers eux; mais, comme la grande beauté de l'image pourrait dormir[1] durant cent ans jusqu'au moment où quelque futur commentateur prendra cet ouvrage en main, je crois bon de prêter ici un peu d'assistance au lecteur.

Mon propos est donc de signifier que, tout comme il est dans la nature du milan de dévorer les petits oiseaux, c'est celle des personnes telles que Mme Wilkins d'outrager et de tyranniser les petites gens. C'est par ce moyen qu'elles ont coutume de se dédommager de leur servilité et de leur extrême complaisance envers leurs supérieurs; rien, en effet, ne saurait être plus équitable que de voir les esclaves et les flatteurs exiger de tous ceux qui sont en dessous d'eux le même tribut qu'ils paient eux-mêmes à tous ceux qui sont au-dessus.

Chaque fois que Mme Déborah avait eu l'occasion d'exercer quelque complaisance particulière envers Mlle Brigitte, aigrissant ainsi quelque peu sa disposition naturelle, elle avait pour habitude d'aller vers ces gens afin de retrouver son calme en épanchant, en purgeant, pour ainsi dire, toutes ses mauvaises humeurs; ce pourquoi, ses visites n'étaient aucunement les bienvenues : à vrai dire, elle était universellement crainte et détestée.

En arrivant, elle se rendit aussitôt au logis d'une vieille matrone; à laquelle, celle-ci ayant la bonne fortune de lui ressembler par la bienséance de sa personne aussi bien que par son âge, elle avait généralement montré plus de faveur qu'à aucune des autres. A cette femme, elle confia ce qui s'était passé et le dessein qu'elle avait en venant ce matin-là. Les deux se mirent bientôt à examiner minutieusement la personnalité de toutes les jeunes filles qui vivaient dans les maisons, et leurs plus grands soupçons se fixèrent sur une certaine Jenny Jones qui, s'accordèrent-elles à trouver, était la personne la plus capable d'avoir commis le délit.

Cette Jenny Jones n'était pas très avenante, ni de visage ni de sa personne; mais la nature avait quelque peu remédié à l'absence de beauté par ce qui est davantage estimé de ces dames dont le jugement est parvenu aux années de parfaite maturité, car elle lui avait accordé une part fort peu commune d'entendement. Ce don, Jenny l'avait beaucoup amélioré par l'étude. Elle avait servi plusieurs années chez un maître d'école qui, ayant découvert chez la fille des facultés très vives et un extraordinaire désir de s'instruire (car, à chaque moment de loisir, on la trouvait plongée dans les livres des élèves), eut la bonté ou la folie (selon que le lecteur voudra appeler cela) de l'instruire au point qu'elle acquit une certaine maîtrise du latin et qu'elle était peut-être aussi savante que la plupart des jeunes gens de qualité de cette époque. Cet avantage, cependant, comme la plupart de ceux qui sortent de l'ordinaire, s'accompagnait de quelques petits inconvénients : tout comme il n'est pas surprenant qu'une jeune femme aussi accomplie n'eût que peu de goût pour la compagnie de celles dont la fortune faisait ses égales, mais que l'éducation avait rendues tellement ses inférieures, on ne saurait guère s'étonner non plus que cette supériorité de Jenny, jointe à la conduite qui en est la conséquence certaine, produisît parmi les autres quelque envie et quelque malveillance; et ces sentiments avaient peut-être secrètement brûlé dans la poitrine de ses voisines depuis son retour même de chez le maître d'école.

Leur jalousie ne s'étala pas ouvertement pourtant jusqu'à ce que la pauvre Jenny, à la surprise de tous et pour la vexation de toutes les jeunes femmes de la région, eut publiquement resplendi un dimanche dans une nouvelle robe de soie, accompagnée d'un bonnet garni de dentelles et d'autres accessoires appropriés.

Le feu, qui était jusqu'alors resté embryonnaire, éclata

alors. Jenny par son instruction avait accru sa propre fierté, que nul de ses voisins n'avait la bonté d'alimenter de l'honneur qu'elle semblait réclamer; et alors, au lieu de respect et d'adulation, ses atours ne lui gagnèrent que haine et médisance. La paroisse entière déclara qu'elle ne pouvait se procurer pareilles choses par des moyens honnêtes; et les parents, au lieu d'en souhaiter de semblables à leurs filles, se félicitèrent que celles-ci ne les eussent point.

De là vint peut-être que la bonne femme mentionna en premier le nom de cette pauvre fille à Mme Wilkins; mais une autre circonstance confirma la gouvernante dans ses soupçons, c'est que Jenny était venue souvent ces derniers temps chez M. Allworthy. Elle avait servi d'infirmière à Mlle Brigitte à l'occasion d'un violent accès de maladie, et elle avait veillé bien des nuits auprès de cette demoiselle; Mme Wilkins en personne l'avait, en outre, aperçue dans la maison la veille même du retour de M. Allworthy, bien que cette sagace personne ne l'eût pas, de ce fait, tout d'abord soupçonnée; car, selon ses propres termes, elle avait toujours considéré Jenny comme une jeune fille très posée (encore qu'elle ne sût que très peu de chose à son sujet), et ses soupçons avaient plutôt porté sur quelqu'une de ces lubriques traînées qui se donnent des airs parce qu'elles se trouvent jolies, ma foi !

Jenny fut alors appelée à comparaître en personne devant Mme Déborah, ce qu'elle fit aussitôt. Et la gouvernante, assumant toute la gravité d'un juge mais avec passablement plus d'austérité, ouvrit par ces mots : « Effrontée catin ! » un discours dans lequel elle rendait plutôt une sentence contre la prisonnière qu'elle ne l'accusait.

Bien que, pour les raisons indiquées, Mme Déborah fût pleinement convaincue de la culpabilité de Jenny, M. Allworthy aurait peut-être demandé pour la condamner des preuves plus solides; mais la jeune fille épargna tout ennui de ce genre à ses accusatrices en avouant franchement tout ce qui lui était imputé.

Ces aveux, encore que prononcés avec contrition, semblait-il, n'adoucirent aucunement Mme Déborah, qui rendit alors contre elle un second jugement en termes plus infamants encore qu'auparavant; et ils ne rencontrèrent pas davantage de succès auprès des personnes présentes, qui étaient devenues fort nombreuses. Beaucoup d'entre elles s'écrièrent qu'on avait bien pensé où mènerait la robe de soie de Madame; d'autres parlèrent avec sarcasme de son instruction. Il n'était pas une femme présente qui ne trouvât quelque moyen d'exprimer son aversion pour la pauvre Jenny, qui supporta tout avec une grande patience, hormis la malice d'une femme qui critiqua sa personne, disant d'un air dégoûté : « Il doit avoir l'estomac solide, celui qui peut donner des robes de soie pour pareille camelote ! » Jenny répondit avec une âpreté faite pour surprendre une personne de jugement qui eût observé la tranquillité avec laquelle elle supportait toutes les avanies faites à sa pudeur; mais peut-être sa patience était-elle lassée, car c'est une vertu que l'exercice fatigue aisément.

Mme Déborah ayant réussi son enquête au-delà de ses espérances rentra en grand triomphe et, à l'heure dite, fit un rapport fidèle à M. Allworthy, que le récit surprit grandement; car il avait entendu parler des talents et des perfectionnements extraordinaires de cette jeune fille qu'il avait pensé marier, avec une petite dot, à un pasteur du voisinage. Son souci fut donc, en l'occasion, pour le moins égal à la satisfaction qui se voyait chez Mme Déborah, et il pourra paraître bien plus raisonnable à maints lecteurs.

Mlle Brigitte invoqua la bénédiction de Dieu et dit que, pour sa part, elle ne nourrirait jamais plus une bonne opinion d'aucune femme. Car Jenny avait eu le bonheur jusque-là d'être fort avant dans ses bonnes grâces à elle aussi.

La judicieuse gouvernante fut de nouveau dépêchée pour ramener l'infortunée coupable devant M. Allworthy non, comme certains l'espéraient et comme tous s'y attendaient, afin d'être envoyée à la maison de correction, mais pour recevoir une réprimande et un blâme salutaires, dont les amateurs d'écrits instructifs de ce genre pourront prendre connaissance au chapitre suivant.

CHAPITRE VII

Contenant une matière si sérieuse que le lecteur ne pourra rire une seule fois de tout le chapitre, à moins que ce ne soit par aventure aux dépens de l'auteur.

QUAND Jenny parut, M. Allworthy l'emmena dans son cabinet et lui tint le discours suivant :

— Vous le savez, mon enfant, j'ai en tant que juge de paix le pouvoir de vous punir avec une grande rigueur de ce que vous avez fait; et vous aurez d'autant plus sujet de craindre que je n'exerce ce pouvoir que vous avez en quelque sorte déposé vos péchés à ma porte.

» Mais peut-être est-ce là une raison qui m'a décidé à en user avec plus de clémence à votre égard : car, nul ressentiment personnel ne devant jamais influencer un magistrat, je serai si loin de considérer le dépôt de votre enfant à ma porte comme une aggravation de votre faute que je vous ferai la faveur de supposer que cet acte procédait d'une affection naturelle pour votre enfant, puisque vous pouviez espérer le voir ainsi mieux pourvu qu'il n'était en votre pouvoir ou en celui de l'odieux père de le faire. J'aurais certes été extrêmement indisposé contre vous si vous aviez abandonné le pauvre petit à la façon de certaines mères dénaturées, qui semblent n'avoir pas moins renié leur humanité que dit adieu à leur chasteté. C'est donc sur l'autre partie de votre faute que je me propose de vous admonester, j'entends la violation de votre chasteté; crime qui, en dépit de la légèreté avec laquelle le traitent les personnes débauchées, est abominable en soi et fort terrible dans ses conséquences.

» Le caractère abominable de cette faute devrait être suffisamment apparent à tout chrétien, vu qu'elle est commise au mépris des lois de notre religion et des commandements exprès de Celui qui la fonda.

» Et cela permet bien de dire que ses conséquences sont terribles; car qu'est-ce qui peut l'être plus que d'encourir le courroux de Dieu en violant ses commandements; et cela en un cas contre lequel la plus haute vengeance est spécifiquement annoncée ?

» Mais ces choses, encore que trop peu considérées, je le crains, sont si claires que les hommes, quand bien même il serait nécessaire de les leur rappeler, ne peuvent jamais manquer de lumières là-dessus. Il suffira donc d'une simple allusion pour éveiller votre sentiment en la matière; car mon désir est de vous inspirer le repentir et non de vous conduire au désespoir.

» Il est d'autres conséquences, moins terribles, certes, et moins chargées d'horreur; et pourtant de nature, si on les considère avec attention, à détourner toutes celles de votre sexe de la perpétration de ce crime, penserait-on.

» Car il vous rend infâmes et vous fait rejeter, comme les lépreux d'autrefois, hors de la société, tout au moins de celle de tous autres que les pervers et les réprouvés, qui seraient bien les seuls à vouloir frayer avec vous.

» Si vous avez des biens, vous êtes ainsi dans l'incapacité d'en profiter; si vous n'en avez point, vous n'êtes plus en mesure d'en acquérir; que dis-je ? il vous est même presque impossible de vous procurer votre subsistance; car aucune personne de bonne réputation ne voudra vous recevoir dans sa maison. Le besoin vous conduit ainsi souvent à un état de honte et de misère qui aboutit inéluctablement à la destruction du corps et de l'âme.

» Y a-t-il un plaisir quelconque qui soit capable de compenser ces maux ? Une tentation quelconque peut-elle offrir assez d'arguments fallacieux et d'illusions pour vous induire à accepter un marché aussi naïf ? Ou un appétit charnel quelconque peut-il suffisamment subjuguer votre raison ou l'endormir assez totalement pour vous empêcher de fuir d'effroi et de terreur un crime qui porte toujours avec lui un tel châtiment ?

» Combien basse et méprisable, combien dénuée de cette dignité d'âme, de cette décente fierté sans lesquelles nous ne sommes pas dignes du nom de créatures humaines, faut-il que soit la femme qui peut supporter de se ravaler au rang de la bête la plus inférieure et de sacrifier tout ce qu'il y a en elle de grand et de noble, toute sa part céleste à un appétit qu'elle partage avec la branche la plus vile de la création ! Car nulle femme, bien sûr, n'excipera pour excuse de la passion de l'amour. Ce serait avouer n'être que le simple instrument, le jouet de l'homme. L'amour, avec quelque barbarie que nous en corrompions et pervertissions le sens, est une passion aussi louable que conforme à la raison, et il ne peut jamais être violent que réciproque; car, bien que l'Écriture nous prescrive d'aimer nos ennemis, cela ne signifie pas cet amour fervent que nous portons naturellement à nos parents; et encore bien moins que nous soyons censés leur sacrifier notre vie et ce qui devrait nous être le plus cher, notre innocence. Or, sous quel autre jour que celui d'un ennemi une femme sensée peut-elle considérer l'homme qui la sollicite de s'imposer toute la misère que je vous ai décrite et qui voudrait se procurer un bref, insignifiant et méprisable plaisir si grandement à ses dépens à elle ? Car selon les lois de la coutume, toute la honte, avec ses terribles conséquences, en retombera entièrement sur elle. L'amour, qui recherche toujours le bien de son objet, peut-il tenter d'induire une femme à un marché où elle doit être si grande perdante ? Si donc un semblable corrupteur avait l'impudence de prétendre éprouver pour elle une réelle affection, la femme ne devrait-elle pas le considérer non seulement comme un ennemi, mais bien comme le pire de tous, un soi-disant ami, perfide, artificieux et traître, dont l'intention est de débaucher tout en même temps son corps et son discernement ? »

Jenny montrant alors une vive inquiétude, Allworthy se tut un instant avant de reprendre : « Je vous ai ainsi parlé, mon enfant, non pour vous outrager de ce qui est passé et irrévocable, mais pour vous mettre en garde et vous fortifier pour l'avenir. Je n'aurais pas pris cette peine si je ne croyais à votre bon sens, en dépit de l'horrible faux pas que vous avez fait, et si la franchise et la sincérité de vos aveux ne me donnaient lieu d'espérer un vrai repentir. Si je ne suis pas déçu, je prendrai soin de vous faire passer de ce lieu de votre honte en un autre où, inconnue, vous pourrez éviter le châtiment qui, je vous l'ai dit, est assigné à votre crime en ce monde et j'espère aussi, par votre repentir, éviter la sentence, infiniment plus lourde, prononcée contre lui dans l'autre. Restez sage durant le reste de vos jours, et le besoin ne pourra vous être un mobile d'égarement; et, croyez-m'en, il y a plus de plaisir, même en ce monde, dans une existence pure et vertueuse que dans une vie de débauche et de vice.

» Quant à votre enfant, qu'aucune pensée le concernant ne vous tourmente; je pourvoirai à ses besoins mieux que vous ne pourriez jamais espérer le faire. Et maintenant, il ne reste plus qu'une chose : c'est que vous me disiez quel est l'homme inique qui vous a séduite; car ma colère à son égard sera beaucoup plus grande que celle que vous avez encourue en cette occasion. »

Jenny leva alors les yeux de terre et dit, d'une voix bienséante et avec une expression modeste :

— Vous connaître, Monsieur, sans aimer votre bienveillance serait la preuve d'une absence totale de raison et de bons sentiments chez quiconque. Chez moi, cela refléterait la plus noire ingratitude que de ne pas éprouver le plus vif sentiment de la grande bonté que vous avez bien voulu déployer en cette occasion. Pour ce qui est de mon regret de ce qui est passé, je sais que vous m'épargnerez de rougir à le répéter. Ma conduite future affirmera mieux mes sentiments qu'aucune déclaration que je pourrais faire à présent. Je prends la liberté de vous assurer, Monsieur, que je reçois vos conseils avec plus de reconnaissance encore que l'offre généreuse par laquelle vous les avez conclus; car, comme vous avez bien voulu le dire, Monsieur, ils témoignent de l'opinion que vous avez de mon discernement.

Alors, ses larmes qui coulaient à flots l'arrêtèrent un moment, avant qu'elle ne pût poursuivre ainsi :

— En vérité, Monsieur, votre bonté m'accable; mais je m'efforcerai de mériter cette bonne opinion; car, si je possède ce discernement que vous voulez bien me reconnaître, de tels conseils ne sauraient m'être prodigués en vain. Je vous remercie du fond du cœur, Monsieur, de la bonté que vous avez l'intention de montrer envers mon pauvre enfant sans défense; il est innocent, et j'espère qu'il vivra de façon à vous montrer sa reconnaissance de toutes les faveurs que vous lui témoignerez. Mais maintenant, Monsieur, je dois vous supplier à genoux de ne pas persister à me demander le nom du père de mon enfant. Je vous promets loyalement que vous le connaîtrez un jour; mais je me trouve liée par les engagements d'honneur les plus solennels aussi bien que par les vœux et les déclarations faites devant Dieu de taire son nom pour le moment. Et je vous connais trop bien, Monsieur, pour croire que vous voudriez me voir sacrifier soit mon honneur, soit ma religion.

M. Allworthy, que la moindre mention de ces paroles

sacrées suffisait à démonter, marqua un moment d'hésitation avant de répondre; puis il lui dit qu'elle avait eu tort de prendre de tels engagements envers un scélérat; mais puisqu'elle l'avait fait, il ne pouvait exiger qu'elle les rompît. Il ajouta que ce n'était pas par une vaine curiosité qu'il avait posé la question, mais bien pour châtier le coquin; ou tout au moins pour ne pas, dans son ignorance, accorder de faveurs à qui en était indigne.

Sur ce point, Jenny l'assura par les déclarations les plus solennelles que l'homme était entièrement hors de sa portée; qu'il ne relevait pas de sa juridiction et qu'il n'y avait aucune probabilité qu'il devînt jamais l'objet de ses bontés.

La candeur de sa conduite avait acquis à Jenny tant de créance auprès du digne homme qu'il accepta aisément ce qu'elle lui dit; puisqu'en effet elle avait dédaigné de s'excuser au moyen d'un mensonge et qu'elle avait risqué de s'attirer un plus ample courroux dans sa situation présente plutôt que de forfaire à son honneur et à sa probité en trahissant autrui, il ne craignait guère de fausseté de sa part envers lui-même.

Il la congédia donc en l'assurant qu'il la soustrairait avant peu à la malveillance qu'elle avait provoquée et conclut en ajoutant encore quelques exhortations dans lesquelles il lui recommandait la repentance, disant :

— Réfléchissez bien, mon enfant, qu'il vous reste à vous réconcilier Celui dont la faveur a pour vous infiniment plus d'importance que la mienne.

CHAPITRE VIII

Dialogue entre Mmes Brigitte et Déborah, contenant plus d'amusement, mais moins d'édification que le précédent.

QUAND M. Allworthy se fut retiré dans son cabinet avec Jenny Jones, comme on l'a vu, Mlle Brigitte et la bonne gouvernante s'étaient rendues à un poste contigu audit cabinet, où un trou de serrure permit à leurs oreilles de déguster l'édifiante semonce prononcée par M. Allworthy, ainsi que les réponses de Jenny et, en fait, tous les autres détails qui ont fait l'objet du chapitre précédent.

Ce trou dans la porte du cabinet de son frère était aussi bien connu de Mlle Brigitte, qui y avait eu souvent recours, que jadis le fameux trou dans le mur le fut de Thisbé[1]. Il servait à maintes bonnes fins, puisque, grâce à lui, Mlle Brigitte prenait souvent connaissance des inclinations de son frère sans qu'il eût à se donner la peine de les lui répéter. A la vérité, ce commerce n'allait pas sans quelques inconvénients et elle avait parfois des raisons de s'écrier comme la Thisbé de Shakespeare : « Ah, méchant, méchant mur ![2] » Car, M. Allworthy étant juge de paix, il se présentait au cours d'auditions concernant des bâtards et autres cas de ce genre certaines choses de nature à offenser grandement les chastes oreilles des vierges, surtout à l'approche de la quarantaine, comme dans le cas de Mlle Brigitte. Cependant, en pareilles occasions, elle avait l'avantage de tenir ses rougeurs à l'abri du regard des hommes; et *De non apparentibus, et non existentibus eadem est ratio*[3] — autrement dit : « Quand on ne voit pas une femme rougir, elle ne rougit aucunement. »

Les deux bonnes femmes observèrent le silence le plus absolu durant toute la scène entre M. Allworthy et la jeune fille; mais, aussitôt qu'elle fut terminée et que l'intéressé fut hors de portée, Mme Déborah ne put se retenir de récriminer contre la clémence de son maître et particulièrement contre le fait qu'il eût admis que la fille tût le nom du père de l'enfant, renseignement qu'elle jura bien de lui extorquer avant la fin du jour.

A ces mots, un sourire (fort inhabituel chez elle) vint altérer les traits de Mlle Brigitte. Je ne chercherai pas à faire croire à mon lecteur qu'il s'agissait d'un de ces sourires voluptueux qu'Homère prête à Vénus quand il l'appelle la déesse qui aime le rire; ce n'était pas non plus un de ces sourires que Lady Séraphine lance de sa loge d'avant-scène et pour égaler lequel Vénus eût été toute prête à abandonner son immortalité. Non, c'était plutôt un de ces sourires que l'on pourrait croire issu des joues à fossettes de l'auguste Tisiphone[4] ou de l'une de mesdemoiselles ses sœurs.

Avec un tel sourire, donc, et d'une voix aussi suave

que la brise nocturne de Borée en l'aimable mois de novembre, Mlle Brigitte reprit doucement la curiosité de Mme Déborah; vice dont il semble que la seconde fût un peu trop infectée et contre lequel la première fulmina avec une grande âpreté, ajoutant que, parmi toutes ses fautes, elle remerciait le Ciel que ses ennemis ne pussent l'accuser de fourrer son nez dans les affaires d'autrui.

Elle se mit alors à faire l'éloge de l'honneur et du courage avec lesquels Jenny avait agi. Elle dit qu'elle ne pouvait faire autrement que d'approuver son frère, qu'il y avait un certain mérite dans la sincérité des aveux de la jeune fille et dans sa probité envers son amant; qu'elle-même l'avait toujours considérée comme une personne fort sage et qu'elle ne doutait pas que la jeune fille n'eût été séduite par quelque gredin, infiniment plus à blâmer qu'elle, qui avait sans doute obtenu ce qu'il voulait par une promesse de mariage ou quelque autre moyen déloyal.

Ce comportement de Mlle Brigitte surprit grandement Mme Déborah; car cette personne bien apprise ouvrait rarement la bouche, que ce soit auprès de son maître ou de la sœur, sans avoir d'abord sondé leurs inclinations, avec lesquelles concordaient toujours ses propres sentiments. Ici, cependant, elle aurait cru pouvoir se lancer en toute sécurité; et le sagace lecteur ne l'accusera peut-être pas d'avoir manqué de prévision; il admirera plutôt la merveilleuse célérité avec laquelle elle vira de bord en s'apercevant qu'elle avait fait fausse route.

— Eh oui, Madame, dit cette femme experte et réellement grande politique, j'avoue que je ne puis me retenir d'admirer le courage de cette fille, tout comme Madame. Et, comme le dit si bien Madame, si elle a été abusée par quelque homme perfide, il faut plaindre la malheureuse. Et pour sûr, comme le dit Madame, elle a toujours eu l'air d'une personne simple, bonne et honnête, et pas vaine de son visage, ma foi ! comme certaines péronnelles impudiques du voisinage.

— Vous dites vrai, Déborah, dit Mlle Brigitte. Si cette fille avait été de ces vaniteuses traînées dont nous avons trop d'exemples dans cette paroisse, j'aurais blâmé mon frère de son indulgence. J'ai vu l'autre jour deux filles de fermiers, le cou nu à l'église. Je déclare que j'en ai été choquée. Quand les filles veulent tendre des appâts aux garçons, peu importe qu'elles aient à en souffrir. J'ai horreur de pareilles créatures; et il vaudrait bien mieux pour elles que leur visage fût tavelé de petite vérole; mais, je dois l'avouer, je n'ai jamais vu cette conduite impudique chez la pauvre Jenny : quelque artificieux scélérat, j'en suis convaincue, l'aura trahie, que dis-je ! l'aura peut-être violentée; et je plains cette malheureuse de tout mon cœur.

Mme Déborah approuva tous ces sentiments, et le dialogue s'acheva par une invective amère et générale contre la beauté, et nombre de considérations pleines de compassion pour les jeunes filles simples et honnêtes qui sont abusées par les artifices pervers des hommes trompeurs.

CHAPITRE IX

Comprenant des matières qui surprendront le lecteur.

Jenny rentra chez elle fort satisfaite de la réception que lui avait réservée M. Allworthy, dont elle s'empressa de faire connaître la longanimité, cn partie peut-être pour sacrifier à sa propre fierté, et en partie pour le motif plus sage de se réconcilier ses voisins et de mettre fin à leurs clameurs.

Mais toute raisonnable que peut paraître cette dernière intention, si en fait elle l'avait eue, l'événement ne répondit pas à son attente; car lorsqu'elle avait été convoquée devant le juge de paix et que l'on avait généralement considéré son lot comme devant être la maison de correction, en dépit des quelques jeunes femmes qui s'étaient écriées que c'était bien assez bon pour elle et qui s'étaient plu à se la représenter battant le chanvre en robe de soie, nombre d'autres avaient commencé à compatir à sa situation; mais quand on sut comment M. Allworthy s'était comporté, le courant se renversa. L'une dit : « La donzelle a eu de la chance, je vous l'assure ! » Une autre s'écria : « Ce que c'est que d'être bien vue ! » Une troisième : « Oui, tout ça, ça vient de son éducation. » Chacune fit quelque malveillant commentaire sur la circonstance et critiqua la partialité du juge de paix.

Le comportement de ces gens pourra sembler malavisé et ingrat au lecteur, qui songe au pouvoir et à la bienveillance de M. Allworthy. Mais, pour ce qui est de son pouvoir, il n'en usait jamais; quant à sa bienveillance, il en déployait tant qu'il avait trouvé moyen de désobliger tous ses voisins; car c'est un secret bien connu des grands hommes qu'en conférant une obligation, on ne se fait pas toujours un ami, mais on est certain de se créer beaucoup d'ennemis.

Cependant, les soins et la bonté de M. Allworthy eurent bientôt fait de mettre Jenny hors de portée de la censure. La malignité, privée de la possibilité d'exercer sur elle sa rage, se mit à chercher alors un autre objet à son acrimonie, et ce ne fut nul autre que M. Allworthy en personne; un murmure s'éleva bientôt, selon lequel il était lui-même le père de l'enfant trouvé.

Cette supposition expliquait si bien sa conduite à l'opinion générale qu'elle rencontra l'assentiment universel; et la clameur contre son indulgence commença de prendre un autre tour, se muant en invective contre sa cruauté envers la pauvre fille. Des femmes de bien se récrièrent avec sévérité contre les hommes qui engendrent des enfants pour ensuite les renier. Il n'en manqua pas non plus pour insinuer, après le départ de Jenny, qu'on l'avait fait disparaître dans un dessein trop noir pour être mentionné; et ces mêmes personnes donnèrent fréquemment à entendre qu'il y aurait lieu à une enquête judiciaire sur toute cette affaire, et que l'on devrait bien contraindre certains à produire la personne.

Ces calomnies auraient probablement pu entraîner de funestes conséquences ou tout au moins causer quelque inquiétude à un homme d'un caractère plus indécis et plus méfiant que M. Allworthy n'avait la grâce de l'avoir; mais, dans son cas, elles ne donnèrent lieu à aucun effet de ce genre : cordialement méprisées par lui, elles se bornèrent à fournir un innocent amusement aux bonnes langues du voisinage.

Mais comme nous n'avons aucun moyen de connaître les réactions de notre lecteur et qu'il n'entendra plus parler de Jenny pendant quelque temps, nous croyons bon de lui laisser entendre dès maintenant que M. Allworthy était — et cela ressortira par la suite — absolument innocent de toute intention criminelle. Il n'avait en fait commis rien d'autre qu'une erreur de politique en tempérant la justice de miséricorde et en refusant de satisfaire le bon naturel de la masse* en offrant un objet à sa compassion dans la personne de la pauvre Jenny, que, pour s'apitoyer sur elle, on aurait voulu voir offerte à la ruine et à l'infamie au moyen d'une honteuse correction à Bridewell.

Bien loin de déférer à pareille tendance, ce qui eût aboli tout espoir de réforme et même fermé la porte devant elle au cas où ses propres inclinations la porteraient à choisir désormais le chemin de la vertu, M. Allworthy préféra la seule façon possible d'encourager la jeune fille à y rentrer; tant il est vrai, je le crains, que bien des femmes se sont trouvées abandonnées et ont sombré jusqu'au tréfonds du vice pour n'avoir pu rattraper le premier faux pas. Il en sera toujours ainsi, j'en ai peur, tant qu'elles demeureront dans leur ancien milieu; M. Allworthy agit donc sagement en envoyant Jenny en un endroit où elle pût jouir d'une bonne réputation, après avoir goûté des funestes conséquences de sa perte.

Vers ce lieu donc, où qu'il soit, nous lui souhaiterons un bon voyage et prendrons, pour le moment, congé d'elle et de son petit enfant trouvé, ayant certaines choses de bien plus grande importance à communiquer au lecteur.

CHAPITRE X

L'hospitalité d'Allworthy ; brève esquisse du caractère de deux frères, un médecin et un capitaine, reçus par ce gentilhomme.

Ni la demeure ni le cœur de M. Allworthy n'étaient fermés à aucune part de l'humanité; mais l'un et l'autre étaient plus particulièrement ouverts aux hommes de mérite. A vrai dire, c'était la seule maison du royaume

* Partout où ce mot figure dans nos écrits, il doit s'entendre de gens sans vertu ni raison, de toutes conditions; il s'agit même souvent de personnes du plus haut rang. H. F.

où l'on était sûr d'obtenir un dîner pour peu que l'on en fût digne.

Plus que tous autres, les hommes de talent et de savoir se partageaient la première place dans la faveur de l'amphitryon, qui avait là-dessus un fort bon discernement; car, bien que n'ayant pas bénéficié d'une instruction savante, il était doué de capacités naturelles suffisamment vastes pour avoir si bien profité d'une vigoureuse encore que tardive application aux lettres et d'un grand commerce avec des hommes éminents en la matière, qu'il était devenu lui-même un juge fort compétent dans la plupart des genres littéraires.

Il n'y a pas à s'étonner qu'en une époque où cette sorte de mérite est si peu en vogue et où l'on y pourvoit si maigrement, les gens qui en étaient doués se pressassent avec ardeur en un lieu où ils étaient sûrs d'être reçus avec une grande complaisance; où, en fait, ils pouvaient jouir des avantages d'une ample fortune presque aussi bien que si celle-ci leur appartenait en propre; car M. Allworthy n'était pas de ces généreuses personnes qui sont disposées à octroyer avec munificence chère, boisson et logement aux hommes d'esprit et de savoir, dont ils attendent en retour divertissement, instruction, flatteries et obséquiosité, exigeant en un mot qu'ils s'enrôlent au nombre des domestiques sans cependant porter la livrée de leur maître ni recevoir de gages.

Au contraire, chacun dans cette maison était parfaitement maître de son temps; et de même que l'invité pouvait à son gré satisfaire tous ses appétits dans les seules limites des lois, de la vertu et de la religion, il pouvait aussi, si sa santé l'exigeait ou si ses inclinations le portaient à la tempérance ou même à l'abstinence, se dispenser d'assister aux repas ou s'en retirer chaque fois qu'il en avait envie sans même que l'on cherchât à le retenir; car, en vérité, pareilles instances de la part d'un supérieur ont toujours une forte saveur de commandement. Tous ici étaient affranchis de pareille impertinence, non seulement ceux dont la compagnie est partout ailleurs considérée comme une faveur vu l'égalité de leur fortune, mais même ceux dont la condition indigente leur rend bien commode ce séjour gratuit et qui sont moins bienvenus à la table d'un grand du fait justement qu'ils en ont besoin[1].

Parmi d'autres de ce genre se trouvait le docteur Blifil, personnage à qui l'obstination d'un père, qui avait tenu à l'élever en vue d'une profession qu'il n'aimait pas, avait valu l'infortune de gâcher l'avantage offert par de grands talents. Par obéissance envers cette obstination, le docteur avait dû, dans sa jeunesse, étudier la médecine, ou plutôt dire qu'il l'étudiait; car, en réalité, les livres de ce genre étaient sans doute les seuls qu'il ne connût point; et, malheureusement pour lui, le docteur possédait à peu près toutes les autres sciences que celle dont il devait tirer son pain quotidien; en conséquence de quoi, à l'âge de quarante ans, il n'avait pas de pain à manger.

Une telle personne était sûre d'être la bienvenue à la table de M. Allworthy, auprès de qui les infortunes étaient toujours une recommandation quand elles dérivaient de la folie ou de la scélératesse d'autrui et non de l'infortuné lui-même. Outre ce mérite négatif, le docteur avait pour lui une recommandation positive : c'était une grande apparence de religion. Que cette religion fût réelle ou ne consistât qu'en une apparence, je n'aurai pas la présomption de le dire, n'ayant pas en ma possession de pierre de touche qui me permette de distinguer le vrai du faux.

Si cette partie de son caractère plaisait à M. Allworthy, il enchantait Mlle Brigitte. Elle engageait avec lui de nombreuses controverses religieuses, à l'occasion desquelles elle exprimait constamment une grande satisfaction des connaissances du docteur et une presque non moins grande des hommages qu'il rendait fréquemment aux siennes. A vrai dire, elle avait lu beaucoup d'ouvrages de théologie anglaise et embarrassé plus d'un vicaire des environs. En fait, sa conversation était si pure, sa mine si sage et tout son comportement si grave et si solennel qu'elle semblait mériter autant le nom de sainte que son homonyme ou que toute autre femme du calendrier romain.

Les sympathies de toutes sortes engendrent volontiers l'amour; et l'expérience nous apprend qu'aucunes n'y tendent plus directement que celles d'un genre religieux entre personnes de sexe différent. Le docteur se trouva si bien en faveur auprès de Mlle Brigitte qu'il commença à déplorer un malheureux accident qui lui était arrivé quelque dix ans auparavant, c'est-à-dire son mariage avec une autre femme, qui, non seulement vivait toujours, mais, ce qui était pis, dont l'existence était connue de M. Allworthy. C'était là un obstacle fatal au bonheur dont l'obtention auprès de cette jeune demoiselle lui paraissait assez probable; car, pour ce qui était d'assouvissements criminels, il n'y avait certainement jamais songé. Cela sans doute à cause de sa religion, raison la plus probable, ou de la pureté de sa passion qui s'attachait à ces choses que le mariage seul, et non des rapports coupables, pouvait mettre en sa possession ou lui donner des titres à acquérir.

Il n'avait pas ruminé bien longtemps la question quand lui vint en mémoire qu'il avait un frère, non soumis à une si malheureuse incapacité. Il ne lui fit aucun doute que ce frère réussirait; car il croyait discerner chez la demoiselle un penchant au mariage; et le lecteur, quand il connaîtra les qualités de ce frère, ne reprochera pas à notre homme la confiance qu'il mettait en son succès.

Le personnage avait environ trente-cinq ans. Il était de taille moyenne et ce que l'on peut appeler bien bâti. Une balafre traversait son front, qui portait moins atteinte à sa beauté qu'elle ne soulignait sa vaillance (il était officier en demi-solde). Il avait une bonne denture et, quand il lui plaisait, son sourire avait quelque chose d'affable; bien que, par nature, son visage aussi bien que son air et sa voix fussent empreints d'une assez grande rudesse : mais il pouvait à tout moment l'abandonner et se montrer tout douceur et bonne humeur. Il n'était pas dépourvu de distinction ni entièrement d'esprit, et il avait fait preuve, dans sa jeunesse, d'une grande vivacité, que, bien qu'il eût adopté depuis quelque temps une attitude plus sérieuse, il savait reprendre quand il lui plaisait.

Comme le docteur, il avait reçu une éducation universitaire; car, avec cette autorité paternelle que nous avons déjà eu l'occasion de mentionner, son père avait décrété qu'il entrerait dans les ordres; mais le vieux monsieur étant mort avant qu'il ne fût ordonné, il avait choisi pour église le militaire et préféré un brevet du roi à celui de l'évêque.

Il avait acheté un grade de lieutenant de dragons, et était devenu par la suite capitaine; mais s'étant querellé avec son colonel, son intérêt l'avait obligé à vendre; et, depuis ce moment, il s'était entièrement retiré à la campagne, où il s'adonnait à l'étude des Écritures et où on lui prêtait volontiers un penchant pour le méthodisme.

Il ne semblait donc pas invraisemblable que pareille personne pût réussir auprès d'une demoiselle d'un caractère si saint et dont les inclinations n'étaient fixées que sur le mariage en général; mais pourquoi le docteur, qui ne nourrissait certainement pas une grande amitié pour son frère, pensa pour lui si mal reconnaître l'hospitalité d'Allworthy, c'est une question à laquelle il n'est pas aisé de répondre.

Est-ce donc que certaines natures font leurs délices du mal, comme d'autres, pense-t-on, du bien ? Ou y a-t-il un plaisir à être complice d'un vol que l'on ne peut commettre soi-même ? Ou bien enfin (et c'est l'hypothèse que l'expérience rend la plus vraisemblable) éprouvons-nous de la satisfaction à rehausser les membres de notre famille, même si nous n'avons pas pour eux la moindre affection ou la moindre considération ?

Nous ne chercherons pas à déterminer si l'un de ces mobiles poussa le docteur; mais le fait est là. Il fit venir son frère et trouva aisément moyen de l'introduire chez Allworthy comme une personne venue lui faire à lui-même une courte visite.

Le capitaine n'était pas dans la maison depuis une semaine que le docteur pouvait déjà se féliciter de son discernement. Le capitaine était certes un aussi grand maître en l'art de l'amour que le fut jadis Ovide. Son frère lui avait en outre fourni certaines suggestions, qu'il ne manqua pas d'exploiter pour son plus grand avantage.

CHAPITRE XI

Contenant maintes règles, et quelques exemples, sur la façon de tomber amoureux : descriptions de la beauté, et autres incitations plus prudentes au mariage.

CERTAINS sages, hommes ou femmes, je ne sais plus, ont observé que chacun est voué à tomber amoureux une fois dans sa vie. A cela, on n'a assigné aucune époque particulière, pour autant qu'il m'en souvienne; mais l'âge auquel était arrivée Mlle Brigitte me semble aussi digne que tout autre d'être choisi à cet effet : en vérité, la chose arrive souvent plus tôt; mais quand ce n'est pas le cas, elle manque rarement, pour ne pas dire jamais, je l'ai remarqué, de se produire à peu près à ce moment. Qui plus est, on peut remarquer qu'à cette période l'amour est d'une nature plus sérieuse et plus solide que ce qui apparaît parfois aux époques plus jeunes de l'existence. L'amour des filles jeunes est incertain, capricieux et si irréfléchi que l'on ne peut pas toujours découvrir où la demoiselle voudrait en venir; on pourrait presque douter même qu'elle le sache toujours elle-même.

Or, on n'est jamais en peine de le discerner chez une femme de quarante ans environ; car des personnes aussi graves, sérieuses et averties savent bien ce qu'elles veulent, et il est toujours très facile à l'homme le moins sagace de le découvrir avec la plus entière certitude.

Mlle Brigitte est un exemple de toutes ces observations. Elle ne s'était pas trouvée bien souvent en la compagnie du capitaine que cette passion la saisit. Et elle ne se mit pas à traîner, languissante, par toute la maison comme une jeune fille débile et stupide, ignorante de son mal : elle éprouva, reconnut et goûta l'agréable sensation, sans en avoir ni crainte ni honte, étant assurée qu'elle était non seulement innocente mais encore louable.

Et, à vrai dire, il y a en tous points une grande différence entre la raisonnable passion que les femmes de cet âge conçoivent pour les hommes et l'attirance futile et enfantine d'une fille pour un garçon, attirance qui ne s'attache souvent qu'au côté extérieur, et aux avantages de peu de valeur et de peu de durée tels que joues vermeilles, mains petites et blanches comme les lis, yeux de velours, boucles flottantes, mentons duveteux, contours pimpants; ou même parfois à des charmes qui ont encore moins de valeur et appartiennent moins à la personne, tels que les ornements extérieurs dont les hommes sont redevables au tailleur, au marchand de dentelles, au perruquier, au chapelier et au marchand de modes, et non à la nature. Les filles peuvent bien avoir honte — et c'est généralement le cas — d'avouer pareille passion, à elles-mêmes aussi bien qu'à autrui.

L'amour de Mlle Brigitte était d'autre sorte. Le vêtement du capitaine ne devait rien à ces fabricants de petits-maîtres, et sa personne n'était pas plus redevable envers la nature. Tous deux étaient tels que, s'ils étaient apparus dans une assemblée ou un salon, ils eussent fait l'objet du mépris et des railleries de toutes les belles dames présentes. Le premier était, certes, bien tenu, mais simple, rude, de pauvre imagination et démodé. Quant à la seconde, nous l'avons expressément décrite plus haut. La peau de ses joues était si loin d'être vermeille, que l'on ne pouvait en discerner la couleur naturelle tant elles étaient entièrement couvertes d'une barbe noire, qui montait jusqu'à ses yeux. Si sa carrure et ses membres étaient exactement proportionnés, ils étaient de si vastes dimensions qu'ils dénotaient plutôt la force d'un laboureur que de tout autre. La largeur de ses épaules dépassait toute mesure et ses mollets étaient plus gros que ceux d'un ordinaire porteur de chaise. Bref, toute sa personne manquait de cette élégance et de cette beauté qui sont le contraire même de la force balourde et qui font valoir la plupart de nos beaux messieurs; élégance et beauté dues en partie au sang supérieur de leurs ancêtres, c'est-à-dire un sang fait de sauces relevées et de vins généreux, et en partie à une éducation citadine commencée dès le jeune âge.

Bien que Mlle Brigitte fût une demoiselle du goût le plus délicat, les charmes de la conversation du capitaine étaient tels qu'elle négligea totalement les défauts de sa personne. Elle s'imagina — et peut-être fort sagement — qu'elle jouirait d'instants beaucoup plus agréables auprès du capitaine que de quelque garçon bien plus joli; et elle s'abstint de considérer le plaisir de ses yeux afin de se procurer des satisfactions beaucoup plus solides.

Le capitaine n'eut pas plus tôt perçu la passion de Mlle Brigitte, découverte que sa perspicacité fit presque aussitôt, qu'il la paya fidèlement de retour. La demoiselle, pas plus que son soupirant, ne brillait par la beauté. Je tenterais bien de peindre son portrait, si ce n'avait déjà été fait par un maître plus capable, M. Hogarth lui-même[1], pour qui elle posa il y a bien des années; ce peintre l'a fait dernièrement figurer dans une gravure représentant un matin d'hiver, qu'elle pouvait symboliser sans impropriété, et on peut l'y voir se rendant à pied (car elle va à pied sur la gravure) à l'église de Covent Garden, suivie d'un petit laquais famélique qui porte son livre de prières.

Le capitaine aussi préférait fort sagement les plaisirs plus solides qu'il attendait de cette demoiselle aux charmes passagers de la personne. Il était de ces sages qui considèrent la beauté dans l'autre sexe comme une qualité superficielle et de fort peu de valeur; ou, plus exactement, qui aiment mieux posséder toutes les commodités de l'existence avec une épouse laide qu'une jolie femme sans aucune de ces commodités. Et, ayant très bon appétit, mais peu de délicatesse, il pensait pouvoir fort bien remplir son rôle au banquet matrimonial sans l'assaisonnement de la beauté.

Pour plus de clarté envers le lecteur, nous dirons que le capitaine, dès son arrivée, ou du moins à partir du moment où son frère lui avait proposé cette union et bien avant d'avoir découvert aucuns symptômes flatteurs chez Mlle Brigitte, s'était senti fort épris; c'est-à-dire épris de la demeure et des jardins de M. Allworthy, de ses terres, tenures et biens, toutes choses que le capitaine affectionnait tant qu'il aurait très probablement contracté mariage avec elles, eût-il dû pour cela prendre la sorcière d'Endor dans le marché.

Vu, donc, que M. Allworthy avait déclaré au docteur n'avoir jamais l'intention de se remarier, que sa sœur était sa plus proche parente et que le docteur l'avait amené à dire son dessein de faire d'un enfant de celle-ci son héritier, ce qu'en fait la loi aurait fait pour lui sans son intervention, le docteur et son frère estimèrent que ce serait un acte de bonté que de donner la vie à un être humain qui serait si abondamment pourvu des moyens essentiels du bonheur. Toutes les pensées de l'un et l'autre étaient donc fixées sur la meilleure manière de gagner l'affection de l'aimable demoiselle.

Mais la fortune, qui est une tendre mère et qui fait souvent plus pour ses enfants favoris qu'ils ne le méritent ou ne le souhaitent, s'était montrée si diligente pour le capitaine que, tandis qu'il tirait des plans pour venir à bout de son dessein, la demoiselle conçut les mêmes désirs à son égard et cherchait le moyen de donner au capitaine les encouragements appropriés sans cependant paraître trop empressée; car elle observait strictement toutes les règles de la bienséance. En cela, cependant, elle réussit aisément; car, le capitaine étant toujours aux aguets, aucun coup d'œil, aucun geste, aucun mot ne lui échappaient.

La satisfaction éprouvée par le capitaine de la bienveillante conduite de Mlle Brigitte n'était pas peu tempérée par ses craintes à l'égard de M. Allworthy; car, en dépit des déclarations désintéressées de celui-ci, le capitaine imaginait que, lorsqu'il s'agirait de passer aux actes, il suivrait l'exemple du reste du monde et refuserait son consentement à une union aussi désavantageuse, quant aux intérêts, pour sa sœur. Quel oracle lui inspira cette opinion, je laisse au lecteur le soin d'en décider; toujours est-il qu'elle lui vint et il fut singulièrement embarrassé pour régler sa conduite de façon à faire comprendre son attachement à la demoiselle tout en le cachant à son frère. Il décida finalement de saisir toutes les occasions privées de faire ses déclarations; mais, en la présence de M. Allworthy, de se tenir sur ses gardes et de se montrer aussi réservé que possible; et son frère approuva hautement cette conduite.

Il trouva bientôt le moyen de faire ses déclarations, en termes explicites à sa maîtresse, de qui il reçut une réponse conforme aux convenances, à savoir celle qui fut faite pour la première fois il y a quelques milliers d'années et qui fut depuis lors transmise par tradition de mère en fille. Si je devais la traduire en latin, je la rendrais par ces deux mots : *nolo episcopari*[1], formule d'un usage également immémorial en une autre occasion.

Le capitaine, d'où que vînt son savoir, entendit parfaitement bien la demoiselle; il ne tarda pas à revenir à la charge avec plus de chaleur et d'instance qu'auparavant, et fut derechef repoussé, conformément à la bonne règle; mais, à mesure qu'il montrait une ardeur accrue dans ses désirs, la demoiselle, toujours avec la même bienséance, laissait paraître une diminution de violence dans son refus.

Pour éviter de lasser le lecteur en le menant par toutes les scènes de cette cour (qui, en dépit de l'opinion de certain grand auteur selon laquelle c'est pour l'acteur la scène la plus agréable de l'existence, est peut-être aussi terne et ennuyeuse que toute autre pour les spectateurs), le capitaine mena ses approches selon les formes, la citadelle fut défendue selon les formes pour être enfin, selon les formes convenables, rendue à discrétion.

Pendant tout ce temps, qui dura près d'un mois, le capitaine maintint une grande distance dans son comportement envers la demoiselle en la présence de son frère; et plus il réussissait auprès d'elle dans le privé, plus il se montrait réservé en public. Quant à la demoiselle, aussitôt qu'elle se fut assurée de son soupirant, elle se conduisit à son égard devant le monde avec la plus grande indifférence; si bien qu'il eût fallu à M. Allworthy la perspicacité du diable (ou peut-être certaines de ses pires qualités) pour éprouver le moindre soupçon de ce qui se passait.

CHAPITRE XII

Contenant ce que le lecteur s'attendra peut-être à y trouver.

DANS toutes tractations, qu'il s'agisse de combattre, de se marier ou de toute autre affaire, il faut peu de cérémonie préalable pour mener les choses à bonne fin quand les deux parties sont vraiment décidées. Ainsi en était-il dans le cas présent, et moins d'un mois après le capitaine et sa dame étaient mari et femme.

Le tout fut alors d'en faire part à M. Allworthy; et ce fut le docteur qui s'en chargea.

Un jour donc que le gentilhomme se promenait dans son jardin, le docteur s'avança vers lui et, la mine très grave, avec tout le souci qu'il lui était possible d'affecter dans son attitude, lui dit :

— Je suis venu, Monsieur, vous communiquer une affaire de la plus grande conséquence; mais comment vous parler d'une chose dont la pensée seule est bien près de me rendre fou ?

Il se lança alors dans d'amères invectives contre les hommes aussi bien que les femmes; accusant les premiers de ne s'attacher qu'à leurs intérêts et les secondes d'être si bien livrées à leurs inclinations vicieuses que l'on ne pouvait jamais se fier à elles en toute sécurité en face de quelqu'un de l'autre sexe.

— Comment aurais-je pu soupçonner, Monsieur, dit-il, qu'une personne d'une telle prudence, d'un tel jugement, d'un tel savoir se laisserait aller à une passion aussi inconsidérée ! Aurais-je pu imaginer que mon frère — pourquoi l'appeler ainsi ? ce n'est plus mon frère...

— Bien sûr que si, dit Allworthy, de même que pour moi également.

— Par exemple, Monsieur ! s'écria le docteur, êtes-vous donc au courant de cette atterrante affaire ?

— Voyez-vous, M. Blifil, répondit le bon homme, ç'a été ma maxime constante de prendre du bon côté tout ce qui arrive dans la vie. Ma sœur, quoique beaucoup plus jeune que moi, a pour le moins atteint l'âge de discernement. S'il avait voulu en conter à une enfant, j'aurais éprouvé plus de répulsion à lui pardonner; mais une femme qui a dépassé la trentaine doit bien savoir, je présume, ce qui la rendra le plus heureuse. Elle a épousé quelqu'un d'un bon milieu, quoique peut-être d'une fortune un peu inégale à la sienne; et s'il possède à ses yeux des qualités assez grandes pour compenser cette insuffisance, je ne vois aucune raison de m'opposer au choix qu'elle a fait en vue de son propre bonheur; que, pas plus qu'elle-même, je n'imagine devoir consister en richesses immenses. Sans doute aurais-je pu espérer, étant donné que, par de nombreuses déclarations, j'avais laissé entendre ma volonté de déférer à toute demande, être consulté en cette occasion; mais ces affaires sont d'une nature très délicate, et il faut peut-être tenir compte des scrupules de la modestie. Quant à votre frère, je n'éprouve vraiment aucune colère contre lui. Il n'a envers moi aucune obligation, et je ne trouve pas qu'il y avait aucune nécessité pour lui de demander mon consentement, la femme étant, comme je l'ai dit, *sui juris*[1] et d'âge à n'avoir à répondre qu'à elle-même de sa conduite.

Le docteur accusa M. Allworthy d'une trop grande indulgence, renouvela ses critiques contre son frère et déclara que jamais plus on ne l'amènerait à le voir ou à l'avouer pour parent. Puis il se lança dans un panégyrique de la bonté d'Allworthy, dans les louanges les plus exaltées sur son amitié; et il conclut en disant qu'il ne pardonnerait jamais à son frère d'avoir mis en péril la place qu'il occupait dans cette amitié.

Allworthy répondit ainsi :

— Eussé-je ressenti du mécontentement envers votre frère, que je ne l'aurais jamais reporté sur un innocent; mais je vous assure bien que je n'en éprouve aucun. Votre frère me paraît être un homme intelligent et un homme d'honneur. Je ne désapprouve pas le goût de ma sœur; et je ne veux pas douter qu'elle soit l'objet d'inclinations égales. J'ai toujours pensé que l'amour était le seul fondement du bonheur dans l'état de mariage, puisqu'il est seul à pouvoir produire cette grande et tendre amitié qui devrait toujours être le ciment de cette union; et, à mon idée, tous les mariages contractés pour d'autres motifs sont grandement criminels; ils sont une profanation d'une très sainte cérémonie et aboutissent généralement à l'agitation et à la souffrance : car on peut certes appeler profanation le fait de convertir cette institution des plus sacrées en un pervers sacrifice au désir ou à l'avarice, et que dire de mieux de ces alliances auxquelles les hommes sont induits par la simple considération d'une belle personne ou d'une grande fortune ?

» Nier que la beauté soit un objet agréable à l'œil et mérite même quelque admiration serait faux et stupide. Belle est une épithète que l'on trouve souvent dans l'Écriture, et la mention en est toujours honorable. Ce fut ma bonne fortune personnelle que d'épouser une femme que le monde trouvait jolie, et je ne l'en aimai que davantage, je puis le dire en toute sincérité. Mais faire de la beauté l'unique considération du mariage, la convoiter avec une violence suffisante pour faire négliger toutes les imperfections, ou l'exiger de façon si absolue que de rejeter avec dédain la religion, la vertu et la raison, qualités bien plus parfaites dans leur essence, simplement parce qu'il manque l'élégance de la personne, cela ne convient sûrement ni à un homme sage, ni à un bon chrétien. Et c'est peut-être se montrer trop charitable de conclure que pareilles gens cherchent autre chose dans le mariage que l'assouvissement de leurs appétits charnels; pour la satisfaction desquels il n'a pas été ordonné, nous dit-on.

» Voyons ensuite la question de la fortune. La sagesse du monde y attache peut-être une certaine considération; et je ne la condamnerai pas absolument et entièrement. Comme le monde est fait, les exigences de l'état de mariage et le souci de la postérité demandent que l'on fasse quelque cas de ce qu'on appelle la condition. Mais cette provision est grandement accrue, au-delà du véritable nécessaire, par la folie et la vanité, qui créent infiniment plus de besoins que la nature. La coutume en vient à mettre au rang des nécessités un équipage pour la femme et de grandes fortunes pour les enfants; et pour les procurer, on néglige tout ce qui est réellement solide et doux, toute vertu et toute religion.

» Et cela à bien des degrés; dont le dernier et le plus grand se confond à peu près avec la folie — j'entends quand des personnes extrêmement fortunées s'unissent à celles qui leur sont, qui doivent leur être antipathiques, à des sots et des fripons, à seule fin d'arrondir un bien qui excède déjà les exigences de leurs plaisirs. Assurément ces gens, s'ils ne veulent pas être considérés comme fous, devront reconnaître ou qu'ils sont incapables de goûter les douceurs de l'affection la plus tendre, ou qu'ils sacrifient le plus grand bonheur dont ils soient capables aux vaines, incertaines et stupides lois de l'opinion commune, qui doivent leur force aussi bien que leurs fondements à la folie. »

Allworthy conclut là son homélie, que Blifil avait écoutée avec la plus grande attention, encore qu'il eût eu quelques difficultés de temps à autre à contenir une légère agitation de ses muscles. Il se mit alors à louer chaque période de ce que nous avons entendu avec la chaleur d'un jeune ecclésiastique qui a l'honneur de dîner avec son évêque le jour même où Monseigneur est monté en chaire.

CHAPITRE XIII

Qui conclut le premier livre ; exemple d'ingratitude, qui, nous l'espérons, paraîtra contre nature.

Le lecteur peut bien imaginer, d'après ce que nous avons dit, que la réconciliation (si on peut l'appeler ainsi) ne fut qu'une affaire de forme; nous ne nous y arrêterons donc pas et nous nous empresserons de passer à un sujet que l'on ne manquera pas de juger important.

Le docteur avait mis son frère au courant de ce qui s'était passé entre M. Allworthy et lui; et il avait ajouté avec un sourire :

— Je te promets bien que je t'en ai donné pour ton compte : j'ai beaucoup insisté pour que le brave homme refuse de te pardonner; car, comprends-tu, après la déclaration qu'il avait faite en ta faveur, je pouvais en toute sécurité risquer pareille requête auprès d'une personne de son tempérament; et je tenais, autant pour ton bien que pour le mien, à écarter toute possibilité de soupçon.

Le capitaine Blifil ne prêta pas attention à ces paroles sur le moment; mais il devait par la suite en faire un usage notable.

Une des maximes que le diable, au cours d'une récente visite sur terre, laissa à ses disciples est qu'une fois levé, il faut repousser du pied le tabouret sur lequel on était assis. Pour parler plus clairement : quand on a fait sa fortune grâce aux bons offices d'un ami, mieux vaut se débarrasser de lui le plus tôt possible.

Je ne saurais déterminer positivement si le capitaine agit en fonction de cette maxime; ce qui est sûr, c'est que l'on pourrait à bon titre faire dériver ses actions de ce principe diabolique; et, en fait, il serait difficile de leur assigner aucun autre mobile : à peine fut-il en possession de Mlle Brigitte et réconcilié avec Allworthy qu'il commença à montrer envers son frère une froideur chaque jour croissante, qui finit par se muer en une grossièreté visible à tous.

Le docteur lui reprocha en tête à tête ce comportement, mais il ne put obtenir d'autre satisfaction que la simple déclaration suivante :

— Si quelque chose vous déplaît dans la maison de mon frère, Monsieur, vous savez que vous avez toute liberté de la quitter.

Cette étrange, cruelle et presque inexplicable ingratitude chez le capitaine brisa absolument le cœur du pauvre docteur; car l'ingratitude ne perce jamais si complètement la poitrine que lorsqu'elle procède de ceux en faveur de qui l'on s'est rendu coupable. Les considérations sur les grandes et bonnes actions, de quelque façon qu'elles soient reçues ou retournées par ceux pour qui elles ont été accomplies, nous sont toujours de quelque réconfort; mais quelle consolation recevrons-nous devant une infortune aussi amère que la conduite ingrate d'un ami, quand notre conscience blessée nous relance, tout en nous reprochant amèrement de l'avoir salie au service d'une personne si indigne ?

M. Allworthy lui-même parla au capitaine en faveur de son frère et désira savoir quelle offense il avait commise. L'impitoyable scélérat eut alors la bassesse de déclarer qu'il ne lui pardonnerait jamais l'atteinte qu'il avait tenté de lui porter dans la faveur du squire, tort que, dit-il, il était arrivé à faire avouer à l'autre et qui était d'une cruauté impardonnable.

Allworthy s'éleva en termes fort vifs contre cette déclaration, indigne, dit-il, d'un être humain. En fait, il exprima tant de ressentiment contre une humeur rancunière que le capitaine affecta finalement d'être convaincu par ses arguments et prétendit ouvertement d'être réconcilié.

Quant à l'épousée, elle était pour lors en pleine lune de miel, et elle avait pour son nouveau mari une affection si passionnée qu'il ne lui paraissait jamais être dans son tort; et le déplaisir qu'il montrait envers quiconque était une raison suffisante pour son aversion à l'égard de ladite personne.

Le capitaine, comme nous l'avons dit, s'était, sur les instances de M. Allworthy, en apparence réconcilié avec son frère; mais il conservait la même rancœur au fond de lui-même, et il trouvait tant d'occasions de le lui suggérer dans le privé, que la maison finit par devenir insupportable au malheureux docteur. Il préféra se soumettre à tous les inconvénients qu'il pourrait rencontrer dans le monde que de supporter plus longtemps ces insultes cruelles et ingrates de la part d'un frère pour lequel il avait tant fait.

Il eut un moment l'intention de mettre Allworthy au courant de toute l'affaire; mais il ne put se résoudre à la confession, dans laquelle il eût été obligé d'assumer une si grande part de la culpabilité. Et d'ailleurs, plus noir serait le jour sous lequel il représenterait son frère, plus grande paraîtrait à Allworthy sa propre offense et plus grand, avait-il des raisons de penser, serait le ressentiment de celui-ci.

Il prétexta donc quelque affaire pour s'en aller et

promit de revenir bientôt; et il prit congé de son frère avec une satisfaction si bien dissimulée que, le capitaine jouant son rôle avec la même perfection, Allworthy resta persuadé de la vérité de la réconciliation.

Le docteur se rendit directement à Londres, où il mourut bientôt de chagrin; maladie qui tue plus de gens qu'on ne l'imagine généralement et qui serait justifiée à figurer dans les bulletins de mortalité, n'était qu'elle diffère sur un point des autres maladies, à savoir que nul médecin ne la peut guérir.

Or, après une enquête diligente sur la vie antérieure des deux frères, je vois, en dehors de la maudite et infernale maxime de politique mentionnée plus haut, une autre raison à la conduite du capitaine : outre ce que nous avons déjà dit de lui, c'était un homme extrêmement orgueilleux et brutal, et il avait toujours traité avec l'air de la plus grande supériorité ce frère, qui, d'un caractère bien différent, manquait éminemment de ces deux qualités. Le docteur, cependant, était de beaucoup le plus doué sous le rapport du savoir et nombreux étaient ceux qui estimaient qu'il était aussi bien plus intelligent. Cela, le capitaine le savait et ne pouvait le supporter; car, si la jalousie est au mieux une passion fort venimeuse, son amertume se trouve encore bien davantage accrue quand s'y mêle le mépris envers son objet; et, je le crains bien, lorsque, à ces deux choses, se joint encore une obligation, l'ensemble produira l'indignation et non la gratitude.

LIVRE II

CHAPITRE PREMIER

Montrant quel genre d'histoire est celle-ci ; à quoi elle ressemble et à quoi elle ne ressemble pas.

ENCORE que nous ayons fort justement intitulé le présent ouvrage histoire et non vie; non plus qu'apologie d'une vie, ce qui est plus à la mode; nous avons plutôt pour intention de suivre la méthode de ces auteurs qui font profession de dévoiler les révolutions des pays que d'imiter le pénible et volumineux historien qui, pour maintenir la régularité de sa série, se croit obligé de remplir du détail des mois et des années où rien de remarquable ne s'est passé autant de papier qu'il en emploie pour ces époques notables où se sont déroulées les scènes les plus importantes du théâtre de l'humanité.

De telles histoires sont, en réalité, très semblables à un journal, qui contient exactement le même nombre de mots, qu'il y ait de grandes nouvelles ou non. On pourrait aussi les comparer à la diligence qui, vide ou pleine, fait constamment le même trajet. L'écrivain semble, en fait, se croire obligé de suivre le train du temps, dont il est le secrétaire; et, comme son maître, il voyage avec la même lenteur tout au long de ces siècles de stagnation monacale, où le monde semble avoir été dans un long sommeil, que dans cette époque brillante et active si noblement distinguée par l'excellent poète latin :

Ad confligendum venientibus undique poenis,
Omnia cum belli trepido concussa tumultu

Horrida contremuere sub altis oetheris auris ;
In dubioque fuit sub utrorum regna cadendum
Omnibus humanis esset, terraque marique.

dont nous aimerions donner à nos lecteurs une meilleure traduction que celle de M. Creech :

Quand la terrible Carthage effraya Rome de ses armes,
Quand tout l'univers, secoué des plus rudes alarmes,
Doutait encore de quelle partie tomberait,
A quelle nation la glorieuse domination écherrait[1].

Eh bien, notre intention est, dans les pages suivantes, de suivre une méthode contraire. Quand se présentera quelque scène extraordinaire (et nous espérons que ce sera souvent le cas), nous n'épargnerons ni nos peines ni le papier pour l'exposer en détail au lecteur; mais si des années entières s'écoulent sans rien produire qui mérite de retenir son attention, nous ne craindrons pas la solution de continuité dans notre récit, et nous nous empresserons de passer aux sujets d'importance, laissant de côté ces périodes sans aucunement les observer.

Il faut, en fait, considérer celles-ci comme des billets blancs dans la grande loterie du temps. Nous, par conséquent, qui sommes les comptables de cette loterie, nous imiterons les sages gens qui s'occupent de celle qui se tire au Guildhall et qui n'importunent pas le public des nombreux billets blancs qu'ils placent; mais qu'un gros lot soit tiré, les journaux en sont bientôt remplis et le monde est sûr d'être informé que le billet a été vendu à tel bureau; en vérité, il arrive communément que deux ou trois bureaux différents revendiquent l'honneur de l'avoir placé; par quoi, je suppose, on veut donner à entendre aux aventureux que certains courtiers sont dans le secret de la Fortune et même de son conseil de cabinet.

Mon lecteur ne devra donc pas s'étonner si, dans le cours de cet ouvrage, il trouve certains chapitres très courts et d'autres tout à fait longs; certains qui ne comprennent que le temps d'un seul jour, et d'autres des années; bref, si mon récit semble parfois piétiner sur place et d'autres fois voler. Ce dont je ne me considérerai comptable devant aucun tribunal du ressort de la critique : car, étant en réalité le fondateur d'une nouvelle province littéraire, j'ai toute liberté d'édicter les lois qu'il me plaît dans cette juridiction. Et ces lois, mes lecteurs, que je considère comme mes sujets, sont tenus d'y croire et d'y obéir; afin d'ailleurs qu'ils puissent s'y soumettre volontiers et de bon cœur, je les assure ici que mon principal souci dans ces institutions sera leur aise et leur avantage : car je ne m'imagine pas, en tyran *jure divino*[1], qu'ils sont mes esclaves ou ma commodité. J'ai été, en fait, établi sur eux pour leur seul bien, j'ai été créé pour leur usage et non eux pour le mien. Et je ne doute pas qu'alors que je fais de leur intérêt la grande règle de mes écrits, ils ne s'accordent unanimement à soutenir ma dignité et à me rendre tous les honneurs que je mériterai ou désirerai.

CHAPITRE II

Pieuses mises en garde contre les trop grandes manifestations de faveur à l'égard de bâtards ; et importante découverte faite par Mme Déborah Wilkins.

HUIT mois après la célébration des noces entre le capitaine Blifil et Mlle Brigitte Allworthy, jeune dame d'une grande beauté, d'une grande valeur et d'une grande fortune, ladite dame, à la suite d'une peur soudaine, accoucha d'un beau garçon. Celui-ci était, selon toute apparence, bien formé; mais la sage-femme découvrit qu'il était né un mois avant terme.

Encore que la naissance d'un héritier de sa sœur bien-aimée fût l'occasion d'une grande joie pour M. Allworthy, elle n'aliéna en rien son affection pour le petit enfant trouvé, à qui il avait servi de parrain, lui donnant son propre nom de Thomas, et à qui il avait rarement manqué de rendre visite au moins une fois par jour dans sa chambre.

Il dit à sa sœur que, si elle le voulait bien, le nouveau-né serait élevé avec le petit Tommy; ce à quoi elle consentit, bien qu'un peu à contrecœur; elle avait, en effet, vraiment une grande complaisance pour son frère; et elle s'était donc toujours comportée envers l'enfant trouvé avec plutôt davantage de bienveillance que les dames de rigide vertu ne peuvent se résoudre parfois à en montrer à ces enfants que, tout innocents qu'ils sont, l'on peut bien qualifier de vivants monuments de l'impureté.

Le capitaine ne put aisément se persuader de supporter ce qu'il condamnait comme une faute chez M. Allworthy. Il lui laissait fréquemment entendre qu'adopter les fruits du péché, c'était encourager celui-ci. Il citait divers textes (car il était fort versé dans les Écritures), tels que : *Il fait retomber sur les enfants les péchés des pères,* et *Les pères ont mangé des raisins verts et les dents des enfants en ont été agacées,* etc. D'où il tirait argument pour la légalité de la punition du crime de la mère sur le bâtard. Il dit que, bien que la loi ne permît pas positivement la destruction de pareils enfants naturels, elle les tenait pour les enfants de personne; que l'Église les considérait comme les enfants de personne; et qu'au mieux il convenait de les dresser aux plus viles et basses fonctions de l'État.

M. Allworthy répondit à cela et à bien d'autres objurgations du capitaine à ce sujet que, quelle que fût la culpabilité des parents, les enfants étaient certainement innocents; que, pour ce qui était des textes cités, le premier était une accusation particulière, dirigée contre les Juifs, du péché d'idolâtrie, d'abandon et de haine de leur Roi céleste; quant au second, c'était une parabole, dont l'intention était plutôt de dénoncer les conséquences certaines et nécessaires du péché que de prononcer aucun jugement exprès contre lui. Mais représenter le Tout-Puissant comme vengeant les péchés du coupable sur l'innocent était indécent, sinon blasphématoire, de même que de le représenter comme agissant contre les principes essentiels de la justice naturelle et les notions primordiales du juste et de l'injuste, qu'il a lui-même inculquées à nos esprits; notions grâce auxquelles nous devons juger non seulement de toutes matières non révélées, mais aussi de la vérité de la révélation elle-même. Il savait, dit-il, que maintes personnes professaient les mêmes principes que le capitaine à ce sujet; mais pour lui, il était fermement convaincu du contraire, et il pourvoirait aux besoins du pauvre enfant de la même manière exactement que si un enfant légitime avait eu la bonne fortune d'être trouvé au même endroit.

Tandis que le capitaine, qui commençait à être jaloux

de la tendresse de M. Allworthy pour le petit enfant trouvé, saisissait toutes les occasions de répéter ces arguments et d'autres pour le faire disparaître de la maison, Mme Déborah avait fait une découverte qui, par ses suites, menaçait pour le moins de se révéler plus fatale au pauvre Tommy que tous les raisonnements du capitaine.

Que l'insatiable curiosité de cette femme de bien l'ait portée à s'occuper de cette affaire, ou qu'elle l'ait fait pour se confirmer dans les bonnes grâces de Mme Blifil, qui, nonobstant son comportement extérieur envers l'enfant trouvé, déblatérait souvent contre lui dans le privé, et aussi contre son frère pour l'affection qu'il lui témoignait, je ne saurais en décider; toujours est-il qu'elle avait alors pleinement découvert, s'imaginait-elle, le père de l'enfant.

Or, cette découverte étant de grande importance, peut-être serait-il nécessaire de remonter jusqu'à sa source. Nous exposerons donc minutieusement au grand jour les circonstances préalables qui lui donnèrent naissance; et pour cela, il nous faudra révéler tous les secrets d'une petite famille, pour le moment totalement inconnue du lecteur, et dont l'économie était si rare et extraordinaire que, je le crains, elle heurtera la plus extrême crédulité de maintes personnes mariées.

CHAPITRE III

Description d'un gouvernement domestique fondé sur des principes diamétralement opposés à ceux d'Aristote.

Mon lecteur voudra bien se rappeler que, comme on l'en a informé, Jenny Jones avait vécu plusieurs années chez certain maître d'école, qui, selon son ardent désir, l'avait instruite en latin, langue dans laquelle, pour rendre justice à sa capacité, elle s'était si bien perfectionnée qu'elle était devenue plus savante même que son maître.

En vérité, quoique ce pauvre homme eût entrepris

une profession dans laquelle, il faut l'admettre, le savoir est nécessaire, c'était bien la moindre de ses qualités. Il avait la meilleure nature du monde et il était doué en même temps de tant d'humour et de jovialité qu'il était réputé le plus bel esprit du pays; aussi tous les messieurs du voisinage étaient si désireux de sa compagnie que, n'ayant pas le talent de refuser, il passait chez eux une bonne partie du temps qu'il aurait eu plus de profit à consacrer à son école.

On peut bien imaginer qu'un homme de ces aptitudes et de ces goûts ne risquait guère de faire une dangereuse concurrence aux savants séminaires d'Eton ou de Westminster. Pour parler plus clairement, ses élèves étaient répartis en deux classes : dans la plus élevée se trouvait un jeune homme, fils d'un seigneur des environs, qui, à l'âge de dix-sept ans, venait de commencer sa syntaxe, et dans l'autre un second fils du même gentilhomme, qui, en compagnie de sept garçons de la paroisse, apprenait à lire et à écrire.

Le traitement provenant de cette source n'eût guère permis au maître d'école les superfluités agréables de l'existence, s'il n'avait ajouté à cette fonction celles de clerc et de barbier, et si M. Allworthy n'avait ajouté au tout une annuité de dix livres que le pauvre homme recevait à chaque Noël et qui le mettait à même de se ragaillardir le cœur durant ces saintes réjouissances.

Entre autres trésors, notre pédagogue avait une femme, qu'il avait tirée de la cuisine de M. Allworthy pour l'épouser en considération de sa fortune, à savoir vingt livres qu'elle y avait amassées.

Cette épouse n'était pas très aimable de sa personne. Je ne sais si elle posa pour mon ami Hogarth ou non, mais elle ressemblait exactement à la jeune personne qui verse le thé de sa maîtresse dans le troisième tableau des *Progrès du libertinage*. Elle était, en outre, adepte déclarée de cette noble secte que fonda jadis Xanthippe, grâce à quoi elle était devenue encore plus redoutable dans l'école que son mari; car, s'il faut avouer la vérité, il n'y était jamais le maître — non plus qu'ailleurs — tant qu'elle était présente.

Quoique son visage ne dénotât guère de douceur naturelle, cette femme se trouvait peut-être quelque peu aigrie par une circonstance qui empoisonne généralement toute félicité conjugale, car c'est à juste titre que l'on appelle les enfants les gages de l'amour; et son mari, après neuf ans de mariage, ne lui avait donné aucun gage de cette sorte; carence que ni l'âge ni la santé ne pouvaient excuser, puisqu'il n'avait pas encore trente ans et qu'il était ce que l'on pourrait appeler un joyeux gaillard.

De là venait un autre mal, qui ne causait pas peu d'ennuis au pauvre pédagogue envers lequel elle montrait une si constante jalousie qu'il osait à peine adresser la parole à aucune femme de la paroisse; la moindre civilité, le moindre rapport avec une femme quelconque ne manquait jamais de provoquer la colère de son épouse envers elle et envers lui-même.

Afin de se préserver des préjudices conjugaux dans sa propre maison, comme elle avait une servante, elle prenait toujours bien soin de la choisir parmi cette catégorie de femmes dont le visage est une sorte de garantie de leur vertu, catégorie au nombre de laquelle figurait Jenny Jones, comme le lecteur en a déjà été informé.

Le visage de cette jeune personne pouvant passer pour une assez bonne caution du genre susmentionné et son comportement ayant toujours été d'une extrême modestie, ce qui est le résultat certain de l'entendement chez les femmes, elle avait passé plus de quatre années chez M. Partridge (c'était là le nom du maître d'école) sans susciter le moindre soupçon dans le cœur de sa maîtresse. Elle avait même été traitée avec une bienveillance particulière, et sa patronne avait permis à M. Partridge de lui donner l'enseignement que nous avons célébré plus haut.

Mais il en va de la jalousie comme de la goutte : quand pareilles maladies sont dans le sang, on n'est jamais sûr qu'elles ne se déclareront pas; et l'accès arrive souvent pour un rien, alors que l'on s'y attendrait le moins.

Ce fut ce qui se passa avec Mme Partridge, qui avait accepté quatre ans durant que son mari enseignât la jeune femme et avait fréquemment supporté que la servante négligeât son travail pour poursuivre ses leçons. Mais un jour qu'elle passa alors que la jeune fille lisait et que son maître était penché sur elle, la jeune fille, je ne sais pour quelle raison, se leva en sursaut; et ce fut la première fois que le soupçon entra dans la tête de sa maîtresse.

Celui-ci ne se découvrit cependant pas à ce moment, mais resta tapi dans son esprit, comme un ennemi caché qui attend du renfort pour se déclarer ouvertement et commencer les hostilités; et ces forces supplémentaires ne tardèrent pas à venir corroborer son soupçon. En effet, peu de temps après, le mari et la femme étant à dîner, le maître dit à sa servante : *Da mihi aliquid potum*[1] ; sur quoi, la pauvre fille sourit, peut-être devant la mauvaise qualité du latin, et, sa maîtresse ayant jeté les yeux sur elle, rougit, sans doute du sentiment d'avoir ri de son maître. Là-dessus, Mme Partridge entra immédiatement en fureur et lança à la tête de la pauvre Jenny le tranchoir sur lequel elle mangeait, criant : « Impudente catin, viens-tu faire tes sales tours avec mon mari jusque sous mes yeux ? » et, au même instant, elle s'élança de sa chaise avec un couteau à la main, qui lui eût très probablement servi à tirer une fort tragique vengeance, si la fille n'avait pris avantage de ce qu'elle se trouvait plus près de la porte que sa maîtresse pour échapper à sa fureur par la fuite; car, pour le pauvre mari, que la surprise l'ait immobilisé ou que la peur (ce qui est assez probable) l'ait retenu de se risquer à aucune opposition, il était resté, les yeux écarquillés, tremblant, sur sa chaise; et il ne tenta pas une fois de bouger ou de parler jusqu'à ce que le retour de sa femme après la poursuite de Jenny ne rendît certaines mesures défensives nécessaires à sa préservation; et il dut lui-même battre en retraite à l'exemple de la servante.

Cette brave femme, pas plus qu'Othello, n'était portée

> A mener une existence de jalousie
> Et accompagner chaque phase de la lune
> De nouveaux soupçons.

Pour elle comme pour lui,

> ... Douter une fois
> C'était avoir pris sa résolution.

Elle ordonna donc immédiatement à Jenny d'empaqueter ses effets et de disparaître, résolue qu'elle était à ne pas la laisser dormir cette nuit-là entre ses murs.

M. Partridge avait trop d'expérience pour s'interposer dans une affaire de cette nature. Il eut donc recours à son habituelle recette de patience; car, bien qu'il ne fût pas grand expert en latin, il se rappelait — et comprenait fort bien — l'avis contenu dans ces mots :

... Leve fit, quod bene fertur onus...

ou plus clairement :

Un fardeau bien porté devient plus léger...

qu'il avait toujours à la bouche; et dont, à vrai dire, il avait souvent l'occasion de constater la vérité.

Jenny tenta de protester de son innocence; mais la tempête était trop forte pour qu'elle pût se faire entendre. Elle se mit donc en devoir d'empaqueter ses affaires, à quoi suffirent quelques feuilles de papier d'emballage; et, après avoir reçu ses maigres gages, elle s'en retourna chez elle.

Le maître d'école et son épouse passèrent une soirée assez désagréable; mais une chose ou une autre se passa avant le lendemain matin, qui diminua quelque peu la fureur de Mme Partridge. Elle finit par permettre à son mari de présenter ses excuses, auxquelles elle accorda d'autant plus de créance qu'au lieu de la prier de rappeler Jenny, il se déclara satisfait de son renvoi, disant qu'elle ne servait plus à grand'chose comme servante puisqu'elle passait tout son temps à lire, et que d'ailleurs elle était devenue très effrontée et obstinée; car, en fait, elle et son maître avaient eu, ces derniers temps, de fréquentes discussions sur la littérature, matière en laquelle, nous l'avons dit, elle avait acquis sur lui une grande supériorité. Mais cela, il ne l'aurait avoué pour rien au monde; et comme il qualifiait d'obstination sa volonté de persister dans la vérité, il se mit à la détester avec acharnement.

CHAPITRE IV

Contenant une des batailles, ou plutôt un des duels les plus sanglants qu'ait jamais comptés l'histoire domestique.

POUR les motifs indiqués au chapitre précédent et en raison d'autres concessions conjugales, bien connues de la plupart des maris et qui, comme les secrets de la franc-maçonnerie, ne devraient être divulguées qu'aux seuls membres de cette honorable confrérie, Mme Partridge fut assez convaincue d'avoir condamné son mari sans raison, et elle s'efforça par diverses prévenances de lui faire réparation de ses soupçons erronés. Ses passions étaient, en fait, d'une égale violence de quelque côté qu'elles inclinassent; car autant elle savait montrer une colère extrême, autant elle pouvait manifester de tendresse.

Mais bien qu'à l'ordinaire ces accès se succédassent et qu'il se passât rarement vingt-quatre heures sans que le pédagogue fût à quelque degré l'objet de l'un et l'autre, en certaines occasions extraordinaires où l'accès de colère avait sévi avec une particulière violence, la rémission était habituellement plus longue — et ce fut alors le cas, car, cette crise de jalousie passée, elle demeura plus longtemps dans ses dispositions affables que son mari ne l'avait jamais vue; et, n'eût été quelques petits exercices que toute adepte de Xanthippe est tenue d'accomplir journellement, M. Partridge aurait joui d'une parfaite sérénité de plusieurs mois.

Le marin expérimenté soupçonne toujours le calme plat d'être annonciateur de l'orage; et je connais certaines personnes qui, sans donner d'ordinaire dans la superstition, sont enclines à craindre qu'une paix ou une tranquillité inhabituellement grande ne soit suivie de son contraire. Ce pourquoi les anciens avaient l'habitude, en pareilles occasions, d'offrir des sacrifices à Némésis, déesse dont ils croyaient qu'elle considérait le bonheur humain d'un œil envieux et qu'elle éprouvait un plaisir particulier à le ruiner.

Étant très loin de croire en aucune déesse païenne de ce genre ou d'encourager aucune superstition, nous souhaiterions que M. John Fr...[1] ou tout autre philosophe s'active un peu pour découvrir la cause réelle de cette brusque transition de la bonne à la mauvaise fortune, que l'on a si souvent remarquée et dont nous allons donner un nouvel exemple; car notre domaine est de rapporter les faits, et nous laisserons les causes à des personnes d'un bien plus grand génie.

Les hommes se sont toujours délectés à connaître les actions d'autrui et à discourir dessus. De là vient qu'à toutes les époques et dans tous les pays, certains lieux ont toujours été consacrés aux rassemblements publics, où les curieux puissent se rencontrer et satisfaire leur mutuelle curiosité. Parmi ces endroits, les boutiques des barbiers ont toujours occupé à juste titre la première place. Chez les Grecs, les « nouvelles de chez le barbier » étaient une expression proverbiale; et Horace, dans l'une de ses épîtres, fait du même point de vue une mention honorable des barbiers romains.

Il est bien connu que ceux d'Angleterre ne sont en rien inférieurs à leurs prédécesseurs grecs ou romains. On entend chez eux discuter des affaires étrangères presque aussi bien que dans les cafés; et les faits domestiques sont bien plus largement et librement traités chez les premiers que dans les seconds. Mais cela ne sert qu'aux hommes. Or, les femmes de ce pays, et particulièrement dans les basses classes, se réunissant beaucoup plus que celles des autres nations, notre administration serait extrêmement défectueuse si elle n'avait également ménagé quelque endroit pour la satisfaction de leur curiosité, vu qu'en cela elles n'ont rien à envier à l'autre moitié de l'espèce.

Jouissant donc d'un tel lieu de rendez-vous, le beau sexe anglais devrait s'estimer plus heureux que ses sœurs de l'étranger; puisque je ne me rappelle pas avoir lu dans l'histoire ou vu dans mes voyages rien de semblable.

Cet endroit donc n'est autre que la boutique du marchand de chandelles[1], foyer bien connu de toutes les nouvelles, ou, comme on dit plus vulgairement, de tous les potins dans chaque paroisse d'Angleterre.

Un jour que Mme Partridge se trouvait à cette assemblée féminine, une de ses voisines lui demanda si elle avait eu dernièrement des nouvelles de Jenny Jones. A quoi elle répondit par la négative. Et l'autre de reprendre avec un sourire que la paroisse lui était fort obligée d'avoir chassé Jenny comme elle l'avait fait[2].

Mme Partridge, dont la jalousie, comme le sait bien le lecteur, était depuis longtemps guérie et qui n'avait aucun autre sujet de querelle avec sa servante, répondit hardiment qu'elle ne voyait pas quelle obligation la paroisse pouvait lui avoir à ce sujet; car, à son avis, Jenny n'avait guère laissé d'égale derrière elle.

— Non, en vérité, dit la commère, je l'espère, bien que nous ayons encore assez de coureuses à présent. Ainsi, vous n'avez pas entendu dire, à ce qu'il paraît, qu'elle a accouché de deux bâtards ? mais comme ils ne sont pas nés ici, mon mari et l'autre surveillant disent qu'ils ne seront pas à notre charge.

— Deux bâtards ! répondit vivement Mme Partridge; vous me surprenez ! Je ne sais s'ils seront à notre charge; en tout cas, je suis bien sûre qu'ils ont été conçus ici, vu qu'il n'y a pas neuf mois que cette fille est partie.

Rien ne saurait rivaliser en rapidité et en brusquerie avec les opérations de l'esprit, surtout quand l'espoir ou la peur, ou la jalousie, dont les deux autres ne sont que les compagnons, les met en mouvement. Elle s'avisa aussitôt que Jenny n'était guère sortie de sa propre maison durant tout le temps qu'elle y avait vécu. La position penchée sur la chaise, le brusque redressement, le latin, le sourire et bien d'autres choses l'assaillirent tout à la fois. La satisfaction exprimée par son mari sur le départ de Jenny ne lui parut plus qu'hypocrisie, et derechef, en même temps, vérité; non moins digne, cependant, de renforcer sa jalousie, puisqu'elle trouvait son origine dans la satiété et dans cent autres mauvaises causes. Bref, elle fut convaincue de la culpabilité de son mari et quitta aussitôt l'assemblée, en grande confusion.

Tout comme le beau Mistigri, qui, encore que le plus jeune de la race féline, ne dégénère en rien de la férocité des branches aînées de sa race et, quoique inférieur en force, égale en ardeur le noble tigre lui-même, lorsqu'une petite souris qu'il a longuement tourmentée par jeu s'échappe pour un moment de ses griffes, s'irrite, gronde, grogne, jure; mais, si l'on déplace la malle ou la caisse derrière laquelle se tapit la souris, se lance tel l'éclair sur sa proie et, d'une fureur aigrie, mord, écorche, mâchonne et déchire le petit animal.

Ce ne fut pas avec une moindre fureur que Mme Partridge se lança sur le pauvre pédagogue. Sa langue, ses dents et ses mains s'acharnèrent tout à la fois sur lui. Dans l'instant, la perruque du malheureux fut arrachée de sa tête, sa chemise de son dos, et de son visage coulèrent cinq ruisseaux de sang, marquant le nombre de griffes dont la nature avait par malheur armé l'ennemi.

M. Partridge se borna un moment à la défensive; en fait, il ne tenta que de préserver son visage de ses mains; mais, voyant que son adversaire ne relâchait aucunement sa rage, il s'avisa d'essayer au moins de la désarmer, ou plutôt de lui immobiliser les bras; ce que faisant, le bonnet de la dame tomba dans la lutte et ses cheveux, trop courts pour atteindre ses épaules se dressèrent sur sa tête; de plus, son corset, lacé par un seul œillet à la base, céda brusquement, et ses seins, beaucoup plus abondants que sa chevelure, pendirent jusque sous sa taille; cependant que sa figure était toute marquée du sang de son mari; ses dents grinçaient de rage; et le feu, telles les étincelles d'une forge, s'échappait de ses yeux. Si bien qu'à tout prendre, cette amazone aurait bien pu être un objet de terreur pour tout homme, fût-il infiniment plus courageux que M. Partridge.

Celui-ci eut, en fin de compte, la chance, en s'assurant de ses bras, de rendre inutiles ces armes qu'elle portait au bout de chacun de ses doigts. Et, aussitôt qu'elle s'en fut rendu compte, la douceur de son sexe l'emporta sur sa rage : elle fondit bientôt en larmes, qui ne tardèrent pas à laisser la place à une crise de nerfs.

Le peu de bon sens que M. Partridge avait jusqu'alors conservé tout au long de cette scène de fureur, dont il ignorait la cause, l'abandonna alors entièrement. Il courut aussitôt dans la rue, criant à tous les échos que sa femme était à l'agonie et suppliant les voisins de voler en toute hâte à son secours. Plusieurs bonnes femmes, répondant à ses appels, pénétrèrent dans la maison et appliquèrent les remèdes usuels en pareille circonstance à Mme Partridge, qui finit par revenir à elle, à la grande joie de son mari.

Aussitôt qu'elle eut un peu rassemblé ses esprits et qu'elle se fut aussi calmée à l'aide d'un cordial, elle commença d'informer la compagnie des multiples dommages que lui avait infligés son mari; qui, dit-elle, ne se contentait pas d'insulter à son lit : sur les reproches qu'elle lui en avait faits, il l'avait traitée de la façon la plus cruelle que l'on puisse imaginer; lui avait arraché son bonnet et ses cheveux de la tête et son corset du corps, lui portant en même temps de nombreux coups, dont elle emporterait les marques à la tombe.

Le pauvre homme, dont la figure portait de nombreuses marques plus voyantes de l'indignation de sa femme, resta figé dans un muet étonnement devant cette accusation; qui, le lecteur en témoignera, je pense, pour lui, dépassait largement la vérité; car, en fait, il ne l'avait pas frappée une seule fois. Et le tribunal interprétant unanimement ce silence comme un aveu de la charge, toutes commencèrent aussitôt, *una voce,* à le blâmer et à invectiver contre lui, répétant à maintes reprises que seul un lâche frappait une femme.

M. Partridge supporta tout cela avec patience; mais quand son épouse invoqua le sang qui maculait son visage comme preuve de la barbarie de son mari, il ne put se retenir de revendiquer son propre sang, que c'était réellement; estimant par trop fort que celui-ci appelât la vengeance sur lui (comme on nous apprend que fait souvent le sang d'une personne assassinée).

A quoi les femmes se contentèrent de répondre qu'il était dommage que le sang ne vînt pas de son cœur au lieu de sa figure; toutes déclarant que, si jamais leur mari levait la main contre elles, elles lui tireraient bien du corps tous les sangs de son cœur.

Après force remontrances sur ce qui était passé et force bons conseils à M. Partridge quant à sa conduite future, la compagnie finit par se retirer, laissant mari et femme à une conférence privée, au cours de laquelle M. Partridge apprit bientôt la cause de toutes les souffrances de son épouse.

CHAPITRE V

Contenant bien des choses qui permettront au lecteur d'exercer son jugement et sa réflexion.

L'OBSERVATION est vraie, je pense, que peu de secrets ne sont divulgués qu'à une seule personne; mais il serait, certes, bien proche du miracle qu'un fait de cette nature fût connu d'une paroisse entière, sans transpirer au delà.

Et, en fait, bien peu de jours s'écoulèrent avant que le pays ne retentit, comme on dit, du nom du maître d'école de Little Baddington, qui, rapportait-on, avait battu sa femme de la plus cruelle façon. Mieux encore : en certains endroits, on relatait qu'il l'avait assassinée;

dans d'autres, qu'il lui avait brisé les bras; dans d'autres, c'étaient les jambes; bref, il n'y avait guère de blessure infligeable à un être humain que Mme Partridge, à ce que l'on affirmait en un lieu ou un autre, n'eût reçue de son mari.

La cause de la querelle fut également rapportée de diverses manières; tandis que certains disaient que Mme Partridge avait surpris son mari au lit avec la servante, bien d'autres raisons circulèrent, d'un genre tout différent. D'aucuns reportèrent même la culpabilité sur la femme et la jalousie sur le mari.

Mme Wilkins avait depuis longtemps entendu parler de cette querelle; mais, comme c'était une cause différente de la véritable qui avait atteint ses oreilles, elle avait jugé bon de n'en point parler; et cela d'autant plus, peut-être, que le blâme était universellement rejeté sur M. Partridge; or, sa femme, quand elle servait chez M. Allworthy, avait fait quelque offense à Mme Wilkins, qui n'était pas d'un tempérament très pardonneur.

Mais ladite Mme Wilkins, qui avait la vue longue et qui savait fort bien regarder de quelques années en avant, avait perçu que, selon toute vraisemblance, le capitaine Blifil serait un jour son maître; et comme elle voyait clairement que celui-ci ne portait guère de bienveillance au petit enfant trouvé, elle eut idée que ce serait lui rendre un agréable service que de faire quelque découverte de nature à diminuer l'affection que M. Allworthy semblait avoir contractée pour cet enfant et qui donnait au capitaine une inquiétude visible, qu'il n'arrivait pas à dissimuler entièrement, fût-ce devant Allworthy lui-même; bien que sa femme, qui tenait bien mieux son rôle en public, lui conseillât fréquemment de suivre son propre exemple, c'est-à-dire de fermer les yeux sur la folie de son frère, que, dit-elle, elle percevait mieux que quiconque et qui ne lui déplaisait certes pas moins.

Mme Wilkins donc, ayant eu par hasard un vent exact de l'histoire, encore qu'assez longtemps après l'événement, ne manqua pas de s'assurer minutieusement de tous les détails; puis elle fit connaître au capitaine qu'elle avait enfin découvert le véritable père du petit bâtard, qui, elle avait la tristesse de devoir le dire, de par l'intérêt qu'Allworthy prenait en lui, faisait perdre au squire sa bonne réputation dans le pays.

Le capitaine la réprimanda pour la conclusion de son discours, qui dénotait dans le jugement des actes de son maître une hardiesse déplacée; car, si l'honneur ou le discernement du capitaine se fussent accommodés d'une alliance avec Mme Wilkins, sa fierté ne l'eût admise pour rien au monde. Et, à vrai dire, nulle conduite n'est moins politique que de conspirer avec les domestiques d'un ami contre leur maître; car, ce faisant, on devient par la suite l'esclave de ces mêmes serviteurs qui peuvent à tout moment vous trahir. Et ce fut peut-être cette considération qui empêcha le capitaine Blifil d'être plus explicite envers Mme Wilkins ou d'encourager les malhonnêtetés qu'elle avait proférées contre Allworthy.

Bien qu'il n'ait montré à Mme Wilkins aucune satisfaction de la découverte, il ne s'en délecta cependant pas peu en son for intérieur, et il résolut d'en tirer le meilleur parti possible.

Il conserva longtemps cette affaire cachée au fond de son cœur, dans l'espoir que M. Allworthy pourrait l'entendre de quelqu'un d'autre; mais Mme Wilkins, soit qu'elle ait été froissée du comportement du capitaine, soit que sa finasserie la dépassât et qu'elle craignît que la révélation pût lui déplaire, n'ouvrit plus jamais la bouche à ce sujet.

J'ai trouvé quelque peu étrange, à la réflexion, que la gouvernante n'eût jamais mis Mme Blifil au courant de la nouvelle, les femmes étant plus enclines à communiquer tout renseignement à celles de leur propre sexe qu'à ceux du nôtre. La seule solution, me semble-t-il, à ce problème, c'est d'imputer le fait à la distance qui s'était établie entre la dame et sa gouvernante, et qui provenait peut-être d'une certaine jalousie chez Mme Blifil de la trop grande considération montrée par Mme Wilkins à l'enfant trouvé. Car, tout en s'efforçant de perdre le nourrisson pour se faire bien venir du capitaine, elle le faisait valoir de plus en plus devant Allworthy, dont l'affection s'accroissait de jour en jour. Ceci, nonobstant tout le soin qu'elle prenait à d'autres moments d'exprimer des sentiments exactement contraires à Mme Blifil, avait peut-être offensé cette délicate dame, qui détestait sans nul doute à présent Mme Wilkins; et, bien qu'elle ne l'ait pas entièrement écartée de chez elle, ce qu'elle n'avait peut-être pu faire, elle trouvait moyen, néanmoins, de lui rendre la vie fort peu agréable. Cela, Mme Wilkins finit par le ressentir à tel point qu'elle montra très ouvertement toute sorte de respect et d'affection pour le petit Tommy, par opposition à Mme Blifil.

Le capitaine, voyant donc que l'histoire risquait de périr, finit par saisir une occasion de la révéler lui-même.

Il était un jour engagé dans une conversation avec M. Allworthy sur la charité, et le capitaine prouvait à son interlocuteur, avec beaucoup d'érudition, que le mot « charité » dans l'Écriture ne signifie jamais bienfaisance ou générosité.

— La religion chrétienne, dit-il, fut instituée dans un but infiniment plus noble que celui d'appuyer une leçon que maints philosophes païens nous avaient déjà enseignée depuis longtemps et qui, tout en méritant peut-être le nom de vertu morale, ne tenait que peu de cette sublime disposition que l'on voit dans le christianisme, de cette vaste élévation de pensée, proche en pureté de la perfection angélique, que l'on ne saurait atteindre, exprimer et sentir que par la grâce. Ceux-là approchent plus du sens de l'Écriture, qui par charité entendent la sincérité ou la formation d'une opinion bienveillante à l'égard de nos frères et l'adoption d'un jugement favorable sur leurs actions; vertu d'une nature bien plus haute et plus étendue qu'une pauvre distribution d'aumônes qui, dussions-nous léser ou même ruiner notre famille, ne pourrait jamais atteindre un grand nombre de gens; alors que la charité, dans son autre et véritable sens, pourrait s'étendre à l'humanité entière.

» Étant donné ce qu'étaient les disciples, poursuivit-il, concevoir que l'on ait pu leur prêcher la doctrine de la générosité ou de la distribution d'aumônes serait une absurdité. Et de même que l'on ne peut guère imaginer que cette doctrine ait été prêchée par son divin auteur à des hommes qui ne pouvaient la mettre en pratique, encore bien moins la croirions-nous ainsi comprise par ceux qui la peuvent pratiquer et ne le font point.

» Mais, continua-t-il, bien qu'il y ait, je crains, peu de mérite à ces œuvres de bienfaisance, il faut avouer qu'un bon esprit y trouverait beaucoup de plaisir, si certaine considération ne venait l'affaiblir. J'entends que nous sommes exposés à être dupés et à accorder nos plus précieuses faveurs à qui ne les mérite pas, comme, vous devrez bien l'avouer, ce fut votre cas dans vos libéralités envers ce vaurien de Partridge; car deux ou trois exemples de cette sorte doivent grandement diminuer la satisfaction intérieure qu'un homme de bien trouverait dans la générosité. Ils pourraient même le rendre timoré dans ses distributions, de peur que l'on ne puisse lui reprocher d'appuyer le vice et d'encourager les méchants, crime fort noir que ne saurait aucunement excuser le fait que l'on n'ait pas effectivement eu en vue pareil encouragement, à moins que l'on n'ait fait preuve de la plus grande circonspection dans le choix des bénéficiaires de notre bienfaisance. Considération qui, sans nul doute, a arrêté net la libéralité de bien des hommes estimables et pieux. »

M. Allworthy répondit qu'il n'était pas en état de débattre avec le capitaine de la langue grecque et qu'il ne pouvait donc rien dire quant au sens véritable du mot traduit par charité; mais qu'il avait toujours pensé que son interprétation se traduisait par l'action et que la distribution d'aumônes constituait au moins une branche de cette vertu.

Quant au côté méritoire, dit-il, il était entièrement d'accord avec le capitaine; car en quoi pourrait-il y avoir du mérite à s'acquitter tout au plus d'un devoir ? devoir qui, quelle que soit l'interprétation du mot charité, ressort suffisamment de toute la teneur du Nouveau Testament. Et tout comme il pensait que c'était un devoir indispensable, prescrit aussi bien par les lois du christianisme que de la nature elle-même, il était en même temps si agréable que si jamais on pouvait dire qu'un devoir comportait sa propre récompense, c'était bien celui-là.

— A vrai dire, poursuivit-il, il est un degré de la générosité (de la charité, devrais-je dire) qui semble avoir quelque apparence de mérite, c'est quand, partant d'un principe de bonté et d'amour chrétien, on donne à autrui ce dont on a soi-même un besoin réel; quand, pour diminuer la détresse d'autrui, on accepte d'en partager une partie en donnant même ce dont nos propres besoins ne nous permettent guère de nous passer. Voilà, je crois, qui est méritoire; mais soulager nos frères avec notre seul superflu; nous montrer charitables (il faut bien employer ce mot) aux dépens de nos coffres plutôt que de nous-mêmes; sauver plusieurs familles de la misère plutôt que de suspendre un tableau extraordinaire dans notre maison ou de satisfaire toute autre inutile et ridicule vanité — ce n'est là, semble-t-il, que se montrer humain. J'irai même plus loin, c'est faire preuve, jusqu'à un certain point, d'épicurisme[1] : car, que pourrait désirer le plus grand épicurien sinon de manger par plusieurs bouches plutôt que par une seule ? ce que l'on peut affirmer de quiconque sait que le pain de beaucoup dépend de ses largesses.

» Quant à l'appréhension d'octroyer sa libéralité à des gens qui pourraient par la suite se révéler indignes, du fait que cela est bien souvent arrivé, elle ne saurait jamais, assurément, retenir un homme de bien sur la voie de la générosité. Je ne crois pas que quelques ou même de nombreux exemples d'ingratitude puissent justifier qu'un homme s'endurcisse le cœur contre les détresses de son prochain; et je ne pense pas qu'elle puisse jamais avoir un tel effet sur un esprit véritablement bienveillant. Seule la conviction d'une dépravation universelle pourrait verrouiller la charité d'un homme de bien; et cette conviction devrait le mener, je pense, soit à l'athéisme, soit à l'enthousiasme[2]; mais il n'est sûrement pas juste de tirer argument de quelques individus vicieux pour croire à une pareille dépravation universelle; et jamais, je pense, aucun homme ne le fit qui, ayant scruté jusqu'au fond sa mémoire, aurait trouvé une exception certaine à la règle générale. »

Il conclut alors en demandant qui était ce Partridge, qu'il avait qualifié de vaurien.

— Je veux dire, répondit le capitaine, Partridge le barbier, le maître d'école, ou ce que vous voudrez. Partridge, le père du petit enfant que vous avez trouvé dans votre lit.

M. Allworthy exprima une grande surprise à cette nouvelle; et le capitaine une aussi grande à son ignorance du fait, car il dit la connaître depuis plus d'un mois et finit par se souvenir après bien des efforts qu'il l'avait apprise de Mme Wilkins.

Sur quoi, la gouvernante fut immédiatement appelée; et, après avoir confirmé les dires du capitaine, elle fut dépêchée par M. Allworthy, sur les conseils de son beau-frère, à Little Baddington pour s'enquérir de la vérité de la chose. Le capitaine exprimait, en effet, une grande répugnance pour toute procédure trop hâtive en matière criminelle et disait que pour rien au monde il ne voudrait que M. Allworthy prît aucune résolution préjudiciable soit au fils, soit au père, avant d'être certain de la culpabilité de celui-ci; car, encore qu'il s'en fût assuré auprès d'un voisin de Partridge, il était trop généreux pour donner un quelconque témoignage en ce sens à M. Allworthy.

CHAPITRE VI

Jugement de Partridge, le maître d'école, pour incontinence ; témoignage de sa femme ; brève réflexion sur la sagesse de notre loi ; et autres graves sujets, qu'apprécieront le mieux ceux qui les comprennent le plus.

On pourra s'étonner qu'une histoire si bien connue et qui avait fourni tant de matière aux conversations n'eût jamais été mentionnée à M. Allworthy lui-même, qui était peut-être le seul dans le pays à n'en avoir jamais entendu parler.

Pour expliquer la chose dans une certaine mesure au lecteur, je crois bon de l'informer que personne dans tout le royaume ne s'intéressait moins que notre brave homme à contester cette doctrine concernant le sens du mot charité, que l'on a vue au chapitre précédent. En fait, il répondait également à cette vertu dans l'un et l'autre sens; car, si nul ne fut jamais plus conscient des besoins des autres ou plus prêt à soulager leur misère, nul ne pouvait être plus soucieux de leur réputation ou plus lent à croire quoi que ce fût à leur désavantage.

La médisance n'avait donc jamais accès à sa table; car, si l'on a depuis longtemps fait remarquer que l'on peut connaître un homme d'après ses compagnons, j'oserai dire qu'en suivant la conversation à la table d'un grand, on peut se convaincre de sa religion, de sa politique, de ses goûts, de tout son caractère en somme : en effet, bien que quelques individus se plaisent à énoncer en tous lieux leurs sentiments personnels, la très grande majorité des hommes sont assez courtisans pour accommoder leur conversation au goût et aux tendances de leurs supérieurs.

Mais revenons à Mme Wilkins : s'étant acquittée de sa commission avec la plus grande célérité, bien que ce fût à quinze milles de distance, elle rapporta une telle confirmation de la culpabilité du pédagogue, que M. Allworthy prit la décision de faire venir le criminel pour l'interroger *viva voce*. M. Partridge fut donc convoqué afin de se justifier (s'il le pouvait) de l'accusation.

A l'heure dite, par-devant M. Allworthy en personne, à Paradise Hall[1], se présentèrent aussi bien ledit Partridge avec Anne, sa femme, que Mme Wilkins, son accusatrice.

Alors, M. Allworthy ayant pris place dans son fauteuil de juge, M. Partridge fut amené devant lui. Après avoir entendu l'accusation de la bouche de Mme Wilkins, il plaida non coupable, protestant avec véhémence de son innocence.

On interrogea alors Mme Partridge, qui, après s'être pudiquement excusée de devoir dire la vérité contre son mari, rapporta toutes les circonstances que connaît déjà le lecteur; et elle conclut en disant que son mari avait avoué sa faute.

Qu'elle lui eût pardonné ou non, je ne me risquerai pas à en décider; mais il est certain qu'elle ne témoignait que de mauvaise grâce dans cette affaire; et il est probable, pour certaines autres raisons, qu'elle n'aurait jamais été amenée à déposer comme elle le faisait si Mme Wilkins ne lui avait, avec beaucoup d'art, tiré tous les vers du nez dans sa propre maison et ne lui avait en vérité promis, au nom de M. Allworthy, que la punition de son mari ne serait pas de nature à affecter en aucune façon sa famille.

Partridge persista encore à affirmer son innocence, tout en admettant avoir fait les aveux mentionnés; qu'il s'efforça, cependant, d'expliquer en protestant qu'il y avait été contraint par les constantes importunités dont elle l'assaillait non sans jurer que, sûre de sa culpabilité, elle ne cesserait de le tourmenter qu'il n'ait avoué, tandis que, s'il le faisait, elle promettait loyalement de ne plus jamais lui en parler. Ainsi, dit-il, il avait été faussement induit à s'avouer coupable, bien qu'innocent; et il aurait aussi bien pu avouer un meurtre pour le même motif.

Mme Partridge ne put supporter avec patience cette imputation; n'ayant d'autre ressource en ce lieu que les larmes, elle y eut un abondant recours, puis, s'adressant à M. Allworthy, elle dit (toujours pleurant) :

— Plaise à Votre Honneur, jamais pauvre femme ne fut aussi blessée que moi par cet homme indigne; car ce n'est pas là le seul exemple de sa fausseté à mon égard. Non, qu'il plaise à Votre Honneur, il a insulté à mon lit maintes et maintes fois. J'aurais pu me résigner à son ivrognerie et à son inattention au travail, s'il n'avait violé un des saints commandements. De plus, si ç'avait été au dehors, j'y aurais attaché moins d'importance; mais avec ma propre servante, dans ma propre maison, sous mon propre toit, souiller ma chaste couche ! car, pour ça, il l'a fait, avec ses sales putains puantes. Oui, misérable, tu as souillé mon propre lit, oui; et puis, après, tu viens m'accuser de t'avoir fait avouer à coups d'aiguillon. Est-ce vraisemblable, s'il plaît à Votre Honneur, que je l'aiguillonne ? J'ai assez de marques sur le corps pour montrer sa cruauté à mon égard. Si tu étais un homme, scélérat, tu aurais trouvé indigne de mettre ainsi une femme à mal. Mais tu ne vaux pas la moitié d'un homme, et tu le sais bien. Et tu n'as même pas été la moitié d'un mari pour moi. C'est bien la peine de courir après les putains, oui, quand... enfin ! Et puisqu'il m'y pousse, plaise à Votre Honneur, je suis prête à jurer sur ma tête que je les ai trouvés ensemble au lit. Comment ! tu as oublié, sans doute, le moment où tu m'as battue jusqu'à l'évanouissement, où tu as fait couler le sang de mon front, simplement parce que je t'avais poliment taxé d'adultère ! mais tous les voisins en témoigneront. Tu m'as presque brisé le cœur, oui, oui.

A ce moment, M. Allworthy l'interrompit et la supplia de se calmer, lui promettant qu'elle obtiendrait justice; puis, se tournant vers Partridge, qui restait pantois, la surprise lui ayant enlevé la moitié de sa présence d'esprit et la crainte le reste, il déclara qu'il regrettait de constater qu'il existât un aussi méchant homme au monde. Il l'assura que ses mensonges et ses tergiversations aggravaient considérablement sa faute, qu'il ne pouvait racheter en partie que par les aveux et le repentir. Il l'exhorta donc à commencer par avouer immédiatement les faits et à ne pas persister dans la négation de ce qui était si clairement prouvé contre lui par sa propre femme.

Ici, lecteur, je te demande un moment de patience pour me permettre de rendre un juste hommage à la grande sagesse et à la perspicacité de nos lois, qui refusent d'admettre le témoignage d'une épouse contre son mari. Le faire, dit certain auteur savant que l'on n'a jamais cité, je pense, que dans un livre de droit, serait ouvrir la voie à une éternelle dissension entre eux. Cela prêterait, en vérité, à bien des faux témoignages, et, par voie de conséquence, à bien des condamnations au fouet, à des amendes, à des peines de prison, de déportation ou de pendaison.

Partridge resta un moment silencieux, jusqu'à ce que, pressé de parler, il déclara qu'il avait déjà dit la vérité, en appela au Ciel de son innocence, et finalement à la jeune fille elle-même, qu'il demanda à Son Honneur de convoquer immédiatement; car il ignorait, ou tout au moins prétendit ignorer, qu'elle eût quitté la région.

M. Allworthy, dont l'amour naturel de la justice, joint au flegme de son caractère, faisait le plus patient des magistrats dans l'audition de tous les témoins qu'un accusé pouvait citer pour sa défense, consentit à différer sa décision finale sur l'affaire jusqu'à l'arrivée de Jenny, qu'il convoqua immédiatement par messager. Puis, après avoir recommandé la paix entre Partridge et sa femme (encore qu'il s'adressât surtout à la mauvaise personne), il leur assigna de se représenter trois jours plus tard; car il avait envoyé Jenny à une journée entière de distance de chez lui.

Au jour dit, toutes les parties étaient assemblées, quand le messager, de retour, annonça que Jenny était introuvable, ayant quitté son domicile quelques jours auparavant en compagnie d'un officier recruteur.

M. Allworthy déclara alors que le témoignage de la coureuse qu'elle semblait être n'aurait mérité aucun crédit; il dit aussi ne pouvoir s'empêcher de penser que, eût-elle été présente et eût-elle déclaré la vérité, elle n'aurait fait que confirmer ce que prouvaient assez tant de circonstances, en plus des aveux du mari et de la déclaration de la femme qu'elle avait surpris son mari en flagrant délit. Il exhorta donc une fois de plus Partridge à avouer; mais celui-ci affirmant toujours son innocence,

M. Allworthy se déclara convaincu de sa culpabilité et dit qu'il le considérait comme un trop mauvais homme pour lui accorder aucun encouragement. Il lui supprima donc son annuité et lui recommanda la repentance en considération de l'autre monde et l'application au travail pour sa subsistance et celle de sa femme dans celui-ci.

Nul, peut-être, ne fut plus malheureux que le pauvre Partridge. Il avait perdu la plus grande partie de son revenu par suite du témoignage de sa femme, et celle-ci le tarabustait cependant chaque jour pour avoir, entre autres choses, causé cette perte de bénéfice pour elle; mais tel était son sort, et il fut bien obligé de s'y soumettre.

Encore que je l'aie appelé le pauvre Partridge au paragraphe précédent, j'aimerais que le lecteur impute cette épithète à ma compassion envers toute humeur plutôt que de la prendre pour une déclaration quelconque de l'innocence de l'intéressé. Qu'il fût innocent ou non se verra peut-être par la suite; mais si la muse de l'histoire m'a confié quelque secret, je ne voudrais pour rien au monde commettre la faute de le dévoiler avant qu'elle ne m'en donne l'autorisation.

Le lecteur devra donc suspendre ici sa curiosité. Il est certain, quelle que fût la vérité de l'affaire, que les preuves étaient plus que suffisantes pour le condamner aux yeux d'Allworthy; il en eût fallu bien moins, en fait, à un tribunal pour rendre une ordonnance de bâtardise; et pourtant, en dépit de l'assurance de Mme Partridge, qui eût juré devant Dieu, il est possible que le maître d'école fût entièrement innocent; car, quoique le rapprochement entre l'époque où Jenny avait quitté Little Baddington et celle de sa délivrance révélât clairement que l'enfant avait été conçu là, il ne s'ensuivait aucunement que Partridge dût en être le père : sans parler d'autres détails, il y avait en effet dans la maison un garçon de près de dix-huit ans, avec lequel Jenny avait eu suffisamment d'intimité pour donner lieu à des soupçons assez fondés; mais la jalousie est si aveugle qu'à aucun moment cette circonstance ne se présenta à l'esprit de l'épouse exaspérée.

Que Partridge se soit ou non repenti selon les conseils de M. Allworthy, la chose n'est pas trop apparente. Ce qui est certain, c'est que sa femme se repentit franchement du témoignage qu'elle avait porté contre lui; surtout lorsqu'elle s'aperçut que Mme Déborah l'avait trompée et refusa d'intercéder aucunement en sa faveur auprès de M. Allworthy. Elle rencontra plus de succès, cependant, auprès de Mme Blifil, qui était — le lecteur a dû s'en apercevoir — une femme d'humeur beaucoup plus égale et qui accepta avec bienveillance de solliciter de son frère qu'il rétablisse l'annuité; démarche pour laquelle, si un bon naturel pouvait y avoir quelque part, le chapitre suivant fera apparaître des motifs plus puissants en même temps que plus naturels.

Ces sollicitations restèrent vaines, néanmoins; car, bien que M. Allworthy n'estimât pas, comme certains auteurs plus récents, que la miséricorde ne consiste qu'à punir les délinquants, il était aussi loin de penser, cependant, qu'il convienne à cette excellente qualité de pardonner sans aucune raison et gratuitement aux grands criminels. Il ne négligeait jamais aucune incertitude sur les faits, ni aucune raison de mitigation; mais les pétitions d'un malfaiteur ou les intercessions de tiers n'avaient sur lui aucune influence. En un mot, il ne pardonnait jamais pour la seule raison que la punition déplaisait au coupable ou à ses amis.

Partridge et sa femme durent donc tous deux se soumettre à leur sort, assez sévère en fait; car, bien loin de redoubler d'ardeur au travail pour compenser la diminution de son revenu, il s'abandonna en quelque sorte au désespoir; et comme il était par nature indolent, ce vice s'accrut encore en lui et il perdit la petite école qu'il avait; si bien que ni sa femme ni lui-même n'auraient eu de pain à se mettre sous la dent sans l'intervention de quelque bon chrétien, dont la charité leur fournit ce qui était tout juste nécessaire à leur subsistance.

Ce soutien leur venant d'une main inconnue, ils pensèrent — de même que le fera le lecteur, je n'en doute pas — que leur bienfaiteur secret était M. Allworthy lui-même; qui, tout en se refusant à encourager ouvertement le vice, pouvait soulager privément les détresses des méchants quand elles devenaient trop aiguës et n'étaient plus en proportion avec les démérites du coupable. C'est sous ce jour que leur misère apparut alors à la Fortune elle-même; car elle finit par prendre en pitié le malheureux ménage et atténua considérablement l'état misérable de Partridge en mettant fin à celui de sa femme, qui peu après attrapa la petite vérole et mourut.

La justice que M. Allworthy avait administrée à Partridge rencontra tout d'abord l'approbation générale; mais à peine en ressentait-il les conséquences, que ses voisins commencèrent à revenir sur leur opinion et à compatir à son sort; puis bientôt à blâmer la rigueur et la sévérité de ce qu'ils avaient précédemment appelé justice. Ils se mirent à se récrier contre les châtiments infligés de sang-froid et à chanter les louanges de la miséricorde et du pardon.

Ces clameurs se trouvèrent considérablement accrues par la mort de Mme Partridge, que — bien qu'elle fût la conséquence de la maladie ci-dessus indiquée qui ne doit rien à la pauvreté ou à la détresse — maintes personnes ne craignirent pas d'attribuer à la sévérité ou, comme on disait maintenant, la cruauté de M. Allworthy.

Ayant perdu sa femme, son école et son annuité, et l'inconnu ayant alors cessé la charité dont nous avons parlé, Partridge résolut de changer de lieu et quitta le pays, où il était en grand danger de périr de faim, à la compassion générale de tous ses voisins.

CHAPITRE VII

Brève esquisse de la félicité que les couples avisés peuvent tirer de la haine ; courte apologie des personnes qui ferment les yeux sur les imperfections de leurs amis.

Si le capitaine avait efficacement détruit le pauvre Partridge, il n'avait cependant pas recueilli la moisson espérée, qui était de chasser l'enfant trouvé de la maison de M. Allworthy.

Celui-ci, au contraire, s'attachait chaque jour davantage au petit Tommy, comme s'il eût voulu contrebalancer sa sévérité envers le père par une tendresse et une affection extraordinaires envers le fils.

Cela n'aigrissait pas peu l'humeur du capitaine, comme

le faisaient tous les autres exemples quotidiens de la générosité de M. Allworthy; car il considérait toutes ces largesses comme des amoindrissements de sa propre fortune.

Là-dessus, nous l'avons dit, il ne s'accordait pas avec sa femme; pas plus, en fait, qu'en aucune autre chose; car, bien que maints sages estiment qu'une affection basée sur l'intelligence est plus durable que lorsqu'elle ne se fonde que sur la beauté, il en allait autrement dans le cas présent. Et même, l'intelligence de ce ménage était sa principale pomme de discorde et la grande cause de bien des querelles qui s'élevaient de temps à autre entre mari et femme, et qui aboutirent finalement, du côté de la dame, à un souverain mépris à l'égard de son mari, et du côté du mari à une aversion extrême pour sa femme.

Les deux ayant surtout appliqué leurs talents à l'étude de la théologie, celle-ci faisait, depuis leur première rencontre, l'objet principal de leurs conversations. Le capitaine, en homme bien élevé, avait toujours, jusqu'à son mariage, renoncé à son opinion pour celle de la dame; et cela non pas à la manière gauche et lourde d'un sot prétentieux qui, tandis qu'il cède devant un supérieur dans une discussion, tient à ce que l'on sache toujours qu'il croit avoir raison. Le capitaine, au contraire, bien que des plus orgueilleux, cédait si absolument la victoire à son antagoniste qu'elle, qui n'avait aucun doute sur sa sincérité, se retirait toujours de la discussion avec de l'admiration pour sa propre intelligence et de l'intérêt pour la sienne.

Mais bien que cette complaisance envers une personne que le capitaine méprisait profondément ne lui fût pas aussi pénible qu'elle aurait été dans le cas ou quelque espoir de promotion l'eût contraint de montrer la même soumission à un Hoadley[1] ou à quelque autre homme célèbre dans les sciences, elle lui coûtait encore trop pour l'endurer sans motif. Le mariage ayant donc supprimé tous motifs de ce genre, il s'était lassé de cette condescendance et avait commencé à traiter les opinions de sa femme avec cette morgue et cette insolence que seuls peuvent octroyer ceux qui méritent eux-mêmes quelque mépris et que seuls peuvent supporter ceux qui n'en méritent aucun.

Lorsque, le premier torrent de tendresse passé, dans

le long et calme intervalle séparant les accès, la raison commença d'ouvrir les yeux de la dame et qu'elle vit ce changement dans la conduite du capitaine qui ne répondait plus à ses arguments que par des « peuh ! » et des « bah ! » elle fut loin de supporter l'affront avec une pusillanime soumission. En vérité, elle en fut au début tant irritée qu'il eût bien pu en résulter quelque incident tragique, si son ressentiment n'avait pris un tour plus inoffensif en l'emplissant d'un profond mépris pour l'entendement de son mari, ce qui vint tempérer quelque peu la haine qu'elle lui portait; quoique de celle-ci elle conservât encore une assez bonne dose.

La haine du capitaine à son égard était d'une sorte plus pure; car, pour les imperfections de son savoir ou de son intelligence, il ne l'en méprisait pas plus que du fait qu'elle ne mesurât pas six pieds de haut. Dans son opinion du sexe féminin, il dépassait la morosité d'Aristote lui-même : il considérait la femme comme un animal domestique, d'une importance un peu plus grande que le chat, ses fonctions étant plutôt plus utiles; mais la différence entre les deux était si petite à ses yeux que, dans son mariage avec les terres et tenures de M. Allworthy, peu lui eût importé lequel il prenait dans le marché. Et pourtant son orgueil était si susceptible, qu'il ressentit le mépris que sa femme commença d'exprimer à son égard; et cela, joint à la satiété qu'il avait déjà de son amour, suscita en lui le dégoût et l'horreur, à un degré peut-être difficilement égalable.

Une seule situation dans l'état conjugal est exclusive de tout plaisir : celle de l'indifférence. De même que nombre de mes lecteurs savent, je l'espère, quelles délices exquises il y a à faire plaisir à l'objet aimé, quelques-uns, je le crains, peuvent avoir goûté la satisfaction qu'il y a à tourmenter quelqu'un que l'on hait. C'est, j'en ai bien peur, pour parvenir à ce plaisir que l'on voit ceux des deux sexes abandonner la tranquillité dont ils pourraient autrement jouir dans le mariage, tout désagréable que leur est leur compagnon. De là vient que la femme affecte des crises d'amour et de jalousie, se refuse même tout plaisir pour déranger ou prévenir ceux de son mari; et lui, à son tour, s'impose de fréquentes contraintes et reste à la maison en une compagnie qu'il a en aversion, à seule fin de confiner sa femme à ce qu'elle déteste également. Là, aussi, est la source de ces larmes qu'une veuve verse parfois en telle abondance sur les cendres d'un époux avec lequel elle a mené une vie constamment troublée et agitée, mais qu'elle n'a plus d'espoir de jamais tourmenter.

Or si jamais couple jouit de ce plaisir-là, c'était bien le capitaine et sa dame à présent. C'était toujours une raison suffisante pour l'un ou l'autre de s'obstiner dans une opinion, que l'adversaire ait antérieurement affirmé le contraire. Si l'un proposait quelque distraction, l'autre ne manquait jamais de faire objection : jamais ils n'aimaient ou ne détestaient, ne louaient ou ne critiquaient la même personne. Et c'est pourquoi, alors que le capitaine regardait d'un mauvais œil le petit enfant trouvé, sa femme se mit à le choyer presque à l'égal de son propre fils.

Le lecteur concevra aisément que ces rapports entre mari et femme ne contribuaient guère au repos de M. Allworthy, puisqu'ils tendaient si peu à ce bonheur serein qu'il avait espéré pour tous trois de cette alliance; mais, à vrai dire, bien qu'il fût peut-être un peu déçu dans ses espérances optimistes, il était loin d'être au courant de toute l'affaire; car, de même que le capitaine, pour certaines raisons évidentes, se tenait attentivement sur ses gardes devant lui, la dame était obligée, par crainte du déplaisir de son frère, d'observer la même conduite. En vérité, il est possible pour un tiers d'être fort intime avec un couple marié, voire de vivre dans la même maison, si le ménage observe assez la discrétion, sans jamais avoir la moindre idée des aigres sentiments que se portent les deux époux; car, si la journée entière paraît parfois trop courte pour la haine autant que pour l'amour, les nombreuses heures qu'ils passent naturellement ensemble, à l'écart de tout observateur, fournissent aux gens d'une modération suffisante une si ample occasion de jouir de l'une ou l'autre passion que, s'ils aiment, ils peuvent supporter de rester quelques heures en compagnie d'un tiers sans badiner et, s'ils se détestent, sans se cracher à la figure.

Il est possible, cependant, que M. Allworthy en vît assez pour concevoir quelque inquiétude; car on ne doit pas toujours conclure qu'un sage n'éprouve aucune peine, du fait qu'il ne se lamente pas à grands cris comme les gens d'un tempérament puéril ou efféminé. Mais il est possible aussi qu'il pût voir certaines fautes chez le capitaine sans en éprouver d'inquiétude du tout; car les personnes d'une sagesse et d'une bonté véritables se contentent de prendre les gens et les choses tels qu'ils sont, sans se plaindre de leurs imperfections ni tenter de les amender. Ils peuvent constater une faute chez un ami, un parent ou une relation sans jamais en faire mention à l'intéressé ni à d'autres; et cela souvent sans aucun préjudice à leur affection. A la vérité, si une grande clairvoyance ne se tempérait de cette disposition à passer sur certaines choses, nous ne devrions jamais contracter d'amitié qu'avec un certain degré de folie que nous pouvons abuser; car, j'espère que mes amis me pardonneront de le déclarer, je n'en connais pas qui soit sans faute; et je regretterais de pouvoir imaginer qu'aucun de mes amis soit incapable de voir les miennes. L'indulgence de ce genre, nous l'accordons et la demandons à tour de rôle. C'est un exercice de l'amitié, et peut-être pas le moins agréable. Et cette indulgence, nous devons l'accorder, sans aucun désir d'amendement. Il n'est peut-être pas de marque plus sûre de folie que de tenter de corriger les infirmités naturelles de ceux que l'on aime. La plus belle composition de la nature humaine, de même que la plus fine porcelaine, peut comporter un défaut; qui, dans l'un et l'autre cas, est sans remède, je le crains; ce qui n'empêche pas le modèle de rester d'une grande valeur.

Dans l'ensemble, donc, M. Allworthy voyait certainement quelques imperfections dans le capitaine; mais comme celui-ci était un homme fort habile et qu'il était toujours sur ses gardes en sa présence, ces imperfections ne lui apparaissaient que comme de petites taches sur un bon caractère, sur lesquelles sa bonté lui faisait fermer les yeux et que sa sagesse l'empêchait de découvrir au capitaine lui-même. Ses sentiments eussent été bien différents s'il avait découvert l'ensemble; ce qui, avec le temps, aurait pu être le cas, si le mari et la femme avaient continué de se comporter ainsi l'un envers l'autre; mais cela, l'obligeante Fortune usa de moyens efficaces pour l'empêcher en forçant le capitaine à agir de façon à le rendre de nouveau cher à sa femme et à le restaurer dans toute sa tendresse et son affection.

CHAPITRE VIII

Recette pour regagner l'affection perdue d'une épouse, recette que l'on n'a jamais vu échouer, même dans les cas les plus désespérés.

Le capitaine trouvait de larges compensations des minutes désagréables qu'il passait dans le commerce de sa femme (et qui étaient aussi rares qu'il pouvait s'arranger pour les faire) dans les plaisantes méditations dont il jouissait quand il était seul.

Ces méditations étaient entièrement consacrées à la fortune de M. Allworthy; car, premièrement, il exerçait beaucoup son esprit à calculer aussi bien que possible la valeur exacte du tout (calculs dans lesquels il trouvait souvent l'occasion de les modifier en sa propre faveur); secondement et surtout, il se plaisait à la perspective de modifications dans la maison et les jardins et à faire bien d'autres plans destinés aussi bien à l'amélioration du domaine qu'à la grandeur du lieu : dans ce but, il s'appliquait à l'étude de l'architecture et de l'art des jardins, et relisait nombre d'ouvrages sur les deux sujets; car ces sciences occupaient en fait tout son temps et faisaient son seul divertissement. Il finit par établir un plan des plus excellents; et nous regrettons infiniment qu'il ne soit pas en notre pouvoir de le présenter au lecteur, étant donné que tout le luxe de l'époque présente ne saurait rivaliser avec lui, je pense. Il comportait au plus haut degré, en vérité, les deux éléments principaux qui font valoir tous les grands et nobles projets de cette nature; car il fallait une dépense immodérée pour l'exécuter et une vaste étendue de temps pour l'amener à la moindre perfection. A la première de ces nécessités, l'immense fortune que le capitaine prêtait à M. Allworthy et qu'il se croyait sûr d'hériter promettait de répondre fort efficacement; quant à la seconde, la solidité de sa propre constitution et le moment de son existence, qui n'était que ce que l'on peut qualifier d'âge moyen, supprimaient toute crainte pour lui de ne pas vivre assez pour l'accomplissement.

Il ne manquait plus, pour lui permettre d'entreprendre l'exécution immédiate de son plan, que la mort de M. Allworthy; pour le calcul de laquelle il avait usé de beaucoup de son algèbre personnelle, en dehors de l'achat de tous les livres existants qui traitent de la valeur des vies, des réversions, etc. À l'aide de quoi il s'était convaincu que, s'il était chaque jour possible que la chose arrivât, il y avait de fortes chances qu'elle se produisît avant peu d'années.

Mais un jour que le capitaine était plongé dans des spéculations de ce genre lui advint un accident aussi malheureux qu'intempestif. La pire malice de la Fortune n'aurait pu inventer, en fait, rien de plus cruel, de plus mal venu, de plus absolument destructeur pour tous ses projets. En bref et pour ne pas faire languir plus longtemps le lecteur, à l'instant même où son cœur exultait dans la méditation du bonheur qu'il retirerait de la mort de M. Allworthy, il fut lui-même emporté par une attaque d'apoplexie.

Celle-ci se produisit malheureusement tandis que le capitaine faisait seul sa promenade du soir, de sorte que personne n'était présent pour lui prêter assistance, si tant est qu'une aide quelconque eût pu le préserver. Il prit donc mesure de la portion de terre qui correspondait désormais à tous ses besoins futurs et resta étendu mort sur le sol, grand (sinon vivant) exemple de la vérité contenue dans cette observation d'Horace :

Tu secanda marmora
Locas sub ipsum funus ; et sepulchri
Immemor, struis domos.

Sentiment que je rendrai ainsi pour le lecteur actuel : « Tu prépares les matériaux les plus nobles pour bâtir, alors que seuls sont nécessaires la pelle et la pioche; et tu élèves des demeures de cinq cents pieds sur cent, oubliant celle de six sur deux. »

CHAPITRE IX

Où l'on verra, dans les lamentations de la veuve, la preuve de l'infaillibilité de la recette indiquée ; autres accessoires convenables à la mort, tels que médecins, etc., et épitaphe dans le style de la vérité.

Monsieur Allworthy, sa sœur et une autre dame étaient réunis à l'heure accoutumée dans la salle à manger, où, après avoir attendu bien plus longtemps qu'à l'ordinaire, le maître de céans déclara qu'il commençait à s'inquiéter du retard du capitaine (celui-ci étant toujours extrêmement ponctuel aux repas); et il ordonna que l'on sonnât la cloche au dehors et plus particulièrement en direction des allées où son beau-frère avait l'habitude de se promener.

Ces appels s'étant révélés infructueux (le capitaine avait d'ailleurs, par un hasard pervers, emprunté une autre allée ce soir-là), Mme Blifil déclara qu'elle éprouvait des craintes sérieuses. Sur quoi, l'autre dame, qui était de ses plus intimes amies et qui connaissait bien l'état véritable de ses sentiments, s'efforça de la tranquilliser, lui disant qu'elle ne pouvait s'empêcher d'être inquiète, bien sûr; mais qu'il fallait espérer le mieux. Peut-être la douceur du soir avait-elle entraîné le capitaine à s'éloigner plus qu'à l'ordinaire; ou peut-être avait-il été retenu chez quelque voisin. Mme Blifil répondit que non, qu'elle était sûre qu'un accident était arrivé; car il ne serait jamais resté dehors sans lui envoyer un message, sachant l'inquiétude qu'elle en aurait. L'autre, à court d'arguments, se livra aux instances habituelles en pareil cas, la suppliant de ne pas céder à la peur, cela pouvant avoir des conséquences funestes à sa propre santé; et, ayant empli un très grand verre de vin, elle finit par lui persuader de le boire.

M. Allworthy, qui était parti lui-même à la recherche du capitaine, revint alors dans la pièce. Sa physionomie montrait assez sa consternation, qui, en vérité, l'avait à peu près privé de la parole; mais la douleur a des effets différents selon les esprits sur lesquels elle agit, et la même appréhension qui avait abaissé le ton de sa voix accrut considérablement celle de Mme Blifil. Elle se mit à se lamenter sur elle-même en termes amers et des flots de larmes accompagnèrent ses plaintes; que son amie déclara ne pouvoir lui reprocher, tout en l'incitant à ne pas s'y abandonner; et la dame tenta de modérer son chagrin à l'aide de remarques philosophiques sur les nombreuses déceptions auxquelles la vie humaine est chaque jour sujette, ce qui, dit-elle, était une considération suffisante pour fortifier nos esprits contre tous les accidents, quelque soudains et quelque terribles qu'ils soient. Elle ajouta que l'exemple du squire son frère devrait lui enseigner la patience, lui qui, bien qu'on ne pût évidemment le supposer aussi touché qu'elle, était sans nul doute très inquiet et dont la résignation à la volonté divine avait cependant retenu le chagrin dans de justes limites.

— Ne parlez pas de mon frère, s'écria Mme Blifil; moi seule suis l'objet de votre pitié. Que sont les craintes de l'amitié à côté de ce que peut ressentir une épouse en pareille occasion ? Ah, il est perdu ! Quelqu'un l'a assassiné — je ne le verrai jamais plus !

A ce moment, un torrent de larmes eut la même conséquence que le refoulement pour M. Allworthy, et elle demeura silencieuse.

Pendant cette pause, un domestique se précipita, hors d'haleine, dans la pièce et s'écria : « On a trouvé le capitaine ! » Mais avant qu'il eût pu ajouter un mot, il fut suivi de deux autres, qui portaient entre eux le corps.

Ici, le lecteur curieux pourra observer une autre variété dans les opérations de la douleur : tout comme M. Allworthy était auparavant resté silencieux pour la même raison qui avait rendu sa sœur vociférante, cette vue, qui tira les larmes des yeux du gentilhomme, arrêta net celles de la dame, la qu'elle poussa tout d'abord un cri violent et tomba l'instant d'après en pâmoison.

La pièce fut bientôt remplie de domestiques, dont certains s'employèrent, avec l'aide de la visiteuse, à ranimer l'épouse, tandis que d'autres, sous les ordres de M. Allworthy, aidaient à transporter le capitaine dans un lit chaud, où l'on essaya de toutes les méthodes possibles pour le ramener à la vie.

Nous serions fort heureux de pouvoir annoncer au lecteur qu'un égal succès couronna les soins donnés aux deux corps; car ceux qui s'occupaient de la dame réussirent si bien que, quand l'évanouissement eut duré un temps convenable, elle reprit connaissance à la grande satisfaction de tous; mais, pour le capitaine, tous les essais de saignées, de frictions, de gouttes, etc. se révélèrent inefficaces. La mort, ce juge inexorable, avait passé sentence contre lui, et elle refusa de lui accorder une commutation de peine, bien qu'il eût pour avocats deux médecins qui arrivèrent et touchèrent leurs honoraires dans le même instant.

Ces deux médecins, que, pour éviter toute imputation malveillante, je distinguerai par les noms de Dr Y., et Dr Z., après avoir pris son pouls, à savoir le Dr Y.. au bras droit et le Dr Z. au bras gauche, ces deux médecins, dis-je, furent d'accord pour déclarer qu'il était absolument mort; mais sur la maladie ou la cause de sa mort, ils différèrent d'opinion, le Dr Y. tenant pour une apoplexie et le Dr Z. pour une épilepsie.

De là s'éleva une discussion entre les deux hommes de l'art, dans laquelle ils prononcèrent les raisons de leurs opinions opposées. Or, elles étaient d'une force tellement égale qu'elles ne servirent qu'à confirmer chacun dans son propre sentiment, sans faire la moindre impression sur son adversaire.

A vrai dire, presque tout médecin a sa maladie favorite, à laquelle il attribue toutes les victoires remportées sur la nature humaine. La goutte, le rhumatisme, la pierre, la gravelle ont tous leurs divers patrons au sein de la Faculté; et nulle plus que la fièvre nerveuse ou fièvre des esprits. C'est ainsi que s'expliquent ces conflits d'opinion sur la cause du décès d'un malade qui s'élèvent parfois entre les plus savants du collège, au grand étonnement de la partie du monde qui ignore le fait ci-dessus énoncé.

Le lecteur sera peut-être surpris qu'au lieu de consacrer leurs efforts à ranimer le malade, ces savants messieurs se soient immédiatement lancés dans une discussion sur la cause de sa mort; mais, en réalité, toutes les tentatives avaient été faites avant leur arrivée : on avait mis le capitaine dans un lit chaud, scarifié ses veines, frictionné son front, appliqué à ses lèvres et à ses narines toutes sortes de gouttes fortes.

Les médecins, se trouvant donc devancés dans tout ce qu'ils ordonnaient, étaient bien embarrassés pour trouver un emploi à cette part de temps qu'il est habituel et décent de rester en échange de ses honoraires; il leur fallait trouver un objet quelconque à leur discours, et quel autre aurait pu se présenter plus naturellement que celui que nous avons mentionné ?

Nos docteurs étaient sur le point de prendre congé, quand M. Allworthy, qui avait abandonné tout espoir de ressusciter le capitaine et s'était incliné devant la volonté divine, commença de s'inquiéter de sa sœur et les pria de l'examiner avant leur départ.

La dame était alors revenue de son évanouissement et, pour employer l'expression habituelle, se trouvait aussi bien que l'on pouvait s'y attendre d'une personne dans son état. Les médecins, donc, après avoir observé toutes les cérémonies requises pour cette nouvelle malade, se mirent en devoir de lui donner leurs soins comme on les en priait, et saisirent chacun l'une de ses mains, de même qu'ils avaient fait auparavant pour le corps.

Le cas de la dame était exactement à l'opposé de celui de son mari, car, autant lui ne pouvait plus bénéficier du secours de la médecine, autant elle n'en requérait aucun.

Rien n'est plus injuste que l'opinion commune, selon laquelle les médecins sont représentés à tort comme amis de la mort. Je crois, au contraire, que si l'on mettait en parallèle le nombre des gens qui guérissent grâce à la médecine à celui de ses martyrs, le premier l'emporterait plutôt sur le second. Mieux : d'aucuns se montrent si prudents sur ce chef que, pour éviter la possibilité de tuer le malade, ils s'abstiennent de toute méthode de cure et ne prescrivent que ce qui ne peut faire ni bien ni mal. J'ai entendu certains de ceux-ci énoncer très gravement sous forme de maxime qu'il fallait laisser la nature faire son propre travail, tandis que le médecin se tient à côté pour lui taper dans le dos en quelque sorte et lui prodiguer ses encouragements quand elle agit bien.

Nos docteurs, donc, se délectaient si peu de la mort qu'ils libérèrent le corps après un seul versement d'honoraires; mais ils n'étaient pas si dégoûtés de leur cliente vivante, sur le cas de laquelle ils tombèrent immédiatement d'accord et se mirent en devoir d'établir leurs prescriptions sans plus tarder.

Je ne déciderai pas si, la dame ayant tout d'abord persuadé ses médecins de la croire malade, eux en retour l'avaient ensuite persuadée de se croire telle; toujours est-il qu'elle demeura un mois entier présentant tous les attributs de la maladie. Durant ce temps, elle reçut la visite de ses médecins, fut soignée par des infirmières, et de constants messages de son amie venaient s'enquérir de sa santé.

Enfin, le temps convenable à la maladie et à un chagrin immodéré étant écoulé, les médecins furent remerciés, et la dame commença à voir de la compagnie, son apparence antérieure ne présentant d'autre modification que la couleur de tristesse dont elle avait revêtu sa personne et sa contenance.

Le capitaine était maintenant enterré et il eût peut-être déjà parcouru beaucoup de chemin sur la voie de l'oubli, si l'amitié de M. Allworthy n'avait pris soin de perpétuer sa mémoire grâce à l'épitaphe suivante, rédigée par un homme d'autant de talent que d'intégrité, qui connaissait parfaitement bien le capitaine :

CI-GÎT,
DANS L'ATTENTE D'UNE HEUREUSE RÉSURRECTION,
LE CORPS DU
CAPITAINE JOHN BLIFIL.
LONDRES
EUT L'HONNEUR DE SA NAISSANCE,
OXFORD
DE SON ÉDUCATION.

SES TALENTS
FURENT UN HONNEUR POUR SA PROFESSION
ET POUR SON PAYS;
SA VIE, POUR SA RELIGION
ET LA NATURE HUMAINE.

IL FUT UN FILS RESPECTUEUX,
UN TENDRE MARI,
UN PÈRE AIMANT,
LE MEILLEUR DES FRÈRES,
UN AMI SINCÈRE,
UN CHRÉTIEN FERVENT,
ET UN HOMME DE BIEN.

CETTE STÈLE FUT ÉRIGÉE
EN MÉMOIRE DE
SES VERTUS
ET DE
L'AFFECTION
DE SA VEUVE INCONSOLABLE.

LIVRE III

CHAPITRE PREMIER

Contenant peu de chose, sinon rien.

Le lecteur voudra bien se rappeler qu'au début du second livre de ce récit, nous lui avons laissé entendre notre intention de sauter plusieurs longues périodes de temps, au cours desquelles ne s'était produit aucun fait digne d'être rapporté dans une chronique du genre de celle-ci.

Ce faisant, nous n'avons pas seulement égard à notre propre dignité ou commodité, mais aussi au bien et à l'avantage du lecteur : car, outre que nous lui évitons ainsi de perdre son temps à lire sans plaisir comme sans profit, nous lui offrons dans toutes ces périodes l'occasion d'employer la merveilleuse sagacité qui est la sienne à remplir ces espaces de temps vacants de ses propres conjectures; à quelle fin nous avons pris soin de lui fournir les éléments nécessaires dans les pages précédentes.

Quel lecteur ne sait, par exemple, que M. Allworthy commença par ressentir de la perte de son ami ces douloureuses émotions qui, en pareille occasion, pénètrent tout homme dont le cœur n'est pas de pierre, ni la tête d'une matière tout aussi dure ? Et quel lecteur ne sait qu'avec le temps, la philosophie et la religion tempérèrent et finirent par éteindre ce chagrin ? La première lui en enseignant la folie et la vanité, la seconde le reprenant comme contraire à la loi et l'apaisant en même temps en suscitant des espoirs et des assurances futures qui permettent à une âme forte et religieuse de faire ses adieux à un ami, sur son lit de mort, avec presque autant d'indifférence que s'il se préparait à un long voyage; et, en fait, avec presque autant d'espoir de le revoir.

Et le lecteur judicieux ne saurait davantage être désorienté au sujet de Mme Brigitte Blifil, qui, il peut en être assuré, se conduisit, durant toute la période où la douleur doit paraître à l'extérieur du corps, avec le plus strict souci de toutes les règles voulues par l'usage et par la décence, appropriant les modifications de sa contenance aux diverses modifications de son vêtement : tandis que celui-ci passait du crêpe au noir, du noir au gris, du gris au blanc, sa contenance elle aussi passait du morne à l'affligé, de l'affligé au triste, du triste au sérieux, jusqu'à ce qu'enfin le jour arriva où il lui fut permis de revenir à son ancienne sérénité.

Nous n'avons cité ces deux exemples que pour montrer la tâche qui peut être imposée aux lecteurs de catégorie inférieure. Mais des hauts gradués de la critique, on est en droit d'attendre des exercices de jugement et de pénétration plus élevés et plus difficiles. Ceux-là feront, je n'en doute pas, maintes découvertes remarquables sur les affaires qui se passèrent dans la famille de notre digne ami durant toutes les années que nous avons cru bon de sauter : car bien qu'aucun événement digne de prendre place dans cette histoire ne se soit passé durant cette période, il se produisit bien plusieurs incidents d'une importance égale à ceux que rapportent les historiens quotidiens ou hebdomadaires de l'époque, à la lecture desquels un grand nombre de gens consomment une part considérable de leur temps, et fort peu à leur profit, je le crains. Or, dans les conjectures ici proposées, on pourra employer avec grand avantage les plus excellentes facultés de l'esprit, puisque c'est une capacité plus utile de pouvoir prédire les actions des hommes, en toutes circonstances, d'après leur caractère que de juger leur caractère d'après leurs actions. La première capacité exige, je l'avoue, une plus grande pénétration; mais elle peut être atteinte par la sagacité véritable avec non moins de certitude que la seconde.

Conscient de ce que la plupart de nos lecteurs sont éminemment doués de cette qualité, nous leur avons laissé un espace de douze ans pour l'y exercer; et nous allons maintenant présenter notre héros à l'âge de quatorze ans environ, sans douter aucunement que bien des gens sont depuis longtemps impatients de faire sa connaissance.

CHAPITRE II

Le héros de cette grande histoire paraît sous de très mauvais auspices. Petite anecdote d'un genre si bas *que certains l'estimeront indigne de leur attention. Un mot ou deux au sujet d'un squire, et un peu plus concernant un garde-chasse et un maître d'école.*

Ayant décidé, au moment de nous asseoir pour écrire la présente histoire, de ne flatter personne, mais de laisser à la vérité seule le soin de guider notre plume, nous nous voyons obligé de faire paraître en scène notre héros sous un jour infiniment plus défavorable que nous ne le désirerions et de déclarer honnêtement, même à sa première entrée, qu'à l'opinion générale de toute la maison de M. Allworthy il était certainement né pour la potence.

A la vérité, je regrette de le dire, trop de raisons venaient à l'appui de cette conjecture; le garçon avait montré, dès le plus jeune âge, une propension à bien des vices, dont un en particulier est bien fait pour mener directement au sort que lui prédisaient les bons prophètes : il avait déjà été convaincu de trois vols qualifiés, à savoir le pillage d'un verger, le détournement d'un canard de la basse-cour d'un fermier et la pêche d'une balle dans la poche du jeune M. Blifil.

Les vices de notre jeune homme se trouvaient, de surplus, accentués par la lumière désavantageuse où les mettait la comparaison avec les vertus de son camarade, le jeune M. Blifil; garçon d'un acabit si différent de celui du petit Jones que non seulement la famille, mais tout le voisinage retentissaient de ses louanges. C'était certes un gamin de dispositions remarquables : d'un sérieux, d'une sagesse et d'une piété bien en avance sur son âge; qualités qui lui valaient l'affection de tous ceux qui le connaissaient, alors que Tom Jones était universellement détesté; et bien des gens s'étonnaient que M. Allworthy supportât que pareil vaurien fût élevé avec son neveu, sans crainte que la moralité de celui-ci ne subît les atteintes d'un si mauvais exemple.

Un incident qui se produisit vers cette époque établira le caractère de ces deux garçons aux yeux du lecteur judicieux bien mieux que ne saurait le faire la plus longue dissertation.

Tom Jones, qui, tout mauvais qu'il est, doit nous servir de héros pour cette histoire, n'avait qu'un seul ami parmi tous les domestiques de la maison; car, pour ce qui était de Mme Wilkins, il y avait longtemps qu'elle l'avait abandonné et s'était parfaitement réconciliée avec sa maîtresse. Cet ami était le garde-chasse, garnement d'une morale assez relâchée, qui ne passait pas pour avoir des notions beaucoup plus strictes sur la différence entre le *meum* et le *tuum* que le jeune gentleman lui-même. Aussi cette amitié donnait-elle lieu chez les domestiques à maintes remarques sarcastiques, dont la plupart étaient déjà des proverbes, ou le sont devenus depuis lors; et, en vérité, l'esprit s'en peut réduire au bref proverbe latin : *Noscitur a socio,* ce qui peut, je crois, se rendre par : « Dis-moi qui tu hantes, et je te dirai qui tu es. »

A vrai dire, une partie de cette affreuse scélératesse de Jones, dont nous venons de donner trois exemples, pouvait bien provenir des encouragements reçus de ce garçon, qui, dans deux ou trois cas, avait été ce que la loi qualifie de complice après coup : car le canard tout entier et une grande partie des pommes avaient été détournés pour l'usage du garde-chasse et de sa famille; quoique, Jones seul ayant été découvert, ce pauvre garçon eût supporté non seulement tout le cuisant, mais encore tout le blâme, deux inconvénients qui devaient encore être son lot dans l'occasion suivante.

Contigu au domaine de M. Allworthy se trouvait le manoir d'un de ces gentilshommes que l'on appelle préservateurs de gibier. A en juger par la grande sévérité qu'ils apportent à venger la mort d'un lièvre ou d'une perdrix, on pourrait croire qu'ils cultivent la même superstition que les banians[1] de l'Inde, dont un grand nombre, à ce qu'on rapporte, consacrent leur vie entière à conserver et protéger certains animaux; n'était que nos banians anglais, tout en les défendant contre d'autres ennemis, en égorgeront eux-mêmes impitoyablement des charretées entières, en sorte qu'ils sont clairement absous de toute superstition païenne de cet ordre.

Pour moi, j'ai bien meilleure opinion que d'aucuns de cette catégorie d'hommes, considérant qu'ils répondent bien plus largement que maints autres à l'ordre de la nature et aux bons desseins auxquels ils furent destinés. De même qu'Horace nous dit que certains êtres humains sont

Fruges consumere natii[1],

« nés pour consommer les fruits de la terre », je ne mets nullement en doute que d'autres sont

Feras consumere nati,

« nés pour consommer les animaux sauvages »; ou, comme on dit communément, le gibier; et personne ne niera, je pense, que ces squires ne satisfassent à cet objet de leur création.

Le petit Jones était un jour à la chasse avec le garde, quand, ayant fait lever une compagnie de perdrix à la lisière de ce manoir sur lequel, pour remplir les sages desseins de la nature, la fortune avait établi un des consommateurs de gibier, les oiseaux s'y envolèrent et furent repérés (comme on dit) par les deux chasseurs dans des touffes d'ajoncs à environ deux ou trois cents pas au delà des propriétés de M. Allworthy.

Celui-ci avait formellement interdit au garde, sous peine de perdre sa place, de jamais pénétrer sur aucune des terres voisines, qu'elles appartinssent à des propriétaires moins rigides en cette matière ou au seigneur de ce manoir. Quant aux premiers, certes, ces ordres n'avaient pas toujours été très scrupuleusement observés; mais les dispositions du gentilhomme chez qui les perdrix avaient cherché asile étant bien connues, le garde-chasse n'avait jamais encore tenté d'envahir son territoire. Et il ne l'eût pas plus fait cette fois, si le jeune chasseur, extrêmement impatient à poursuivre le gibier fugitif, n'était venu à bout de ses scrupules; mais Jones s'étant fait très pressant, l'autre, qui était lui-même assez ardent à la chasse, céda à ses instances, entra sur les terres du manoir et abattit une des perdrix.

Le gentilhomme lui-même était alors à cheval à peu de distance de là; et, entendant le coup de fusil, il accourut sur les lieux et découvrit le pauvre Tom; car le garde avait sauté au plus épais du fourré, où il s'était heureusement caché.

Le gentilhomme ayant fouillé le garçon et trouvé la perdrix sur lui, annonça une vengeance exemplaire, jurant qu'il allait en informer M. Allworthy. Il tint parole; car il se rendit sur-le-champ à la maison de celui-ci, où il se plaignit de la violation de son domaine en termes aussi vifs et avec autant d'amertume que si l'on fût entré chez lui par effraction et que l'on eût emporté les meubles les plus précieux. Il ajouta qu'il y avait quelqu'un d'autre avec Tom, encore qu'il n'eût pu le découvrir; car deux coups de fusil avaient été tirés presque au même instant. Et il dit encore : « Nous n'avons trouvé que cette perdrix; mais Dieu sait quel dégât ils ont fait. »

À son retour, Tom fut mandé aussitôt devant M. Allworthy. Il avoua le fait et n'allégua d'autre excuse que la vérité, à savoir que les perdrix avaient été levées tout d'abord sur les terres de M. Allworthy.

Tom fut alors interrogé sur son compagnon, que M. Allworthy se déclara résolu à connaître, informant l'accusé de la circonstance des deux fusils dont avaient témoigné le squire et ses deux domestiques; mais Tom persista fermement à affirmer qu'il était seul; pourtant, à la vérité, il commença par marquer une légère hésitation, qui eût fortifié l'opinion de M. Allworthy, si les déclarations du squire et des domestiques avaient demandé plus ample confirmation.

Le garde-chasse, suspect, fut alors mandé et la question lui fut posée; mais lui, s'appuyant sur la promesse que lui avait faite Tom de tout prendre sur lui-même, nia avec grande résolution s'être trouvé en compagnie du jeune monsieur et même l'avoir vu de tout l'après-midi.

M. Allworthy tourna alors vers Tom un visage particulièrement courroucé et l'engagea à avouer qui était avec lui, répétant qu'il était décidé à le savoir. Le gamin maintint cependant sa résolution, et M. Allworthy le congédia avec grande colère, lui disant qu'il avait jusqu'au lendemain matin pour réfléchir et qu'il serait alors interrogé par une autre personne et d'une autre manière.

Le pauvre Jones passa une bien triste nuit; et cela d'autant plus qu'il se trouvait privé de son compagnon habituel; car le jeune M. Blifil était parti en visite avec sa mère. La crainte de la punition à subir était en l'occurrence le moindre de ses maux, son inquiétude principale étant que sa fermeté ne l'abandonnât et qu'il fût amené à trahir le garde-chasse, dont il savait maintenant que ce serait la ruine.

Et le garde ne passa guère le temps de façon plus agréable. Il éprouvait les mêmes appréhensions au sujet du jeune homme, de l'honneur duquel il était beaucoup plus soucieux que de sa peau.

Le matin, quand Tom se présenta devant M. Thwackum[1], à qui M. Allworthy avait confié l'éducation des deux garçons, il s'entendit poser les mêmes questions que la veille, auxquelles il opposa les mêmes réponses. Le résultat en fut une fustigation si sévère qu'elle était bien près d'égaler la torture par laquelle, dans certains pays, on arrache les aveux aux criminels.

Tom supporta son châtiment avec grand courage; et quoique son maître lui demandât entre chaque coup s'il ne voulait pas avouer, il préféra être étrillé que de trahir son ami ou de manquer à la promesse qu'il avait faite.

Le garde fut alors délivré de son anxiété, et M. Allworthy lui-même commença à être touché des souffrances de Tom : car, outre que M. Thwackum, en grande rage de ne pouvoir faire dire au garçon ce que lui-même voulait, avait porté sa sévérité bien au delà des intentions du digne homme, celui-ci commençait à soupçonner que le gentilhomme s'était trompé; à quoi son impatience et sa colère extrêmes semblaient donner quelque vraisemblance; quant à la confirmation donnée par les domestiques aux dires de leur maître, il n'y attachait pas trop d'importance. Or, la cruauté et l'injustice étant deux choses dont M. Allworthy ne pouvait un instant supporter le sentiment, il envoya chercher Tom et, après maintes douces et amicales exhortations, lui dit :

— Je suis convaincu, mon cher enfant, que mes soupçons étaient injustes; je regrette qu'ils t'aient fait si sévèrement punir.

Et enfin, en guise de réparation, il lui fit cadeau d'un petit cheval, réitérant ses regrets de ce qui s'était passé.

La culpabilité de Tom le submergea alors avec une

vigueur que nulle sévérité n'aurait pu lui conférer. Il pouvait plus aisément supporter le fouet de Thwackum que la générosité d'Allworthy. Les larmes lui jaillirent des yeux et, tombant à genoux, il s'écria :

— Ah, Monsieur, vous êtes trop bon pour moi. Oui, vous êtes trop bon. En vérité, je ne le mérite pas.

Et en cet instant il faillit bien trahir son secret, tant son cœur débordait; mais le bon génie du garde-chasse lui représenta ce qui pourrait s'ensuivre pour le pauvre garçon, et cette considération lui scella les lèvres.

Thwackum fit tout son possible pour dissuader Allworthy de témoigner à l'enfant aucune compassion ou bienveillance, disant qu'il avait persisté dans un mensonge; et il suggéra même qu'une seconde fouettée ferait probablement la lumière sur l'affaire.

Mais M. Allworthy refusa absolument de consentir à l'expérience. Il dit que l'enfant avait déjà assez souffert pour avoir caché la vérité, fût-il même coupable, étant donné que seul un point d'honneur mal entendu avait pu l'y pousser.

— De l'honneur ! s'écria Thwackum avec quelque chaleur. Dites du simple entêtement, de la pure obstination ! L'honneur peut-il enseigner à quiconque le mensonge; l'honneur peut-il exister indépendamment de la religion ?

Cette conversation avait lieu à table, juste comme le dîner finissait; et étaient présents M. Allworthy, M. Thwackum et un troisième personnage, qui à ce moment se mêla au débat et qu'avant de poursuivre nous allons brièvement présenter au lecteur.

CHAPITRE III

Caractère de M. Square, le philosophe, et de M. Thwackum, le théologien ; discussion sur...

Ce monsieur qui demeurait depuis quelque temps chez M. Allworthy se nommait Square[1]. Ses facultés naturelles n'étaient pas de premier ordre, mais il les avait grandement étendues grâce à une savante éducation. Il avait une profonde connaissance des anciens et se piquait de posséder à fond toute l'œuvre de Platon et d'Aristote. Et c'était sur ces deux grands modèles qu'il s'était principalement formé, suivant tantôt l'opinion de l'un, et tantôt celle de l'autre. En morale, il était un platonicien déclaré, et en religion, il était porté à l'aristotélisme.

Mais, tout en ayant, comme nous l'avons dit, formé sa morale sur le modèle platonicien, il ne s'en accordait pas moins parfaitement avec l'opinion d'Aristote en considérant ce grand homme plutôt comme un philosophe spéculatif que comme un législateur. Il poussait fort loin ce sentiment; assez loin, en fait, pour ne considérer toute vertu que comme affaire de théorie. Ceci, il est vrai, je n'ai jamais entendu dire qu'il l'ait déclaré à quiconque; mais, en prêtant la moindre attention à sa conduite, je ne puis m'empêcher de penser que c'était son opinion réelle, ce qui expliquera parfaitement certaines contradictions que l'on trouverait sans cela dans son caractère.

Ce personnage et M. Thwackum se rencontraient rarement sans que s'élevât une discussion, tant leurs doctrines étaient diamétralement opposées. Square tenait que la nature humaine était la perfection de toute vertu et que le vice était une déviation de notre nature, comme l'est la difformité du corps. Thwackum soutenait au contraire que l'esprit humain n'était, depuis la chute, qu'un cloaque d'iniquités jusqu'à ce que la grâce vînt le purifier et le racheter. Ils ne s'accordaient que sur un point, qui était, dans tous leurs entretiens sur la morale, de ne jamais prononcer le mot de bonté. La formule favorite du premier était : « la beauté naturelle de la vertu »; celle du second : « le pouvoir divin de la grâce ». Le premier mesurait toutes les actions selon la règle inaltérable du bien et l'éternelle convenance des choses; le second tranchait tout par l'autorité; mais, ce faisant, il usait toujours des Écritures et de leurs commentateurs, comme l'homme de loi de son *Coke sur Lyttleton,* traité dont le commentaire a autant d'autorité que le texte.

Après cette courte introduction, le lecteur voudra bien se rappeler que le pasteur avait terminé son discours par une question triomphante, à laquelle il ne craignait aucune réponse, à savoir : « L'honneur peut-il exister indépendamment de la religion ? »

A quoi Square répondit qu'il était impossible de disserter philosophiquement sur des mots avant d'avoir bien établi leur sens; qu'il n'y en avait peut-être pas deux dont la signification fût plus vague et incertaine que ceux qu'il venait de mentionner; car il y avait presque autant d'opinions différentes sur l'honneur que sur la religion.

— Mais, poursuivit-il, si par honneur vous entendez la vraie beauté naturelle de la vertu, je soutiendrai qu'il peut exister indépendamment de toute religion. Mieux, ajouta-t-il, vous-même admettrez qu'il peut exister indépendamment de toutes les religions sauf une; et ainsi feront un mahométan, un juif, et tous les adeptes de toutes les sectes existant au monde.

Thwackum répliqua que c'était argumenter avec la malignité habituelle à tous les ennemis de la véritable Église. Il ne doutait pas, dit-il, que tous les infidèles et hérétiques de l'univers cantonneraient, s'ils le pouvaient, l'honneur dans les bornes de leurs absurdes erreurs et de leurs damnables duperies.

— Mais l'honneur, ajouta-t-il, n'est pas multiple du fait qu'il court bien des opinions absurdes à son sujet; et la religion ne l'est pas non plus du fait qu'il existe des sectes et des hérésies diverses de par le monde. Quand je dis religion, j'entends la religion chrétienne; et pas seulement la religion chrétienne, mais la religion protestante; et pas seulement la religion protestante, mais bien l'Église d'Angleterre. Et quand je dis honneur, j'entends ce mode de grâce divine qui est conforme à cette religion et qui en dépend; et qui n'est conforme à aucune autre et ne dépend d'aucune autre. Eh bien, prétendre que cet honneur que j'entends ainsi — et que j'aurais cru être le seul que je pusse être censé entendre — encouragera, et encore moins dictera un mensonge, c'est soutenir une absurdité trop révoltante pour qu'on la puisse concevoir.

— J'avais évité à dessein, répondit Square, de tirer une conclusion que je pensais évidente après ce que j'avais dit; mais si vous l'avez perçue, vous n'avez en tout cas pas tenté d'y répondre. Quoi qu'il en soit, laissons l'article de la religion; il est clair, me semble-t-il, d'après ce que vous avez dit, que nous avons une idée différente de l'honneur; sans quoi, pour quelle raison ne nous accordons-nous pas sur les termes de sa définition ? J'ai soutenu que le véritable honneur et la véritable vertu sont des termes presque synonymes, et qu'ils sont tous deux fondés sur la règle inaltérable du bien et sur l'éternelle convenance des choses; or le mensonge étant incompatible avec celles-ci et y étant même contraire, il est certain que le véritable honneur ne peut tolérer un mensonge. En cela, je crois donc que nous sommes d'accord; mais que l'on puisse dire que cet honneur se fonde sur la religion, qu'il a précédée, si par religion on entend aucune loi positive...

— Moi, être d'accord, répliqua Thwackum avec beaucoup de vivacité, d'accord avec un homme qui soutient que l'honneur a précédé la religion ! Monsieur Allworthy, ai-je été d'accord... ?

Il allait poursuivre, quand M. Allworthy l'interrompit en leur disant avec froideur qu'ils ne l'avaient compris ni l'un ni l'autre; car il n'avait nullement parlé de véritable honneur. Peut-être, néanmoins, eût-il eu quelque difficulté à calmer les deux controversistes, qui s'échauffaient également, si une autre affaire n'était venue mettre fin pour le moment à la conversation.

CHAPITRE IV

Contenant une apologie nécessaire de l'auteur ;
et un incident puéril qui en demande peut-être une aussi.

Avant d'aller plus loin, je demanderai la permission de prévenir certaines mésinterprétations auxquelles le zèle de quelques lecteurs pourrait les conduire; car je ne voudrais en offenser aucun de mon plein gré, surtout ceux qui sont d'ardents défenseurs de la vertu et de la religion.

J'espère donc que personne, par le plus grossier des malentendus ou par un affreux pervertissement de ma pensée, ne me représentera faussement comme cherchant à jeter le ridicule sur les plus grandes perfections de la nature humaine, qui seules, en fait, purifient et ennoblissent le cœur et élèvent l'homme au-dessus de la bête brute. J'oserai dire, lecteur (et tu seras d'autant plus porté à me croire que tu seras toi-même homme de bien), que j'aurais préféré ensevelir dans un éternel oubli les opinions de ces deux personnages que de faire le moindre tort à l'une ou l'autre de ces glorieuses causes.

C'est, au contraire, en vue de les servir que j'ai pris sur moi de rapporter la vie et les actions de deux de leurs faux et prétendus champions. Un ami déloyal est le plus dangereux des ennemis; et je dirai hardiment que les hypocrites ont infligé à la religion et à la vertu plus de véritable discrédit que n'ont jamais pu le faire les plus spirituels libertins ou mécréants. Bien plus, si toutes deux, dans leur pureté, sont à juste titre appelées les liens de la société civile et sont, en vérité, les plus grands des bienfaits, quand la fraude, la simulation et l'hypocrisie sont venues les empoisonner et les corrompre, elles se sont muées en les pires des fléaux civils, permettant aux hommes de porter les coups les plus cruels à leurs semblables.

En fait, je ne doute pas que l'on ne me permette en général cette raillerie; mais ma principale crainte est que, bien des idées justes et exactes sortant souvent de leur bouche, on ne prenne le tout ensemble et qu'on ne croie que je me moque également de tout. Mais le lecteur voudra bien considérer que ces deux hommes n'étant ni l'un ni l'autre des fous, on ne saurait supposer qu'ils n'aient tenu que de faux principes et émis que des absurdités; quelle injustice j'aurais donc faite à leur caractère, si je n'avais choisi que ce qui était mauvais ! et combien misérables et tronqués auraient paru, dans ce cas leurs arguments !

Tout compte fait, ce n'est ni la religion ni la vertu, mais bien le manque de l'une et l'autre que je dénonce ici. Si Thwackum n'avait par trop négligé la vertu et Square la religion dans l'établissement de leurs systèmes respectifs, si tous deux n'avaient entièrement écarté toute bonté naturelle du cœur, jamais ils n'auraient été pris comme objets de risée dans cette histoire; dont nous allons maintenant reprendre le cours.

L'incident, donc, qui mit fin au débat rapporté au chapitre précédent n'était autre qu'une querelle entre le jeune M. Blifil et Tom Jones, dont l'issue avait été un saignement de nez chez le premier; car, si le jeune M. Blifil, en dépit d'un âge moins avancé, avait l'avantage de la taille, l'autre lui était de beaucoup supérieur dans le noble art de la boxe.

Tom, cependant, évitait prudemment toute affaire avec le jeune homme; car, outre qu'en dépit de toute sa friponnerie c'était un garçon inoffensif et qu'il aimait sincèrement Blifil, le fait que M. Thwackum était toujours le second de celui-ci aurait suffi à le retenir.

Mais, comme dit avec raison certain auteur : « Nul n'est sage à toute heure »; rien d'étonnant donc à ce qu'un garçon ne le soit pas. Un différend s'étant élevé au jeu entre les deux gamins, le jeune M. Blifil avait traité Tom de misérable bâtard. Sur quoi, ce dernier, de tempérament un peu emporté, produisit tout aussitôt sur la face de l'autre le phénomène susmentionné.

Le jeune M. Blifil parut alors devant son oncle et le terrible Thwackum, les larmes qui coulaient de ses yeux se mêlant au sang qui dégoulinait de son nez. Devant ce tribunal fut aussitôt intentée une action pour attaque, coups et blessures contre Tom, qui n'invoqua pour sa défense que la provocation, seul point omis, en fait, par le jeune M. Blifil.

Peut-être, à la vérité, cette circonstance avait-elle échappé à sa mémoire; car, dans sa réplique, il affirma positivement n'avoir jamais usé de pareils termes, ajoutant : « A Dieu ne plaise que des mots si malsonnants sortent jamais de ma bouche ! »

Tom, contre toutes les formes légales, dupliqua[1] par une affirmation solennelle des mots prononcés. Sur quoi, le jeune M. Blifil déclara :

— Ce n'est pas étonnant. Qui en a conté une fois ne recule pas devant un second mensonge. Si j'en avais fait un aussi éhonté que toi, j'aurais honte de me montrer.

— Quel mensonge, mon enfant ? s'écria Thwackum non sans vivacité.

— Eh bien, il vous a dit qu'il n'y avait personne à chasser avec lui quand il a tué la perdrix; mais il sait bien (ici, il éclata en sanglots), oui, il sait bien, puisqu'il me l'a avoué, que Georges le Noiraud, le garde-chasse, était là. Il a même dit — oui, tu l'as dit, tu ne peux pas le nier — que tu n'aurais pas avoué la vérité, quand bien même notre maître t'aurait mis en pièces.

A ces mots, le feu jaillit des yeux de Thwackum, et il s'écria d'une voix de triomphe : « Ah ! Ah ! Voilà vos fausses idées de l'honneur ! Voilà le garçon qu'il ne fallait pas fouetter une seconde fois ! »

Mais M. Allworthy, d'un air plus doux, se tourna vers le garçon et lui demanda : « Est-ce vrai, mon enfant ? Comment se fait-il que tu aies persisté avec tant d'obstination dans un mensonge ? »

Tom répondit qu'il méprisait le mensonge autant que quiconque; mais il avait estimé que son honneur voulait qu'il agît comme il avait fait, car il avait promis à son pauvre compagnon de taire sa présence. Ce à quoi, ajouta-t-il, il se croyait d'autant plus obligé que le garde-chasse l'avait supplié de ne pas pénétrer chez le gentilhomme et n'y était allé lui-même qu'en soumission à ses instances. C'était là toute la vérité sur l'affaire, il était prêt à en jurer. Et il conclut en suppliant avec passion M. Allworthy d'avoir pitié de la famille du pauvre garçon, attendu qu'il était le seul coupable et que l'autre ne s'était laissé entraîner qu'avec une extrême difficulté à ce qu'il avait fait. « Vraiment, Monsieur, ajouta-t-il, on ne peut guère appeler mensonge ce que j'ai dit; car le malheureux était entièrement innocent de toute l'affaire. J'aurais dû poursuivre seul les oiseaux; c'est ce que j'ai fait tout d'abord, et il ne m'avait suivi que pour prévenir un plus grand mal. Je vous en supplie, Monsieur, faites-moi punir, moi; reprenez mon petit cheval; mais, je vous en supplie, Monsieur, pardonnez au pauvre Georges. »

M. Allworthy hésita quelques instants, puis il renvoya les garçons en leur recommandant de vivre désormais plus amicalement et plus paisiblement ensemble.

CHAPITRE V

Opinions du théologien et du philosophe sur les deux garçons ; quelques raisons de ces opinions, et d'autres choses.

Il est probable qu'en découvrant le secret qui lui avait été communiqué avec la plus entière confiance, le jeune M. Blifil épargna à son compagnon une bonne fouettée; car le délit du nez ensanglanté eût été pour Thwackum une raison suffisante de l'administrer; mais cela se perdit alors dans la considération de l'autre affaire; et, quant à celle-ci, M. Allworthy déclara en particulier qu'à son avis le garçon méritait plutôt une récompense qu'une punition, si bien que la main de Thwackum se trouva retenue par un pardon général.

Thwackum, dont les méditations étaient remplies de verges, se récria contre cette faiblesse, qu'il oserait qualifier, dit-il, d'indulgence dangereuse. Remettre le châtiment de pareilles fautes, c'était, dit-il, les encourager. Il s'étendit beaucoup sur la correction des enfants et cita maints textes de Salomon et autres, que l'on ne trouvera pas ici, puisqu'on peut les lire dans tant d'autres livres. Puis il passa au vice du mensonge, chapitre sur lequel il se montra aussi érudit que sur le précédent.

Square dit qu'il avait essayé de concilier la conduite de Tom avec son idée de la vertu parfaite, mais qu'il n'avait pas pu. Il avoua qu'il y avait dans cette action quelque chose qui, à première vue, ressemblait à de la force d'âme; mais la force d'âme étant une vertu et la fausseté un vice, elles ne pouvaient en aucun cas s'accorder ou s'unir ensemble. Il ajouta que, comme c'était confondre dans une certaine mesure la vertu et le vice, cela valait peut-être la peine que M. Thwackum considérât s'il n'y avait pas lieu d'administrer une correction plus forte.

Si ces deux doctes personnages s'accordèrent à condamner Jones, ils ne furent pas moins unanimes à applaudir le jeune M. Blifil. Le pasteur affirma qu'il était du devoir de tout homme religieux de mettre en lumière la vérité; et le philosophe déclara que c'était hautement conforme à la règle du bien et à l'éternelle et inaltérable convenance des choses.

Tout cela, cependant, eut fort peu de poids pour M. Allworthy. Il ne se laissa pas persuader de signer l'ordre d'exécution de Jones. Il y avait dans son propre cœur quelque chose avec quoi l'invincible fidélité maintenue par le garçon s'accordait beaucoup mieux qu'avec la religion de Thwackum ou la vertu de Square. Il interdit donc formellement au premier de ces messieurs de faire violence à Tom pour ce qui s'était passé. Le pédagogue fut obligé d'obéir; mais ce ne fut pas sans une grande répugnance et des murmures réitérés, selon lesquels on faisait certainement tout pour gâter l'enfant.

Le digne homme se montra plus sévère à l'égard du garde-chasse. Il fit aussitôt comparaître le pauvre diable et, après de fortes remontrances, lui paya ses gages et le renvoya; car, M. Allworthy le fit observer justement, il était bien différent de se rendre coupable de mensonge pour s'excuser soi-même et de le faire pour excuser autrui. Il allégua en outre comme principal motif de son inflexible sévérité envers cet homme que celui-ci avait lâchement laissé Tom Jones subir un si dur châtiment pour lui, alors qu'il eût dû l'empêcher en faisant lui-même les révélations souhaitables.

Quand cette histoire devint publique, bien des gens différèrent de Square et Thwackum dans leur jugement sur la conduite des deux jeunes gens en cette occasion. On qualifia généralement le jeune M. Blifil de coquin sournois, de misérable pusillanime et autres épithètes de ce genre; tandis que Tom était honoré des titres de garçon courageux, de bon diable, d'honnête gaillard. En fait, sa conduite à l'égard de Georges le Noiraud le fit fort bien voir de tous les domestiques; car, bien que jusqu'alors le garde eût été antipathique à tous, à peine eût-il été mis à la porte que tout le monde se mit à s'apitoyer sur son sort. Et chacun de célébrer à l'envi l'amitié et la vaillance de Tom Jones et de condamner le jeune M. Blifil aussi ouvertement qu'on l'osait sans risquer de blesser sa mère. De tout cela, cependant, il en cuisit au pauvre Tom dans sa chair même; car, s'il avait bien été interdit à Thwackum d'exercer son bras dans l'affaire précédente, comme le dit le proverbe : « Il est aisé de trouver un bâton, etc. », il ne l'est pas moins de trouver des verges; et, en vérité, l'impossibilité d'en trouver était la seule chose qui aurait pu retenir un peu longtemps Thwackum de châtier le pauvre Jones.

Si c'eût été le simple plaisir du jeu qui poussait le pédagogue, il est probable que le jeune M. Blifil en aurait eu également sa part; mais, en dépit des instructions fréquemment reçues de M. Allworthy de ne faire aucune différence entre les deux garçons, Thwackum était aussi bienveillant et doux pour l'un qu'il se montrait dur, et même barbare, envers l'autre. À vrai dire, Blifil s'était grandement concilié l'affection de son maître, en partie par le profond respect qu'il montrait toujours envers sa personne, mais plus encore par la révérence convenable avec laquelle il recevait sa doctrine; car il savait par cœur et répétait fréquemment les tournures de phrase de son maître, et il observait tous ses principes religieux avec un zèle surprenant chez quelqu'un de si jeune et qui le rendait très cher à son digne précepteur.

Tom Jones, en revanche, ne se contentait pas de laisser quelque peu à désirer quant aux marques extérieures de respect, oubliant souvent d'ôter son chapeau ou de saluer à l'approche de son maître : il ne tenait pas plus compte des préceptes que de l'exemple de ce dernier. C'était, en fait, un garçon inconsidéré et étourdi, peu réservé dans ses manières et encore bien moins dans son maintien; et il se gaussait souvent avec effronterie et indécence de la conduite sérieuse de son camarade.

M. Square avait le même motif de préférer le premier; car Tom Jones ne montrait pas plus d'égards pour les savants discours que le philosophe perdait parfois son temps à lui adresser que pour ceux de Thwackum. Il hasarda même un jour une plaisanterie sur la règle du bien; et il dit une autre fois qu'il n'y avait pas de règle au monde capable de faire un homme tel que son père (car M. Allworthy tolérait qu'il l'appelât ainsi).

Le jeune M. Blifil, au contraire, avait, à seize ans, assez de savoir-faire pour se concilier simultanément les bonnes grâces des deux personnages opposés. Avec l'un, il était tout religion, avec l'autre, tout vertu. Et quand ils étaient tous deux présents, il observait le plus profond silence, ce que chacun interprétait en la faveur du garçon comme en la sienne propre.

Et le jeune M. Blifil ne se contentait pas de les flatter tous deux en face; il saisissait fréquemment l'occasion de faire derrière leur dos leur éloge à Allworthy auprès de qui, lorsqu'ils se trouvaient en tête à tête et que son oncle approuvait quelque sentiment religieux ou vertueux (car le garçon en énonçait constamment de toutes sortes), il manquait rarement de l'attribuer aux bons enseignements qu'il avait reçus soit de Thwackum, soit de Square. Il savait, en effet, que son oncle répétait toujours ces compliments aux personnes à l'usage desquelles ils avaient été énoncés; et l'expérience lui avait montré la grande impression qu'ils faisaient sur le philosophe aussi bien que sur le théologien; car, à la vérité, aucune sorte de flatterie n'est aussi irrésistible que celle-ci, de seconde main.

De plus, le jeune homme ne tarda pas à s'apercevoir combien tous ces panégyriques de ses maîtres étaient agréables à M. Allworthy lui-même, tant ils célébraient les mérites du singulier plan d'éducation qu'il avait établi; car notre digne homme, ayant noté l'organisation imparfaite de nos écoles publiques et les nombreux vices que les élèves sont exposés à y contracter, avait décidé d'élever son neveu, aussi bien que l'autre garçon qu'il avait en quelque sorte adopté, dans sa propre demeure; où, pensait-il, leur moralité échapperait à tous ces dangers de corruption auxquels ils seraient inéluctablement exposés dans toute école publique ou université.

Il avait donc résolu de confier les deux garçons à l'enseignement d'un précepteur privé, et un ami très intime, du jugement duquel il avait une très haute opinion et dont la probité lui inspirait la plus grande confiance, lui avait recommandé M. Thwackum pour cet emploi. Ce dernier était agrégé dans un collège où il résidait presque constamment, et son savoir, sa piété et le sérieux de ses mœurs lui avaient acquis une grande réputation. C'étaient là, sans doute, les qualités qui avaient incité l'ami de M. Allworthy à le lui recommander; encore que cet ami eût quelques obligations envers la famille du pédagogue, la plus considérable d'une commune qu'il représentait au Parlement.

Thwackum, à son arrivée, plut extrêmement à Allworthy; et, en fait, il répondait parfaitement à la définition qu'on avait donnée de lui. Après plus ample connaissance et quelques conversations plus intimes, cependant, le digne homme perçut chez le précepteur quelques faiblesses qu'il aurait préféré ne pas lui voir; mais, comme elles semblaient largement compensées par ses bonnes qualités, elles ne poussèrent pas M. Allworthy à se séparer de lui; elles n'étaient d'ailleurs pas suffisantes pour justifier pareille mesure, car le lecteur se trompe grandement s'il s'imagine que Thwackum parut au gentilhomme sous le même jour qu'à lui dans notre récit; et il ne s'abuse pas moins s'il a l'impression que, eût-il eu lui-même les relations les plus intimes avec ce théologien, elles l'auraient informé de ces choses que notre inspiration seule nous permet de découvrir et de dévoiler. De ces lecteurs qui, avec une telle suffisance, condamnent la sagesse ou la pénétration de M. Allworthy, je n'aurai aucun scrupule de dire qu'ils font un fort mauvais et fort ingrat usage des connaissances que nous leur avons fournies.

Les erreurs manifestes de la doctrine de Thwackum servaient beaucoup à pallier les erreurs contraires dans celle de Square, que notre excellent homme ne voyait et ne condamnait pas moins. Il pensait, en vérité, que les exubérances différentes de ces messieurs rectifieraient leurs imperfections différentes; et que des deux ensemble, surtout avec son assistance, les deux garçons retireraient suffisamment de préceptes de vraie religion et de vraie vertu. Si l'événement fut contraire à son attente, peut-être cela provenait-il de quelque faute du plan même, que je permets volontiers au lecteur de découvrir, s'il le peut; car nous ne prétendons introduire aucun personnage infaillible dans cette histoire, où nous espérons que l'on ne trouvera rien qui n'ait jamais encore été vu dans la nature humaine.

Mais revenons à notre sujet : le lecteur ne s'étonnera pas, je pense, que la conduite différente des deux garçons, rappelée ci-dessus, ait produit les effets différents dont il a déjà vu quelques exemples. Il y avait, par ailleurs, une autre raison au comportement du philosophe et du pédagogue; mais cette affaire étant d'une grande importance, nous la ferons connaître au chapitre suivant.

CHAPITRE VI

Contenant une raison encore meilleure des opinions sus-mentionnées.

Il faut donc qu'on le sache, les deux érudits personnages qui ont récemment tenu un rôle si éminent sur le théâtre de notre histoire avaient, dès leur arrivée chez M. Allworthy, pris en si grande affection, l'un sa vertu, l'autre sa piété, qu'ils s'étaient proposé de former avec lui l'alliance la plus étroite.

Dans ce dessein, ils avaient jeté les yeux sur l'aimable veuve que le lecteur, nous l'espérons, n'aura pas oubliée, bien que nous n'en ayons fait aucune mention depuis quelque temps déjà. Mme Blifil était, en vérité, l'objet auquel ils aspiraient tous deux.

Il pourra sembler curieux que, sur quatre personnes dont nous avons parlé dans la maison de M. Allworthy, trois se soient senti de l'attrait pour une dame qui n'avait jamais été très renommée pour sa beauté et qui, de plus, était déjà un peu sur le retour; mais, en vérité, les amis de cœur et les connaissances intimes ont une sorte de penchant naturel pour certaines femmes dans la maison d'un ami, à savoir sa grand-mère, sa mère, sa sœur, sa fille, sa nièce, sa cousine, sa maîtresse ou sa servante, pour peu qu'elle soit jolie.

Nous ne voudrions pas, cependant, que le lecteur imagine que des personnages d'un caractère tel que ceux de Thwackum et de Square se fussent lancés dans une entreprise de ce genre, qu'ont censurée quelques moralistes rigides, avant de l'avoir examinée à fond et d'avoir bien considéré si c'était ou non « affaire de conscience » (comme dit Shakespeare). Thwackum y fut encouragé par la réflexion que convoiter la sœur de son prochain n'est nulle part défendu; et il savait que c'est une règle dans l'interprétation de toute loi que : *Expressum facit cessare tacitum*. Le sens de cette formule étant que : « Lorsqu'un législateur exprime clairement tout ce qu'il veut dire, il nous est interdit de lui faire dire ce qui nous plaît à nous. » Par conséquent, certaines catégories de femmes étant mentionnées dans la loi divine qui nous interdit de convoiter les biens de notre prochain, et les sœurs n'y figurant pas, il en conclut à la légitimité de son entreprise. Quant à Square, qui était de sa personne ce qu'on appelle un joyeux gaillard ou un homme à veuve, il n'eut pas de peine à concilier son choix avec l'éternelle convenance des choses.

Or, l'un et l'autre de ces deux messieurs, très empressés à saisir toute occasion de se faire bien voir de la veuve, s'avisèrent qu'une méthode certaine était de donner constamment à son fils la préférence sur l'autre garçon; et, comprenant combien la bienveillance et l'affection que M. Allworthy montrait envers celui-ci devaient être désagréable à la dame, ils ne doutaient pas que profiter de toutes les circonstances pour le rabaisser et le vilipender serait plaire au plus haut point à celle qui, détestant l'enfant, devait aimer quiconque lui faisait tort. En ceci, Thwackum avait l'avantage; car, tandis que Square ne pouvait déchirer que la réputation du pauvre garçon, lui pouvait écorcher sa peau; et, en fait, il considérait chaque coup de verge qu'il lui donnait comme un hommage offert à sa maîtresse; en sorte qu'il pouvait répéter fort à propos ce vieil adage des fustigeurs : *Castigo te non quod odio habeam, sed quod AMEM* — « Je te châtie, non par haine, mais par amour. » Et cet axiome, il l'avait souvent à la bouche, ou plutôt, selon une vieille formule qui n'a jamais été mieux appliquée, au bout des doigts.

C'était pour cette raison, principalement, que les deux personnages s'accordaient, comme nous l'avons vu plus haut, dans leur opinion sur les deux garçons; et c'était peut-être le seul cas où ils fussent d'accord sur un point quelconque; car, outre leur divergence de principes, ils avaient depuis longtemps soupçonné leurs desseins mutuels et ils se détestaient l'un l'autre avec acharnement.

Cette animosité mutuelle se trouva fort accrue par leurs succès alternés; Mme Blifil, en effet, avait compris leurs desseins longtemps avant qu'ils s'en doutassent ou même qu'ils l'eussent voulu; car ils manœuvraient avec grande prudence de peur qu'elle ne s'offensât et n'avisât M. Allworthy. Mais cette crainte était sans fondement : elle se complaisait assez à une passion, dont elle entendait bien être la seule à recueillir les fruits. Et les seuls fruits qu'elle se destinât étaient la flatterie et les hommages, à quelle fin elle les amadouait tour à tour et, durant longtemps, pareillement. Ses penchants la portaient plutôt, certes, à préférer les principes du pasteur; mais la personne de Square plaisait plus à ses yeux, car il était bel homme; alors que le pédagogue ressemblait assez à ce monsieur que l'on voit, dans *les Progrès du libertinage*[1], corriger les dames de Bridewell.

Que Mme Blifil fût rassasiée des douceurs du mariage, dégoûtée de ses amertumes, ou que ce soit pour toute autre cause, je n'en déciderai point; toujours est-il que nul n'avait pu lui persuader de prêter l'oreille à de nouvelles propositions. Cependant, elle finit par s'entretenir avec Square sur un tel pied d'intimité que les méchantes langues commencèrent à murmurer à son sujet des choses, auxquelles, aussi bien en considération de la dame que du fait qu'elles ne s'accordaient aucunement avec la règle du bien ni avec la convenance des choses, nous n'accorderons aucun crédit, et dont, par conséquent, nous ne souillerons pas notre papier. Il est certain, en tout cas, que le pédagogue eut beau fouetter, il n'avança point d'un pas vers son but.

Il avait, en fait, commis une grosse erreur, et Square la découvrit bien avant lui. Mme Blifil (le lecteur l'aura peut-être deviné en son temps) n'avait pas été, en outre, très satisfaite de la conduite de son mari; on peut même dire honnêtement qu'elle l'avait haï du fond du cœur, jusqu'à ce que la mort l'eût enfin un peu rétabli dans sa tendresse. On ne s'étonnera donc guère qu'elle n'eût pas une considération bien forte pour le rejeton qu'elle avait eu de lui. Elle en avait même si peu que, dans sa prime enfance, elle ne voyait que rarement son fils et ne lui prêtait aucune attention; de là venait qu'après un semblant de résistance, elle donna son assentiment à toutes les faveurs que M. Allworthy faisait pleuvoir sur l'enfant trouvé, que le brave homme appelait son fils et qu'il plaçait en toutes choses sur un pied d'égalité entière avec le jeune M. Blifil. Cet assentiment, les voisins et la maisonnée le considérèrent comme une marque de complaisance envers l'humeur de son frère; et tous les autres, y compris Thwackum et Square, s'imaginèrent qu'au fond elle haïssait l'enfant trouvé; et même, plus elle lui montrait d'amabilité, plus ils croyaient comprendre qu'elle le détestait et qu'elle élaborait les plans les plus sûrs en vue de sa ruine; car, du moment qu'ils pensaient de son intérêt de le haïr, il lui était fort difficile de les persuader qu'il n'en était rien.

Thwackum était d'autant plus affermi dans son opinion qu'elle l'avait plus d'une fois poussé sournoisement à fouetter Tom Jones en l'absence de M. Allworthy, qui était ennemi de cet exercice; alors qu'elle n'avait jamais donné d'ordres de ce genre en ce qui concernait le jeune M. Blifil. Et ce fait avait également trompé Square. En réalité, quoiqu'elle portât à son propre fils une haine dont, toute monstrueuse qu'elle peut paraître, je suis bien sûr qu'elle n'est pas le seul exemple, Mme Blifil semblait, en dépit de toute sa complaisance extérieure, être au fond du cœur assez mécontente de toute la faveur montrée par M. Allworthy à l'enfant trouvé. Elle s'en plaignait fréquemment derrière son dos et l'en critiquait vivement aussi bien auprès de Thwackum que de Square; et ces critiques, elle les jetait même à la figure d'Allworthy quand s'élevait entre eux une petite querelle ou une pique, comme on dit vulgairement.

Cependant, quand Tom en grandissant donna des marques de ce caractère galant qui recommande si fortement les hommes auprès des femmes, l'aversion qu'elle lui avait témoignée enfant diminua peu à peu, et elle finit par manifester si évidemment que son affection pour lui était beaucoup plus grande que celle qu'elle portait à son propre fils qu'il devint impossible de se méprendre plus longtemps. Elle était si désireuse de le voir souvent, elle laissait voir tant de satisfaction et de plaisir en sa compagnie qu'avant d'avoir atteint ses dix-huit ans, il était devenu un rival pour Square et pour Thwackum; et, qui pis est, tout le pays commença de parler aussi haut de son inclination pour Tom qu'on l'avait fait auparavant de celle qu'elle avait montrée à Square; motif pour lequel le philosophe conçut la haine la plus implacable pour notre pauvre héros.

CHAPITRE VII

Dans lequel l'auteur lui-même fait son entrée sur la scène.

Quoique M. Allworthy ne fût pas de lui-même trop pressé de voir les choses sous un mauvais jour et qu'il restât étranger à la rumeur publique, qui parvient rarement à un frère ou à un mari tout en retentissant aux oreilles de tout le voisinage, cette affection de Mme Blifil pour Tom et la préférence qu'elle lui accordait trop visiblement sur son propre fils furent cependant extrêmement désavantageuses au jeune homme.

Car telle était la compassion logée au cœur de M. Allworthy que seul le glaive de la justice pouvait en triompher. Il suffisait que l'on fût malheureux de quelque façon, si aucun démérite ne venait faire contrepoids, pour emporter la balance de la pitié chez cet homme de bien et gagner son amitié et ses bienfaits.

Quand donc il vit clairement que le jeune M. Blifil était absolument détesté (car c'était bien cela) de sa mère, il commença, pour cette seule raison, à le regarder d'un œil compatissant; et point n'est besoin d'expliquer ici à la plupart de mes lecteurs quels sont les effets de la compassion sur les âmes vertueuses et bienveillantes.

Dès lors, il vit par le bout grossissant de la lorgnette les moindres apparences de vertu chez ce jeune homme et il la retournait pour considérer ses défauts, si bien qu'ils devenaient à peine perceptibles. Or, si l'aimable caractère de la pitié justifie peut-être semblable comportement, seule la faiblesse de la nature humaine peut être invoquée pour excuser le développement suivant : il n'eut pas plus tôt remarqué cette préférence de Mme Blifil envers Tom que le pauvre garçon (tout innocent qu'il était) commença de baisser dans son affection dans la même mesure où il montait dans celle de sa sœur. Cela, il est vrai, n'aurait jamais suffi seul à déraciner Jones de son cœur; mais la circonstance fut très nuisible à l'adolescent en ce qu'elle prépara l'esprit de M. Allworthy à accueillir les impressions que devaient ultérieurement produire les grands événements contenus dans la suite de cette histoire; auxquelles, il faut l'avouer, le malheureux garçon ne contribua que trop par son libertinage, ses dérèglements et son manque de circonspection.

Certains exemples que nous en citerons offriront, s'ils sont bien compris, une leçon fort utile aux jeunes gens bien-pensants qui nous liront un jour; car ils verront ici qu'un bon cœur et un caractère ouvert, encore qu'ils puissent leur procurer une grande satisfaction intérieure et contribuer à une légitime fierté dans leur propre esprit, n'avanceront en rien, hélas ! leurs affaires en ce monde. La prudence et la circonspection sont nécessaires, fût-ce aux meilleurs des hommes. Elles sont, pour ainsi dire, les gardes de la vertu, sans lesquels elle ne saurait être en sûreté. Il ne suffit pas que vos desseins, voire vos actes soient intrinsèquement bons; il vous faut prendre soin qu'ils le paraissent. Si beau que soit votre intérieur, il faut montrer aussi un extérieur convenable. On doit y veiller constamment, sans quoi la malignité et l'envie prendront soin de le noircir de telle façon que toute la sagacité et la bienveillance d'un Allworthy seront incapables de voir au travers et de discerner les beautés du dedans. Que ce soit, mes jeunes lecteurs, votre maxime constante que nul homme ne saurait être assez bon pour pouvoir négliger les règles de la prudence; et que la Vertu elle-même ne paraîtra belle que parée des ornements extérieurs des convenances et du décorum. Et ce précepte, mes dignes disciples, si vous lisez avec l'attention qui convient, vous le trouverez, j'espère, suffisamment appuyé par les exemples contenus dans les pages suivantes.

Je m'excuse de cette brève apparition, en manière de chœur, sur la scène. C'est en réalité dans mon propre intérêt, afin que, lorsque je révélerai les écueils sur lesquels se brisent souvent l'innocence et la bonté de cœur, on ne m'attribue pas à tort de conseiller à mes dignes lecteurs les moyens mêmes par lesquels je voudrais leur montrer qu'ils se perdront. Et comme je n'ai pu décider aucun de mes acteurs à se charger de cette déclaration, j'ai dû la faire moi-même.

CHAPITRE VIII

Incident puéril, qui révèle, cependant, un bon naturel chez Tom Jones.

Le lecteur se rappellera peut-être que M. Allworthy avait donné à Tom Jones un petit cheval, comme une sorte d'indemnisation de la punition qu'il croyait avoir été endurée à tort.

Tom garda l'animal plus de six mois, puis il le mena à une foire, où il le vendit.

Thwackum l'ayant interrogé à son retour sur l'emploi de l'argent qu'il avait retiré de cette vente, il déclara franchement qu'il ne voulait pas le dire.

— Oh, oh ! dit Thwackum, vous ne voulez pas le dire; eh bien, je le ferai avouer à votre derrière.

Car c'était toujours là qu'il allait aux renseignements dans les cas douteux.

Tom était déjà monté sur le dos d'un valet et tout était prêt pour l'exécution, quand M. Allworthy, étant entré dans la pièce, accorda un sursis au coupable et l'emmena dans une autre pièce, où, en tête à tête avec le garçon, il lui posa la même question que Thwackum.

Tom répondit que, par déférence, il ne pouvait rien lui refuser; mais quant à ce tyrannique gredin, il ne lui répondrait jamais qu'à coups de trique, par quoi il espérait pouvoir bientôt lui faire payer toutes ses cruautés.

M. Allworthy le réprimanda sévèrement de ces expressions irrespectueuses et indécentes à l'égard de son maître; et encore bien plus de son intention avouée de se venger. Il le menaça de lui retirer totalement sa faveur si jamais il l'entendait encore tenir un langage de ce genre; car, dit-il, il ne voulait pas accorder son soutien ou son amitié à un chenapan. Ces déclarations et d'autres semblables arrachèrent à Tom quelques signes d'une componction qui n'était pas trop sincère; car le garçon méditait réellement une façon de rendre au pédagogue toutes les cuisantes faveurs qu'il avait reçues de sa main. Quoi qu'il en soit, il fut amené à exprimer des regrets de son ressentiment envers M. Thwackum; sur quoi, M. Allworthy, après quelques remontrances salutaires, lui permit de poursuivre, ce qu'il fit en ces termes :

— En vérité, Monsieur[1], je vous aime et vous honore plus que personne au monde : je sais les grandes obligations que je vous ai, et je me détesterais si je croyais mon cœur capable d'ingratitude. Si le petit cheval que vous m'avez donné pouvait parler, je suis sûr qu'il saurait vous dire combien votre présent m'était cher; car j'avais plus de plaisir à le nourrir qu'à le monter. Vraiment, Monsieur, cela m'a point le cœur de m'en séparer; et je ne l'aurais vendu pour rien d'autre au monde que ce qui m'y a poussé. Vous-même, Monsieur, j'en suis convaincu, auriez fait la même chose à ma place; car personne n'a jamais été si sensible que vous aux infortunes d'autrui. Et quel serait votre sentiment, Monsieur, si vous croyiez en être vous-même la cause ? Vraiment, Monsieur, jamais il n'y eut misère semblable à la leur.

— Semblable à celle de qui, mon enfant ? demanda Allworthy. Explique-toi.

— Ah, Monsieur ! répondit Tom, votre pauvre garde-chasse, avec toute sa nombreuse famille, depuis que vous l'avez renvoyé, ils n'ont cessé de souffrir toutes les affres du froid et de la faim : je ne pouvais plus supporter de voir ces malheureux nus et affamés, alors que je savais être à l'origine de toutes leurs souffrances. Je ne pouvais pas le supporter, Monsieur; sur mon âme, je n'ai pas pu. (A ce moment, les larmes roulèrent le long de ses joues, et il poursuivit :) C'est pour les sauver d'une mort finale que je me suis séparé de votre cher présent, malgré tout le prix que j'y attachais; c'est pour eux que j'ai vendu le cheval, et ils ont eu jusqu'au dernier farthing de l'argent.

M. Allworthy resta un moment silencieux et, avant qu'il prît la parole, des larmes s'échappèrent de ses yeux. Il renvoya enfin Tom sur de légers reproches, lui recommandant à l'avenir de s'adresser à lui pour les cas de détresse plutôt que d'user de moyens extraordinaires pour les soulager lui-même.

Cette affaire fit par la suite l'objet de maints débats entre Thwackum et Square. Thwackum tenait que c'était porter un défi à M. Allworthy, qui avait voulu punir le garde de sa désobéissance. Il dit que, dans certains cas, ce que les gens appellent charité lui semblait être s'opposer à la volonté du Tout-Puissant, qui avait marqué certaines personnes pour la destruction; et que c'était, de même, agir en opposition avec M. Allworthy; et il concluait, comme de coutume, par un chaleureux éloge des verges.

Square argumenta vigoureusement dans l'autre sens, peut-être pour contredire Thwackum, mais peut-être aussi pour complaire à M. Allworthy qui paraissait approuver hautement ce que Jones avait fait. Quant à ce qu'il allégua en l'occurrence, comme je suis persuadé que la plupart de mes lecteurs seront de bien meilleurs défenseurs du pauvre Jones, il serait déplacé de le rapporter ici. En fait, il n'était pas difficile de concilier avec la règle du bien un acte qu'il aurait été impossible de faire découler de la règle du mal.

CHAPITRE IX

Contenant un incident d'un genre plus odieux ; commentaires de Thwackum et de Square.

Un homme plus réputé pour sa sagesse que moi a fait remarquer qu'un malheur vient rarement seul. On en trouvera un exemple, je pense, chez les messieurs qui ont l'infortune de voir découvrir une de leurs friponneries; car alors la découverte s'arrête rarement avant que tout ne soit venu au jour. C'est ce qu'il advint au pauvre Tom : à peine lui avait-on pardonné d'avoir vendu le cheval, que l'on s'aperçut qu'il avait, quelque temps avant, vendu une belle Bible que lui avait donnée M. Allworthy, et que le produit de l'opération avait été employé de la même façon. Cette Bible, le jeune M. Blifil l'avait achetée, bien qu'il en eût déjà une semblable, en partie par respect pour le livre et en partie par amitié pour Tom; ne voulant pas que la Bible fût vendue à moitié prix hors de la famille, il avait donné lui-même la moitié du prix; car c'était un garçon fort prudent et si attentif à son argent qu'il avait mis de côté presque chaque penny reçu de M. Allworthy.

On a remarqué que certaines gens ne peuvent lire dans aucun autre livre que les leurs. Le jeune M. Blifil, au contraire, à partir du moment où il posséda cette Bible, ne se servit plus jamais d'une autre. On le vit même la lire beaucoup plus souvent qu'il n'avait lu la sienne jusque-là. Or, comme il demandait fréquemment à Thwackum de lui expliquer certains passages difficiles, celui-ci remarqua par malheur le nom de Tom inscrit en de nombreux endroits du livre. Ceci provoqua une enquête, qui contraignit le jeune M. Blifil à révéler toute l'affaire.

Thwackum était décidé à ce qu'un crime de ce genre, qu'il qualifiait de sacrilège, ne restât pas impuni. Il passa donc immédiatement au châtiment; et non content de cela, il mit M. Allworthy, dès leur première entrevue, au courant de ce crime monstrueux selon lui, fulminant contre Tom dans les termes les plus amers et l'assimilant aux marchands que l'on avait chassés du Temple.

Square envisagea l'affaire sous un jour bien différent. Il ne voyait pas, dit-il, que le crime soit plus grand de vendre un livre plutôt qu'un autre. La vente des Bibles était strictement licite selon toutes les lois aussi bien divines qu'humaines et elle ne comportait donc aucune inconvenance. Il dit à Thwackum que sa grande préoccupation à ce sujet lui rappelait l'histoire d'une dame fort dévote qui, par pur souci de la religion, avait volé les sermons de Tillotson[1] à une dame de sa connaissance.

Cette anecdote fit monter une vaste quantité de sang à la figure du pasteur, qui n'était pas déjà des plus pâles; et il allait répondre avec beaucoup de chaleur et de colère, si Mme Blifil, qui était présente à ce débat, ne s'était interposée. Cette dame se déclara entièrement de l'avis de M. Square. Elle argumenta même avec beaucoup d'érudition à l'appui de celui-ci, et conclut en disant que, si Tom avait commis une faute quelconque, elle devait avouer que son fils semblait être également coupable; car elle ne voyait aucune différence entre acheteur et vendeur, tous deux devant être également chassés du Temple.

Madame Blifil, en déclarant son opinion, mit fin au débat. Le triomphe de Square l'aurait presque empêché de parler, s'il en avait eu besoin; et Thwackum, qui, pour les raisons sus-mentionnées, n'osait se risquer à désobliger la dame, était presque suffoqué d'indignation. Quant à M. Allworthy, il dit que, puisque le garçon avait déjà été puni, il ne donnerait pas son sentiment en cette occasion; et il me faut laisser aux conjectures du lecteur de décider s'il était irrité ou non contre Tom.

Bientôt après, le squire Western (ce gentilhomme sur les terres de qui avait été tuée la perdrix) intenta une action contre le garde-chasse pour des déprédations du même ordre. Ce fut pour cet homme une circonstance très malheureuse : non seulement elle le menaçait par elle-même d'une ruine complète, mais encore elle empêcha positivement M. Allworthy de le restaurer dans sa faveur; en effet, un soir que celui-ci se promenait avec le jeune M. Blifil et Jones, ce dernier l'entraîna adroitement vers le logis de Georges le Noiraud; où la famille du pauvre diable, c'est-à-dire sa femme et ses enfants, fut trouvée en proie à toutes les misères que le froid, la faim et le dénuement peuvent infliger à des êtres humains; car, pour ce qui était de l'argent qu'ils avaient reçu de Jones, des dettes antérieures l'avaient presque entièrement englouti.

Pareil spectacle ne pouvait manquer de toucher le cœur de M. Allworthy. Il donna aussitôt à la mère une couple de guinées, en lui disant d'acheter des vêtements pour ses enfants. La pauvre femme éclata en sanglots à cette bonté et, en le remerciant, ne put se retenir d'exprimer sa gratitude à Tom pour les avoir longtemps préservés, elle et les siens, de l'inanition.

— Nous n'avons pas eu, dit-elle, un morceau à manger, ces pauvres petits n'ont pas eu un haillon à se mettre sur le dos que sa bonté ne nous ait fourni.

Car, en vérité, outre le cheval et la Bible, Tom avait sacrifié une robe de chambre et d'autres choses pour aider cette famille dans la détresse.

De retour à la maison, Jones déploya toute son éloquence pour peindre la misère de ces gens et la contrition de Georges le Noiraud lui-même; et il réussit si bien que M. Allworthy déclara qu'il estimait que cet homme avait assez souffert pour ce qui s'était passé; qu'il allait lui pardonner et aviser aux moyens de pourvoir à ses besoins et à ceux de sa famille.

Jones fut tellement ravi de cette annonce que, bien qu'il fît nuit quand ils rentrèrent, il ne put se retenir de refaire un mille sous une pluie battante pour porter la bonne nouvelle à la pauvre femme. Mais, comme ceux qui se hâtent trop de répandre les nouvelles, il ne fit que se préparer la peine de se contredire : car la mauvaise fortune de Georges le Noiraud profita de l'absence même de son ami pour tout renverser à nouveau.

CHAPITRE X

Dans lequel le jeune M. Blifil et Jones paraissent sous des jours différents.

Il s'en fallait de beaucoup que le jeune M. Blifil fût doué au même degré que son camarade de l'aimable qualité de miséricorde; il le dépassait grandement, par contre, dans une autre bien supérieure, à savoir la justice. En quoi il suivait aussi bien les préceptes que l'exemple de Thwackum et de Square; car, si tous deux faisaient grand usage du mot miséricorde, il était clair qu'en réalité Square la tenait pour incompatible avec la règle du bien; et Thwackum était pour appliquer la justice et laisser la miséricorde à Dieu. Ces deux messieurs, en fait, différaient d'opinion sur les objets de cette sublime vertu, au nom de laquelle Thwackum eût sans doute détruit une moitié de l'humanité et Square l'autre.

Le jeune M. Blifil, donc, bien qu'il eût gardé le silence en présence de Jones, ne put, après plus ample réflexion sur l'affaire, supporter la pensée de voir son oncle accorder ses bontés à des gens qui ne les méritaient pas. Il résolut par conséquent de l'informer tout aussitôt du fait que nous avons laissé entendre plus haut au lecteur et dont voici la vérité :

Le garde-chasse, un an après son renvoi du service de M. Allworthy et avant que Tom vendît le cheval, alors qu'il manquait de pain et pour lui-même et pour sa famille, était passé par un champ appartenant à M. Western et avait aperçu un lièvre en forme. Ce lièvre, il l'avait avec lâcheté et barbarie assommé, au mépris des lois du pays non moins que de celles de la chasse.

Le revendeur auprès de qui il avait écoulé l'animal, ayant été malheureusement pris plusieurs mois après avec une certaine quantité de gibier sur lui, se vit obligé, pour faire sa paix avec le squire, de dénoncer quelque braconnier[1]. Et son choix tomba sur Georges le Noiraud, du fait qu'il était déjà mal vu de M. Western et que sa réputation n'était pas trop bonne dans le pays. Il représentait d'ailleurs le meilleur sacrifice que l'homme pût faire, ne lui ayant jamais fourni de gibier depuis; et le témoin fut ainsi en mesure de couvrir ses meilleurs pourvoyeurs, car le squire, enchanté de pouvoir punir Georges le Noiraud, qu'une seule transgression suffit à perdre, ne poussa pas plus loin son enquête.

Si l'affaire eût été clairement exposée à M. Allworthy, elle aurait sans doute fait bien peu de mal au garde. Mais il n'est pas de zèle plus aveugle que celui qu'inspire l'amour de la justice à l'encontre des délinquants. Le jeune M. Blifil avait oublié le temps écoulé. Il dévia également dans les circonstances du fait, et, par le seul emploi du pluriel, modifia considérablement l'histoire; car il rapporta que Georges avait pris *des* lièvres au lacet. Sans doute ces altérations auraient-elles pu être rectifiées, si, avant de lui révéler l'affaire, le jeune M. Blifil n'avait malheureusement demandé le secret à M. Allworthy; mais ainsi, l'infortuné garde-chasse fut condamné sans que lui fût offerte aucune possibilité de se défendre, car le fait d'avoir tué le lièvre et l'action intentée étant certainement réels, M. Allworthy n'eut aucun doute sur le reste.

La joie de ces pauvres gens fut donc de courte durée; dès le lendemain, M. Allworthy déclara, sans préciser, qu'il avait de nouveaux motifs de mécontentement, et il interdit formellement à Tom de jamais lui reparler de Georges. Quant à la famille, dit-il, il s'efforcerait de l'empêcher de mourir de faim; mais pour ce qui était du chenapan lui-même, il l'abandonnerait aux rigueurs de la loi que rien ne pouvait l'empêcher de violer.

Tom ne put en aucune façon deviner ce qui avait irrité M. Allworthy, car il n'avait pas le moindre soupçon sur le jeune M. Blifil. Cependant, aucune déception ne pouvant lasser son amitié, il décida alors de tenter un autre moyen de sauver le malheureux garde-chasse.

Jones était devenu, depuis quelque temps, très intime avec M. Western. Il s'était si bien recommandé auprès de ce gentilhomme en sautant des barrières à cinq barres et par d'autres prouesses sportives, que le squire avait déclaré que Tom deviendrait certainement un grand homme pour peu qu'on l'encourageât suffisamment. Il regrettait souvent de ne pas avoir lui-même un fils aussi doué; et, un jour, au cours d'une beuverie, il affirma solennellement être prêt à parier mille livres de son argent que Tom conduirait une meute aussi bien qu'aucun chasseur du pays.

Ce genre de talents l'avait si bien accrédité auprès du squire qu'il était toujours le bienvenu à sa table et son compagnon favori à la chasse : tout ce qui était le plus cher au cœur du squire, à savoir ses fusils, ses chiens et ses chevaux, était autant à la disposition de Jones que s'ils lui avaient appartenu en propre. Il résolut donc de faire appel à ce crédit en faveur de son ami Georges le Noiraud, dans l'espoir de le faire entrer au service de M. Western pour y remplir les mêmes fonctions qu'antérieurement chez M. Allworthy.

Le lecteur, s'il considère que cet homme était déjà fort mal vu de M. Western, s'il considère de plus la gravité de l'affaire par laquelle il s'était attiré le courroux du gentilhomme, estimera peut-être que c'était là une tentative aussi folle que désespérée; mais s'il devait entièrement condamner le jeune Jones là-dessus, il l'approuvera hautement de se renforcer de toutes les influences possibles en des circonstances aussi difficiles.

A cette fin, donc, Tom recourut à la fille de M. Western, jeune personne d'environ dix-sept ans, que son père, après cet attirail nécessaire de la chasse dont nous avons parlé, aimait et estimait plus que tout au monde. Or, si elle avait quelque influence sur le squire, Tom en avait un peu sur elle. Mais comme elle doit être l'héroïne de notre livre, que c'est une demoiselle dont nous sommes personnellement fort amoureux et dont maints lecteurs le seront probablement aussi avant que nous nous séparions, il ne siérait en aucune façon qu'elle fît son apparition à la fin d'un livre.

LIVRE IV

CHAPITRE PREMIER

Contenant cinq[1] *pages de papier.*

Si la vérité distingue nos écrits de ces romans oiseux qui sont remplis de monstres, produits non de la nature, mais de cerveaux dérangés, et qu'un éminent critique a pour cette raison voués au seul usage du pâtissier, nous voudrions, d'autre part, éviter toute ressemblance avec cette sorte d'histoires qu'un célèbre poète semble croire non moins écrites dans l'intérêt du brasseur, la lecture en devant toujours être accompagnée d'un pot de bonne ale :

Tandis que — l'histoire, de sa camarade l'ale,
Adoucit la triste suite de son sévère récit.

Car, puisque c'est la boisson des historiens modernes, voire peut-être leur muse, s'il en faut croire Butler, qui attribue l'inspiration à l'ale, ce devrait être aussi le breuvage de leurs lecteurs, tout livre devant être lu dans le même esprit et de la même manière qu'il a été écrit. Ainsi, le fameux auteur de *Hurlothrumbo*[2] dit-il un jour à un savant évêque que la raison pour laquelle Sa Seigneurie ne pouvait goûter le mérite de sa pièce était qu'elle ne l'avait pas lue un violon à la main, instrument que lui avait toujours eu dans la sienne tandis qu'il composait l'œuvre.

Afin, donc, que notre ouvrage ne risque aucunement d'être comparé aux travaux de ces historiens, nous avons saisi toutes les occasions de l'émailler partout d'images diverses, de descriptions, et autres embellissements poétiques. Ceux-ci ont pour but de remplacer ladite ale et de rafraîchir l'esprit chaque fois que la somnolence qui, dans un long ouvrage, peut envahir le lecteur aussi bien que l'auteur commencera de le gagner. Sans intermèdes de ce genre, la meilleure relation des faits purs et simples ne peut qu'accabler le lecteur; car seule cette éternelle vigilance attribuée par Homère à Jupiter lui-même saurait résister à une gazette en de nombreux volumes.

Nous laisserons au lecteur le soin de décider du jugement que nous avons apporté dans le choix des différentes occasions d'insérer dans notre ouvrage ces parties ornementales. Il nous accordera en tout cas qu'il ne saurait y en avoir de plus appropriée que la présente, alors que nous sommes sur le point d'introduire sur la scène un personnage considérable; rien de moins, en fait, que l'héroïne de ce poème héroïco-historique en prose. Nous avons donc cru séant, ici, de préparer l'esprit du lecteur à l'accueillir, en le remplissant de toutes les images agréables que peut nous offrir la nature. Et, à l'appui de cette méthode, nous alléguerons maints précédents. C'est, tout d'abord, un artifice bien connu de nos poètes tragiques, qui le pratiquent beaucoup et qui manquent rarement de préparer le public à la réception de leurs principaux personnages.

Ainsi le héros est toujours annoncé par une fanfare de tambours et de trompettes, afin de susciter dans l'auditoire un esprit martial et d'accommoder les oreilles à l'emphase et à la grandiloquence que l'aveugle de Locke[1] aurait pu, sans erreur grossière, assimiler au son d'une trompette. Et, quand s'approchent des amoureux, une douce musique les amène sur la scène, soit pour lénifier l'auditoire par les molles tendresses de la passion, soit pour le bercer et le préparer à la douce somnolence dans laquelle les plongera fort probablement la scène suivante.

Et les poètes ne sont pas seuls à être dans le secret : leurs maîtres, les directeurs de théâtre, semblent bien le connaître également; car, outre lesdites timbales, etc., qui marquent l'approche du héros, celui-ci est généralement introduit sur la scène par toute une troupe d'une demi-douzaine de comparses; et l'anecdote suivante montrera à quel point ils sont jugés nécessaires à son entrée :

Le roi Pyrrhus était à dîner dans un cabaret contigu au théâtre, lorsqu'on l'appela en scène. Le héros, peu désireux de quitter son épaule de mouton et tout aussi peu désireux de s'attirer l'indignation de son confrère-directeur, M. Wilks, en faisant attendre le public, avait soudoyé ces introducteurs pour qu'ils restent introuvables. Ainsi, tandis que M. Wilks hurlait à tous les vents : « Où sont les charpentiers qui doivent marcher devant le roi Pyrrhus ? », ce monarque finit tranquillement son mouton, et le public, tout impatient qu'il était, dut en son absence se distraire en écoutant de la musique.

Pour être franc, je doute fort que les hommes politiques, qui ont généralement du flair, n'aient pas quelque peu senti l'utilité de cette pratique. Je suis convaincu que l'imposant magistrat qu'est le lord-maire tire une bonne partie de la révérence qui l'entoure toute l'année de la cavalcade qui précède son apparat. Et je dois avouer que moi-même, qui ne me laisse pas facilement captiver par la parade, je n'ai pas peu cédé aux impressions offertes par un grand apparat avant-coureur. Quand j'ai vu un homme se pavaner dans un cortège derrière des gens dont la seule fonction est de le précéder, j'ai éprouvé une plus haute idée de sa dignité qu'en le voyant dans une situation ordinaire. Mais il est un exemple qui répond exactement à mon propos. C'est la coutume, lors d'un couronnement, d'envoyer une bouquetière qui, précédant le cortège, jonche la scène de fleurs avant que les grands personnages ne se mettent en marche. Les anciens auraient certainement invoqué pour cela la déesse Flore, et les prêtres ou les hommes politiques n'auraient eu aucune difficulté à persuader la foule de la présence réelle de la déesse, quoiqu'une simple mortelle l'eût personnifiée et eût rempli son office. Mais nous n'avons aucun désir d'en faire accroire ainsi au lecteur; par conséquent, ceux qui trouvent à redire à la théologie païenne peuvent, s'ils le désirent, changer la déesse en la bouquetière dont il a été question. Bref, notre intention est d'introduire notre héroïne avec toute la solennité en notre pouvoir, avec une grande élévation de style et toutes les autres circonstances propres à susciter la vénération de notre lecteur. Nous conseillerions même, pour certaines raisons, à ceux de nos lecteurs mâles qui ont un cœur de ne pas lire plus avant, si nous n'étions bien assuré que, tout aimable que paraît le portrait de notre héroïne, comme il est réellement fait d'après nature, nombre de nos belles compatriotes seront reconnues dignes de satisfaire toute passion, et de répondre à toute idée de perfection féminine, que notre crayon pourra éveiller.

Et maintenant, sans plus de préface, nous passerons au chapitre suivant.

CHAPITRE II

Brève esquisse de ce que nous pouvons faire dans le genre sublime, et description de Mlle Sophie Western.

Que se taise tout souffle trop violent. Que le maître païen des vents retienne dans des chaînes de fer les membres turbulents du bruyant Borée et le nez pointu du mordant Eurus. Et toi, doux Zéphyre, lève-toi de ta couche embaumée, monte au ciel de l'occident et conduis ces brises délicieuses dont les charmes appellent la gracieuse Flore hors de sa chambre, parfumée des perles de la rosée, quand le 1er juin, jour de sa naissance, la vierge en fleur, à la robe flottante, s'avance d'un pas léger sur la prairie verdoyante, où chaque fleur se lève pour lui rendre hommage, jusqu'à ce que toute la campagne en soit émaillée et que les couleurs disputent aux parfums le plaisir de la ravir le plus.

Puisse-t-elle maintenant paraître, aussi charmante ! et vous, chantres ailés de la nature, dont Haendel lui-même ne peut surpasser les plus douces notes, accordez vos gorges mélodieuses pour célébrer son apparition. Votre musique procède de l'amour; à l'amour elle retourne. Éveillez donc cette douce passion en chaque jeune berger; car voici que, ornée de tous les charmes que peut offrir la nature, parée de la beauté, de la jeunesse, de l'enjouement, de l'innocence, de la pudeur et de la tendresse, exhalant des parfums de ses lèvres vermeilles et lançant le rayonnement de ses yeux étincelants, s'avance la gracieuse Sophie !

Peut-être, lecteur, as-tu vu la statue de la Vénus de Médicis. Peut-être aussi as-tu vu la Galerie des Beautés de Hampton Court[1]. Il est possible que tu te rappelles toutes les brillantes Churchill de cette galaxie et tous les toasts du Kit-cat[2]. Ou, si leur règne fut antérieur à ton temps, du moins as-tu vu leurs filles, ces beautés non moins éblouissantes de l'époque actuelle, dont les noms, si nous les inscrivions ici, risqueraient de remplir entièrement le volume.

Eh bien, si tu les as toutes vues, ne crains pas la brutale réponse que fit un jour Lord Rochester à un homme qui avait vu bien des choses. Non. Si tu les as toutes vues sans savoir ce qu'est la beauté, c'est que tu n'as point d'yeux; et si tu n'as pas senti son pouvoir, c'est que tu n'as point de cœur.

Oui, il est possible, mon ami, que tu aies vu toutes ces beautés sans pouvoir te faire une idée exacte de Sophie; car elle ne ressemblait exactement à aucune d'entre elles. Elle rappelait beaucoup le portrait de Lady Ranelagh, et, à ce que j'ai entendu dire, davantage encore la fameuse duchesse de Mazarin; mais, par-dessus tout, elle ressemblait à celle dont l'image ne sortira jamais de mon cœur, et si tu te souviens d'elle, mon ami, tu auras alors une juste idée de Sophie[3].

Mais ce bonheur n'ayant peut-être pas été le tien, nous allons tenter, en faisant appel à tout notre talent, de décrire ce parangon, encore que nos plus hautes capacités soient, nous le sentons bien, insuffisantes à cette tâche.

Sophie, donc, fille unique de M. Western, était de taille moyenne, mais plutôt grande. Sa tournure n'était pas seulement bien venue, elle était extrêmement délicate; et l'agréable proportion de ses bras promettait la plus belle symétrie des autres membres. Ses cheveux noirs étaient d'une telle luxuriance qu'avant qu'elle les eût coupés pour se conformer à la mode moderne, ils lui tombaient jusqu'à la taille; et, à présent, ils entouraient son cou de boucles si gracieuses que l'on avait peine à croire qu'ils fussent vraiment les siens. Si l'envie pouvait découvrir une partie de son visage qui méritât moins de louange que le reste, elle aurait peut-être pu trouver que le front aurait gagné à être un peu plus haut.

Ses sourcils étaient pleins, égaux et arqués d'une façon que n'eût pu imiter aucun artifice. Ses yeux noirs avaient un éclat que toute sa douceur ne pouvait éteindre. Son nez était d'une régularité parfaite, et sa bouche, ornée de deux rangs d'ivoire, répondait exactement à la description de Sir John Suckling[1] dans les vers suivants :

> Ses lèvres étaient vermeilles, et l'une était mince,
> Comparée à la plus proche du menton.
> Quelque abeille l'avait piquée depuis peu.

Ses joues étaient de forme ovale; et, sur la droite, il y avait une fossette, que révélait le plus léger sourire. Son menton avait certainement sa part dans la beauté du visage; mais il était difficile de dire s'il était grand ou petit, bien que peut-être le premier qualificatif lui convînt mieux. Son teint tenait plus du lis que de la rose; mais quand l'exercice ou la pudeur accroissait sa couleur naturelle, nul vermillon ne pouvait l'égaler. Alors, on pouvait certes s'écrier avec le célèbre docteur Donne[2] :

> ... Son sang pur et éloquent
> Parlait dans ses joues, et si distinctement
> Que l'on eût presque pu dire que son corps pensait.

Son cou était long et admirablement tourné; et, en cela, je pourrais le dire avec justesse, si je n'avais peur de blesser sa modestie, elle surpassait les plus grandes beautés de la célèbre Vénus de Médicis. C'était là une blancheur que ni les lis, ni l'ivoire, ni l'albâtre ne pouvaient égaler. On aurait pu supposer, en fait, que par jalousie la plus fine batiste couvrait un sein beaucoup plus blanc qu'elle-même. C'était bien

> *Nitor splendens Pario marmore purius,*
> Un poli brillant d'un éclat plus pur que le marbre de Paros.

Tel était l'extérieur de Sophie; et cette belle enveloppe n'était aucunement déshonorée par un hôte indigne d'elle. Son âme était en tous points égale à sa personne; celle-ci empruntait même certains charmes à celle-là, car lorsque la jeune fille souriait, la douceur de son caractère répandait sur sa physionomie une splendeur que la plus belle régularité des traits ne saurait donner. Mais, comme il n'est aucune perfection de l'âme qui ne se révèle dans l'intimité parfaite dont nous avons l'intention de faire bénéficier le lecteur auprès de cette charmante jeune personne, il est inutile d'en parler ici; ce serait même faire une sorte d'affront implicite à son intelligence, et aussi le frustrer du plaisir qu'il éprouvera à se former son propre jugement sur ce caractère.

Il sera peut-être bon, toutefois, de dire que, quelles que fussent les qualités de l'esprit que lui avait accordées la nature, l'art les avait quelque peu cultivées et améliorées; car elle avait été élevée sous la direction d'une tante, femme de grand jugement, qui connaissait parfaitement le monde pour avoir vécu toute sa jeunesse dans l'entourage de la Cour, d'où elle ne s'était retirée que depuis quelques années à la campagne. Grâce à sa conversation et à ses enseignements, Sophie avait reçu une éducation parfaite, bien que, peut-être, elle manquât un peu de cette aisance dans les manières qui ne s'acquiert que par l'usage et la vie dans ce qu'il est convenu d'appeler le beau monde. Mais, à vrai dire, cette aisance se paie souvent trop cher; et, quoiqu'elle ait des charmes si inexprimables que c'est peut-être ce qu'entre autres qualités les Français entendent lorsqu'ils parlent d'un « je-ne-sais-quoi », son absence est bien compensée par l'innocence; et jamais le bon sens et une distinction naturelle n'en ont besoin.

CHAPITRE III

Dans lequel l'histoire revient en arrière pour rappeler un incident insignifiant, arrivé plusieurs années auparavant, et qui, tout insignifiant qu'il fût, eut certaines conséquences par la suite.

L'AIMABLE Sophie était dans sa dix-huitième année au moment de son introduction dans cette histoire. Son père, nous l'avons dit, l'aimait plus qu'aucune autre créature humaine. Ce fut donc à elle que Jones s'adressa, afin de solliciter son intérêt en faveur de son ami le garde-chasse.

Mais, avant d'arriver à cette affaire, il peut être nécessaire de reprendre brièvement certains faits antérieurs.

Bien que la différence des caractères ne prêtât pas à des relations très intimes entre M. Allworthy et M. Western, ils vivaient en assez bons termes, de sorte que les jeunes gens des deux familles s'étaient connus dès l'enfance et, comme ils étaient tous à peu près du même âge, ils avaient souvent joué ensemble.

La gaieté de caractère de Tom convenait mieux à Sophie que le tempérament grave et posé du jeune M. Blifil. Et la préférence qu'elle accordait au premier se manifestait parfois si clairement qu'un garçon de dispositions plus passionnées que Blifil aurait pu en marquer quelque déplaisir.

Cependant, comme il n'exprima ouvertement aucun mécontentement de cette sorte, ce serait un mauvais tour de notre part d'inspecter les replis les plus cachés de son cœur, comme certains amateurs de scandales scrutent les affaires les plus secrètes de leurs amis et furètent souvent dans leurs cabinets et leurs armoires à seule fin de dévoiler au monde leur indigence et leur médiocrité.

Mais, les personnes qui soupçonnent avoir donné aux autres un sentiment d'offense ayant tendance à en conclure qu'ils sont effectivement offensés, Sophie attribua à la colère du jeune M. Blifil une action, dont la sagacité supérieure de Thwackum et de Square perçut qu'elle provenait d'un bien meilleur principe.

Tom Jones, lorsqu'il était très jeune, avait offert à Sophie un petit oiseau qu'il avait pris au nid, qu'il avait élevé et auquel il avait appris à chanter.

Sophie, qui avait alors environ treize ans, éprouvait tant d'attachement pour cet oiseau que sa principale affaire était de le nourrir et de le soigner, et son plus grand plaisir de jouer avec lui. Grâce à quoi, le petit Tommy (car tel était le nom de l'oiseau) était devenu si apprivoisé qu'il mangeait dans la main de sa maîtresse, se perchait sur son doigt ou restait niché dans son sein, où il semblait presque conscient de son bonheur; bien qu'elle lui maintînt toujours un fil à la patte et qu'elle ne lui laissât jamais la liberté de s'envoler.

Un jour que M. Allworthy et toute sa famille dînaient chez M. Western, le jeune M. Blifil était dans le jardin avec la petite Sophie et, voyant l'affection extrême qu'elle montrait envers l'oiseau, il la pria de le lui confier un moment. Sophie accéda aussitôt à cette demande et, après quelques recommandations, remit l'oiseau entre ses mains; mais à peine le garçon fut-il en sa possession, qu'il fit glisser la ficelle de la patte et le lança dans l'air.

Le fol animal ne se sentit pas plus tôt en liberté qu'oubliant toutes les bontés de Sophie, il s'envola loin d'elle et alla se percher sur une branche à quelque distance.

Sophie, voyant son oiseau parti, cria si fort que Tom Jones, qui n'était pas loin, accourut aussitôt à son aide.

Dès qu'il fut informé de ce qui s'était passé, il traita Blifil de pitoyable et méchant gredin; puis, retirant immédiatement sa veste, il se mit en devoir de grimper à l'arbre où s'était réfugié l'oiseau.

Tom avait presque repris son petit homonyme, quand la branche sur laquelle était perché celui-ci et qui s'étendait au-dessus d'un canal cassa, et le pauvre garçon fut précipité la tête la première dans l'eau.

L'anxiété de Sophie changea à ce moment d'objet. Craignant pour la vie du garçon, elle cria dix fois plus fort qu'auparavant; et le jeune M. Blifil lui-même la seconda alors de toute la force de ses poumons.

Toute la compagnie, qui se tenait dans une pièce donnant sur le jardin, s'alarma aussitôt et accourut; mais au moment où elle atteignait le canal, Tom (l'eau étant heureusement assez peu profonde en cet endroit) arrivait sain et sauf sur la berge.

Thwackum commençait à fulminer contre le pauvre Tom, qui se tenait ruisselant et grelottant devant lui, quand M. Allworthy le pria de prendre patience; et, se tournant vers le jeune M. Blifil, lui demanda :

— Quelle est, je te prie, mon enfant, la cause de tout ce tumulte ?

— En vérité, mon oncle, répondit le jeune M. Blifil, je suis désolé de ce que j'ai fait; c'est moi qui ai malheureusement tout provoqué. J'avais dans les mains l'oiseau de Mlle Sophie et, à la pensée qu'il languissait après la liberté, je n'ai pu me retenir, je l'avoue, de lui donner ce qu'il désirait; car j'ai toujours trouvé qu'il y avait quelque chose de cruel à retenir quiconque prisonnier. Il me semblait que c'était contre les lois de la nature, qui veulent que chacun ait droit à la liberté; c'est même contraire à la doctrine chrétienne, puisque c'est faire ce que l'on ne voudrait pas que l'on nous fît. Mais si j'avais imaginé que Mlle Sophie en serait si affectée, je ne l'aurais jamais fait, bien sûr; ni, non plus, si j'avais su ce qui arriverait à l'oiseau lui-même : car, quand Jones, qui avait grimpé à l'arbre pour le chercher, est tombé dans l'eau, l'oiseau s'est derechef envolé, et un vilain faucon l'a emporté.

La pauvre Sophie, qui apprenait ainsi le sort de son petit Tommy (car son anxiété pour Jones l'avait empêchée de voir ce qui était arrivé) répandit un torrent de larmes, que M. Allworthy s'efforça de calmer en lui promettant un bien plus bel oiseau; mais elle déclara qu'elle n'en aurait jamais plus d'autre. Son père la gourmanda de pleurer ainsi pour un simple oiseau; mais il ne put s'empêcher de dire au jeune M. Blifil que, s'il était son père, il le fouetterait d'importance.

Sophie regagna alors sa chambre, les deux jeunes gens furent renvoyés à la maison, et le reste de la compagnie s'en revint à son flacon; et là il s'ensuivit, au sujet de l'oiseau, une conversation si curieuse que nous pensons qu'elle mérite un chapitre à part.

CHAPITRE IV

Contenant des matières si profondes et si sérieuses que certains de nos lecteurs pourront ne pas le trouver à leur goût.

SQUARE n'eut pas plus tôt allumé sa pipe que, tourné vers Allworthy, il commença ainsi :

— Je ne puis, Monsieur, que vous faire compliment de votre neveu, qui, à un âge où peu de garçons ont d'autres idées que celles qui naissent des sens, est arrivé à savoir distinguer le bien du mal. Emprisonner un être quelconque me paraît être contre les lois de la nature, selon lesquelles chacun a droit à la liberté. Ce sont ses propres mots; et l'impression qu'ils m'ont faite ne s'effacera jamais. Pourrait-on avoir plus haute idée de la règle du bien et de l'éternelle convenance des choses ? Devant pareille aurore, je ne puis m'empêcher d'espérer que le midi de ce jeune homme égalera celui de l'un ou l'autre des deux Brutus.

Ici, Thwackum l'interrompit précipitamment et, non sans avoir répandu une partie de son vin et avalé en hâte le reste, répondit :

— A en juger par une autre expression qu'il a employée, j'espère qu'il ressemblera à des hommes bien plus éminents. Les lois de la nature ne sont qu'un jargon qui ne veut rien dire. Je ne connais aucune loi de ce genre, ni aucun droit que l'on en puisse tirer. Faire ce que l'on voudrait que l'on vous fît est, certes, un mobile chrétien, comme l'a si bien dit ce garçon; et je suis heureux de voir que mes enseignements ont porté de si bons fruits.

— Si la vanité était chose permise, dit Square, je pourrais m'y abandonner un peu en cette même occasion; car la source seule où il a pu puiser ses notions du bien et du mal est assez visible, je pense. S'il n'y a pas de lois de la nature, il n'y a pas de bien ni de mal.

— Comment ! s'écria le pasteur. Écartez-vous donc la révélation ? Parlerais-je à un déiste ou à un athée ?

— Buvons ! dit Western. La peste soit de vos lois de la nature ! Je ne sais ce que vous entendez, l'un et l'autre, par le bien et le mal. Prendre l'oiseau de ma fille était mal, à mon avis; et mon voisin Allworthy peut faire comme il lui plaît; mais encourager un garçon à pareilles pratiques, c'est l'élever pour la potence.

Allworthy répondit qu'il regrettait ce qu'avait fait son neveu, mais qu'il ne pouvait consentir à le punir, étant donné que son motif était plus généreux qu'indigne. Il ajouta que si le garçon avait volé l'oiseau, nul n'eût plus que lui-même préconisé un châtiment sévère; mais il était clair que tel n'avait pas été son dessein; et, en fait, il était aussi manifeste pour lui que l'enfant ne pouvait avoir aucun autre mobile que celui qu'il avait lui-même avoué. (Car, pour ce qui était de l'intention malicieuse que soupçonnait Sophie, elle ne se présenta pas un instant à la pensée de M. Allworthy.) Il conclut, enfin, en blâmant à nouveau l'action comme inconsidérée, ce qui, ajouta-t-il, n'était pardonnable que chez un enfant.

Square avait exposé son opinion si ouvertement que, garder alors le silence, c'était se soumettre à une censure de son jugement. Il dit donc, non sans chaleur, que M. Allworthy tenait trop compte des vilaines considérations de la propriété. Qu'en prononçant nos jugements sur de grandes et belles actions, on devait écarter tout intérêt particulier; car l'attachement à ces règles étroites avait fait condamner le cadet des Brutus pour ingratitude et l'aîné pour parricide.

— Et s'ils avaient été pendus pour ces crimes, s'écria Thwackum, ils n'auraient eu que ce qu'ils méritaient ! Une paire de païens scélérats ! Dieu soit loué, nous n'avons pas de Brutus, de nos jours ! Je voudrais bien, monsieur Square, que vous cessiez de farcir la tête de mes élèves de pareil fatras antichrétien; car la conséquence en est obligatoirement, tant qu'ils sont confiés à mes soins, qu'il me faut les en débarrasser à coups de verges. Voilà votre disciple Tom déjà presque corrompu. Je l'ai entendu, l'autre jour, soutenir à M. Blifil qu'il n'y avait aucun mérite dans la foi sans les œuvres. Je sais que c'est une de vos doctrines, et je pense qu'il la tient de vous.

— Ne m'accusez pas de le corrompre, dit Square. Qui donc lui a appris à se moquer de tout ce qui est vertueux et décent, de tout ce qui est bien et convenable dans la nature des choses ? Il est votre élève à vous, et je le désavoue. Non, non, le mien, c'est M. Blifil. Tout jeune qu'il est, je vous défie de jamais extirper les notions de rectitude morale chez ce garçon.

Thwackum arbora un sourire méprisant et répondit :

— Oui, oui, je puis me permettre de le laisser avec vous. Il a un fond trop solide pour que tout votre jargon philosophique puisse l'atteindre. Non, non, j'ai pris soin de lui inculquer de tels principes...

— Et moi aussi je lui ai inculqué des principes, s'écria Square. Qu'est-ce donc qui a pu inspirer à l'esprit humain la pensée généreuse de donner la liberté, si ce n'est la sublime idée de vertu ? Et, je vous le répète, s'il était séant d'être fier, je pourrais m'enorgueillir d'avoir inculqué cette idée-là...

— Et si l'orgueil n'était interdit, repartit Thwackum, je pourrais me vanter de lui avoir appris ce devoir qu'il a lui-même avoué être son mobile.

— Ainsi, à vous deux, dit le squire, vous avez appris à ce jeune homme à voler l'oiseau de ma fille. Je vois qu'il faut que je veille à ma volière à perdrix. Quelque homme vertueux, religieux ou autre va venir mettre toutes mes perdrix en liberté.

Puis, frappant sur l'épaule d'un homme de loi qui se trouvait là, il s'écria : « Qu'en dites-vous, Maître ? N'est-ce pas contre la loi ? »

Le juriste, avec une grande gravité, se prononça comme suit :

— S'il s'agissait d'une perdrix, il n'y a pas de doute qu'une action serait recevable; car, bien que les perdrix soient *ferae naturae,* cependant étant apprivoisées, la propriété joue. Mais comme il s'agit d'un oiseau chantant, bien qu'apprivoisé, comme c'est un objet de nature vile, il doit être considéré comme *nullius in bonis*. Dans ce cas, donc, j'imagine que le plaignant doit être débouté; et je déconseillerais d'intenter pareille action.

— Eh bien, dit le squire, s'il est *nullus bonus,* buvons, et parlons un peu de la situation dans le pays ou de tout autre sujet que nous comprenions tous; car, pour sûr, je n'entends pas un mot de ce discours. Peut-être est-ce là du savoir et du bon sens, pour autant que je sache; mais vous ne me persuaderez jamais de m'y mêler. Ma parole ! aucun d'entre vous n'a dit un mot de ce pauvre garçon qui mérite nos éloges : risquer de se rompre le cou pour obliger ma fille, c'était une action brave et généreuse; j'ai assez d'instruction pour voir cela. A la santé de Tom, pardieu ! Pour cela, j'aimerai ce garçon jusqu'à mon dernier jour.

Ainsi fut interrompu le débat; mais il eût sans doute bientôt repris, si M. Allworthy n'avait bientôt demandé sa voiture et emmené les deux combattants.

Telle fut la conclusion de cette aventure de l'oiseau et du dialogue qui s'ensuivit. Nous n'avons pu nous empêcher de les rapporter au lecteur, bien que l'affaire se fût passée plusieurs années avant le stade ou l'époque où est maintenant parvenue notre histoire.

CHAPITRE V

Contenant des matières appropriées à tous les goûts.

PARVA LEVES CAPIUNT ANIMOS. « Les petites choses affectent les esprits légers »; ce fut là le sentiment d'un grand maître ès passions de l'amour. Et il est sûr qu'à dater de ce jour Sophie commença de montrer une certaine prévenance envers Tom Jones et une aversion certaine envers son camarade.

Nombre d'incidents, qui arrivèrent de temps à autre, vinrent accroître ces deux sentiments dans son cœur; incidents que je n'aurai pas besoin de rapporter, le lecteur pouvant bien les déduire de ce que j'ai déjà laissé entrevoir des caractères différents des deux garçons, dont l'un s'accordait tellement mieux avec ses propres inclinations. A vrai dire, Sophie, encore très jeune, avait bien vu que Tom, quoique vaurien paresseux, irréfléchi et déluré, n'était ennemi que de lui-même; et que Blifil, quoique jeune homme posé, sage et avisé, était en revanche fortement attaché aux intérêts d'une seule et unique personne; et quelle était cette personne, le lecteur sera bien capable de le deviner sans notre assistance.

Ces deux caractères ne reçoivent pas toujours du monde l'accueil différent qu'ils semblent respectivement mériter et que l'on imaginerait que les hommes leur réserveraient, par intérêt personnel. Mais peut-être y a-t-il à cela une raison politique : à la rencontre d'une nature véritablement bienveillante, il est tout à fait raisonnable de penser que l'on a trouvé un trésor et de vouloir le garder, comme toute autre bonne chose, pour soi-même. Et l'on peut bien s'imaginer que trompeter les louanges d'une telle personne ce serait, comme on dit vulgairement, crier : « Viande rôtie[1] ! » et appeler chacun à partager ce que l'on voudrait garder pour son seul usage. Si cette raison ne satisfait pas le lecteur, je ne vois aucune autre explication au peu d'égards que je vois communément accorder à un caractère qui fait réellement grand honneur à la nature humaine et est générateur du plus grand bien pour la société. Mais il n'en allait pas ainsi de Sophie. Elle montra son estime pour Tom Jones et son mépris pour le jeune M. Blifil, presque en même temps qu'elle apprenait le sens de ces deux mots.

Sophie avait passé plus de trois ans chez sa tante, et, pendant toute la durée de cette absence, elle avait rarement vu les deux jeunes gens. Elle dîna, cependant, une fois avec cette dame chez M. Allworthy. C'était quelques jours après l'aventure de la perdrix. Elle entendit à table toute cette histoire, sans rien dire. Et, de retour à la maison, sa tante ne put lui tirer beaucoup de paroles; mais à sa femme de chambre qui, en la déshabillant, lui avait dit par hasard : « Alors, Mademoiselle, vous avez dû voir M. Blifil aujourd'hui ? » elle répondit avec quelque emportement : « Je déteste ce nom, comme je déteste tout ce qui est bas et perfide; et je m'étonne que M. Allworthy ait permis que ce vieux barbare de professeur châtiât si cruellement un pauvre garçon pour ce qui n'était que l'effet de son bon naturel. »

Elle raconta alors l'histoire à sa femme de chambre et conclut en demandant : « Ne trouvez-vous pas que ce garçon est un noble cœur ? »

Cette jeune personne était à présent revenue chez son père, qui lui avait confié la direction de sa maison et l'avait placée au haut bout de la table, à laquelle dînait souvent Tom (que son grand amour de la chasse avait mis fort en faveur auprès du squire). Les jeunes gens d'un tempérament ouvert et généreux sont naturellement portés à la galanterie, qui, s'ils ont quelque intelligence — ce qui était le cas de Tom —, s'emploie en une conduite prévenante et serviable envers toutes les femmes en général. Celle-ci distinguait grandement Tom de la bruyante brutalité des simples squires campagnards d'une part, et de la tenue grave et quelque peu maussade du jeune M. Blifil de l'autre; et, à vingt ans, il commençait à passer pour un fort charmant garçon auprès de toutes les femmes du voisinage.

Tom ne montrait pas une assiduité particulière auprès de Sophie, si ce n'est peut-être qu'il lui témoignait plus de respect qu'à aucune autre. Cette distinction, sa beauté, sa fortune, son jugement et ses manières aimables semblaient l'appeler; mais pour ce qui était de desseins sur sa personne, il n'en avait aucun; ce pourquoi nous laisserons pour le moment le lecteur le blâmer de sa stupidité; mais peut-être pourrons-nous l'expliquer plus tard.

Sophie, à une innocence et une pudeur parfaites, joignait une remarquable vivacité de caractère. Celle-ci se trouvait si grandement accrue chaque fois qu'elle se trouvait en compagnie de Tom que, s'il n'avait été fort jeune et étourdi, il n'eût pas manqué de s'en apercevoir et que, si les pensées de M. Western ne s'étaient généralement portées sur la plaine, les écuries ou le chenil, cela eût pu susciter chez lui quelque jalousie; mais ce brave gentilhomme était si loin de nourrir pareils soupçons qu'il fournissait au jeune homme toutes les occasions de se trouver avec sa fille que le premier amoureux venu aurait pu désirer; et cela, Tom en tirait innocemment un plus grand avantage en suivant simplement les inspirations de sa galanterie instinctive et de son bon naturel qu'il ne l'eût peut-être fait s'il avait eu des desseins plus sombres sur la demoiselle.

Mais, en fait, il n'y a pas à s'étonner que la chose échappât à l'attention des autres, puisque la pauvre Sophie elle-même ne la remarqua pas; et son cœur se trouva irrémédiablement perdu avant même qu'elle n'eût soupçonné qu'il était en danger.

Telle était la situation quand Tom, ayant un après-midi trouvé Sophie seule, commença, après de brèves excuses et avec une expression très sérieuse, à lui annoncer qu'il avait une faveur à lui demander et qu'il comptait sur sa bonté pour la lui accorder.

Bien que ni le comportement du jeune homme, ni surtout son entrée en matière ne fussent de nature à lui offrir des raisons de soupçonner qu'il eût l'intention de lui faire une déclaration — cependant, fût-ce la Nature qui lui souffla quelque chose à l'oreille ou pour toute autre raison, je ne saurais le dire, toujours est-il que quelque idée de ce genre dut se faufiler dans son esprit — la couleur abandonna ses joues, ses membres se mirent à trembler et elle n'eût pu que balbutier si Tom avait attendu une réponse; mais il la tira bientôt de son embarras en poursuivant et en l'informant de sa requête; qui était de solliciter son intérêt en faveur du garde-chasse, dont la ruine et celle d'une nombreuse famille devaient être, dit-il, la conséquence de la poursuite de l'action intentée par M. Western.

Sophie se remit bientôt de sa confusion et dit avec un sourire plein de douceur : « Est-ce donc là cette grande faveur que vous me demandiez avec tant de gravité ? Je le ferai de tout cœur. J'éprouve une réelle compassion pour ce pauvre homme, et pas plus tard qu'hier j'ai envoyé un petit quelque chose à sa femme. »

Ce petit quelque chose était une de ses robes, accompagnée de dix shillings en argent; et cet envoi, dont Tom avait eu connaissance, lui avait mis en tête l'idée de sa démarche.

Enhardi par son succès, notre jeune homme résolut alors de pousser l'affaire plus avant et il se risqua même à lui demander de recommander l'homme auprès de son père pour qu'il le prît à son service, protestant qu'il le considérait comme l'un des plus honnêtes garçons du pays et comme très qualifié pour la place de garde-chasse qui se trouvait justement vacante.

— Eh bien, répondit Sophie; j'essayerai cela aussi; mais je ne puis vous promettre un égal succès que pour la première demande; pour celle-là, soyez-en assuré, je ne quitterai pas mon père que je n'aie obtenu le succès. Je ferai tout ce que je pourrai, cependant, pour ce pauvre homme; car je considère vraiment que lui et sa famille méritent grand'pitié. Et maintenant, monsieur Jones, il faut que je vous demande une faveur.

— Une faveur, Mademoiselle ! s'écria Tom. Si vous saviez le plaisir que vous me procurez en me donnant à espérer un ordre de vous, vous penseriez qu'en l'articulant c'est à moi que vous accorderez la plus grande des faveurs; car, je le jure par cette chère main, je donnerais ma vie pour vous obliger.

Il lui saisit alors la main et la baisa avec transport; or c'était la première fois que ses lèvres l'avaient jamais touchée. Le sang, qui auparavant avait abandonné les joues de la jeune fille, lui fit alors ample réparation en se précipitant avec tant de violence sur tout son visage et son cou qu'ils devinrent écarlates. Elle éprouva pour la première fois une sensation qui lui avait été jusqu'alors étrangère et qui, lorsqu'elle eut le loisir d'y réfléchir, commença de l'instruire de certains secrets, que le lecteur, s'il ne les a déjà devinés, connaîtra le moment venu.

Sophie, aussitôt qu'elle put parler (ce qui ne fut pas tout de suite), lui fit savoir que la faveur qu'elle désirait obtenir de lui était de ne pas entraîner son père à tant de dangers à la chasse; car, d'après ce qu'elle avait entendu raconter, elle était terriblement effrayée chaque fois qu'ils partaient ensemble, s'attendant un jour ou l'autre à voir ramener son père, les membres brisés. Elle le suppliait donc, par égard pour elle, de se montrer plus prudent et, sachant que M. Western le suivrait toujours, de ne plus galoper à tombeau ouvert et de ne plus faire à l'avenir de sauts si dangereux.

Tom promit d'obéir fidèlement à ses instructions; et, après l'avoir remerciée de la bonté avec laquelle elle avait accueilli sa demande, il prit congé et s'en alla ravi du succès qu'il avait obtenu.

La pauvre Sophie était ravie aussi, mais de tout autre manière. Ses sentiments, cependant, le cœur du lecteur ou de la lectrice (si il, ou elle, en a un) les lui représentera mieux que je ne le pourrais, quand j'aurais autant de bouches que jamais poète en désira, pour dévorer, je suppose, les multiples douceurs dont il était si abondamment pourvu.

C'était la coutume de M. Western chaque après-midi, aussitôt qu'il était gris, d'écouter sa fille jouer du clavecin; car il était grand amateur de musique; et peut-être, s'il eût vécu à la ville, aurait-il passé pour un connaisseur, car il s'élevait toujours contre les plus belles compositions de M. Haendel. Il ne goûtait jamais d'autre musique que légère et délassante; en fait, ses airs favoris étaient « le Vieux Sir Simon le Roi », « Saint Georges, il était pour l'Angleterre », « Jeanne aux cheveux courts », et quelques autres.

Sa fille, bien qu'elle fût excellente musicienne et que, si elle avait suivi son propre goût, elle n'aurait jamais joué que du Haendel, se vouait tant au plaisir de son père qu'elle avait appris tous ces airs pour l'obliger. Elle tentait néanmoins, de temps à autre, de l'amener à son propre goût; et, quand il lui demandait de répéter ses ballades favorites, elle répondait par un « Non, cher Monsieur », et le priait souvent de souffrir qu'elle jouât autre chose.

Ce soir-là, pourtant, quand son père eut abandonné sa bouteille, elle joua tous ses airs favoris trois fois de suite sans se faire prier. Le bon squire en fut si content qu'il se leva de son canapé, et alla embrasser sa fille en jurant qu'elle avait fait de grands progrès. Elle saisit cette occasion pour s'acquitter de la promesse qu'elle avait faite à Tom; et elle réussit si bien que le squire déclara que, si elle voulait lui redonner encore une fois « le Vieux Sir Simon », le garde-chasse aurait sa délégation dès le lendemain matin. « Sir Simon » fut joué et rejoué jusqu'à ce que les charmes de la musique eussent doucement plongé M. Western dans le sommeil. Le matin venu, Sophie ne manqua pas de lui rappeler sa promesse; l'avoué fut aussitôt appelé et reçut l'ordre de cesser toutes poursuites et d'établir la délégation.

Le succès de Tom dans cette affaire ne tarda pas à retentir dans tout le pays et divers furent les jugements portés; certains applaudissant hautement à un tel acte de bonté, d'autres disant d'un air sarcastique : « Il n'est pas étonnant qu'un fainéant en aime un autre ! » Le jeune M. Blifil en était fort exaspéré. Il avait dès longtemps détesté Georges le Noiraud tout autant que Jones avait plaisir à le voir; non pas qu'il en eût reçu quelque offense, mais du seul fait de son amour profond de la religion et de la vertu; car Georges le Noiraud avait une certaine réputation d'inconduite. Blifil représenta donc la chose comme un défi à M. Allworthy; et il déclara, d'un air très affecté, qu'il était impossible de trouver aucun autre motif de faire du bien à un tel scélérat.

Thwackum et Square chantèrent tous deux sur le même air. Ils étaient devenus (le second surtout) extrêmement jaloux de la place prise par Jones auprès de la veuve; car celui-ci approchait de ses vingt ans, c'était un fort joli garçon, et la dame, par les encouragements qu'elle lui donnait, semblait davantage chaque jour le juger tel.

Allworthy, cependant, ne se laissa pas influencer par leur malveillance. Il se déclara fort satisfait de la conduite de Jones. Il dit que la probité et la persévérance de son amitié étaient des plus louables et qu'il aimerait voir de plus fréquents exemples de cette vertu.

Mais la Fortune, qui n'a guère de goût pour les brillants étourdis comme mon ami Tom, peut-être parce qu'ils ne lui font pas une cour assez ardente, donna alors un tour bien différent à toutes ses actions et les montra à M. Allworthy sous un jour bien moins favorable que celui sous lequel sa bonté les lui avait montrées jusqu'à ce moment.

CHAPITRE VI

Justification de l'insensibilité de M. Jones à tous les charmes de la belle Sophie ; laquelle justification rabaissera peut-être considérablement sa personne dans l'estime des galants beaux esprits qui applaudissent aux héros de la plupart de nos comédies modernes.

Il est deux sortes de gens qui, je le crains, doivent avoir déjà conçu quelque mépris pour mon héros en raison de sa conduite envers Sophie. Les premiers le trouveront bien peu prudent d'avoir négligé l'occasion de se rendre maître de la fortune de M. Western; et les seconds ne le mépriseront pas moins pour sa froideur à l'égard d'une si jolie fille, qui semblait toute prête à se jeter dans ses bras si seulement il les avait ouverts pour la recevoir.

Or, quoique je ne sois peut-être pas à même de l'absoudre entièrement de ces deux chefs d'accusation (car le manque de prudence n'admet aucune excuse ; et ce que je pourrai avancer à l'encontre du second blâme paraîtra, j'en ai peur, bien insuffisant), cependant, un témoignage pouvant parfois apporter quelque atténuation, j'exposerai tout simplement les faits et laisserai le tout à la décision du lecteur.

M. Jones avait en lui quelque chose qui, bien qu'à ce que je crois les auteurs ne se soient pas accordés sur le nom à lui donner, existe sans nul doute dans le cœur de certains hommes; et qui sert non pas tant à distinguer le bien du mal qu'à les inviter et pousser au premier et à les retenir et garder à l'écart du second.

Ce quelque chose peut, en fait, se comparer au fameux malletier du théâtre[1]; car chaque fois que la personne qui en est douée fait ce qui est bien, nul spectateur transporté ou simplement amical n'applaudit avec autant d'ardeur ou de force; quand au contraire il fait le mal, nul critique n'est plus enclin à le siffler et le décréditer.

Pour donner du principe que je veux dire une idée plus haute, et en même temps plus familière à l'époque actuelle, on peut le considérer comme siégeant sur son trône dans l'esprit, tel le Grand Chancelier du royaume dans son tribunal, d'où il préside, gouverne, dirige, juge, acquitte ou condamne selon les mérites et la justice, avec un savoir auquel rien n'échappe, une pénétration que rien ne peut abuser et une intégrité que rien ne peut corrompre.

Ce principe actif, on peut dire peut-être qu'il constitue la plus importante barrière entre nous et nos voisins les animaux; car s'il en est certains revêtus de la forme humaine qui ne sont pas soumis à pareille domination, je préfère les considérer comme des déserteurs passés de chez nous chez nos voisins, parmi lesquels ils auront le sort des déserteurs et ne seront pas placés au premier rang.

Notre héros, qu'il le dût à Thwackum ou à Square, je ne sais, était très fortement guidé par ce principe; car s'il n'agissait pas toujours bien, ce n'était jamais sans le sentir et en souffrir. Ce principe lui avait appris que répondre aux civilités et aux petites prévenances de l'hospitalité en rapinant dans la maison où on les a reçues, c'est se montrer le plus bas et le plus vil des voleurs. Il n'estimait point que l'importance du préjudice causé diminuât la bassesse de ce crime; au contraire, si le vol de l'argenterie d'autrui mérite la mort et l'infamie, il lui paraissait difficile d'assigner un châtiment proportionné au fait de voler à un homme toute sa fortune, et son enfant par-dessus le marché.

Ce principe, donc, écarta de lui toute pensée de faire sa fortune par de tels moyens (car c'est, je l'ai dit, un principe actif : il ne lui suffit pas qu'on le connaisse et que l'on se contente d'y croire). Si Tom eût été très amoureux de Sophie, peut-être aurait-il pensé autrement; mais, qu'on me permette de le dire, il y a une grande différence entre s'enfuir avec la fille de quelqu'un par amour et le faire dans une simple intention de vol.

Or, si ce jeune homme n'était pas insensible aux charmes de Sophie, s'il goûtait fort sa beauté et estimait toutes ses autres qualités, elle n'avait cependant fait aucune impression profonde sur son cœur; ce que nous allons tout de suite expliquer, le fait risquant de le faire taxer de stupidité ou tout au moins de manque de goût.

La vérité, donc, est que son cœur appartenait à une autre. Ici, je ne doute pas que le lecteur s'étonnera de notre long silence à ce sujet, et qu'il sera bien embarrassé de deviner quelle était cette femme; car, pour ce qui est de Mme Blifil, si nous avons dû laisser paraître quelques soupçons de son affection pour Tom, nous n'avons jusqu'à présent laissé aucune latitude d'imaginer qu'il en eût une quelconque pour elle; et, en fait, je regrette de le dire, les jeunes gens des deux sexes sont trop disposés à manquer de reconnaissance pour l'attention dont certaines personnes plus avancées en âge daignent parfois les honorer.

Pour que le lecteur ne reste pas plus longtemps en suspens, il voudra bien se rappeler que nous avons souvent parlé de la famille de Georges Seagrim (appelé communément Georges le Noiraud), laquelle se composait à ce moment d'une femme et de cinq enfants.

Le second de ces enfants était une fille, qui s'appelait Mariette et qui était considérée comme une des plus jolies filles du pays.

Congreve dit fort justement qu'il y a quelque chose dans la vraie beauté que les âmes vulgaires ne peuvent admirer; et aussi bien, ni la crasse ni les haillons ne sauraient cacher ce quelque chose aux âmes qui ne sont pas d'une trempe vulgaire.

La beauté de cette fille, cependant, ne fit aucune impression sur Tom avant qu'elle ne marchât sur ses seize ans, moment où le jeune homme, son aîné de près de trois ans, commença pour la première fois à la regarder avec les yeux de l'amour. Et son affection s'était fixée sur la jeune fille longtemps avant qu'il pût se décider à essayer de la posséder; car, si sa constitution l'y poussait fortement, ses principes ne l'en retenaient pas moins énergiquement. Débaucher une jeune fille, quelque basse que fût sa condition, lui paraissait un crime des plus odieux; et le bon vouloir qu'il avait pour le père, joint à la pitié qu'il éprouvait pour le reste de la famille, venait vigoureusement appuyer ces sages réflexions; si bien qu'il résolut un jour de surmonter son inclination et qu'il s'abstint, en fait, trois mois entiers d'aller chez Seagrim et de voir sa fille.

Or, quoique Mariette, nous l'avons dit, passât généralement pour une fort jolie fille, ce qu'elle était d'ailleurs réellement, sa beauté n'était pas du genre le plus aimable : elle n'avait presque rien de féminin et aurait convenu au moins aussi bien à un homme qu'à une femme; car, à vrai dire, la jeunesse et une santé florissante y avaient une part considérable.

Et son caractère n'était pas plus efféminé que sa personne. Si celle-ci était grande et robuste, celui-là était libre et hardi. Elle avait si peu de réserve, que Jones avait plus qu'elle-même de considération pour sa vertu. Et comme fort probablement elle aimait Tom tout autant qu'il l'aimait, quand elle eut conscience de sa retenue, elle en devint d'autant plus hardie : voyant qu'il avait entièrement déserté la maison, elle trouva moyen de se jeter sur son chemin, et elle se comporta de telle façon que le jouvenceau eût dû avoir ou beaucoup ou très peu d'un héros pour que ces efforts se révélassent infructueux. Bref, elle triompha bientôt de toutes les vertueuses résolutions de Jones; car, encore qu'elle finît par se conduire avec toute la résistance convenable, il me paraît plus à propos de lui attribuer le triomphe à elle, puisque ce fut, en fait, son dessein qui eut le dessus.

Dans la conduite de cette affaire, Mariette, dis-je, joua si bien son rôle, que Jones s'attribua entièrement la conquête et resta convaincu que la jeune fille n'avait cédé qu'aux violentes attaques de la passion qu'il avait pour elle. Mais il attribua aussi la complaisance de Mariette à la force irrépressible de son amour pour lui; et cela, le lecteur accordera que c'était une supposition fort naturelle et vraisemblable, étant donné que nous avons mentionné à plusieurs reprises la mine avenante du jeune homme : c'était, en fait, un des plus beaux garçons qui fussent au monde.

De même qu'il existe des cœurs dont les affections sont, comme celles du jeune M. Blifil, placées sur une unique personne, dont seule ils considèrent en toute occasion l'intérêt et la faveur, regardant le bien et le mal de tous autres comme purement indifférents dans la mesure où ils ne contribuent pas au plaisir ou à l'avantage de cette personne, il y a une tournure d'esprit différente qui tire une certaine vertu de l'amour de soi. Ceux qui la possèdent ne peuvent recevoir d'autrui une satisfaction quelconque, sans aimer l'être à qui ils doivent cette satisfaction et sans que son bien-être devienne en quelque sorte nécessaire à leur propre tranquillité.

Notre héros était de ceux-là. Il considérait cette pauvre fille comme un être dont, de son fait, le bonheur ou la souffrance dépendait désormais de lui. Sa beauté était toujours l'objet de son désir, encore qu'une beauté plus grande ou plus neuve l'eussent peut-être été davantage; mais le léger relâchement causé par la jouissance était largement compensé par la considération de l'affection qu'elle lui portait visiblement et de la situation où il l'avait mise. La première était génératrice de gratitude, la seconde de pitié; ces deux sentiments, joints au désir qu'il avait de sa personne, allumèrent en lui une passion que l'on pouvait, sans faire grande violence à ce mot, qualifier d'amour; bien qu'au départ il n'eût peut-être pas été bien judicieusement placé.

Telle était donc la véritable raison de l'insensibilité qu'il avait montrée pour les charmes de Sophie et pour la façon de se comporter de celle-ci, qu'il aurait pu assez raisonnablement interpréter comme un encouragement à des avances de sa part : de même qu'il ne pouvait penser à abandonner sa Mariette, pauvre et sans ressources comme elle l'était, il ne pouvait pas davantage nourrir l'idée de trahir une personne telle que Sophie. Et, certes, s'il avait laissé prendre racine en lui à la moindre passion pour cette jeune dame, il serait obligatoirement devenu coupable de l'un ou l'autre de ces crimes, dont chacun, à mon avis, l'eût fort justement voué à ce destin dont, lors de son introduction dans cette histoire, j'avais dit qu'il lui était généralement prédit.

CHAPITRE VII

Qui sera le plus court de ce livre.

La mère de Mariette fut la première à s'apercevoir d'un changement dans la taille de sa fille; et, pour le cacher à ses voisins, elle lui fit sottement mettre la robe ample que Sophie lui avait envoyée, sans penser, certes, que la pauvre femme aurait la faiblesse de la laisser porter à aucune de ses filles sous cette forme.

Mariette fut ravie de cette occasion, la première

qu'elle eût jamais eue, de mettre sa beauté en valeur; car, si elle supportait fort bien de se contempler dans un miroir même vêtue de haillons, et si c'était dans cet accoutrement qu'elle avait conquis le cœur de Jones, et peut-être de quelques autres, elle n'en pensait pas moins que le surcroît de la parure ajouterait beaucoup à ses charmes et étendrait d'autant ses conquêtes.

Voilà donc que Mariette, vêtue de cette robe, d'un bonnet neuf garni de dentelle et de quelques autres ornements que lui avait offerts Tom, se rend à l'église, un éventail à la main, dès le dimanche suivant. Les grands se trompent bien s'ils s'imaginent avoir le monopole de l'ambition et de la vanité. Ces nobles qualités fleurissent aussi notablement dans une église de village et son enclos que dans les salons ou les boudoirs. On a vu dresser dans la sacristie des plans qui ne déshonoreraient guère le conclave. On y trouve un ministère et l'on y trouve une opposition. Il y a là des complots et des circonventions, des partis et des factions, égaux à ceux qui se voient dans les cours.

Et les femmes n'y sont pas moins exercées à tous les artifices féminins les plus raffinés que les belles dames, leurs supérieures par la naissance et la fortune. On y a ses prudes et ses coquettes. On y a la toilette et les œillades, le mensonge, l'envie, la malignité, les médisances, bref, tout ce qui est si répandu dans la plus splendide assemblée ou dans le cercle le plus poli. Que les gens huppés ne méprisent donc plus l'ignorance de leurs inférieurs, et que le vulgaire ne raille plus les vices des classes supérieures.

Mariette avait été quelque temps assise avant d'être reconnue de ses voisins. Puis un murmure courut dans l'assemblée : « Qui est-ce ? » ; mais quand on l'eut reconnue, il s'éleva parmi les femmes tant de ricanements, de sarcasmes, de rires étouffés que M. Allworthy dut exercer toute son autorité pour que fût maintenu un peu de décence.

CHAPITRE VIII

Bataille chantée par la muse en style homérique, et que seul pourra goûter le lecteur humaniste.

Monsieur Western avait une terre dans cette paroisse, et comme sa demeure n'était guère plus éloignée de cette église que de la sienne, il y venait souvent pour l'office divin; or il se trouva que lui et la charmante Sophie étaient présents ce jour-là.

Sophie fut charmée de la beauté de la jeune fille, qu'elle plaignit néanmoins d'avoir eu la naïveté de s'habiller ainsi, quand elle vit la jalousie que cela avait excitée parmi ses égales. Aussitôt rentrée chez elle, elle fit venir le garde-chasse, à qui elle ordonna de lui amener sa fille, disant qu'elle lui trouverait une place dans la maison et qu'elle l'attacherait peut-être à sa personne quand sa femme de chambre, qui allait partir, l'aurait quittée.

Le pauvre Seagrim en fut atterré, car il n'était pas sans bien connaître le défaut survenu à la taille de sa fille. Il répondit en balbutiant qu'il craignait que Mariette ne fût trop gauche pour le service de Madame, car elle n'avait jamais été en condition.

— N'importe, dit Sophie; elle se formera vite. Votre fille me plaît, et je suis résolue à la prendre à l'essai.

Georges le Noiraud s'en retourna donc auprès de sa femme, sur les sages conseils de laquelle il comptait pour se tirer de cet embarras; mais, en arrivant chez lui, il trouva sa maison dans un certain désordre. Si grande avait été la jalousie provoquée par la robe que, dès que M. Allworthy et les autres notables eurent quitté l'église, la rage jusqu'alors contenue éclata en tumulte; et, après s'être d'abord exhalée en paroles, en rires, en sifflets et en gestes outrageants, elle eut recours à certains projectiles, qui, bien que leur nature molle ne donnât pas à craindre une perte de la vie ni même d'un membre, n'en étaient cependant pas moins redoutables pour une dame bien vêtue. Mariette avait trop de caractère pour supporter pareil traitement sans se regimber. Ayant donc...

Mais, un instant ! N'ayant pas trop confiance en nos propres capacités, appelons à notre secours un pouvoir supérieur !

Vous donc, Muses, qui que vous soyez, qui aimez à chanter les combats, et toi principalement qui jadis racontas le carnage qui eut lieu dans les champs où se battirent Hudibras et Trulla, si tu n'es point morte de faim avec ton ami Butler[1], assiste-moi en cette grande occasion : tout n'est pas au pouvoir de tous.

Comme un nombreux troupeau de vaches dans la cour d'un riche fermier, si, pendant qu'on les trait, elles entendent leurs veaux se lamenter au loin du vol qui se commet, beuglent et mugissent; ainsi la foule du Somersetshire poussa un rugissement de huée, fait de presque autant de cris, de hurlements et autres sons divers qu'il y avait de gens ou plutôt de passions parmi eux : les uns étaient inspirés par la rage, les autres alarmés par la crainte, et d'autres n'avaient en tête que le désir de s'amuser; mais surtout l'Envie, sœur de Satan et sa constante compagne, s'élança dans la foule pour attiser la fureur des femmes, qui, dès qu'elles furent arrivées près de Mariette, l'accablèrent de boue et d'ordures.

Mariette, ayant vainement tenté de faire une retraite digne, fit volte-face; et, empoignant Babette la loqueteuse, qui s'avançait en tête de l'ennemi, elle l'étendit du premier coup à terre. L'armée entière de l'ennemi (quoique au nombre de près de cent), voyant le sort de son général, céda du terrain et se retira derrière une fosse nouvellement creusée; car le champ de bataille était le cimetière, où il devait y avoir un enterrement le soir même. Mariette poursuivit sa victoire et, saisissant un crâne qui se trouvait sur le bord de la tombe, le lança avec tant d'emportement qu'ayant atteint un tailleur à la tête, les crânes en se rencontrant émirent tous deux un son creux, et le tailleur prit aussitôt mesure de sa longueur sur le sol, où les deux crânes restèrent l'un à côté de l'autre, laissant dans le doute lequel valait le plus. Mariette, un fémur au poing, tomba alors sur les rangs des fuyards et, distribuant les coups avec une grande libéralité de droite et de gauche, culbuta les corps de maints puissants héros et héroïnes.

Redis, ô Muse, les noms de ceux qui tombèrent en

ce jour fatal. Le premier, Jacquot Tweedle sentit sur son occiput l'os implacable. Nourri sur les bords charmants de la Stour aux doux méandres, où il avait appris les premiers secrets de l'art vocal dont, parcourant les veillées et les foires, il réjouissait les nymphes et pastoureaux, quand, sur le gazon, ils entrelaçaient leurs sémillantes danses; tandis que lui-même violonait et sautait aux sons de sa propre musique. A quoi bon son violon, maintenant ? Il frappe de son corps le sol verdoyant. Après lui, le vieil Echepole, le châtreur de porcs, reçut au front un coup de notre amazone et tomba aussitôt à terre. C'était un gros homme oscillant, et sa chute fit presque autant de bruit que l'écroulement d'une maison. Sa tabatière tomba en même temps de sa poche, et Mariette s'en empara comme d'un butin légitime. Puis la Catherine du moulin trébucha malencontreusement sur une pierre tombale, qui, accrochant son bas sans jarretière, renversa l'ordre de la nature et donna à ses talons la supériorité sur sa tête, Babet Pippin[1] et le jeune Roger, son amoureux, tombèrent pêle-mêle sur le sol, où, ô destin pervers ! elle salue la terre et lui le ciel. Tom Freckle[2], le fils du forgeron, fut la victime suivante de la rage de Mariette. C'était un ingénieux artisan, qui faisait d'excellents patins[3]; mieux : le patin qui l'abattit était sorti de ses propres mains. S'il eût été, en ce moment, en train de chanter des psaumes à l'église, il eût évité d'avoir la tête fendue. Mlle Crow[4], fille d'un fermier; Jean Giddish[5], fermier lui-même; Nanette Slouch[6], Esther Codling[7], Guillaume Spray[8], Tom Bennet[9]; les trois demoiselles Potter[10], dont le père tient l'auberge du « Lion rouge »; Babet Chambermaid[11], Jeannot Ostler[12] et bien d'autres personnages moins marquants vont rouler parmi les tombes.

Non que le bras énergique de Mariette les ait tous atteints, car nombre d'entre eux, dans leur fuite, se renversèrent les uns les autres.

Mais la Fortune, craignant d'avoir agi à l'encontre de sa réputation en inclinant trop longtemps du même côté, d'autant plus que c'était le bon, se retourna vivement : car, alors, commère Brown... commère Brown que Zéchiel Brown mignotait dans ses bras; et non seulement lui, mais aussi la moitié de la paroisse, tant elle était fameuse dans les champs de Vénus, sans préjudice de ceux de Mars. Et son mari portait toujours les trophées de l'un et l'autre sur la face et sur la tête; car si jamais front humain arbora dans ses cornes l'auréole amoureuse de sa femme, c'était bien celui de Zéchiel; et sa figure tout égratignée n'attestait pas moins les autres talents (ou plutôt taloches) de son épouse.

Cette amazone ne supporta pas plus longtemps la fuite honteuse de son parti. Elle s'arrêta court et, ralliant tous les fuyards, parla comme suit :

— Comment vous, hommes du Somersetshire ou plutôt vous, femmes du Somersetshire, n'avez-vous pas honte de fuir ainsi devant une seule femme ? Eh bien, si personne d'autre ne veut lui tenir tête, moi-même et Jeanne Top que voici aurons l'honneur de la victoire.

Ayant dit, elle s'élança sur Mariette Seagrim et n'eut pas de peine à lui arracher le fémur de la main, non sans lui arracher aussi le bonnet de la tête. Puis, saisissant de la main gauche les cheveux de Mariette, de la droite elle l'attaqua si furieusement à la face, que le sang ne tarda pas à lui jaillir du nez. Mais Mariette ne resta pas inactive pendant ce temps. Elle eut vite fait sauter la coiffe de commère Brown et, agrippant d'une main ses cheveux, de l'autre elle fit ruisseler à son tour le sang des narines de l'ennemi.

Quand chacune des combattantes eut emporté suffisamment de dépouilles capillaires de la tête de l'adversaire, leur fureur se tourna contre les vêtements. Et elles déployèrent tant de violence dans cette attaque qu'en très peu de minutes elles se trouvèrent toutes deux dénudées jusqu'à la taille.

Il est heureux pour les femmes que le siège de la guerre pugilistique ne soit pas le même pour elles que pour les hommes; mais, bien qu'elles puissent paraître s'écarter quelque peu de leur sexe quand elles se lancent dans la bataille, j'ai remarqué qu'elles ne s'oublient jamais au point d'attaquer la poitrine de l'autre, où quelques coups de poing seraient fatals à la plupart. D'aucuns l'attribuent, je le sais, à un penchant plus sanguinaire que celui des mâles. Ce pourquoi elles s'attaqueraient au nez, partie d'où il est le plus aisé de faire couler le sang; mais cela me paraît une supposition quelque peu outrée et un peu méchante aussi.

Commère Brown avait en cela un grand avantage

sur Mariette; car elle n'avait, en vérité, pas de seins, sa poitrine (si l'on peut dire) ressemblant exactement, aussi bien par la couleur qu'à bien d'autres égards, à un ancien parchemin sur lequel on eût pu battre le tambour pendant fort longtemps sans lui causer grand dommage.

Mariette, indépendamment de son malheureux état, était bien différemment conformée en cette région, ce qui eût pu inciter l'envieuse Brown à lui porter un coup fatal, si l'heureuse arrivée de Tom Jones n'avait à ce moment mis une fin immédiate à cette scène sanglante.

Cet heureux hasard était dû à M. Square; car lui-même, le jeune M. Blifil et Jones étaient montés à cheval, après l'office, pour prendre l'air, et ils avaient parcouru un quart de mille environ quand le précepteur, changeant d'idée (non par lubie, mais pour une raison que nous expliquerons aussitôt que nous en aurons le loisir) pria les deux jeunes gens de l'accompagner d'un autre côté que celui qui avait été primitivement prévu. Cette proposition ayant été acceptée, ils durent repasser par le cimetière.

M. Blifil, qui chevauchait en avant, voyant une telle foule assemblée et deux femmes dans la situation où nous avons laissé les combattantes, arrêta son cheval pour s'informer de ce qui se passait. Un paysan lui répondit en se grattant la tête :

— J'sais point, M'sieur; n'en déplaise à Votre Honneur, y a eu une bataille, que j'crois, ent' la mère Brown et Mariette Seagrim.

— Qui donc ? Qui donc ? s'écria Tom.

Mais sans attendre la réponse, car il avait reconnu les traits de sa Mariette en dépit de toute l'altération qu'ils avaient subie, il sauta à terre, laissa aller son cheval, sauta par-dessus le mur et courut à elle. Fondant alors en larmes, elle lui dit avec quelle barbarie on l'avait traitée. Sur quoi, oubliant le sexe de commère Brown ou peut-être ne le reconnaissant pas dans sa fureur (car, en vérité, elle n'avait d'autre apparence féminine que celle conférée par un jupon qu'il pouvait n'avoir pas remarqué), il lui donna un ou deux coups de cravache; puis, se jetant sur la foule, accusée en bloc par Mariette, il distribua de tous côtés les coups avec une telle profusion qu'à moins d'invoquer encore la muse (et le lecteur, bonne âme, trouverait peut-être que ce serait un peu abuser d'elle, alors que nous l'avons si récemment fait transpirer à force) il me serait impossible de raconter tous les coups de cravache de cette journée.

Après avoir dégagé tout le champ de bataille aussi bien que le firent tous les héros d'Homère ou qu'aurait pu le faire Don Quichotte ou tout autre chevalier errant, il revint à Mariette, qu'il trouva dans un état dont la description, si je devais l'entreprendre ici, ferait autant souffrir mon lecteur que moi-même. Tom tempêta comme un fou furieux, se frappant la poitrine, s'arrachant les cheveux, trépignant et jurant de tirer une vengeance extrême de tous ceux qui avaient été mêlés à l'affaire. Enfin, il retira son habit, l'en enveloppa, lui mit son chapeau sur la tête, essuya du mieux qu'il put avec son mouchoir le sang qui lui couvrait le visage et envoya le domestique chercher le plus vite possible une selle de côté ou un coussinet, afin de pouvoir la ramener en sécurité chez elle.

Le jeune M. Blifil protesta contre l'envoi du domestique, attendu qu'ils n'en avaient qu'un avec eux; mais Square ayant appuyé l'ordre de Jones, il fut bien obligé de s'incliner.

Le serviteur revint bientôt avec le coussinet, et Mariette, ayant rassemblé tant bien que mal ses vêtements en lambeaux, fut mise en croupe derrière lui. Et c'est ainsi qu'elle fut ramenée chez elle, accompagnée de Square, de Blifil et de Jones.

Là, Jones, après avoir récupéré son habit, lui avoir donné un baiser furtif et lui avoir murmuré à l'oreille qu'il reviendrait la voir dans la soirée, quitta sa Mariette et suivit ses compagnons.

CHAPITRE IX

Contenant des choses de caractère fort peu pacifique.

Mariette n'eut pas plus tôt repris ses guenilles habituelles que ses sœurs commencèrent à lui tomber dessus avec violence, et particulièrement l'aînée, qui lui dit qu'elle n'avait eu que ce qu'elle méritait.

Comment avait-elle eu l'outrecuidance de porter une robe que la jeune Mme Western avait donnée à maman?

— Si l'une de nous devait la porter, dit-elle, je pense que c'est moi qui y avais le plus de droits; mais tu estimes sans doute qu'elle revient à ta beauté. Je suppose que tu te crois plus jolie qu'aucune de nous.

— Passe-lui donc le morceau de miroir qui se trouve sur le dessus de l'armoire, cria une autre; je commencerais par laver le sang de ma figure avant de parler de ma beauté.

— Tu aurais mieux fait de prêter attention à ce que dit le pasteur que d'écouter les hommes, s'écria l'aînée.

— Voilà qui est bien vrai, mon enfant, dit la mère dans un sanglot; elle nous a tous déshonorés. C'est la première de la famille qui ait jamais été une catin.

— Tu n'as pas besoin de me reprocher cela, maman, repartit Mariette; toi-même, tu as bien accouché de ma sœur que voilà dans la semaine qui a suivi ton mariage.

— Oui, péronnelle, répondit la mère furieuse, c'est vrai, et après ? On avait fait de moi une honnête femme alors; et je ne serais pas tant en colère si on en faisait une de toi; mais il a fallu que tu t'acoquines avec un monsieur, vilaine catau; et tu auras un bâtard, péronnelle, oui, un bâtard; et cela, je défie quiconque de le dire de moi !

C'est dans cette situation que Georges le Noiraud trouva sa famille quand il revint dans le dessein que nous avons dit. Comme sa femme et ses trois filles parlaient toutes en même temps et pleuraient pour la plupart, il lui fallut un moment pour trouver l'occasion de se faire entendre; mais aussitôt qu'un intervalle se présenta, il les informa de ce que Sophie lui avait dit.

La mère Seagrim recommença derechef à invectiver contre sa fille.

— Là ! dit-elle, tu nous a mis dans de beaux draps. Et que dira Madame de ce gros ventre ? Ah, faut-il que j'aie vécu pour voir ce jour !

Mariette répondit avec grande vivacité : « Et quelle est donc cette belle place que tu m'as trouvée, papa ? (car il n'avait pas trop bien compris ce qu'avait voulu dire Sophie par « l'attacher à sa personne »). Je suppose que c'est être fille de cuisine; mais je ne laverai les plats pour personne. Mon monsieur m'assurera un sort meilleur.

Voyez ce qu'il m'a donné cet après-midi. Il m'a promis que je ne manquerais jamais d'argent; et toi non plus, tu n'en manqueras pas, maman, si tu veux bien tenir ta langue et reconnaître quand tu es bien. »

Et, ce disant, elle sortit plusieurs guinées et en donna une à sa mère.

La bonne femme n'eut pas plus tôt senti l'or dans sa main, que son humeur commença de s'adoucir (tant est efficace cette panacée).

— Franchement, mon homme, dit-elle, y a qu'une cruche comme toi pour ne pas avoir demandé quelle était cette place avant de l'accepter ! Peut-être, comme dit Mariette, que c'est pour la cuisine; et vraiment, je ne tiens pas à ce que ma fille soit une souillon; car, toute pauvre que je suis, je suis une dame. Et quoique j'aie dû, mon père qui était pasteur étant mort pire que rien sans pouvoir me donner un shilling de dot, me rabaisser en épousant un homme sans le sou, je veux que vous le sachiez, j'ai le cœur plus haut que tout ça. Ta, ra, ta, ta ! Mme Western ferait mieux de regarder chez elle et de se rappeler qui était son propre grand-père. Y en a dans ma famille, pour autant que je sache, qui pourraient faire rouler carrosse, alors que les grands-pères de certains allaient à pied. Je parie qu'elle s'est imaginé faire quelque chose de fameux en nous envoyant c'te vieille robe; y en a de ma famille qui n'auraient pas ramassé une pareille guenille dans la rue; mais les pauvres gens sont toujours foulés aux pieds. La paroisse n'avait pas besoin de se mettre tant en émoi pour Mariette. Tu aurais pu leur dire, ma petite, que ta grand'mère portait de plus beaux atours, et qui sortaient tout droit de chez le marchand.

— Bon, mais réfléchis, s'écria Georges; qu'est-ce que je vais pouvoir répondre à Madame ?

— Je n'en sais rien, dit-elle; tu es toujours à mettre ta famille dans un embarras ou un autre. Tu te rappelles quand tu as tué la perdrix, source de tous nos malheurs ? Ne t'avais-je pas conseillé de ne jamais pénétrer sur les terres du squire Western ? Ne t'avais-je pas dit, il y a bien des années, ce qui en résulterait ? Mais il a fallu que tu fasses selon ta sacrée caboche; oui, misérable !

Georges le Noiraud était, à tout prendre, un garçon assez paisible, et il n'était aucunement coléreux ni brutal; mais il avait en lui quelque chose de ce que les anciens appelaient l'irascible et que sa femme, si elle avait eu un tant soit peu de prudence, n'eût pas manqué de craindre. Il avait depuis longtemps fait l'expérience que, lorsque l'orage devenait très fort, les arguments n'étaient que du vent qui servait plutôt à l'accroître qu'à le calmer. Il était donc rarement dépourvu d'une petite badine, remède d'une force remarquable, comme il l'avait souvent constaté, et que le mot de misérable lui suggéra d'appliquer immédiatement.

Aussitôt donc que ce symptôme apparut, il eut recours audit remède, qui, encore qu'il semblât tout d'abord augmenter et enflammer le mal comme il est habituel pour toute médecine très efficace, amena bientôt un calme absolu et rendit à la malade une tranquillité et un bien-être parfaits.

Mais c'est là une sorte de médecine de cheval, qui demande une constitution fort robuste pour la digérer, et qui ne convient donc qu'au vulgaire, à une exception près : quand la supériorité de naissance se déclare; auquel cas nous ne reprocherions à aucun mari de l'employer de façon déplacée, si l'administration n'en était en soi si basse que, tout comme certaines applications somatiques qu'il n'est pas nécessaire de nommer, elle dégrade et souille à tel point la main qui s'y emploie qu'aucun homme bien né ne saurait supporter la pensée d'une chose si vile et si détestable.

Toute la famille fut bientôt amenée à un état de calme parfait; car la vertu de ce remède, comme celle de l'électricité, se communique souvent au travers d'une personne à beaucoup d'autres que ne touche pas directement l'appareil. A vrai dire, comme ils opèrent tous deux par frottement, on peut se demander s'il n'y a pas quelque analogie entre eux, ce que M. Freke ferait bien d'étudier avant de publier la prochaine édition de son ouvrage.

Un conseil se tint alors, dans lequel, après maints débats et Mariette maintenant qu'elle ne voulait pas entrer en condition, il fut enfin résolu que la mère Seagrim se rendrait elle-même auprès de Mlle Western pour tâcher d'obtenir la place pour sa fille aînée, qui se déclarait toute prête à l'accepter. Mais la Fortune, qui semble avoir été ennemie de cette petite famille, devait mettre obstacle à la promotion de la donzelle.

CHAPITRE X

Histoire racontée par M. Supple, le desservant. Pénétration du squire Western. Son grand amour pour sa fille et manière dont elle le paya de retour.

Le lendemain matin, Tom Jones alla chasser avec M. Western, et au retour, celui-ci l'invita à déjeuner.

La belle Sophie rayonna ce jour-là de plus de gaieté et de vivacité encore qu'à l'ordinaire. Ses batteries étaient certainement pointées sur notre héros; quoique, je pense, elle ne se rendît pas encore bien compte de ses propres intentions. En tout cas, si elle avait aucun dessein de le charmer, elle y réussit bien alors.

M. Supple, desservant de la paroisse de M. Allworthy, était de la compagnie. C'était un brave et digne homme; mais il se faisait surtout remarquer par son extrême taciturnité à table, encore que sa bouche n'y fût jamais fermée. Bref, il était doué d'un des meilleurs appétits du monde. Cependant, à peine avait-on desservi qu'il rachetait toujours largement son silence, car c'était un homme fort jovial et sa conversation, sans jamais choquer, était souvent fort amusante.

Dès son arrivée, qui avait eu lieu immédiatement avant l'entrée du rôti, il avait laissé entendre qu'il apportait des nouvelles, et il commençait à raconter qu'il venait de chez M. Allworthy, quand la vue du rôti le frappa de mutisme, ne lui laissant que la force de dire les grâces et de déclarer qu'il lui fallait rendre hommage au baronnet, car c'est ainsi qu'il appelait ledit rôti.

Quand, le dîner terminé, Sophie lui rappela qu'il avait annoncé des nouvelles, il commença en ces termes :

— Je pense, Madame, que vous avez dû remarquer à l'église, hier à l'office du soir, une jeune personne qui était vêtue d'une de vos robes bizarres; je crois avoir vu Madame en porter une semblable. Mais, dans nos campagnes, pareilles toilettes sont

Rara avis in terris, nigroque simillima cygno.

Ce qui revient à dire, Madame, « un oiseau rare sur la terre, et fort semblable à un cygne noir ». Le vers est de Juvénal. Mais, pour revenir à mon récit, je disais que de tels vêtements se voient rarement à la campagne; et peut-être cette robe parut-elle d'autant plus extraordinaire du fait de la personne qui la portait et qui, m'a-t-on dit, était la fille de Georges le Noiraud, le garde-chasse de Votre Honneur, dont les souffrances auraient pu, m'est avis, lui donner assez de bon sens pour ne pas afficher ses filles dans une tenue aussi voyante. Elle causa tant de désordre dans l'assemblée que si le squire Allworthy n'avait imposé le silence, le service aurait été interrompu; moi-même j'ai été à un moment sur le point de m'arrêter au milieu de la première leçon. Quoi qu'il en soit, cependant, quand, la prière dite, je fus reparti, ce fut l'occasion d'une bagarre dans le cimetière, où, entre autres méchefs, la tête d'un violoneux ambulant fut mise fort à mal. Ce matin, ce violoneux est allé porter plainte devant le squire Allworthy, qui a fait comparaître la fille. Le squire était enclin à accommoder l'affaire; quand voilà-t-il pas que l'on s'aperçoit tout d'un coup que la fille (sauf votre respect, Madame) était pour ainsi dire à la veille d'accoucher d'un bâtard. Le squire a voulu connaître le nom du père. Mais elle a obstinément refusé de répondre. En sorte qu'au moment où je suis parti, il était sur le point de l'envoyer à Bridewell.

— Et qu'une fille ait un bâtard, est-ce donc là toutes vos nouvelles, Docteur ? s'écria Western. Je pensais qu'il s'agissait de quelque affaire publique, de quelque chose intéressant la nation.

— Je crains que ce ne soit, en effet, trop habituel, répondit le pasteur; mais j'ai cru que toute cette histoire valait d'être rapportée. Quant aux affaires nationales, Votre Honneur les connaît mieux que moi. Mon ressort ne s'étend pas au delà de ma paroisse.

— Oui, oui, dit le squire, je crois en savoir quelque peu sur ces affaires-là, comme vous dites. Mais allons, Tom, buvez donc; la bouteille reste devant vous.

Tom demanda à être excusé, car il avait une affaire urgente; et, se levant de table, il échappa à la prise du squire qui se dressait pour l'arrêter, et s'en fut sans plus de cérémonie.

Le squire jura bien fort à ce départ; puis, se tournant vers le pasteur, il s'écria : « Je vois ce que c'est; je vois ce que c'est. Tom est certainement le père de ce bâtard.

Pardieu, pasteur, vous vous rappelez comme il m'a recommandé le père de la jouvencelle. Sacrebleu, quelle rusée coquine. Oui, oui, c'est clair comme de l'eau de roche : Tom est le père du bâtard.

— J'en serais bien fâché, dit le pasteur.

— Pourquoi donc ? s'écria le squire. Qu'est-ce que ça peut bien faire ? Allons donc, tu vas pas prétendre que t'as jamais eu de bâtard ! Peste, ça prouve que t'as de la veine : je suis bien sûr que t'as fait bien souvent ce qu'il fallait pour ça !

— Votre Honneur aime plaisanter, répondit le pasteur; mais je ne blâme pas seulement le péché qu'il y a dans son action (encore qu'il soit, certes, hautement à désapprouver), je crains que son improbité ne lui porte tort dans l'esprit de M. Allworthy. Et franchement je dois dire qu'en dépit de la réputation qu'il a d'être un peu dissipé, je n'ai jamais rien vu de mal dans ce jeune homme; je n'en ai pas non plus entendu dire, si ce n'est ce que Votre Honneur vient de mentionner. Je souhaiterais sans doute qu'il fût un peu plus régulier dans ses répons à l'église; mais, dans l'ensemble, il paraît

Ingenui vultus puer ingenuique pudoris.

C'est un vers classique, jeune dame, qui peut se traduire ainsi : « Un garçon d'une mine et d'une pudeur ingénues », car c'était là une vertu fort estimée aussi bien des Latins que des Grecs. Je dois dire que le jeune gentilhomme (je crois pouvoir l'appeler ainsi en dépit de sa naissance) m'a l'air d'un garçon fort honnête et courtois, et je regretterais qu'il se fît tort dans l'opinion du squire Allworthy.

— Bah ! dit le squire. Tort auprès d'Allworthy ! Mais Allworthy ne déteste pas lui-même courir la fille. Tout le pays ne sait-il pas de qui Tom est le fils ? A d'autres. J'ai connu Allworthy au collège.

— Je croyais, dit le pasteur, qu'il n'avait jamais été à l'Université.

— Si, si, répliqua le squire, et nous avons eu plus d'une maîtresse ensemble. Comme franc coureur, y avait pas mieux à cinq milles à la ronde. Non, non, c'est pas ça qui fera du tort à ce garçon auprès de lui, soyez-en sûr; ni auprès de personne. Demandez donc à Sophie, là... Tu ne penses pas plus de mal d'un garçon parce qu'il a un bâtard, hein, ma fille ? Non, non, les femmes ne les en aiment que davantage. »

C'était une question cruelle pour la pauvre Sophie. Elle avait remarqué que Tom avait changé de couleur en écoutant l'histoire du pasteur; et cela, joint à son départ soudain et précipité, lui donnait assez à supposer fondés les soupçons de son père. A ce moment, son cœur lui révéla d'un seul coup le grand secret que depuis si longtemps il lui dévoilait petit à petit; et elle se trouva fortement intéressée dans cette affaire. Dans une telle situation, la question impertinente de son père, lui tombant brusquement dessus, produisit des symptômes qui eussent pu alerter un cœur soupçonneux; mais, il faut rendre justice au squire, ce n'était pas son défaut. Quand donc elle se leva de sa chaise en disant qu'une simple allusion de sa part était toujours suffisante pour l'obliger à se retirer, il la laissa quitter la pièce; puis, avec une expression des plus sérieuses, il fit observer qu'il valait mieux avoir une fille un peu trop prude que trop effrontée, sentiment qui fut hautement approuvé par le pasteur.

Suivit alors entre le squire et le pasteur une fort excellente discussion politique basée sur les journaux et les opuscules politiques, au cours de laquelle ils firent libation de quatre bouteilles de vin à la prospérité du pays. Après quoi, le squire s'étant profondément endormi, le pasteur alluma sa pipe, monta en selle et s'en repartit chez lui.

Après un somme d'une demi-heure, le squire fit appeler sa fille au clavecin; mais elle demanda à être excusée ce soir-là en raison d'une forte migraine. Cette dispense fut accordée aussitôt; en fait, elle avait rarement à lui faire deux fois la même demande, attendu qu'il l'aimait d'une affection si ardente que lui faire plaisir, c'était en général se donner plus de plaisir encore à lui-même. Elle était réellement sa petite chérie, comme il l'appelait souvent; et elle méritait bien de l'être, car elle lui rendait amplement toute son affection. Elle lui avait toujours gardé la plus inviolable déférence en toutes choses; et cela, son amour le lui rendait non seulement facile, mais si agréable qu'un jour que l'une de ses compagnes la raillait d'attacher tant de mérite à une obéissance aussi scrupuleuse, comme l'appelait cette jeune personne,

Sophie répondit : « Vous m'avez mal comprise, Mademoiselle, si vous croyez que j'en tire quelque vanité; car, outre que ce n'est que m'acquitter d'un devoir, je me fais plaisir à moi-même. Je puis sincèrement dire qu'aucune joie n'est pour moi aussi grande que celle de contribuer au bonheur de mon père; et s'il y a vanité, ma chère, c'est d'avoir ce pouvoir et non de le mettre en pratique. »

C'était une satisfaction, cependant, que la pauvre Sophie était incapable de goûter ce soir-là. Elle demanda donc non seulement à être dispensée de jouer du clavecin, mais pria également son père de lui permettre de ne pas paraître au souper. Le squire acquiesça aussi à cette demande, bien qu'assez à contre-cœur; car il ne souffrait guère qu'elle le quittât que lorsqu'il était occupé de ses chevaux, de ses chiens ou de sa bouteille. Il céda néanmoins au désir de sa fille, bien que le pauvre homme dût ainsi, afin d'éviter sa propre compagnie (si je puis m'exprimer ainsi), envoyer chercher un fermier voisin pour souper avec lui.

CHAPITRE XI

Mariette Seagrim l'échappe belle. Quelques observations pour lesquelles nous avons dû plonger assez profondément dans la nature.

Ce matin-là, à la chasse, Tom Jones avait monté un des chevaux de M. Western, si bien que, n'ayant pas de cheval à lui dans l'écurie du squire, il dut rentrer à pied; mais il marcha avec tant de célérité qu'il fit plus de trois milles dans la demi-heure.

Juste comme il arrivait à la grille extérieure de M. Allworthy, il rencontra le constable et ses gens qui emmenaient Mariette à cette maison où les gens de la classe inférieure peuvent apprendre une bonne leçon, c'est-à-dire le respect et la déférence envers leurs supérieurs, puisqu'ils y peuvent constater la large distinction que la Fortune entend établir entre ceux qui doivent être corrigés de leurs fautes et ceux qui ne le doivent pas. S'ils ne l'apprennent pas là, je crains bien qu'ils ne profitent que rarement d'aucune autre leçon ou qu'ils n'améliorent guère leur moralité à la maison de correction.

Un juriste trouverait peut-être qu'en cette circonstance M. Allworthy outrepassa quelque peu ses pouvoirs ; et, à vrai dire, étant donné qu'aucune plainte n'avait été régulièrement déposée auprès de lui, je doute que sa conduite fût strictement régulière. Mais son intention étant vraiment pure, il devait être excusé *in foro conscientiae ;* tant on voit chaque jour d'actes arbitraires commis par des magistrats qui n'ont pas cette excuse.

Aussitôt qu'il apprit du constable le lieu où ils se rendaient (il l'avait, en fait, déjà deviné), il saisit Mariette et, l'embrassant tendrement devant tous, jura que le premier qui voudrait la toucher serait un homme mort. Il l'invita à sécher ses yeux et à reprendre courage, car il l'accompagnerait où qu'elle aille. Puis, se tournant vers le constable, qui restait tout tremblant, le chapeau à la main, il le pria d'une voix très douce de revenir avec lui, pour un instant seulement, auprès de son père (c'est ainsi qu'il nommait Allworthy) ; car il osait être assuré, dit-il, que lorsqu'il aurait allégué ce qu'il avait à dire en faveur de la fille, elle serait mise en liberté.

Le constable, qui, sans nul doute, aurait bien remis la prisonnière à Tom pour peu qu'il l'eût exigé, consentit fort volontiers à cette requête. Les voilà donc tous revenus dans le vestibule de M. Allworthy, où Tom les pria de l'attendre un moment, tandis qu'il allait lui-même à la recherche du digne homme. Dès qu'il l'eut trouvé, le jeune homme se jeta à ses pieds et, après lui avoir demandé de l'écouter avec patience, avoua être le père de l'enfant dont Mariette était grosse. Il le supplia d'avoir pitié de la pauvre fille et de considérer que, s'il y avait une faute en l'affaire, c'était à lui qu'elle incombait principalement.

— S'il y a une faute en l'affaire ! répliqua Allworthy avec chaleur. Es-tu donc un libertin assez débauché et dépravé pour douter qu'enfreindre les lois divines et humaines en corrompant et menant une pauvre fille à sa perte soit une faute ? Je reconnais, certes, qu'elle pèse en premier lieu sur toi ; et elle est si lourde, que tu devrais assez t'attendre à en être écrasé.

— Quel que doive être mon sort, dit Tom, accueillez

mon intercession en faveur de cette pauvre fille. J'avoue que je l'ai corrompue ! mais qu'elle doive être perdue dépend de vous. Pour l'amour de Dieu, Monsieur, révoquez votre ordre et ne l'envoyez pas en un lieu qui signifierait inévitablement sa ruine.

Allworthy lui dit d'appeler immédiatement un domestique. Tom répondit que c'était inutile, car il les avait heureusement rencontrés au portail et, confiant dans la bonté du squire, les avait ramenés dans le vestibule, où ils attendaient à présent sa décision finale. Il le conjurait à genoux de la rendre en faveur de la jeune fille et qu'il soit permis à celle-ci de retourner chez ses parents, sans être exposée à davantage de honte et de mépris qu'il n'en devait nécessairement lui échoir.

— Je sais, ajouta-t-il, que c'est déjà trop. Je sais que j'en suis le coupable auteur. J'aurai à tâche de réparer dans la mesure du possible; et, si vous avez après cela la bonté de me pardonner, j'espère m'en rendre digne.

Allworthy hésita un moment et dit enfin : « Eh bien, je vais annuler mon mandat. Tu peux m'envoyer le constable. »

Ce qui fut aussitôt fait, et le constable fut congédié, ainsi que la fille.

On pensera que M. Allworthy ne manqua pas, à cette occasion, d'admonester Tom fort sérieusement; mais il n'est pas nécessaire de donner ici son sermon, puisque nous avons fidèlement rapporté dans le premier livre tout ce qu'il dit à Jenny Jones et dont la plus grande partie est applicable aux hommes autant qu'aux femmes. Cette réprimande fit une impression si vive sur le jeune homme, qui n'était pas un pécheur endurci, qu'il se retira dans sa chambre, où il passa la soirée seul, dans une fort triste méditation.

Allworthy était assez scandalisé de la faute de Jones, car, en dépit des assertions de M. Western, il est certain que le digne homme ne s'était jamais abandonné à aucuns plaisirs de la débauche avec les femmes et qu'il condamnait fortement le vice de l'incontinence chez les autres. Et l'on a d'autant plus lieu de croire qu'il n'y avait pas un mot de vrai dans les affirmations de M. Western qu'il plaçait la scène de ces souillures à l'Université, où M. Allworthy n'avait jamais été. En fait, le brave squire avait un peu trop tendance à se livrer à ce genre de plaisanterie que l'on appelle généralement rodomontade, mais qui peut s'exprimer, avec tout autant de justesse, par un mot bien plus court[1]; et peut-être substitue-t-on trop souvent d'autres mots à ce monosyllabe, attendu que ce qui passe fréquemment dans le monde pour de l'esprit et de la drôlerie devrait, selon la stricte pureté de la langue, recevoir ce bref nom que je supprime ici conformément au code de la bonne compagnie.

Mais, quelque aversion que M. Allworthy éprouvât pour ce vice comme pour tout autre, il n'en était pas aveuglé au point de ne pouvoir distinguer aucune vertu chez le coupable; il la voyait aussi clairement que s'il n'y avait eu aucun mélange de vice dans le même personnage. Tout en étant irrité, donc, de l'incontinence de Jones, il n'en était pas moins content de l'honneur et de l'honnêteté qu'il voyait dans l'accusation portée par le jeune homme contre lui-même. Il commença à se former du garçon la même opinion que, nous l'espérons, pourra avoir conçue notre lecteur. Et, mettant en balance ses défauts et ses qualités, les secondes lui semblèrent plutôt l'emporter.

Ce fut donc en vain que Thwackum, à qui M. Blifil avait immédiatement rapporté l'histoire, donna libre cours à toute sa rancœur contre le pauvre Tom. Allworthy écouta patiemment leurs invectives; après quoi, il répondit froidement que les jeunes gens du caractère de Tom n'étaient que trop généralement enclins à ce vice; mais il pensait que le garçon était sincèrement affecté de ce qu'il lui avait dit à cette occasion, et il espérait ne plus le voir sortir du droit chemin. En sorte que, le temps des verges étant passé, le précepteur n'eut d'autre exutoire à son fiel que sa bouche, pauvre ressource habituelle d'une vengeance impuissante.

Mais Square, s'il était moins violent, était beaucoup plus artificieux; et comme il détestait Jones plus encore peut-être que ne le faisait Thwackum, il s'attacha à lui faire plus de mal dans l'esprit de M. Allworthy.

Le lecteur doit se souvenir des divers petits incidents de la perdrix, du cheval et de la Bible, que nous avons rapportés dans le deuxième livre; incidents qui avaient tous plutôt accru qu'altéré l'affection que M. Allworthy était enclin à porter à Jones. Il a dû en être de même, je pense, auprès de toute personne qui a le moindre sentiment de l'amitié, de la générosité, de la grandeur d'âme, en un mot, qui a le cœur un peu valeureux.

Square lui-même n'ignorait pas l'impression réelle que ces divers exemples de droiture avaient produite sur l'excellent cœur d'Allworthy; car le philosophe savait fort bien ce qu'était la vertu, bien qu'il ne fût peut-être pas toujours ferme dans sa poursuite. Mais pour ce qui était de Thwackum, je ne veux pas savoir pour quelle raison des pensées de cet ordre ne lui étaient jamais venues à l'esprit : il voyait Jones sous un jour défavorable, et il pensait qu'Allworthy faisait de même, mais qu'il avait décidé, par un orgueilleux entêtement, de ne pas abandonner le garçon qu'il avait autrefois chéri, pour ne pas ainsi reconnaître tacitement qu'il s'était trompé dans sa première opinion.

Square saisit donc cette occasion de blesser Jones à l'endroit le plus sensible en donnant très mauvaise tournure à tous les faits sus-mentionnés :

— Je regrette, Monsieur, dit-il, de devoir avouer que j'ai été abusé autant que vous. Je ne pouvais m'empêcher, je le confesse, d'être heureux de ce que j'attribuais à un motif d'amitié, encore qu'elle fût poussée à l'excès et que tout excès soit fautif et vicieux; mais, pour cela, je faisais la part de la jeunesse. Je soupçonnais bien peu que le sacrifice de la vérité, que nous imaginions tous deux fait sur l'autel de l'amitié, fût en vérité une prostitution à des appétits de dépravation et de débauche. Vous voyez clairement à présent d'où procédait toute l'apparente générosité de ce jeune homme envers la famille du garde-chasse. Il soutenait le père afin de corrompre la fille, et il n'a empêché cette famille de mourir de faim que pour entraîner l'un de ses membres à sa perte et au déshonneur. Voilà bien l'amitié ! voilà la générosité ! Comme dit Sir Richard Steele : « Les gourmands qui paient cher des friandises sont bien dignes d'être appelés généreux ! » Bref, je suis résolu, désormais, à ne plus jamais céder à la faiblesse de la nature humaine, ni à rien regarder comme vertu qui ne cadre exactement avec la règle infaillible du bien.

La bonté d'Allworthy avait empêché ces considérations de se présenter à son esprit; mais elles étaient trop plausibles pour qu'il pût les rejeter entièrement d'emblée quand un autre les lui mettait sous les yeux. En fait, ce que lui avait dit Square pénétra profondément dans son esprit et le malaise qu'il y causa n'échappa pas à l'autre; bien que le digne homme, ne voulant pas l'avouer, ait fait une réponse fort évasive et ait assez brusquement changé le sujet de la conversation. Peut-être fut-il heureux pour le pauvre Tom que ces suggestions n'eussent pas été faites avant son pardon, car elles imprimèrent certainement dans l'esprit d'Allworthy la première mauvaise impression à son sujet.

CHAPITRE XII

Contenant des affaires beaucoup plus claires, mais découlant de la même source que celles du chapitre précédent.

Le lecteur aura plaisir, je pense, à retourner avec moi auprès de Sophie. Après la dernière fois que nous l'avons vue, elle passa une nuit qui n'avait rien d'agréable. Le sommeil la favorisa peu, les rêves encore moins. Et le matin, en entrant à l'heure habituelle, Mme Honour, sa femme de chambre, la trouva déjà debout et tout habillée.

A la campagne, les gens qui demeurent à deux ou trois milles sont considérés comme proches voisins, et la nouvelle de ce qui se passe dans une maison vole jusqu'à l'autre avec une célérité incroyable. Mme Honour, par conséquent, avait appris toute l'histoire de la honte de Mariette; et, étant de tempérament très communicatif, elle ne fut pas plus tôt entrée chez sa maîtresse, qu'elle se mit à la lui raconter dans les termes suivants :

— Mon Dieu, Madame; qu'en dit Madame ? La fille que Madame a vue à l'église dimanche dernier et que vous aviez trouvée si jolie; quoique vous ne l'auriez pas trouvée si jolie si vous l'aviez vue de près, d'ailleurs; en tout cas, elle a été amenée devant le juge de paix parce qu'elle est grosse. Elle m'avait tout l'air d'une coureuse effrontée, et voilà-t-il pas qu'elle a attribué l'enfant au jeune M. Jones. Et toute la paroisse dit que M. Allworthy est si en colère contre le jeune M. Jones qu'il ne veut plus le voir. Pour sûr, on ne peut s'empêcher d'avoir pitié du pauvre jeune homme; et pourtant, il n'en mérite guère de s'être commis avec une pareille catau. Mais c'est un si beau jeune homme, que j'aurais peine à le voir mettre à la porte. Je parie bien que la fille a pas demandé mieux; elle n'a jamais été la dernière à faire des avances. Et quand ces drôlesses sont si peu farouches, les jeunes gens ne sont pas tant à blâmer non plus, car ils ne font que ce qui est naturel, pour sûr. A la vérité, il est au-dessous d'eux de se frotter à d'aussi sales traînées; et ce qui leur arrive, c'est tant pis pour eux. Mais, tout de même, ce sont ces viles effrontées qui sont le plus coupables. Je voudrais, de tout mon cœur, qu'elles soyent bien fouettées derrière la charrette; parce que c'est pitié qu'elles soyent la perdition des beaux jeunes messieurs; et personne irait nier que M. Jones il soye un des plus beaux jeunes gens qui jamais...

Elle continuait de la sorte, quand Sophie, avec plus d'humeur qu'elle ne lui en avait jamais montré, s'écria : « Je t'en prie ! Que viens-tu m'ennuyer de tout ce fatras ? Qu'ai-je à voir avec ce que fait M. Jones ? Vous êtes toutes les mêmes, je pense. Et vous me paraissez simplement furieuse de ce que cela ne vous soit pas arrivé à vous.

— Moi, Madame ! répondit Mme Honour. Je regrette que Madame ait une telle opinion de moi. Tous les jeunes gars peuvent bien aller au diable, en ce qui me concerne. Parce que j'ai dit que c'était un beau jeune homme ? Tout le monde en dit autant. Pour sûr, j'aurais jamais cru qu'il y avait du mal à dire qu'un jeune homme était beau; mais, pour sûr, je le trouverai jamais beau à l'avenir : beau est qui bien fait. Une misérable mendiante... !

— Trêve d'impertinences ! s'écria Sophie; allez voir si mon père m'attend pour le petit déjeuner. »

Mme Honour sortit brusquement de la chambre en marmonnant toutes sortes de choses, parmi lesquelles on ne distinguait que : « Ben, par ma foi ! Si on pourrait croire... ! »

Nous ne saurions satisfaire la curiosité de notre lecteur quant au bien-fondé des soupçons que Sophie avait laissé percer au sujet des sentiments de Mme Honour. Mais nous nous rattraperons en dévoilant ce qui se passait dans le cœur de Sophie elle-même.

Le lecteur voudra bien se rappeler qu'une secrète affection pour M. Jones s'était insensiblement glissée dans le sein de cette jeune personne; et qu'elle y avait atteint une assez grande ampleur avant qu'elle-même s'en aperçût. Lorsqu'elle commença d'en remarquer les symptômes, les sensations éprouvées furent si douces et si agréables qu'elle n'eut pas assez de résolution pour y mettre un frein ou les repousser; et elle continua ainsi de nourrir une passion dont elle ne considéra à aucun moment les conséquences.

L'incident relatif à Mariette lui ouvrit les yeux. Elle perçut alors pour la première fois la faiblesse dont elle avait été coupable; et cette découverte, tout en causant la plus grande perturbation dans son âme, eut néanmoins le même effet que d'autres remèdes nauséeux et chassa pour un temps sa maladie. Son action fut même remarquablement rapide; et, durant le court intervalle que sa femme de chambre fut absente, elle fit disparaître si entièrement tous les symptômes que lorsque Mme Honour revint lui dire que son père la demandait, la jeune fille avait recouvré toute sa tranquillité, après s'être imposé une complète indifférence pour M. Jones.

Les affections de l'âme ressemblent, dans presque tous les détails, à celles du corps. C'est pourquoi, nous l'espérons, la docte Faculté, pour laquelle nous éprouvons un si profond respect, nous pardonnera d'avoir dû nous emparer de certains mots ou formules qui lui appartiennent de droit et sans lesquels nos descriptions auraient été souvent inintelligibles.

Or, il n'est pas de particularité dans laquelle les maladies de l'âme aient une analogie plus exacte avec celles que l'on nomme physiques que l'aptitude qu'elles ont les unes et les autres à la rechute. Cela est clair dans les maladies violentes de l'ambition et de l'avarice. J'ai vu l'ambition, une fois guérie à la Cour par de fréquentes déceptions (qui sont le seul remède qui lui convienne), se redéclarer dans la compétition à la présidence du jury d'accusation aux assises; et j'ai entendu parler d'un homme qui, après avoir triomphé de son avarice au point de distribuer maintes pièces de six pence, s'en consola enfin sur son lit de mort en faisant pour son enterrement prochain un marché astucieux et profitable avec un entrepreneur qui avait épousé sa fille unique.

En matière d'amour, dont, pour nous conformer strictement à la philosophie stoïcienne, nous traiterons ici comme d'une maladie, cette disposition aux rechutes n'est pas moins manifeste. C'est ce qui arriva à la pauvre Sophie; chez laquelle, aussitôt qu'elle revit le jeune Jones, tous les symptômes précédents reparurent; et dès cet instant des accès de froid et de chaud saisirent alternativement son cœur.

La situation de cette jeune dame fut alors fort différente de ce qu'elle avait été jusque-là. La passion, qui naguère était si exquisément délicieuse, devint un scorpion dans son sein. Elle lui résista donc de toute sa force et, pour la réduire et l'expulser, fit appel à tous les arguments que pouvait lui suggérer sa raison (qui était d'une solidité étonnante pour son âge). Elle réussit assez dans ses efforts pour commencer à espérer du temps et de l'absence une guérison complète. Elle résolut donc d'éviter Tom Jones dans toute la mesure du possible; ce pourquoi, elle esquissa le projet d'aller voir sa tante, ne doutant pas d'obtenir le consentement de son père.

Mais la Fortune, qui avait d'autres desseins en tête, se hâta de mettre le holà à pareille action en faisant surgir un accident que nous rapporterons au prochain chapitre.

CHAPITRE XIII

Terrible accident qui arriva à Sophie. Vaillante conduite de Jones, et conséquences plus terribles de cette conduite pour la jeune dame. Courte digression en faveur du beau sexe.

Monsieur Western chérissait chaque jour davantage Sophie, au point que ses chers chiens eux-mêmes cédaient presque la place à la jeune fille dans ses affections; mais, comme il ne pouvait se résoudre à les abandonner, il s'arrangea fort adroitement pour jouir de leur société en même temps que de celle de sa fille en insistant pour qu'elle l'accompagnât à la chasse.

Sophie, pour qui un mot de son père était une loi, accéda avec empressement à ses désirs, bien qu'elle ne prît aucun plaisir à un exercice qui était d'une nature trop rude et trop virile pour convenir à son caractère.

Mais, outre sa soumission, elle avait un autre motif pour accompagner le vieux gentilhomme à la chasse, car elle espérait par sa présence restreindre dans une certaine mesure son impétuosité et l'empêcher de risquer si souvent de se rompre le cou.

Le principal inconvénient était ce qui eût été antérieurement un attrait pour elle, à savoir les fréquentes rencontres avec le jeune Jones, qu'elle avait résolu d'éviter; mais la fin de la saison des chasses approchait et elle espérait, grâce à une courte absence auprès de sa tante, arriver en se raisonnant à se débarrasser entièrement de sa malheureuse passion; elle ne doutait donc aucunement d'être en état, la saison suivante, de le rencontrer à la chasse sans plus de danger.

Mais, alors qu'au retour de sa seconde randonnée elle n'était plus qu'à une petite distance de chez M. Western, son cheval, dont la fougue eût exigé un meilleur cavalier, se mit soudain à fringuer et cabrioler de telle sorte qu'elle était en grand danger d'être désarçonnée. Tom Jones, qui n'était pas loin derrière, le vit et galopa aussitôt à son secours. Dès qu'il fut à sa hauteur, il sauta de cheval et saisit le sien par la bride. Le fougueux animal se dressa alors sur ses jambes de derrière et rejeta son aimable fardeau, que Jones reçut dans ses bras.

Sophie était si émue par la peur qu'elle ne put aussitôt rassurer Tom, fort inquiet de savoir si elle était blessée. Mais elle retrouva bientôt ses esprits, l'assura qu'elle était saine et sauve et le remercia du soin qu'il avait pris d'elle.

— Si je vous ai évité un accident, Madame, répondit Jones, je suis largement payé de ma peine; car, je vous en réponds, j'aurais été heureux de vous garder du moindre mal, fût-ce au prix d'une infortune plus grave que celle qui m'est arrivée cette fois-ci.

— Quelle infortune ? demanda vivement Sophie. J'espère que vous n'avez eu aucun mal ?

— Ne vous en faites pas de souci, Madame, répondit Jones. Dieu soit loué que vous vous en soyez si bien tirée, vu le danger où vous étiez. Si je me suis cassé le bras, j'estime que c'est une bagatelle à côté de ce que j'ai craint pour vous.

— Cassé le bras ! cria alors Sophie. Dieu veuille que non !

— Je crains bien que si, Madame, dit Jones; mais je vous supplie de me permettre de m'occuper d'abord de vous. J'ai toujours la main droite à votre service pour vous aider à passer dans le champ voisin, d'où nous n'aurons que quelques pas à faire pour arriver chez votre père.

Sophie, voyant le bras gauche du jeune homme pendre à son côté tandis qu'il se servait de l'autre pour la conduire, ne douta plus de la vérité. Elle devint alors d'une bien plus grande pâleur que ne lui en avaient donné ses précédentes craintes pour elle-même. Tous ses membres furent pris d'un tremblement tel que Jones eut de la peine à la soutenir; et ses pensées n'étant guère moins agitées, elle ne put se retenir de décocher à Jones un regard si chargé de tendresse qu'il n'était pas loin de prouver dans son âme une émotion plus forte que n'en sauraient faire naître dans le plus tendre cœur de femme la reconnaissance et la compassion réunies, sans l'assistance d'une troisième passion, plus puissante.

M. Western, qui se trouvait à quelque distance en avant au moment de l'accident, était revenu sur ses pas, ainsi que le reste des cavaliers. Sophie les mit aussitôt au courant de ce qui était arrivé à Jones et leur demanda de s'occuper de lui. Sur quoi, Western, qui avait été fort alarmé de voir le cheval de sa fille sans sa maîtresse et était maintenant transporté de joie de la trouver indemne, s'écria : « Je suis bien content qu'il ne soit rien arrivé de pis. Si Tom s'est cassé le bras, on fera venir un menuisier pour le raccommoder. »

Le squire descendit de cheval et poursuivit le chemin à pied avec sa fille et Jones. Un spectateur impartial, qui les eût rencontrés, aurait conclu, à la vue de leurs différentes expressions, que Sophie seule était un objet de compassion : car, pour Jones, il exultait d'avoir probablement sauvé la vie de la jeune fille au prix seulement d'un os brisé, et M. Western, s'il n'était pas insensible à l'accident survenu à Tom, se réjouissait infiniment davantage de ce que sa fille se fût si heureusement tirée de l'aventure.

Le tempérament généreux de Sophie vit dans la conduite de Jones un grand courage, et son cœur en reçut une profonde impression, car il est certain que nulle qualité ne fait plus valoir un homme auprès des femmes; cela venant, si l'on en croit l'opinion commune, de la timidité naturelle du sexe qui, dit M. Osborne, est si grande que la femme est la plus lâche de toutes les créatures de Dieu, sentiment plus remarquable par sa brutalité que par sa vérité. Aristote, dans sa *Politique,* leur rend, me semble-t-il, plus de justice quand il dit : « La modestie et le courage chez les hommes diffèrent des mêmes qualités chez les femmes; car le courage qui convient à une femme serait lâcheté chez un homme; et la modestie qui convient à un homme serait effronterie chez une femme. » Et peut-être n'y a-t-il pas plus de justesse dans l'opinion de ceux qui font découler la prédilection que les femmes ont tendance à marquer pour les braves de cet excès de leur crainte. M. Bayle[1] (dans son article sur Hélène, me semble-t-il) l'attribue, et c'est plus vraisemblable, à leur violent amour de la gloire; à l'appui de quoi s'inscrit l'autorité de celui qui, entre tous, a vu le plus avant dans la nature humaine et qui présente l'héroïne de son *Odyssée,* ce grand modèle d'amour et de constance conjugaux, en assignant à la gloire de son mari la seule source de son affection à son égard*.

Quoi qu'il en soit, il est certain que cet accident produisit un puissant effet sur Sophie; et, en fait, après avoir beaucoup approfondi la question, j'incline à croire qu'à ce moment même la charmante Sophie n'avait pas fait une moindre impression sur le cœur de Jones; à vrai dire, depuis quelque temps déjà, il était devenu sensible à l'irrésistible pouvoir de ses charmes.

---

* Le lecteur anglais ne trouvera point cela dans le poème, la traduction faisant totalement abstraction de ce sentiment. H. F.

CHAPITRE XIV

Arrivée d'un chirurgien. Ses opérations, et long dialogue entre Sophie et sa femme de chambre.

A l'arrivée au manoir de M. Western, Sophie, qui s'était traînée en chancelant jusque-là, s'affaissa sur une chaise; mais à grand renfort de corne de cerf et d'eau, on l'empêcha de tomber en pâmoison, et elle avait assez bien retrouvé ses esprits quand parut le chirurgien que l'on avait appelé pour Jones. M. Western, qui attribuait ces symptômes à la chute de sa fille, lui conseilla de se faire aussitôt saigner par voie de précaution. Cet avis fut appuyé par le chirurgien, qui donna tant de raisons pour la saignée et cita tant de cas où des personnes s'étaient mal trouvées de n'y avoir point eu recours que le squire se fit très pressant et exigea de façon péremptoire que l'on saignât sa fille.

Sophie céda bientôt aux ordres de son père, tout contraires qu'ils étaient à sa propre inclination, car elle voyait moins de danger à sa frayeur, je suppose, que le squire ou le chirurgien. Elle tendit donc son beau bras, et l'opérateur se disposa à se mettre à l'œuvre.

Tandis que les domestiques s'affairaient à apporter le nécessaire, le chirurgien, qui attribuait la réticence de Sophie à ses craintes, commença de la réconforter en l'assurant qu'il n'y avait pas le moindre danger, nul accident ne pouvant se produire, dit-il, au cours d'une saignée que par suite de la monstrueuse ignorance de prétendus chirurgiens; ce qui, insinua-t-il assez clairement, n'était aucunement à craindre dans le cas présent. Sophie déclara qu'elle n'avait pas la moindre appréhension, ajoutant : « Si vous ouvrez une artère, je vous promets de vous pardonner.

— Vraiment ? s'écria Western. Dieu me damne, si j'en ferais autant ! Qu'il te fasse le moindre mal, et il verra si je ne lui tire pas tout le sang du cœur ! »

Le chirurgien fut d'accord pour saigner à ces conditions, et il s'attaqua à son opération, dont il s'acquitta avec toute la dextérité qu'il avait promise, et avec tout autant de rapidité, car il ne lui tira que peu de sang, disant qu'il valait mieux saigner à plusieurs reprises que prendre trop de sang à la fois.

Quand son bras fut bandé, Sophie se retira, car elle ne désirait pas (peut-être n'eût-ce, d'ailleurs, pas été strictement convenable) assister à l'opération de Jones. En fait, une des objections qu'elle voyait à la saignée (encore qu'elle ne l'eût pas formulée) était le retard que cela devait apporter à l'ajustement de l'os brisé. Car Western, quand il s'agissait de Sophie, n'avait de considération que pour elle; quant à Jones lui-même, il restait « comme la patience sur un monument funéraire, souriant à la douleur[1] ». A vrai dire, quand il vit le sang jaillir du beau bras de Sophie, il ne pensa guère à ce qui lui était arrivé à lui-même.

Le chirurgien fit alors dévêtir son patient et, lui ayant mis le bras à nu, il se mit à le tirer et à l'examiner de telle sorte que les tortures infligées amenèrent quelques grimaces sur le visage de Jones. Ce que voyant, le chirurgien s'étonna grandement et s'écria : « Qu'y a-t-il donc, Monsieur? Il n'est pas possible que je vous fasse mal, tout de même ! »

Puis, présentant le bras cassé, il commença une longue et fort savante leçon d'anatomie, où il traita fort pertinemment des fractures simples et doubles et où il discuta des diverses façons dont Jones aurait pu se casser le bras, avec les commentaires convenables montrant combien il aurait pu y en avoir de meilleures et combien de pires que le cas présent.

Ayant enfin terminé cette fastidieuse harangue, dont l'auditoire, bien qu'elle ait suscité toute son attention et son admiration, ne se trouva guère plus instruit, n'ayant pas compris un traître mot de tout ce qu'il avait dit, le chirurgien se mit à la besogne et fut plus expéditif pour terminer qu'il ne l'avait été pour commencer.

Il fut alors ordonné à Jones de prendre le lit; M. Western le força d'en accepter un dans sa propre maison, et, pour terminer, le blessé fut condamné au gruau à l'eau.

Parmi la bonne compagnie assemblée dans le vestibule durant la remise en place de l'os brisé, se trouvait Mme Honour; laquelle, appelée auprès de sa maîtresse aussitôt l'opération terminée et interrogée sur l'état du jeune homme, se répandit tout de suite en éloges extravagants sur ce qu'elle appelait la magnanimité de sa conduite, qui, dit-elle, était si charmante chez un si joli garçon. Puis elle se lança dans un panégyrique plus chaleureux encore de la beauté de sa personne, passant en revue une foule de détails et terminant sur la blancheur de sa peau.

Ce discours eut sur l'expression de Sophie un effet qui n'aurait peut-être pas échappé à l'observation de la perspicace camériste si, durant tout le temps qu'elle parlait, elle avait une seule fois regardé le visage de sa maîtresse; mais, comme un miroir fort opportunément placé en face d'elle lui offrit l'occasion de contempler les traits dont, plus que de tous autres, elle faisait ses délices, elle n'avait à aucun moment détourné les yeux de cet aimable objet durant tout son discours.

Mme Honour était si absorbée par le sujet sur lequel s'exerçait sa langue et par l'objet placé devant ses yeux qu'elle laissa à sa maîtresse le temps de dominer sa confusion; ce qu'ayant fait, celle-ci dit en souriant à sa femme de chambre qu'elle était certainement amoureuse de ce garçon.

— Moi, amoureuse, Madame! répond l'autre; sur ma parole, Madame, je vous assure, Madame, sur mon âme, Madame, je ne le suis pas.

— Et quand vous le seriez, s'écria sa maîtresse, je ne vois pas de raison d'en avoir honte; car il est certainement joli garçon.

— Oui, Madame, répondit la camériste, pour ça, c'est le plus bel homme que j'aie jamais vu de ma vie. Oui, pour sûr, il l'est; et, comme dit si bien Madame, je ne sais pas pourquoi j'aurais honte de l'aimer, bien qu'il soit au-dessus de moi. Pour sûr, les messieurs sont après tout faits de chair et de sang comme nous autres domestiques. D'ailleurs, pour ce qui est de M. Jones, quoique le squire Allworthy ait fait de lui un monsieur, il ne me valait pas par la naissance : j'ai beau être une femme pauvre, je suis la fille d'une personne honnête, et mon père et ma mère étaient mariés et tout le monde pourrait pas en dire autant, même si ils font les fiers. Pardi! je vous assure, sa peau a beau être si blanche, et pour ça, c'est la plus blanche qu'on ait jamais vue, je suis chrétienne comme lui et personne peut dire que je sois de naissance vile : mon grand-père était ministre du culte*, et il aurait été bien en colère, m'est avis, de penser que quelqu'un de sa famille aurait ramassé les sales restes de Mariette Seagrim.

Peut-être Sophie avait-elle pu laisser sa femme de chambre continuer de la sorte du simple fait qu'elle manquait de l'énergie nécessaire pour mettre un frein à sa langue, ce qui, le lecteur le devinera sans peine, n'était pas chose facile; car il y avait sûrement dans ce discours certains passages qui devaient être loin de lui être agréables. Quoi qu'il en soit, elle arrêta alors le torrent qui menaçait de couler sans fin.

— Je m'étonne, dit-elle, de l'audace que vous avez de parler ainsi d'un ami de mon père. Quant à cette fille, je vous interdis de jamais prononcer son nom devant moi. Et pour ce qui est de la naissance du jeune monsieur, si on n'a rien de plus à dire contre lui, on ferait mieux d'observer le silence là-dessus, et c'est ce que je vous prie de faire à l'avenir.

— Je regrette d'avoir offensé Madame, répondit Mme Honour. Je déteste Mariette Seagrim autant que peut le faire Madame, c'est sûr. Quant à médire du squire Jones, tous les domestiques de la maison peuvent témoigner que chaque fois que la conversation est tombée sur les bâtards, j'ai toujours pris sa défense; car lequel d'entre vous, que j'ai dit au valet de pied, ne voudrait être un bâtard, s'il le pouvait, pour qu'on fasse de lui un monsieur ? Et pour sûr, que j'ai dit, c'est un gentilhomme accompli; et il a les mains les plus blanches du monde; parce que, pour sûr, il les a; et, que j'ai dit, c'est bien un des plus bons caractères, un des plus bons cœurs qu'y a au monde; et, que j'ai dit, tous les domestiques et tous nos voisins l'aiment. Et, pour sûr, il y a une chose que je dirais bien à Madame, si j'avais pas peur de l'offenser.

— Que me diriez-vous donc, Honour ? demanda Sophie.

---

* C'est ici la seconde personne de basse condition que nous citons dans cette histoire comme issue du clergé. Il est à espérer que, dans les temps futurs, lorsque l'on aura pourvu aux besoins des familles du bas clergé, pareils exemples paraîtront plus étonnants qu'on ne les peut trouver à présent. H. F.

— Oh, Madame, pour sûr qu'il n'y entendait pas malice; aussi je ne voudrais pas que Madame en prenne offense.

— Allons, dit Sophie, je veux le savoir immédiatement.

— Eh bien, Madame, répondit Mme Honour, il est venu dans ma chambre, un jour de la semaine dernière, pendant que je travaillais, et il y avait le manchon de Madame sur une chaise; et, pour sûr, il a mis ses mains dedans; c'était le manchon même que Madame m'a donné hier. Mon Dieu, monsieur Jones, que je lui dis, vous allez élargir le manchon de Madame et l'abîmer; mais il a gardé les mains dedans; et puis, il l'a baisé... pour sûr, j'ai jamais vu de ma vie un pareil baiser...

— Il ne devait pas savoir que le manchon était à moi, répliqua Sophie.

— Que Madame m'écoute seulement. Il l'a baisé et rebaisé encore, disant que c'était le plus joli manchon du monde. Allons donc, Monsieur, que je dis, vous l'avez vu cent fois. « Peut-être bien, madame Honour, qu'il s'est écrié; mais qui pourrait remarquer quelque chose de joli en présence de votre maîtresse, si ce n'est elle-même ? » Et puis, ce n'est pas tout; mais il ne faudrait pas que Madame en prenne offense, parce que je suis bien sûre qu'il n'y entendait pas malice. Un jour que Madame jouait du clavecin pour Monsieur, M. Jones était assis dans la pièce voisine et il m'a eu l'air assez mélancolique. « Mon Dieu, M. Jones, que je dis, qu'y a-t-il donc ? A quoi pensez-vous donc ? que je dis. — Voyons, ma fille, qu'il dit en sursautant, à quoi voulez-vous que je pense quand cet ange qu'est votre maîtresse est en train de jouer ? » Puis, me pressant la main, il ajouta : « Ah, madame Honour, que cet homme-là sera donc heureux ! » — et il poussa un soupir. Ma parole, son haleine a les senteurs d'un bouquet ! Mais, pour sûr qu'il n'y entendait pas malice. Aussi, j'espère que Madame n'en dira pas mot; parce qu'il m'a donné une couronne pour ne jamais en parler, et il m'a fait jurer sur un livre; mais je crois vraiment que ce n'était pas la Bible.

Tant qu'on n'aura pas trouvé quelque chose d'un plus beau rouge que le vermillon, je ne dirai rien des couleurs de Sophie à ce moment.

— Ho...nour, dit-elle, je... si vous ne me reparlez plus

jamais de cela... ni à personne d'autre, je ne vous trahirai pas... je veux dire, je ne me fâcherai pas; mais votre langue me fait peur. Pourquoi, ma fille, lui accorder tant de libertés ?

— Eh, Madame, répondit-elle, pour sûr, je me couperais la langue plutôt que d'offenser Madame. Pour sûr, je ne dirai jamais un mot que Madame ne voudrait pas que je dise.

— Eh bien, je désire que vous ne parliez plus de ces choses, dit Sophie, car cela pourrait revenir aux oreilles de mon père et il serait fâché contre M. Jones; bien que, comme vous dites, il n'y ait pas entendu malice. Je serais moi-même très fâchée si j'imaginais...

— Non, Madame, dit Honour, je proteste que je crois qu'il n'entendait pas malice. J'ai eu l'impression qu'il parlait comme quelqu'un qui a perdu le sens; oui, il a dit lui-même qu'il ne devait pas être dans son assiette quand il a prononcé ces paroles. « Oui, Monsieur, que j'ai dit, je le crois aussi. — Oui, Honour », qu'il a dit. — Mais que Madame me pardonne; j'aimerais mieux m'arracher la langue que d'offenser Madame...

— Poursuivez, dit Sophie; vous pouvez me dire tout ce que vous ne m'avez pas encore dit.

— « Oui, Honour, qu'il m'a dit (c'était quelque temps après quand il m'a donné la couronne), je ne suis ni assez fat ni assez misérable pour la considérer autrement que comme ma divinité; et c'est ainsi que je la révérerai et l'adorerai jusqu'à mon dernier souffle. » Et c'est tout, Madame, j'en jurerais, autant qu'il m'en souvienne. J'étais furieuse contre lui moi-même, jusqu'à ce que j'aie vu qu'il n'y entendait pas malice.

— En vérité, Honour, dit Sophie, je crois que vous avez pour moi une affection réelle. J'étais agacée l'autre jour, quand je vous ai donné congé; mais si vous désirez rester auprès de moi, vous le pouvez.

— Pour sûr, Madame, répondit Mme Honour, je ne serai jamais désireuse de quitter Madame. Pour sûr, j'ai pleuré toutes les larmes de mon corps quand Madame m'a donné mon congé. Je serais bien ingrate de vouloir quitter Madame; puisque aussi bien je ne pourrais jamais retrouver une aussi bonne place. Pour sûr, je voudrais vivre et mourir auprès de Madame; car, comme le disait le pauvre M. Jones, heureux l'homme qui...

A ce moment, la cloche du dîner interrompit une conversation qui avait fait tant d'effet sur Sophie qu'elle fut peut-être plus redevable à sa saignée du matin qu'elle n'avait pensé devoir l'être sur le moment. Quant à son présent état d'âme, je m'en tiendrai à un précepte d'Horace[1] en ne tentant pas une description où je désespérerais de réussir. La plupart de mes lecteurs se l'évoqueront aisément d'eux-mêmes; et les quelques-uns qui ne le pourront pas ne comprendraient pas la peinture ou du moins en nieraient l'exactitude, tout excellente qu'elle serait.

LIVRE V

CHAPITRE PREMIER

Du sérieux *dans l'art d'écrire, et des raisons de son emploi.*

Il se pourrait bien que les parties de ce prodigieux ouvrage qui donneront le moins de plaisir au lecteur soient justement celles qui ont donné le plus de peine à l'auteur. Au nombre de celles-ci doit-on sans doute compter les essais préliminaires dont nous avons fait précéder la matière historique contenue dans chaque livre; et que nous avons décidé être essentiellement nécessaires à ce genre d'écrits, à la tête desquels nous nous sommes établi.

Nous ne nous estimons pas strictement tenu de donner une raison de cette décision; il est amplement suffisant que nous l'ayons posé en règle nécessaire à observer dans tout écrit prosaï-comi-épique. Qui a jamais demandé les raisons de cette bonne unité de temps ou de lieu dont il est maintenant acquis qu'elle est si indispensable à la poésie dramatique ? A quel critique a-t-on jamais demandé pourquoi une pièce ne peut s'étendre sur deux jours aussi bien que sur un seul ? Ou pourquoi les spectateurs (pourvu qu'ils voyagent, comme les électeurs, sans aucuns frais) ne peuvent-ils être transportés à cinquante milles aussi bien qu'à cinq ? Aucun commentateur a-t-il jamais bien expliqué la limitation imposée au drame par un critique de l'ancien temps, qui exigeait qu'il n'ait ni plus ni moins de cinq actes[1] ? Ou, de nos jours, quelqu'un a-t-il tenté d'éclaircir ce que les juges modernes de nos théâtres entendent par le mot *trivial,* grâce auquel ils ont si heureusement réussi à bannir toute gaieté de la scène et ont rendu le théâtre aussi ennuyeux qu'un salon ! En toutes ces occasions, le monde paraît avoir adopté une maxime de notre droit, à savoir : *cuicunque in arte sua perito credendum est*[1], car il semble un peu difficile à concevoir que personne puisse avoir assez d'impudence pour poser sans le moindre fondement des règles dogmatiques dans un art ou une science. En pareils cas, nous sommes donc porté à conclure qu'il y a au fond de bonnes et solides raisons, même si nous ne sommes malheureusement pas en état de voir si loin.

En réalité, le monde a fait trop d'honneur aux critiques et leur a attribué beaucoup plus de profondeur qu'ils n'en ont véritablement. Cette complaisance les a enhardis à assumer un pouvoir dictatorial; et ils y ont si bien réussi qu'ils sont devenus les maîtres et qu'ils ont l'aplomb de dicter des lois aux auteurs de qui leurs prédécesseurs les recevaient originairement.

Si on le considère justement, le critique n'est rien de plus que le greffier chargé de transcrire les règles et lois établies par les grands juges que leur vaste et puissant génie a érigés en législateurs des diverses sciences auxquelles ils présidaient. C'est là tout ce à quoi aspiraient les critiques de jadis; et ils n'auraient jamais osé avancer un jugement, sans l'appuyer de l'autorité du juge à qui ils l'empruntaient.

Mais, avec le temps et aux siècles de l'ignorance, le greffier commença d'envahir le pouvoir et de s'arroger la dignité de son maître. Les lois de la composition ne furent plus fondées sur la pratique de l'écrivain, mais sur les préceptes du critique. Le greffier devint législateur, et édictèrent fort péremptoirement des lois ceux dont la tâche n'était au début que de les transcrire.

De là vint une erreur évidente et peut-être inévitable; car ces critiques, étant gens de capacités assez superficielles, prirent trop aisément la forme pour la substance. Ils agirent comme un juge qui s'attacherait à la lettre morte de la loi et en rejetterait l'esprit. De petits détails, qui n'étaient peut-être qu'accidentels chez un grand écrivain, furent considérés par ces critiques comme constituant son principal mérite et transmis comme l'essentiel à observer par tous ses successeurs. A ces empiétements, le temps et l'ignorance, ces deux grands soutiens de l'imposture, prêtèrent leur autorité; et ainsi furent établies maintes règles du bien-écrire qui n'avaient pas le moindre fondement dans la vérité ni dans la nature, et qui ne servent généralement à rien d'autre qu'à gourmer et retenir le génie, tout comme il en serait du maître de danse si les nombreux et excellents traités sur son art établissaient comme règle essentielle qu'il convenait de danser chargé de chaînes.

Pour éviter, donc, que l'on puisse aucunement nous accuser d'établir pour la postérité une règle fondée sur la seule autorité de l'*ipse dixit*[1] (pour laquelle, à franchement parler, nous n'éprouvons pas la plus profonde vénération), nous renoncerons au privilège revendiqué plus haut et exposerons ci-après au lecteur les raisons qui nous ont incité à intercaler dans le cours de notre ouvrage ces essais en forme de digression.

Et cela nous amènera par force à ouvrir une nouvelle veine de la connaissance, qui, si elle a été découverte, n'a jamais été exploitée, pour autant qu'il nous en souvienne, par aucun écrivain ancien ou moderne. Cette veine n'est autre que celle du contraste, qui parcourt toutes les œuvres de la création et qui contribue probablement dans une large mesure à dresser en nous l'idée de toute beauté, tant naturelle qu'artificielle : car qu'est-ce qui démontre la beauté et l'excellence d'une chose sinon son contraire ? Ainsi les horreurs de la nuit et de l'hiver mettent-elles en valeur la beauté du jour et celle de l'été. Et je pense que s'il était possible pour un homme de n'avoir vu que ces derniers, il n'aurait qu'une idée très imparfaite de leur beauté.

Mais, pour éviter un air si sérieux, peut-on douter que la femme la plus belle ne perdrait tout l'avantage de ses charmes aux yeux d'un homme qui n'en aurait jamais vu d'une tournure différente ? Les dames elles-mêmes en semblent si conscientes qu'elles s'ingénient toutes à se procurer des repoussoirs; que dis-je ! elles deviendront à l'occasion leur propre repoussoir, car j'ai remarqué (à Bath en particulier) qu'elles s'efforcent de paraître aussi laides que possible le matin, afin de mettre en valeur la beauté qu'elles ont l'intention de vous montrer le soir.

La plupart des artistes usent de ce secret dans la pratique, quoique certains, peut-être, n'en aient pas beaucoup étudié la théorie. Le joaillier sait que le plus beau brillant a besoin d'une feuille; et le peintre s'attire souvent de grands applaudissements grâce au contraste de ses figures.

Un de nos grands génies illustrera pleinement le cas. Je ne saurais vraiment le ranger dans aucune catégorie des artistes ordinaires, car il a droit à être placé parmi ceux

Inventas qui vitam excoluere per artes[1].

Qui ont embelli la vie en inventant des arts.

J'entends par là l'inventeur de ce divertissement exquis : la pantomime anglaise.

Ce divertissement se composait de deux parties, que l'inventeur distinguait sous le nom de sérieuse et de comique. La partie sérieuse présentait un certain nombre de dieux et de héros païens, qui formaient bien certainement la plus mauvaise et la plus ennuyeuse compagnie dans laquelle on ait jamais introduit le public et qui (c'est un secret connu de peu de gens) était voulue telle pour faire contraste avec la partie comique du spectacle et montrer les tours d'Arlequin à leur plus grand avantage.

C'était peut-être faire un usage peu civil de tels personnages; mais l'artifice n'en était pas moins ingénieux, et il eut son effet. Et celui-ci apparaîtra clairement si, au lieu de « sérieux » et de « comique », on emploie les mots « plus ennuyeux » et « très ennuyeux »; car la partie comique était certainement plus ennuyeuse que tout ce qu'on avait vu jusqu'alors sur la scène et ne pouvait être rehaussée que par l'ennui superlatif qui composait la partie sérieuse. Ces dieux et ces héros étaient si intolérablement sérieux qu'Arlequin (encore que le gentilhomme anglais de ce nom n'ait aucune parenté avec la famille française, car il est d'un naturel beaucoup plus sérieux), Arlequin était toujours le bienvenu sur la scène, car il délivrait le public d'une société pire encore.

Les écrivains judicieux ont toujours pratiqué avec grand succès cet art du contraste. J'ai été surpris qu'Horace trouve à redire à cet art chez Homère; mais, en fait, il se contredit lui-même dès le vers suivant :

Indignor quandoque bonus dormitat Homerus ;
Verum opere in longo fas est obrepere somnum[2].

Je m'indigne si jamais par hasard le grand Homère s'endort;
Et pourtant l'assoupissement a bien le droit de s'insinuer dans [les longs ouvrages.

Car on ne doit pas comprendre ici, comme l'ont peut-être fait certains, qu'un auteur s'endort positivement tandis qu'il écrit. Il est vrai que les lecteurs ont un peu trop tendance à se laisser ainsi surprendre; mais, l'ouvrage fût-il aussi long que n'importe lequel d'Oldmixon[1], l'auteur lui-même s'y divertit trop pour être sujet à la moindre somnolence. Il est, comme le fait remarquer M. Pope,

> Insomnieux lui-même, pour donner le sommeil à ses lecteurs[2].

A vrai dire, ces endroits soporifiques sont autant de scènes sérieuses intercalées avec art pour faire contraste avec le reste et le mettre en valeur; et c'est là ce que voulait vraiment faire entendre cet écrivain facétieux qui avertissait dernièrement le public que toutes les fois qu'il était ennuyeux, on pouvait être certain que ce n'était pas sans dessein[3].

C'est sous ce jour, donc, ou plutôt à travers cette obscurité que je prie le lecteur de considérer ces essais préliminaires. Et, après cet avertissement, s'il est d'avis qu'il peut trouver assez de sérieux dans d'autres parties de cette histoire, il peut sauter celles-ci, dans lesquelles nous professons d'être laborieusement ennuyeux, et commencer les livres suivants au second chapitre.

CHAPITRE II

Dans lequel M. Jones reçoit maintes visites amicales durant sa réclusion. Quelques belles touches de la passion de l'amour, à peine visibles à l'œil nu.

Tom Jones reçut, durant sa réclusion, beaucoup de visites, dont certaines néanmoins ne lui furent peut-être pas très agréables. M. Allworthy venait le voir presque tous les jours; mais, tout en ayant compassion des souffrances de Tom et en approuvant grandement la conduite chevaleresque qui les avait causées, il trouva que c'était là une excellente occasion de l'amener à un sentiment réfléchi de sa conduite inconsidérée, et que des conseils salutaires dans ce sens ne sauraient être donnés avec plus d'à-propos qu'en ce moment où il avait le cœur attendri par la souffrance et la maladie, aussi bien qu'alarmé par le danger; au moment aussi où l'attention de ce cœur était libre des passions turbulentes qui nous engagent à la poursuite du plaisir.

Toutes les fois, donc, que le digne homme était seul avec le jeune homme, surtout quand celui-ci eut entièrement cessé de souffrir, il en profita pour lui rappeler ses égarements passés, mais de la manière la plus douce et la plus affectueuse et uniquement pour amener la circonspection qu'il lui conseillait dans sa conduite future; circonspection dont seule, l'assura-t-il, dépendraient son bonheur et la bienveillance qu'il pouvait attendre de son père adoptif, à moins qu'il ne se perde désormais dans l'estime de ce dernier; car, pour le passé, ajouta-t-il, tout était pardonné et oublié. Il lui conseillait donc de faire bon usage de cet accident, en sorte que finalement il apparaisse comme une épreuve envoyée par Dieu pour son bien.

Thwackum était également assez assidu dans ses visites, et lui aussi considérait un lit de malade comme un lieu commode pour les sermons. Son style, cependant, était plus sévère que celui de M. Allworthy : il dit à son élève qu'il devrait estimer que son membre brisé était un jugement de Dieu pour ses péchés. Qu'il lui siérait de passer ses journées à genoux à rendre grâce de ne s'être rompu que le bras et non le cou; celui-ci, ajouta-t-il, étant fort probablement réservé pour quelque occasion future, et peut-être pas trop éloignée. Pour sa part, poursuivit-il, il s'était souvent étonné qu'un jugement de quelque sorte ne se soit pas produit plus tôt; mais on pouvait voir par là que les châtiments de Dieu, quoique lents, sont toujours sûrs. Puis il l'engagea à prévoir comme non moins certains les maux plus grands qui étaient encore cachés, mais qui étaient assurés, comme celui-ci, de le surprendre dans son état de réprobation.

— Le seul moyen de les écarter, dit-il, serait une repentance sincère et entière que l'on ne peut guère attendre ou espérer d'un être si dépravé dès sa jeunesse, et dont l'esprit, c'est à craindre, est déjà totalement corrompu. Il est de mon devoir, néanmoins, de vous exhorter à cette repentance, bien que je sache parfaitement que toutes les exhortations seront vaines et ne porteront aucun fruit. Mais *liberavi animam meam*[1]. Je ne saurais accuser ma propre conscience d'aucune négligence; et pourtant c'est avec la plus grande inquiétude que je vous vois marcher vers une misère certaine en ce monde et une damnation tout aussi certaine dans l'autre.

Square s'exprimait sur un ton fort différent : il disait que des accidents tels qu'un bras cassé n'étaient pas dignes de la considération d'un sage. Il était amplement suffisant, pour réconcilier l'âme avec ce genre de mésaventures, de se dire qu'elles peuvent aussi bien tomber sur les plus sages des hommes et qu'elles servent indubitablement au bien de tous. Il dit aussi que c'était un pur abus des mots que d'appeler mauvaises les choses qui ne comportaient aucune inconvenance morale; que la douleur, qui était la pire conséquence de ces accidents, était la chose la plus méprisable du monde; le tout assaisonné de sentences du même ordre, tirées du second livre des *Tusculanes* de Cicéron et des œuvres du grand Lord Shaftesbury[2]. Un jour, il mit tant d'ardeur à les énoncer qu'il se mordit malheureusement la langue; et de telle façon que cela mit non seulement fin à son discours, mais suscita en lui une grande émotion, qui lui fit marmonner un ou deux jurons; mais, ce qui était bien pire, cet accident permit à Thwackum, qui était présent et qui tenait pour païenne et athée toute doctrine de ce genre, de lui assener un « voilà bien un jugement de Dieu ». Et le pasteur accompagna son assertion d'un ricanement si sarcastique, qu'il mit tout à fait hors de ses gonds (si je puis dire) le philosophe, déjà quelque peu décontenancé par la morsure de sa langue; et comme celui-ci n'était plus en état de donner vent à sa colère par la bouche, il eût sans doute trouvé une méthode plus violente pour se venger si le chirurgien, qui se trouvait heureusement dans la pièce, ne s'était, contrairement à tous ses intérêts, interposé pour maintenir la paix entre les deux adversaires.

Le jeune M. Blifil ne visitait que rarement son ami Jones, et jamais seul. Le digne jeune homme professait cependant beaucoup de considération pour lui et non moins d'intérêt au sujet de son infortune; mais il évitait prudemment toute intimité, de peur, comme il le laissait fréquemment entendre, qu'elle ne puisse porter atteinte au sérieux de sa propre personnalité, au sujet de quoi il avait constamment à la bouche le proverbe dans lequel Salomon s'élève contre la contagion du mal[1]. Ce n'est pas qu'il fût aussi amer, car il exprimait toujours quelque espoir que Tom se réformerait, « ce que, dit-il, la bonté non pareille montrée par mon oncle en cette occasion devrait certes obtenir chez un être qui ne serait pas totalement dépravé »; mais il concluait : « Si M. Jones pèche encore après cela, il ne me sera plus possible de dire un seul mot en sa faveur. »

Quant au squire Western, il passait dans la chambre du malade tout le temps qu'il ne consacrait pas à la chasse ou à la bouteille. Il s'y retirait même parfois pour boire sa bière, et ce n'était pas sans peine qu'on l'empêchait d'obliger Jones à en prendre lui aussi, car nul charlatan ne tint jamais sa drogue pour une panacée plus universelle que celle-ci, qui, disait-il, avait en elle plus de vertu qu'il n'y en avait dans tous les remèdes de la boutique d'un apothicaire. A force d'instances, cependant, on obtint qu'il s'abstienne d'appliquer cette médication; mais il fut impossible, par contre, de le retenir de venir tous les matins de jours de chasse donner une aubade de cor sous la fenêtre de son malade; et il ne s'abstenait pas non plus, quand il allait voir Jones, de pousser les cris de chasse par lesquels il annonçait son arrivée dans toute compagnie, sans se soucier aucunement que le malade fût éveillé ou endormi à ce moment-là.

Ce comportement tapageur, qui ne visait pas à mal, n'en fit heureusement aucun, et Jones, aussitôt qu'il fut en état de se lever, en fut abondamment dédommagé par la compagnie de Sophie, que le squire amena alors avec lui; et il ne fallut pas longtemps pour que le jeune homme pût la suivre jusqu'à son clavecin, où elle consentait avec gentillesse à le charmer des heures durant de la plus délicieuse musique, à moins que le squire ne jugeât à propos de l'interrompre pour réclamer « le Vieux Simon » ou quelque autre de ses airs favoris.

En dépit de la surveillance la plus attentive que Sophie s'efforçait d'exercer sur sa conduite, elle ne pouvait éviter de laisser percer de temps à autre quelques symptômes, car l'amour peut aussi se comparer à une maladie en ce que, lorsqu'on lui refuse une issue d'un côté, il ne manquera pas de se déclarer d'un autre. Ainsi, ce que ses lèvres taisaient, ses yeux, ses rougeurs et maints petits actes involontaires le trahissaient.

Un jour qu'elle jouait du clavecin et que Jones se trouvait avec elle, le squire entra dans la pièce en s'écriant :

— Voilà, Tom ! Je viens d' batailler en bas à ton sujet avec c't épais pasteur Thwackum. L' a été dire à Allworthy, en plein d'vant moi, qu' l'os cassé était un jugement de Dieu. Pardieu, lui ai-je dit, comment cela se pourrait-il ? N'est-ce pas arrivé alors qu'il s'était précipité au secours d'une jeune dame ? Un jugement, ah ouiche ! Mais, bon Dieu, s'il n' fait jamais rien de pis, il ira au ciel plus tôt que tous les pasteurs du comté. L'a plus de raisons d'en être fier que d'en avoir honte.

— En vérité, Monsieur, dit Jones, je n'ai de raison ni pour l'un ni pour l'autre de ces deux sentiments ; mais si cela a pu sortir de danger Mlle Western, je l'estimerai toujours le plus heureux accident de ma vie.

— Et aller monter Allworthy contre vous pour ça ! reprit le squire. Dieu m' damne, si le pasteur n'avait pas eu son jupon[1], je l'aurais bien giflé ! car je t'aime tendrement, mon garçon, et Dieu m' damne s'il y a quelque chose en mon pouvoir que je ne sois prêt à faire pour toi. Dès demain matin, je veux que tu choisisses parmi tous les chevaux de mon écurie, à l'exception du Chevalier et de Mlle Traînarde.

Jones le remercia, mais déclina l'offre.

— Allons donc, reprit le squire ; t'auras la jument alezane que Sophie montait. Elle m'a coûté cinquante guinées, et elle aura six ans à la prochaine pousse.

— M'en eût-elle coûté dix mille, s'écria Jones avec emportement, que je l'aurais déjà envoyée au diable.

— Bah ! répondit Western. Quoi ! parce qu'elle t'a cassé le bras ? Il faut oublier et pardonner. J'aurais cru que t'étais plus homme que de garder rancune à une créature sans intelligence.

A ce moment, Sophie s'interposa et mit fin à la conversation en priant son père de lui permettre de jouer pour lui, offre qu'il ne refusait jamais.

Le visage de Sophie avait passé par plus d'un changement durant le dialogue précédent ; et sans doute attribuait-elle le ressentiment impétueux que Jones avait manifesté contre la jument à un tout autre motif que celui dont son père le faisait découler. Elle avait l'esprit visiblement agité; et elle joua si intolérablement mal que si Western ne s'était endormi il n'aurait pu faire autrement que de le remarquer. Jones, cependant, qui était suffisamment éveillé et ne manquait pas plus d'oreille que d'yeux, fit quelques observations; qui, jointes à toutes celles que le lecteur se rappellera sans doute, lui donnèrent, quand il en vint à réfléchir sur l'ensemble, d'assez fortes assurances que tout n'allait pas parfaitement dans le tendre cœur de Sophie; opinion dans laquelle bien des jeunes gens, je n'en doute point, s'étonneront vivement qu'il n'ait point été affermi depuis longtemps déjà. S'il faut avouer la vérité, il avait trop de défiance de lui-même, et il n'était pas assez empressé à voir les avances d'une jeune personne; infortune qui ne peut être corrigée que par une précoce éducation citadine, qui est aujourd'hui si généralement en faveur.

Quand ces pensées eurent pris pleine possession de Jones, elles occasionnèrent dans son esprit une perturbation qui, chez quelqu'un d'un tempérament moins pur et moins ferme, eût pu, à pareil moment, entraîner des conséquences fort dangereuses. Il appréciait véritablement le grand mérite de Sophie. Sa personne lui plaisait extrêmement; il n'admirait pas moins ses talents et il aimait tendrement sa bonté. Mais en réalité, comme il n'avait jamais conçu l'idée de la posséder, qu'il ne s'était jamais en aucune façon laissé aller volontairement à ses inclinations, il avait pour elle une passion beaucoup plus forte qu'il ne le savait lui-même. Son cœur lui révéla alors la totalité du secret, en même temps qu'il l'assurait que l'objet adoré payait sa tendresse de retour.

CHAPITRE III

Dont tous ceux qui n'ont pas de cœur trouveront qu'il contient beaucoup de bruit pour rien.

Le lecteur imaginera peut-être que les sensations qui s'élevèrent alors en Jones étaient si douces et si délicieuses qu'elles dussent produire dans l'âme une allègre sérénité bien plus qu'aucun des dangereux effets sus-mentionnés ; mais, en fait, les sensations de ce genre, bien que délicieuses, sont, au moment où on les reconnaît pour la première fois, d'une nature fort tumultueuse qui ne tient aucunement du narcotique. En outre, dans le cas présent, elles tiraient quelque amertume de certaines circonstances qui, mêlées à des ingrédients plus doux, tendaient à composer dans l'ensemble un breuvage que l'on pouvait qualifier de doux-amer ; et, de même que rien ne peut être plus désagréable au palais, dans le sens métaphorique, rien ne peut être plus pernicieux à l'âme.

Car, tout d'abord, s'il avait assez matière à se flatter de ce qu'il avait observé chez Sophie, il n'était pas sans craindre de prendre à tort de la compassion ou, au mieux, de l'estime pour un intérêt plus vif. Il était loin d'avoir une confiante assurance que Sophie éprouvât pour lui une affection suffisante pour promettre à ses propres inclinations la moisson que quelque peu d'encouragements et de soins les pousseraient à exiger. D'ailleurs, s'il pouvait espérer ne pas rencontrer d'obstacles à son bonheur de la part de la fille, il se croyait assuré d'en trouver d'efficaces chez le père, qui, s'il se montrait gentilhomme campagnard dans ses divertissements, avait une parfaite expérience du monde pour tout ce qui touchait sa fortune, éprouvait la plus violente affection pour son enfant unique et avait souvent exprimé, au cours de ses libations, le plaisir qu'il attendait de la voir mariée à l'un des hommes les plus riches du comté. Jones n'était pas un freluquet assez vaniteux, assez dénué de bon sens pour espérer, se fondant sur les marques d'intérêt, toutes grandes qu'elles étaient, que lui avait données Western, pouvoir jamais amener celui-ci à abandonner les vues ambitieuses qu'il avait pour sa fille. Il savait fort bien que la fortune est la principale, sinon la seule considération qui agisse sur les parents en pareille matière : car si l'amitié nous fait épouser chaudement les intérêts des autres, elle reste très froide envers l'assouvissement de leurs passions. En vérité, pour comprendre le bonheur qui peut en résulter, il serait nécessaire que nous ressentions nous-mêmes cette passion. N'ayant donc aucun espoir d'obtenir le consentement du père, il pensa que tenter d'aboutir sans lui et de faire échouer ainsi le grand objet de la vie de M. Western serait bien mal user de son hospitalité et répondre par beaucoup d'ingratitude aux nombreuses petites bontés que celui-ci lui prodiguait, avec quelque brusquerie que ce fût. S'il considérait pareilles conséquences avec horreur et dédain, combien plus encore était-il bouleversé en ce qui concernait M. Allworthy, pour qui, lui ayant des obligations plus que filiales, sa piété était également plus que filiale ! Il savait la nature de ce digne homme si ennemie de toute bassesse ou de toute perfidie, que la moindre tentative de ce genre rendrait la vue du coupable à jamais odieuse à ses yeux et ferait du nom même de cette personne un son détestable à ses oreilles. La perspective de difficultés si insurmontables aurait suffi à lui inspirer le désespoir, quelque ardents qu'eussent été ses désirs; mais ceux-ci même se trouvaient refrénés par sa compassion pour une autre femme. La pensée de la belle Mariette s'imposait alors à lui. Il avait juré dans ses bras une constance éternelle, et elle avait tout aussi souvent fait vœu de ne pas survivre à un abandon de sa part. Il la voyait dans toutes les attitudes les plus affreuses de la mort; il songeait à toutes les misères de la prostitution auxquelles elle serait exposée, et dont il serait doublement responsable, d'abord pour l'avoir séduite et ensuite pour l'avoir délaissée, car il savait fort bien la haine que lui portaient toutes ses voisines et même ses propres sœurs, et combien elles étaient toutes prêtes à la déchirer. Il l'avait exposée plus encore à l'envie qu'à la honte, ou plutôt à celle-ci par l'intermédiaire de celle-là : car bien des femmes déblatéraient contre elle, la traitant de catin, qui lui enviaient son amant et sa parure et qui auraient été bien aises de se les procurer au même prix. La ruine de la pauvre fille devait donc inévitablement, prévoyait-il, suivre son abandon; et cette pensée lui poignait le cœur. La pauvreté et la détresse ne lui semblaient donner à personne le droit d'aggraver ces infortunes. La bassesse de sa condition ne lui présentait pas son malheur comme de peu de conséquence; ni ne lui paraissait-elle justifier ou même atténuer la culpabilité qu'il y aurait à attirer ce malheur sur sa tête. Mais pourquoi parler de justification ? Son propre cœur ne tolérait pas qu'il perdît un être qui l'aimait, pensait-il, et qui avait sacrifié son innocence à cet amour. Son propre bon cœur plaidait la cause de Mariette; non pas comme un froid et vénal avocat, mais comme quelqu'un qui était intéressé dans l'événement et devait lui-même prendre une part profonde à toutes les angoisses qu'il avait attirées sur un autre.

Quand ce puissant avocat eut suffisamment excité la pitié de Jones en lui dépeignant Mariette dans toutes les circonstances de la misère, il appela habilement à son secours une autre passion et représenta la fille sous toutes les aimables couleurs de la jeunesse, de la santé et de la beauté, comme un objet fort digne de désir, et ce d'autant plus, pour une âme bien née tout au moins, qu'elle était en même temps un objet de compassion.

Au milieu de toutes ces pensées, le pauvre Jones passa une longue nuit sans sommeil et, le lendemain matin, le résultat du tout fut qu'il resterait fidèle à Mariette et ne songerait plus à Sophie.

Il persista dans cette vertueuse résolution tout le jour suivant jusqu'au soir, caressant l'image de Mariette et écartant Sophie de ses pensées; mais, en cette fatale soirée, un incident insignifiant remit toutes ses passions à flot et opéra dans son cœur un changement si total que nous croyons séant de le faire connaître dans un nouveau chapitre.

CHAPITRE IV

Petit chapitre contenant un petit incident.

Entre autres personnes qui venaient visiter le jeune homme durant sa réclusion figurait Mme Honour. Peut-être le lecteur, repensant à certaines expressions qu'elle avait précédemment laissé échapper, s'imaginera-t-il qu'elle éprouvait elle-même une affection toute particulière pour M. Jones; mais, en réalité, ce n'était rien de la sorte. Tom était beau garçon, et Mme Honour avait en effet quelque considération pour ce genre d'hommes; mais celle-ci était tout à fait impersonnelle, car, depuis qu'elle avait vu contrecarrer l'amour qu'elle portait à certain valet de pied d'un seigneur, qui l'avait bassement abandonnée après lui avoir promis le mariage, elle avait si solidement rassemblé les débris de son cœur que nul homme depuis lors n'avait pu s'emparer du moindre fragment. Elle regardait tous les beaux hommes avec l'égale bienveillance qu'une âme vertueuse et posée porte à tout ce qui est bien. On aurait pu dire, en fait, qu'elle aimait les hommes comme Socrate le genre humain, préférant l'un à l'autre pour ses qualités physiques comme lui pour les qualités de l'esprit; mais sans jamais pousser cette préférence au point de causer quelque perturbation dans la philosophique sérénité de son tempérament.

Le lendemain du jour où M. Jones eut à soutenir le conflit intérieur que nous avons vu au précédent chapitre, Mme Honour vint dans sa chambre et, l'ayant trouvé seul, commença ainsi :

— Mon Dieu, Monsieur, d'où croyez-vous que j' viens ? Vous l' devineriez pas en cinquante ans, j' vous en réponds; mais même si vous le deviniez, je dois pas vous le dire tout de même, pour sûr.

— Eh bien, si c'est quelque chose que vous ne devez pas me dire, répliqua Jones, j'aurai la curiosité de vous le demander, et je sais bien que vous ne serez pas assez cruelle pour refuser de me répondre.

— Je ne vois pas, d'ailleurs, s'écria-t-elle, pourquoi je vous refuserais, car, pour sûr que vous en reparlerez pas. Et pour ça, si vous saviez où que j'ai été, à moins que vous saviez pourquoi, ça ferait pas grand'chose. Et puis, je vois pas pourquoi en faire mystère, pour ma part : car, pour sûr que c'est la meilleure Madame du monde.

Là-dessus, Jones se mit à la prier instamment de le mettre dans le secret et promit formellement de ne pas le divulguer. Elle reprit alors ainsi :

— Eh bien, vous saurez, Monsieur, que Madame m'a envoyée demander après Mariette Seagrim et voir si c'te fille avait besoin de quelque chose; j'avais pas trop envie d'y aller, pour sûr; mais quand on est domestique, faut faire ce qu'on vous commande. Comment avez-vous pu vous rabaisser à ce point, monsieur Jones ? Enfin... Madame m'a donc envoyée lui porter du linge et d'autres choses. Elle est vraiment trop bonne. Il vaudrait mieux pour ces effrontées qu'on les envoie à Bridewell. Je l'ai dit à Madame : Madame, que je lui ai dit, c'est encourager la paresse.

— Et ma Sophie a eu cette bonté ? dit Jones.

— Ma Sophie ! Eh bien, je vous assure, par ma foi ! répliqua Honour. Et pourtant, si vous saviez tout... vraiment, si j'étais M. Jones, je viserais un peu plus haut qu'une guenipe comme Mariette Seagrim.

— Qu'entendez-vous par là, répondit Tom : si je savais tout ?

— J'entends c' que j'entends, dit Honour. Vous rappelez-vous pas que vous aviez mis vos mains dans le manchon de Madame, un jour ? J' vous l' jure, je pourrais presque le dire, si je serais sûre que ça revienne jamais aux oreilles de Madame.

Jones fit alors plusieurs protestations solennelles, et Honour poursuivit : « Eh bien, pour sûr, Madame m'avait donné ce manchon; et puis après, quand elle a su ce que vous aviez fait...

— Ainsi, vous le lui avez dit ? s'écria Jones, lui coupant la parole.

— Si je l'ai fait, Monsieur, répondit-elle, vous n'avez pas besoin de vous fâcher contre moi. Y a bien des hommes qu'auraient donné leur tête pour que ce soit répété à ma maîtresse, s'ils avaient su... car, pour sûr, le plus grand seigneur du royaume pourrait être fier...

mais, je vous le déclare, j'ai bien envie de ne pas vous le dire. »

Jones se lança dans les supplications et la décida bientôt à poursuivre en ces termes : « Eh bien, sachez, Monsieur, que Madame m'avait donné ce manchon; mais un ou deux jours après que je lui eus raconté l'histoire, voilà qu'elle trouve à redire à son manchon neuf, et, pour sûr, c'était bien le plus joli qu'on ait jamais vu. Honour, qu'elle dit, c'est un manchon détestable; il est trop grand pour moi, je ne peux pas le porter : jusqu'à ce que je m'en procure un autre, il va falloir que vous me rendiez le vieux, et vous pourrez prendre celui-ci à la place... pasque c'est une bonne dame, et elle trouverait indigne de donner une chose et puis de la reprendre, je vous le jure. Alors, pour sûr, j'ai été le lui rechercher, et elle l'a porté au bras sans cesse, je crois, depuis lors; et je gage qu'elle lui a donné plus d'un baiser pendant que personne il la voyait. »

La conversation fut alors coupée par M. Western lui-même, qui venait appeler Jones au clavecin, où le pauvre garçon se rendit tout pâle et tremblant. Cela, le squire le remarqua, mais, voyant Mme Honour, il l'attribua à une cause erronée; et, ayant vigoureusement pesté contre Jones, mi-plaisantant, mi-sérieux, il le pria de traquer plus loin et de ne point braconner dans sa garenne.

Sophie, ce soir-là, était plus belle encore que de coutume, et l'on peut penser que cela n'ajouta pas peu à ses charmes aux yeux de M. Jones qu'elle portât justement au bras droit le fameux manchon.

Elle jouait un des airs favoris de son père, qui était appuyé sur le dos de la chaise, quand le manchon glissa sur ses doigts et lui fit perdre le fil. Le squire en fut si déconcerté qu'il lui arracha le manchon et le jeta dans le feu, non sans pousser un vigoureux juron. Sophie s'élança aussitôt et le retira des flammes avec une extrême vivacité.

Encore que cet incident doive probablement paraître de peu d'importance à bien des lecteurs, tout léger qu'il était, il produisit sur le pauvre Jones un effet si violent que nous avons cru de notre devoir de le rapporter. En vérité, les historiens peu judicieux omettent trop souvent maintes petites circonstances d'où procèdent des événements de la plus haute importance. On peut, en fait, considérer le monde comme une vaste machine dont les grandes roues sont premièrement mises en mouvement par les plus menues, presque imperceptibles pour toute vue qui n'est pas excellente.

Ainsi, tous les charmes de l'incomparable Sophie, tout l'éclat éblouissant et toute la douce langueur de ses yeux, l'harmonie de sa voix et de sa personne, tout son esprit, toute sa gaieté, toute sa grandeur d'âme, toute la gentillesse de son caractère n'avaient pu conquérir et subjuguer le cœur du pauvre Jones aussi absolument que ce petit incident du manchon. Ainsi le poète chante mélodieusement la chute de Troie :

... Captique dolis lachrymisque coacti
Quos neque Tydides, nec Larissaeus Achilles,
Non anni domuere decem, non mille Carinae.

Ainsi furent pris par des ruses et des larmes forcées
Ceux que n'avaient pu dompter ni le fils de Tydée, ni Achille de [Larisse
Ni dix années de guerre, ni des milliers de vaisseaux.

La citadelle de Jones fut alors enlevée par surprise. Toutes les considérations d'honneur et de prudence que notre héros avait tout récemment placées, avec tant de militaire sagesse, comme gardes des avenues de son cœur désertèrent leur poste, et le dieu de l'amour y entra triomphalement.

CHAPITRE V

Très long chapitre contenant un très grand événement.

Mais bien que ce dieu vainqueur eût aisément expulsé ses ennemis déclarés du cœur de Jones, il trouva plus de difficulté à prendre la place de la garnison qu'il y avait lui-même placée. Pour laisser de côté toute allégorie, le souci de ce qu'il allait advenir de la pauvre Mariette troublait et inquiétait l'âme du bon jeune homme. Le mérite supérieur éclipsait ou plutôt éteignait tous les charmes de la pauvre fille; mais ce fut la compassion et non le dédain qui succéda à l'amour. Il était convaincu que la fille avait placé en lui seul toutes ses affections et toute son attente d'un bonheur futur. Et il savait bien lui en avoir donné suffisamment de raisons par l'extrême profusion de la tendresse qu'il lui avait témoignée et de la pérennité de laquelle il avait tout fait pour la persuader. Elle, de son côté, l'avait assuré qu'elle avait une ferme confiance dans sa promesse et lui avait déclaré, avec les serments les plus solennels, que de sa fidélité ou de sa trahison dépendait qu'elle fût la plus heureuse ou la plus misérable des femmes. Or, se voir l'auteur d'une si extrême misère pour un être humain était une pensée qu'il ne pouvait supporter un seul instant. Il considérait la pauvre jeune fille comme lui ayant sacrifié tout le peu qu'elle avait, comme ayant été pour lui un objet de plaisir à ses seuls dépens à elle, comme soupirant et languissant après lui en cet instant même. Ainsi donc, se dit-il, mon rétablissement qu'elle a si ardemment souhaité, ma présence qu'elle a si impatiemment attendue vont-ils, au lieu de lui donner la joie dont elle s'était flattée, la jeter d'un coup dans la misère et le désespoir ? Puis-je être un pareil scélérat ? A ce moment, où le génie de la pauvre Mariette semblait devoir triompher, l'amour de Sophie à son égard, qui ne paraissait plus douteux, lui envahit l'esprit comme un torrent, balayant tous les obstacles sur son passage.

A la fin, il lui vint à l'idée qu'il pourrait peut-être dédommager Mariette d'autre façon, c'est-à-dire en lui donnant une certaine somme d'argent. Mais il perdit presque tout espoir de la lui faire accepter en se rappelant combien de fois et avec quelle véhémence elle l'avait assuré que, dût-on lui offrir le monde entier en échange, cela ne compenserait pas pour elle sa perte. Cependant, l'extrême pauvreté de Mariette et surtout son insigne vanité (que nous avons déjà laissé entendre au lecteur) lui redonnèrent quelque espoir, en dépit de ces protestations de tendresse, de l'amener avec le temps à se contenter d'une fortune supérieure à son attente, qui pourrait flatter sa vanité en l'établissant au-dessus de toutes ses égales. Il résolut donc de saisir la première occasion de lui faire une proposition de ce genre.

Un jour, donc, quand il fut suffisamment rétabli pour pouvoir marcher aisément avec le bras en écharpe, il sortit furtivement à un moment où le squire était à la chasse et s'en alla voir sa belle. La mère et les sœurs, qu'il trouva en train de prendre leur thé, l'informèrent tout d'abord que Mariette n'était pas à la maison; mais ensuite la sœur aînée lui apprit, avec un sourire malicieux, qu'elle était en haut, alitée. Tom n'avait rien à redire à cette situation de sa maîtresse et il grimpa aussitôt à l'échelle qui menait à la chambre à coucher; mais arrivé en haut, il trouva à sa grande surprise la porte fermée; et il fut quelque temps sans pouvoir obtenir de réponse, car Mariette, comme elle le lui dit par la suite, était profondément endormie.

On a remarqué qu'un chagrin extrême et une joie extrême produisent des effets fort semblables; et lorsque l'un ou l'autre nous fond dessus à l'improviste, il est susceptible de créer une perturbation et une confusion si totales que nous en perdons souvent l'usage de toutes nos facultés. On ne saurait donc s'étonner que la vue inattendue de M. Jones agît si puissamment sur l'esprit de Mariette et la jetât dans une telle confusion que, durant quelques minutes, elle fut incapable d'exprimer l'extrême ravissement dont le lecteur pourra la supposer saisie en cette circonstance. Quant à Jones, il était si entièrement dominé et, pour ainsi dire, envoûté par la présence de sa bien-aimée qu'il oublia pour un moment Sophie et, par suite, l'objet principal de sa visite.

Celui-ci, cependant, ne tarda pas à lui revenir en mémoire; et, une fois passés les premiers transports de leur rencontre, il s'arrangea pour amener peu à peu un entretien sur les suites fatales de leur amour au cas où M. Allworthy, qui lui avait formellement interdit de jamais la revoir, découvrirait qu'il poursuivait toujours ces relations. Pareille découverte, que ses ennemis lui donnaient des raisons d'estimer inévitable, devait, dit-il, entraîner sa perte et, par voie de conséquence, celle de Mariette. Puisque ainsi leur cruelle destinée voulait qu'ils fussent séparés, il lui conseillait de le supporter avec fermeté, et il lui jurait qu'il ne laisserait jamais passer aucune occasion, dans tout le cours de sa vie, de lui montrer la sincérité de son affection en lui assurant, si jamais cela était en son pouvoir, une aisance supérieure à tout ce qu'elle pouvait attendre ou même souhaiter; il termina enfin en disant qu'elle pourrait trouver quelqu'un qui l'épouserait et la rendrait beaucoup plus heureuse qu'elle ne pourrait l'être en menant une existence honteuse avec lui-même.

Molly resta un moment silencieuse, et puis, fondant en larmes, elle se mit à l'accabler de reproches : « Voilà donc votre amour pour moi : m'abandonner de cette manière maintenant que vous m'avez perdue ! Combien de fois, quand je vous disais que tous les hommes sont faux et parjures et qu'ils se lassent de nous aussitôt qu'ils ont obtenu l'assouvissement de leurs vilains désirs, combien de fois ne m'avez-vous pas juré que jamais vous ne m'abandonneriez ! Pouvez-vous donc être aussi parjure, après tout ? Que me font toutes les richesses de la terre sans vous, maintenant que vous êtes maître de mon cœur, car vous l'êtes... oui, vous l'êtes... ? Pourquoi venir me parler d'un autre homme ? Je ne pourrai jamais aimer d'autre homme jusqu'à ma mort. Tous les autres hommes ne sont rien pour moi. Si même le plus grand seigneur du pays venait me courtiser demain, je ne répondrais pas à ses sollicitations. Non, à cause de vous, je n'aurai plus jamais pour votre sexe que haine et mépris... »

Elle poursuivait ainsi, quand un accident mit un frein à sa langue avant qu'elle ne fût à la moitié de sa carrière. La chambre ou plutôt le grenier où était couchée Mariette se trouvant au premier étage, c'est-à-dire en haut de la maison, les murs en étaient inclinés en forme du grand delta des Grecs. Le lecteur s'en fera peut-être une idée plus juste, si je lui dis que l'on ne pouvait se tenir debout qu'au milieu. Comme cette pièce manquait de placard, Molly avait pallié cet inconvénient en clouant une vieille couverture aux solives, ce qui ménageait un petit réduit où ses plus beaux atours, tels que les restes de la robe dont nous avons parlé, quelques bonnets et autres articles qu'elle s'était récemment procurés étaient suspendus à l'abri de la poussière.

Cet endroit clos faisait exactement face au pied du lit, dont, en fait, la couverture se trouvait si proche qu'elle suppléait en quelque sorte à l'absence de rideaux. Or, soit que Mariette, dans le paroxysme de sa fureur, eût poussé la couverture avec son pied, soit que Jones l'eût touchée, soit encore que la pointe ou le clou eût cédé de lui-même, je n'en sais rien ; toujours est-il qu'au moment où Mariette prononçait les derniers mots rapportés plus haut, la malicieuse couverture se détacha, découvrant tout ce qui était derrière; et, entre autres objets à usage féminin, apparut (c'est avec honte que je l'écris et avec tristesse qu'on le lira) le philosophe Square, dans la posture la plus ridicule qui se puisse imaginer, car il s'en fallait de beaucoup que la place lui permît de se tenir debout.

La position dans laquelle il se tenait ne différait guère de celle d'un soldat au cou et aux talons liés, ou plutôt elle ressemblait à l'attitude où l'on voit souvent dans les rues de Londres des coquins qui ne subissent pas une peine, mais qui mériteraient d'être punis pour se tenir ainsi[1]. Il avait sur la tête un bonnet de nuit appartenant à Mariette, et, aussitôt la couverture tombée, ses deux grands yeux écarquillés se fixèrent sur Jones, de sorte que, l'idée de la philosophie venant s'ajouter à la figure ainsi révélée, il eût été bien difficile à tout spectateur de réprimer un rire immodéré.

Je ne doute pas que la surprise du lecteur ne soit égale à celle de Jones à cette vue, les soupçons que doit faire naître l'apparition de cet homme sage et grave en pareil endroit pouvant sembler assez incompatibles avec le caractère qu'il a certainement conservé jusqu'ici dans l'opinion de chacun.

Mais, s'il faut avouer la vérité, cette incompatibilité est plutôt imaginaire que réelle. Les philosophes sont faits de chair et de sang comme les autres êtres humains; et, toute sublime et raffinée que peut être leur théorie, une certaine faiblesse dans son application peut leur arriver aussi bien qu'au reste des mortels. C'est, en fait, dans la seule théorie et non dans la pratique, comme nous l'avons déjà suggéré, que réside la différence, car, si de tels êtres éminents pensent beaucoup mieux et avec infiniment plus de sagesse, ils agissent toujours exactement comme les autres hommes. Ils savent fort bien comment dompter tous les appétits et les passions et comment mépriser la douleur et le plaisir; cette connaissance procure maintes contemplations délicieuses et il est aisé de l'acquérir; mais la pratique en serait contrariante et pénible; cette même sagesse, par conséquent, qui leur enseigne cette théorie, leur enseigne aussi à éviter de la mettre à exécution.

M. Square se trouvait être à l'église ce dimanche où, comme le lecteur se le rappellera peut-être, l'apparition de Mariette dans sa robe élégante avait causé tant de trouble. C'est là qu'il la remarqua pour la première fois, et il fut si enchanté de sa beauté qu'il persuada les jeunes gens de changer le but de leur promenade de ce soir-là, afin de pouvoir passer devant l'habitation de Mariette et d'avoir ainsi une nouvelle chance de la voir. Mais cette raison-là, comme il ne l'avait, sur le moment, mentionnée à personne, nous n'avons pas cru non plus devoir la communiquer alors au lecteur.

Parmi les autres particularités constitutives de la disconvenance des choses dans l'esprit de M. Square, il y en avait deux qui étaient le danger et la difficulté. La difficulté, donc, qu'il craignait d'avoir à corrompre cette jeune fille et le danger qui menacerait sa réputation en cas de découverte étaient de nature à le dissuader si fortement que probablement au début voulait-il simplement se satisfaire des idées agréables que nous procure la beauté. Ces idées-là, les hommes les plus graves, après l'ingestion d'un fort repas de méditation sérieuse, se les permettent souvent en guise de dessert; c'est pourquoi certains livres et certaines gravures trouvent le chemin des recoins les plus secrets de leur cabinet et une certaine partie libertine de la philosophie naturelle fait souvent le sujet principal de leur conversation.

Mais quand, un ou deux jours plus tard, le philosophe apprit que la forteresse de la vertu s'était déjà rendue, il commença à donner plus de champ à ses désirs. Son appétit n'était pas de cette espèce délicate qui ne peut se nourrir d'un morceau de choix parce que d'autres y ont goûté. Bref, il n'aimait que mieux la fille pour l'absence de cette chasteté qui, si elle avait existé, eût constitué un obstacle à ses plaisirs; il la poursuivit donc et l'obtint.

Le lecteur se tromperait s'il pensait que Mariette accorda à Square la préférence sur son amant plus jeune : au contraire, eût-elle dû se borner au choix d'un seul, Tom Jones aurait été sans nul doute le vainqueur. Ce n'était pas non plus uniquement à la considération que deux valent mieux qu'un (encore que celle-ci eût aussi son poids) que M. Square dut son succès : l'absence de Jones durant sa réclusion fut une circonstance malheureuse; et pendant cet intervalle quelques présents bien choisis de la part du philosophe attendrirent et désarmèrent si bien le cœur de la fille qu'une occasion favorable devint irrésistible et que Square triompha des pauvres restes de vertu qui subsistaient dans le sein de Mariette.

Ce fut donc une quinzaine de jours après cette conquête que Jones fit à sa maîtresse la visite dont nous avons parlé, à un moment où elle et Square étaient couchés ensemble. C'était la vraie raison pour laquelle sa mère l'avait dite absente comme nous l'avons vu, car la vieille femme, qui avait part aux profits de l'inconduite de sa fille, l'encourageait et la protégeait dans toute la mesure où elle le pouvait. Mais telles étaient l'envie et la haine que l'aînée portait à Mariette que, nonobstant la part de butin qu'elle recevait aussi, elle s'en serait volontiers dessaisie pour perdre sa sœur et ruiner son commerce. C'est pourquoi elle avait indiqué à Jones que Mariette était au lit en haut, dans l'espoir qu'il la surprendrait dans les bras de Square. Cela, cependant, Mariette trouva moyen de l'éviter en profitant de ce que la porte était verrouillée, ce qui lui permit de faire passer son amant derrière la couverture, où il devait malencontreusement être découvert.

Square n'eut pas plus tôt apparu, que Mariette se rejeta sur son lit et, criant qu'elle était perdue, s'abandonna au désespoir. La pauvre fille, encore novice dans le métier, n'était pas encore parvenue à l'assurance parfaite qui permet aux dames de la ville de se tirer de tout mauvais pas et qui ou leur souffle une excuse ou leur fait payer d'effronterie envers le mari, qui, par amour de la tranquillité ou par crainte pour sa réputation (et peut-être aussi, parfois, par crainte du galant qui, tel M. Constant dans la pièce, porte une épée), ne demande qu'à fermer les yeux et se contente de mettre ses cornes dans sa poche. Mariette, elle, au contraire, fut réduite au silence par cette preuve et renonça franchement à une cause qu'elle avait jusqu'alors soutenue avec tant de larmes et de si solennelles et véhémentes protestations de pur et constant amour.

Quant au monsieur de derrière la tenture, il n'était guère moins atterré. Il resta un moment sans mouvement, paraissant ne savoir que dire non plus qu'où diriger ses yeux. Jones, bien que peut-être le plus étonné des trois, fut le premier à retrouver sa langue; et, remis tout aussitôt des pénibles sensations causées par les reproches de Mariette, il partit d'un grand éclat de rire; puis, saluant M. Square, il s'avança pour le prendre par la main et le tirer de son lieu de réclusion.

Parvenu au milieu de la pièce, seul endroit où il pût se tenir debout, Square regarda Jones d'un air fort grave et lui dit : « Eh bien, Monsieur, je vois que vous vous divertissez bien de cette belle découverte et, j'en mettrais ma main au feu, que vous êtes ravi à l'idée de me dénoncer; mais si vous voulez bien considérer la chose avec impartialité, vous reconnaîtrez que vous seul êtes à blâmer. Je ne suis pas coupable d'avoir corrompu l'innocence. Je n'ai rien fait de condamnable aux yeux de la partie du monde qui juge des choses d'après la règle du bien. La convenance est gouvernée par la nature des choses, et non par les coutumes, les formes ou la législation d'État. Rien, en fait, n'est contraire à la convenance qui n'est pas contraire à la nature.

— Bien raisonné, mon vieux, répondit Jones; mais pourquoi crois-tu donc que je voudrais te dénoncer ? Je te promets bien que je ne me suis jamais tant loué de toi, et, à moins que tu n'aies l'intention de la dévoiler toi-même, cette affaire pourra rester pour moi le plus profond des secrets.

— Enfin, monsieur Jones, répondit Square, je ne voudrais pas être suspecté de sous-estimer la valeur de la réputation. La bonne renommée est une des espèces du Kalon[1], et il ne convient aucunement de la négliger. D'ailleurs, tuer sa propre réputation est une sorte de suicide, un détestable et odieux péché. Si, donc, vous jugez bon de cacher toute faiblesse de ma part (car je puis en avoir, aucun homme n'étant parfaitement parfait), je vous promets que je ne me trahirai pas moi-même. Il est certaines choses qu'il peut être convenable de faire, mais dont il n'est pas convenable de se vanter; car le jugement pervers du monde mue souvent en sujet de censure ce qui est en réalité non seulement innocent, mais encore louable.

— Très juste ! s'écria Jones. Qu'est-ce qui serait plus innocent que de répondre à un appétit naturel ? et qu'est-ce qui serait plus louable que la propagation de notre espèce ?

— A vous parler sérieusement, répondit Square, cela m'a toujours paru ainsi, je vous le déclare.

— Et pourtant, dit Jones, vous étiez d'un avis différent quand on a découvert ma liaison avec cette fille.

— Oh, je dois avouer, répliqua Square, que ce pasteur Thwackum m'ayant mal représenté l'affaire, j'ai pu condamner la corruption de l'innocence : c'était cela, Monsieur, c'était cela... cela... car vous devez savoir, monsieur Jones, que dans la considération de la convenance, de bien petites circonstances, oui, Monsieur, bien petites produisent un grand changement.

— Bon, s'écria Jones, quoi qu'il en soit, comme je vous l'ai promis, ce sera votre propre faute si jamais vous entendez reparler de cette aventure. Conduisez-vous bien avec cette fille, et je n'en ouvrirai jamais la bouche à personne. Et toi, Mariette, sois fidèle à ton ami et non seulement je te pardonnerai ton infidélité envers moi, mais encore je te rendrai tous les services que je pourrai. »

Sur ce, il prit vivement congé et, se laissant glisser le long de l'échelle, il se retira avec la plus grande célérité.

Square fut ravi de voir que l'aventure ne dût sans doute pas se terminer plus mal; quant à Mariette, qui était revenue de sa confusion, elle se mit à reprocher vertement à Square de lui avoir fait perdre Jones; mais le philosophe trouva bientôt le moyen de calmer ce courroux, moitié par des caresses et moitié grâce à un petit remède puisé dans sa bourse, remède d'une efficacité merveilleuse et reconnue pour purger l'esprit de toutes ses mauvaises humeurs et y ramener la placidité.

Elle donna alors libre cours à tout un flot de tendresse envers son nouvel amant, se moqua de tout ce qu'elle avait dit à Jones et de Jones lui-même, et jura que, quoiqu'il ait possédé sa personne, nul autre que Square n'avait jamais été maître de son cœur.

CHAPITRE VI

Dont la comparaison avec le précédent permettra au lecteur de rectifier un certain abus dont il s'est rendu coupable dans l'application du mot amour.

L'INFIDÉLITÉ de Mariette, maintenant découverte par Jones, aurait peut-être justifié un bien plus grand ressentiment qu'il n'en exprima en l'occasion; et s'il l'avait aussitôt abandonnée, fort peu de gens, je pense, l'en auraient blâmé.

Il est certain, toutefois, qu'il la vit sous le jour de la compassion; et, quoique l'amour qu'il avait pour elle ne fût pas de nature à lui faire éprouver une trop grande peine de son infidélité, il n'en resta pas moins assez bouleversé à l'idée que c'était lui qui le premier avait séduit son innocence; car c'était à cette séduction qu'il imputait toute la dépravation dans laquelle il semblait si probable qu'elle allait se plonger.

Cette réflexion le laissa fort mal à son aise jusqu'au moment où Betty, la sœur aînée, eut la bonté, quelque temps après, de le guérir entièrement en lui donnant à entendre que c'était un certain Will Barnes, et non lui-même, qui avait été le premier séducteur de Mariette; et que le petit enfant, qu'il avait jusqu'alors jugé avec tant de certitude être de lui, pouvait fort probablement avoir un titre au moins égal à revendiquer Barnes pour père.

Jones poursuivit avec empressement la piste qu'on venait de lui indiquer, et il ne tarda pas à être suffisamment assuré de la vérité de ce que lui avait dit la fille, non seulement par l'aveu du gars, mais aussi, finalement, par celui de Mariette elle-même.

Ce Will Barnes était un coq du village, et il avait acquis autant de trophées de ce genre qu'aucun enseigne ou clerc de procureur du royaume. Il avait, en fait, réduit plusieurs femmes à un état de débauche complète, avait brisé le cœur de quelques-unes et avait eu l'honneur de causer la mort violente d'une pauvre fille qui s'était jetée à l'eau ou, ce qui était plus probable, y avait été jetée par lui.

Entre autres conquêtes, ce gars avait triomphé du cœur de Betty Seagrim. Il lui avait conté fleurette bien avant que Mariette fût en âge de lui servir à ce passe-temps; mais il l'avait ensuite délaissée pour s'adresser à sa sœur, auprès de laquelle il obtint un succès presque immédiat. Or Will était, en réalité, le seul maître des sentiments de Mariette, alors que Jones et Square ne représentaient, à titre à peu près égal, que des sacrifices à son intérêt et à son orgueil.

De là cette haine implacable que nous avons vue naguère régner dans le cœur de Betty, encore que nous n'ayons pas cru nécessaire de donner plus tôt cette raison, puisqu'il y avait assez de l'envie pour motiver tous les effets dont nous avons parlé.

Si la possession de ce secret avait mis Jones parfaitement à l'aise vis-à-vis de Mariette, il était loin d'être dans un état de tranquillité relativement à Sophie; il était même en proie au trouble le plus violent : son cœur ayant été, si je puis me permettre cette métaphore, entièrement évacué, Sophie en était devenue la maîtresse absolue. Il l'aimait d'une passion sans limites, et voyait clairement les tendres sentiments qu'elle avait pour lui; mais cette certitude ne diminuait pas le désespoir où il était d'obtenir le consentement de son père, non plus que l'horreur que lui inspirait l'idée de la poursuivre par des moyens indignes ou déloyaux.

Le mal qu'il porterait ainsi à M. Western et le souci que s'en ferait M. Allworthy étaient deux pensées qui le tourmentaient tout le jour et le hantaient la nuit sur l'oreiller. Sa vie était une lutte continuelle entre l'honneur et l'inclination, qui triomphaient alternativement dans son âme. En l'absence de Sophie, il résolvait souvent de quitter la maison de son père et de ne plus la voir; mais tout aussi souvent, en sa présence, il oubliait toutes ces résolutions et décidait de la poursuivre au risque d'y perdre la vie et ce qui lui était encore bien plus cher.

Ce conflit ne tarda pas à produire de très forts et visibles effets, car il perdit toute sa vivacité et son enjouement habituels et devint non seulement mélancolique quand il était seul, mais morne et absent quand il était en compagnie; et même, quand il se forçait à la gaieté pour complaire à l'humeur de M. Western, la contrainte se faisait si manifeste qu'elle n'en témoignait que plus fortement de ce que pareille ostentation tentait justement de dissimuler.

On pourrait se demander ce qui le trahissait le plus, des artifices dont il usait pour cacher sa passion ou des moyens que l'honnête nature employait pour la révéler : car, tandis que les artifices le rendaient plus que jamais réservé à l'égard de Sophie, lui interdisaient tout entretien avec elle et lui faisaient même éviter avec le plus grand soin de rencontrer ses yeux, la nature ne s'employait pas moins à inventer des contre-ruses. Ainsi, à l'approche de la jeune dame, il devenait tout pâle; et si l'arrivée était soudaine, il sursautait. Si, par mégarde, ses yeux rencontraient ceux de Sophie, le sang envahissait ses joues et tout son visage devenait écarlate. Si la simple politesse le contraignait à lui parler, comme par exemple en lui portant la santé à table, sa langue était sûre de balbutier. S'il la touchait, sa main, que dis-je, tout son corps tremblait. Et si quelque propos tendait, fût-ce de fort loin, à éveiller l'idée de l'amour, un soupir involontaire manquait rarement de s'élever de son sein. La plupart de ces accidents, la nature se montrait remarquablement industrieuse à les jeter quotidiennement sur son chemin.

Tous ces symptômes échappaient au squire, mais non pas à Sophie. Elle ne tarda pas à percevoir ces troubles de l'âme chez Jones, et elle n'eut aucune peine à en découvrir la cause; car, en fait, elle la reconnut dans son propre cœur. Cette récognition est, je suppose, la sympathie que l'on a si souvent remarquée chez les amoureux et qui suffira à expliquer qu'elle fût tellement plus perspicace que son père.

Mais, à vrai dire, il y a une manière plus claire et plus simple d'expliquer la prodigieuse supériorité de pénétration que l'on doit observer chez certains sur le restant de l'espèce humaine, et elle peut servir non seulement dans le cas des amoureux, mais dans celui de tous autres. D'où vient qu'un fripon soit en général si clairvoyant quant aux symptômes et aux opérations de la friponnerie, qui dupent souvent un honnête homme de beaucoup plus d'intelligence ? Il n'y a assurément pas de sympathie générale entre les fripons; ni n'ont-ils entre eux aucun signe de reconnaissance comme les francs-maçons. En réalité, ce n'est que parce qu'ils ont la même chose en tête et que leurs pensées sont tournées du même côté. Ainsi, que Sophie vît et que Western ne vît pas chez Jones les clairs symptômes de l'amour ne saurait étonner, si l'on considère que l'idée de l'amour n'avait jamais passé par la tête du père, tandis que la fille ne pensait alors à rien d'autre.

Quand Sophie fut bien convaincue de la violente passion qui tourmentait le pauvre Jones et non moins certaine d'en être elle-même l'objet, elle n'eut pas la moindre difficulté à découvrir la véritable raison de sa conduite présente. Cela le lui rendit extrêmement cher et suscita dans son âme les deux impressions les meilleures qu'un amant puisse souhaiter produire chez sa maîtresse, c'est-à-dire l'estime et la compassion, car assurément les plus immodérément rigides de son sexe l'excuseront d'avoir eu pitié d'un homme qu'elle voyait malheureux de son fait, et elles ne pourront pas davantage la blâmer d'estimer qui s'efforçait, visiblement et pour les motifs les plus honorables, d'étouffer dans son propre sein une flamme qui, tel le fameux larcin de l'enfant spartiate, lui rongeait et dévorait les organes vitaux. Ainsi la réserve de Tom, le soin qu'il mettait à l'éviter, sa froideur et son silence étaient les plus hardis, les plus diligents, les plus chaleureux et les plus éloquents des avocats; et ils agirent si violemment sur le tendre et sensible cœur de la jeune fille qu'elle éprouva bientôt pour lui tous les doux sentiments qui sont compatibles avec une âme féminine vertueuse et élevée; bref, tout ce que l'estime, la gratitude et la pitié peuvent inspirer à une telle âme à l'égard d'un homme aimable, en fait tout ce que peut permettre la délicatesse la plus scrupuleuse. En un mot, elle en devint éperdument amoureuse.

Un jour, le jeune couple se rencontra par hasard dans le jardin, à l'extrémité des deux allées qui aboutissaient au canal dans lequel Jones avait risqué de se noyer pour récupérer le petit oiseau que Sophie avait perdu à cet endroit.

La jeune fille avait souvent fréquenté ces lieux depuis quelque temps. Elle avait accoutumé d'y méditer, avec un mélange de peine et de plaisir, sur un incident qui, tout insignifiant qu'il était en lui-même, avait peut-être jeté la première semence de l'affection maintenant parvenue à une telle maturité dans son cœur.

Les deux jeunes gens se rencontrèrent donc là. Ils étaient déjà tout près l'un de l'autre avant de se douter de leur mutuelle approche. Un tiers aurait perçu des signes suffisants de confusion sur les deux visages; mais chacun en ressentait trop lui-même pour remarquer quoi que ce fût. Aussitôt que Jones se fut un peu remis de sa surprise première, il aborda la jeune dame avec quelqu'une des phrases habituelles de salutation, à quoi elle répondit de même; et la conversation s'engagea comme d'ordinaire sur la délicieuse beauté de la matinée. De là, ils passèrent à la beauté du lieu, et Jones se lança dans le plus vif des panégyriques. En arrivant auprès de l'arbre d'où il était autrefois tombé dans le canal, Sophie ne put se retenir de lui rappeler l'accident, et elle lui dit : « J'imagine, monsieur Jones, que vous avez un petit frisson en voyant cette eau.

— Je vous assure, Madame, répondit Jones, que le chagrin que vous éprouviez de la perte de votre petit oiseau restera toujours pour moi la circonstance la plus importante en cette aventure. Pauvre petit Tommy ! voilà la branche sur laquelle il était perché. Comment ce petit misérable a-t-il pu avoir la folie de fuir le bienheureux état où j'avais eu l'honneur de le placer ? Son sort a été un juste châtiment de son ingratitude.

— Sur ma parole, monsieur Jones, dit-elle, votre galanterie n'a échappé que de bien peu à un sort aussi sévère. Le souvenir doit certainement vous émouvoir.

— En vérité, Madame, répondit-il, si j'ai quelque raison d'y penser avec peine, c'est peut-être que l'eau n'ait pas été un peu plus profonde, ce qui m'aurait permis d'échapper à bien des peines de cœur amères que la Fortune semble me réserver.

— Fi, monsieur Jones ! répliqua Sophie. Vous ne parlez pas sérieusement, je suis sûre. Ce mépris affecté de la vie n'est qu'un excès de prévenance à mon égard. Vous cherchez à diminuer l'obligation que je vous dois de l'avoir deux fois risquée pour moi. Prenez garde à la troisième ! »

Elle prononça ces derniers mots avec un sourire et une douceur inexprimables. Jones répondit qu'il craignait qu'il ne fût déjà trop tard pour la prudence; puis, fixant sur elle un regard chargé de tendresse, il s'écria : « Ah, mademoiselle Western ! Pouvez-vous donc désirer que je vive ? Pouvez-vous me souhaiter tant de mal ? »

Sophie, les yeux baissés, répondit avec quelque hésitation : « Vraiment, monsieur Jones, je ne vous souhaite aucun mal.

— Ah, je connais trop bien ce caractère céleste, s'écria Jones, cette divine bonté qui surpasse tout autre charme !

— Allons, répondit-elle, je ne comprends pas ce que vous voulez dire. Je ne puis rester plus longtemps.

— Je... je ne désire pas être compris ! s'écria-t-il ; non, je ne peux pas être compris. Je ne sais plus ce que je dis. Cette rencontre a été si inopinée, que je n'étais pas sur mes gardes : pardonnez-moi, pour l'amour du Ciel, si j'ai rien dit qui pût vous offenser. Je n'en avais pas l'intention. En vérité, j'aimerais mieux mourir... cette idée seule me tuerait.

— Vous m'étonnez, répondit-elle. Comment pouvez-vous penser m'avoir offensée ?

— La peur, Madame, dit-il, tourne facilement à la folie ; et nulle peur ne saurait égaler celle que j'ai de vous offenser. Comment pourrais-je donc parler ? Ah, ne me regardez pas d'un air fâché ; un seul froncement de sourcil me tuerait. Je n'ai rien voulu dire. Blâmez-en mes yeux, ou blâmez-en votre beauté. Qu'est-ce que je suis en train de dire ? Pardonnez-moi si j'en ai trop dit. Mon cœur a débordé. J'ai lutté contre mon amour jusqu'à l'extrême limite, j'ai tout essayé pour cacher la fièvre qui me brûle les entrailles, et qui, bientôt, je l'espère, me mettra dans l'impossibilité de jamais plus vous offenser. »

M. Jones se mit alors à trembler, comme secoué par un accès de fièvre. Sophie, qui n'était pas dans une condition bien différente, répondit en ces termes : « Monsieur Jones, je n'affecterai pas de ne vous point comprendre ; en vérité, je ne vous comprends que trop bien ; mais, pour l'amour du Ciel, si vous avez pour moi quelque affection, laissez-moi rentrer immédiatement. J'espère que j'aurai la force de me soutenir jusqu'à la maison. »

Jones, qui était à peine en état de se soutenir lui-même, lui offrit son bras, qu'elle consentit à accepter, tout en le priant de ne plus dire un mot sur ce sujet pour le moment. Il le lui promit, insistant seulement pour qu'elle lui pardonnât ce que l'amour avait pu lui arracher sans l'accord de sa propre volonté; ce pardon, lui dit-elle, il savait comment l'obtenir par sa conduite future. Et c'est ainsi que le jeune couple reprit en chancelant et tremblant le chemin de la maison, sans que l'amoureux osât une seule fois presser la main de sa maîtresse qu'il tenait pourtant dans la sienne.

Sophie se retira aussitôt dans sa chambre, où Mme Honour et la corne de cerf furent appelées à son secours. Quant au pauvre Jones, le seul soulagement au désordre de son âme fut une fâcheuse nouvelle. Mais comme elle ouvre une scène d'un genre tout différent de celles auxquelles le lecteur a assisté depuis quelque temps, nous lui en ferons part dans le chapitre suivant.

CHAPITRE VII

Où l'on voit M. Allworthy dans un lit de souffrance.

MONSIEUR WESTERN s'était pris d'un tel attachement pour Jones qu'il ne voulait plus le laisser partir, bien que son bras fût depuis longtemps guéri; et Jones, soit par amour de la chasse, soit pour quelque autre raison, se laissa aisément persuader de demeurer chez lui; ce qu'il faisait parfois durant une quinzaine de jours d'affilée sans aller une seule fois chez M. Allworthy, et même sans en avoir aucune nouvelle.

M. Allworthy était depuis quelques jours incommodé d'un rhume accompagné d'un peu de fièvre. Ce rhume, il l'avait négligé, cependant, comme il avait l'habitude de faire pour toutes les affections qui ne le retenaient pas au lit ou n'empêchaient pas ses diverses facultés de remplir leur office habituel : conduite que nous ne voudrions pour rien au monde être soupçonné d'approuver ou de proposer en exemple; car ces messieurs de l'art d'Esculape ont certainement raison de recommander que, dès l'instant où une maladie pénètre par une porte, le médecin soit introduit par l'autre. Que signifierait d'autre le vieil adage : *Venienti occurrite morbo ?* Contrecarrez la maladie dès la première approche ? Ainsi le médecin et le mal se rencontrent loyalement en une lutte égale; tandis qu'en accordant du temps au second, on lui permet souvent de se fortifier et de se retrancher comme une armée française, en sorte que le savant docteur trouve très difficile et même parfois impossible de parvenir jusqu'à l'ennemi. Quelquefois, même, le temps gagné permet à la maladie de recourir à la politique militaire française et de gagner par la corruption la nature à sa cause, après quoi toutes les forces de la médecine arrivent trop tard. C'est en concordance avec ces observations que le grand docteur Misaubin avait l'habitude, je m'en souviens, de déplorer fort pathétiquement les recours tardifs à son art, disant « Bon Dieu ! moi croire mes malades me prendre pour l'entrepreneur, car eux jamais envoyer chercher moi avant médecin avoir tué eux. »

L'indisposition de M. Allworthy, par suite de cette négligence, gagna tant de terrain que, lorsque l'augmentation de la fièvre l'obligea à avoir recours au médecin, celui-ci, dès son arrivée, hocha la tête, regretta de n'avoir pas été appelé plus tôt et laissa entendre qu'il le croyait dans un danger très imminent. M. Allworthy, qui avait réglé toutes ses affaires dans ce monde et qui était aussi bien préparé pour l'autre qu'il est possible à la nature humaine de l'être, reçut cette information avec le plus calme détachement. Il pouvait, en effet, chaque soir en se couchant, dire comme Caton dans la tragédie[1] :

> Que le crime ou la crainte
> Troublent le repos de l'homme : Caton ne connaît ni l'un ni l'autre;
> Le choix lui est indifférent entre dormir ou mourir.

En vérité, il pouvait le dire avec dix fois plus de raison et de confiance que Caton ou tout autre orgueilleux pris parmi les héros anciens ou modernes; car non seulement il était exempt de crainte, mais encore il pouvait être considéré comme un fidèle ouvrier qui, à la fin de la moisson, est appelé pour recevoir sa récompense des mains d'un maître généreux.

Le digne homme donna aussitôt ordre que toute sa maison fût réunie autour de lui. Personne n'était alors absent que Mme Blifil, depuis quelque temps à Londres, et M. Jones, que le lecteur vient de laisser chez M. Western et qui reçut cette convocation au moment où Sophie venait de le quitter.

Et alors toute la maison, c'est-à-dire M. Blifil, M. Jones, M. Thwackum, M. Square et certains des domestiques (car tels étaient les ordres de M. Allworthy), étant assemblés autour de son lit, le digne homme se redressa, et il commençait à parler quand M. Blifil se mit à pleurer bruyamment et à se répandre en amères lamentations. Sur quoi, M. Allworthy le secoua par la main, lui disant :

— Ne te chagrine pas ainsi, mon cher neveu, devant le plus ordinaire des événements humains. Quand des infortunes tombent sur nos amis, nous en sommes à juste titre affligés, car ce sont des accidents que l'on aurait souvent pu éviter et qui peuvent faire paraître le lot d'un homme plus particulièrement malheureux que celui des autres; mais la mort est sans nul doute inévitable et c'est le lot commun en lequel seul s'accorde le sort de tous les hommes; quant à l'époque où elle nous arrive, elle n'importe guère. Si les plus sages des hommes ont dit que la vie n'était qu'un court espace de temps, il nous est assurément permis de la considérer comme un jour. C'est mon destin de la quitter au soir; mais ceux qui sont enlevés plus tôt n'ont perdu que quelques heures qui, au mieux, ne valent guère de lamentation et, bien plus souvent, ne sont que des heures de travail et de fatigue, de peine et de chagrin. Un poète romain, je me le rappelle, dit que sortir de la vie c'est quitter un festin— pensée qui s'est souvent présentée à moi en voyant des hommes se débattre pour prolonger un divertissement et jouir quelques instants de plus de la compagnie de leurs amis. Hélas ! qu'elle est brève la plus prolongée de ces réjouissances ! qu'elle est légère la différence entre celui qui se retire le plus tôt et celui qui reste le plus tard ! C'est là voir la vie sous son meilleur jour, et cette mauvaise grâce à quitter nos amis est le plus aimable motif d'où l'on puisse tirer la crainte de la mort; et pourtant la plus longue jouissance de cet ordre que l'on puisse espérer est d'une durée si insignifiante que pour un sage elle ne peut véritablement être que méprisable. Peu de gens, je le reconnais, pensent ainsi; car, en fait, peu de gens pensent à la mort avant de se trouver dans ses serres. Si gigantesque et terrible qu'elle puisse paraître quand elle approche d'eux, ils n'en sont pas moins incapables de la voir à quelque distance; mieux, quelque alarmés et effrayés qu'ils aient été quand ils se sont crus en danger de mourir, à peine sont-ils délivrés de cette appréhension que leurs craintes mêmes s'effacent de leur mémoire. Mais, hélas ! qui échappe à la mort n'en est pas pour cela gracié : il n'est qu'en sursis, en très court sursis.

» Ne t'afflige donc plus, mon cher enfant, à cette occasion : un événement qui peut arriver à toute heure, que chaque élément, que dis-je, chaque particule de la matière qui nous entoure est capable de produire et qui doit inévitablement nous atteindre tous en fin de compte ne devrait causer ni surprise ni lamentation.

» Mon médecin m'ayant fait savoir (ce dont je lui sais grand gré) que j'étais en danger de vous quitter tous très prochainement, j'ai résolu de vous dire quelques mots au moment de cette séparation avant que mon mal, qui, je le sens, fait de très rapides progrès, m'en retire le pouvoir.

» Mais je vais épuiser mes forces. Je voulais parler de mon testament; bien que je l'aie déjà établi de longue date, je crois bon d'en mentionner certaines clauses concernant chacun d'entre vous, afin d'avoir le réconfort de voir que vous êtes tous satisfaits des dispositions prises à votre égard.

» Neveu Blifil, je te fais l'héritier de tous mes biens, à l'exception seulement de cinq cents livres par an qui te reviendront après la mort de ta mère, d'une autre rente de cinq cents livres par an et d'une somme de six mille livres, que j'ai léguées comme suit :

» La rente de cinq cents livres par an, je vous l'ai donnée à vous, M. Jones; et comme je connais les inconvénients résultant du manque d'argent comptant, j'y ai ajouté mille livres en espèces. Je ne sais si, en cela, je me trouve en deçà ou au delà de votre attente. Peut-être trouverez-vous que je vous ai donné trop peu, et le monde sera tout aussi prêt à me blâmer de vous avoir donné trop; mais je méprise pareille critique; quant à l'autre reproche, à moins que vous ne versiez dans l'erreur commune que j'ai souvent, au cours de mon existence, entendu alléguer comme excuse à un manque total de charité, à savoir qu'au lieu de susciter la reconnaissance par des actes volontaires de libéralité, nous sommes sujets à provoquer des exigences qui, entre toutes, sont les plus illimitées et les plus difficiles à satisfaire. Pardonnez-moi le simple fait d'en parler; je ne veux pas même soupçonner pareille chose. »

Jones se jeta aux pieds de son bienfaiteur et, lui saisissant la main avec fougue, l'assura que la bonté qu'il lui avait témoignée aussi bien à cette occasion qu'en toutes les autres excédait si infiniment non seulement son mérite, mais aussi ses espérances que les mots ne pouvaient exprimer toute sa reconnaissance.

— Et je vous l'affirme, Monsieur, dit-il, votre générosité actuelle ne me laisse d'autre peine que celle de cette triste circonstance. Ah, mon ami, mon père !

A ce moment, les mots s'étranglèrent dans sa gorge et il se détourna pour essuyer une larme qui s'échappait de ses yeux.

Allworthy lui pressa alors doucement la main et reprit en ces termes :

— Je suis convaincu, mon enfant, que tu as beaucoup de bonté, de générosité et d'honneur dans le caractère; en y ajoutant la sagesse et la religion, tu devrais être heureux; car si les trois premières qualités te rendent, je l'avoue, digne du bonheur, seules les deux dernières te le conféreront.

» A vous, monsieur Thwackum, je vous ai donné mille livres, somme qui excède de beaucoup, j'en suis convaincu, aussi bien vos désirs que vos besoins. Vous l'accepterez cependant en souvenir de mon amitié; et quelque superflu qu'il puisse en résulter pour vous, la piété que vous pratiquez si strictement vous enseignera à en disposer.

» Monsieur Square, je vous ai laissé une somme égale. J'espère qu'elle vous permettra de poursuivre votre profession avec plus de succès que jusqu'à présent. J'ai souvent observé avec peine que la gêne excite plus facilement le mépris que la commisération, surtout parmi les gens d'affaires, pour qui la pauvreté semble indiquer un manque d'habileté. Mais le peu que j'ai pu vous laisser vous tirera des difficultés aux prises avec lesquelles vous vous êtes précédemment trouvé; et alors je ne doute pas que vous n'obteniez une prospérité suffisante pour répondre aux besoins d'un philosophe tel que vous.

» Je me sens défaillir; aussi vous renverrai-je à mon testament pour mes dispositions quant au reste. Mes serviteurs y trouveront quelques témoignages qui leur permettront de se souvenir de moi; et il y a quelques charités que, j'en suis sûr, mes exécuteurs testamentaires veilleront à faire accomplir fidèlement. Dieu vous bénisse tous. Je pars un peu avant vous... »

A ce moment, un laquais entra précipitamment et dit qu'il y avait là un procureur de Salisbury avec un message particulier qu'il ne voulait communiquer qu'à M. Allworthy en personne; il ajouta que l'homme de loi paraissait extrêmement pressé et protestait avoir tant d'affaires sur les bras que, pût-il se couper en quatre, il n'y suffirait pas.

— Va, mon enfant, dit Allworthy à Blifil, et vois ce que veut ce monsieur. Je ne suis pas en état de m'occuper d'affaires à présent et il ne saurait en avoir avec moi qui ne te concernent maintenant plus que moi-même. D'ailleurs, je suis réellement... je suis dans l'incapacité de voir quiconque en ce moment ou même de prolonger mon effort d'attention.

Il les salua alors tous, disant que peut-être il pourrait les revoir; mais que, pour le moment, il serait content de se remettre un peu, car il sentait bien qu'il s'était trop épuisé à parler.

Certains des assistants versèrent des larmes en se retirant; et même le philosophe Square s'essuya les yeux, tout étranger que lui était l'attendrissement. Quant à Mme Wilkins, elle répandit ses perles avec autant d'abondance que les arbres d'Arabie leur gomme médicinale; car c'était un cérémonial que cette dame n'omettait jamais en une occasion appropriée.

Après quoi, M. Allworthy laissa aller sa tête sur l'oreiller et tâcha de prendre quelque repos.

CHAPITRE VIII

Contenant des choses plus naturelles qu'agréables.

Outre le chagrin causé par l'état de son maître, il y avait une autre source à ce flot salé qui jaillissait d'abondance au-dessus des deux montagneuses pommettes de la gouvernante. A peine se fut-elle retirée qu'elle se mit à grommeler pour elle-même sur l'aimable mode suivant :

— Monsieur aurait bien pu, ce me semble, faire quelque différence entre moi et les autres domestiques, pour sûr. Je suppose qu'il m'a laissé mon deuil; mais, c'est pas pour dire, si c'est tout, le diable pourra bien le porter son deuil, pour moi. Je voudrais bien que Son Honneur il sache que je suis pas une mendiante. Cinq cents livres que j'ai mis de côté à son service, et tout ça pour être traitée comme ça en fin de compte. Voilà-t-il pas un bel encouragement pour que les domestiques soyent honnêtes ! et, pour sûr, si j'ai pris un petit quelque chose de temps à autre, d'autres en ont pris dix fois plus; et maintenant, nous voilà tous mis dans le même panier. Si c'est comme ça que ça doit être, le legs il peut bien aller au diable avec celui qui l'aura fait. Non, je n'y renoncerai pas, d'ailleurs : ça ferait trop plaisir à certains. Non, j'achèterai la robe la plus gaie que je pourrai trouver et je la porterai pour aller danser sur la tombe du vieux grigou. Voilà ma récompense pour avoir si souvent pris son parti quand tout le pays criait au scandale de le voir élever comme ça son bâtard; mais il s'en va maintenant là où il devra payer tout ça. Il aurait mieux fait de se repentir de ses péchés sur son lit de mort que de s'en glorifier et de répandre ses biens hors de sa propre famille en les livrant à un enfant illégitime. Trouvé dans son lit, en vérité ! la belle histoire ! Oui, oui, ceux qui cachent savent où trouver. Dieu lui pardonne ! Je parie qu'il a plus d'un bâtard à son actif, si on savait la vérité. Une consolation, c'est qu'ils seront tous connus où c'est qu'il va maintenant. « Mes serviteurs trouveront quelques témoignages qui leur permettront de se souvenir de moi. » C'étaient ses propres mots; je ne les oublierai jamais, dussé-je vivre mille ans. Oui, oui, je me souviendrai de vous pour m'avoir fourrée parmi les domestiques. On aurait pu penser qu'il mentionnerait mon nom aussi bien que celui de Square; mais lui, c'est un monsieur, ma foi ! bien qu'il n'eût pas d'habits sur le dos quand il est arrivé ici. Ah ben ouiche, des messieurs comme ça ! lui qu'a vécu ici toutes ces dernières années, je ne crois pas qu'y ait un seul domestique dans la maison qu'ait jamais vu la couleur de son argent. Pour moi, le diable pourra bien servir un pareil monsieur.

Elle marmotta encore beaucoup de choses de ce genre; mais le lecteur en aura assez avec cet échantillon.

Ni Thwackum ni Square ne furent beaucoup plus satisfaits de leurs legs. Encore qu'ils n'exhalassent point aussi haut leur ressentiment, nous pouvons déduire du mécontentement visible sur leur visage ainsi que du dialogue ci-dessous qu'il ne régnait pas dans leur âme un plaisir par trop grand.

Une heure environ après qu'ils furent sortis de la chambre du malade, Square rencontra Thwackum dans le vestibule et il l'aborda en ces termes :

— Alors, Monsieur, avez-vous eu quelque nouvelle de votre ami depuis que nous l'avons quitté ?

— Si vous voulez parler de M. Allworthy, répondit Thwackum, je crois que vous pourriez plutôt l'appeler *votre* ami, car il me semble qu'il a mérité ce titre.

— Le titre est aussi mérité de votre côté, répondit Square, car sa libéralité, quelle qu'elle soit, a été égale pour chacun de nous.

— Je n'en aurais pas parlé le premier, s'écria Thwackum, mais, puisque vous mettez la question sur le tapis, je dois vous informer que je suis d'une opinion différente. Il y a une grande distinction à faire entre des faveurs volontaires et des récompenses. Les devoirs que j'ai remplis dans sa maison et le soin que j'ai pris de l'éducation de ses deux garçons sont des services que l'on aurait pu s'attendre à voir mieux récompenser. N'allez pas, je vous prie, en conclure que je suis mécontent : saint Paul m'a appris à me contenter du peu que j'ai. Cette petite portion eût-elle été moindre encore, j'aurais connu mon devoir. Mais quoique l'Écriture m'oblige de rester satisfait, elle ne m'enjoint pas de fermer les yeux devant mon propre mérite, non plus qu'elle ne me retient de voir quand je suis outragé par une injuste comparaison.

— Puisque vous me provoquez, répliqua Square, c'est à moi qu'est fait l'outrage; et je n'aurais jamais imaginé que M. Allworthy faisait assez peu de cas de mon amitié pour me mettre en balance avec une personne qui recevait de lui des gages. J'en connais la cause : cela vient des principes étroits que vous vous êtes si longtemps efforcé de lui inculquer, au mépris de tout ce qui est grand et noble. Le charme et la beauté de l'amitié sont trop éclatants pour des yeux faibles et l'on ne peut les percevoir par d'autres moyens que l'infaillible règle du bien que vous avez si souvent tenté de ridiculiser que vous en avez altéré le discernement de votre ami.

— Je souhaite, s'écria Thwackum en fureur, je souhaite pour le salut de son âme que vos damnables doctrines n'aient pas altéré sa foi. C'est à cela que j'impute sa conduite présente, qui sied si peu à un chrétien. Qui d'autre qu'un athée pourrait penser à quitter ce monde sans avoir d'abord rendu ses comptes ? sans confesser ses péchés et recevoir l'absolution, alors qu'il savait avoir dans la maison quelqu'un dûment autorisé à la lui donner ? Il sentira le besoin de ces nécessités quand il sera trop tard, quand il sera parvenu en ces lieux où il y a des pleurs et des grincements de dents. C'est alors qu'il verra de quel puissant secours lui sera cette déesse païenne, cette vertu que vous adorez avec tous les autres déistes de notre époque. Alors, il appellera son prêtre et n'en pourra trouver aucun; alors il se lamentera de l'absence de l'absolution sans laquelle nul pécheur ne saurait être sauvé.

— Si elle est si essentielle, dit Square, pourquoi ne la lui donnez-vous pas de votre propre chef ?

— Elle n'a de vertu, s'écria Thwackum, que pour ceux qui ont la grâce suffisante pour la réclamer. Mais pourquoi parlé-je ainsi à un païen et à un mécréant ? C'est vous qui lui avez enseigné cette leçon, pour laquelle vous avez reçu une bonne récompense en ce monde, comme je ne doute pas que votre disciple n'en reçoive bientôt une dans l'autre.

— Je ne sais ce que vous entendez par récompense, dit Square; mais si vous faites allusion à ce pitoyable souvenir de notre amitié qu'il a cru bon de me léguer, je le méprise; et seule ma malheureuse situation de fortune me déterminerait à l'accepter.

Le médecin, arrivant sur ces entrefaites, demanda aux deux discuteurs comment tout allait là-haut.

— Fort déplorablement, répondit Thwackum.

— C'est bien à quoi je m'attendais, s'écria le docteur; mais quels symptômes sont apparus depuis que je vous ai quittés, je vous prie ?

— Pas de bons, je le crains, répondit Thwackum. Après ce qui s'est passé à notre départ, je crois qu'il restait peu d'espoir.

Peut-être le médecin des corps comprit-il mal celui des âmes; et avant qu'ils se fussent expliqués, M. Blifil s'avança vers eux avec une expression fort triste et les informa qu'il apportait une funeste nouvelle : sa mère venait de mourir à Salisbury; alors qu'elle était en route pour rentrer, elle avait été prise de la goutte dans la tête et dans l'estomac et avait été emportée en quelques heures.

— Mon Dieu ! dit le docteur. Nul ne peut répondre des événements; mais j'aurais bien voulu être près pour que l'on m'appelât. La goutte est une maladie difficile à traiter; j'y ai pourtant obtenu des succès remarquables.

Thwackum et Square présentèrent tous deux leurs condoléances à M. Blifil pour la perte de sa mère, perte qu'ils l'engagèrent à supporter l'un en homme et l'autre en chrétien. Le jeune homme répondit qu'il savait fort bien que nous sommes tous mortels et qu'il s'efforcerait de se résigner à son deuil du mieux qu'il pourrait. Il ne pouvait, cependant, ne pas se plaindre un peu de la particulière rigueur de son sort, qui voulait qu'il apprît une si grande calamité à l'improviste, et cela au moment où il attendait d'une heure à l'autre le coup le plus sévère que pût lui infliger la malignité de la Fortune. L'occurrence présente, dit-il, mettrait à l'épreuve les excellents rudiments qu'il avait appris de M. Thwackum et de M. Square; et ce serait entièrement à eux qu'il devrait de survivre à de telles infortunes, s'il le pouvait.

On débattit alors s'il fallait informer M. Allworthy du décès de sa sœur. Le docteur s'y opposa violemment;

en quoi, je pense, la Faculté tout entière eût été d'accord avec lui; mais M. Blifil dit qu'il avait reçu de son oncle des instructions si positives et si souvent répétées de ne jamais rien lui cacher par crainte de l'inquiétude que cela pourrait lui infliger qu'il n'osait penser à lui désobéir, quelles qu'en pussent être les conséquences. Il ajouta que, pour sa part, considérant les sentiments religieux et philosophiques de son oncle, il ne pouvait partager les appréhensions du docteur. Il était donc résolu à lui communiquer la nouvelle : car si son oncle se rétablissait (ce pourquoi M. Blifil adressait au Ciel les prières les plus ferventes), il ne lui pardonnerait jamais d'avoir tenté de lui cacher un fait de cet ordre.

Le médecin dut se soumettre à cette résolution que les deux autres messieurs approuvèrent hautement. M. Blifil et le docteur se dirigèrent donc ensemble vers la chambre de M. Allworthy. Le docteur y entra le premier et s'approcha du lit pour tâter le pouls du malade; ce qu'il n'eut pas plus tôt fait qu'il déclara que celui-ci était beaucoup mieux, que la dernière médication, réussissant à miracle, avait fait tomber la fièvre : si bien, dit-il, qu'il paraissait y avoir maintenant aussi peu de danger qu'il avait craint auparavant qu'il y eût d'espoir.

A vrai dire, l'état de M. Allworthy n'avait jamais été aussi mauvais que la grande circonspection du docteur l'avait représenté; mais de même qu'un général avisé ne méprise jamais son ennemi, quelque inférieure que puisse être la force de celui-ci, un médecin avisé ne méprise jamais une maladie, quelque insignifiante qu'elle soit. Tout comme le premier maintient la même stricte discipline, place les mêmes gardes et emploie les mêmes éclaireurs, l'ennemi n'eût-il jamais été si faible, le second garde la même gravité d'expression et hoche la tête du même air significatif, la maladie n'eût-elle jamais été si insignifiante. Et tous deux, entre maints autres excellents motifs, peuvent assigner à leur conduite la solide raison que, par ces moyens, plus grande est la gloire qui leur revient en cas de victoire, et moindre la honte si, par quelque accident malheureux, il leur arrive d'être vaincus.

M. Allworthy n'eut pas plus tôt levé les yeux et remercié le Ciel de ces espoirs de guérison que M. Blifil s'approcha, l'air extrêmement abattu, et, après avoir appliqué un mouchoir à ses yeux soit pour essuyer ses larmes, soit pour faire ce qu'Ovide exprime quelque part pour une autre circonstance :

> *Si nullus erit, tamen excute nullum*
> S'il n'y a rien, essuie toujours ce rien,

il fit part à son oncle de ce que le lecteur vient d'apprendre.

Allworthy reçut la nouvelle avec chagrin, avec patience et avec résignation. Il versa un pleur attendri, puis composa son visage et enfin s'écria : « Que la volonté du Seigneur soit faite en toute chose. »

Il demanda alors à voir le messager; mais Blifil lui dit qu'il avait été impossible de le retenir un seul instant; car sa grande hâte semblait indiquer qu'il avait quelque importante affaire sur les bras, il s'était plaint d'être pressé, poussé, surmené à en mourir, et il avait répété à maintes reprises que, pût-il même se partager en quatre, il ne saurait comment disposer de chaque quartier.

Allworthy pria alors Blifil de s'occuper de l'enterrement. Il dit qu'il voulait que le corps de sa sœur fût déposé dans sa propre chapelle; quant aux détails, il les laissait à la discrétion de son neveu, se contentant d'indiquer la personne qu'il désirait voir employer en cette occasion.

CHAPITRE IX

Qui, entre autres choses, pourra servir de commentaire à la parole d'Eschine, selon laquelle « l'ivresse montre l'âme d'un homme, comme un miroir reflète sa personne ».

Le lecteur s'étonnera peut-être de n'avoir rien entendu dire de M. Jones dans le dernier chapitre. En fait, c'est que sa conduite fut si différente de celle des personnes qui y sont mentionnées que nous avons préféré ne pas confondre son nom avec les leurs.

Quand le digne homme eut terminé son discours, Jones fut le dernier à quitter la chambre. De là, il se retira dans la sienne pour donner libre cours à son chagrin; mais l'agitation de son âme ne lui permit pas d'y demeurer longtemps; il se glissa donc sans bruit jusqu'à la porte de M. Allworthy, à laquelle il écouta très longtemps sans entendre aucune espèce de mouvement, si ce n'est un fort ronflement que ses craintes finirent par lui faire prendre pour des gémissements. Il en fut si alarmé qu'il ne put se retenir de pénétrer dans la chambre, où il trouva le digne homme dormant d'un doux et paisible sommeil dans son lit, au pied duquel sa garde ronflait avec la vigueur ci-dessus indiquée. Il usa aussitôt de la seule méthode capable d'imposer silence à cette basse continue, dont il craignait que la musique ne troublât M. Allworthy; puis, s'étant assis auprès de la garde, il resta immobile jusqu'au moment où Blifil et le docteur entrèrent ensemble et réveillèrent le malade pour que le second lui tâtât le pouls et que le premier pût lui communiquer la nouvelle qui, si Jones en avait été informé, aurait eu bien de la peine à parvenir aux oreilles de M. Allworthy en un pareil moment.

Aussitôt qu'il entendit Blifil raconter cette histoire à son oncle, Jones eut d'autant plus de peine à contenir la colère qu'alluma en lui l'inconséquence de l'autre que le docteur hochait la tête en déclarant sa répugnance à voir ainsi mentionner l'affaire à son malade. Mais son emportement ne le privait pas assez de discernement pour lui cacher les conséquences que toute manifestation violente envers Blifil pourrait avoir sur M. Allworthy; cette crainte fit taire pour le moment son courroux, et, par la suite, il fut si content de voir que la nouvelle n'avait, en fait, produit aucun mal qu'il laissa mourir sa colère dans son propre cœur sans même en parler à Blifil.

Le médecin dîna ce soir-là chez M. Allworthy; et étant monté après le repas voir son malade, il revint vers la compagnie, à laquelle il annonça qu'il avait maintenant la satisfaction de dire en toute assurance que le patient était hors de danger, qu'il avait réduit la fièvre à une complète intermission et qu'il ne doutait pas, en ayant recours au quinquina, d'en empêcher le retour.

Cette déclaration fit tant de plaisir à Jones, elle le jeta dans un état de ravissement si immodéré que l'on eût pu vraiment dire qu'il était ivre de joie, ivresse qui favorise beaucoup les effets du vin; et, comme il usa largement de la bouteille à cette occasion (car il but force rasades à la santé du docteur, sans compter les autres toasts), il ne tarda pas à être tout à fait ivre à la lettre.

Jones avait les esprits animaux naturellement ardents : une fois mis à flot et accrus de celui du vin, ils produisirent les effets les plus extravagants. Il embrassa le docteur et l'étreignit avec passion, jurant qu'après M. Allworthy lui-même, c'était la personne qu'il aimait le plus au monde.

— Docteur, ajouta-t-il, vous mériteriez que l'on vous élève une statue aux frais de la collectivité pour avoir sauvé un homme qui n'est pas seulement chéri de tous les gens de bien qui le connaissent, mais aussi une bénédiction pour la société, la gloire de son pays et l'honneur de la nature humaine. Je veux bien être damné si je ne l'aime pas mieux que ma propre âme.

— C'est d'autant plus honteux à vous ! s'écria Thwackum. Encore que vous ayez quelque raison de l'aimer, ce me semble, car il vous a fait un excellent sort. Et peut-être aurait-il mieux valu pour certains qu'il n'eût pas survécu pour voir de justes raisons de révoquer son don.

Jones regarda Thwackum avec un mépris inconcevable et répondit :

— Ton âme vile s'imaginerait-elle que je puisse me laisser influencer par de pareilles considérations ? Non, que la terre s'entrouvre et engloutisse sa propre fange (eussé-je des millions d'arpents, je le dirais) plutôt que d'engloutir mon cher et merveilleux ami !

Quis desiderio sit pudor aut modus
*Tam cari capitis** !

Le docteur s'interposa alors et prévint les effets de la colère qui s'enflammait entre Jones et Thwackum; après quoi le premier donna libre cours à son allégresse, chanta deux ou trois chansons érotiques et se laissa aller à toute la frénésie que peut inspirer une joie débridée; mais il était si loin de toute disposition à la querelle qu'il était

* « Quelle pudeur, quelle mesure pourrait mettre une limite à notre regret d'un ami si cher. » Le mot *desiderium* est ici difficile à traduire. Il implique le désir de jouir encore de la présence de notre ami et le chagrin qui accompagne ce désir. H. F.

d'une humeur dix fois meilleure, s'il est possible, qu'à l'état de sobriété.

A vrai dire, rien n'est plus erroné que l'observation commune qui veut que les hommes méchants et querelleurs quand ils sont ivres soient de fort dignes personnes quand ils ne le sont pas, car, en vérité, la boisson ne renverse pas le naturel ni ne crée chez les hommes des passions qui n'existaient pas en eux auparavant. Elle retire la garde de la raison et nous force en conséquence à montrer ces symptômes qu'à jeun bien des gens ont assez d'adresse pour cacher. Elle accroît et enflamme nos passions (et, en général, celle qui occupe la première place dans notre esprit) en sorte qu'un tempérament coléreux ou des dispositions à l'amour, à la générosité, à la bonne humeur, à l'avarice ou à toutes autres choses se trouvent accrus et mis à découvert dans les libations.

Et cependant, aucune nation ne produisant plus de querelles entre gens ivres que l'Angleterre, surtout dans le bas peuple (car, en fait, pour ces gens, boire et se battre sont presque synonymes), je ne voudrais pas que l'on en conclût que les Anglais sont, parmi tous les peuples existants, celui qui a le plus mauvais caractère. Peut-être l'amour de la gloire seul est-il à la base de cet état de choses; de sorte que la juste conclusion semble être que nos compatriotes ont plus de cet amour et plus de vaillance qu'aucuns autres gens du peuple. Et cela d'autant plus qu'il est rare que se pratique en ces occasions quelque chose de méprisable, de déloyal ou de méchant; il arrive même souvent que les combattants expriment de la bienveillance les uns envers les autres au moment même de la lutte, et tout comme leur gaieté d'ivrogne aboutit généralement à une bataille, ces batailles aboutissent généralement à de l'amitié.

Mais revenons à notre histoire. Quoique Jones n'eût montré aucune intention d'offense, M. Blifil s'offensa vivement d'une conduite si peu compatible avec la sage et prudente réserve de son propre caractère. Il la supporta aussi avec d'autant plus d'impatience qu'elle lui parut très indécente en ce moment où, dit-il, la maison était une maison de deuil eu égard à sa chère mère; et s'il avait plu au Ciel de leur donner quelque espérance de la guérison de M. Allworthy, il serait plus séant d'exprimer la joie de leur cœur par des actions de grâces que par l'ivresse et le désordre, qui étaient plus propres à accroître la colère de Dieu qu'à la détourner. Thwackum, qui avait bu plus encore que Jones mais sans mauvais effet sur son cerveau, appuya la pieuse harangue de Blifil; mais Square, pour des raisons que le lecteur pourra sans doute deviner, resta tout à fait silencieux.

Le vin n'avait pas assez totalement subjugué Jones pour l'empêcher de se rappeler la perte subie par M. Blifil dès que celui-ci en fit mention. Aussi, comme nul n'était autant que lui prêt à avouer et condamner ses propres erreurs, tendit-il la main à M. Blifil et lui demanda-t-il pardon, disant que la joie extrême provoquée par le rétablissement de M. Allworthy avait chassé toute autre pensée de son esprit.

Blifil repoussa dédaigneusement sa main et répondit avec grande indignation qu'il n'y avait guère à s'étonner que des spectacles tragiques ne fissent aucune impression sur un aveugle; mais que, pour sa part, il avait l'infortune de savoir qui étaient ses parents et qu'il ne pouvait donc qu'être affecté par leur perte.

Jones qui, en dépit de ses bonnes dispositions, avait dans la constitution une certaine dose d'irascibilité, s'élança vivement de sa chaise et, saisissant Blifil au collet, s'écria :

— Damné gredin, prétends-tu m'outrager du malheur de ma naissance ?

Il accompagna ces mots de gestes si rudes qu'ils eurent vite raison du naturel pacifique de M. Blifil; et il s'ensuivit aussitôt une rixe qui aurait pu mal se terminer si Thwackum et le médecin ne s'étaient interposés; car, sa philosophie lui permettant de dominer toutes émotions, Square continua de fumer très calmement sa pipe comme c'était sa coutume dans toutes les bagarres, à moins qu'il ne craignît quelque danger de la voir briser dans sa bouche.

Les combattants, ainsi empêchés de tirer vengeance l'un de l'autre, eurent recours à l'expédient habituel à la fureur déçue et exhalèrent leur colère en menaces et en défis. Dans ce genre de conflit, la Fortune qui, dans l'attaque personnelle, semblait pencher du côté de Jones, était à présent entièrement en faveur de son ennemi.

La médiation des parties neutres finit toutefois par obtenir une trêve et toute la compagnie se rassit à table;

où, Jones s'étant laissé persuader de demander pardon et Blifil de l'accorder, la paix fut rétablie et tout parut revenu dans le *statu quo*.

Mais bien que la querelle fût, selon toute apparence, parfaitement apaisée, la bonne humeur qu'elle avait interrompue n'était en rien ramenée. Toute gaieté était maintenant effacée et la conversation ne consista plus qu'en graves citations de faits et en non moins graves observations à leur sujet. C'est là une sorte de conversation qui, si elle est fort digne et instructive, ne comporte que bien peu de divertissement; comme nous prétendons n'offrir que ce dernier au lecteur, nous négligerons tout ce qui put être dit jusqu'à ce que, le reste de la compagnie s'étant peu à peu égaillée, ne restèrent plus que Square et le médecin. La conversation prit alors un tour un peu plus animé par quelques commentaires sur ce qui s'était passé entre les deux jeunes gens, que le docteur déclara n'être l'un et l'autre que des chenapans — qualificatif que le philosophe approuva d'un hochement de tête fort sagace.

CHAPITRE X

Montrant la vérité de maintes observations d'Ovide et d'autres auteurs plus graves, qui ont prouvé sans réplique que le vin est souvent l'avant-coureur de l'incontinence.

JONES, en se retirant de la compagnie aux prises avec laquelle nous l'avons vu, se réfugia dans les champs, où il pensait qu'une promenade au grand air le calmerait avant son retour auprès de M. Allworthy. Là, tandis qu'il reprenait ses méditations sur sa chère Sophie, que la dangereuse maladie de son ami et bienfaiteur avait un moment interrompues, un incident se produisit, que nous rapporterons à regret et qu'on lira sans doute de même, mais que la vérité historique, pour laquelle nous professons un attachement si inviolable, nous oblige à communiquer à la postérité.

C'était par une douce soirée de la fin de juin que notre héros se promenait dans un délicieux bosquet où les brises légères qui éventaient les feuilles, unies au murmure doux et perlé d'un ruisseau et aux trilles mélodieux des rossignols, formaient la plus charmante harmonie. En ce site si agréablement propice à l'amour, il méditait sur sa chère Sophie. Tandis que sa lascive fantaisie vagabondait sans contrainte autour de tous les charmes de la jeune fille et que sa vive imagination la lui peignait sous diverses formes plus ravissantes les unes que les autres, son cœur ardent se fondit en tendresse; et finalement, se jetant sur le sol au bord du murmurant ruisseau, il laissa s'exhaler l'invocation suivante :

— O Sophie, si le Ciel te livrait entre mes bras, que béni serait mon état ! Maudite soit la fortune qui met la distance entre nous ! Si seulement je te possédais et que ta seule dot fût une robe en haillons, y aurait-il un seul homme sur terre que je pusse envier ? Combien la plus éblouissante beauté circassienne, revêtue de tous les joyaux de l'Inde, paraîtrait méprisable à mes yeux ! Mais pourquoi parler d'une autre femme ? Pourrais-je croire mes yeux capables de regarder toute autre que toi avec tendresse, que ces mains les arracheraient de ma tête. Non, ma Sophie, si une fortune cruelle nous sépare à jamais, mon âme n'adorera que toi seule. Je garderai à ton image la constance la plus chaste. Dussé-je ne jamais posséder ta charmante personne, toi seule seras toujours maîtresse de mes pensées, de mon amour, de mon âme. Ah ! mon cœur aimant est si bien pris par ce tendre sein que les plus éblouissantes beautés n'auraient pour moi aucuns charmes et qu'un ermite ne serait pas plus froid dans l'enlacement de leurs bras. Sophie, Sophie seule sera mienne. Que d'extases dans ce nom ! Je veux le graver sur chaque arbre.

Sur ces mots, il se leva vivement et vit, non pas sa Sophie, non, ni une jeune Circassienne richement et élégamment parée pour le sérail du Grand Seigneur. Non; sans robe, dans une chemise assez grossière et non des plus propres, humectée aussi de quelques effluves odorants, produits d'une journée de travail, une fourche à la main, s'avançait Mariette Seagrim. Notre héros tenait à la main son couteau, qu'il avait sorti dans le dessein sus-mentionné de tailler dans l'écorce, quand la fille, s'approchant de lui, s'écria avec un sourire : « Vous n'avez pas l'intention de me tuer, j'espère, Squire !

— Pourquoi pensez-vous que je voudrais vous tuer ? répondit Jones.

— Hé, répliqua-t-elle, après le cruel traitement que vous m'avez fait subir la dernière fois que je vous ai vu, me tuer serait peut-être trop de bonté pour que je l'attende de vous. »

Suivirent des pourparlers que j'omettrai, ne m'estimant pas tenu de les relater. Il suffira de savoir qu'ils durèrent un bon quart d'heure, à la conclusion duquel ils se retirèrent au plus épais du bois.

Certains de mes lecteurs pourront être enclins à trouver cet événement peu naturel. Le fait n'en est pas moins vrai, et peut-être suffira-t-il pour l'expliquer de suggérer que Jones pensait sans doute qu'une femme valait mieux qu'aucune, et que Mariette imaginait non moins probablement que deux hommes valent mieux qu'un seul. Outre le motif ci-dessus attribué à la conduite actuelle de Jones, le lecteur voudra bien se rappeler aussi à sa décharge qu'il n'était pas à ce moment tout à fait maître de ce merveilleux pouvoir de la raison, qui permet si bien aux hommes graves et sages de dominer leurs passions déréglées et de repousser tous ces amusements défendus. Le vin avait alors totalement éteint ce pouvoir chez lui. Il se trouvait, en vérité, dans un état où, si la raison était intervenue fût-ce seulement pour donner un conseil, elle aurait pu recevoir la réponse qu'un certain Cleostrate fit, il y a bien des années, à un imbécile qui lui demandait s'il n'avait pas honte d'être ivre : — « Et vous, dit Cleostrate, n'avez-vous pas honte d'admonester un homme ivre ? » A vrai dire, devant une cour de justice, l'ivresse ne doit pas servir d'excuse, mais devant le tribunal de la conscience c'en est une très grande; c'est pourquoi Aristote, qui approuve les lois de Pittacos[1] selon lesquelles les crimes des hommes ivres étaient passibles d'un châtiment double, admet qu'il y a plus de politique que de justice dans cette loi-là. Or, s'il est des infractions pardonnables du fait de l'ivresse, ce sont certainement celles dont M. Jones était, à ce moment, coupable : sujet sur lequel je pourrais étaler une grande abondance d'érudition, si j'imaginais que cela pût distraire mon lecteur ou lui apprendre quoi que ce soit qu'il ne sache déjà. Par égard pour lui, donc, je garderai mon érudition pour moi et je reviendrai à mon histoire.

On a observé que la Fortune fait rarement les choses à demi. En vérité, il n'y a pas de fin à ses caprices, qu'il lui plaise d'être agréable ou hostile. A peine notre héros se fut-il retiré avec sa Didon que

> *Speluncam* Blifil *dux et divinus eandem*
> *Deveniunt...*

le pasteur et le jeune squire, qui faisaient une grave promenade, arrivèrent à l'échalier qui ouvrait sur le bosquet, et le second aperçut les deux amants au moment même où ils disparaissaient.

Blifil reconnut fort bien Jones, quoiqu'il fût à une distance de plus de cent yards, et il fut aussi certain du sexe, sinon de la personne même de l'autre. Il tressaillit et invoqua le Seigneur en poussant une très solennelle exclamation.

Thwackum exprima quelque étonnement devant cette émotion soudaine et en demanda la raison. A quoi Blifil répondit qu'il était certain d'avoir vu un gars et une fille se retirer ensemble dans les buissons, cela, il n'en doutait pas, dans quelque mauvaise intention. Quant au nom de Jones, il trouva bon de le taire et nous laisserons au jugement du sagace lecteur de deviner pourquoi, car nous préférons toujours ne pas assigner de motifs aux actions des hommes quand il existe la moindre possibilité d'erreur.

Le pasteur, qui ne se contentait pas d'être personnellement d'une stricte chasteté mais était un grand ennemi du vice contraire chez tous les autres, prit feu à cette nouvelle. Il pria M. Blifil de le mener immédiatement à l'endroit. En s'avançant vers celui-ci il se répandit en menaces mêlées de lamentations; et il ne se retint pas de lancer quelques réflexions indirectes au sujet de M. Allworthy, insinuant que la perversité du pays était principalement due à l'encouragement qu'il avait donné au vice en témoignant d'une telle bonté envers un bâtard et en ayant atténué la juste et salutaire rigueur de la loi, qui réserve une peine très sévère aux filles de mauvaise vie.

Le chemin par lequel devaient passer nos deux chasseurs pour poursuivre leur gibier était si encombré de ronces que leur marche en fut considérablement ralentie et qu'il en résulta un tel bruissement que Jones fut suffisamment averti de leur arrivée avant qu'ils eussent pu le surprendre; et d'ailleurs Thwackum était si incapable de celer son indignation, il lançait tant de menaces à chaque pas que cela seul eût abondamment suffi pour faire savoir à Jones qu'il était (pour employer le langage des chasseurs) trouvé au gîte.

CHAPITRE XI

Dans lequel une image dans le goût des périodes longues d'un mille de M. Pope amène une bataille aussi sanglante qu'il s'en puisse livrer sans le secours de l'acier ou du fer.

De même que dans la saison du *rut* (terme grossier par lequel le vulgaire désigne les douces tendresses qui, dans la forêt bien boisée[1] du Hampshire, s'échangent entre amants de l'espèce férine), si, tandis que le cerf à l'orgueilleux cimier médite les jeux de l'amour, une couple de jeunes chiens ou toutes autres bêtes hostiles approchent assez près du temple de Vénus Férine pour que la belle biche se dérobe à ce lieu, mue par ce quelque chose, soit crainte ou folâtrerie, soit délicatesse ou pétulance, dont la nature a paré toutes les femelles ou qu'elle leur a tout au moins appris à affecter, de peur que la grossièreté des mâles ne permette à des yeux profanes de pénétrer les mystères samiens : car, lors de la célébration de ces rites, la prêtresse s'écrie avec celle de Virgile (qui devait alors travailler ferme à pareille célébration)

... Procul, o procul este, profani ;
Proclamat vates, totoque absistite luco.

... Loin d'ici, profanes, loin d'ici,
S'écrie la sibylle; abstenez-vous de paraître en ces bois.

Si, dis-je, tandis que ces rites sacrés, qui sont communs au *genus omne animentium,* sont en cours entre le cerf et sa maîtresse, quelque bête hostile s'aventure trop près, au premier signe donné par la biche effrayée, le cerf furieux et terrible se rue vers l'entrée du hallier; il se tient là, sentinelle gardant ses amours, frappe le sol du pied et de son bois haut brandi provoque fièrement au combat l'ennemi perçu.

Ainsi, et plus terrible, quand il entendit l'approche de l'ennemi, bondit notre héros. De maints pas il s'avança pour cacher la tremblante biche et, si c'était possible, assurer sa retraite. Alors Thwackum, ayant d'abord dardé un livide éclair de ses yeux enflammés, se mit à tonner en ces termes : « Honte à vous ! Honte à vous, monsieur Jones ! Est-il possible que ce soit vous !

— Vous le voyez, répondit Jones ; il est possible que je sois ici.

— Et qui est cette perverse catau qui est avec vous ? dit Thwackum.

— Si j'ai avec moi une perverse catau, s'écria Jones, il est possible que je ne vous dise pas qui c'est.

— Je vous ordonne de me le dire immédiatement, répliqua Thwackum ; et je ne voudrais pas que vous imaginiez, jeune homme, que votre âge, bien qu'il ait quelque peu restreint les fins de l'instruction, ait totalement dépossédé le maître de son autorité. Les relations entre maître et élève sont ineffaçables, comme, en vérité, le sont toutes autres relations, car elles tirent toutes leur origine du Ciel. Je voudrais donc que vous vous croyiez autant contraint de m'obéir maintenant que lorsque je vous enseignais vos premiers rudiments.

— Je pense bien que vous le voudriez ! s'écria Jones ; mais cela ne sera pas, à moins que vous ne puissiez me convaincre par les mêmes arguments de bouleau.

— Eh bien, je dois vous dire tout net, répliqua Thwackum, que je suis résolu à découvrir la perverse créature.

— Et moi je dois vous dire tout net, rétorqua Jones, que je suis résolu à ce que vous n'en sachiez rien. »

Thwackum fit alors mine d'avancer, et Jones le saisit par les bras, que M. Blifil s'efforça de délivrer, déclarant qu'il ne supporterait pas de voir insulter son vieux maître.

Jones, se trouvant alors aux prises avec deux antagonistes, estima nécessaire de se débarrasser de l'un d'eux aussitôt que possible. Il se tourna donc d'abord contre le plus faible ; et, laissant aller le pasteur, il décocha dans la poitrine du jeune squire un coup de poing qui, heureusement dirigé, lui fit mesurer la terre.

Thwackum était si avide de faire sa découverte qu'aussitôt qu'il se vit libre il s'avança droit dans les fougères sans trop s'occuper de ce qui pourrait arriver à son ami pendant ce temps; mais il n'avait fait que quelques pas dans le fourré quand Jones, qui en avait fini avec Blifil, rattrapa le pasteur et le tira en arrière par le pan de son habit.

Ce pasteur avait été un champion dans sa jeunesse et ses poings lui avaient acquis beaucoup d'honneur tant à l'école qu'à l'Université. Il avait, à la vérité, renoncé depuis bien des années à la pratique du noble art; mais cela n'empêchait pas son courage d'être pour le moins aussi robuste que sa foi et son corps aussi robuste que l'un et l'autre. Il était de plus, le lecteur s'en sera peut-être aperçu, quelque peu irascible de sa nature. Aussi, lorsque, se retournant, il vit son ami étendu à terre et qu'il se sentit en même temps si malmené par quelqu'un qui, dans le passé, n'avait jamais été que passif dans tous leurs conflits (circonstance fort aggravante), sa patience finit par céder; il se mit en position d'offensive et, rassemblant toutes ses forces, attaqua Jones de face avec autant d'impétuosité qu'il l'avait autrefois attaqué sur le derrière.

Notre héros reçut l'assaut de l'ennemi avec la plus inébranlable intrépidité et sa poitrine résonna sous le coup. Il rendit bientôt celui-ci avec non moins de violence, visant de même la poitrine du pasteur; mais lui rabattit habilement le poing de Jones de sorte qu'il n'atteignit que son ventre, ou deux livres de bœuf et autant de pudding étaient pour lors entreposés et d'où, par conséquent, ne put s'élever aucun son creux. Maints coups vigoureux, beaucoup plus agréables et aussi plus aisés à voir qu'à lire ou à décrire, furent échangés de part et d'autre; finalement, une chute violente, dans laquelle Jones avait lancé ses genoux dans la poitrine de Thwackum, affaiblit tant ce dernier que la victoire n'eût plus été douteuse si Blifil, qui avait alors recouvré sa force, n'était venu ranimer le combat et, en attaquant Jones, n'avait donné au pasteur un instant de répit pour se secouer les oreilles et reprendre son souffle.

Alors tous deux ensemble attaquèrent notre héros, dont les coups n'avaient plus la même vigueur tant il était affaibli par le combat avec Thwackum; car, bien que le pédagogue préférât jouer des soli sur l'instrument humain et qu'il ne fût accoutumé depuis quelque temps qu'à ceux-ci, il conservait assez de son ancienne science pour tenir fort bien sa partie dans un duo.

La victoire semblait devoir, selon l'usage moderne, revenir au nombre, quand soudain une quatrième paire de poings, apparaissant dans la bataille, rendit aussitôt les honneurs au pasteur, tandis que leur propriétaire s'écriait :

— Que le diable vous emporte ! N'avez-vous pas honte de tomber à deux sur un seul ?

Le combat, qui était de l'espèce que, pour la distinction, l'on appelle « royale[1] », fit alors rage avec une violence extrême durant quelques minutes, jusqu'à ce que, Jones ayant pour la seconde fois étendu Blifil à terre, Thwackum condescendit à demander quartier à son nouvel antagoniste, qui se trouva être M. Western en personne; car, dans la chaleur de l'action, aucun des combattants ne l'avait reconnu.

En fait, l'honnête squire, étant venu à passer, au cours de sa promenade de l'après-midi avec quelques personnes, par le champ où se déroulait le sanglant combat et ayant conclu, à voir trois hommes engagés, qu'il devait y en avoir deux du même côté, avait quitté précipitamment ses compagnons et, avec plus de vaillance que de politique, avait épousé la cause de la partie la plus faible. Et ce généreux procédé avait fort probablement empêché M. Jones de devenir victime du courroux de Thwackum et de la pieuse amitié que Blifil portait à son vieux maître; car, outre le désavantage de pareille inégalité, Jones n'avait pas encore suffisamment recouvré l'ancienne vigueur de son bras cassé. Ce renfort, cependant, mit bientôt fin à l'action et Jones, avec son allié, remporta la victoire.

CHAPITRE XII

Dans lequel se voit un spectacle plus touchant que tout le sang du corps de Thwackum et de Blifil, et de vingt autres de leurs semblables, ne serait capable d'en produire.

Le reste de la compagnie était arrivé sur ces entrefaites, comme le combat venait de s'achever. Elle était composée de l'honnête ecclésiastique que nous avons vu précédemment à la table de M. Western, de Mme Western, la tante de Sophie, et enfin de la belle Sophie elle-même.

A ce moment, l'aspect du sanglant terrain était le suivant : en un certain endroit gisait sur le sol, tout pâle et presque inanimé, Blifil le vaincu. Debout près de lui se trouvait Jones, presque entièrement couvert de sang, dont une partie était naturellement le sien et l'autre avait tout récemment appartenu à M. le Révérend Thwackum. En un troisième endroit se tenait ledit Thwackum, qui, tel le roi Poros[1], se soumettait d'un air sombre au vainqueur. Le dernier personnage du tableau était Western le Grand montrant une glorieuse clémence envers l'ennemi vaincu.

Blifil, chez lequel il ne restait guère signe de vie, fut tout d'abord l'objet des soins de la compagnie entière, et particulièrement de Mme Western, qui avait tiré de sa poche un flacon de corne de cerf et qui allait l'appliquer elle-même aux narines du blessé, quand tout à coup l'attention de tous les assistants fut détournée du pauvre Blifil, dont l'âme, si telle avait été son envie, eût pu saisir cette occasion de s'échapper en catimini et sans aucune cérémonie vers l'autre monde.

Car à ce moment un plus triste et plus aimable objet se trouva étendu sans mouvement devant eux. C'était la charmante Sophie elle-même qui, à la vue du sang ou par crainte pour son père ou pour toute autre cause, était tombée en pâmoison avant que quiconque ait pu se porter à son secours.

Mme Western la vit la première et poussa un cri.

Aussitôt deux ou trois voix enchaînèrent : « Mlle Western est morte ! » Corne de cerf, eau, tous les remèdes furent réclamés à la fois et dans l'instant.

Le lecteur se rappellera peut-être que, dans notre description de ce bosquet, nous avons parlé d'un ruisseau murmurant, lequel ne venait pas là, comme les doux ruisseaux qui coulent dans les romans vulgaires, sans autre but que de murmurer. Non ! La Fortune avait décidé d'ennoblir ce petit ruisseau d'un infiniment plus grand honneur que n'en mérita jamais aucun de ceux qui arrosent les plaines de l'Arcadie.

Jones était occupé à frotter les tempes de Blifil, car il commençait à craindre de lui avoir porté un coup de trop, quand les mots « Mlle Western » et « morte » frappèrent son oreille. Il se releva d'un bond, abandonna Blifil à son sort, s'élança vers Sophie et, tandis que tous les autres se heurtaient mutuellement en tous sens à la recherche d'eau dans les sentiers secs, il la prit dans ses bras et courut à travers champs vers le ruisseau sus-mentionné, où, s'étant plongé lui-même dans l'eau, il se mit en devoir de lui asperger abondamment le visage, la tête et le cou.

Il fut heureux pour Sophie que la même confusion qui empêchait ses autres amis de lui être utiles les empêchât également d'entraver l'action de Jones. Il l'avait déjà portée à mi-chemin avant qu'ils ne se rendissent compte de ce qu'il faisait, et il l'avait déjà rappelée à la vie quand ils atteignirent le bord de l'eau. Elle étendait les bras, ouvrait les yeux et s'écriait : « Ah, mon Dieu ! » au moment même où son père, sa tante et le pasteur arrivèrent.

Jones, qui avait jusqu'alors tenu dans les bras son ravissant fardeau, relâcha son étreinte; mais il lui fit en même temps une tendre caresse qu'elle n'aurait pu faire autrement que de remarquer si ses sens avaient été complètement rétablis. Or, comme elle n'exprima aucun déplaisir de cette liberté, il est à supposer qu'elle n'était pas encore assez remise de son évanouissement à ce moment-là.

Cette scène tragique se mua alors soudain en scène de joie. Notre héros en fut certes le personnage principal, car, de même qu'il ressentait sans doute un plaisir plus extatique d'avoir sauvé Sophie qu'elle n'en éprouvait elle-même d'avoir été sauvée, les félicitations adressées à la jeune fille furent loin d'égaler celles que reçut Jones, de la part surtout de M. Western lui-même, qui, après avoir étreint une ou deux fois sa fille, se mit à serrer et embrasser le jeune homme. Il l'appela le sauveur de Sophie et déclara qu'il n'y avait rien, hormis elle ou son domaine, qu'il ne fût prêt à lui donner; mais, après un instant de réflexion, il réserva aussi ses chiens courants, Le Chevalier et Mademoiselle Traînarde (c'est ainsi qu'il appelait sa jument favorite).

Toute inquiétude pour Sophie étant alors effacée, Jones devint l'objet des attentions du squire :

— Viens-t'en, mon gars, dit Western, ôte ton habit et lave-toi la figure, pasque t'es dans un sacré état, j' te l' promets bien ! Allons, allons, lave-toi et tu t'en viendras à la maison avec moi, et on verra à t' trouver qué'qu'aut' habit.

Jones obtempéra aussitôt, mit bas son habit, alla au bord de l'eau et se lava la figure et la poitrine, car celle-ci était tout aussi dénudée et sanglante que celle-là. Mais si l'eau pouvait laver le sang, elle n'était pas capable de faire disparaître les marques noires et bleues que Thwackum avait imprimées sur cette figure et cette poitrine et qui, aperçues de Sophie, lui tirèrent un soupir et un regard empli d'une inexprimable tendresse.

Ce regard, Jones le reçut en plein dans les yeux, et il lui fit infiniment plus d'effet que toutes les contusions reçues auparavant. Un effet entièrement différent, néanmoins; car c'était un baume si doux que, tous les coups précédents eussent-ils été des coups de poignard, il l'aurait empêché durant quelques minutes d'en ressentir la cuisson.

La compagnie revint alors vers le bosquet et arriva bientôt à l'endroit où M. Thwackum avait réussi à remettre M. Blifil sur ses jambes. Ici, nous ne pouvons nous retenir de faire entendre un vœu pieux : que toutes les querelles soient résolues à l'aide des seules armes données par la Nature, qui sait ce qui nous convient, et que le fer ne serve à creuser d'autres entrailles que celles de la terre. La guerre, ce passe-temps des monarques, serait alors presque inoffensive et les batailles entre grandes armées pourraient se livrer sur la demande particulière de quelques dames de qualité, qui, avec les rois eux-mêmes, pourraient assister en personne au conflit. Alors, le terrain pourrait être jonché de cadavres humains et, l'instant d'après, les morts, ou tout au moins la plupart d'entre eux, se relèveraient comme les troupes de M. Bayes[1] et se mettraient en marche au son du tambour ou du violon, selon que l'on en aurait à l'avance décidé.

Je voudrais éviter dans la mesure du possible de traiter ce sujet sur le mode plaisant de crainte que les gens graves et les politiques, dont je sais qu'ils ne supportent pas le badinage, ne fassent les dégoûtés; mais, réellement, une bataille ne pourrait-elle pas être aussi bien décidée par le nombre des têtes brisées, des nez sanglants et des yeux pochés que par la hauteur des monceaux de corps humains déchiquetés et massacrés ? Les villes ne pourraient-elles être disputées de la même manière ? Certes, ce projet pourrait être trouvé trop préjudiciable aux intérêts de la France, puisqu'elle perdrait ainsi l'avantage que lui donne sur les autres nations la supériorité de ses officiers du génie; mais quand je considère la vaillance et la générosité de ce peuple, je suis persuadé qu'il ne refuserait à aucun moment de se mettre à égalité avec l'adversaire ou, comme on dit, de lui faire pendant.

Mais de telles réformes sont plus à souhaiter qu'à espérer; aussi me contenterai-je de cette brève suggestion et reviendrai-je à mon récit.

Western entreprit alors de demander quelle avait été la cause première de la querelle. A quoi ni Blifil ni Jones ne répondirent; mais Thwackum dit d'un ton revêche : « Je pense que la cause n'est pas très loin d'ici : si vous battez bien les fourrés, vous ne tarderez pas à la découvrir.

— La découvrir ? Comment ! vous vous êtes donc battus pour une fille ?

— Demandez-le donc au jeune homme qui est là en gilet, dit Thwackum; c'est lui qui est le mieux renseigné.

— Oh, alors, c'est certainement une fille, s'écria Western. Ah, Tom, Tom, tu es un chaud lapin. Mais allons, Messieurs, soyez tous amis et venez chez moi pour faire définitivement la paix autour d'une bouteille.

— Je vous demande pardon, Monsieur, dit Thwackum; ce n'est pas une affaire légère pour un homme comme moi d'être ainsi injurieusement traité et bourré de coups par un gamin pour la seule raison que je voulais remplir mon devoir en tâchant de découvrir et d'amener devant la Justice une catin lubrique; mais, en vérité, la faute principale en est à M. Allworthy et à vous-même; car si vous appliquiez la loi, comme vous le devriez, vous auriez tôt fait de débarrasser le pays de cette vermine.

— J'aimerais autant le débarrasser de renards, s'écria Western. Je trouve que nous devrions encourager le réapprovisionnement en hommes, dont il tombe chaque jour un si grand nombre à la guerre. — Mais où est-elle ? Montre-la-moi, Tom, je t'en prie. »

Il se mit en devoir de battre les alentours de la même manière et en employant le même langage que s'il eût été en train de traquer un lièvre; et, à la fin, il s'écria : « Soho[1] ! La bête n'est pas loin. Voici son gîte, pardieu ! je crois que je peux crier : délogée. »

Il le pouvait bien, en effet, car il venait de découvrir l'endroit d'où la pauvre fille avait décampé dès le début de la bagarre sur le même nombre de pattes que le lièvre en emploie d'ordinaire en voyage.

Sophie demanda alors à son père de rentrer à la maison, disant qu'elle se sentait très faible et craignait une rechute. Le squire se rendit aussitôt à la prière de sa fille (car c'était le plus tendre des pères). Il déploya tous ses efforts pour convaincre l'ensemble des personnes présentes à venir souper chez lui; mais Blifil et Thwackum refusèrent formellement, le premier disant qu'il avait plus de raisons de décliner cet honneur qu'il ne pouvait en donner sur le moment, et le second déclarant (à juste titre peut-être) qu'il n'était pas convenable pour quelqu'un de sa condition de se montrer nulle part dans l'état où il était.

Jones était incapable de refuser le plaisir de se trouver avec Sophie; aussi partit-il avec le squire Western et ses dames, le pasteur formant l'arrière-garde. Celui-ci s'était bien offert à demeurer avec son confrère Thwackum, assurant que son respect envers l'habit ecclésiastique ne lui permettait pas de partir; mais Thwackum ne voulut pas accepter cette faveur et le poussa sans trop de civilité à la suite de M. Western.

Ainsi finit la sanglante bagarre, et ainsi finira le cinquième livre de cette histoire.

LIVRE VI

CHAPITRE PREMIER

De l'amour.

DANS notre dernier livre, nous avons dû passablement nous occuper d'amour; et dans le suivant, nous serons forcés d'en traiter encore plus abondamment. Il ne sera donc peut-être pas déplacé de nous livrer ici à l'examen de la doctrine moderne de certains philosophes qui, entre autres admirables trouvailles, prétendent avoir découvert que pareille passion n'existe pas dans le cœur humain.

Que ces philosophes fassent partie de cette secte surprenante que feu le Dr Swift a mentionnée en bonne place comme ayant découvert par le simple pouvoir du seul génie, sans l'aide d'aucune instruction ni même de lecture, qu'il n'y a pas de Dieu; ou qu'ils ne soient pas plutôt de ceux qui, il y a quelques années, alarmèrent fort le monde en montrant qu'il n'existe réellement dans la nature humaine ni vertu ni bonté et qui assignaient l'orgueil pour mobile à nos meilleures actions, je n'aurai pas la présomption de le déterminer ici. En réalité, j'inclinerais assez à croire que tous ces découvreurs de vérités sont précisément les mêmes hommes que d'autres appellent découvreurs d'or. Les méthodes employées dans ces deux recherches, celle de la vérité et celle de l'or, ne faisant qu'une, à savoir fouiller, fourrager et scruter dans des endroits nauséabonds; en fait, pour le premier cas, dans le plus nauséabond de tous : un cœur mauvais.

Mais quoique, sous ce rapport et peut-être aussi par

leur succès, le découvreur de vérités et le découvreur d'or soient fort justement comparables, pour ce qui est de la modestie il ne saurait sûrement y avoir aucune comparaison entre les deux; car qui a jamais entendu parler d'un découvreur d'or qui ait eu l'impudence ou la folie d'affirmer, se fondant sur l'insuccès de ses recherches, qu'il n'existe dans le monde rien de tel que l'or ? alors que le découvreur de vérités, après avoir bien raclé ce cloaque qu'est son cœur et avoir constaté l'incapacité où il était d'y trouver aucun rayon de la divinité ni quoi que ce soit de vertueux, de bon, de beau ou d'aimant, en conclut en toute justice, en toute honnêteté, en toute logique, qu'il n'existe rien de tel dans toute la création.

Afin néanmoins d'éviter, s'il est possible, toute querelle avec ces philosophes, puisqu'ils se donnent ce nom, et de montrer notre propre désir d'arranger pacifiquement les choses entre nous, nous leur ferons ici certaines concessions qui mettront peut-être fin à la dispute.

Premièrement, nous accorderons que bien des cœurs, dont peut-être celui des philosophes, sont entièrement dénués de la moindre trace d'une telle passion.

Deuxièmement, que ce que l'on appelle communément l'amour, c'est-à-dire le désir d'assouvir un appétit vorace grâce à une certaine quantité de blanche et délicate chair humaine, n'est en rien la passion dont je discute ici. C'est à plus proprement parler une faim; et de même qu'aucun glouton n'a honte d'appliquer le mot amour à son appétit et de dire qu'il AIME A LA FOLIE tel ou tel plat, l'amoureux de ce genre peut tout aussi justement dire qu'il a FAIM de telle ou telle femme.

Troisièmement, je concéderai — et je pense que l'on accordera à cette concession la valeur qu'elle mérite — que l'amour dont je me fais l'avocat, tout en se satisfaisant d'une façon beaucoup plus délicate, n'en recherche pas moins sa propre satisfaction autant que le plus grossier de tous nos appétits.

Et enfin que cet amour, quand il joue en faveur d'une personne de sexe différent, est très sujet, pour parvenir à son complet assouvissement, à appeler à son aide la faim que j'ai mentionnée plus haut et qu'il est si loin de diminuer qu'il en accroît tous les délices à un degré à peine imaginable pour ceux qui n'ont jamais été susceptibles d'autres émotions que celles provenant de l'appétit seul.

En retour de toutes ces concessions, je voudrais que les philosophes m'accordent qu'il existe dans certains (et à mon avis dans maints) cœurs humains une disposition à la bonté et à la bienveillance qui se plaît à contribuer au bonheur d'autrui. Que dans cette seule satisfaction, comme dans l'amitié, dans l'affection filiale ou paternelle, comme en fait dans la philanthropie en général, il y a une grande, une exquise jouissance. Que, si l'on ne veut pas appeler pareille disposition amour, on n'a aucun autre nom à lui donner. Que, quoique les plaisirs résultant d'un amour si pur puissent recevoir des désirs érotiques plus de force et de douceur, celui-ci peut subsister seul et son intervention ne détruit pas non plus ceux-là. Enfin, que l'estime et la gratitude sont les mobiles propres à l'amour, comme la jeunesse et la beauté le sont au désir et que, par conséquent, bien que pareil désir puisse naturellement cesser quand l'âge ou la maladie atteint son objet, ceux-ci ne peuvent avoir aucun effet sur l'amour, non plus qu'ils ne peuvent ébranler ou détruire dans un cœur valeureux ce sentiment ou cette passion qui a la gratitude ou l'estime pour base.

Nier l'existence d'une passion dont nous voyons souvent des exemples manifestes paraît aussi étrange qu'absurde; et cette négation ne peut provenir que de cet avertissement intérieur dont nous avons parlé : mais comme cela est injuste ! L'homme qui ne reconnaît en son propre cœur aucune trace d'avarice ou d'ambition en conclut-il que ces passions n'existent pas dans la nature humaine ? Pourquoi ne voulons-nous pas modestement observer la même règle pour juger le bien autant que le mal chez autrui ? Ou pourquoi, en tout cas, voulons-nous, comme dit Shakespeare, « mettre le monde entier en notre personne » ?

Une vanité excessive prévaut ici, je le crains; et l'on peut y voir un exemple de l'adulation que nous accordons presque universellement à notre propre cœur. Car il n'y a guère d'hommes, quelque mépris qu'ils puissent avoir pour les flatteurs, qui ne s'abaissent le plus platement du monde à se flatter soi-même.

C'est donc à ceux dont le cœur peut porter témoignage de ce que j'avance que j'en appelle de la vérité de mes observations. Ainsi, examinez le vôtre, cher lecteur, et décidez si vous partagez ma pensée en la matière. Dans l'affirmative, vous pouvez en trouver la démonstration dans les pages suivantes; dans le cas contraire, vous avez déjà lu plus que vous n'avez compris, je vous l'assure, et il serait plus sage de poursuivre vos affaires ou vos plaisirs (quels qu'ils soient) que de perdre encore du temps à lire ce que vous ne pouvez ni goûter ni comprendre. Traiter pour vous des effets de l'amour doit être aussi absurde que de discourir de couleurs devant un aveugle de naissance; puisque votre idée de l'amour est peut-être aussi absurde que celle qu'un aveugle s'était faite, à ce qu'il rapporte, de la couleur écarlate : celle-ci lui paraissait fort semblable au son de la trompette, et l'amour, selon votre opinion, peut tout aussi bien ressembler à une assiette de potage ou à un rôti de bœuf.

CHAPITRE II

Caractère de Mme Western. Son vaste savoir et sa grande connaissance du monde ; exemple de la profonde pénétration qu'elle tirait de ces avantages.

Le lecteur a vu M. Western, sa sœur et sa fille se rendant avec le jeune Jones et le pasteur à la demeure du squire, où la majeure partie de la compagnie passa la soirée dans la joie et les réjouissances. Sophie fut, en fait, la seule à rester sérieuse, car pour Jones, bien que l'amour fût alors entièrement maître de son cœur, les agréables réflexions sur le rétablissement de M. Allworthy et la présence de sa maîtresse, jointes à quelques tendres regards qu'elle ne pouvait de temps à autre se retenir de lui lancer, exaltèrent si bien notre héros qu'il prit pleinement part à la gaieté des trois autres, qui étaient parmi les plus enjoués du monde.

Le lendemain matin, au petit déjeuner, Sophie conserva la même gravité d'expression, et elle se retira plus tôt qu'à l'accoutumée, laissant son père et sa tante en tête à tête. Le squire ne prêta pas attention à ce changement dans l'humeur de sa fille. A vrai dire, encore qu'il s'occupât un peu de politique et qu'il se fût deux fois porté candidat de l'opposition lors d'élections, il n'était pas très observateur. Sa sœur était autrement douée. Elle avait vécu dans l'entourage de la Cour et vu le monde. Elle avait ainsi acquis toutes les connaissances qu'impartit d'ordinaire ledit monde et était parfaitement maîtresse de ses manières, coutumes, cérémonies et modes. Son érudition ne s'arrêtait d'ailleurs pas là. Elle s'était considérablement développé l'esprit par l'étude; non seulement elle avait lu toutes les pièces, les opéras, les oratorios, les poèmes et les romans modernes — dont elle était un juge qualifié —, mais elle avait étudié toute l'*Histoire d'Angleterre* de Rapin[1], l'*Histoire romaine* d'Eachard[2] et maints *Mémoires pour servir à l'Histoire* français; à quoi elle avait ajouté la plupart des opuscules et journaux politiques parus au cours des vingt dernières années. Toutes ces lectures l'avaient rendue fort compétente en politique, et elle pouvait discourir très savamment sur les affaires de l'Europe. Elle était en outre tout à fait versée dans la doctrine de l'amour et savait mieux que personne qui et qui étaient ensemble, connaissance qu'elle atteignait d'autant plus aisément qu'elle n'était jamais distraite par aucune aventure personnelle, soit qu'elle n'eût aucune inclination, soit qu'elle ne les eût jamais sollicitées — cette seconde hypothèse étant la plus probable, car sa personne masculine, qui mesurait près de six pieds de haut, jointe à ses manières et à son érudition, empêchait peut-être l'autre sexe de la regarder comme une femme en dépit de ses jupons. Quoi qu'il en soit, comme elle avait scientifiquement considéré la question, elle connaissait parfaitement, encore que sans les avoir jamais pratiqués, tous les artifices qu'emploient les belles dames quand elles désirent donner un encouragement ou dissimuler un penchant, ainsi que l'accessoire étendu des sourires, regards en coulisse, œillades, etc., tel qu'il est en usage à présent dans le beau monde. En résumé, aucune sorte de feinte ou d'affectation n'avait échappé à son observation; mais pour ce qui était des démarches simples et candides d'une nature sincère, n'en ayant jamais vu, elle ne pouvait en connaître que peu de chose.

Grâce à cette étonnante sagacité, Mme Western crut avoir découvert quelque chose dans le cœur de Sophie. La première impression qu'elle en reçut lui fut fournie par le comportement de cette jeune personne sur le champ de bataille; et le soupçon qu'elle conçut alors se trouva fortement corroboré par certaines observations qu'elle fit ce soir-là et le lendemain matin. Cependant, comme elle tenait avant tout à éviter d'être prise en défaut, elle garda le secret dans son sein quinze jours entiers, se contentant de laisser échapper quelques allusions indirectes, telles que minauderies, clins d'œil, signes de tête ou de temps à autre quelque parole obscure, qui, en fait, alarmèrent passablement Sophie, sans aucunement atteindre son frère.

Mais quand, au bout de quelque temps, elle fut bien assurée de la vérité de son observation, elle saisit, un matin qu'elle était seule avec son frère, l'occasion d'interrompre un air qu'il sifflait :

— Dites-moi, mon frère, n'avez-vous rien observé d'extraordinaire chez ma nièce, ces derniers temps ?

— Non, pas moi, répondit Western. Y a-t-il quelque chose chez elle qui ne va pas ?

— Je le crois, répondit-elle — et quelque chose de fort important.

— Mais elle ne se plaint de rien, s'écria Western; et elle a déjà eu la petite vérole.

— Mon frère, répliqua-t-elle, les filles sont sujettes à d'autres maladies que la petite vérole, et parfois bien plus dangereuses.

Ici, Western l'interrompit avec une grande vivacité et la pria, si Sophie souffrait de quelque chose, de le lui dire tout aussitôt, ajoutant qu'elle savait bien qu'il chérissait sa fille plus que son âme et que, pour elle, il enverrait chercher le meilleur médecin jusqu'au bout du monde.

— Non, non, répondit-elle en souriant, le mal n'est pas si terrible; mais vous êtes bien convaincu, je pense, mon frère, que je connais le monde, et je vous promets que, si ma nièce n'est pas éperdument amoureuse, je ne me suis jamais tant trompée de ma vie.

— Comment ! Amoureuse ! s'écria Western avec emportement, amoureuse sans m'en parler ! Je la déshériterai; je la mettrai à la porte, toute nue, sans un sou. Est-ce à ça que doivent aboutir toutes mes bontés, toute ma tendresse pour elle, à tomber amoureuse sans m' demander la permission ?

— Mais, répondit Mme Western, vous n'allez pas mettre à la porte cette fille que vous aimez plus que votre âme sans même savoir si vous approuvez son choix. A supposer qu'elle l'ait fixé sur l'homme même que vous voudriez, vous ne seriez pas irrité alors, j'espère ?

— Non, non, s'écria Western, ce serait bien différent. Si elle épouse celui que je voudrais pour elle, elle peut bien aimer qui ça lui chante, je ne vais pas m'en mettre martel en tête.

— Voilà qui est parler en homme sensé, répondit sa sœur; mais j'ai l'impression que la personne même qu'elle a choisie est celle que vous choisiriez pour elle. Je veux bien renier toute connaissance du monde, s'il n'en est pas ainsi; et je pense, mon frère, que vous m'en reconnaîtrez quelque peu.

— Allons, ma sœur, dit Western, je crois certes que vous en avez autant que quelque femme que ce soit; et, pour sûr, ce sont là affaires de femmes. Vous savez que je n'aime pas vous entendre parler politique; c'est un domaine qui nous appartient et dont les femmes ne devraient pas se mêler; mais venons-en au fait : qui est-ce ?

— Ma foi ! vous pouvez le découvrir tout seul, si cela vous plaît. Vous n'aurez aucune peine, vous qui êtes si grand politique. Le jugement capable de pénétrer dans les cabinets des princes et de découvrir les ressorts secrets qui font mouvoir les grands rouages de toutes les machines politiques de l'Europe doit certainement pouvoir découvrir sans grande difficulté ce qui se passe dans le cœur primitif et inaverti d'une jeune fille.

— Ma sœur, s'écria le squire, je vous ai souvent avertie de ne pas me parler ce charabia de la Cour. Je vous l'ai dit, je n'entends pas ce jargon; mais je puis lire un journal ou la *London Evening Post*. Y a bien de temps à autre une ligne que je ne comprends pas trop bien pasque la moitié des lettres manquent; mais je sais très bien ce qu'on veut dire par là et que nos affaires ne vont pas du tout aussi bien qu'elles le devraient, à cause des pots-de-vin et de la corruption.

— J'ai infiniment pitié de votre ignorance de campagnard, s'écria la dame.

— Vraiment ? répondit Western, eh bien, moi j'ai

grand'pitié de votre science de citadine; je préférerais être n'importe quoi plutôt que courtisan, et presbytérien, et Hanovrien par-dessus le marché, comme certaines personnes le sont sans doute.

— Si c'est moi que vous entendez par là, répondit-elle, je ne suis qu'une femme, vous savez, mon frère, et mes opinions ne signifient pas grand'chose. D'ailleurs...

— Je le sais bien que vous êtes une femme, s'écria le squire, et cela vaut mieux pour toi; si tu étais un homme, j' te promets bien qu'il y a longtemps que j' t'aurais donné une pichenette.

— Hé oui, dit-elle, et dans cette pichenette-là réside toute la supériorité que vous vous prêtez. Vos corps sont plus forts que les nôtres, non vos cervelles. Croyez-moi, il est bon pour vous que vous puissiez nous battre; sans quoi, telle est la supériorité de notre intelligence que nous ferions de vous tous ce que sont déjà les hommes braves, sages, spirituels et polis : nos esclaves.

— Je suis heureux de connaître votre pensée, répondit le squire. Mais nous parlerons plus longuement de cela une autre fois. Pour le moment, dites-moi donc quel est l'homme dont il s'agit pour ma fille.

— Un instant de patience, dit-elle, le temps pour moi de digérer ce souverain mépris que j'éprouve pour votre sexe, sans quoi je devrais être fâchée aussi contre vous. Là... je me suis arrangée pour l'avaler. Et maintenant, mon brave monsieur le politique, que pensez-vous de M. Blifil ? Ne s'est-elle pas évanouie en le voyant étendu inanimé à terre ? Et quand il fut revenu à lui, n'a-t-elle pas derechef pâli dès qu'il approcha de la partie de terrain où elle se tenait ? Et quelle autre raison y aurait-il, je vous prie, à toute cette mélancolie ce soir-là à souper, le lendemain matin et, en fait, sans cesse depuis lors ?

— Par saint Georges ! s'écria le squire; maintenant que vous m'y faites penser, je me rappelle tout. C'est certainement vrai, et j'en suis heureux du fond du cœur. Je savais que Sophie était une bonne fille et qu'elle ne tomberait pas amoureuse de façon à me fâcher. Je n'ai jamais été si content de ma vie; car rien ne peut faire aussi bien l'affaire que l'union de nos deux domaines. J'y pensais depuis quelque temps : ils sont en quelque sorte déjà mariés, et il serait mille fois dommage de les séparer. Il est vrai, bien sûr, qu'il y en a de plus grands dans ce royaume, mais pas dans notre comté, et j'aimerais mieux rabattre quelque chose que marier ma fille à des inconnus ou des étrangers. D'ailleurs, la plupart des grands domaines sont entre les mains de lords, et j'ai en horreur jusqu'à leur nom. Eh bien, mais, ma sœur, que me conseilleriez-vous de faire ? car, je vous le dis, les femmes s'entendent mieux que nous à ces affaires-là.

— Oh, votre humble servante, Monsieur, répondit la dame; nous vous sommes fort obligée de nous reconnaître une capacité en quelque matière. Or çà, puisque vous daignez, très politique monsieur, me demander mon avis, je crois que vous pourriez proposer ce mariage à Allworthy lui-même. Il n'y a aucune inconvenance à ce que la proposition vienne du père de l'un ou l'autre parti. Le roi Alcinoüs, dans *l'Odyssée* de M. Pope, offre sa fille à Ulysse. Je n'ai pas besoin d'avertir une personne si politique de ne pas dire que votre fille est amoureuse; cela, oui, serait contre toutes les règles.

— Eh bien, dit le squire, je vais faire la proposition; mais je lui collerai certainement une gifle s'il me refuse.

— N'ayez crainte, s'écria Mme Western; cette union est trop avantageuse pour qu'on la refuse.

— Je n'en sais trop rien, répondit le squire. Allworthy est un drôle de pistolet et l'argent n'a sur lui aucun effet.

— Mon frère, dit la dame, votre politique m'étonne. Vous en laissez-vous vraiment imposer par les professions de foi ? Croyez-vous donc que M. Allworthy éprouve plus qu'un autre du mépris pour l'argent parce qu'il en affecte davantage ? Pareille crédulité siérait mieux à l'une de nous autres, faibles femmes, qu'à ce sexe sagace que le Ciel a formé pour en faire des politiques. Vraiment, mon frère, quel beau plénipo vous feriez pour négocier avec les Français ! Ils auraient tôt fait de vous persuader qu'ils prennent les villes par simple principe défensif.

— Ma sœur, répondit le squire d'un ton fort dédaigneux, que vos amis de la Cour répondent des villes prises; comme vous êtes une femme, je n'en jetterai aucun blâme sur vous, car je pense qu'ils ne sont pas assez sots pour confier des secrets aux femmes.

Il accompagna ces paroles d'un rire si sarcastique que

Mme Western n'en put supporter davantage. Elle avait été tout ce temps aiguillonnée en un de ses points sensibles (car elle était réellement très versée en ces matières et ses opinions là-dessus étaient violentes) et, éclatant soudain, elle déclara tout net que son frère n'était qu'un rustre et un lourdaud et qu'elle ne resterait pas plus longtemps dans sa maison.

Le squire, bien qu'il n'eût peut-être jamais lu Machiavel, était sur certains points un parfait politique. Il observait vigoureusement tous les sages principes que l'on inculque si bien à l'école politico-péripatéticienne d'Exchange Alley[1]. Il connaissait la juste valeur et le seul usage de l'argent, à savoir de l'entasser. Il était également très au fait de la valeur exacte des réversions, espérances, etc., et il avait souvent évalué l'importance de la fortune de sa sœur et considéré les chances pour lui ou sa postérité d'en hériter. Or, il était infiniment trop avisé pour sacrifier celles-ci à un ressentiment insignifiant. Quand, donc, il vit qu'il avait poussé les choses trop loin, il commença à penser à les raccommoder; ce qui n'était pas une tâche bien ardue, car la dame avait une grande affection pour son frère et une plus grande encore pour sa nièce; et, quoiqu'un peu trop sensible à un affront fait à ses talents politiques, c'était une femme d'une bonté et d'une douceur extraordinaires.

En conséquence, après s'être tout d'abord assuré des chevaux à qui il ne laissa d'autre issue pour sortir de l'écurie que la fenêtre, il tourna ses efforts vers sa sœur, l'attendrit et l'apaisa en retirant tout ce qu'il avait dit et en avançant des assertions exactement contraires à celles qui l'avaient exaspérée. Il appela enfin à son secours l'éloquence de Sophie qui, outre toute la grâce et la séduction de son adresse, avait l'avantage de trouver chez sa tante une oreille des plus partiales et des plus favorables.

Le résultat de tout cela fut un sourire bienveillant de Mme Western, qui dit :

— Mon frère, vous êtes un parfait Croate; mais tout comme ces gens-là ont leur utilité dans l'armée de l'impératrice-reine, vous aussi avez quelque chose de bon en vous. Je signerai donc encore une fois un traité de paix avec vous et veillerai à ce que vous ne l'enfreigniez pas de votre côté; au moins, puisque vous êtes un si excellent politique, puis-je espérer que vous observerez vos alliances, comme les Français, jusqu'à ce que votre intérêt vous commande de les rompre.

CHAPITRE III

Contenant deux défis aux critiques.

Le squire, après avoir arrangé les affaires avec sa sœur comme nous l'avons vu au précédent chapitre, fut si impatient de faire connaître sa proposition à Allworthy que Mme Western eut toutes les peines du monde à l'empêcher d'aller à cette fin rendre visite à ce gentilhomme, tout souffrant qu'il était.

M. Allworthy avait accepté une invitation à dîner chez M. Western à l'époque où il était tombé malade. Aussitôt donc qu'il se trouva libéré de l'emprise de la médecine, il pensa (comme c'était son habitude dans les grandes aussi bien que dans les petites occasions) à remplir son engagement.

Dans l'intervalle qui s'était écoulé entre le dialogue rapporté au dernier chapitre et ce jour de réjouissance publique, Sophie avait tiré de certaines obscures allusions lancées par sa tante une certaine appréhension que la sagace dame n'eût quelque soupçon de sa passion pour Jones. Elle décida alors de saisir cette occasion de balayer toute suspicion de ce genre en apportant une réserve absolue à sa conduite.

Premièrement, elle s'efforça de cacher la tristesse dont palpitait son cœur sous la plus grande sémillance d'expression et la plus vive gaieté de manières. Secondement, elle ne conversa qu'avec M. Blifil et n'accorda pas, de toute la journée, la moindre attention au pauvre Jones.

Le squire fut si enchanté de ce comportement de sa fille qu'il mangea à peine, passant presque tout son temps à guetter les occasions de transmettre, par force clins d'œil et signes de tête, des marques d'approbation à sa sœur, qui, elle, ne fut pas, au début, tout à fait aussi satisfaite que son frère de ce qu'elle voyait.

En bref, Sophie outra tellement son rôle que sa tante, dès l'abord saisie, commença de soupçonner chez elle quelque affectation; mais, étant elle-même femme fort artificieuse, elle attribua bientôt cela à un artifice extrême chez sa nièce. Elle se rappela les nombreuses allusions qu'elle avait adressées à sa nièce concernant l'amour qu'elle lui supposait, et elle imagina que Sophie avait choisi ce moyen ironique de lui faire perdre son opinion par une civilité exagérée, idée que confirmait grandement l'excessive gaieté dont tout cela s'accompagnait. Nous ne pouvons éviter de faire observer ici que cette conjecture eût été mieux fondée si Sophie eût respiré dix ans l'air de Grosvenor Square[1], où les jeunes personnes apprennent admirablement l'art de se moquer et de jouer de cette passion, qui est une chose extrêmement sérieuse dans les forêts et les bois à cent milles de distance de Londres.

A vrai dire, pour déceler la tromperie des autres, il importe beaucoup que la même clef serve à remonter — si l'on me permet cette image — nos artifices et les leurs, car des hommes très habiles échouent parfois pour avoir estimé les autres plus sagaces ou, autrement dit, plus grands fripons qu'ils ne l'étaient en réalité. Comme cette observation ne manque pas de profondeur, je l'éclairerai de l'anecdote suivante : trois paysans poursuivaient un voleur du Wiltshire à travers Brentford. Le plus simple, voyant écrit sur une enseigne « Auberge du Wiltshire », conseilla à ses compagnons d'y entrer, vu qu'ils y trouveraient sans doute leur compatriote. Le deuxième, qui était plus sagace, rit de cette simplicité; mais le troisième, qui était encore plus sagace, répondit : « Entrons tout de même, car il peut croire que nous ne penserions pas qu'il aille se mêler à ceux de son propre comté. » Ils entrèrent donc et fouillèrent toute la maison, ce qui les empêcha de rattraper le voleur, qui n'avait à ce moment que fort peu d'avance sur eux et qui — ils le savaient tous trois, mais n'y avaient pas songé un seul instant — ne savait pas lire.

Le lecteur nous pardonnera une digression dans laquelle lui est révélé un secret si inestimable, car tout joueur conviendra qu'il est fort nécessaire de connaître exactement la façon de jouer de l'adversaire pour pouvoir le contre-miner. Elle donne en outre une raison pour laquelle on voit souvent l'homme le plus sensé être la dupe du plus faible et pour laquelle maints caractères simples et innocents sont si généralement mal compris et dénaturés ; mais, ce qui est plus important, elle expliquera comment Sophie put ainsi abuser une tante si avisée.

Le dîner fini et la compagnie passée au jardin, M. Western, qui était entièrement convaincu de la certitude de ce que lui avait dit sa sœur, entraîna M. Allworthy à l'écart et lui proposa tout de go une union entre Sophie et le jeune M. Blifil.

M. Allworthy n'était pas de ces hommes dont le cœur palpite à la nouvelle soudaine et inattendue d'un avantage matériel. Son âme était en fait tempérée de la philosophie qui convient à un homme et à un chrétien. Il n'affectait pas une domination absolue de tout plaisir et de toute douleur, de toute joie et de tout chagrin ; mais il ne se laissait pas non plus démonter ou troubler au moindre coup accidentel, au moindre sourire ou froncement de sourcil de la Fortune. Il accueillit donc l'offre de M. Western sans laisser voir aucune émotion et sans changer d'expression. Il dit que cette alliance correspondait à ses plus sincères désirs ; puis il se lança dans un éloge très justifié des mérites de la jeune personne, admit que la proposition était avantageuse du point de vue de la fortune, et, après avoir remercié M. Western de la bonne opinion qu'il avait exprimée sur son neveu, conclut en disant que, si les jeunes gens se plaisaient, il serait très désireux d'entériner l'affaire.

Western fut un peu déçu de la réponse de M. Allworthy, qui n'était pas aussi chaleureuse qu'il l'avait espéré. Il traita avec grand dédain le doute exprimé sur l'amour réciproque des deux jeunes gens, disant que les parents étaient les meilleurs juges des unions qui convenaient à leurs enfants ; que, pour sa part, il exigerait de sa fille l'obéissance la plus résignée ; et que si un jouvenceau quelconque pouvait refuser une telle compagne de lit, il était son humble serviteur et il espérait qu'il n'y avait pas d'offense.

Allworthy s'efforça d'apaiser ce ressentiment par un vif panégyrique de Sophie, déclarant qu'il ne doutait pas que M. Blifil n'accueillît l'offre avec joie. Mais tout fut inutile, et il ne put obtenir du squire d'autre réponse que : « Je ne dis plus rien... j'espère humblement qu'il n'y a pas d'offense... c'est tout », mots qu'il répéta au moins cent fois avant que les deux hommes ne se séparassent.

Allworthy connaissait trop bien son voisin pour s'offenser de cette conduite; et, quoiqu'il fût assez ennemi de la rigueur que certains parents exercent sur leurs enfants en matière de mariage pour avoir décidé de ne jamais forcer les inclinations de son neveu, la perspective de cette union ne lui plaisait pas moins énormément; car tout le pays retentissait des louanges de Sophie et il avait lui-même grandement admiré les dons exceptionnels de son cœur autant que de sa personne. Auxquelles considérations je pense que l'on peut ajouter celle de sa grande fortune que, s'il était trop posé pour s'en laisser griser, le bon sens lui interdisait de mépriser.

Et ici, en défi à tous les critiques qui aboient de par le monde, je ferai ce que je dois en insérant une digression concernant la véritable sagesse, dont M. Allworthy était réellement un aussi grand modèle qu'il l'était de la bonté.

La véritable sagesse donc, nonobstant tout ce que le pauvre poète de M. Hogarth peut avoir écrit contre les richesses et en dépit de tout ce qu'aucun théologien riche et bien nourri peut avoir prêché contre le plaisir, ne consiste pas dans le mépris de l'une ni de l'autre de ces choses. Un homme peut avoir autant de sagesse au sein d'une abondante fortune qu'aucun mendiant des rues; il peut aussi jouir de la compagnie d'une épouse ravissante ou d'un excellent ami sans que cela l'empêche de rester aussi sage que le plus revêche des papistes, qui ensevelit toutes ses facultés sociales et fait jeûner son ventre tout en se flagellant le dos.

A vrai dire, l'homme le plus sage a le plus de chances de jouir à un éminent degré de tous les bienfaits matériels, car, de même que la mesure que prescrit la sagesse est la meilleure voie pour atteindre une richesse utile, elle seule peut nous rendre apte à goûter de nombreux plaisirs. Le sage satisfait chaque appétit et chaque passion, alors que le fou sacrifie tout le reste pour en rassasier jusqu'au dégoût un seul.

On pourra objecter que des hommes très sages ont été notoirement avares. Je répondrai qu'ils n'étaient pas sages en cela. On dira peut-être aussi que les hommes les plus sages ont été dans leur jeunesse immodérément avides de plaisir. Je répondrai qu'ils n'étaient pas sages alors.

Bref, la sagesse, dont ceux qui n'ont jamais été à son école ont représenté les leçons comme si dures à apprendre, nous enseigne seulement à étendre une maxime très simple, universellement connue et suivie même dans la vie la plus ordinaire, un peu plus loin que cette vie ne la porte. Et cette maxime, c'est de ne pas acheter trop cher.

Or, quiconque apporte avec lui cette maxime dans le grand marché du monde et l'applique constamment aux honneurs, aux richesses, aux plaisirs et à tous les autres articles qu'offre ce marché est, j'ose l'affirmer, un sage et doit être reconnu comme tel au sens que le monde donne à ce mot; car il fait la meilleure des affaires, puisqu'en réalité il achète tout au prix seulement d'un peu de peine et qu'il rapporte chez lui toutes les bonnes choses que j'ai dites, tout en gardant entières et pour lui seul sa santé, son innocence et sa réputation, prix habituel qu'en donnent les autres.

Cette modération lui enseigne encore deux autres leçons, qui complètent son caractère. Premièrement, de ne jamais se laisser griser quand il a fait une très bonne affaire ni abattre quand le marché est vide ou quand les denrées dépassent ses moyens.

Mais je ne dois pas oublier le sujet sur lequel j'écris ni trop abuser de la patience d'un critique bienveillant. Je mettrai donc fin ici à ce chapitre.

CHAPITRE IV

Contenant diverses choses curieuses.

SITÔT rentré chez lui, M. Allworthy prit M. Blifil à part; après un petit exorde, il lui communiqua la proposition faite par M. Western et l'informa en même temps que cette union lui serait personnellement fort agréable.

Les charmes de Sophie n'avaient pas fait la moindre impression sur Blifil; non que son cœur fût déjà engagé, ni qu'il fût totalement insensible à la beauté ou qu'il éprouvât une aversion quelconque pour les femmes. Mais ses appétits étaient par nature si modérés qu'il pouvait aisément les dominer au moyen de la philosophie, de l'étude ou de quelque autre méthode; quant à cette passion dont nous avons traité au premier chapitre du présent livre, il n'en avait pas la moindre touche dans toute sa constitution.

Mais quoique entièrement exempt de cette passion mixte dont nous avons traité là et dont les vertus et la beauté de Sophie formaient un objet si remarquable, il n'en était pas moins bien pourvu de quelques autres passions auxquelles la fortune de la jeune personne promettait un plein assouvissement. Ainsi l'avarice et l'ambition se partageaient la domination de son cœur. Il avait plus d'une fois considéré la possession de cette fortune comme chose fort désirable, et il avait nourri à ce sujet quelques vues lointaines; mais sa propre jeunesse, celle de la demoiselle et surtout, en fait, la réflexion que M. Western pourrait se remarier et avoir d'autres enfants l'avaient retenu d'apporter trop de hâte ou d'ardeur à ces visées.

Cette dernière et très importante objection se trouvait alors levée dans une grande mesure, la proposition venant de M. Western lui-même. Après une brève hésitation, M. Blifil répondit donc à M. Allworthy que le mariage était une chose à laquelle il n'avait pas encore songé; mais qu'il était si sensible à son amical et paternel souci qu'en toute chose il se soumettrait à son bon plaisir.

Allworthy était de nature un homme chaleureux; sa gravité actuelle procédait d'une sagesse et d'une philosophie véritables, et non pas d'un flegme propre à son caractère; car il avait eu beaucoup d'ardeur dans sa jeunesse et il avait épousé par amour une femme très belle. Il ne fut donc pas trop enchanté de cette froide réponse de son neveu; il ne put se retenir de faire un vif éloge de Sophie et d'exprimer quelque étonnement que le cœur d'un jeune homme pût résister à la force de pareils charmes s'il n'était déjà protégé par une affection antérieure.

Blifil l'assura qu'il n'avait aucune garde de ce genre;

puis il se mit à discourir avec tant de sagesse et de religion sur l'amour et le mariage qu'il eût fermé la bouche à un parent aux sentiments bien moins pieux que ne les avait son oncle. Le digne homme fut finalement convaincu que son neveu, loin d'avoir quelque chose à dire contre Sophie, avait pour elle cette estime qui, dans les esprits modérés et vertueux, est le plus sûr fondement de l'amitié et de l'amour. Et comme il ne doutait pas qu'en peu de temps l'amant ne convînt tout autant à sa maîtresse, il entrevit un grand bonheur pour toutes les parties dans une union si appropriée et si désirable. Le lendemain matin, donc, il écrivit à M. Western avec le consentement de M. Blifil pour lui annoncer que le jeune homme avait accueilli la proposition avec beaucoup de joie et de gratitude et qu'il serait prêt à présenter ses devoirs à la jeune dame aussitôt qu'il plairait à celle-ci d'accepter sa visite.

Cette lettre causa un grand plaisir à M. Western, qui y fit une réponse immédiate, dans laquelle, sans en avoir touché mot à sa fille, il fixait à l'après-midi même le début de la cour du jeune homme.

Aussitôt après avoir dépêché le messager, il se mit en quête de sa sœur, qu'il trouva en train de lire et de commenter la *Gazette* au pasteur Supple. Il dut faire grande violence à son impétuosité naturelle et prêter l'oreille un bon quart d'heure durant à cette explication, avant qu'il lui fût permis de parler. Mais il trouva enfin une occasion de faire savoir à la dame qu'il avait à l'entretenir d'une affaire extrêmement importante; à quoi elle répondit : « Mon frère, je suis entièrement à votre disposition. Les choses ont l'air d'aller si bien dans le Nord que je ne me suis jamais sentie de meilleure humeur. »

Le pasteur s'étant alors retiré, Western la mit au courant de ce qui s'était passé et la pria de communiquer l'affaire à Sophie; ce dont elle se chargea avec plaisir et empressement. Quoique peut-être son frère dût un peu à cet aspect favorable des affaires nordiques qui avait tant plu à sa sœur de n'entendre aucun commentaire sur ses démarches, car elles avaient certes quelque chose d'un peu trop précipité et trop brutal.

CHAPITRE V

Dans lequel se trouve rapporté ce qui se passa entre Sophie et sa tante.

Sophie était occupée à lire dans sa chambre quand sa tante y entra. Dès qu'elle vit Mme Western, elle ferma le livre avec tant de vivacité que la bonne dame ne put s'empêcher de lui demander quel livre c'était là, qu'elle semblait avoir si peur de montrer.

— Vraiment, Madame, répondit Sophie, c'est un livre dont je n'ai ni honte ni crainte d'avouer la lecture. C'est l'œuvre d'une jeune dame de distinction dont l'intelligence fait honneur, je crois, à son sexe et dont le bon cœur honore la nature humaine.

Mme Western prit alors le livre et le rejeta aussitôt, disant : « Oui, l'auteur est d'une très bonne famille; mais elle ne fréquente guère chez les gens que l'on connaît. Je ne l'ai jamais lu, car les meilleurs juges estiment qu'il n'y a pas grand'chose dedans.

— Je n'oserais, Madame, dit Sophie, opposer ma propre opinion à celle des meilleurs juges, mais il me semble qu'il y a dans ce livre une bonne dose de la nature humaine et, dans maintes parties, tant de tendresse et de délicatesse véritables qu'il m'a tiré bien des larmes.

— Oui ? et vous aimez donc pleurer ? dit la tante.

— J'aime une tendre sensation, répondit la nièce, et je la paierai bien d'une larme à tout moment.

— Bon, dit la tante, mais montrez-moi donc le passage que vous lisiez quand je suis entrée; il y avait là quelque chose de fort tendre, je pense, et de très amoureux. Vous rougissez, ma chère Sophie. Ah ! mon enfant, vous devriez lire des livres qui vous enseignassent un peu d'hypocrisie, qui vous apprissent comment cacher un peu mieux vos pensées !

— J'espère, Madame, répondit Sophie, n'avoir aucune pensée que je dusse avoir honte de dévoiler.

— Honte, oh non ! s'écria la tante. Je ne crois pas

que vous ayez des pensées dont vous dussiez avoir honte; et pourtant, mon enfant, vous avez rougi à l'instant quand j'ai mentionné le mot « amour ». Soyez assurée, ma chère Sophie, que vous n'avez pas une pensée que je ne connaisse, tout comme les Français, mon enfant, connaissent nos mouvements bien avant que nous les mettions à exécution. Croyez-vous donc, mon enfant, que pour avoir su en faire accroire à votre père vous pourriez en faire autant pour moi ? Vous imaginez-vous donc que je ne connaissais pas la raison pour laquelle vous exagérâtes hier vos marques d'amitié pour M. Blifil ? J'ai un peu trop vu le monde pour me laisser ainsi abuser. Non, non, ne recommencez pas à rougir. Je vous dis que c'est une passion dont vous n'avez pas à avoir honte. C'est une passion que j'approuve moi-même, et j'ai déjà amené votre père à l'approuver aussi. En fait, je ne considère que vos inclinations; car je voudrais toujours les voir satisfaites dans la mesure du possible, dût-on y sacrifier des vues plus hautes. Allons, j'ai des nouvelles qui vous raviront l'âme. Prenez-moi pour confidente et je me charge de vous rendre heureuse jusqu'à la limite de vos désirs.

— Mon Dieu, Madame, dit Sophie de l'air le plus stupide qu'elle eût jamais eu, je ne sais que dire... Pourquoi, Madame, soupçonnez-vous... ?

— Allons, soyons honnête, répliqua Mme Western. Considérez que vous parlez à une personne de votre sexe, à une tante et, j'espère que vous en êtes convaincue, à une amie. Considérez que vous ne me révélez que ce que je sais déjà et que j'ai vu clairement hier au travers du plus artificieux de tous les déguisements que vous aviez revêtu, et qui aurait dû abuser quiconque ne connaîtrait pas le monde aussi parfaitement que moi. Considérez enfin que c'est une passion que j'approuve hautement.

— Mon Dieu, Madame, dit Sophie. Vous me prenez tellement de court et si soudainement... ! Bien sûr, Madame, je ne suis pas aveugle... et certainement, si c'est une faute de voir toutes les perfections humaines réunies... mais serait-il possible que mon père et vous-même, Madame, vous voyiez du même œil que moi ?

— Je vous dis, repartit sa tante, que nous approuvons entièrement; et c'est cet après-midi même que votre père a fixé pour la visite de votre prétendant.

— Mon père... cet après-midi ! s'écria Sophie, le visage tout empourpré.

— Oui, mon enfant, dit la tante, cet après-midi. Vous connaissez le caractère impétueux de mon frère. Je l'ai mis au fait de la passion que j'avais découverte chez vous le soir où vous vous êtes trouvée mal dans les champs. Je l'ai vue à votre évanouissement. Je l'ai vue immédiatement après que vous avez repris connaissance. Je l'ai vue ce soir-là à dîner et le lendemain matin au petit déjeuner (vous savez, mon enfant, que j'ai vu le monde). Eh bien, à peine eus-je mis mon frère au courant, qu'il voulut tout aussitôt faire la proposition à M. Allworthy. Il l'a faite hier, Allworthy a donné son consentement (avec joie, comme de juste), et cet après-midi, vous dis-je, il vous faudra déployer toutes vos grâces.

— Cet après-midi ! s'écria Sophie. Ma chère tante, vous me faites peur à perdre la raison.

— Oh, ma chère, dit la tante, vous aurez bien vite retrouvé la raison, car c'est un charmant garçon, il n'y a aucun doute.

— Mon Dieu, dit Sophie, je reconnais volontiers que je ne connais personne d'aussi accompli. Si brave et pourtant si doux ; si spirituel et pourtant si peu méchant ; si humain, si poli, si distingué, si beau ! Qu'importe une basse naissance à côté de telles qualités ?

— Une basse naissance ? Que voulez-vous dire ? s'écria la tante. M. Blifil de basse naissance ? »

A ce nom, Sophie pâlit instantanément en le répétant d'une voix faible. Sur quoi, la tante s'écria : « M. Blifil... bien sûr, M. Blifil, de quel autre avons-nous donc parlé ?

— Seigneur ! répondit Sophie, prête à se pâmer, de M. Jones, je croyais ; je n'en connais pas d'autre, assurément, qui mérite...

— Je proteste, cria la tante, vous m'effrayez à votre tour. Est-ce donc M. Jones et non M. Blifil qui est l'objet de votre affection ?

— M. Blifil ! répéta Sophie. Il n'est pas possible que vous parliez sérieusement. S'il en est ainsi, je suis la femme la plus malheureuse qui soit. »

Mme Western resta alors quelques instants silencieuse, tandis que ses yeux étincelaient de fureur. Enfin, ayant rassemblé toute la force de sa voix, elle lança le tonnerre des sons articulés suivants :

— Et est-il possible que vous puissiez songer à déshonorer votre famille en vous alliant à un bâtard ? Le sang des Western pourrait-il se soumettre à une telle souillure ? Si vous n'avez pas assez de raison pour refréner de si monstrueuses inclinations, j'aurais cru que l'orgueil de notre famille vous aurait empêchée de donner le moindre encouragement à une affection si basse; encore bien moins eussé-je imaginé que vous auriez l'audace de me l'avouer en face.

— Ce que j'ai dit, Madame, répondit Sophie, tremblante, vous me l'avez arraché. Je ne me rappelle pas avoir jamais mentionné avec faveur devant quiconque le nom de M. Jones; et je ne l'aurais pas plus fait maintenant si je n'avais cru qu'il avait votre approbation. Quel que pût être mon sentiment sur ce pauvre et malheureux jeune homme, je comptais l'emporter avec moi dans la tombe... dans cette tombe qui est désormais, je le vois, le seul lieu où je doive chercher le repos.

Elle s'effondra alors dans son fauteuil, toute noyée de larmes et présentant, dans le silence pathétique d'une douleur indicible, un spectacle qui eût touché jusqu'au cœur le plus dur.

Tout cet émouvant chagrin ne suscita cependant aucune pitié chez sa tante. Elle entra, au contraire, dans la plus violente fureur.

— Et moi, cria-t-elle avec véhémence, je préférerais encore vous suivre dans la tombe que de vous voir déshonorer votre personne et votre famille par un tel mariage. Ah, Seigneur ! aurais-je jamais pu croire que je vivrais assez pour entendre une nièce à moi déclarer son amour pour un pareil garçon ? Vous êtes la première, oui, mademoiselle Western, la première du nom qui ait jamais nourri une pensée si abjecte. Une famille si réputée pour la sagesse de ses femmes...

Et elle continua ainsi durant un bon quart d'heure, jusqu'à ce qu'ayant épuisé son souffle plutôt que sa rage elle conclut par la menace d'aller immédiatement tout rapporter à son frère.

Sophie se jeta alors à ses pieds et, lui saisissant les mains, la supplia en pleurant de cacher ce qu'elle lui avait arraché, alléguant le tempérament violent de son père et protestant qu'aucune inclination personnelle ne l'amènerait à rien faire qui pût l'offenser.

Mme Western resta un moment à la regarder, puis, après s'être recueillie, elle dit qu'elle garderait le secret envers son frère à une seule condition : que Sophie promette de recevoir M. Blifil dès cet après-midi comme son prétendant et de le considérer comme l'homme qui devait être son mari.

La pauvre Sophie était trop au pouvoir de sa tante pour refuser positivement quoi que ce fût; elle dut promettre de voir M. Blifil et de se montrer aussi civile qu'il était possible à son égard; mais elle supplia sa tante de ne pas faire hâter le mariage. Elle dit que M. Blifil lui était rien moins qu'agréable et qu'elle espérait pouvoir convaincre son père de ne point faire d'elle la plus malheureuse des femmes.

Mme Western l'assura que le mariage était entièrement décidé et que rien ne pouvait l'empêcher ni ne l'empêcherait.

— Je dois avouer, poursuivit-elle, que je le considérais avec indifférence; peut-être même avais-je auparavant quelques scrupules, dont je revins en fait en pensant qu'il répondait entièrement à votre propre inclination; mais maintenant, je le considère comme la chose la plus souhaitable au monde; et, si j'y puis quelque chose, il n'y aura pas un instant de perdu à cette occasion.

Sophie répliqua : « Au moins, Madame, puis-je espérer de votre bonté et de celle de mon père quelque délai. Vous me donnerez certainement le temps de dominer la forte antipathie que j'éprouve actuellement pour cette personne. »

La tante répondit qu'elle connaissait trop le monde pour se laisser abuser; que, consciente du sentiment de Sophie pour un autre, elle persuaderait M. Western de hâter le mariage le plus qu'il serait possible.

— Il serait, certes, de mauvaise politique, ajouta-t-elle, de prolonger un siège alors que l'armée ennemie est proche et menace de le faire lever. Non, non, Sophie, comme je suis convaincue que vous éprouvez une violente passion à laquelle vous ne pourrez jamais satisfaire honorablement, je ferai tout ce qui est en mon pouvoir pour placer le souci de votre honneur en dehors de votre famille; car, lorsque vous serez mariée, ces questions ne relèveront que de votre mari. J'espère, mon enfant, que vous serez toujours assez sage pour agir comme il convient ; mais, dans le cas contraire, le mariage a sauvé plus d'une femme de la ruine.

Sophie comprit bien ce que sa tante voulait dire ; mais elle ne jugea pas à propos de répondre. Elle résolut cependant de voir M. Blifil et de se conduire envers lui avec toute la civilité qu'elle pourrait, car c'était à cette seule condition qu'elle avait obtenu la promesse de sa tante de garder le secret que sa mauvaise fortune plutôt qu'aucune machination de Mme Western avait tiré d'elle.

CHAPITRE VI

Contenant un dialogue entre Sophie et Mme Honour, lequel atténuera peut-être un peu les touchantes impressions que la scène précédente aura pu susciter dans le cœur d'un lecteur au bon naturel.

MADAME WESTERN, ayant obtenu de sa nièce la promesse que nous avons vue dans le dernier chapitre, se retira, et, peu après, arriva Mme Honour. Elle travaillait dans la pièce voisine et certains éclats de voix dans le dialogue précédent l'avaient appelée au trou de la serrure, où elle était restée durant toute la fin de l'entretien. A son entrée dans la chambre, elle trouva Sophie debout, immobile, les yeux ruisselants de pleurs. Sur quoi elle fit aussitôt monter à ses propres yeux la dose convenable de larmes, puis commença en ces termes : « O Gimonies ! Qu'y a-t-il donc, ma chère Madame ?

— Rien, s'écria Sophie.

— Rien ! Oh, ma chère Madame ! répondit Honour, il ne faut pas me dire cela quand on voit Madame dans une pareille affliction et quand y a eu un tel préambule entre Madame et Mme Western.

— Ne me tracassez pas, s'écria Sophie ; je vous dis qu'il n'y a rien. Mon Dieu, pourquoi suis-je venue au monde ?

— Non, non, dit Mme Honour, Madame ne me convaincra jamais qu'elle peut se lamenter pour rien. Je ne suis qu'une servante, pour sûr ; mais, pour sûr, j'ai toujours été fidèle à Madame et pour sûr que je donnerais ma vie pour servir Madame.

— Ma chère Honour, dit Sophie, il n'est pas en ton pouvoir de me rendre quelque service que ce soit. Je suis irrémédiablement perdue.

— Dieu vous en préserve ! répondit la camériste; mais si je ne puis rendre aucun service à Madame, je vous en prie, Madame — ce me sera un certain réconfort de savoir — je vous en prie, chère Madame, dites-moi ce qu'il y a.

— Mon père, s'écria Sophie, va me marier à un homme que je méprise et que je déteste.

— Ah, Madame, répondit l'autre, quel est ce méchant homme ? car pour sûr qu'il est très mauvais, sans quoi Madame ne le mépriserait pas.

— Son nom m'écorche la langue, répliqua Sophie; tu le connaîtras bien assez tôt. »

En fait, s'il faut dire la vérité, elle le connaissait déjà et elle ne se montra donc pas trop indiscrète là-dessus. Elle poursuivit donc ainsi : « Je ne me permettrais pas de donner de conseils à Madame, car Madame sait mieux que je ne peux prétendre, puisque je ne suis qu'une servante; mais, par ma foi, y a pas un père en Angleterre qui me marierait contre mon gré. Et, pour sûr, le squire est si bon que si seulement il savait que Madame méprise et déteste le jeune homme, pour sûr il voudrait pas que vous l'épousiez. Et si seulement Madame voulait me permettre de le dire à notre maître... Pour sûr, ça serait plus convenable que ça vienne de votre propre bouche; mais comme Madame veut pas se souiller la langue de ce vilain nom...

— Vous vous trompez, Honour, dit Sophie; mon père était déjà décidé avant même de juger bon de m'en parler.

— C'est encore plus honteux à lui, s'écria Honour; c'est vous qui devrez coucher avec lui, pas notre maître; et un homme peut être tout à fait bien sans que toutes les femmes le trouvent aussi beau. Je suis bien certaine que notre maître n'agirait jamais comme ça de son propre chef. Je voudrais bien que certaines personnes s'occupent que de ce qui les regarde; elles aimeraient pas qu'on leur fasse la même chose, si elles se trouvaient dans le même cas; pasque j'ai beau être qu'une servante, je peux facilement croire comme quoi tous les hommes plaisent pas également. Et à quoi ça sert que Madame ait une si grosse fortune, si elle peut pas se choisir l'homme qu'elle trouve le mieux ? Enfin... je dis rien; mais, pour sûr, c'est pitié que certaines gens soient pas mieux nés; oh, pour ça, moi ça me serait égal; seulement, y a pas autant d'argent; et puis après ? Madame en a assez pour deux; et où Madame pourrait-elle mieux accorder sa fortune ? pasque, pour sûr, il faut convenir que c'est l'homme le plus beau, le plus charmant, le plus bien fait, le plus grand, le plus comme il faut du monde.

— Comment vous permettez-vous de m'assassiner ainsi de vos bavardages ? s'écria Sophie d'un air fort sévère. Vous ai-je jamais encouragée à pareilles libertés ?

— Non, Madame, je vous demande pardon; je ne pensais pas à mal, répondit-elle; mais, pour sûr, le pauvre monsieur n'a pas arrêté de me trotter par la tête depuis que je l'ai vu ce matin. Pour sûr, si Madame l'avait seulement vu tout à l'heure, elle en aurait eu pitié. Le pauvre monsieur ! Je souhaite bien qu'il lui soit pas arrivé malheur, car, toute la matinée, il a fait qu'errer les bras croisés avec un air affreusement mélancolique; je vous jure mes grands dieux que j'en ai presque pleuré de le voir comme ça !

— De voir qui ? dit Sophie.

— Ce pauvre M. Jones, répondit Honour.

— Le voir ! Mais où donc l'avez-vous vu ? s'écria Sophie.

— Près du canal, Madame, dit Honour. Il a passé toute la matinée à marcher là, et à la fin il s'est allongé par terre; je pense qu'il doit y être encore. Pour sûr, si ç'avait pas été ma modestie, n'étant qu'une servante, j'aurais été lui parler. Ah, que Madame me permette seulement d'aller regarder s'il y est encore... rien que pour voir.

— Bah ! dit Sophie. Là ? non, non; que ferait-il là-bas ? Il en est parti maintenant, c'est certain. D'ailleurs, pourquoi... qu'est-ce que... pourquoi iriez-vous voir ? Et d'ailleurs, j'ai besoin de vous pour autre chose. Allez donc chercher mon chapeau et mes gants. Je vais aller me promener dans le bosquet avec ma tante avant le dîner. »

Honour fit aussitôt ce qui lui était ordonné, et Sophie mit son chapeau; mais, en se regardant dans la glace, elle trouva que le ruban qui attachait ce chapeau ne lui allait pas, et elle renvoya sa femme de chambre en chercher un d'une couleur différente. Puis, après avoir donné à plusieurs reprises à Mme Honour l'ordre de ne quitter son ouvrage sous aucun prétexte, disant qu'il était extrêmement pressé et devait être terminé le jour même, elle murmura encore quelque chose touchant une promenade dans le bosquet et s'en fut dans la direction opposée. Elle se dirigea ainsi, aussi vite que ses jambes tremblantes pouvaient la porter, tout droit vers le canal.

Jones avait été là, conformément à ce qu'avait dit Mme Honour; il y avait en fait passé deux heures ce matin-là à méditer tristement sur sa Sophie, et il était sorti du jardin par une porte à l'instant même où elle entrait par une autre. De sorte que les malheureuses minutes passées à changer de ruban avaient empêché les amants de se rencontrer à ce moment — accident des plus malheureux, dont mes belles lectrices ne manqueront pas de tirer une leçon fort salutaire. Et ici, j'interdis formellement à tout critique mâle de s'occuper d'une circonstance que je n'ai rapportée que pour les dames et sur laquelle elles sont seules en droit de faire des commentaires.

CHAPITRE VII

Tableau en miniature, comme on devrait toujours le faire, d'une cour en due forme et portrait grandeur nature d'une scène d'un genre plus tendre.

QUELQU'UN (et même peut-être plus d'un) a observé fort justement qu'un malheur n'arrive jamais seul. Le bien-fondé de cette maxime fut alors vérifié par Sophie, qui eut non seulement la déception de ne point voir l'homme qu'elle aimait, mais aussi la vexation de devoir faire toilette pour recevoir la visite de celui qu'elle haïssait.

Cet après-midi-là, pour la première fois, M. Western fit part de ses intentions à sa fille, disant savoir fort bien qu'elle les connaissait déjà de la bouche de sa tante.

Sophie accueillit la nouvelle d'un air fort grave et ne put empêcher quelques perles de se glisser dans ses yeux.

— Allons, allons, dit Western, point de tes airs virginaux; je sais tout; je t'assure que ma sœur m'a tout dit.

— Est-il possible, dit Sophie, que ma tante m'ait déjà trahie ?

— Hé, hé, dit Western, trahie ! Ouiche. Mais tu t'es trahie toi-même à dîner hier soir. Tu as montré fort clairement ton goût, m'est avis. Mais vous autres jeunes filles ne savez jamais ce que vous voulez. Ainsi, tu pleures parce que je vais te marier à l'homme que tu aimes ! Ta mère, je m'en souviens, a gémi et pleurniché de même, mais ça a passé dans les vingt-quatre heures qui suivirent notre mariage. M. Blifil est un garçon alerte, et il mettra vite fin à cette délicatesse exagérée. Allons, du nerf, déride-toi; je l'attends d'une minute à l'autre.

Sophie fut alors convaincue que sa tante s'était honorablement comportée à son égard, et elle résolut de subir ce désagréable après-midi avec autant de fermeté que possible et sans donner à son père le moindre soupçon.

M. Blifil arriva bientôt et M. Western, se retirant peu après, laissa le jeune couple en tête à tête.

Suivit un long silence de près d'un quart d'heure; car le jeune homme, qui devait entamer la conversation, avait toute cette modestie déplacée qui n'est faite que de fausse honte. A maintes reprises, il tenta de parler, et chaque fois il ravala ses mots au moment même de les prononcer. Enfin, ils se déversèrent en un torrent de compliments aussi forcés qu'alambiqués, auxquels elle répondit de son côté par des yeux baissés, de légères inclinations de tête et des monosyllabes polis.

Blifil, par suite de son inexpérience des façons féminines et de sa suffisance, prit cette attitude pour un pudique assentiment à sa cour; et quand, pour abréger une scène qu'elle ne pouvait plus supporter, Sophie se leva et quitta la pièce, cela aussi il l'imputa à la simple timidité, et il se consola en se disant qu'il jouirait bientôt de toute la compagnie qu'il désirerait d'elle.

Il fut, en vérité, parfaitement convaincu de la probabilité de son succès; car pour ce qui était de la possession entière et absolue du cœur de sa maîtresse telle que l'exigent les amants romanesques, l'idée même ne lui en était jamais entrée dans la tête. La fortune et la personne de la jeune fille étaient les seuls objets de ses désirs, et il ne doutait aucunement d'en obtenir bientôt l'absolue propriété, puisque M. Western avait ce mariage tellement à cœur; or, Blifil n'était pas sans connaître la stricte obéissance que Sophie était toujours prête à rendre à la volonté de son père et l'obéissance plus grande encore que celui-ci exigerait à l'occasion. Cette autorité donc, jointe aux charmes qu'il attribuait à sa personne et à sa conversation, ne pouvait manquer, pensait-il, de réussir auprès d'une jeune personne dont il ne doutait pas que le cœur ne fût entièrement libre.

Envers Jones, il n'avait certes pas même la moindre jalousie; et cela m'a souvent paru assez extraordinaire. Peut-être imaginait-il que la réputation que Jones avait dans tout le pays (dans quelle mesure elle était justifiée, le lecteur en jugera) d'être un des gaillards les plus déréglés d'Angleterre pouvait le rendre odieux à une demoiselle d'une modestie exemplaire. Peut-être aussi le comportement de Sophie et de Jones lui-même quand ils étaient tous ensemble avait-il pu endormir ses soupçons. Enfin et surtout, il était bien assuré de n'avoir pas son pareil en cette affaire. Il se figurait connaître Jones à fond et, le trouvant si peu attaché à ses propres intérêts, il avait en réalité un grand mépris pour son discernement. Il ne se doutait nullement que Jones fût amoureux de Sophie; quant à des motifs d'argent, il pensait qu'ils devaient n'avoir que peu de poids auprès d'un imbécile pareil. De plus, Blifil croyait que l'affaire de Mariette Seagrim durait toujours, et il pensait même qu'elle finirait par un mariage; car Jones, qui avait pour lui depuis l'enfance une réelle amitié, ne lui avait rien caché jusqu'à ce que le comportement de l'autre lors de la maladie de M. Allworthy lui eut entièrement aliéné son cœur; et c'était par suite de la querelle qui s'était élevée à cette occasion et qui n'était pas encore éteinte que M. Blifil ne savait rien du changement survenu dans l'affection que Jones portait antérieurement à Mariette.

Pour toutes ces raisons, donc, M. Blifil ne voyait aucun obstacle à son succès. Il en conclut que la conduite de Sophie était celle de toutes les jeunes filles à la première visite d'un prétendant, et elle avait, en fait, entièrement répondu à son attente.

M. Western eut soin de guetter le jeune homme à la

sortie de chez sa maîtresse. Il le trouva si exalté par son succès, si amoureux de Sophie et si content de l'accueil qu'elle lui avait réservé que le vieux gentilhomme se mit à danser et faire des entrechats dans son vestibule et à exprimer par bien d'autres singeries l'extravagance de sa joie; car il ne savait aucunement commander à ses passions, et celle qui à tout moment pouvait l'emporter dans son esprit le précipitait dans les plus frénétiques excès.

Aussitôt après le départ de Blifil, qui n'eut pas lieu sans que Western lui eût fait maintes embrassades chaleureuses, le brave squire se mit à la recherche de sa fille et, dès qu'il l'eut trouvée, donna libre cours aux transports les plus extravagants, l'invitant à choisir tous les atours et tous les bijoux qu'il lui plairait et déclarant qu'il n'avait d'autre usage à faire de sa fortune que de la rendre heureuse. Puis il lui prodigua encore force caresses avec une extrême abondance d'affection, lui donna tous les noms les plus tendres et protesta qu'elle était sa seule joie sur terre.

Sophie, voyant son père dans cet accès de tendresse dont elle ne savait pas absolument la raison (car les accès de tendresse ne lui étaient pas inhabituels, encore que celui-ci fût plutôt plus violent que d'ordinaire), pensa ne devoir jamais trouver meilleure occasion de s'ouvrir à lui, en ce qui concernait M. Blifil tout au moins; et elle ne voyait que trop l'obligation où elle serait bientôt d'en arriver à une explication complète. Après avoir donc remercié le squire de toutes ses professions de bienveillance, elle ajouta avec un regard empli d'une douceur inexprimable : « Se peut-il vraiment que mon papa ait la bonté de mettre toute sa joie dans le bonheur de sa Sophie ? »

Western l'ayant confirmé par un grand juron et un baiser, elle lui saisit la main et, s'étant jetée à genoux, après maintes déclarations ardentes et passionnées d'affectueux respect, elle le supplia de ne pas faire d'elle la plus malheureuse créature de la terre en la forçant à épouser l'homme qu'elle détestait.

— Cela, je vous en conjure, mon cher père, dit-elle, pour vous comme pour moi, puisque vous avez la grande bonté de dire que votre bonheur dépend du mien.

— Quoi ! Comment ! dit Western, complètement ébahi.

— Ah, Monsieur[1], poursuivit-elle, non seulement le bonheur de votre pauvre Sophie, mais sa vie même, son existence sont suspendus à l'exaucement de sa prière. Je ne puis vivre avec M. Blifil. Me contraindre à ce mariage serait me tuer.

— Tu ne peux vivre avec M. Blifil ? dit Western.

— Non, sur mon âme, répondit Sophie.

— Eh bien, meurs et va au diable ! cria-t-il, la repoussant.

— Ah, Monsieur, s'écria Sophie, se raccrochant à la basque de son habit, ayez pitié de moi, je vous en supplie. Ne me jetez pas des regards et des paroles si cruels... Pouvez-vous rester insensible à la vue de votre Sophie dans cet état affreux ? Le meilleur des pères peut-il ainsi me briser le cœur ? Me fera-t-il subir la plus douloureuse, la plus cruelle, la plus lente des morts ?

— Allons donc ! s'écria le squire; niaiseries que tout cela ! Ce ne sont là que ruses de fille. Te faire mourir, en vérité ! Le mariage te fera-t-il mourir ?

— Ah, Monsieur ! répondit Sophie, un pareil mariage est pire que la mort. Il ne m'est pas simplement indifférent : je le hais et le déteste.

— T'aurais beau le détester encore plus, s'écria Western, tu l'auras tout de même.

Il en engagea sa parole avec un juron trop grossier pour que nous le répétions et, après maintes affirmations violentes, il conclut par ces mots : « Je suis résolu à ce mariage et, si tu n'y consens pas, je ne te donnerai pas un groat[2], pas un farthing; non, quand bien même je te verrais mourir d'inanition dans la rue, je ne te secourrais pas d'un morceau de pain. C'est ma volonté bien arrêtée, et je te laisse y réfléchir. »

Sur ce, il s'écarta avec une telle violence que la tête de Sophie alla heurter le plancher, et il se jeta hors de la chambre, laissant sa pauvre fille prostrée à terre.

Quand il arriva dans le vestibule, Western y trouva Jones, qui, voyant son ami si emporté, si pâle et presque hors d'haleine, ne put s'empêcher de demander la raison de tous ces tristes signes. Le squire le mit aussitôt au courant de toute l'affaire, terminant par d'amères récriminations contre Sophie et des lamentations fort pathétiques sur la misère de tous les pères assez infortunés pour avoir des filles.

Jones, pour qui toutes les résolutions prises en faveur de Blifil étaient encore un secret, fut tout d'abord presque foudroyé par ce récit; mais, recouvrant un peu ses esprits, le simple désespoir, devait-il dire par la suite, lui inspira de faire à M. Western une suggestion qui eût paru exiger plus d'aplomb que n'en montra jamais front humain. Il demanda la permission de se rendre auprès de Sophie pour tenter d'obtenir son assentiment aux désirs de son père.

Si le squire avait été aussi perspicace qu'il était remarquable pour le contraire, la colère aurait bien pu l'aveugler alors. Mais il remercia Jones du service que celui-ci offrait de rendre et dit : « Va, va, je t'en prie; vois ce que tu peux faire... »

Puis il jura abominablement à plusieurs reprises qu'il la mettrait à la porte si elle ne consentait au mariage.

CHAPITRE VIII

La rencontre entre Jones et Sophie.

Jones le quitta immédiatement pour se rendre auprès de Sophie, et il la trouva comme elle venait de se relever du parquet où son père l'avait laissée, les larmes ruisselant de ses yeux et le sang coulant de ses lèvres. Il courut à elle et, d'une voix où se mêlaient l'amour et l'effroi, s'écria : « O ma Sophie ! Que signifie cette affreuse vision ? »

Elle le regarda un moment avec tendresse avant de dire : « Monsieur Jones, au nom du Ciel, comment êtes-vous venu ici ? Laissez-moi, je vous en conjure, à l'instant même.

— Ah, dit-il, ne m'imposez pas d'obéir à un ordre si dur... mon cœur saigne plus que ces lèvres. O ma Sophie, combien je serais heureux de voir mes veines asséchées pour préserver une seule goutte de ce cher sang !

— Je vous ai déjà trop d'obligations, répondit-elle, car vous les vouliez sûrement telles. »

Elle le regarda alors tendrement durant près d'une

minute, puis, dans un paroxysme de douleur, elle s'écria : « Ah, monsieur Jones, pourquoi m'avez-vous sauvé la vie ? Il eût été plus heureux pour tous deux que je fusse morte.

— Plus heureux pour tous deux ! s'écria-t-il. Le chevalet, les roues de torture pourraient-ils m'infliger fin plus cruelle que la mort de Sophie ? Ah, je ne puis supporter le son même de ce mot ! N'est-ce point pour elle seule que je vis ? »

Tandis qu'il prononçait ces paroles, sa voix et ses regards étaient chargés d'une indicible tendresse; et en même temps, il lui prit doucement une main qu'elle ne retira pas; à vrai dire, elle savait à peine ce qu'elle faisait ou laissait faire. Quelques moments de silence s'écoulèrent, tandis que les yeux de Tom étaient ardemment fixés sur Sophie et que ceux de la jeune fille étaient baissés vers le sol; enfin, elle recouvra assez de force pour le prier à nouveau de la laisser, car sa perte serait certaine si on les découvrait ensemble, et elle ajouta : « Ah, monsieur Jones, vous ne savez pas, non vous ne savez pas ce qui s'est passé en ce cruel après-midi.

— Je sais tout, ma Sophie, répondit-il; votre cruel père m'a tout dit, et c'est lui-même qui m'a envoyé vous trouver.

— Mon père vous a envoyé me trouver ! répéta-t-elle; vous rêvez, assurément.

— Plût au Ciel, s'écria-t-il, que ce ne fût qu'un rêve ! O Sophie, votre père m'a envoyé vers vous pour être l'avocat de mon odieux rival, pour plaider en sa faveur. J'ai saisi le premier moyen venu pour avoir accès auprès de vous. Ah, parlez-moi, Sophie ! réconfortez mon cœur qui saigne. Personne n'a jamais pu aimer comme moi, n'a pu être fou d'amour comme je le suis. Ne soyez pas assez dure pour retirer cette chère, cette douce, cette jolie main. Le moment qui vient va peut-être vous arracher à moi pour toujours... seule, je crois, la cruauté de cette circonstance pouvait venir à bout de la crainte respectueuse que vous m'avez inspirée. »

Elle resta un moment silencieuse et couverte de confusion; puis, levant doucement les yeux vers lui, elle s'écria :

— Qu'est-ce donc que monsieur Jones voudrait que je lui dise ?

— Ah, promettez-moi seulement, cria-t-il, que vous ne vous donnerez jamais à Blifil.

— Ne prononcez pas ce nom abhorré, répondit-elle. Soyez assuré que je ne lui accorderai jamais ce qu'il sera en mon pouvoir de lui refuser.

— Eh bien, s'écria-t-il, puisque vous êtes si parfaitement bonne, allez un peu plus loin et ajoutez que je puis espérer.

— Hélas ! dit-elle, monsieur Jones, où voulez-vous m'entraîner ? Quel espoir puis-je vous accorder ? Vous connaissez les intentions de mon père.

— Mais je sais aussi, répondit-il, que l'on ne peut vous forcer à vous y plier.

— Et quelles seraient, dit-elle, les terribles conséquences de ma désobéissance ? Ma propre perte n'est pas mon plus grand souci. Je ne puis supporter l'idée d'être une cause de souffrance pour mon père.

— Il en est lui-même la cause, s'écria Jones, en exerçant sur vous un pouvoir que la Nature ne lui a pas donné. Réfléchissez à la souffrance que moi j'endurerai si je dois vous perdre, et voyez de quel côté la pitié fera pencher la balance.

— Y réfléchir ! répliqua-t-elle; pouvez-vous croire que je ne ressente pas la ruine que j'attirerais sur votre tête si je devais me plier à vos désirs ? C'est cette pensée qui me donne la résolution nécessaire pour vous ordonner de me fuir à jamais et d'éviter votre propre ruine.

— Je ne crains aucune autre ruine, s'écria-t-il, que la perte de Sophie. Si vous voulez me sauver des plus amères tortures, revenez sur cette cruelle sentence. En vérité, je ne pourrai jamais me séparer de vous, non, jamais je ne le pourrai.

Les amants se tenaient maintenant tous deux silencieux et tremblants, Sophie étant incapable de retirer sa main de celle de Jones et lui presque autant de la retenir; quand la scène, que certains lecteurs auront sans doute déjà trouvée suffisamment longue, fut interrompue par une autre d'une nature si différente que nous en réserverons le récit pour un chapitre différent.

CHAPITRE IX

Qui est d'un genre beaucoup plus orageux que le précédent.

Avant de poursuivre avec ce qui arriva alors à nos deux amoureux, il conviendrait peut-être de raconter ce qui s'était passé dans le vestibule durant leur tendre entrevue.

Peu après que Jones eut quitté M. Western de la façon que nous avons dite, sa sœur vint trouver le squire, qui la mit aussitôt au courant de tout ce qui s'était déroulé entre lui et Sophie au sujet de Blifil.

La bonne dame interpréta cette conduite de sa nièce comme un manquement positif à la condition selon laquelle elle s'était engagée à garder le secret sur son amour pour M. Jones. Elle se considéra donc comme totalement libre de révéler au squire tout ce qu'elle savait, ce qu'elle fit immédiatement en termes des plus explicites, sans cérémonie ni préambule.

L'idée d'un mariage entre Jones et sa fille n'était jamais venue à l'esprit du squire, ni aux plus chauds moments de son affection pour le jeune homme, ni par suite d'un soupçon ou à aucune autre occasion. Il considérait, en fait, l'égalité de fortune et de condition comme physiquement aussi nécessaire au mariage que la différence de sexe ou tout autre ingrédient essentiel; et il n'avait pas plus de crainte de voir sa fille tomber amoureuse d'un homme pauvre que d'un animal d'espèce différente.

Il devint donc, au récit de sa sœur, comme un homme frappé de la foudre. Il fut tout d'abord incapable d'articuler la moindre réponse, la violence de sa surprise lui ayant presque coupé le souffle. Celui-ci revint bientôt, cependant, et, comme il en va souvent dans d'autres cas d'intermission, avec une force et une fureur redoublées.

Le premier usage qu'il fit du pouvoir de la parole, quand il se fut remis des effets soudains de son étonnement, fut de lâcher une bordée de jurons et d'imprécations. Après quoi, il se hâta de gagner l'appartement où il pensait trouver les amants, tout en marmonnant ou plutôt en rugissant à chaque pas ses intentions de vengeance.

Comme lorsque deux colombes ou deux pigeons ramiers, ou encore — ce qui répond encore plus à notre propos — Strephon[1] et Phyllis se sont retirés en quelque agréable bosquet solitaire pour jouir de la délicieuse conversation de l'Amour, cet enfant timide qui ne peut parler en public et n'est jamais bon compagnon pour plus de deux à la fois, si, tandis que tout est là serein, le tonnerre à la voix rauque éclate tout à coup à travers les nuages déchirés et, grondant, roule dans les cieux, la jeune fille effrayée se lève vivement de son banc de mousse ou du gazon verdoyant, la pâle livrée de la mort succède au rouge uniforme dont l'Amour avait précédemment revêtu ses joues, l'effroi secoue tout son corps et son amant a peine à soutenir ses membres qui tremblent et chancellent.

Ou comme lorsque deux gentilshommes, étrangers à l'étonnant esprit de l'endroit, sont occupés à vider ensemble une bouteille dans quelque auberge ou taverne de Salisbury, si le grand Dowdy, qui joue le rôle de fou aussi bien que certains de ses compères celui d'imbécile, se met à secouer ses chaînes et à fredonner affreusement son grommelant attrape-nigauds le long de la galerie, épouvantés de cet horrible son, ils cherchent quelque abri contre le danger imminent, et si les fenêtres aux solides barreaux permettaient leur passage, ils risqueraient de se rompre le cou pour échapper à la menaçante fureur qui s'avance sur eux.

Ainsi trembla la pauvre Sophie, ainsi pâlit-elle à l'approche de son père qui arrivait sacrant et jurant la destruction de Jones, d'une voix effrayante à entendre. Pour être franc, je pense que certaines considérations de prudence auraient fait que le jeune homme lui-même eût préféré se trouver ailleurs à ce moment, si sa terreur pour Sophie lui avait laissé le moindre loisir de réfléchir à ce qui le concernait autrement que comme amant partageant tout ce qui affectait sa maîtresse.

Mais le squire, ayant alors brusquement ouvert la porte, vit quelque chose qui suspendit aussitôt toute sa fureur contre Jones : c'était l'affreuse vision de Sophie évanouie dans les bras de son amant. A peine M. Western eut-il aperçu ce tragique spectacle que toute sa rage le quitta; il hurla de toutes ses forces pour appeler du secours, courut d'abord à sa fille, puis de nouveau à la porte pour obtenir de l'eau, puis derechef vers Sophie, sans prêter aucune attention aux bras dans lesquels elle se trouvait, ni même peut-être se rappeler qu'il existât au monde quelqu'un du nom de Jones; car je pense en vérité que l'état présent de sa fille était la seule considération qui occupât sa pensée.

Mme Western et un grand nombre de domestiques ne tardèrent pas à venir au secours de Sophie avec de l'eau, des cordiaux et tout ce qui est nécessaire en pareille occasion. On en usa avec tant de succès qu'en très peu de temps Sophie commença de reprendre conscience et que tous les symptômes de la vie reparurent. Sur quoi, sa propre camériste et Mme Western l'emmenèrent; et la bonne dame ne quitta pas la pièce sans avoir nanti son frère d'une salutaire admonestation sur les effets terribles de sa colère ou, comme il lui plut de l'appeler, de sa démence.

Peut-être le squire ne comprit-il pas ces bons avis, vu qu'ils lui étaient donnés au moyen d'allusions obscures, de haussements d'épaules et de points d'exclamation; en tout cas, s'il les comprit, il en profita fort peu; car, aussitôt remis de ses craintes immédiates pour sa fille, il retomba dans sa frénésie, qui eût immanquablement dégénéré en combat avec Jones si le pasteur Supple, qui était un homme très vigoureux, n'avait été présent et n'avait empêché de force le squire de se livrer à des actes d'hostilité.

Dès que Sophie fut partie, Jones s'avança d'un air fort implorant vers M. Western, que le pasteur tenait dans ses bras, et le supplia de s'apaiser, car, tant qu'il serait dans un tel état de colère, il serait impossible de lui donner aucune satisfaction.

— C'est de toi que je veux avoir satisfaction, répondit le squire; alors, mets bas ton habit. T'es qu'une moitié d'homme, et j' vas te flanquer une trempe comme t'en as jamais reçu d' ta vie.

Il écrasa alors le jouvenceau sous une profusion de ce langage qui a cours entre messieurs de la campagne quand ils adoptent le côté opposé d'une question, non sans l'inviter fréquemment à saluer cette partie du corps qui fait généralement son apparition dans toute controverse entre gentlemen anglais du dernier ordre aux courses de chevaux, combats de coqs et autres assemblées publiques. Des allusions à cette partie sont souvent faites aussi en guise de plaisanterie. Mais je crois qu'alors on entend mal l'esprit de la chose. Il consiste, en réalité, à prier quelqu'un de vous baiser le c... pour avoir, juste avant, menacé ce quelqu'un de botter le sien; car j'ai fort exactement remarqué que personne ne vous demande de botter celui qui lui appartient, non plus que l'on ne s'offre à baiser cette partie chez autrui.

On peut s'étonner aussi que, sur les milliers d'aimables invitations de ce genre qu'ont entendues tous ceux qui ont eu l'occasion de s'entretenir avec ces messieurs de la campagne, personne, je pense, n'a jamais vu d'exemple que ce désir ait été accompli; ce qui montre hautement leur manque de politesse, car, à la ville, rien n'est plus commun que de voir les plus beaux messieurs s'acquitter chaque jour de cette cérémonie envers leurs supérieurs sans qu'on l'ait à aucun moment exigée d'eux.

A toutes ces saillies, Jones répondit avec calme :

— Ces procédés, Monsieur, sont sans doute de nature à annuler toutes les obligations que je vous devais; mais il en est une que vous ne pourrez jamais supprimer, et je ne me laisserai jamais entraîner par vos injures à lever la main contre le père de Sophie.

A ces mots, le squire devint encore plus outrageant, si bien que le pasteur engagea Jones à se retirer, disant : « Vous voyez, Monsieur, combien votre présence ici accroît sa fureur; permettez-moi donc d'insister pour que vous ne demeuriez pas plus longtemps. Il est trop enflammé de colère pour que vous puissiez lui parler à présent. Vous feriez mieux, par conséquent, de mettre fin à votre visite et de remettre à une autre occasion ce que vous pouvez avancer en votre faveur. »

Jones accueillit cet avis en remerciant le pasteur, et il s'en fut immédiatement. Le squire recouvra alors l'usage de ses mains et suffisamment de sang-froid pour exprimer quelque satisfaction de la contrainte que l'on avait exercée sur lui, déclarant qu'il l'aurait certainement assommé et ajoutant que c'eût été bougrement vexant d'être pendu pour un tel coquin.

Le pasteur commença alors à se féliciter hautement du succès de ses efforts pacificateurs et entama un sermon contre la colère, qui eût peut-être tendu plutôt à exciter qu'à apaiser cette passion dans certains esprits trop vifs. Ce sermon, il l'enrichit de nombreuses citations précieuses tirées des anciens et particulièrement de Sénèque; lequel a, en fait, si bien traité de cette passion que seul un homme ivre de colère pourrait le lire sans beaucoup de plaisir et de profit. Le docteur conclut sa harangue par la fameuse histoire d'Alexandre et de Clitus; mais comme je la trouve dans mon recueil de lieux communs sous le titre *De l'ivrognerie,* je ne la rapporterai pas ici.

Le squire ne prêta aucune attention à cette histoire, ni peut-être à rien de ce que dit le pasteur; car il l'interrompit avant qu'il eût fini pour demander un pot de bière, faisant observer (ce qui n'est peut-être pas la remarque la moins vraie que l'on ait faite sur cette fièvre de l'esprit) que la colère vous sèche un homme.

A peine le squire eut-il avalé une bonne lampée qu'il reprit son discours sur Jones, se déclarant résolu à aller le lendemain matin de bonne heure mettre M. Allworthy au courant des événements. Son ami aurait voulu l'en dissuader, par simple bonté de cœur; mais sa tentative n'eut d'autre effet que de provoquer une grosse volée de jurons et de malédictions, qui heurta grandement les pieuses oreilles de Supple; il n'osa toutefois protester contre un privilège que le squire revendiquait en tant qu'Anglais né libre. Pour parler franc, le pasteur se soumettait, pour contenter son palais à la table du squire, à l'obligation de faire de temps à autre subir cette violence à ses oreilles. Il se consolait en pensant qu'il n'encourageait pas cette mauvaise pratique et que le squire ne lancerait pas un juron de moins si lui-même ne passait jamais son portail. Cependant, s'il avait assez de savoir-vivre pour ne pas reprendre un gentleman dans sa propre maison, il s'en acquittait de biais en chaire; ce qui n'avait pas, en vérité, le bon effet de réformer le squire lui-même, mais qui avait assez d'action sur sa conscience pour le pousser à appliquer les lois avec grande sévérité contre les autres[1], et le magistrat était ainsi le seul de la paroisse à pouvoir jurer impunément.

CHAPITRE X

Dans lequel M. Western rend visite à M. Allworthy.

Monsieur Allworthy avait quitté la table où il venait de prendre le petit déjeuner avec son neveu, fort satisfait du compte rendu que le jeune homme lui avait fait de son heureuse visite à Sophie (car le squire désirait vivement cette union, en considération bien plus du caractère de la jeune personne que de sa fortune), quand M. Western fit irruption et, sans aucune cérémonie, commença en ces termes :

— Là, vous avez fait du bel ouvrage, vraiment ! Vous avez élevé votre bâtard à bonne fin; non que je pense que vous y ayez prêté la main, j'entends avec préméditation, pourrait-on dire : mais y a un beau gâchis à la maison maintenant.

— Que peut-il donc y avoir, monsieur Western ? dit Allworthy.

— Oh, y en a assez, en vérité : ma fille est tombée amoureuse de votre bâtard, tout simplement; mais j' lui donnerai pas un penny, pas la vingtième partie d'un farthing de cuivre. J'ai toujours su à quoi ça mènerait d'élever un bâtard comme un gentilhomme et d' le laisser aller chez les gens. Il est heureux pour lui qu'y m' soit pas tombé sous la main : j' lui aurais flanqué une raclée; j' lui aurais coupé ses miaulements; j'aurais appris à c't enfant d' putain à mettre la patte sur la viande de son maître. L'aura jamais un morceau de viande à moi, ou un farthing pour l'acheter : si elle veut l'avoir, elle aura qu' sa chemise comme dot. J'aimerais encore mieux donner tous mes biens au fonds d'amortissement et qu'on les envoie au Hanovre pour corrompre la nation avec.

— Je suis sincèrement consterné, s'écria Allworthy.

— La peste soit de votre consternation; ça me fera une belle jambe, quand j'aurai perdu ma fille unique, ma pauvre Sophie, qu'était la joie de mon cœur et toute la joie et le réconfort de mes vieux jours; mais je suis décidé à la mettre à la porte; elle ira mendier, crever de faim, pourrir dans les rues. Pas un penny, pas un penny qu'elle aura jamais de moi. Un fils de chienne a toujours été habile à trouver un lièvre au gîte — que le diable le crève : j'imaginais peu sur lequel il était; mais ce s'ra le pire qu'il ait jamais trouvé. Elle vaudra pas mieux qu'une charogne; la peau qu'elle a su' l' dos s'ra tout ce qu'il aura; vous pouvez l' lui dire !

— Vous me voyez stupéfait de ce que vous me rapportez, dit Allworthy, après ce qui s'est passé pas plus tard qu'hier entre mon neveu et la jeune fille en question.

— Oui, Monsieur, répondit Western, c'est après ce qui s'était passé entre votre neveu et elle que toute l'affaire est venue au jour. M. Blifil que voilà était à peine parti qu'un enfant d' putain est v'nu s' glisser à la maison. Je n' pensais pas, quand j' l'aimais comme chasseur, que tout ce temps-là il braconnait après ma fille.

— Vraiment, dit Allworthy, j'aurais bien voulu que vous ne lui donniez pas tant d'occasions de la voir; et vous me rendrez la justice de reconnaître que c'est toujours à contrecœur que je l'ai vu rester si souvent chez vous, encore que je n'eusse aucun soupçon de cet ordre.

— Hé, morbleu ! s'écria Western, qui donc aurait pu le supposer ? Que diable avait-elle à faire avec lui ? Il ne venait pas pour la courtiser, il venait pour chasser avec moi.

— Mais est-il possible, dit Allworthy, que vous n'ayez jamais discerné aucun symptôme d'amour entre eux, alors que vous les voyiez si souvent ensemble ?

— Jamais de ma vie, sur le salut de mon âme, s'écria Western; je l'ai même jamais vu l'embrasser une seule fois dans ma vie; et, bien loin de lui faire la cour, il avait plutôt accoutumé d'être plus silencieux en sa présence qu'à aucun autre moment; quant à la petite, elle était toujours moins polie à son égard qu'avec aucun des jeunes gens qui venaient à la maison. Et en cette matière je ne suis pas plus facile à tromper qu'un autre; je ne voudrais pas que vous croyez ça, voisin.

Allworthy eut de la peine à s'empêcher de rire à cette affirmation; mais il décida de se faire violence, car il connaissait fort bien les hommes et il avait trop de savoir-vivre et de bonté de cœur pour offenser le squire dans ces circonstances. Il demanda alors à Western ce que celui-ci voulait qu'il fasse à cette occasion. A quoi l'autre répondit qu'il aimerait que son voisin empêchât le scélérat d'approcher de la maison et que lui-même allait enfermer la fille, car il était résolu à lui faire épouser M. Blifil en dépit de toute résistance. Il saisit alors la main du jeune homme et jura qu'il n'aurait personne d'autre pour gendre. Et bientôt après, il prit congé, disant que sa maison était tellement sens dessus dessous qu'il était urgent pour lui de rentrer et de veiller à ce que sa fille ne lui faussât pas compagnie; et pour ce qui était de Jones, il jura que s'il l'attrapait chez lui, il le mettrait en état de courir pour la coupe des chevaux hongres.

Laissés de nouveau seuls, Allworthy et Blifil gardèrent longtemps le silence, intervalle que le jeune homme remplit de soupirs dus en partie à la déception, mais surtout à la haine; car le succès de Jones lui était beaucoup plus cuisant que la perte de Sophie.

Enfin, son oncle lui demanda ce qu'il comptait faire, et il répondit ainsi : « Hélas ! Monsieur, peut-on mettre en question ce que fera un amoureux quand la raison et la passion indiquent des voies différentes ? Il est trop certain, je le crains, que, dans ce dilemme, il obéira toujours à la seconde. La raison me dicte de ne plus avoir la moindre pensée pour une femme qui place en un autre ses affections; ma passion m'engage à espérer qu'elle puisse, avec le temps, changer son inclination en ma faveur. Je conçois, toutefois, que l'on puisse élever une objection qui, si elle ne pouvait être pleinement réfutée, me découragerait entièrement de poursuivre. J'entends l'injustice qu'il y aurait à tenter de supplanter un autre dans un cœur qu'il semble déjà posséder; mais la détermination formelle de M. Western montre que, dans le cas présent, je ne ferai, en agissant de la sorte, que favoriser le bonheur de toutes les parties : non seulement celui du père, qui sera ainsi préservé de la plus grande douleur, mais aussi des deux autres, que cette union ruinerait. La jeune dame, je n'en doute pas, sera ruinée au plein sens du mot, car, outre la perte de la majeure partie de sa fortune, non seulement elle sera mariée à un miséreux, mais encore le peu de bien dont son père ne peut la déshériter sera dilapidé pour cette fille avec laquelle je sais qu'il entretient toujours des rapports. Encore cela n'est-il qu'une bagatelle, car je le connais pour un des pires hommes au monde et si mon cher oncle avait su ce que je me suis efforcé de cacher jusqu'à présent, il aurait depuis longtemps abandonné un vaurien si dissolu.

— Comment ! dit Allworthy; a-t-il fait pis que ce que je sais déjà ? Dis-le-moi, je t'en prie.

— Non, répondit Blifil; c'est maintenant du passé, et peut-être a-t-il pu s'en repentir.

— Je t'ordonne, au nom de ton devoir, dit Allworthy, de m'expliquer ce dont tu parles.

— Vous savez, Monsieur, dit Blifil, que je ne vous ai jamais désobéi; mais je regrette d'en avoir fait mention, car cela peut sembler une vengeance, alors que, Dieu merci, aucun mobile semblable n'a jamais pénétré dans mon cœur; et si vous m'obligez à vous le révéler, je dois solliciter pour lui son pardon.

— Je ne veux aucune condition, répondit Allworthy; je crois lui avoir témoigné assez de tendresse et plus peut-être que tu n'en as toi-même bénéficié.

— Plus en tout cas qu'il n'en méritait, je le crains, s'écria Blifil, car le jour même où vous étiez en si grand danger, alors que moi-même et toute la famille étions dans l'affliction, il emplit la maison d'orgies et de débauches. Il chantait, buvait et braillait; et quand j'ai voulu lui faire doucement remarquer l'indécence de sa conduite, il est entré dans une violente colère, a poussé maints jurons, m'a traité de scélérat et m'a frappé.

— Comment ! s'écria Allworthy, il a osé te frapper ?

— Oh, fit Blifil, je lui ai pardonné depuis longtemps. Je voudrais pouvoir oublier aussi aisément son ingratitude envers le meilleur des bienfaiteurs; et pourtant même cela, j'espère que vous le lui pardonnerez, car il devait certainement être possédé du démon : ce soir même, comme M. Thwackum et moi nous prenions l'air dans les champs et nous réjouissions des heureux symptômes qui commençaient juste à se révéler, nous le vîmes par malheur occupé avec une fille d'une façon qu'il serait malséant de rapporter. M. Thwackum, avec plus de hardiesse que de prudence, s'approcha pour le réprimander, quand — je regrette de devoir le dire — il tomba à bras raccourcis sur le digne homme et le battit si abominablement que je souhaite encore à l'heure présente qu'il ait pu se remettre de ses contusions. Et moi-même n'ai pas été protégé des effets de sa malice tandis que je m'efforçais de protéger mon précepteur; mais cela, je l'ai depuis longtemps pardonné; j'ai même convaincu M. Thwackum de lui pardonner aussi et de ne pas vous informer d'un secret que je craignais lui devoir être fatal. Et maintenant, Monsieur, puisque j'ai été assez étourdi pour faire allusion à cette affaire et que l'obéissance que je vous dois m'a contraint à vous la découvrir tout entière, permettez-moi d'intercéder en sa faveur.

— Ah, mon enfant ! dit Allworthy, je ne sais si je dois te blâmer ou te féliciter de la bonté que tu as montrée en cachant un moment une pareille vilenie; mais où est M. Thwackum ? Non que j'aie besoin de me faire confirmer tes dires; mais je veux examiner tous les témoignages à ce sujet, afin de justifier aux yeux du monde l'exemple que je suis décidé à faire d'un tel monstre. »

On envoya donc chercher Thwackum, qui ne tarda pas à paraître. Il confirma tous les détails de la déposition de l'autre et en exhiba même l'enregistrement sur sa poitrine, où l'écriture de M. Jones se lisait encore fort clairement en bleu et noir. Il conclut en déclarant à M. Allworthy qu'il l'aurait depuis longtemps informé de l'affaire, si M. Blifil ne l'en avait empêché par les plus vives instances.

— C'est, dit-il, un excellent jeune homme, encore que ce soit aller trop loin que de prodiguer un tel pardon à ses ennemis.

En réalité, Blifil s'était donné quelque peine pour convaincre le pasteur et empêcher toute révélation sur le moment, ce pourquoi il avait de nombreuses raisons. Il savait que le cœur des hommes a tendance à s'adoucir et à se relâcher de sa sévérité habituelle dans la maladie. Il pensait en outre que, si l'histoire était rapportée alors que les faits étaient encore tout récents et que le médecin, qui pouvait démêler la vérité vraie, venait encore dans la maison, il serait dans l'incapacité de lui donner le tour perfide qu'il désirait. Il résolut, de plus, de mettre toute l'affaire en réserve jusqu'à ce que l'imprudence de Jones fournît d'autres motifs de plainte, car il pensait que le poids réuni de nombreux faits lui retombant dessus tout à la fois aurait d'autant plus de chances de l'écraser;

et il guettait donc une occasion semblable à celle que la Fortune venait aimablement de lui offrir. Enfin, en persuadant Thwackum de taire l'affaire pendant quelque temps, il savait qu'il confirmerait l'idée de son amitié pour Jones, qu'il avait grandement travaillé à établir dans la pensée de M. Allworthy.

CHAPITRE XI

Chapitre bref, mais qui contient assez de matière pour toucher le lecteur au cœur bienveillant.

C'ÉTAIT la coutume de M. Allworthy de ne jamais punir quiconque, ni même de renvoyer un domestique tandis qu'il était en colère. Il résolut donc de différer jusqu'à l'après-midi la condamnation de Jones.

Le malheureux jeune homme assista au dîner comme à l'ordinaire; mais il avait le cœur trop gros pour pouvoir manger. Son chagrin aussi était passablement aggravé par les regards peu bienveillants de M. Allworthy, desquels il concluait que Western avait révélé tout ce qui s'était passé entre lui et Sophie; mais pour ce qui était de l'histoire de M. Blifil, il n'en avait pas la moindre appréhension, car il était entièrement innocent de la très grande majorité de celle-ci et, quant au reste, l'ayant lui-même pardonné et oublié, il ne soupçonnait pas que l'on s'en souvînt le moins du monde de l'autre côté. Le dîner terminé et les domestiques partis, M. Allworthy commença sa harangue. Il exposa, dans un long discours, toutes les iniquités dont Jones s'était rendu coupable, et particulièrement celles que cette journée avait amenées à la lumière; et il conclut en lui disant qu'à moins que le jeune homme ne pût se justifier, il était décidé à le bannir à jamais de sa présence.

Bien des désavantages se présentaient au pauvre Jones pour sa défense; à peine savait-il, en fait, ce dont on l'accusait; car, comme M. Allworthy en racontant l'ivresse, etc., durant sa maladie, avait escamoté par modestie tout ce qui se rapportait particulièrement à lui et qui en réalité était l'élément principal du crime, Jones ne pouvait nier l'accusation. Son cœur, en outre, était déjà presque brisé et il avait l'esprit si abattu qu'il était incapable de dire quoi que ce fût pour sa défense; il reconnut le tout et, comme un criminel au désespoir, s'en remit à la miséricorde du juge, concluant que, quoiqu'il dût s'avouer coupable de bien des bêtises et des étourderies, il espérait n'avoir rien fait pour mériter ce qui serait pour lui le plus sévère châtiment qui soit au monde.

Allworthy répondit qu'il lui avait déjà trop souvent pardonné par compassion pour sa jeunesse et dans l'espoir d'un amendement; mais il voyait maintenant que Jones n'était qu'un chenapan dépravé qu'il serait criminel pour quiconque de soutenir et d'encourager.

— Qui plus est, lui dit M. Allworthy, ton audacieuse tentative de séduire la jeune demoiselle me fait un devoir de justifier ma propre réputation en te punissant. Le monde, qui a déjà critiqué l'intérêt que je t'ai montré, pourrait penser avec au moins quelque apparence de justice que je tolère une action si vile et si barbare, action pour laquelle tu devais connaître mon horreur et que tu n'aurais jamais pensé à entreprendre si tu avais eu la moindre considération pour ma tranquillité et mon honneur, aussi bien que pour mon amitié. Honte à toi, jeune homme ! En vérité, il est à peine de châtiment égal à tes crimes, et je ne me sens guère justifiable de ce que je vais maintenant t'accorder. Mais, t'ayant élevé comme mon propre enfant, je ne veux pas te jeter tout nu dans le monde. Quand tu ouvriras ce papier, donc, tu trouveras de quoi te permettre, si tu y mets du tien, de gagner honnêtement ta vie; mais si tu l'emploies à des fins plus mauvaises, je ne me croirai pas obligé de t'aider plus avant, résolu que je suis à n'avoir plus désormais de rapport avec toi sous aucun prétexte. Je ne puis éviter de dire que ce qui m'a fait le plus de peine dans ta conduite a été tes mauvais procédés envers ce bon jeune homme (c'est-à-dire Blifil), qui a toujours agi envers toi avec tant d'affection et d'honneur.

Ces derniers mots étaient une médecine trop amère à avaler. Un flot de larmes jaillit des yeux de Jones, et toute faculté de parole ou de mouvement parut l'avoir déserté. Il lui fallut un moment pour pouvoir obéir aux ordres péremptoires de se retirer que lui donnait Allworthy; ce qu'il finit par faire, après lui avoir baisé les mains avec une passion qu'il eût été aussi difficile de feindre que ce le serait de la décrire.

Le lecteur doit être bien faible si, considérant le jour sous lequel Jones apparaissait alors à M. Allworthy, il blâme la rigueur de cette sentence. Et pourtant tout le voisinage, du fait de cette faiblesse ou pour quelque motif pire, condamna cette juste sévérité comme de la plus haute cruauté. Mieux, les personnes mêmes qui avaient précédemment blâmé le digne homme de la bonté et de l'affection témoignées à un bâtard (le sien, dans l'opinion générale) crièrent alors aussi fort contre la façon dont il mettait ainsi son propre enfant à la rue. Les femmes surtout furent unanimes à prendre le parti de Jones, et elles firent à cette occasion trop de racontars pour que j'aie la place de les consigner dans ce chapitre.

Une chose qu'il ne faut pas omettre, c'est que, parmi toutes ces censures, aucune mention ne fut jamais faite de la somme contenue dans le papier qu'Allworthy avait donné à Jones, laquelle ne se montait pas à moins de cinq cents livres; mais tous s'accordèrent à dire qu'il avait été renvoyé sans un penny, certains dirent même tout nu, de la demeure de son père dénaturé.

CHAPITRE XII

Contenant des lettres d'amour, etc.

Jones avait reçu l'ordre de quitter la maison sur-le-champ, et on lui avait dit que ses vêtements et tout le reste lui seraient envoyés à l'adresse qu'il indiquerait.

Il s'en fut donc et marcha plus d'un mille sans faire attention et, en vérité, presque sans savoir où il allait. Enfin, un petit ruisseau lui barrant le passage, il se jeta à terre sur le bord, et il ne put s'empêcher de marmonner avec quelque indignation : « Mon père ne me refusera certainement pas le droit de me reposer en cet endroit ! »

Et là, il tomba dans le plus violent accès, s'arrachant les cheveux et se livrant à la plupart des autres actes qui accompagnent généralement les crises de folie, de rage ou de désespoir.

Quand il eut ainsi donné vent aux premiers troubles de la passion, il commença à revenir un peu à lui. Sa douleur prit alors un autre tour et se libéra avec plus de douceur, jusqu'à ce qu'il eût retrouvé assez de sang-froid pour raisonner sa passion et réfléchir aux mesures qu'il convenait de prendre dans sa déplorable situation.

Et alors, le plus grand doute l'envahit sur la façon dont il devait agir à l'égard de Sophie. La pensée de la quitter lui brisait le cœur; mais la considération de la réduire à la ruine et à la mendicité le torturait encore plus, si c'était possible; et, quand bien même le violent désir de posséder sa personne aurait pu l'induire à prêter un instant l'oreille au second terme de l'alternative, il n'était pas le moins du monde assuré que la jeune fille serait assez résolue à exaucer ses vœux à un tel prix. Le ressentiment de M. Allworthy et l'atteinte qu'il devrait porter à sa tranquillité étaient un puissant argument de plus contre la seconde solution; enfin, l'apparente impossibilité du succès, même s'il consentait à y sacrifier toutes ces considérations, vint à son secours; et ainsi l'honneur, appuyé enfin par le désespoir, par la gratitude envers son bienfaiteur et par son véritable amour pour sa maîtresse, triompha de ses brûlants désirs, et il résolut de quitter Sophie plutôt que de la perdre par sa poursuite.

Il est difficile pour quiconque ne l'a pas éprouvée de concevoir la chaleur rayonnante qui emplit son cœur à la première contemplation de cette victoire remportée sur sa passion. Elle flatta si agréablement son orgueil, qu'il jouit peut-être d'un bonheur parfait; mais celui-ci ne fut que momentané : Sophie reparut bientôt à son imagination, et cette pensée mitigea la joie de son triomphe d'une douleur non moins amère que celle d'un général au cœur bon contemplant les monceaux de cadavres dont le sang a payé ses lauriers, car devant notre vainqueur gisaient des milliers de tendres idées.

Résolu, néanmoins, à suivre les sentiers de ce géant

honneur, comme l'appelle le gigantesque poète Lee[1], il décida d'écrire une lettre d'adieu à Sophie; et il se dirigea en conséquence vers une maison peu éloignée, où, pourvu des ingrédients nécessaires, il composa l'épître suivante :

Madame,

Quand vous réfléchirez à l'état dans lequel je vous écris, je suis sûr que votre bon cœur pardonnera toutes les inconséquences ou absurdités que contient ma lettre, car tout ici coule d'un cœur si plein que nul langage ne pourrait en exprimer les ordres.

J'ai résolu, Madame, de me plier à vos volontés en fuyant pour toujours votre chère, votre adorable vue. Ces volontés sont cruelles, certes; mais c'est une cruauté qui vient de la Fortune, non de ma Sophie. La Fortune a rendu nécessaire, nécessaire à votre préservation, que vous oubliiez l'existence même du malheureux que je suis.

Je n'évoquerais pas même mes souffrances, croyez-moi, si j'imaginais qu'elles pussent rester ignorées de vous. Je connais la bonté et la tendresse de votre cœur, et j'aurais voulu éviter de vous donner aucun de ces chagrins que vous ressentez toujours pour les malheureux. Ah, que rien de ce que vous entendrez de mon cruel destin ne vous cause un instant de souci; car, après vous avoir perdue, tout ne m'est plus que bagatelle.

O Sophie ! il est dur de vous quitter; il est plus dur encore de désirer que vous m'oubliiez; et pourtant l'amour le plus sincère me contraint à l'un et l'autre. Pardonnez-moi d'imaginer qu'aucun souvenir de moi puisse vous tourmenter; mais si mon malheur est assez glorieux pour cela, sacrifiez-moi de toutes manières à votre soulagement. Dites-vous que je ne vous ai jamais aimée; ou dites-vous la vérité, c'est-à-dire combien peu je vous mérite, et apprenez à me mépriser pour une présomption qui ne saurait être trop sévèrement punie. — Je suis incapable d'en dire davantage. — Que les anges gardiens vous protègent à jamais !

Il fouilla alors ses poches à la recherche de sa cire à cacheter, mais ne l'y trouva pas, non plus que rien d'autre; car il faut dire que, dans son humeur frénétique, il avait tout jeté loin de lui et, entre autres, le portefeuille qu'il avait reçu de M. Allworthy, portefeuille qu'il n'avait jamais ouvert et qui lui revenait pour la première fois à la mémoire.

La maison lui fournit un pain à cacheter pour sceller sa lettre, et il se hâta de retourner au bord du ruisseau, afin de chercher les objets qu'il y avait perdus. En chemin, il rencontra son vieil ami Georges le Noiraud, qui compatit sincèrement à son infortune, car elle lui était déjà venue aux oreilles, comme en fait à toutes celles du voisinage.

Jones mit le garde-chasse au courant de la perte qu'il avait faite, et celui-ci s'empressa de retourner avec lui jusqu'au ruisseau, où ils inspectèrent chaque touffe d'herbe dans la prairie, aussi bien où Jones avait été que là où il n'avait pas été; mais ce fut sans succès et ils ne trouvèrent rien, car, bien que les objets fussent alors dans la prairie, le seul endroit qu'ils omirent de fouiller était celui où ils gisaient, à savoir les poches dudit Georges, qui les avait trouvés un instant auparavant et qui, informé par chance de leur valeur, les avait fort soigneusement mis de côté pour son propre usage.

Le garde-chasse, après avoir déployé dans la recherche des objets perdus autant d'activité que s'il avait eu l'espoir de les retrouver, pria M. Jones de se rappeler s'il n'avait pas été ailleurs.

— Sûrement, dit-il, si vous les aviez perdus ici il y a si peu de temps, ils y seraient encore, car c'est un endroit où il y a fort peu de chances que quelqu'un d'autre vienne à passer.

Et, en fait, c'était par un grand hasard que lui-même était passé par ce champ afin d'y poser des lacets pour prendre des lièvres qu'il devait fournir le lendemain matin à un marchand de volaille de Bath.

Jones renonça alors à tout espoir de recouvrer ce qu'il avait perdu et presque même à y penser encore et, se tournant vers Georges le Noiraud, il lui demanda d'un ton sérieux s'il était prêt à lui rendre un très grand service.

En vérité, la question l'avait désarçonné, car ses ventes de gibier lui avaient permis d'amasser une assez jolie somme au service de M. Western et il craignait que Jones ne voulût lui emprunter quelque argent; mais il fut vite libéré de son inquiétude quand il s'entendit demander de porter une lettre à Sophie, ce qu'avec grand plaisir il promit de faire. Et vraiment je pense qu'il est peu de faveurs qu'il n'eût été heureux d'accorder à M. Jones, car il lui portait toute la reconnaissance dont il était capable et il était aussi honnête que le sont généralement les hommes qui aiment l'argent plus que tout au monde.

Tous deux s'accordèrent à penser que Mme Honour était l'intermédiaire approprié pour faire passer cette lettre à Sophie. Puis ils se séparèrent; le garde-chasse rentra chez M. Western et Jones marcha jusqu'à un cabaret situé à un demi-mille de distance pour y attendre le retour de son messager.

A peine arrivé chez son maître, Georges rencontra Mme Honour. Après l'avoir sondée au moyen de quelques questions préalables, il lui remit la lettre destinée à sa maîtresse et en reçut en même temps une autre pour M. Jones, la gouvernante lui expliquant qu'elle l'avait portée toute la journée dans son sein et qu'elle commençait à désespérer de trouver un moyen de la remettre.

Le garde-chasse retourna en hâte et tout joyeux vers Jones, qui, aussitôt qu'il eut reçu de lui la lettre de Sophie, se retira pour l'ouvrir avec avidité et lire ce qui suit :

Monsieur,

Il est impossible d'exprimer ce que j'ai ressenti depuis que je vous ai vu. La façon dont vous avez supporté, en considération de moi, de si cruelles insultes de la part de mon père m'impose une obligation que je n'oublierai jamais. Vous connaissez son caractère; je vous supplie donc, par égard pour moi, de l'éviter. Je voudrais pouvoir vous envoyer quelque consolation; mais soyez assuré que seule la dernière violence pourra me contraindre à donner ma main ou mon cœur à celui à qui vous seriez fâché de les voir accorder.

Jones relut cent fois cette lettre et la baisa non moins souvent. Sa passion ramenait maintenant dans son sœur tous ses tendres désirs. Il se repentit d'avoir écrit à Sophie de la façon que nous avons vue; mais il regretta encore plus d'avoir employé l'intervalle laissé par l'absence de son messager à écrire et envoyer à M. Allworthy une lettre dans laquelle il s'engageait formellement à abandonner toutes pensées concernant son amour. Néanmoins, quand il y réfléchit avec un peu plus de sang-froid, il vit clairement que le billet de Sophie n'améliorait, ni même ne changeait aucunement ses affaires, sinon en ce que la fermeté promise lui donnait un très faible espoir de quelque accident favorable dans l'avenir. Il revint donc à sa résolution première et, après avoir pris congé de Georges le Noiraud, il se mit en route pour une ville distante de cinq milles environ, où il avait prié M. Allworthy de lui faire parvenir ses affaires, à moins qu'il ne lui plût de révoquer la sentence qu'il avait prononcée.

CHAPITRE XIII

Conduite de Sophie en cette circonstance, conduite que ne blâmera aucune personne de son sexe capable de se conduire de la même manière. Et discussion d'un cas épineux au tribunal de la conscience.

SOPHIE avait passé les dernières vingt-quatre heures d'une manière bien peu enviable. Sa tante en avait employé une bonne partie à lui faire des sermons sur la sagesse, lui recommandant l'exemple du beau monde, où (aux dires de la bonne dame) l'on se rit entièrement de l'amour et où les femmes ne voient dans le mariage, comme les hommes dans les emplois publics, qu'un moyen de faire leur fortune et d'avancer dans le monde. Mme Western avait déployé toute son éloquence à commenter ce texte durant plusieurs heures.

Ces discours pleins de sagesse, si peu conformes qu'ils fussent au goût ou à l'inclination de Sophie, lui étaient cependant moins pénibles que ses propres pensées qui avaient occupé sa nuit et l'avaient empêchée de fermer l'œil à aucun moment.

Mais, en dépit de l'impossibilité où elle était de trouver au lit sommeil ou repos, rien ne l'appelait ailleurs, et ce fut là que son père la retrouva à son retour de chez M. Allworthy, c'est-à-dire à dix heures du matin passées. Il monta directement à sa chambre, ouvrit la porte et, voyant qu'elle n'était pas encore levée, s'écria :

— Ah ! tu es en sécurité; eh bien, je suis résolu à t'y maintenir.

Il ferma alors la porte à clef et remit cette clef à Mme Honour, après lui avoir donné les ordres les plus rigoureux, accompagnés de grandes promesses de récompense si elle était fidèle et des plus terribles menaces de châtiment au cas où elle trahirait sa confiance.

Les instructions d'Honour étaient de ne pas laisser sa maîtresse sortir de la chambre sans la permission du squire en personne et de n'admettre auprès d'elle que lui-même et la tante de la jeune fille; mais elle devait lui fournir tout ce qu'il lui plairait de demander, hormis seulement une plume, de l'encre et du papier, dont l'usage était interdit.

Le squire ordonna à sa fille de s'habiller et de lui tenir compagnie à dîner. Ce qu'elle fit; et, après qu'elle eut passé à table le temps habituel, elle fut reconduite à sa prison.

Dans la soirée, la geôlière Honour lui remit la lettre apportée par le garde-chasse. Sophie la lut deux ou trois fois très attentivement; puis elle se jeta sur son lit et éclata en sanglots. Mme Honour exprima un grand étonnement d'une telle conduite chez sa maîtresse; et elle ne put se retenir de demander très instamment la cause de cet accès. Sophie ne lui répondit pas pendant un moment; puis, se relevant soudain, elle saisit la main de sa femme de chambre et s'écria : « Ah, Honour ! Je suis perdue.

— Dieu vous en préserve ! s'écria Honour. Je voudrais bien que l'on ait brûlé cette lettre avant que je l'apporte à Madame. Je croyais en vérité que ce serait une consolation pour Madame, sans quoi je l'aurais envoyée au diable plutôt que d'y toucher seulement.

— Vous êtes une bonne fille, Honour, dit Sophie, et il est vain d'essayer de vous cacher plus longtemps ma faiblesse; j'ai livré mon cœur à un homme qui m'a abandonnée.

— M. Jones, répondit la femme de chambre, est-il perfide à ce point ?

— Il me dit adieu pour toujours dans cette lettre, dit Sophie. Il me demande même de l'oublier. Aurait-il pu me demander cela s'il m'avait aimée ? Aurait-il pu supporter pareille pensée ? Aurait-il pu écrire un tel mot ?

— Non, certes, Madame, s'écria Honour, et, pour sûr, si le meilleur homme d'Angleterre devait me demander de l'oublier, je le prendrais au mot. Allons donc ! Je trouve que Madame lui a fait bien trop d'honneur en pensant seulement à lui : une dame qui n'aurait qu'à choisir parmi tous les jeunes messieurs du pays ! Et, pour sûr, si je peux être assez présomptueuse pour donner mon avis, il y a le jeune M. Blifil, qui, outre qu'il est le fils de parents honnêtes et qu'il sera un des plus grands squires de toute la région, est, pour sûr, à mon humble avis, un plus bel homme et beaucoup plus poli aussi; et puis c'est un jeune monsieur posé et qui peut défier tous ses voisins de lui reprocher quoi que ce soit; il ne court pas après les sales traînées et on ne pourrait pas venir déposer des bâtards à sa porte. L'oublier, en vérité ! Dieu merci, je n'en suis pas encore assez à mes dernières prières pour souffrir qu'aucun homme me dise deux fois de l'oublier. Si le meilleur de ceux qu'ont une tête il devait se mettre dedans de venir me dire un mot si outrageant, je lui accorderais plus jamais ma compagnie tant qu'y aurait un autre jeune homme dans le royaume. Et, comme je disais, pour sûr qu'y a le jeune M. Blifil.

— Ne prononcez pas ce nom détesté, s'écria Sophie.

— Bien, Madame, dit Honour, mais s'il ne plaît pas à Madame, y a d'autres jolis garçons qui feraient bien la cour à Madame si seulement on les y encourageait le moins du monde. Je pense pas qu'y ait un seul jeune monsieur dans le comté ou dans celui d'à côté qui se proposerait pas tout de suite si Madame avait seulement l'air de penser à lui.

— Quelle misérable t'imagines-tu donc que je suis, s'écria Sophie, à me blesser les oreilles de pareil fatras ! Je déteste tous les hommes.

— Oui, pour sûr, Madame, répondit Honour, Madame a bien le droit d'en être dégoûtée. Être si mal traitée par un misérable et minable bâtard !

— Silence, assez de blasphèmes ! s'écria Sophie. Comment osez-vous parler de lui avec irrévérence devant moi ? Lui, me mal traiter ? Non, son pauvre cœur déchiré a plus souffert d'écrire ces mots cruels que le mien de les lire. Ah ! il a toute la vertu d'un héros et toute la bonté d'un ange. J'ai honte de la faiblesse de mon propre amour, d'avoir blâmé ce que je devrais admirer. Ah, Honour, c'est mon seul bien qu'il considère. A mon intérêt, il nous sacrifie en même temps, lui et moi. La crainte d'être cause de ma ruine l'a poussé au désespoir.

— Je suis bien aise, dit Honour, d'entendre que

Madame prend cela en considération; car, pour sûr, ce serait bien la ruine que d'accorder son cœur à un homme qu'a été mis à la porte sans un farthing au monde.

— Mis à la porte ! s'écria vivement Sophie. Comment ! Que veux-tu dire ?

— Mais bien sûr, Madame; mon maître n'a pas plus tôt raconté au squire Allworthy que M. Jones avait essayé de faire la cour à Madame, que le squire l'a jeté tout nu à la rue !

— Ha ! dit Sophie. J'ai été la malheureuse cause, la cause maudite de sa perte ! Jeté tout nu à la rue ! Tenez, Honour, prenez tout l'argent que je possède, prenez les bagues que j'ai aux doigts. Tenez, ma montre. Portez-lui tout cela. Allez le trouver tout de suite.

— Pour l'amour du Ciel, Madame, répondit Mme Honour, considérez seulement que si mon maître s'apercevait de la disparition d'un seul de ces objets, je serais obligée d'en répondre. Que Madame me permette donc de lui demander de ne pas se séparer de sa montre et de ses bijoux. D'ailleurs, l'argent, me semble-t-il, suffit bien, en toute conscience; et pour cela, mon maître n'en pourra jamais rien savoir.

— Eh bien, dans ce cas, s'écria Sophie, prends jusqu'à mon dernier farthing, découvre M. Jones tout de suite et donne-le lui. Va, va, ne perds pas un instant. »

Mme Honour partit comme on le lui ordonnait et, trouvant Georges le Noiraud à l'office, elle lui remit la bourse contenant seize guinées qui représentaient, en fait, tout l'avoir de Sophie, car, bien que son père fût très libéral envers elle, elle était beaucoup trop généreuse pour être riche.

Ayant reçu la bourse, Georges le Noiraud partit pour le cabaret; mais, en route, il commença à se demander s'il ne devrait pas conserver cet argent aussi. Sa conscience eut, cependant, un sursaut à cette idée et se mit à lui reprocher son ingratitude envers son bienfaiteur. A quoi son avarice répondit que sa conscience aurait dû y penser plus tôt, quand il avait privé le pauvre Jones de ses cinq cents livres; qu'ayant acquiescé par son silence à ce qui était d'une beaucoup plus grande importance, il était absurde, sinon carrément hypocrite d'affecter le moindre scrupule pour cette bagatelle. Mais, en réponse, la conscience tenta, en bon avocate, de distinguer entre un abus de confiance absolu comme c'était le cas ici, l'argent ayant été remis, et la simple dissimulation d'un objet trouvé comme dans le premier cas. L'avarice tourna alors la chose en ridicule, dit que c'était une distinction sans différence et affirma formellement que, dès lors qu'on avait renoncé une fois à toutes prétentions à l'honneur et à la vertu, il n'y avait pas de précédent qu'on y revînt en une seconde occasion. Bref, la pauvre conscience eût certainement été vaincue dans la discussion, si la peur n'était venue à son secours et n'avait fait valoir avec beaucoup d'énergie que la véritable distinction entre les deux actions résidait non dans le plus ou moins d'honneur, mais dans le plus ou moins de sécurité, car la soustraction des cinq cents livres ne présentait que fort peu de risques, alors que la détention des seize guinées offrait le plus grand danger d'être découverte.

Grâce à cette aide amicale de la peur, la conscience obtint une victoire complète dans le cœur de Georges le Noiraud et, après lui avoir fait force compliments de son honnêteté, le contraignit à remettre l'argent à Jones.

CHAPITRE XIV

Chapitre bref, contenant un court dialogue entre le squire Western et sa sœur.

Madame Western avait été occupée au dehors toute cette journée. Le squire la rencontra à son retour à la maison et, comme elle s'informait de Sophie, il lui fit savoir qu'il avait pris bien soin de la mettre en sûreté.

— Elle est enfermée dans sa chambre, cria-t-il, et c'est Honour qui garde la clef !

Étant donné l'air tout empli d'une sagesse et d'une sagacité prodigieuses qu'il avait en donnant ce renseignement à sa sœur, il est probable qu'il s'attendait de sa part à une vive approbation des mesures prises; mais quelle ne fut pas sa déception quand elle s'écria d'un air fort dédaigneux : « Assurément, mon frère, vous êtes le plus faible des hommes. Pourquoi ne voulez-vous pas me faire confiance pour diriger ma nièce ? Pourquoi tenez-vous à intervenir ? Vous venez de détruire tout ce que je m'étais épuisée à réaliser. Alors que je me suis efforcée de lui emplir l'esprit de maximes de prudence, vous l'avez induite à les rejeter. Les femmes anglaises, mon frère, ne sont pas, Dieu merci, des esclaves. On ne peut pas nous enfermer comme les Espagnoles ou les Italiennes. Nous avons autant droit à la liberté que vous. Nous ne nous laissons convaincre que par la raison et la persuasion, et non gouverner par la force. J'ai vu le monde, mon frère, et je sais de quels arguments me servir; et si votre folie ne m'en avait empêchée, j'aurais décidé Sophie à ordonner sa conduite selon les règles de prudence et de sagesse que je lui avais enseignées.

— Assurément, dit le squire, j'ai toujours tort.

— Mon frère, répondit la dame, vous n'avez tort que dans la mesure où vous vous mêlez de choses qui vous dépassent. Vous conviendrez que j'ai beaucoup vu le monde; et il eût été heureux pour ma nièce qu'elle fût restée confiée à mes soins. C'est en vivant chez elle avec vous qu'elle a pris ses idées romanesques d'amour et autres sornettes.

— Vous n'imaginez pas, j'espère, s'écria le squire, que je lui ai enseigné quoi que ce soit de pareil !

— Votre ignorance, mon frère, répliqua-t-elle, subjugue presque ma patience, comme dit le grand Milton*.

— La peste soit de Milton ! répondit le squire. S'il avait l'impudence de me dire ça en face, je lui flanquerais une douche, tout grand homme qu'il soit. Votre patience ! Si vous en venez là, ma sœur, j'ai plus d'occasion d'en montrer à être toujours traité en écolier qui a poussé trop vite, comme vous le faites. Croyez-vous donc que personne ne puisse avoir d'entendement sans avoir fréquenté la Cour ? Bon Dieu ! le monde est dans une belle passe, si nous sommes tous des imbéciles à part une bande de têtes rondes[1] et de rats du Hanovre. Bon Dieu ! J'espère que les temps sont proches où ce seront eux les imbéciles et où chacun pourra jouir de ce qui lui appartient. C'est tout, ma sœur : et où chacun pourra

---

* Le lecteur aura peut-être à subjuguer sa propre patience s'il veut chercher cela dans Milton. H. F.

jouir de ce qui lui appartient. J'espère bien voir ça, ma sœur, avant que les rats du Hanovre aient dévoré tout notre blé et ne nous laissent plus que des navets pour toute nourriture.

— Je proteste, mon frère, s'écria-t-elle; là, vous passez mon entendement. Votre jargon de navets et de rats du Hanovre m'est parfaitement inintelligible.

— M'est avis, s'écria-t-il, que vous ne tenez pas à en entendre parler; mais l'intérêt du pays l'emportera peut-être un jour ou l'autre, malgré tout.

— Je voudrais bien, répondit la dame, que vous pensiez un peu plus à celui de votre fille, car, croyez-m'en, elle est plus en danger que le pays.

— A l'instant, dit-il, vous me reprochiez d'y penser trop, et vous vouliez que je la laisse entièrement à vos soins.

— Et si vous voulez bien promettre de ne plus intervenir, répondit-elle, je me chargerai de ces soins, par égard pour ma nièce.

— Eh bien, faites-le alors, dit le squire; vous savez bien que j'ai toujours convenu que les femmes étaient les plus aptes à diriger les femmes. »

Mme Western s'en alla alors, marmonnant d'un air de dédain quelque chose au sujet des femmes et de la conduite de l'État. Elle se rendit aussitôt à la chambre de Sophie, qui, après un jour de captivité, fut derechef remise en liberté.

LIVRE VII

CHAPITRE PREMIER

Comparaison entre le monde et la scène.

On a souvent comparé le monde et le théâtre; et maints auteurs sérieux, ainsi que les poètes, ont considéré la vie humaine comme un grand drame, semblable, sous presque tous les rapports, à ces représentations scéniques dont on attribue l'invention à Thespis[1] et qui ont été reçues depuis lors avec tant d'approbation et de délices dans tous les pays civilisés.

Cette idée a été portée si loin et est devenue si générale que certains mots propres au théâtre et qui ne furent d'abord appliqués au monde que par métaphore, se disent à présent des deux sans discrimination aucune et au sens littéral; ainsi l'usage courant nous a rendu le théâtre et la scène aussi familiers pour parler de la vie en général que lorsqu'il s'agit des seules représentations dramatiques; et quand on mentionne certaines affaires qui se trament derrière le rideau, on pense plus facilement à Saint-James qu'à Drury Lane[2].

Cela s'explique assez, si l'on considère que la scène dramatique n'est rien de plus qu'une représentation ou, comme l'appelle Aristote, une imitation de ce qui existe réellement; et peut-être ne serait-ce donc que justice de faire de grands compliments à ceux qui, par leurs écrits ou leur jeu, ont été capables d'imiter la vie au point que l'on puisse en quelque sorte confondre la peinture avec l'original et prendre l'une pour l'autre.

Mais en réalité nous n'aimons pas trop à faire des

compliments à ces gens, que nous traitons comme font souvent les enfants des instruments de leurs jeux; et nous avons beaucoup plus de plaisir à les siffler et à les rudoyer qu'à admirer leur talent. Il y a bien d'autres raisons qui nous ont conduits à voir cette analogie entre le monde et la scène.

D'aucuns ont considéré la plus grande partie de l'humanité comme des acteurs personnifiant des rôles qui ne sont pas les leurs et auxquels ils n'ont en vérité pas plus de titres que l'acteur n'en a à être sérieusement pris pour le roi ou l'empereur qu'il représente. Ainsi l'on peut dire de l'hypocrite que c'est un acteur; et, en fait, les Grecs leur donnaient à tous deux un seul et même nom.

La brièveté de la vie a également donné lieu à cette comparaison. Ainsi de l'immortel Shakespeare :

> ... La vie est un pauvre acteur,
> Qui se pavane et s'agite une heure en scène,
> Et puis dont on n'entend plus la voix[1].

Mais je vais me racheter auprès du lecteur de cette citation rebattue par une autre fort noble que peu de personnes, je pense, auront déjà lue. Elle est tirée d'un poème appelé *la Divinité*[2] publié, il y a neuf ans environ et depuis longtemps enterré dans l'oubli, preuve que, pour les livres tout comme pour les hommes, les bons ne survivent pas toujours aux mauvais.

> De toi* toutes les actions humaines tirent leur source,
> L'essor des empires et la chute des rois !
> Vois ouvert le vaste théâtre du Temps,
> Tandis qu'arpentent la scène les héros successifs !
> Avec pompe se succèdent les brillantes images;
> Que de chefs triomphent et que de monarques saignent !
> Ils jouent le rôle que ta providence leur a assigné.
> Leur orgueil, leurs passions tendent à tes fins :
> Un instant ils étincellent à la face du jour,
> Puis à ton signe, les fantômes disparaissent;
> Aucune trace ne reste de toute cette active scène,
> Que ce que dit le souvenir — *Les choses ont été !*

Dans ces comparaisons, cependant, comme dans toutes autres entre la vie et le théâtre, on a toujours pris

* La Divinité. H. F.

les images à la scène seule. Personne, que je sache, n'a jamais songé au public de ce grand drame.

Mais comme la Nature donne souvent certaines de ses meilleures représentations devant une salle très pleine, le comportement de ses spectateurs n'admettra pas moins la comparaison sus-mentionnée que celui de ses acteurs. Dans ce vaste théâtre du Temps sont assis l'ami et le critique; on y entend des applaudissements et des cris, des sifflets et des murmures, bref, tout ce qu'on a toujours vu et entendu au Théâtre Royal.

Voyons cela dans un cas particulier, par exemple le comportement du grand public au cours de la scène que la Nature se plut à jouer au douzième chapitre du livre précédent, quand elle montra Georges le Noiraud s'enfuyant avec les cinq cents livres de son ami et bienfaiteur.

Ceux qui étaient assis à la dernière galerie reçurent cet incident, j'en suis bien convaincu, avec leurs vociférations habituelles, et il n'est sans doute pas un terme d'injurieux reproche qui ne fût lancé à cette occasion.

En descendant à l'ordre suivant de spectateurs, on aurait trouvé un égal degré d'horreur, encore qu'accompagné de moins de bruit et de grossièreté; et pourtant, là, les bonnes femmes vouèrent Georges le Noiraud au diable et nombre d'entre elles s'attendaient à chaque instant que le gentilhomme au pied fourchu viendrait chercher son bien.

Le parterre était sans nul doute partagé comme à son ordinaire : ceux qui se délectent à la vertu héroïque et à un caractère parfait protestèrent contre la représentation de pareils cas de vilenie sans une punition sévère, pour l'exemple. Certains amis de l'auteur s'écriaient : « Voyez, Messieurs, cet homme est un scélérat, mais c'est la nature après tout. » Et tous les jeunes critiques de l'époque, les commis, les apprentis, etc., crièrent à la bassesse et se mirent à murmurer.

Quant aux loges, elles se conduisirent avec leur politesse accoutumée. La plupart des gens s'occupaient d'autre chose. Certains dans le petit nombre de ceux qui regardaient aucunement la scène déclarèrent que c'était un homme mauvais, tandis que d'autres refusaient d'émettre une opinion avant d'avoir entendu celle des meilleurs juges.

Or nous, qui sommes admis dans les coulisses de ce grand théâtre de la Nature — et tout auteur qui n'a pas ce privilège ne devrait écrire que des dictionnaires et des syllabaires —, nous pouvons censurer l'action sans concevoir une horreur absolue pour le personnage, que la Nature n'a peut-être pas destiné à jouer un vilain rôle dans tous ses drames; car, dans cet exemple, la vie ressemble très exactement au théâtre, puisque c'est souvent la même personne qui représente le vilain et le héros, et celui qui un jour provoque votre admiration s'attirera probablement votre mépris le lendemain. Tout comme Garrick, que je considère comme le plus grand génie que le monde ait jamais produit[1], condescend parfois à jouer les imbéciles, ainsi firent aussi, il y a bien des années, Scipion le Grand et Laelius le Sage, si l'on en croit Horace, et Cicéron rapporte même qu'ils étaient « incroyablement puérils ». Il est vrai qu'ils ne jouaient les imbéciles, comme mon ami Garrick, qu'en manière de plaisanterie; mais plusieurs personnages éminents, en d'innombrables circonstances de leur vie, ont fait les fous de façon insigne et pour tout de bon, au point que l'on pouvait se demander ce qui prédominait en eux de la sagesse ou de la folie ou s'ils méritaient mieux les applaudissements ou la censure, l'admiration ou le mépris, l'amour ou la haine du genre humain.

En fait, les personnes qui ont passé quelque temps dans les coulisses de ce grand théâtre et qui sont tout à fait familiarisées non seulement avec les divers déguisements que l'on y arbore, mais aussi avec la façon fantasque et capricieuse des passions, qui sont les imprésarios et les directeurs de ce théâtre (car pour ce qui est de la Raison, qui en est le concessionnaire, elle est connue pour un être fort paresseux et peu enclin à se fatiguer), auront très probablement appris à comprendre le fameux *nil admirari* d'Horace, autrement dit à n'écarquiller les yeux devant rien.

Une seule mauvaise action ne constitue pas plus un scélérat dans la vie qu'un seul vilain rôle sur la scène. Les passions, comme les imprésarios d'un théâtre, imposent souvent des rôles sans consulter le jugement des intéressés, parfois même sans aucun égard à leur talent. Ainsi l'homme comme l'acteur peut condamner ce qu'il joue lui-même; on voit même assez souvent le vice convenir aussi mal à certains hommes que le rôle d'Iago siérait à l'honnête visage de M. William Mills[1].

Dans l'ensemble, donc, l'homme impartial et réellement intelligent ne se hâte jamais de condamner. Il peut critiquer une imperfection ou même un vice sans aucune fureur contre le coupable. Bref, la même folie, la même puérilité, le même manque de savoir-vivre suscitent les clameurs et le tapage dans la vie et au théâtre. Ce sont généralement les pires des hommes qui ont tout le temps à la bouche les mots de coquin et de scélérat, tout comme au parterre ce sont les plus vils misérables qui crient le plus à la vilenie.

CHAPITRE II

Contenant une conversation que M. Jones eut avec lui-même.

JONES reçut ses effets de M. Allworthy de bonne heure le lendemain matin, avec la réponse suivante à sa lettre :

Monsieur,

Mon oncle me charge de vous faire savoir que, comme il n'en est arrivé aux mesures qu'il a prises à votre égard qu'après mûre délibération et seulement après avoir eu la preuve la plus entière de votre indignité, il sera toujours hors de votre pouvoir de changer quoi que ce soit à sa résolution. Il a exprimé une grande surprise de la présomption dont vous témoignez en disant avoir renoncé à toutes prétentions sur une jeune demoiselle envers qui il est impossible que vous en ayez jamais eu aucune, sa naissance et sa fortune l'ayant placée tellement au-dessus de vous. Enfin, j'ai pour instructions de vous dire que le seul témoignage d'obéissance à ses désirs que demande mon oncle est que vous quittiez immédiatement le pays. En tant que chrétien, je ne puis terminer cette lettre sans vous donner le conseil de penser sérieusement à amender votre vie. Que la grâce vous assiste pour ce faire sera toujours la prière de

Votre humble serviteur,

W. BLIFIL.

Cette lettre souleva dans le cœur de notre héros bien des passions contraires; mais l'affection l'emporta finalement sur l'indignation et la colère, et un flot de larmes vint opportunément le soulager, empêchant peut-être son infortune de lui faire perdre la tête ou de lui briser le cœur.

Il eut bientôt honte, cependant, de s'abandonner à ce remède; et, se levant vivement, il s'écria : « Eh bien, donc, je donnerai à M. Allworthy le seul témoignage d'obéissance qu'il me demande. Je vais partir tout de suite... mais pour où ?... voyons, que la Fortune en décide; puisque personne d'autre n'attache d'importance à ce qu'il adviendra de ma misérable personne, ce me sera tout aussi indifférent à moi. M'intéresserais-je moi seul à ce que nul autre... Ah ! n'ai-je pas des raisons de croire qu'il en est une autre ?... une qui m'est plus précieuse que le monde entier !... je peux, je dois imaginer que ma Sophie n'est pas indifférente à ce que je deviendrai. Quitterai-je donc cette seule amie... et une telle amie ? Ne resterai-je pas avec elle ?... Où... comment puis-je rester avec elle ? Ai-je aucun espoir de la voir jamais, tout aussi désireuse qu'elle puisse en être, sans l'exposer à la colère de son père, et pour arriver à quoi ? Puis-je penser à solliciter de pareille créature de contribuer à sa propre ruine ? Satisferai-je ma passion à un tel prix ? Vais-je rôder dans ce pays comme un voleur, avec des intentions semblables ?... Non, j'en méprise, j'en déteste l'idée même. Adieu, Sophie; adieu, la plus belle, la plus aimée... »

A ce point, son transport lui ferma la bouche et trouva une issue par ses yeux.

Alors, ayant pris la résolution de quitter le pays, il commença à débattre avec lui-même où il devrait aller. Le monde, comme dit Milton, s'étendait tout entier devant lui; et, pas plus qu'Adam, Jones n'avait d'homme auprès de qui trouver réconfort ou assistance. Toutes ses relations étaient des relations d'Allworthy et, ce gentilhomme lui ayant retiré sa faveur, il n'avait aucune raison d'attendre d'eux un appui quelconque. Les hommes nantis d'une grande et bonne réputation devraient, certes, être très circonspects dans la façon de congédier leurs subordonnés, car il en résulte pour l'infortunée victime d'être renvoyée par tous les autres aussi.

Quelle carrière suivre ou à quelle occupation s'adonner,

c'est ce qui fit l'objet suivant de sa réflexion; et là, les perspectives n'étaient qu'un triste vide. Toute profession, tout commerce nécessitaient du temps et, ce qui était pis, de l'argent; car les choses sont ainsi faites que la maxime « rien ne sort de rien » n'est pas moins vraie en politique qu'en physique; et tout homme qui manque grandement d'argent se trouve par là même entièrement privé des moyens d'en acquérir.

Finalement, l'Océan, cet ami hospitalier aux malheureux, ouvrit ses vastes bras pour le recevoir, et il décida aussitôt d'accepter son aimable invitation. Pour m'exprimer d'une manière moins figurée, il résolut de se faire marin.

A peine cette pensée se présenta-t-elle à lui, qu'il l'adopta ardemment; et, ayant aussitôt loué des chevaux, il prit la route de Bristol pour la mettre à exécution.

Mais avant de l'accompagner dans cette expédition, nous retournerons un moment chez M. Western pour voir ce qui était arrivé entre-temps à la charmante Sophie.

CHAPITRE III

Contenant plusieurs dialogues.

Le matin du départ de M. Jones, Mme Western fit appeler Sophie; et, après lui avoir tout d'abord appris qu'elle avait obtenu de son père sa liberté, elle se mit en devoir de lui faire un long sermon sur le mariage, qu'elle ne traita pas comme un romanesque plan de bonheur issu de l'amour comme l'ont décrit les poètes; elle ne parla pas non plus des raisons pour lesquelles les théologiens nous apprennent à le considérer comme institué par l'autorité sacrée; elle le considéra plutôt sous l'aspect d'une caisse à laquelle les femmes prudentes déposent leur fortune le plus avantageusement possible, afin de recevoir un intérêt plus élevé qu'elles ne l'obtiendraient ailleurs.

Quand Mme Western eut fini, Sophie répondit qu'elle

était bien incapable de discuter avec une dame aussi supérieure en savoir et en expérience que sa tante, surtout sur un sujet tel que le mariage, auquel elle avait si peu réfléchi.

— Discuter avec moi, mon enfant ! répliqua l'autre; je ne m'y attends certes pas. Ce serait bien en vain que j'aurais vu le monde si je devais discuter avec quelqu'un de votre âge. Je me suis donné cette peine à seule fin de vous instruire. Les philosophes de l'antiquité, tels que Socrate, Alcibiade et autres, n'avaient pas accoutumé de discuter avec leurs disciples. Vous devez, mon enfant, me considérer comme Socrate : je ne vous demande pas votre opinion, je vous informe seulement de la mienne.

De ces derniers mots, le lecteur inférera peut-être que cette dame n'avait pas plus lu la philosophie de Socrate que celle d'Alcibiade; et, en fait, nous ne saurions satisfaire sa curiosité sur ce point.

— Madame, s'écria Sophie, je n'ai jamais eu la présomption de controverser aucune de vos opinions; et, comme je vous l'ai dit, je n'ai jamais encore réfléchi à ce sujet et ne le ferai peut-être jamais.

— Vraiment, Sophie, répondit la tante, cette dissimulation à mon égard est fort sotte. Les Français me persuaderaient tout aussi bien qu'ils ne prennent des villes étrangères que pour défendre leur propre pays, que vous ne pourriez me faire accroire que vous n'avez encore jamais pensé sérieusement au mariage. Comment pouvez-vous, mon enfant, affecter de nier que vous ayez pensé à contracter une alliance, alors que vous savez fort bien que je connais l'individu avec lequel vous désirez la contracter ?... une alliance aussi peu naturelle et aussi contraire à vos intérêts qu'une ligue séparée avec les Français le serait à ceux des Hollandais ! Néanmoins, si vous n'avez pas jusqu'à présent réfléchi là-dessus, il en est grand temps, je vous le promets, car mon frère est décidé à conclure immédiatement le traité avec M. Blifil; en fait, je suis en quelque sorte garante en cette affaire, et j'ai promis votre accord.

— Vraiment, Madame, s'écria Sophie, c'est là le seul cas où je sois obligée de vous désobéir, à vous et à mon père. Car cette union, il ne me faut que bien peu de réflexion pour la refuser.

— Si je n'étais aussi grande philosophe que Socrate

lui-même, répliqua Mme Western, vous viendriez à bout de ma patience. Quelle objection pouvez-vous bien avoir contre ce jeune homme ?

— Une objection fort solide, à mon avis, dit Sophie : c'est que je le hais.

— N'apprendrez-vous donc jamais à user convenablement des mots ? répondit la tante. Vraiment, mon enfant, vous devriez consulter le dictionnaire de Bailey[1]. Il est impossible que vous haïssiez un homme qui ne vous a fait aucun mal. Par haine, donc, vous n'entendez rien de plus qu'antipathie, ce qui n'est pas une objection suffisante contre le mariage. J'ai connu bien des ménages qui, en dépit d'une parfaite antipathie réciproque, menaient une vie fort agréable et de bon ton. Croyez-moi, mon enfant, je connais ces choses mieux que vous. Vous m'accorderez, je pense, que j'ai vu le monde, et pas une seule des personnes que j'y connais ne préférerait que l'on crût à son antipathie pour son mari plutôt qu'à de l'amour pour lui. Le contraire est une absurdité romanesque si démodée que l'idée même en est choquante.

— En vérité, Madame, répondit Sophie, je n'épouserai jamais un homme que j'ai en aversion. Si je promets à mon père de ne jamais consentir à un mariage contraire à ses goûts, je crois être en droit d'espérer qu'il ne me contraindra jamais à cet état en opposition avec mes inclinations à moi.

— Vos inclinations ! s'écria la tante avec quelque chaleur. Vos inclinations ! Je m'étonne de votre assurance. Une jeune personne de votre âge, et non mariée, parler d'inclinations ! Mais quelles que puissent être vos inclinations, mon frère est résolu; et même, puisque vous parlez d'inclinations, je vais lui conseiller de hâter la conclusion du traité. Des inclinations !

Sophie se jeta alors à genoux, et les larmes commencèrent à couler de ses yeux brillants. Elle supplia sa tante d'avoir pitié d'elle et de ne pas lui tenir si cruellement rigueur de sa répugnance à se rendre misérable, faisant valoir à plusieurs reprises qu'elle seule était intéressée, et que c'était son seul bonheur à elle qui était en jeu.

Un huissier, quand, dûment autorisé par son assignation, il s'est assuré de la personne de quelque malheureux débiteur, voit sans s'émouvoir toutes les larmes de celui-ci; en vain le misérable captif tente d'éveiller sa compassion, en vain invoque-t-il comme cause de sa résistance la tendre épouse privée de son compagnon, le petit garçon babillant ou la fillette effrayée. Le noble recors, sourd et aveugle à toutes les circonstances de la détresse, s'élève bien au-dessus de tous les motifs d'humanité et décide de remettre entre les mains du geôlier sa misérable proie.

Non moins aveugle aux larmes, non moins sourde à toutes les supplications de Sophie se montra la politique tante; et elle ne fut pas moins déterminée à remettre la tremblante jeune fille entre les bras du geôlier Blifil. Elle répondit avec une grande impétuosité : « Bien loin, Madame, que vous soyez seule concernée, votre intérêt est le moindre ou en tout cas le moins important. C'est l'honneur de votre famille qui est en jeu dans cette alliance; vous n'êtes que l'instrument. Vous imagineriez-vous, Madame, que dans les mariages entre royaumes, comme lorsqu'une fille de France est mariée en Espagne, on ne considère que la princesse seule dans cette union? Non ! c'est une union entre deux royaumes, plutôt qu'entre deux personnes. La même chose se produit dans les grandes familles telles que la nôtre. C'est l'alliance entre les familles qui est l'objet principal. Vous devriez avoir plus de considération pour l'honneur de votre famille que pour votre propre personne; et si l'exemple d'une princesse ne suffit pas à vous inspirer ces nobles pensées, vous ne pouvez certes pas vous plaindre d'être traitée d'une façon qui n'est pas pire que celle dont sont traitées toutes les princesses.

— J'espère, Madame, s'écria Sophie d'une voix un peu plus élevée, ne jamais rien faire qui déshonore ma famille; mais pour ce qui est de M. Blifil, quoi qu'il puisse en résulter, je suis décidée à le refuser et nulle contrainte ne saurait m'amener à me prononcer en sa faveur. »

Western, qui s'était trouvé à portée de voix durant la plus grande partie du dialogue précédent, avait alors épuisé toute sa capacité de patience; il entra donc furibond dans la chambre, s'écriant : « Dieu m' damne si all' l'aura pas; Dieu m' damne si all' l'aura pas. C'est tout, c'est tout; Dieu m' damne si all' l'aura pas ! »

Mme Western avait rassemblé une dose suffisante de colère à l'intention de Sophie; mais elle la transféra alors tout entière sur le squire.

— Mon frère, dit-elle, je m'étonne que vous veuillez intervenir dans une affaire dont vous m'aviez confié la totale négociation. Le souci de ma famille m'a conduite à prendre sur moi d'être la puissance médiatrice, afin de rectifier les erreurs de politique que vous avez commises dans l'éducation de votre fille. Car, mon frère, c'est vous, c'est votre conduite absurde qui a arraché toutes les graines que j'avais jadis semées dans son tendre cœur. C'est vous-même qui lui avez appris la désobéissance.

— Bon sang ! s'écria le squire, écumant. Vous lasseriez la patience du diable en personne ! Ai-je jamais appris la désobéissance à ma fille ? La voilà là : parle en toute honnêteté, ma fille, t'ai-je jamais invitée à me désobéir ? Ne me suis-je pas toujours plié à tes caprices ; n'ai-je pas tout fait pour te faire plaisir et te rendre obéissante ? Et elle m'obéissait toujours quand elle était enfant, avant que vous l'eussiez prise en main et gâtée en lui farcissant la tête de toutes vos idées de Cour. Quoi !... Quoi !... Comment !... Ne vous ai-je pas entendue lui dire qu'elle devait se conduire comme une princesse ? Vous avez fait une whig[1] de cette petite ; et comment voulez-vous que son père ou n'importe qui puisse espérer être obéi d'elle maintenant ?

— Mon frère, répondit Mme Western de l'air le plus dédaigneux, je ne puis exprimer le mépris que j'éprouve pour votre politique de tous ordres ; mais je vais en appeler moi aussi à cette jeune dame et lui demander si je lui ai jamais enseigné le moindre principe de désobéissance. Ne me suis-je pas efforcée au contraire, ma nièce, de vous donner une juste idée des divers rapports qui gouvernent la créature humaine dans la société ? Ne me suis-je pas donné une peine infinie pour vous montrer que la loi de nature a imposé aux enfants des devoirs envers leurs parents ? Ne vous ai-je pas rapporté ce que Platon dit à ce sujet ? sujet sur lequel vous étiez si notoirement ignorante quand vous me fûtes confiée que je crois en vérité que vous ne connaissiez pas les relations entre une fille et un père.

— Voilà qui est un mensonge, répliqua Western. Cette petite n'est pas sotte au point d'avoir vécu jusqu'à onze ans sans savoir qu'elle était la parente de son père.

— Ah, ignorance plus que gothique, répondit la

dame. Quant à vos manières, mon frère, je dois vous dire qu'elles méritent la férule.

— Eh ben ! vous pouvez m' l'administrer si vous vous en croyez capable, s'écria le squire; que dis-je ? j' suppose que vot' nièce que voilà s'ra toute prête à vous aider.

— Mon frère, dit Mme Western, quoique je vous méprise plus que je ne saurais dire, je ne supporterai pas plus longtemps votre insolence; aussi désiré-je que l'on attelle immédiatement mon carrosse, car je suis résolue à quitter votre maison ce matin même.

— Bon débarras ! répondit-il. Moi non plus, je ne puis supporter votre insolence plus longtemps, si vous en v'nez à ça. Palsambleu ! c'en est presque assez pour que ma fille mésestime mon jugement que d' vous entendre m' dire à chaque instant qu' vous m' méprisez.

— C'est impossible, impossible, cria la tante; personne ne pourrait mésestimer une pareille buse.

— Une buse ? répéta le squire; je ne suis pas une buse, ni un âne, non plus qu'un rat, Madame. Rappelez-vous ça : je ne suis pas un rat[1]. Je suis un véritable Anglais, et non un de votre lignée de Hanovre qui a sucé la nation.

— Tu es un de ces hommes sagaces, cria-t-elle, dont les principes stupides ont ruiné la nation en affaiblissant la main du Gouvernement à l'intérieur, en décourageant nos amis et encourageant nos ennemis à l'extérieur.

— Oh, oh ! vous voilà revenue à votre politique ? s'écria le squire; quant à elle, je la méprise tout autant qu'un simple pet.

Et il honora ces divers mots de l'acte même qui, entre tous, leur était le plus approprié. Je ne sais si ce fut ce mot ou le mépris exprimé à l'égard de sa politique qui affecta le plus Mme Western; toujours est-il qu'elle entra dans la plus violente fureur, prononça des phrases qu'il serait inconvenant de rapporter ici, et se précipita aussitôt hors de la maison. Ni son frère ni sa nièce ne jugèrent à propos de l'arrêter ou de la suivre; car l'une était si bien dominée par l'inquiétude et l'autre par la colère qu'ils en étaient presque totalement immobilisés.

Le squire, cependant, lança derrière sa sœur le cri qui accompagne le départ du lièvre que les chiens viennent de déloger. Il était en fait passé maître en ce genre de vocifération, et il avait un cri approprié pour la plupart des circonstances de la vie.

Des femmes qui, comme Mme Western, connaissent le monde et se sont adonnées à la philosophie et à la politique auraient aussitôt profité de l'actuelle disposition d'esprit de M. Western en plaçant quelques habiles compliments sur son intelligence, aux dépens de son adversaire absente; mais la pauvre Sophie était toute simplicité. Nous n'entendons pas par ce mot insinuer au lecteur qu'elle était sotte (terme que l'on comprend généralement comme un synonyme de simple), car c'était en vérité une jeune fille des plus sensées et son intelligence était de premier ordre. Mais elle était dépourvue de cet art utile dont les femmes se servent à tant de bonnes fins dans la vie et qui, venant plutôt du cœur que de la tête, est souvent l'apanage des plus sottes.

CHAPITRE IV

Portrait, d'après nature, d'une dame de la campagne.

Monsieur Western, ayant terminé son cri et repris un peu haleine, commença de lamenter, en termes fort pathétiques, la malheureuse condition des hommes qui sont, dit-il, toujours fouaillés par l'humeur de quelque damnée chienne.

— Je crois, dit-il, que j'ai été serré d'assez près par ta mère, pour un seul homme; mais quand j' l'ai eu esquivée, v'là une autre chienne qui m' suit à la piste; mais j' veux ben être damné si je m' laisse forcer d' la sorte par aucune.

Jusqu'à cette malheureuse affaire de Blifil, Sophie n'avait jamais eu la plus petite dispute avec son père sur aucun sujet hormis pour défendre sa mère, qu'elle avait très tendrement aimée bien qu'elle l'eût perdue dès l'âge de onze ans. Le squire, dont cette pauvre femme avait fidèlement été une sorte de domestique supérieure durant tout le temps de leur mariage, avait répondu à cette conduite en étant ce que le monde appelle un bon mari. Il jurait très rarement après elle (pas plus d'une fois par semaine, peut-être) et ne la battait jamais; elle n'avait pas la moindre occasion de jalousie et elle était parfaitement maîtresse de son temps, car elle n'était jamais interrompue par son mari, occupé toute la matinée à chasser et toute la soirée à boire avec des amis. En vérité, elle ne le voyait guère qu'aux repas, où elle avait le plaisir de découper les viandes dont elle avait auparavant surveillé l'apprêt. De ces repas, elle se retirait cinq minutes environ après les autres domestiques, n'étant restée que pour porter la santé du « roi de l'autre côté de l'eau[1] ». Tels étaient, semble-t-il, les ordres de M. Western; car il tenait pour maxime que les femmes devaient entrer avec le premier plat et sortir après le premier verre. Ce n'était peut-être pas une tâche difficile que d'obéir à ces ordres, la conversation (si on peut l'appeler ainsi) étant rarement de nature à divertir une dame. Elle consistait principalement en cris de chasse, en chansons, en récits cynégétiques, en obscénités et en dénigrement des femmes et du Gouvernement.

C'étaient pourtant les seuls moments où M. Western voyait sa femme, car lorsqu'il gagnait le lit de celle-ci il était en général tellement ivre qu'il n'y voyait rien et, à la saison de la chasse, il se levait toujours avant l'aube. Ainsi était-elle parfaitement maîtresse de son temps; de plus, elle avait d'ordinaire à sa disposition un carrosse à quatre chevaux, encore que la mauvaise qualité du voisinage et le mauvais état des routes ne l'encourageassent guère à en faire usage, car quiconque attachait quelque prix à son cou se serait refusé à passer par les unes et quiconque attachait quelque prix à son temps se serait refusé à faire visite à l'autre. Or, pour être honnête envers le lecteur, il faut dire qu'elle ne répondait pas autant qu'on aurait pu le croire à tant de longanimité; elle avait été, en effet, mariée contre son gré par un père aimant, car l'union était plutôt avantageuse pour elle, les revenus du squire dépassant trois mille livres par an alors que sa fortune à elle ne se montait pas à plus de huit mille livres. De là, peut-être, elle avait pris une humeur quelque peu sombre, car elle était plutôt une bonne servante qu'une bonne épouse; et elle n'était pas toujours assez reconnaissante pour répondre, fût-ce d'un sourire de bonne humeur, aux extraordinaires rugissements d'allégresse avec lesquels l'accueillait le squire. De plus, elle se mêlait parfois de choses qui ne la regardaient pas, comme les excessives libations de son mari, au sujet desquelles, saisissant quelques-unes des occasions qu'il lui offrait, elle lui faisait les plus douces remontrances. Et une fois dans sa vie, elle le pria très instamment de l'emmener passer deux mois à Londres, ce qu'il refusa catégoriquement; il lui en voulut même toujours par la suite, étant bien assuré que tous les maris à Londres étaient cocus.

Pour cette bonne raison et bien d'autres, Western finit par détester cordialement sa femme; et tout comme il ne lui cacha jamais cette haine de son vivant, il ne l'oublia jamais après sa mort; quand quelque chose le contrariait le moins du monde, comme un jour mauvais pour halener les bêtes, une maladie dans sa meute ou toute autre mésaventure de ce genre, il exhalait constamment sa mauvaise humeur en invectivant contre la défunte, disant : « Si ma femme vivait encore, elle en serait bien contente. »

Ces invectives, il se plaisait particulièrement à les lancer devant Sophie, car, l'aimant plus que n'importe qui au monde, il était réellement jaloux qu'elle eût aimé sa mère mieux que lui-même. Et Sophie manquait rarement à accroître ladite jalousie en ces occasions, car, non content de faire violence à ses oreilles en insultant sa mère, il s'efforçait de tirer d'elle une approbation explicite de ces insultes, désir auquel aucune promesse ni aucune menace ne parvenait jamais à la faire se plier.

Certains de mes lecteurs s'étonneront peut-être alors que le squire ne haït pas Sophie comme il avait haï sa mère; mais je dois les informer que la haine n'est pas l'effet de l'amour, fût-ce par le truchement de la jalousie. Des jaloux peuvent très bien, en fait, tuer l'objet de leur jalousie, mais non le haïr. Cette opinion étant un morceau assez dur et ayant quelque peu l'air d'un paradoxe, nous laisserons le lecteur la ruminer à son aise, en terminant ici le chapitre.

CHAPITRE V

Conduite généreuse de Sophie envers sa tante.

SOPHIE garda le silence durant le discours de son père et n'y répondit que par un soupir; mais comme il ne comprenait rien au langage ou, comme il l'appelait, au jargon des yeux, il ne se contenta pas d'une approbation si peu prononcée de ses opinions et il en réclama une plus positive, lui disant à sa manière habituelle qu'il s'attendait bien à ce qu'elle prît le parti de tout le monde contre lui, comme elle avait toujours pris celui de sa chienne de mère.

Sophie gardant toujours le silence, il cria : « Alors quoi, t'es muette ? Pourquoi tu parles pas ? Ta mère a-t-elle pas été pour moi une damnée chienne ? réponds. Mais je suppose que tu méprises ton père, toi aussi, et qu' tu l' trouves pas assez bon pour y parler ?

— Au nom du Ciel, Monsieur, répondit Sophie, n'interprétez pas mon silence de façon si cruelle. Je préférerais mourir plutôt que de me rendre coupable d'aucun irrespect à votre égard, soyez-en assuré; mais comment me hasarder à parler, alors que chacun de mes mots devrait soit offenser mon cher papa, soit me convaincre de l'ingratitude et de l'impiété les plus noires envers la mémoire de la meilleure des mères ? car c'est bien là, à coup sûr, ce que fut toujours pour moi ma maman.

— Et ta tante est aussi la meilleure des sœurs, j' suppose ? répliqua le squire. Auras-tu la bonté de reconnaître que c'est une chienne ? J' peux tout de même affirmer ça, j' pense ?

— En vérité, Monsieur, dit Sophie, j'ai de grandes obligations envers ma tante. Elle a été pour moi une seconde mère.

— Et aussi une seconde femme pour moi, rétorqua Western; alors tu vas prendre son parti, à elle aussi ! Tu ne veux pas avouer qu'elle s'est conduite comme la sœur la plus exécrable qui soit au monde ?

— Sur ma parole, Monsieur, s'écria Sophie, ce serait infliger un démenti à mon cœur que de le reconnaître. Je sais que vous et ma tante avez des façons de penser très différentes; mais je l'ai entendue cent fois exprimer la plus grande affection à votre égard; et, j'en suis convaincue, bien loin qu'elle soit la plus mauvaise sœur qui soit au monde, il en est fort peu qui puissent aimer mieux leur frère.

— Ce qui veut dire clairement, répondit le squire, que j'ai tort. Oui, bien sûr. Oui, c'est certain : la femme a toujours raison, l'homme toujours tort.

— Pardonnez-moi, Monsieur, s'écria Sophie. Je ne dis pas cela.

— Qu'est-ce que tu ne dis pas ? répondit le père. Tu as l'impudence de dire qu'elle a raison; ne s'ensuit-il pas évidemment que j'ai tort ? Et peut-être ai-je tort de souffrir qu'une pareille chienne presbytérienne et hanovrienne pénètre chez moi. Elle pourrait aussi bien m'accuser de complot, pour autant que je sache, et donner mes biens au Gouvernement.

— Bien loin, Monsieur, de vous nuire à vous et à vos biens, dit Sophie, si ma tante était morte hier, je suis convaincue qu'elle vous aurait laissé toute sa fortune. »

Que Sophie l'eût voulu ou non, je ne me hasarderai pas à l'affirmer; mais il est certain que ces derniers mots pénétrèrent profondément dans les oreilles de son père et produisirent un effet beaucoup plus sensible que tout ce qu'elle avait dit auparavant. Il en reçut le son tout comme un homme qui reçoit une balle dans la tête. Il sursauta, chancela et pâlit. Après quoi, il demeura silencieux pendant plus d'une minute, puis reprit comme suit, d'une voix hésitante :

— Hier ! Hier, elle m'aurait laissé sa fortune ! vraiment ? Pourquoi hier, entre tous les jours de l'année ? Je suppose que si elle meurt demain, elle la laissera à quelqu'un d'autre, peut-être même à quelqu'un qui s'rait pas d' la famille.

— Ma tante, Monsieur, a des sentiments très violents, s'écria Sophie, et je ne saurais répondre de ce qu'elle peut faire sous leur influence.

— Tu n' saurais en répondre ! repartit le père. Et à l'occasion de qui s'est-elle donc mise si fort en colère, j' te prie ? Qui donc l'y a mise, même ? N'étiez-vous donc pas déjà fort acharnées l'une et l'autre avant que j'entrasse dans la chambre ? Et d'ailleurs, toute notre querelle n'était-elle pas à ton sujet ? Je ne me suis jamais disputé avec ma sœur, toutes ces dernières années, qu'à cause de toi; et maintenant, tu veux rejeter tout le blâme sur moi, comme si c'était moi qu'étais cause qu'elle laisse sa fortune hors d' la famille. J'avais pas à m'attendre à mieux; je reconnais bien ta façon d' répondre à tout le reste de mon affection.

— Je vous supplie alors, s'écria Sophie, je vous en supplie à genoux, si j'ai été la malheureuse cause de ce différend, de tenter de vous réconcilier avec ma tante et de ne pas la laisser quitter votre maison dans ce violent accès de colère : c'est une femme qui a très bon cœur, et quelques mots honnêtes la satisferont. Je vous le demande en grâce, Monsieur.

— Alors il faut que j'aille demander pardon de ta faute, hein ? répondit Western. Tu as perdu le lièvre, et c'est moi qui dois lancer de tous côtés pour le retrouver ? Vraiment, si j'étais certain... »

Il s'arrêta là, et Sophie, redoublant d'instances, finit par le persuader; de sorte qu'après avoir décoché à sa fille deux ou trois amers sarcasmes, il partit aussi vite que possible pour recouvrer sa sœur avant que l'équipage fût prêt.

Sophie regagna alors sa chambre de deuil, où elle se laissa aller (si l'on me permet l'expression) à tout le luxe d'une tendre douleur. Elle relut maintes et maintes fois la lettre qu'elle avait reçue de Jones; son manchon aussi ne manqua pas de servir en l'occasion; et elle baigna de ses larmes l'un et l'autre, non moins qu'elle-même. Dans cette situation, la bienveillante Mme Honour déploya toutes ses capacités pour réconforter sa maîtresse affligée. Elle passa en revue les noms de nombreux jeunes gens et, après avoir grandement fait valoir leurs talents et leur physique, assura à Sophie qu'elle pouvait choisir n'importe lequel. Cette méthode doit certainement avoir été employée avec succès dans des affections de cet ordre, sans quoi une praticienne aussi habile que Mme Honour ne se serait jamais risquée à l'appliquer; j'ai même entendu dire que le collège des femmes de chambre la tient pour le remède le plus souverain de la pharmacopée féminine; mais — que ce soit parce que la maladie de

Sophie différait intérieurement des cas avec lesquels elle s'accordait dans les symptômes extérieurs, je ne saurais l'affirmer — en tout cas, la bonne camériste fit plus de mal que de bien, et elle finit par exaspérer à tel point sa maîtresse (ce qui n'était pourtant pas facile) que celle-ci lui ordonna, d'une voix irritée, de se retirer.

CHAPITRE VI

Contenant une grande variété de choses.

Le squire rattrapa sa sœur au moment même où elle grimpait en carrosse et, moitié de force, moitié par ses instances, obtint qu'elle renvoyât les chevaux à l'écurie. Il y réussit sans trop de difficulté, car la dame était — nous l'avons déjà laissé entendre — extrêmement facile à apaiser et elle aimait beaucoup son frère, quoiqu'elle eût quelque mépris pour ses talents ou plutôt pour son peu de connaissance du monde.

La pauvre Sophie, qui était à l'origine de cette réconciliation, en devint alors la victime. Tous deux s'accordèrent pour blâmer sa conduite, lui déclarèrent conjointement la guerre et tinrent aussitôt conseil sur la façon dont il convenait de la mener avec le plus de vigueur. A cette fin, Mme Western proposa non seulement la conclusion immédiate du traité avec Allworthy, mais aussi de le mettre non moins immédiatement à exécution, disant qu'il n'était pas d'autre moyen de réussir avec sa nièce que les méthodes violentes, auxquelles, elle en était convaincue, Sophie n'avait pas assez de résolution pour résister.

— Par violentes, ajouta-t-elle, j'entends plutôt rapides; car, pour ce qui est de la réclusion ou de la contrainte absolue, nous ne devons ni ne pouvons y recourir. Il nous faut concerter notre plan pour une surprise, non pour un assaut.

On avait résolu de cette question, quand M. Blifil vint rendre visite à sa maîtresse. A peine le squire eut-il entendu annoncer cette arrivée que, sur l'avis de sa sœur, il s'écarta pour donner à sa fille des ordres en vue de la réception convenable du prétendant, ce qu'il fit avec les plus acerbes malédictions et menaces de châtiment en cas de refus.

L'impétuosité du squire brisait tout devant lui; et Sophie, comme sa tante l'avait très judicieusement prévu, fut incapable de lui résister. Elle accepta donc de voir Blifil, quoiqu'elle eût à peine le courage ou la force d'exprimer son acquiescement. En fait, opposer un refus formel à un père qu'elle aimait si tendrement n'était pas une tâche aisée. En l'absence de cette circonstance, il lui eût peut-être suffi d'une résolution bien moindre que celle dont elle était réellement maîtresse; mais il n'est pas trop inhabituel d'assigner entièrement à la peur certains actes qui sont dans une grande mesure le produit de l'amour.

En exécution des ordres péremptoires de son père, Sophie accepta donc la visite de M. Blifil. Les scènes de ce genre, dépeintes tout au long, offrent — nous l'avons déjà fait observer — bien peu d'agréments au lecteur. Nous nous conformerons donc strictement à une règle d'Horace, qui conseille aux auteurs de passer sur toutes les matières qu'ils désespèrent de présenter sous un jour brillant[1] — règle que nous concevons d'un usage aussi excellent pour l'historien que pour le poète et qui, si on la suit, doit avoir au moins ce bon effet que maint grand mal (car c'est ainsi que l'on appelle tous les grands livres) serait de cette façon réduit à la dimension d'un petit. Il est possible que le grand art déployé par Blifil au cours de cette entrevue aurait amené Sophie à faire d'un autre homme qui se fût trouvé dans les mêmes circonstances son confident et à lui révéler tout le secret de son cœur; mais elle avait conçu de ce jeune homme une si mauvaise opinion qu'elle était décidée à ne lui faire aucune confiance; car la simplicité, une fois mise en garde, peut souvent rivaliser avec la ruse. Son comportement à l'égard de Blifil fut donc entièrement contraint et, en fait, tel qu'il est généralement prescrit aux demoiselles lors de la seconde visite officielle d'un jeune homme destiné à être leur mari.

Mais, quoique Blifil eût déclaré au squire qu'il était parfaitement content de la réception qui lui avait été réservée, ce gentilhomme qui, en compagnie de sa sœur, avait tout écouté, ne fut pas aussi satisfait. Il résolut, suivant l'avis de la judicieuse dame, de faire avancer les choses autant que faire se pouvait; et, s'adressant à son futur gendre en son langage de chasse, il cria après un puissant « houp » : « Taïaut, mon garçon, taïaut; sus, sus; c'est ça, mes mignons. Morte, morte, morte. Ne sois jamais timide, ne reste pas planté là à te demander : oserai-je, oserai-je ? Allworthy et moi, nous pouvons régler toutes les affaires entre nous cet après-midi, et qu'on ait la noce demain ! »

Blifil, ayant revêtu un air d'extrême satisfaction, répondit :

— Étant donné, Monsieur, que je ne désire rien de plus au monde qu'une alliance avec votre famille si ce n'est mon union avec la très aimable et digne Sophie, vous pouvez aisément imaginer l'impatience où je suis de voir exaucer mes deux vœux les plus chers. Si donc je ne vous ai pas importuné sur ce point, ne l'attribuez qu'à ma crainte d'offenser la demoiselle en tentant de hâter un événement si bienheureux plus que ne le permettrait une stricte observance de toutes les règles de la bienséance. Mais si votre influence, Monsieur, pouvait l'amener à faire abstraction de toutes les formalités...

— Les formalités ! La peste soit des formalités ! répondit le squire. Tout ça, c'est que des bêtises ! Je te le dis : elle t'aura demain. Vous connaîtrez mieux le monde dans l'avenir, quand vous aurez mon âge. Les femmes ne donnent jamais leur consentement, mon gars, tant qu'elles peuvent l'éviter; ça s' fait pas. Si j'avais attendu le consentement de sa mère, je serais peut-être encore célibataire à l'heure qu'il est. Sus, sus, vas-y, c'est ça, mon brave chien. J' te dis qu' tu l'auras d'main matin.

Blifil se laissa vaincre par la vigoureuse rhétorique du squire; et, après qu'il eut été entendu que Western conclurait l'après-midi même avec Allworthy, le prétendant rentra chez lui, non sans avoir instamment prié que cette hâte n'entraînât aucune violence envers la jeune fille, de la même manière qu'un inquisiteur papiste supplierait le pouvoir séculier de ne faire aucune violence à l'hérétique qui lui a été remis et contre lequel l'Église a passé sentence.

Et, en vérité, Blifil avait bien passé sentence contre

Sophie; car, si content de sa réception qu'il se fût déclaré, il n'en avait retiré aucune satisfaction sinon celle de sa curiosité, ayant pu se convaincre de la haine et du mépris de sa maîtresse, ce qui avait suscité en lui une haine et un mépris non moindres. On demandera peut-être pourquoi, dans ces conditions, il ne mit pas une fin immédiate à toute cour. Je réponds : pour cette raison même et pour plusieurs autres également bonnes, que nous allons maintenant exposer au lecteur.

Bien que M. Blifil n'eût pas le même tempérament que Jones et qu'il ne fût pas prêt à dévorer toutes les femmes qu'il voyait, il était loin d'être dénué de cet appétit que l'on dit être l'attribut commun de tous les animaux. Avec cela, il possédait aussi ce discernement qui sert à diriger les hommes dans leur choix de l'objet ou de l'aliment de leurs divers appétits; et ce discernement lui avait appris à considérer Sophie comme un morceau délicieux, à la regarder en vérité avec les mêmes désirs qu'un ortolan inspire à l'âme d'un gourmet. Or, les angoisses qui tourmentaient la jeune fille augmentaient plutôt qu'elles n'altéraient sa beauté, car les larmes ajoutaient à l'éclat de ses yeux et ses soupirs gonflaient encore son sein. En vérité, nul n'a vu la beauté dans son plus grand éclat qui ne l'a vue dans la détresse. Blifil regarda donc cet ortolan humain avec un appétit plus grand que la dernière fois qu'il l'avait vu; et son désir n'était aucunement diminué du fait de l'aversion qu'il avait découverte dans son cœur. Celle-ci contribua plutôt, au contraire, à accroître le plaisir qu'il se proposait du pillage de ces charmes, car il ajoutait le triomphe à la convoitise; il voyait en outre dans la possession absolue de sa personne quelques avantages supplémentaires, pensées que nous détestons trop pour les mentionner seulement; et la vengeance elle-même n'était pas sans avoir sa part dans la jouissance qu'il se promettait. L'idée de rivaliser avec le pauvre Jones et de le supplanter dans l'affection de Sophie ajoutait un autre aiguillon à ses projets et lui donnait à espérer une volupté supplémentaire.

En outre de toutes ces pensées, qui aux yeux de certaines personnes scrupuleuses tiendront peut-être un peu trop de la malveillance, il avait une autre espérance que peu de lecteurs considéreront avec une grande horreur : c'était la fortune de M. Western, qui devait revenir entièrement à sa fille et à sa descendance, car l'affection de ce tendre père était si extravagante que, pourvu que sa fille acceptât d'être misérable avec le mari qu'il lui choisissait, il ne se souciait nullement du prix qu'il le payait.

Pour ces raisons, M. Blifil était si désireux de ce mariage qu'il avait bien l'intention de tromper Sophie en feignant de l'aimer et de tromper le père de la jeune fille et son propre oncle en prétendant être aimé d'elle. Ce faisant, il se prévalait de la piété de Thwackum qui tenait que, si la fin proposée était religieuse (comme c'était sans nul doute le cas pour le mariage), peu importait à quel point les moyens étaient mauvais. Quant aux autres occasions, il appliquait d'ordinaire la philosophie de Square, qui enseignait que la fin importait peu pourvu que les moyens fussent justes et conformes à la rectitude morale. En vérité, il y avait peu de circonstances dans la vie où il ne pût tirer avantage des préceptes de l'un ou l'autre de ces grands maîtres.

Il n'était pas nécessaire de beaucoup ruser avec M. Western, qui considérait les inclinations de sa fille comme aussi peu importantes que M. Blifil les imaginait lui-même; mais l'opinion de M. Allworthy étant d'une nature fort différente, il était absolument nécessaire de lui en faire accroire. En cela, cependant, Blifil était si bien soutenu par M. Western, qu'il réussit sans difficulté; car, comme le père de Sophie avait assuré M. Allworthy qu'elle éprouvait pour le jeune homme une affection convenable et que tous ses soupçons concernant Jones étaient entièrement faux, Blifil n'eut rien d'autre à faire qu'à confirmer ces assertions. Ce qu'il fit avec assez d'équivoques pour apaiser sa conscience et pour avoir la satisfaction de laisser entendre des faussetés à son oncle sans s'être rendu coupable de mensonge. Quand il fut interrogé sur les inclinations de Sophie par Allworthy, qui lui dit que pour rien au monde il ne contribuerait à forcer une jeune fille à un mariage contraire à sa propre volonté, il répondit qu'il était fort difficile de comprendre les véritables sentiments des jeunes filles; que la conduite de Sophie envers lui était aussi empressée qu'il la pouvait désirer et que, s'il devait en croire son père, elle avait pour lui toute l'affection que pouvait demander un amoureux.

— Quant à Jones, dit-il, qu'il m'est pénible d'appeler un scélérat quoique son comportement à votre égard, Monsieur, justifie suffisamment ce qualificatif, sa vanité ou certaines vues perverses peut-être auront pu le pousser à se vanter de quelque chose qui n'est pas; car s'il y avait eu quelque réalité dans l'amour de Mlle Western pour lui, l'importance de sa fortune n'aurait jamais permis qu'il l'abandonnât; ce qu'il a fait, vous le savez bien. Enfin, Monsieur, je vous promets bien que moi-même je ne voudrais pour aucune considération, non, pas pour tout l'or du monde, consentir à épouser cette demoiselle si je n'étais persuadé qu'elle éprouve pour moi tout l'amour que je désire.

Cette excellente méthode de transmettre une fausseté du cœur seulement, sans rendre la langue coupable d'une contre-vérité, grâce à l'équivoque et à l'imposture, a apaisé la conscience de maint fourbe notoire; et, cependant, quand on considère que c'est l'Omniscience qu'ils cherchent à abuser, on pourra penser que le bien-être ainsi offert ne doit être que très superficiel, et que cette distinction artificieuse et raffinée entre transmettre un mensonge et l'énoncer ne vaut guère toute la peine qu'elle coûte.

Allworthy fut assez satisfait de ce que lui dirent M. Western et M. Blifil, et, deux jours plus tard, l'accord fut conclu. Il ne restait donc plus rien avant l'office du prêtre que celui des gens de loi, qui menaçait de prendre un temps si long que Western offrit de se lier par toutes sortes de conventions plutôt que de retarder le bonheur du jeune couple. Il se montra, en fait, si ardemment pressant qu'une personne différente aurait pu en conclure qu'il tenait dans cette union un rôle plus essentiel qu'il ne l'avait en réalité; mais cette ardeur lui était naturelle en toutes occasions, et il menait ainsi tout ce qu'il entreprenait, comme si le succès du dernier en date de ses projets suffisait à lui seul à constituer tout le bonheur de sa vie.

Les importunités conjointes du père et du gendre auraient sans doute prévalu auprès de M. Allworthy, qui supportait mal tout retard dans l'octroi du bonheur à autrui, si Sophie ne l'avait elle-même empêché et si elle n'avait pris les mesures nécessaires pour mettre une fin finale à tout l'accord, dépossédant ainsi l'Église et les gens de loi des taxes que ces sages corps ont trouvé bon de prélever sur la propagation de l'espèce humaine dans les formes légales. Ce dont nous parlerons dans le prochain chapitre.

CHAPITRE VII

Étrange résolution de Sophie et stratagème plus étrange encore de Mme Honour.

Bien que Mme Honour fût surtout attachée à ses propres intérêts, elle n'était pas sans un certain attachement pour Sophie. A vrai dire, il était très difficile à quiconque de connaître cette jeune demoiselle sans l'aimer. A peine donc la camériste eut-elle entendu une nouvelle qu'elle imagina être d'une grande importance pour sa maîtresse, que, oubliant totalement la colère qu'elle avait ressentie deux jours auparavant d'avoir été renvoyée de façon si déplaisante de la présence de Sophie, elle courut en hâte l'en informer.

Le commencement de son discours fut aussi brusque que son entrée dans la chambre : « Oh, chère Madame ! dit-elle. Qu'en pense Madame ? Pour sûr que j'en suis terrifiée; et pourtant, j'ai cru de mon devoir de le dire à Madame, bien que je puisse vous mettre en colère, parce que, nous autres domestiques, on sait pas toujours ce qui mettra nos maîtresses en colère, parce que, pour sûr, une domestique se voit toujours tout mettre sur le dos. Quand nos maîtresses sont d'humeur maussade, il faut qu'on soye grondées, pour sûr; et pour sûr que je serais pas étonnée que Madame, elle soye d'humeur maussade; ça va sûrement vous surprendre, oui, et aussi vous bouleverser.

— Ma bonne Honour, dites-le moi sans plus de préambule, dit Sophie. Il y a peu de choses, je vous le promets, qui me surprendraient et encore moins qui me bouleverseraient.

— Chère Madame, répondit Honour; pour sûr, j'ai entendu Monsieur qui parlait au pasteur Supple d'obtenir une licence cet après-midi même; et pour sûr que je l'ai entendu dire que Madame serait mariée demain matin. »

Sophie pâlit à ces mots et répéta vivement : « Demain matin !

— Oui, Madame, répondit la fidèle camériste, je vous jure que j'ai entendu Monsieur dire ça.

— Eh bien, Honour, vous m'avez surprise et aussi bouleversée au point de m'en faire presque perdre le souffle et que tout courage m'abandonne. Que puis-je faire dans cette affreuse situation ?

— Je voudrais bien pouvoir donner un conseil à Madame, dit-elle.

— Faites-le, s'écria Sophie; je vous en prie, ma chère Honour, donnez-moi un conseil. Réfléchissez à ce que vous feriez si vous étiez dans le même cas.

— En vérité, Madame, je souhaiterais que Madame et moi, on puisse échanger nos situations, je veux dire sans que cela nuise à Madame, car pour sûr que je vous veux pas tant de mal que de souhaiter que vous soyez une domestique; mais c'est seulement que si c'était moi, j'y verrais aucune difficulté, parce que, selon ma pauvre opinion, le jeune squire Blifil c'est un gentil, charmant et beau jeune homme.

— Ne me raconte pas de telles balivernes, s'écria Sophie.

— Des balivernes ! répéta Honour; allons donc. Enfin, pour sûr, ce qui guérit un homme tue l'autre, et ça vaut aussi bien pour les femmes.

— Honour, dit Sophie, avant que d'accepter de devenir la femme de cet être méprisable, je préférerais me plonger un poignard dans le cœur.

— Ah, Seigneur, Madame ! répondit l'autre; pour sûr, c'est vous qui me terrifiez, maintenant. Je supplie Madame de ne pas laisser de pareilles idées lui entrer dans la tête. Ah, Seigneur ! Pour sûr, j'en tremble dans chaque « inch » de mon corps. Réfléchissez, chère Madame : se voir refuser une sépulture chrétienne, avoir son corps enterré au bord du grand chemin, avec un pieu enfoncé au travers[1], comme pour le fermier Halfpenny à la Croix des Bœufs, et pour sûr que son fantôme s'y promène toujours depuis, vu que plusieurs personnes l'ont aperçu. Pour sûr, y a que le Diable qui peut mettre des idées si mauvaises dans la tête des gens, car c'est certainement moins coupable de faire du mal au monde entier qu'à sa propre chère âme; et ça, j' l'ai entendu dire à plus d'un pasteur. Si Madame éprouve une aversion si violente et si elle déteste tellement ce jeune homme qu'elle ne puisse pas supporter la pensée de coucher avec lui, car pour sûr qu'il peut exister de telles antipathies dans la nature et d'aucuns préféreraient toucher un crapaud que la peau de certaines gens... »

Sophie était trop absorbée dans ses réflexions pour prêter grande attention à cet excellent discours de sa femme de chambre; l'interrompant donc sans y faire réponse, elle dit : « Je viens de prendre une décision, Honour. Je suis résolue à quitter la maison de mon père ce soir même; et si vous avez pour moi l'amitié que vous avez si souvent professée, vous m'accompagnerez.

— Pour ça, oui, Madame, et jusqu'au bout du monde, répondit Honour; mais je supplie Madame de réfléchir aux conséquences avant de se lancer dans une action inconsidérée. Où donc Madame pourra-t-elle aller ?

— Je connais à Londres, répondit Sophie, une dame de qualité, qui a passé plusieurs mois chez ma tante à la campagne; durant tout ce temps, elle m'a traitée avec une grande amabilité et elle a exprimé tant de plaisir de ma compagnie qu'elle a beaucoup insisté auprès de ma tante pour que celle-ci me permît de l'accompagner à Londres. Comme c'est une personne de grande notoriété, je la trouverai sans difficulté, et je ne doute pas d'être fort bien et aimablement reçue par elle.

— Que Madame n'y croie pas trop, s'écria Honour, car la première dame chez qui j'ai servi avait coutume d'inviter avec beaucoup d'instances les gens chez elle; mais si elle apprenait par la suite qu'ils allaient venir, elle s'arrangeait pour ne pas être chez elle. D'ailleurs, même au cas où cette dame serait très heureuse de voir Madame quand elle apprendra que Madame s'est enfuie de chez Monsieur...

— Vous faites erreur, Honour, dit Sophie; elle attache beaucoup moins d'importance que moi à l'autorité d'un père, car elle m'a instamment pressée de l'accompagner à Londres et, quand j'ai refusé d'y aller sans le consentement de mon père, elle a ri avec dédain, m'a qualifiée de sotte petite campagnarde et a dit que je ferais une épouse pure et aimante, puisque je pouvais être une fille si soumise. Je ne doute donc point qu'elle ne me reçoive et ne me protège jusqu'à ce que, mon père me voyant hors de son pouvoir, on arrive à lui faire entendre raison.

— Bon, Madame, répondit Honour; mais comment Madame pense-t-elle s'enfuir ? Où vous procurerez-vous des chevaux ou un moyen de transport ? Car pour ce qui est de votre propre cheval, comme tous les domestiques savent assez comment vont les choses entre Monsieur et Madame, Robin préférerait se faire pendre plutôt que de le laisser sortir de l'écurie sans un ordre exprès de Monsieur.

— J'ai l'intention de m'échapper, dit Sophie, en sortant tout simplement par la porte tandis qu'elle sera ouverte. Dieu merci, mes jambes sont tout à fait capables de me porter. Elles m'ont bien soutenue plus d'une longue soirée, au son du violon, alors que j'étais dans les bras de quelque cavalier sans attraits; elles m'aideront sans nul doute à fuir un si détestable partenaire pour la vie entière.

— Ah, mon Dieu, Madame ! Madame sait-elle ce qu'elle dit là ? s'écria Honour; penseriez-vous vraiment à courir la campagne la nuit et seule ?

— Pas seule, répondit la dame; vous m'avez promis de m'accompagner.

— Oui, pour sûr, s'écria Honour; je suivrais Madame jusqu'au bout du monde; mais Madame serait presque aussi bien toute seule, vu que je serais incapable de vous défendre au cas où vous tomberiez sur quelque voleur ou autre scélérat. J'aurais même une peur tout aussi horrible que Madame, car il est certain qu'ils nous violeraient toutes les deux. Et puis réfléchissez, Madame, combien les nuits sont froides à présent; on mourra gelées.

— Un bon pas vif, répondit Sophie, nous préservera du froid; et si vous ne pouvez me défendre contre un scélérat, Honour, c'est moi qui vous défendrai, car je prendrai avec moi un pistolet. Il y en a deux, toujours chargés, dans le vestibule.

— Chère Madame, vous m'effrayez de plus en plus, s'écria Honour; pour sûr que Madame n'oserait pas faire feu ! J'aimerais mieux risquer n'importe quoi que de voir Madame faire ça !

— Pourquoi donc ? dit Sophie, souriant; vous-même,

Honour, ne feriez-vous pas feu sur quelqu'un qui s'attaquerait à votre vertu ?

— Pour sûr, Madame, s'écria Honour, la vertu nous est chère, surtout à nous autres, pauvres domestiques, vu que c'est notre gagne-pain, comme qui dirait; mais je hais mortellement les armes à feu : il arrive tant d'accidents de leur fait !

— Eh bien, dit Sophie, je pense pouvoir assurer votre vertu à très peu de frais, sans emporter aucune arme, car je compte prendre des chevaux à la première ville que nous atteindrons et nous ne serons guère attaquées d'ici là. Allons, Honour, je suis résolue à partir; et si vous voulez m'accompagner, je vous promets que je vous récompenserai dans toute la mesure de mes moyens. »

Ce dernier argument eut sur Honour un effet beaucoup plus puissant que tous les précédents. Et, voyant sa maîtresse si déterminée, elle abandonna toutes tentatives de la dissuader. Elles délibérèrent alors sur les voies et moyens d'exécuter leur projet. Mais il se présentait une difficulté très opiniâtre : c'était l'enlèvement de leurs effets, dont se préoccupait beaucoup moins la maîtresse que la servante, car une fois qu'une dame a décidé de s'enfuir pour retrouver un amant ou pour le quitter, tous les obstacles ne sont plus que bagatelles. Mais nul mobile de cet ordre ne poussait Honour; elle n'avait aucune extase en perspective, aucune terreur à fuir; et outre la valeur réelle de ses vêtements, en lesquels consistait une bonne part de sa fortune, elle avait un attachement capricieux pour certaines robes et autres articles, soit parce qu'ils lui allaient bien, soit parce qu'ils lui avaient été donnés par telle ou telle personne; ou parce qu'elle les avait achetés récemment, ou parce qu'elle les avait depuis longtemps, ou pour toute autre raison également bonne, de sorte qu'elle ne pouvait supporter l'idée d'abandonner ces malheureux objets à la merci de Western qui, dans sa rage, leur ferait sans aucun doute souffrir le martyre.

L'ingénieuse Mme Honour, ayant déployé toute son éloquence pour dissuader sa maîtresse de son projet et l'ayant trouvée formellement décidée, finit par amorcer l'expédient suivant pour emporter ses vêtements, à savoir de se faire mettre à la porte le soir même. Sophie approuva hautement cette méthode, mais exprima quelque doute sur la possibilité de la mettre à exécution.

— Ah, Madame, s'écria Honour, que Madame me fasse confiance; nous autres domestiques savons fort bien obtenir cette faveur de nos maîtres et maîtresses; quoique parfois, en vérité, lorsqu'ils nous doivent plus de gages qu'ils n'en peuvent payer sur-le-champ, ils s'accommodent de tous nos affronts et tiennent à peine compte de tous les congés que nous leur donnons. Mais le squire n'est pas de ceux-là; et puisque Madame est bien résolue à partir ce soir, je lui garantis que je me fais renvoyer cet après-midi.

Il fut alors décidé qu'elle emballerait, avec ses propres affaires, du linge et une chemise de nuit pour Sophie; quant à tous ses autres vêtements, la jeune fille les abandonnait sans plus de regrets que le matelot n'en éprouve quand il jette par-dessus bord les marchandises d'autrui pour sauver sa propre vie.

CHAPITRE VIII

Contenant des scènes d'altercation d'une espèce assez commune.

MADAME HONOUR avait à peine quitté sa jeune maîtresse que quelque chose (car je ne voudrais pas, telle la vieille femme de Quevedo, faire tort au diable en l'accusant faussement, et il se peut qu'il n'eût rien à voir là-dedans) — quelque chose, dis-je, s'insinua dans son esprit et lui suggéra qu'en sacrifiant Sophie et tous ses secrets à M. Western, elle pourrait probablement faire sa fortune. Bien des considérations la poussaient à cette révélation. L'agréable perspective d'une bonne récompense pour un service si grand et si bienvenu pour le squire tentait son avarice; et aussi le danger de l'entreprise dans laquelle elle s'était lancée, l'incertitude du succès, les ténèbres, le froid, les voleurs, les violateurs, tout excitait ses craintes. Tous ces mobiles exercèrent sur elle une action si vigoureuse qu'elle en décida presque d'aller tout droit au squire pour lui exposer toute l'affaire. Elle était cependant juge trop intègre pour prononcer dans un sens sans avoir entendu l'autre partie. Et, tout d'abord, un voyage à Londres plaidait fort en faveur de Sophie. Elle avait un ardent désir de voir un lieu auquel elle attribuait des attraits à peu près égaux aux délices qu'un saint en extase imagine au Ciel. Ensuite, sachant Sophie beaucoup plus généreuse que son maître, elle pouvait s'attendre pour sa fidélité à une plus grande récompense que ne lui en procurerait la trahison. Puis elle examina contradictoirement tous les articles qui avaient suscité ses craintes dans l'autre sens et découvrit, en les passant honnêtement au crible, qu'il n'en restait pas grand'chose. Enfin, les deux plateaux de la balance étant ramenés à un équilibre presque parfait, son amour pour sa maîtresse jeté dans celui de son honnêteté lui donnait quelque peu la prépondérance, quand son imagination fut frappée par une circonstance qui eût pu avoir un effet assez dangereux si son poids entier avait été honnêtement jeté dans l'autre plateau : c'était la longueur du temps qui devait s'écouler avant que Sophie fût en état de remplir ses promesses, car, bien qu'elle eût droit à la fortune de sa mère au décès de son père ainsi qu'à une somme de trois mille livres laissée par un oncle pour le jour ou elle atteindrait sa majorité, c'étaient là des échéances éloignées et maints accidents pouvaient se mettre en travers des intentions généreuses de la jeune femme; alors que les récompenses à attendre de M. Western étaient immédiates. Mais tandis qu'elle poursuivait cette pensée, le bon génie de Sophie, ou celui qui présidait à l'honnêteté de Mme Honour, ou peut-être encore la simple chance, jeta sur son chemin un incident qui en même temps préserva sa fidélité et facilita même l'affaire projetée.

La femme de chambre de Mme Western prétendait, pour plusieurs raisons, à une grande supériorité sur Mme Honour. Premièrement, elle était de meilleure naissance, car sa grand'mère maternelle était une cousine, pas trop éloignée, d'un pair irlandais. Deuxièmement, elle recevait des gages plus élevés. Et enfin, elle avait été à Londres et elle connaissait par conséquent mieux le monde. Elle avait donc toujours affecté à l'égard de Mme Honour la réserve convenable, et elle avait toujours exigé d'elle ces marques de distinction que les femmes de tout rang requièrent dans le commerce avec des inférieures. Or, comme Honour ne se rangeait pas en toutes circonstances à cette doctrine et faisait de fréquentes infractions au respect que l'autre demandait, la femme de chambre de Mme Western ne se plaisait pas du tout en sa compagnie; en fait, elle désirait ardemment rentrer chez sa maîtresse, où elle dominait à volonté tous les autres domestiques. Elle avait donc été fort déçue ce matin-là, quand Mme Western avait changé d'idée au moment même du départ, et elle avait été depuis lors, comme on dit vulgairement, d'une humeur massacrante.

C'est dans cette humeur, qui n'était pas des plus douces, qu'elle entra dans la pièce où Honour débattait avec elle-même de la façon que nous avons dite. Aussitôt qu'elle la vit, Honour lui adressa cette phrase obligeante : « Alors, Madame, je vois que nous continuerons d'avoir le plaisir de votre compagnie, dont je craignais que la querelle entre mon maître et votre maîtresse ne nous privât.

— Je ne sais pas, Madame, répondit l'autre, ce que vous entendez par « nous ». Je vous assure bien que je ne considère aucun des domestiques dans cette maison comme une compagnie convenable pour moi. Tous les jours de la semaine, ma foi, j'en suis une pour leurs supérieurs. Je ne dis pas cela pour vous, madame Honour, car vous êtes une jeune femme civilisée, et quand vous connaîtrez un peu mieux le monde, je n'aurais pas honte de me promener avec vous dans Saint-James's Park[1].

— Taratata ! s'écria Honour. Madame prend ses grands airs, à ce qu'il paraît. Madame Honour, en vérité ! Pour sûr, Madame, vous pourriez me donner mon nom patronamique, car quoique Madame m'appelle Honour, j'ai un nom patronamique comme les autres. Avoir honte de vous promener avec moi, vraiment ! Je vous vaux bien, ma foi !

— Puisque c'est ainsi que vous répondez à ma politesse, dit l'autre, je dois vous faire savoir, madame Honour, que vous ne me valez pas. A la campagne, certes, on est obligé de fréquenter toutes sortes de gens de rien; mais en ville je ne vois que les femmes des femmes de qualité. Vraiment, madame Honour, il y a quelque différence, j'espère, entre vous et moi.

— Je l'espère aussi, répondit Honour, il y a une différence d'âge et... de physique, je crois. »

En prononçant ces derniers mots, elle passa fièrement près de la femme de chambre de Mme Western, avec l'air de mépris le plus exaspérant, relevant le nez, la tête haute, et froissant violemment du panier de sa robe celui de sa rivale. L'autre dame arbora l'un de ses plus mauvais sourires et dit : « Créature ! vous n'êtes pas digne de ma colère; et je dédaigne d'adresser des paroles de colère à une guenipe si effrontément osée; mais il faut que je vous dise, péronnelle, que vos manières montrent la bassesse de votre naissance autant que de votre éducation; toutes deux vous rendent bien propre à être la minable servante d'une jeune campagnarde.

— N'insultez pas Madame, s'écria Honour. Je n'accepterai pas cela de vous; elle est d'autant plus bien que votre patronne, qu'elle est plus jeune et mille fois plus belle. »

A ce moment, la malchance ou plutôt la bonne chance voulut que Mme Western trouvât sa femme de chambre en larmes, car celles-ci s'étaient mises à couler d'abondance à son approche; et sa maîtresse lui en ayant demandé la cause, la camériste lui fit aussitôt savoir qu'elles étaient dues au traitement grossier que lui avait fait subir cette créature — entendant par là Honour.

— Et Madame, poursuivit-elle, j'aurais traité par le mépris ce qu'elle me disait; mais elle a eu l'audace d'insulter Madame et de la qualifier de vilaine... oui, Madame, elle me l'a lancé en pleine figure : de vilaine vieille chipie. Je n'ai pas pu supporter d'entendre appeler Madame vilaine.

— Pourquoi répétez-vous si souvent son insolence ? dit Mme Western.

Et, se tournant vers Mme Honour, elle lui demanda comment elle avait l'audace de mentionner son nom avec irrespect.

— Avec irrespect, Madame ! répondit Honour; je n'ai jamais mentionné votre nom du tout : j'ai dit qu'une certaine personne n'était pas aussi belle que ma maîtresse, et cela, pour sûr, vous le savez aussi bien que moi.

— Je vous apprendrai, coquine, répondit la dame, que je ne suis pas faite pour être le sujet des discours d'une souillon effrontée telle que vous. Et si mon frère ne vous met pas aussitôt à la porte, je ne dormirai plus jamais dans cette maison. Je vais le trouver et vous faire renvoyer sur-le-champ.

— Renvoyer ! s'écria Honour — et après ? Y a autant de places qu'on veut dans le monde. Dieu merci, les bonnes domestiques n'en manquent pas; et si vous renvoyez toutes celles qui ne vous trouvent pas belle, c'est vous qui manquerez bien vite de femme de chambre, permettez-moi de vous le dire !

Mme Western répondit ou plutôt tonna en réponse; mais, comme elle pouvait à peine articuler, on ne sait trop quels furent ses mots exacts; nous omettrons donc d'insérer un discours qui, au mieux, n'ajouterait guère à son honneur. Elle s'en fut ensuite à la recherche de son frère d'un air si plein de rage qu'elle ressemblait plutôt à une des Furies qu'à un être humain.

Les deux femmes de chambre, laissées de nouveau seules, se lancèrent dans un nouvel assaut, qui ne tarda pas à dégénérer en combat d'un genre plus actif. Et dans ce combat, la victoire resta à la dame de rang inférieur, mais non sans quelques pertes de sang, de cheveux, de batiste et de mousseline.

CHAPITRE IX

Sage comportement de M. Western dans ses fonctions de magistrat. Suggestion aux juges de paix concernant les qualités nécessaires à un greffier, et exemples extraordinaires de folie paternelle et d'affection filiale.

Les logiciens prouvent parfois trop par un argument et les politiques sont souvent victimes de leurs propres plans. C'est ce qui aurait bien pu arriver à Mme Honour qui, au lieu de récupérer le reste de ses vêtements, faillit empêcher même ceux qu'elle avait sur le dos d'échapper, car le squire, dès qu'il entendit dire qu'elle avait insulté sa sœur, jura avec force imprécations qu'il allait l'envoyer à Bridewell.

Mme Western était une femme d'un très bon caractère, encline d'ordinaire à pardonner. Elle avait récemment passé l'éponge sur la faute d'un cocher de diligence qui avait fait verser sa chaise de poste dans un fossé; elle avait même enfreint la loi en refusant de poursuivre un voleur de grand chemin qui lui avait pris une certaine somme d'argent et même ses boucles d'oreilles et qui l'avait vouée au diable, disant : « Des garces aussi belles que vous n'ont pas besoin de bijoux pour se faire valoir; allez à tous les diables ! » Mais à présent, tant nos humeurs sont incertaines et tant nous différons de nous-même selon le moment, elle ne voulut entendre parler d'aucune atténuation; et ni toute la contrition affectée par Honour, ni toutes les prières de Sophie en faveur de sa femme de chambre personnelle ne purent la faire revenir sur sa volonté de voir son frère exercer ses fonctions de juge (en fait, il s'agissait plutôt d'exercer ces fonctions que la justice même) à l'encontre de la gaillarde.

Mais heureusement le greffier avait une qualité, dont ne devrait être exempt aucun greffier de justice de paix, à savoir un certain entendement des lois de ce royaume. Il murmura donc à l'oreille du juge que celui-ci commettrait un abus d'autorité en envoyant la fille à Bridewell, attendu qu'il n'y avait eu aucune tentative de troubler l'ordre public, « car, je crains, Monsieur, dit-il, que l'on ne puisse légalement faire écrouer quelqu'un à Bridewell pour cause de mauvaise éducation ».

Dans les affaires de haute importance et particulièrement dans les cas ayant trait à la chasse, le juge ne prêtait pas toujours attention à ces remontrances de son greffier; car, en vérité, dans l'administration de la loi en cette matière, nombre de juges de paix se prêtent un large pouvoir discrétionnaire, en vertu duquel, dans l'idée de rechercher et de confisquer les appareils servant à la destruction du gibier, ils commettent souvent des transgressions et parfois des crimes selon leur bon plaisir.

Mais le délit, cette fois, n'était pas d'une nature tout à fait aussi grave, ni si dangereuse pour la société. Le juge prit donc en considération l'avis de son greffier, d'autant plus que deux plaintes avaient déjà été déposées contre lui à la Cour du Banc du Roi et qu'il n'était aucunement curieux de faire l'expérience d'une troisième.

Le squire, donc, revêtant un air des plus judicieux et

des plus entendus, après un préambule fait de multiples hum ! et ha ! dit à sa sœur qu'une plus ample réflexion lui avait imposé l'opinion que comme il n'y avait eu aucune rupture de la paix publique, telle que la loi qualifie la rupture d'une porte, la rupture d'une haie, la rupture d'une tête ou toute autre sorte de rupture, l'affaire n'entrait pas dans la catégorie des crimes, des délits ou des dommages, et la loi ne prévoyait par conséquent aucune punition.

Mme Western répliqua qu'elle connaissait beaucoup mieux la loi et qu'elle connaissait des cas où les domestiques avaient été très sévèrement punis pour avoir offensé leurs maîtres; puis, elle cita tel juge de paix de Londres, qui, dit-elle, était toujours disposé à envoyer un domestique à Bridewell à la requête de son maître ou de sa maîtresse.

— Sans doute, s'écria le squire, cela peut être ainsi à Londres; mais la loi est différente à la campagne.

Suivit entre le frère et la sœur une discussion fort savante sur la loi, que nous insérerions ici si nous pensions qu'un assez grand nombre de lecteurs seraient capables de la comprendre. Les deux parties, cependant, finirent par s'en rapporter au greffier, qui décida en faveur du magistrat; et Mme Western dut, en fin de compte, se contenter de la satisfaction de faire renvoyer Honour; à quoi Sophie elle-même consentit aussitôt de bonne grâce.

Ainsi la Fortune, après s'être divertie selon sa coutume de deux ou trois folâtreries, arrangea finalement les choses à l'avantage de notre héroïne, qui, en fait, réussit admirablement dans sa supercherie, si l'on considère que c'était la première qu'elle eût jamais pratiquée. Et, à vrai dire, je suis souvent arrivé à la conclusion que les honnêtes gens seraient beaucoup trop forts pour les coquins, s'ils pouvaient seulement se résoudre à encourir la culpabilité ou s'ils jugeaient que le jeu en vaille la chandelle.

Honour joua son rôle à la perfection. A peine se vit-elle à l'abri de tout danger de Bridewell, mot qui avait soulevé dans sa cervelle les plus horribles pensées, qu'elle reprit les airs que sa peur avait quelque peu modérés, et elle quitta sa place avec autant de marques de contentement, voire de dédain, qu'on en montra jamais en résignant des places d'une bien plus grande importance. Si donc il plaît au lecteur, nous préférons dire qu'elle résigna sa place — ce que l'on a toujours tenu pour synonyme d'être congédié ou mis à la porte.

Le squire lui ordonna d'être très expéditive à faire ses paquets; car Mme Western avait déclaré qu'elle ne dormirait pas une nuit de plus sous le même toit qu'une si insolente coquine. Elle se mit donc à l'ouvrage, et cela avec tant d'ardeur que tout fut prêt de bonne heure le soir. Alors, ayant reçu son compte, elle s'en fut avec ses cliques et ses claques, à la grande satisfaction de tout le monde, mais de nul plus que de Sophie, qui, lui ayant fixé rendez-vous à peu de distance de la maison pour l'heure lugubre et redoutable de minuit précis, commença les préparatifs de son propre départ.

Mais elle dut d'abord donner deux pénibles audiences, l'une à sa tante et l'autre à son père. Au cours de celles-ci, Mme Western commença de lui parler sur un ton plus péremptoire qu'auparavant; mais son père usa d'un langage si violent et si indigne que la frayeur amena la jeune fille à simuler l'acquiescement à sa volonté, ce qui plut tant au brave squire que ses froncements de sourcils se muèrent en sourires et ses menaces en promesses : il jura que l'unique occupation de son cœur était celle de sa fille, que le consentement de celle-ci (car c'est ainsi qu'il interprétait les mots : « Vous savez, Monsieur, que je ne dois ni ne puis refuser d'obéir à des ordres absolus de votre part ») l'avait rendu le plus heureux des hommes. Il lui donna alors un gros effet de banque pour acheter les colifichets qu'elle voudrait et il lui fit les plus affectueuses embrassades, tandis que des pleurs de joie coulaient de ces mêmes yeux qui, un instant auparavant, lançaient feu et flamme contre le cher objet de toute sa tendresse.

Les exemples d'une pareille conduite chez les parents sont si communs que le lecteur sera fort peu étonné, je n'en doute pas, de toute celle de M. Western. Dans le cas contraire, j'avoue que je ne saurais guère l'expliquer, étant donné qu'il portait à sa fille l'amour le plus tendre, le fait est, je crois, indubitable. Il en est de même de bien d'autres qui ont rendu leurs enfants parfaitement misérables par une conduite semblable, qui, tout en étant à peu près universelle chez les parents, m'a toujours paru la plus inexplicable de toutes les absurdités qui soient jamais entrées dans la cervelle de cette étrange et prodigieuse créature qu'est l'homme.

La seconde partie du comportement de M. Western eut un effet si puissant sur le tendre cœur de Sophie qu'il lui suggéra une pensée que ne lui avaient à aucun moment mis en tête ni tous les sophismes de sa politique tante, ni toutes les menaces de son père. Elle éprouvait pour lui une vénération si pieuse, elle l'aimait si passionnément qu'elle n'avait presque jamais goûté de sensations plus agréables que celles qu'elle avait souvent de contribuer à son plaisir et parfois, peut-être, à des satisfactions plus élevées; car il ne pouvait contenir sa joie d'entendre louer sa fille, ce qui lui arrivait presque chaque jour de l'existence de celle-ci. La pensée, donc, de l'immense bonheur qu'elle offrirait à son père en consentant à cette union fit une forte impression sur son esprit. De plus, l'extrême piété d'un tel acte d'obéissance exerçait sur elle une action très puissante, car elle avait de profonds sentiments religieux. Enfin, quand elle réfléchissait à ce qu'elle aurait elle-même à souffrir en devenant, à la vérité, une martyre, victime immolée sur l'autel du devoir et de la piété filiale, elle sentait le chatouillement agréable de certaine petite passion, qui, sans avoir d'affinité immédiate avec la religion ou la vertu, a souvent l'obligeance d'aider fortement à l'accomplissement des desseins de l'une et l'autre.

Sophie était charmée du projet d'une action si héroïque et elle commençait à se bercer de compliments aussi flatteurs que prématurés, quand Cupidon, qui était resté dans son manchon, se glissa soudain dehors et, tel Polichinelle au théâtre de marionnettes, renversa du pied tout ce qu'il avait devant lui. A vrai dire (car nous nous en voudrions d'abuser notre lecteur ou de justifier notre héroïne en attribuant ses actes à une impulsion surnaturelle), la pensée de son Jones bien-aimé et certains espoirs (à si longue échéance qu'ils fussent) dans lesquels il était tout particulièrement intéressé détruisirent immédiatement tout ce que l'amour filial, la piété et l'orgueil avaient péniblement construit en unissant tous leurs efforts.

Mais avant de poursuivre plus loin avec Sophie, il nous faut retourner auprès de M. Jones.

CHAPITRE X

Contenant plusieurs choses, assez naturelles peut-être, mais non moins triviales.

Le lecteur voudra bien se rappeler qu'au début de ce livre, nous avions laissé M. Jones en route pour Bristol, déterminé qu'il était à chercher fortune sur mer ou plutôt, en fait, à fuir celle qui était la sienne sur terre.

Il se trouva (ce qui n'est pas très rare) que le guide qui s'était chargé de le conduire ne connaissait malheureusement pas la route; aussi, ayant manqué le bon chemin et ayant honte de demander des renseignements, il fit et refit plusieurs fois la route jusqu'à ce que la nuit vînt et qu'il commençât à faire sombre. Jones, soupçonnant ce qui était arrivé, fit part de ses craintes au guide; mais l'autre affirma qu'ils étaient sur la bonne route, ajoutant qu'il serait bien étrange qu'il ne connût pas la route de Bristol; quoique, en réalité, il eût été beaucoup plus étrange qu'il la connût, n'y ayant jamais passé de sa vie.

Jones n'avait pas en son guide une confiance suffisamment aveugle pour ne pas, à leur arrivée dans un village, demander au premier homme qu'il vit s'ils étaient bien sur la route de Bristol.

— D'où venez-vous ? s'écria l'homme.

— Peu importe, dit Jones un peu vivement; je veux seulement savoir si c'est la route de Bristol.

— La route de Bristol ! s'écria l'homme en se grattant la tête; mais, patron, j'crois qu' vous aurez d' la peine à arriver à Bristol par ce ch'min-là ce soir.

— De grâce, mon ami, répondit Jones, indiquez-nous le chemin, alors.

— Mais, patron, s'écria l'homme, v's avez dû sortir d' vot' route Dieu sait où, pasque celle-ci, elle mène à Gloucester.

— Eh bien, quelle est celle qui mène à Bristol ? demanda Jones.

— Mais vous y tournez l' dos, répondit l'homme.

— Alors il faut que nous retournions en arrière ? dit Jones.

— Ben sûr, dit l'autre.

— Bon, et en arrivant en haut de la colline, quelle direction devrons-nous prendre ?

— Ben faudra prendre tout droit.

— Mais je me rappelle qu'il y a deux routes, l'une à droite et l'autre à gauche.

— Ben, vous prendrez celle de droite, et pis vous irez tout droit; mais rappelez-vous qu'y faut tourner d'abord à droite, puis encore à gauche, puis à droite et ça vous mène chez le squire; et pis après, faut continuer tout droit et tourner à gauche.

Un autre homme arriva sur ces entrefaites, qui demanda où ces messieurs allaient. Jones le lui ayant dit, il commença par se gratter la tête, puis, s'appuyant sur une perche qu'il avait à la main, se mit à lui dire qu'il devait suivre la route de droite pendant environ un mille ou un mille et demi ou quelque chose comme ça; après quoi il devait tourner court à gauche, ce qui l'amènerait près de chez m'sieur Jin Bearnes.

— Mais où est-ce, chez M. John Bearnes ? dit Jones.

— Ah, Seigneur ! s'écria l'homme; comment, vous ne connaissez pas m'sieur Jin Bearnes ? D'où donc que vous venez ?

Ces deux hommes étaient presque venus à bout de la patience de Jones, quand un personnage de simple mais bonne apparence (c'était, en fait, un quaker[1]) l'aborda en ces termes : « Ami, je vois que tu as perdu ton chemin; si tu me permets un conseil, n'essaie pas de le retrouver ce soir. Il fait presque nuit et la route est difficile à trouver; de plus, plusieurs vols ont été commis ces derniers temps entre ici et Bristol. Il y a une auberge très honorable tout à côté, où tu pourras trouver à te loger toi et tes bêtes jusqu'au matin. »

Jones se laissa convaincre de rester en ce lieu jusqu'au lendemain, et son ami le conduisit à l'auberge en question.

L'aubergiste, qui était un homme fort civil, dit à Jones qu'il lui demandait d'excuser la pauvreté de son accueil, sa femme s'étant absentée de la maison en emportant les clefs après avoir tout enfermé. Le fait était qu'une fille bien-aimée venait de se marier et était partie s'installer chez elle avec son mari le matin même; de connivence avec sa mère, elle avait dépouillé le pauvre homme de presque tout ce qu'il avait comme marchandises et comme argent, car, bien que cette femme eût plusieurs enfants, elle n'avait de considération que pour cette fille seule, qui était sa favorite, et aux caprices de celle-ci elle eût volontiers sacrifié tous les autres, et son mari par-dessus le marché.

Quoique Jones fût fort peu disposé à une compagnie quelconque et qu'il eût préféré être seul, il ne put résister aux importunités de l'honnête quaker, qui était d'autant plus désireux de passer la soirée avec lui qu'il avait remarqué la mélancolie qui transparaissait sur son visage et dans ses manières, mélancolie que le pauvre quaker espérait pouvoir soulager dans une certaine mesure par sa conversation.

Après avoir passé un moment ensemble de telle façon que mon honnête ami eût pu se croire à l'une de ses assemblées silencieuses, il commença d'être agité par quelque esprit, sans doute celui de la curiosité, et il dit : « Ami, je vois qu'il t'est arrivé quelque désastre; mais, je t'en prie, reprends courage. Peut-être as-tu perdu un ami. Si c'est cela, il faut considérer que nous sommes tous mortels. Et pourquoi t'affligerais-tu, sachant que ton affliction ne fera aucun bien à ton ami ? Nous sommes tous nés pour la souffrance. J'ai moi-même mes chagrins aussi bien que toi, et très probablement des chagrins plus grands que les tiens. Quoique j'aie un revenu net de cent livres par an, qui est tout ce qu'il me faut, et une conscience, Dieu merci, pure de toute offense; que ma constitution soit saine et robuste et que nul ne puisse me réclamer une dette ou m'accuser d'un tort, pourtant, ami, je serais peiné de te croire aussi malheureux que moi. »

Le quaker poussa alors un profond soupir, et Jones ne tarda pas à répondre : « Je compatis beaucoup, Monsieur, à votre chagrin, quelle qu'en soit la cause.

— Ah, ami, répondit le quaker, une fille unique en est la cause; une fille qui était ma plus grande joie sur la terre et qui s'est enfuie de chez moi cette semaine pour se marier contre mon gré. Je lui destinais un parti convenable, un homme posé et qui a du bien; mais elle, ma foi ! elle a voulu choisir par elle-même, et la voilà partie avec un garçon qui n'a pas un groat. Je serais bien heureux qu'elle fût morte, comme je suppose que l'est ton ami.

— Voilà qui est très étrange, Monsieur, dit Jones.

— Comment ! Ne vaudrait-il pas mieux pour elle être morte que d'être une gueuse ? répondit le quaker, car, je te l'ai dit, le vaurien n'a pas un groat; et elle ne peut sûrement s'attendre que je lui donne jamais un shilling. Non : elle s'est mariée par amour, qu'elle vive d'amour, si elle le peut; qu'elle porte son amour au marché pour voir si quelqu'un le changera en argent, ou même en petite monnaie.

— C'est à vous de juger, Monsieur, dit Jones.

— Ils ont dû préméditer de longue date un plan pour me tromper, continua le quaker; car ils se connaissaient depuis l'enfance, et j'avais toujours exhorté ma fille contre l'amour; je lui avais répété mille fois que ce n'était que folie et perversité. Oui, la rusée coquine faisait semblant de m'écouter et de mépriser toutes les voluptés de la chair; et après cela, elle ne s'en est pas moins échappée, par une fenêtre du second étage; car, à la vérité, je commençais à la soupçonner un peu et je l'avais soigneusement enfermée, dans l'intention de la marier le lendemain matin même selon mon gré. Mais elle m'a fait faux bond quelques heures seulement auparavant et s'est enfuie auprès de l'amant de son propre choix, qui n'a pas perdu de temps, puisqu'ils étaient mariés, au lit et tout en moins d'une heure. Mais ce sera pour tous deux la plus mauvaise heure de travail qu'ils aient jamais accomplie, car ils auront beau mourir de faim, mendier ou voler ensemble, quant à moi je ne leur donnerai jamais un farthing ni à l'une ni à l'autre. »

A ce point, Jones, se levant brusquement, s'écria : « Il faut vraiment m'excuser : je voudrais que vous me laissiez seul.

— Allons, allons, ami, dit le quaker, ne t'abandonne pas au chagrin. Tu vois qu'il y a sur terre d'autres malheureux que toi.

— Je vois qu'il y a dans le monde des fous, des sots et des misérables, s'écria Jones. Mais permettez-moi de vous donner un petit conseil : rappelez à la maison votre fille et votre gendre, et ne soyez pas vous-même l'unique cause du malheur de celle que vous prétendez aimer.

— La rappeler elle et son mari à la maison ! cria le

quaker. J'aimerais mieux y appeler les deux plus grands ennemis que j'aie au monde !

— Eh bien, rentrez chez vous vous-même ou allez où il vous plaira, dit Jones, mais moi je ne veux pas rester plus longtemps en pareille compagnie.

— Bien, ami, répondit le quaker, je m'en voudrais d'imposer ma compagnie à quiconque. »

Il fit mine, alors, de tirer de l'argent de sa poche, mais Jones le poussa non sans violence hors de la chambre.

Le sujet de l'entretien avait si profondément affecté Jones que, pendant tout le temps que le quaker parlait, il avait fixé sur lui des yeux hagards. L'autre l'avait remarqué, et ce fait joint au reste de son comportement avait suscité chez l'homme au chapeau à large bord l'opinion que son compagnon avait en réalité perdu la raison. Au lieu, donc, de s'offenser de l'affront, le quaker fut ému de compassion pour sa malheureuse condition; et, après avoir fait part de son avis à l'aubergiste, il pria celui-ci de prendre grand soin de son hôte et de le traiter avec la plus grande civilité.

— En vérité, dit l'aubergiste, je n'userai d'aucune civilité à son égard; car il paraît qu'en dépit de son gilet galonné il n'est pas plus gentilhomme que moi, mais tout simplement un pauvre bâtard d'enfant trouvé, élevé chez un grand squire à une trentaine de milles d'ici, et qui vient d'être mis à la porte (pour rien de bon, assurément). Je le ferai partir de chez moi dès que je le pourrai. Si j'y perds mon compte, mieux vaut s'en tenir à la première perte. Il n'y a pas un an que j'ai perdu une cuiller d'argent.

— Que parles-tu de bâtard trouvé, Robin ? répondit le quaker. Tu dois certainement faire erreur sur l'homme.

— Pas du tout, répondit Robin; le guide, qui le connaît fort bien, me l'a dit.

Car, en fait, à peine le guide avait-il pris place devant le feu de la cuisine qu'il avait mis la compagnie entière au courant de tout ce qu'il savait ou avait entendu dire sur Jones.

Cet homme n'eut pas plus tôt assuré le quaker de la naissance et de la piètre fortune de Jones, que toute compassion s'évanouit; et le simple et honnête homme s'en retourna chez lui enflammé d'une indignation qui ne le cédait en rien à celle qu'eût ressentie un duc d'un affront reçu d'une telle personne.

L'aubergiste lui-même conçut un égal dédain pour son hôte; de sorte que, lorsque Jones sonna pour aller se coucher, il s'entendit répondre qu'il n'y avait pas de lit. Outre son mépris pour la basse condition de son hôte, Robin éprouvait de violents soupçons sur les intentions de celui-ci, qu'il supposait être d'épier quelque occasion de dévaliser la maison. En réalité, il aurait bien pu être débarrassé de ces appréhensions du fait des prudentes précautions prises par sa femme et sa fille, qui avaient déjà emporté tout ce qui n'était pas attaché à l'immeuble; mais il était méfiant par tempérament et il l'était devenu encore plus depuis la perte de sa cuiller. Bref, la peur d'être volé amortissait entièrement la rassurante considération qu'il n'avait rien à perdre.

Averti qu'il ne pourrait avoir de lit, Jones s'installa sans aucunement se plaindre dans un grand fauteuil de jonc et le sommeil qui, dernièrement, lui faussait compagnie en de plus beaux appartements, lui rendit une généreuse visite dans son humble cellule.

Quant à l'aubergiste, ses craintes le retenaient d'aller se coucher. Il retourna donc au feu de la cuisine, d'où il pouvait surveiller la seule porte qui donnât dans l'arrière-salle, ou plus exactement le recoin où Jones était assis; et pour ce qui était de la fenêtre de cette pièce, il était impossible à toute créature plus grosse qu'un chat de s'échapper par là.

CHAPITRE XI

Aventure d'une compagnie de soldats.

L'AUBERGISTE, s'étant installé juste en face de la porte de l'arrière-salle, décida d'y monter la garde toute la nuit. Le guide et un autre restèrent longtemps de service avec lui, encore qu'ils ne connussent rien de ses soupçons et n'en eussent aucun pour leur part. Mais la cause véritable de leur veille y mit fin à la longue; car elle n'était autre que la force et la bonne qualité de la bière, dont ils avaient ingurgité une bonne quantité et qui, après les avoir rendus fort bruyants et tapageurs, les fit sombrer tous deux dans le sommeil.

Mais il n'était pas au pouvoir de la boisson d'apaiser les craintes de Robin. Il continua de veiller sur sa chaise, les yeux obstinément fixés sur la porte menant à l'appartement de M. Jones, jusqu'au moment où des coups retentissants assenés à celle de la rue l'arrachèrent à son siège pour aller ouvrir; ce qu'il n'eut pas plus tôt fait que sa cuisine fut immédiatement pleine de messieurs en habits rouges, qui se précipitaient tous sur lui de façon aussi tumultueuse que s'ils avaient voulu enlever d'assaut son petit château[1].

L'aubergiste fut alors contraint d'abandonner son poste pour fournir à ses nombreux hôtes la bière qu'ils appelaient à grands cris; et, à son second ou troisième retour de la cave, il vit M. Jones debout devant le feu au milieu des soldats; car il n'est pas difficile d'imaginer que l'arrivée de tant de bonne compagnie dût mettre fin à tout sommeil, hormis celui dont nous ne serons éveillés que par la trompette du jugement dernier.

La troupe ayant alors assez bien satisfait à sa soif, il ne restait plus qu'à régler le compte, circonstance souvent génératrice de discorde et de mécontentement parmi les messieurs de rang un peu inférieur, qui éprouvent parfois une grande difficulté à répartir la somme en conformité exacte avec la justice distributive, qui veut que chacun paie selon la quantité qu'il boit. Cette difficulté se présenta à cette occasion; et ce d'autant plus que quelques messieurs, dans leur hâte extrême, avaient décampé dès après le premier pot, oubliant totalement d'apporter la moindre quote-part audit compte.

Une violente discussion s'éleva, dans laquelle on peut dire que chaque mot fut prononcé sous serment; car les jurements y étaient pour le moins en aussi grand nombre que tous les autres mots. Dans cette controverse, tout le monde parlait en même temps, et chacun semblait uniquement préoccupé de réduire son écot; si bien que la conclusion la plus prévisible était qu'une bonne partie du compte tomberait à la charge de l'aubergiste ou (ce qui revenait assez au même) resterait impayée.

Durant tout ce temps, M. Jones était occupé à converser avec le sergent, car cet officier, exempt par privilège immémorial de toute contribution, était indifférent à la discussion en cours.

La dispute devint si chaude qu'elle semblait appeler une décision militaire, lorsque Jones, s'avançant, imposa d'un coup silence à toutes les clameurs en déclarant qu'il réglerait toute la note, qui ne se montait pas à moins de trois shillings et quatre pence.

Cette annonce valut à Jones les remerciements et applaudissements de toute la compagnie. Les termes d'honorable, noble et digne gentilhomme retentirent dans la salle; et même notre aubergiste commença à se faire une meilleure opinion de lui et presque à ne plus prêter créance au dire du guide.

Le sergent avait informé M. Jones qu'ils marchaient contre les rebelles et qu'ils s'attendaient à être sous le commandement du glorieux duc de Cumberland[1]. A quoi le lecteur pourra voir (circonstance que nous n'avons pas jugé nécessaire d'indiquer plus tôt) que c'était le moment même où la dernière rébellion était à son maximum; et, en fait, les brigands avaient pénétré en Angleterre, dans l'intention, pensait-on, de livrer combat aux troupes du Roi et d'essayer de pousser jusqu'à la capitale.

Il entrait dans la composition de Jones quelques éléments héroïques et il était chaleureusement partisan de la glorieuse cause de la liberté et de la religion protestante. Il n'y a donc pas à s'étonner que, dans une situation qui aurait autorisé une action beaucoup plus romanesque et plus irréfléchie, lui vînt à l'esprit de servir comme volontaire dans cette expédition.

Notre officier commandant avait dit tout ce qu'il pouvait pour encourager et faire appliquer cette bonne disposition, dès le premier instant qu'il en avait eu connaissance. Il proclama alors à voix haute tout le projet, que la compagnie entière accueillit avec grand plaisir, aux cris de : « Dieu bénisse le roi Georges et Votre Honneur »; et tous d'ajouter avec force jurons à l'appui : « Nous combattrons pour vous deux jusqu'aux dernières gouttes de notre sang. »

Le gentilhomme qui avait passé toute la nuit à boire dans l'auberge se laissa persuader par certains arguments qu'un caporal lui avait fait tenir à prendre part à la même expédition. Sur quoi, le portemanteau de M. Jones ayant été mis dans le fourgon, la troupe allait se mettre en marche, quand le guide, s'approchant de Jones, lui dit : « J'espère, Monsieur, que vous tiendrez compte de ce que les chevaux ont été dehors toute la nuit et que nous avons fait beaucoup de chemin hors de notre route. »

Jones s'étonna de l'impudence de cette requête; il fit connaître aux soldats le bien-fondé de sa cause, et ils furent unanimes à condamner le guide pour sa tentative d'exploiter un gentilhomme. Certains dirent qu'on devrait lui lier le cou aux talons; d'autres qu'il méritait d'être passé par les verges; et le sergent le menaça de sa canne, et souhaita qu'il fût sous ses ordres, jurant de tout son cœur qu'il en ferait un exemple.

Jones, cependant, se contenta d'une punition négative et se mit en marche avec ses nouveaux camarades, laissant au guide la pauvre vengeance de sacrer et d'invectiver contre lui; action à laquelle se joignit l'aubergiste, disant : « Oui, oui, il est de bonne race, je vous le garantis. Beau gentilhomme, en vérité, pour se faire soldat ! Il pourra bien porter un gilet galonné, oui. Il est bien vrai le vieux proverbe qui dit que tout ce qui brille n'est par or. Je suis bien content que ma maison soit débarrassée de lui. »

Toute cette journée, le sergent et le jeune soldat marchèrent ensemble; et le premier, qui était un malin, raconta au second maints récits divertissants sur ses campagnes, bien qu'en réalité il n'en eût fait aucune; car il n'était que récemment entré au service et, par son adresse, il avait si bien capté la confiance de ses officiers qu'il s'était lui-même conféré une hallebarde[1]; grâce surtout, il faut le dire, à ses talents de recruteur, qui étaient grands.

Une joie bruyante régna parmi les soldats durant leur marche. On ne manqua pas de rappeler tous les faits qui s'étaient passés au dernier cantonnement et chacun fit avec la plus grande liberté toutes les plaisanteries qu'il voulait sur ses officiers, plaisanteries dont certaines étaient des plus grossières, voire presque scandaleuses. Cela rappela à notre héros la coutume des Grecs et des Romains, qui — il l'avait lu quelque part —, à l'occasion de certaines fêtes ou solennités, permettaient aux esclaves une liberté absolue de langage à l'égard de leurs maîtres.

Notre petite armée, qui consistait en deux compagnies d'infanterie, était arrivée à l'endroit où elle devait faire halte ce soir-là. Le sergent informa alors son lieutenant qui était l'officier commandant qu'au cours de la marche de ce jour, ils avaient ramassé deux gars, dont l'un, dit-il était un des plus beaux hommes qu'il eût jamais vus — il s'agissait de l'ivrogne —, car il mesurait près de six pieds, était bien proportionné et fortement membré; l'autre, c'est-à-dire Jones, serait assez bon pour le dernier rang.

Les nouveaux soldats furent ensuite exhibés à l'officier, qui, après avoir inspecté l'homme de six pieds, premier amené, passa à l'examen de Jones : au premier coup d'œil, le lieutenant ne put retenir une certaine surprise, car, outre ses beaux vêtements et sa distinction naturelle, le jeune homme avait dans tout son aspect une remarquable dignité que l'on ne voit guère chez les gens du commun et qui n'est pas, en vérité, une adjonction inséparable aux traits de leurs supérieurs.

— Monsieur, dit le lieutenant, mon sergent m'a fait savoir que vous désiriez vous enrôler dans la compagnie que j'ai à présent sous mes ordres; s'il en est ainsi, Monsieur, nous accueillerons avec grand plaisir quelqu'un qui promet de lui faire grand honneur en y portant les armes.

Jones répondit qu'il n'avait jamais parlé de s'enrôler; qu'ardemment attaché à la cause glorieuse pour laquelle ils allaient combattre, il était très désireux de servir comme volontaire; et il termina en adressant quelques compliments au lieutenant et en exprimant la grande satisfaction qu'il aurait à se trouver sous ses ordres.

Le lieutenant lui rendit la politesse, loua sa résolution, lui serra la main et l'invita à dîner avec lui-même et les autres officiers.

CHAPITRE XII

Aventure d'un groupe d'officiers.

Le lieutenant dont nous avons parlé dans le chapitre précédent et qui commandait ce détachement avait alors près de soixante ans. Il était entré très jeune dans l'armée et avait servi en qualité d'enseigne à la bataille de Tannières; il y avait reçu deux blessures et s'était si bien distingué que le duc de Marlborough l'avait promu lieutenant aussitôt après le combat.

Il était resté à ce rang depuis lors, c'est-à-dire depuis près de quarante ans, durant lesquels il avait vu une grande quantité d'officiers lui passer par-dessus la tête; et il avait à présent la mortification d'être commandé par des gamins dont les pères étaient encore en nourrice quand il était entré au service.

Cet insuccès dans sa profession n'était pas uniquement dû au fait qu'il ne comptait pas d'amis parmi les gens au pouvoir. Il avait eu l'infortune de s'attirer le courroux de son colonel, qui conserva pendant de nombreuses années le commandement de ce régiment. Et il ne devait pas la malveillance implacable que lui portait cet homme à quelque négligence ou faute commise en tant qu'officier, ni même à aucune faute personnelle, mais bien uniquement à l'imprudence de sa femme, qui était fort belle et qui, en dépit du très grand amour qu'elle portait à son mari, n'avait pas voulu payer son avancement de certaines faveurs que le colonel exigeait d'elle.

Le pauvre lieutenant était d'autant plus malheureux que, tout en ressentant les effets de l'hostilité de son colonel, il ne savait et ne soupçonnait pas même que celui-ci la lui portât. Il ne pouvait, en effet, imaginer une malveillance à laquelle il n'était pas conscient d'avoir offert de motif; et sa femme, par crainte de ce qu'aurait pu occasionner le souci scrupuleux de son mari quant à l'honneur, s'était contentée de conserver sa vertu sans jouir du triomphe de sa victoire.

Ce malheureux officier (car je crois qu'on peut l'appeler ainsi) avait maintes bonnes qualités en plus de son mérite dans sa profession : il était pieux, honnête, doué d'un bon naturel; et il s'était si bien conduit dans son commandement qu'il était très estimé et très aimé non seulement des soldats de sa propre compagnie, mais de tout le régiment.

Les autres officiers qui marchaient avec lui étaient un lieutenant français, qui avait été assez longtemps hors de France pour oublier sa propre langue, mais qui n'avait pas été assez longtemps en Angleterre pour apprendre l'anglais, de sorte qu'il ne parlait réellement aucune langue du tout et qu'il pouvait tout juste se faire comprendre dans les circonstances les plus ordinaires.

Il y avait aussi deux enseignes, tous deux fort jeunes, dont l'un avait été clerc de procureur et l'autre était le fils de la femme d'un maître d'hôtel.

Aussitôt le dîner fini, Jones raconta à l'assemblée la gaieté qui avait régné parmi les soldats durant la marche. « Et pourtant, dit-il, en dépit de toutes leurs vociférations, je jurerais bien qu'ils se conduiront en Grecs plutôt qu'en Troyens quand ils se trouveront face à l'ennemi.

— Grecs et Troyens ! dit l'un des enseignes; qui diantre est-ce là ? J'ai entendu parler de toutes les armées d'Europe, mais jamais de rien de semblable.

— Ne feignez pas plus d'ignorance que vous n'en avez, monsieur Northerton, dit le digne lieutenant. Je suppose que vous avez entendu parler des Grecs et des Troyens, bien que vous n'ayez peut-être pas lu l'*Homère* de Pope : maintenant que Monsieur y fait allusion, je me rappelle que le poète compare les Troyens en marche à des oies cacardantes, et qu'il loue grandement le silence des Grecs. Et, sur mon honneur, il y a beaucoup de justice dans la remarque du cadet.

— Pardieu ! moi me rappeler eux très bien, dit le lieutenant français; moi avoir lu eux à l'école dans madame Dacier; ces Grecs, ces Troyens, ils se battaient pour une femme. Oui, oui, moi avoir lu tout ça[1].

— La peste soit d'Homé, je le dis du fond du cœur, s'écria Northerton. J'en ai encore les marques sur le cul. Y a Thomas, de notre régiment, qui porte toujours un Homé dans sa poche; si jamais je mets la main dessus, que le diable m'emporte si je ne le brûle pas. Et y a Corderius[2], encore un autre damné fils de putain, qui m'a attiré plus d'une fustigation.

— Ainsi, vous avez été à l'école, monsieur Northerton ? dit le lieutenant.

— Oui, Dieu me damne, j'y ai été, répondit-il; que le diable emporte mon père pour m'y avoir envoyé ! La vieille ganache voulait faire de moi un pasteur, mais bon Dieu ! que je me suis dit, je t'aurai au tournant, vieux nigaud, et tu ne me feras pas ingurgiter une miette de toutes tes sottises. Y a Jemmy Oliver, de notre régiment, qu'a bien failli être un barbeau, lui aussi, et ç'aurait été bougrement dommage, parce que du diable si c'est pas un des plus jolis garçons au monde; mais il a été plus loin que moi avec le vieux benêt, puisque lui il ne sait ni lire ni écrire.

— Vous faites à votre ami une belle réputation, dit le lieutenant, et fort méritée, sans doute. Mais, de grâce, Northerton, renoncez à cette habitude aussi sotte que vilaine que vous avez de jurer; car vous vous trompez, je vous assure, si vous croyez qu'il y ait quelque esprit ou bonnes manières à le faire. Je voudrais bien aussi que vous écoutiez mes conseils en cessant de dénigrer le clergé. Les appellations et réflexions indignes portées contre un corps quelconque de personnes ne doivent jamais trouver de justification; mais surtout quand elles s'adressent à une fonction aussi sacrée; car dénigrer le corps, c'est dénigrer la fonction elle-même, et je vous laisse à juger de l'inconséquence d'un tel comportement chez des hommes qui vont se battre pour la défense de la religion protestante. »

M. Adderly (c'était le nom de l'autre enseigne), qui était resté jusque-là à se morfondre et à chantonner sans paraître écouter la conversation, répondit alors : « Oh, Monsieur, on ne parle pas de la religion dans la guerre[1].

— Bien dit, Jack ! s'écria Northerton, s'il n'y avait que la religion en jeu, les pasteurs pourraient bien se battre tout seuls, en ce qui me concerne.

— Je ne sais, Messieurs, dit Jones, quelle peut être votre opinion; mais, pour moi, je pense que nul ne saurait embrasser une cause plus noble que celle de la religion; et j'ai observé, dans le peu que j'ai lu de l'histoire, que les soldats ne montraient jamais plus de vaillance au combat que lorsqu'ils étaient animés par un zèle religieux. Pour ma part, quoique j'aime mon roi et mon pays tout autant, j'espère, qu'aucun de ses habitants, l'intérêt du protestantisme n'a pas peu contribué à faire de moi un volontaire pour la cause. »

Northerton fit alors un clin d'œil à Adderly et lui murmura malicieusement : « Blague-moi ce poseur, Adderly, blague-le. »

Puis, se tournant vers Jones, il lui dit : « Je suis ravi, Monsieur, que vous ayez choisi notre régiment pour y être volontaire; ainsi, dans le cas où notre aumônier boirait un coup de trop, je vois que vous pourriez le remplacer. Je présume, Monsieur, que vous avez été à l'Université; me feriez-vous la faveur de me dire à quel collège ?

— Monsieur, répondit Jones, loin d'avoir été à l'Université, je l'emporte sur vous, car je n'ai même jamais été à l'école.

— Je me l'étais imaginé, s'écria l'enseigne, sur la foi seule de votre grande érudition.

— Oh, Monsieur, répondit Jones, un homme peut tout aussi bien savoir quelque chose sans avoir été à l'école qu'avoir été à l'école et ne rien savoir.

— Bien dit, jeune volontaire, s'écria le lieutenant. Ma parole, Northerton, vous feriez mieux de le laisser tranquille, car il sera trop fort pour vous. »

Northerton ne goûta guère la raillerie de Jones; mais il estima que la provocation n'était pas tout à fait suffisante pour justifier un coup de poing ou un « coquin » ou « canaille », seules reparties qui lui vinssent à l'esprit. Il garda donc le silence pour le moment, mais résolut de saisir la première occasion de répondre à la plaisanterie par l'injure.

Vint alors le tour de M. Jones de porter un toast, comme on dit, et il ne put se retenir de citer sa chère Sophie. Il le fit d'autant plus aisément qu'il croyait tout à fait impossible qu'aucune des personnes présentes pût deviner qui il voulait dire.

Mais le lieutenant, qui était l'annonceur des toasts ne voulut pas se contenter du seul nom de Sophie. Il dit qu'il lui fallait le nom de famille; sur quoi, Jones eut un instant d'hésitation avant de nommer mademoiselle Sophie Western. L'enseigne Northerton déclara alors qu'il se refusait à porter cette santé dans le même tour que son propre toast à moins que quelqu'un ne répondît de la personne : « J'ai connu une Sophie Western, dit-il, qui avait couché avec la moitié des jeunes gens de Bath, et peut-être est-ce la même. »

Jones l'assura très solennellement du contraire, affirmant que la jeune dame qu'il avait nommée était du meilleur monde et fort riche.

— Oui, oui, c'est ça, dit l'enseigne; Dieu me damne, c'est la même femme, et je parie une demi-douzaine de bouteilles de bourgogne que Tom French de notre régiment nous l'amène à n'importe quelle taverne de Bridges Street.

Il se mit alors à faire une description exacte de sa personne (car il l'avait vue avec sa tante) et termina en disant que son père avait un grand domaine dans le Somersetshire.

La sensibilité des amoureux supporte mal la moindre raillerie sur le nom de leur maîtresse. Jones, cependant, quoiqu'il eût dans sa nature assez de l'amoureux et aussi du héros, ne s'offensa peut-être pas de ces calomnies aussi promptement qu'il l'aurait dû. A vrai dire, peu familiarisé avec ce genre d'esprit, il ne le comprit pas aussitôt, et il crut pendant un bon moment que M. Northerton avait réellement pris sa charmeuse pour une autre. Mais à présent, se tournant vers l'enseigne d'un air sévère, il lui dit : « Je vous prie, Monsieur, de choisir quelque autre sujet pour faire de l'esprit; car je vous promets bien que je ne tolérerai aucune plaisanterie concernant la réputation de cette dame.

— Une plaisanterie ! s'écria l'autre; Dieu me damne si j'ai jamais parlé plus sérieusement de ma vie. Tom French de notre régiment les a eues toutes les deux, elle et sa tante, à Bath.

— Dans ces conditions, je dois vous dire très sérieusement, s'écria Jones, que vous êtes un des plus impudents coquins qui soient au monde. »

A peine eut-il prononcé ces mots que l'enseigne, avec une bordée de jurons, lança à la tête de Jones une bouteille pleine qui, l'atteignant un peu au-dessus de la tempe droite, l'étendit aussitôt à terre.

Le vainqueur, voyant que son ennemi gisait sans mouvement devant lui et que le sang se mettait à couler assez abondamment de la blessure, commença de penser à quitter le champ de bataille, où il n'y avait plus d'honneur à acquérir; mais le lieutenant s'interposa en faisant un pas vers la porte et lui coupa la retraite.

Northerton pressa vivement le lieutenant de le laisser passer, faisant valoir les mauvaises suites qui en résulteraient pour lui s'il restait là, et il demanda ce qu'il aurait pu faire de moins : « Sacrebleu ! dit-il; je ne faisais que plaisanter. Je n'ai jamais entendu dire le moindre mal de Mlle Western.

— Vraiment ? dit le lieutenant; dans ce cas, vous méritez bien d'être pendu, aussi bien pour avoir fait une telle plaisanterie que pour avoir usé d'une telle arme : vous êtes mon prisonnier, Monsieur; et vous ne sortirez pas d'ici qu'une garde convenable ne se soit assurée de votre personne. »

Notre lieutenant avait un tel ascendant sur cet enseigne que toute la valeureuse fougue qui avait étendu notre pauvre héros sur le plancher aurait à peine poussé ledit enseigne à tirer l'épée contre le lieutenant, en eût-il alors eu une au côté; mais, dès le commencement de la querelle, l'officier français avait mis en sûreté toutes les épées, qui avaient été suspendues aux murs. De sorte que M. Northerton fut contraint d'attendre le dénouement de l'affaire.

A la requête de leur officier commandant, le Français et M. Adderly avaient soulevé le corps de Jones; mais, n'y percevant que peu ou point signe de vie, ils le laissèrent retomber, Adderly le vouant au diable pour avoir taché de sang son gilet et le Français déclarant : « Bon Dieu, moi pas toucher l'Englishman mort : moi entendu dire loï englishe, law comme vous dites, faire pendre homme qui touche le dernier. »

En se plaçant devant la porte, le bon lieutenant avait aussi tiré la sonnette, et il avait envoyé le garçon, qui s'était aussitôt présenté, chercher un peloton de fusiliers et un chirurgien. Ces ordres et le récit fait par le garçon de ce qu'il avait lui-même vu amenèrent non seulement les soldats, mais bientôt aussi l'aubergiste, sa femme, les domestiques et même tous ceux qui pouvaient se trouver à ce moment dans l'auberge.

Pour décrire chaque détail et rapporter tous les propos de la scène qui suivit, il me faudrait quarante plumes et pouvoir les faire marcher toutes à la fois, comme marchaient les langues des assistants. Le lecteur devra donc se contenter des incidents les plus remarquables, et peut-être se passera-t-il fort bien du reste.

La première chose que l'on fit fut de s'assurer de la personne de Northerton qui, remis à la garde de six hommes commandés par un caporal, fut emmené d'un lieu qu'il désirait beaucoup quitter, mais malheureusement vers un autre où il ne désirait aucunement aller. A vrai dire, les désirs de l'ambition sont si capricieux que, dès l'instant où le jeune homme se fut acquis l'honneur dont nous avons parlé, il aurait été bien heureux de se retirer en quelque coin de l'univers où la renommée n'en serait jamais parvenue à ses oreilles.

Nous trouvons assez surprenant, et peut-être le lecteur pense-t-il de même, que le lieutenant, digne et brave homme, apportât ses premiers soins à s'assurer du coupable plutôt qu'à sauver la vie du blessé. Si nous faisons cette remarque, ce n'est pas que nous prétendions expliquer une conduite si bizarre : c'est seulement de crainte que quelque critique ne vienne par la suite faire parade de cette découverte. Nous tenons à ce que ces messieurs sachent que nous sommes aussi capable qu'eux de voir ce qu'il y a de bizarre dans les personnages, mais notre devoir est de rapporter les faits tels qu'ils sont; cela fait, il appartient au lecteur instruit et sagace de consulter le livre original de la nature, d'où est transcrit chaque passage de notre ouvrage, encore que nous ne citions pas toujours en référence la page exacte.

Les gens qui arrivèrent alors étaient d'une disposition différente. Ils suspendirent leur curiosité concernant la personne de l'enseigne jusqu'au moment où ils le verraient dans une attitude plus engageante. Pour l'instant, ils tournèrent tout leur intérêt et toute leur attention vers le sanglant objet étendu sur le plancher, qui, une fois assis droit sur une chaise, ne tarda pas à donner quelques signes de vie et de mouvement. Aussitôt ceux-ci perçus, — on avait généralement donné d'emblée Jones pour mort — tous à la fois se mirent à prescrire différentes thérapeutiques (car, en l'absence de tout médecin, chacun prenait sur lui d'en assumer les fonctions).

La saignée fit l'unanimité de l'assistance; malheureusement, il n'y avait pas d'opérateur sous la main; chacun de crier alors : « Il faut appeler le barbier », mais personne ne bougea. Divers cordiaux furent de même prescrits de façon tout aussi inefficace. Mais enfin l'aubergiste fit monter un pot de bière forte avec une rôtie, disant que c'était le meilleur cordial d'Angleterre.

La personne la plus utile en cette occasion, la seule en fait qui servît à quelque chose ou même en parût susceptible, fut l'hôtesse : elle coupa une mèche de ses cheveux et l'appliqua sur la blessure pour arrêter le sang; elle se mit à frictionner les tempes du jeune homme; et, ayant exprimé le plus grand mépris pour la bière qu'avait prescrite son mari, elle envoya une servante chercher dans sa propre armoire un flacon d'eau-de-vie; aussitôt qu'on la lui eut apportée, elle décida Jones, qui venait de recouvrer ses sens, à en boire une grande et copieuse gorgée.

Bientôt arriva le chirurgien, qui, après avoir examiné la blessure, hoché la tête et blâmé tout ce qu'on avait fait, ordonna de mettre immédiatement le malade au lit; lieu où nous jugeons bon de le laisser quelque temps à son repos. Nous mettrons donc fin ici au présent chapitre.

CHAPITRE XIII

Contenant la grande adresse de l'hôtesse, le grand savoir d'un chirurgien et le solide talent du digne lieutenant pour la casuistique.

LORSQUE le blessé eut été porté au lit et que la maison commença à se remettre de l'agitation causée par cet accident, l'hôtesse s'adressa en ces termes à l'officier commandant : « Je crains, Monsieur, dit-elle, que ce jeune homme ne se soit pas conduit aussi bien qu'il l'aurait dû envers Vos Honneurs; et, s'il avait été tué, je suppose qu'il aurait eu que ce qu'il méritait. Assurément, quand des messieurs admettent des personnes inférieures dans leur compagnie, celles-ci devraient garder leurs distances; mais, comme disait mon premier mari, y en a peu qui savent y faire. Pour moi, je sais bien que j'aurais pas permis à personne de s'inclure dans la compagnie de ces messieurs; mais j'ons cru que c'était un officier lui-même jusqu'à ce que le sergent, il m'a dit que c'était qu'une recrue.

— L'hôtesse, répondit le lieutenant, vous vous trompez du tout au tout. Le jeune homme s'est extrêmement bien conduit et il est, je pense, bien meilleur gentilhomme que l'enseigne qui l'a outragé. Si ce garçon meurt, celui qui l'a frappé aura toutes les raisons de le regretter; car le régiment se débarrassera d'un homme insupportable, qui est un scandale pour l'armée; et s'il échappe aux mains de la justice, vous pourrez vous en prendre à moi, c'est tout, Madame.

— Ah, mon Dieu, mon Dieu ! dit l'hôtesse, qui aurait

pu croire ça ? Oui, oui, je suis tranquille que Votre Honneur veillera à ce que justice soit faite; et, pour sûr que ça devrait être comme ça pour tout le monde. Les messieurs devraient pas tuer les pauvres gens sans avoir à en répondre. Un pauvre a une âme à sauver tout comme ceux qui sont au-dessus de lui.

— Vraiment, Madame, dit le lieutenant, votre jugement fait tort au volontaire : j'ose affirmer qu'il est meilleur gentilhomme que l'officier.

— Ah ! s'écria l'hôtesse; eh ben alors, dites donc ! mon premier mari qu'était un homme intelligent, il disait qu'on peut pas toujours connaître le dedans d'après le dehors. D'ailleurs çui-ci pouvait ne pas être mal non plus, puisque j' l'avions pas vu avant qu'y soye tout couvert de sang. Qui c'est qu'aurait cru ça ? c'est p'têt' ben quéqu' jeune monsieur qu'a des amours contrariées. Mon Dieu, s'il allait mourir, quel chagrin ce serait pour ses parents ! ma foi, ce misérable doit être possédé du démon pour s'être livré à un acte pareil. Pour sûr qu'il est un scandale pour l'armée, comme l'a dit Votre Honneur; car la plupart des messieurs de l'armée que j'ai vus sont des gens tout différents et ils ont l'air de trouver indigne de verser du sang de chrétien tout comme les autres : je veux dire de façon civile, comme disait mon premier mari. Quand ils font la guerre, bien sûr, faut qu'y ait du sang versé : mais on peut pas les en blâmer. Là, plus ils tuent de nos ennemis, mieux ça vaut; et je souhaiterais de tout mon cœur qu'ils puissent les tuer tous jusqu'au dernier.

— Ah fi, Madame ! dit le lieutenant en souriant; *tous*, c'est un souhait un peu trop sanguinaire.

— Pas du tout, Monsieur, répondit-elle; je suis pas du tout sanguinaire, seulement pour nos ennemis; et y a pas de mal à ça. Pour sûr qu'il est naturel qu'on souhaite la mort de ses ennemis, de façon que ça mette fin aux guerres et fasse baisser nos taxes; pasque c'est horrible c' qu'on doit payer. Pensez donc, ça fait plus de quarante shillings pour les fenêtres, et pourtant on a bouché tout ce qu'on pouvait : on a presque plus de lumière, c'est vrai ! Comme j'ai dit au collecteur : je trouve que vous devriez nous avantager, que je lui ai dit; assurément, nous sommes très bons amis du Gouvernement; et nous le sommes, c'est sûr, pasqu'on y paie une fortune. Et pourtant, que j' pense souvent en moi-même, le Gouvernement, il trouve pas qu'il a plus d'obligations envers nous qu'envers ceux qui y paient pas un farthing. Enfin... le monde est comme ça. »

Elle continuait ainsi, quand le chirurgien entra dans la pièce. Le lieutenant lui demanda aussitôt comment allait son malade. Mais le praticien ne lui donna d'autres éclaircissements que : « Mieux, je pense, qu'il ne serait maintenant si l'on ne m'avait pas appelé; et même, comme les choses se présentent, peut-être eût-il été heureux que l'on eût pu m'appeler plus tôt.

— J'espère, Monsieur, dit le lieutenant, que le crâne n'est pas fracturé.

— Hem ! fit le chirurgien, les fractures ne sont pas toujours les symptômes les plus dangereux. Contusions et lacérations s'accompagnent souvent de phénomènes plus graves et qui entraînent des conséquences plus fatales que les fractures. Les gens qui ne connaissent rien à la question concluent, s'il n'y a pas fracture du crâne, que tout va bien; alors que je préférerais voir le crâne de quelqu'un brisé en plusieurs morceaux que certaines contusions que j'ai rencontrées.

— J'espère, dit le lieutenant, qu'il n'y a ici aucun symptôme de ce genre.

— Les symptômes, répondit le chirurgien, ne sont pas toujours réguliers ni constants. J'ai vu des symptômes très défavorables le matin se faire favorables à midi pour redevenir défavorables le soir. C'est, certes, à juste titre que l'on dit des blessures : *Nemo repente fuit turpissimus*[1]. Je me rappelle avoir été appelé une fois auprès d'un malade qui avait reçu au tibia une violente contusion qui avait lacéré la *cutis* extérieure de façon à produire un abondant épanchement sanguin; et les membranes intérieures étaient tellement déchirées que l'os apparaissait pleinement par l'ouverture du *vulnus* ou blessure. Certains symptômes fébriles survenant en même temps (car le pouls était exubérant et appelait fortement la phlébotomie), j'appréhendais une mortification immédiate. Pour la prévenir, je pratiquai tout de suite une large incision dans la veine du bras gauche, d'où je tirai vingt onces de sang. Je m'attendais à le trouver extrêmement collant et glutineux, voire coagulé, comme dans les affections pleurétiques; mais, à ma grande surprise, il était rose et vermeil et sa consistance différait peu de celle du sang des gens en parfaite santé. J'appliquai alors sur la partie une fomentation qui répondit parfaitement à ce que j'en attendais; et après trois ou quatre pansements, la blessure commença de rendre une sanie ou pus épais; par ce moyen, la cohésion... Mais peut-être ne me fais-je pas parfaitement bien comprendre ?

— Non, vraiment, répondit le lieutenant, je ne puis dire que je comprenne une seule syllabe.

— Eh bien, Monsieur, dit le chirurgien, dans ce cas, je n'abuserai pas de votre patience : en bref, en l'espace de six semaines, mon malade fut en état de se servir de ses jambes aussi parfaitement qu'avant d'avoir reçu la contusion.

— J'aimerais, Monsieur, dit le lieutenant, que vous ayez seulement la bonté de me dire si la blessure que ce jeune homme a eu l'infortune de recevoir doit être mortelle.

— Monsieur, répondit le chirurgien, dire dès le premier pansement qu'une blessure doive être mortelle ou non serait faire preuve d'une présomption aussi sotte que mal fondée : nous sommes tous mortels, et il survient souvent dans une cure des symptômes que les plus grands de notre profession ne pourraient jamais prévoir.

— Mais le croyez-vous en danger ? dit l'autre.

— En danger ? mais bien sûr, s'écria le médecin; duquel d'entre nous, fût-il en parfaite santé, peut-on dire qu'il ne soit pas en danger ? Comment pourrait-on donc dire d'un homme qui a reçu une blessure aussi grave qu'il est hors de danger ? Tout ce que je puis dire pour le moment c'est qu'il est bon que j'aie été appelé comme je l'ai été, et peut-être eût-il été mieux que l'on m'eût appelé plus tôt. Je le verrai de nouveau demain matin de bonne heure; d'ici là, qu'on le laisse parfaitement tranquille et qu'on lui donne abondamment à boire de l'eau de gruau.

— Ne lui permettriez-vous pas du *sack-whey*[1] ? demanda la femme de l'aubergiste.

— Oui, oui, s'écria le docteur, du *sack-whey,* si vous voulez, à condition que vous le fassiez très léger.

— Et un peu de bouillon de poulet ? ajouta-t-elle.

— Oui, oui, dit le médecin, du bouillon de poulet, c'est très bon.

— Ne pourrais-je pas aussi lui faire quelques gelées, dit l'hôtesse.

— Oui, oui, répondit le médecin, les gelées sont excellentes pour les blessures : elles favorisent la cohésion. »

En vérité, il est heureux qu'elle n'eût pas parlé de soupe ou de sauces relevées, car le médecin eût donné son accord plutôt que de perdre la pratique de la maison.

A peine le docteur fut-il parti, que l'hôtesse se mit à proclamer ses louanges au lieutenant, qui n'avait pas tiré de leurs brefs rapports une opinion de ses capacités médicales tout à fait aussi favorable que celle qu'entretenaient la brave femme et tout le voisinage; peut-être à juste titre, car, si le praticien était, je le crains, quelque peu fat, il pouvait n'en être pas moins un excellent chirurgien.

Le lieutenant, ayant conclu du savant discours du chirurgien que M. Jones était en grand danger, donna l'ordre de tenir M. Northerton sous une garde très stricte, avec l'intention de le traduire le lendemain matin devant un juge de paix et de confier la conduite des troupes jusqu'à Gloucester au lieutenant français, qui, s'il ne savait ni lire, ni écrire, ni parler aucune langue, n'en était pas moins un bon officier.

Dans la soirée, notre commandant fit dire à M. Jones que, si une visite ne l'incommodait pas, il monterait le voir. Le malade accueillit cette civilité avec plaisir et gratitude, et le lieutenant se rendit donc à sa chambre, où il trouva le blessé en bien meilleur état qu'il ne s'y attendait; Jones assura même son ami que, s'il n'avait reçu du chirurgien des instructions expressément contraires, il se serait levé depuis longtemps; car il se sentait aussi bien que jamais et il ne ressentait d'autre inconvénient de sa blessure qu'un très fort endolorissement de ce côté de la tête.

— Je serais fort aise, dit le lieutenant, que vous fussiez aussi bien que vous pensez l'être; vous pourriez alors obtenir justice immédiatement; car, lorsqu'une affaire ne peut être arrangée, comme dans le cas d'un coup porté, le plus tôt on emmène son adversaire sur le pré, le mieux cela vaut. Mais je crains que vous ne vous imaginiez être mieux que vous n'êtes, et il aurait un trop grand avantage sur vous.

— J'essaierai tout de même, répondit Jones, si vous

le permettez et si vous avez la bonté de me prêter une épée, car je n'en ai pas ici à moi.

— Mon épée est toute à votre service, mon cher garçon, s'écria le lieutenant en l'embrassant : vous êtes un vaillant jeune homme, et j'aime votre ardeur; mais je me défie de vos forces, car un tel coup et une telle perte de sang ont dû beaucoup vous affaiblir; et, si vous ne manquez pas de forces au lit, vous en manqueriez fort probablement après une ou deux estocades. Je ne puis consentir à ce que vous l'emmeniez sur le pré ce soir; mais j'espère que vous serez en état de nous rejoindre avant que nous ayons pris trop de jours d'avance sur vous; et je vous donne ma parole que vous aurez satisfaction, ou l'homme qui vous a insulté ne restera pas dans notre régiment.

— Je voudrais, dit Jones, qu'il fût possible d'en terminer avec cette affaire ce soir : maintenant que vous m'en avez parlé, je ne saurais plus avoir de repos.

— Oh, il ne faut pas y penser, répliqua l'autre; quelques jours ne feront pas de différence. Les blessures de l'honneur ne sont pas comme celles du corps : elles ne souffrent en rien d'un retard dans la cure. Il sera tout aussi bien pour vous d'en obtenir satisfaction dans une semaine que maintenant.

— Mais supposez, dit Jones, que mon état empire et que je meure des suites de ma blessure actuelle ?

— Dans ce cas, répondit le lieutenant, votre honneur n'exigera aucune réparation. Je défendrai moi-même votre réputation et j'attesterai au monde entier l'intention que vous aviez d'agir comme il se doit, si vous vous étiez remis.

— Tout de même, répliqua Jones, ce délai me donne du souci. J'ai quelque vergogne à vous en parler, à vous qui êtes soldat; mais, quoique j'aie été un jeune homme très dissipé, dans mes moments les plus sérieux et au fond, je suis réellement chrétien.

— Moi aussi, je vous assure, dit l'officier; et même si zélé que j'aie été heureux de vous voir, à dîner, défendre votre religion; et je vous en veux un peu, jeune homme, d'exprimer maintenant une certaine crainte à confesser votre foi devant quiconque.

— Mais comme ce doit être terrible pour quiconque est réellement chrétien, s'écria Jones, d'entretenir la rancune dans son sein, en opposition avec le commandement de Celui qui l'a expressément interdit ! Comment pourrais-je supporter de le faire sur un lit même de malade ? Ou comment pourrais-je me présenter devant Dieu avec un tel article dans le cœur, qui parle contre moi ?

— Ma foi, je pense qu'il existe bien un tel commandement, s'écria le lieutenant; mais un homme d'honneur ne peut l'observer. Et vous devez être homme d'honneur si vous voulez servir dans l'armée. Je me rappelle avoir soumis le cas à notre aumônier, un jour que nous buvions du punch ensemble, et il m'avoua qu'il y avait là bien de la difficulté; mais il dit qu'il espérait qu'une certaine latitude pût être accordée aux soldats en ce cas particulier; et, assurément, il est de notre devoir de l'espérer, car qui pourrait supporter de vivre sans son honneur ? Non, non, mon cher garçon, soyez bon chrétien tant que vous vivrez; mais n'en soyez pas moins homme d'honneur et ne supportez jamais un affront. Ni tous les livres ni tous les pasteurs du monde n'arriveront jamais à me persuader de faire cela. J'aime fort ma religion, mais j'aime encore plus mon honneur. Il doit y avoir quelque erreur dans la rédaction du texte, ou dans la traduction, ou dans l'interprétation, enfin quelque part. Mais, quoi qu'il en soit, un homme doit courir le risque, car il lui faut préserver son honneur. Donc, calmez-vous pour ce soir, et je vous promets que vous aurez l'occasion d'obtenir réparation.

Là-dessus, il embrassa cordialement Jones, lui serra la main et prit congé.

Mais si son raisonnement satisfaisait tout à fait le lieutenant, il n'en allait pas entièrement de même pour son ami. Jones, donc, ayant longuement roulé ce problème dans son esprit, en arriva à une décision que le lecteur trouvera au chapitre suivant.

CHAPITRE XIV

Chapitre des plus terribles, en vérité, et dans lequel peu de lecteurs devraient se risquer le soir, surtout s'ils sont seuls.

Jones avala de fort bon appétit une grande assiettée de bouillon de poulet ou plutôt de coq, tout comme il eût bien fait du coq dont le potage était composé, avec une livre de lard par-dessus le marché. Ne se sentant plus alors aucune faiblesse de corps ni d'énergie, il résolut de se lever et de chercher son ennemi.

Mais auparavant, il fit demander le sergent, qui était sa première connaissance parmi ces messieurs de l'armée. Malheureusement, ce digne officier, ayant à la lettre pris tout son soûl de boisson, avait depuis quelque temps la tête sur son traversin, où il ronflait si fort qu'il n'était pas aisé de communiquer à ses oreilles un son capable de dominer celui qui sortait de ses narines.

Cependant, comme Jones persistait dans son désir de le voir, un garçon finit par arriver à force de s'égosiller à troubler son sommeil et à lui faire part du message. Aussitôt qu'il en eut pris conscience, le sergent sauta de son lit et, n'ayant pas quitté ses vêtements, il fut bientôt là. Jones ne jugea pas bon de lui faire connaître son dessein, encore qu'il eût pu le faire en toute sécurité, car le hallebardier[1] était lui-même homme d'honneur et il avait tué son homme. Il aurait donc fidèlement gardé ce secret, comme en fait tout autre pour la découverte duquel on n'eût pas offert de récompense. Mais comme Jones n'avait pas pu connaître ces vertus dans une relation si récente, sa précaution était peut-être prudente et assez louable.

Il commença donc par dire au sergent que, maintenant qu'il était entré dans l'armée, il avait honte d'être dépourvu de l'article qui est peut-être le plus nécessaire à un soldat, à savoir une épée, ajoutant qu'il serait infiniment obligé à l'autre si celui-ci pouvait lui en procurer une : « Je vous en donnerai, dit-il, n'importe quel prix raisonnable; et il n'est pas indispensable que la garde soit d'argent; tout ce qu'il me faut, c'est une bonne lame, qui convienne à un soldat. »

Le sergent, qui savait fort bien ce qui s'était passé et qui avait entendu dire que Jones était en très dangereux état, conclut immédiatement d'une telle commission, demandée à une telle heure de la nuit par un homme dans une telle situation, qu'il battait la campagne. Or, comme il avait lui-même l'esprit (en donnant à ce mot son acception commune) toujours présent, il pensa à tirer avantage de cette disposition chez le malade.

— Monsieur, dit-il, je crois pouvoir vous satisfaire. J'ai chez moi quelque chose d'excellent. La poignée n'est pas en argent, mais, comme vous dites, cela ne convient pas à un soldat; elle est tout à fait correcte, et la lame est une des meilleures d'Europe. C'est une lame qui... une lame qui... enfin, je vais vous la chercher de ce pas; vous la verrez et la manierez. Je suis heureux, très heureux de voir Votre Honneur si bien.

Revenu un instant après avec l'épée, il la remit à Jones, qui la prit et la tira; sur quoi, il dit au sergent qu'elle ferait fort bien l'affaire et il le pria de dire son prix.

Le sergent se mit alors à faire grand éloge de sa marchandise. Il dit (il jura même de tout son cœur) que la lame avait été prise à un officier français de très haut rang, à la bataille de Dettingen[1]. « Je la lui ai arrachée moi-même, après l'avoir assommé, dit-il. La garde était d'or. Mais je l'ai vendue à un de nos beaux messieurs; car il en est, sauf Votre Honneur, qui attachent plus de valeur à la garde d'une épée qu'à la lame même. »

Ici, l'autre l'arrêta, le priant de dire son prix. Le sergent qui croyait que Jones avait entièrement perdu le sens et était bien près de sa fin, craignit de faire tort à sa famille en demandant trop peu. Cependant, après un instant d'hésitation, il se contenta de demander vingt guinées, jurant qu'il ne la céderait pas à moins à son propre frère.

— Vingt guinées ! dit Jones avec la plus grande surprise. Vous me croyez fou, assurément, ou bien vous supposez que je n'ai jamais vu d'épée de ma vie. Vingt guinées, en vérité ! Je ne supposais pas que vous chercheriez à me tromper. Tenez, reprenez votre épée. Ou plutôt, non; à la réflexion, je vais la garder pour la montrer demain matin à votre officier en lui faisant connaître le prix que vous m'en avez demandé.

Le sergent, comme nous l'avons dit, n'avait pas l'esprit *(in sensu praedicto*[1]*)* dans sa poche, et il vit clairement que Jones n'était pas dans l'état où il l'avait cru. Feignant alors autant d'étonnement que l'autre en avait montré, il dit : « Je suis sûr, Monsieur, que je ne vous ai pas demandé un prix si extraordinaire. Vous devez considérez, en outre, que c'est la seule épée que j'aie et qu'il me faut risquer d'encourir le courroux de mon officier en allant moi-même sans. Et vraiment, Monsieur, compte tenu de tout cela, je ne crois pas que vingt shillings soient trop demander.

— Vingt shillings ! s'écria Jones; mais à l'instant, vous me demandiez vingt guinées !

— Comment ! s'écria le sergent. Assurément Votre Honneur a dû mal me comprendre; ou j'ai dû me tromper moi-même... et, en fait, je ne suis qu'à demi réveillé. Vingt guinées, vraiment ! il n'est pas étonnant que Votre Honneur se soit si fort emporté. Vingt guinées, aussi ! Non, non, je veux dire vingt shillings, je vous assure. Et si Votre Honneur considère toutes choses, j'espère que vous ne trouverez pas ce prix trop extravagant. Il est vrai, assurément, que l'on peut acheter à meilleur marché une arme qui ait aussi bon air, mais... »

Jones, l'interrompant alors, dit : « Je suis si loin de vouloir discuter avec vous, que je vous donnerai un shilling de plus que vous ne demandez. »

Et, lui tendant une guinée, il l'invita à regagner son lit et lui souhaita une bonne marche, ajoutant qu'il espérait rejoindre le corps avant qu'il n'atteigne Worcester.

Le sergent prit très poliment congé, pleinement satisfait de son marché et fort aise de la façon dont il s'était sorti du mauvais pas où l'avait entraîné le délire qu'il avait attribué au malade.

Aussitôt après le départ du sergent, Jones se leva et s'habilla entièrement, mettant même son habit qui, étant blanc, montrait de façon très visible les traînées de sang qui avaient dégouliné dessus. Après quoi, serrant dans sa main l'épée qu'il venait d'acquérir, il était sur le point de sortir quand la pensée de ce qu'il allait entreprendre s'empara soudain de lui et il commença à réfléchir que, dans peu d'instants, il allait peut-être priver un être humain de la vie ou perdre lui-même la sienne. « Bon, se dit-il, et pour quelle cause risqué-je ma vie ? Mais, pour celle de mon honneur. Et quel est cet être humain ? Un coquin qui m'a blessé et insulté sans aucune provocation. Mais la vengeance n'est-elle donc pas interdite par Dieu ? Oui, mais elle est enjointe par le monde. Peut-être, mais obéirai-je au monde en opposition aux commandements exprès de Dieu ? Encourrai-je la colère divine plutôt que de m'entendre traiter de... euh... lâche, ... de misérable ? Je ne veux plus penser : je suis décidé, je dois me battre avec lui. »

L'horloge avait sonné minuit et tout le monde dans la maison était au lit, hormis la sentinelle qui gardait Northerton, quand Jones, ayant doucement ouvert sa porte, sortit pour chercher son ennemi en son lieu de réclusion, dont le garçon lui avait fourni une description précise. Il serait difficile d'imaginer figure plus effrayante que celle qu'il présentait à ce moment. Il portait, nous l'avons dit, un habit clair couvert de coulées de sang. Son visage, auquel manquait ce même sang aussi bien que les vingt onces supplémentaires que lui avait tirées le chirurgien, était blême. Autour de sa tête étaient une quantité de bandages, assez semblables à un turban. Dans la main droite, il portait une épée, et dans la gauche une chandelle. En sorte que le sanglant Banquo[1] n'était pas digne de lui être comparé. En vérité, je crois que jamais apparition plus terrible ne se dressa dans aucun cimetière, ni même dans l'imagination de bonnes gens assemblés par un soir d'hiver autour d'un feu de Noël dans le Somersetshire.

Aussitôt que la sentinelle vit approcher notre héros, ses cheveux commencèrent à soulever doucement son bonnet de grenadier, tandis que ses genoux se mettaient à s'entrechoquer. Bientôt, tout son corps fut saisi de pis qu'un accès de fièvre. Il déchargea son fusil et tomba face contre terre.

Fut-ce la peur ou le courage qui le poussa à tirer, ou visa-t-il l'objet de sa terreur ? je ne saurais le dire. S'il le visa, en tout cas, il eut la bonne fortune de manquer son homme.

En voyant tomber le factionnaire, Jones devina la cause de sa frayeur, dont il ne put s'empêcher de sourire sans réfléchir le moins du monde au danger auquel il venait d'échapper. Il passa à côté de l'homme, qui était resté dans la même posture, et pénétra dans la chambre où on lui avait dit que Northerton était enfermé. Là, en situation solitaire, il trouva... un pot vide sur la table; et de la bière répandue semblait indiquer que la pièce avait été récemment occupée; mais à présent elle était entièrement vide.

Jones pensa donc qu'elle pouvait communiquer avec une autre; mais, ayant inspecté tous les murs, il ne trouva d'autre porte que celle par laquelle il était entré et où la sentinelle avait été en faction. Il se mit alors à appeler plusieurs fois Northerton par son nom; mais personne ne répondit, et cela ne servit qu'à confirmer dans ses terreurs la sentinelle, convaincue à présent que le volontaire était mort de ses blessures et que son fantôme était venu à la recherche du meurtrier : elle gisait en proie à toutes les affres de l'horreur; et je souhaiterais de tout mon cœur que certains des acteurs qui auront un jour à représenter un personnage fou de terreur eussent pu le voir pour apprendre à copier la nature au lieu d'exécuter divers tours et gestes grotesques pour amuser les galeries et s'attirer leurs applaudissements.

Voyant que l'oiseau s'était envolé, désespérant tout au moins de le trouver et craignant à bon droit que la détonation du fusil n'eût donné l'alarme à toute la maisonnée, notre héros souffla sa chandelle et regagna doucement sa chambre et son lit, où il n'aurait pu arriver sans être découvert s'il ne s'était trouvé personne d'autre sur le même escalier qu'un vieux monsieur, cloué au lit par la goutte; en effet, avant qu'il ait pu atteindre la porte de sa chambre, le vestibule où avait été postée la sentinelle était déjà à moitié plein de gens, les uns en chemise et les autres à peine habillés, se demandant mutuellement avec anxiété ce qu'il y avait.

On découvrit alors le soldat, toujours étendu à la même place et dans la même posture où nous venons de le laisser. Plusieurs s'employèrent aussitôt à le relever et d'aucuns conclurent qu'il était mort; mais ils virent bientôt leur erreur, car non seulement il se débattit contre ceux qui portaient la main sur lui, mais il se mit de plus à mugir comme un taureau. En réalité, il se croyait aux prises avec autant d'esprits ou de démons; car son imagination, dominée par l'horreur d'une apparition, transformait en fantômes ou en spectres tous les objets qu'il voyait ou palpait.

Il fut finalement maîtrisé par le nombre et remis sur ses jambes; à ce moment, des chandelles ayant été apportées, il aperçut deux ou trois de ses camarades et commença à revenir un peu à lui; mais quand ils lui demandèrent ce qui lui était arrivé, il répondit : « Je suis un homme mort, c'est tout, je suis un homme mort, je ne puis en réchapper, je l'ai vu.

— Qu'as-tu donc vu, Jack ? dit un des soldats.

— Eh bien, j'ai vu le jeune volontaire qui a été tué hier. »

Il proféra ensuite les plus violentes imprécations contre lui-même au cas où il n'aurait pas vu le volontaire, tout couvert de sang et vomissant du feu par la bouche et les narines, passer près de lui et entrer dans la chambre ou était l'enseigne Northerton, puis, après avoir saisi l'enseigne à la gorge, s'envoler avec lui dans un coup de tonnerre.

Ce récit rencontra un accueil favorable de la part de l'auditoire. Toutes les femmes présentes y crurent fermement et prièrent le Ciel de les protéger d'un meurtre. Parmi les hommes aussi, nombreux furent ceux qui ajoutèrent foi à l'histoire; mais d'autres la tournèrent en dérision; et un sergent qui était là répondit avec une grande froideur : « Jeune homme, il vous en cuira de vous être endormi et d'avoir rêvé alors que vous étiez en faction. »

Le soldat répliqua : « Vous pouvez me punir, si cela vous plaît; mais j'étais tout aussi éveillé que je le suis maintenant; et que le diable m'emporte, comme il a fait de l'enseigne, si je n'ai pas vu le mort, comme je vous l'ai dit, avec des yeux si gros et si ardents qu'on aurait dit deux grands flambeaux. »

Le commandant de la troupe et la commandante de la maison étaient tous deux arrivés sur ces entrefaites; le premier, éveillé à ce moment et ayant entendu la sentinelle faire feu, avait estimé de son devoir de se lever immédiatement, encore qu'il ne craignît pas grand mal; quant aux appréhensions de la seconde, elles étaient beaucoup plus vives, car elle redoutait que ses cuillers et ses pots ne fussent en marche sans avoir reçu d'elle aucun ordre en ce sens.

Notre pauvre sentinelle, à qui la vue de cet officier n'était pas plus agréable que l'apparition qui, à son idée, s'était présentée devant elle, raconta derechef l'horrible histoire, non sans ajouter encore beaucoup de sang et de feu; mais elle eut l'infortune de n'obtenir aucun crédit auprès des deux personnes sus-mentionnées : car l'officier, bien que fort pieux, était exempt de toutes terreurs de ce genre; et d'ailleurs, ayant si récemment quitté Jones dans l'état que nous avons vu, il ne croyait aucunement à sa mort. Quant à l'hôtesse, bien que n'étant pas par trop religieuse, elle n'éprouvait aucune aversion pour la doctrine des esprits; mais il y avait dans le récit une circonstance qu'elle savait bien être fausse, comme nous en informerons bientôt le lecteur.

Mais, que Northerton eût été emporté dans le tonnerre ou dans le feu ou de quelque autre manière qu'il fût parti, il était à présent certain que son corps n'était plus en détention. A cette occasion, le lieutenant arriva à une conclusion assez semblable à celle que le sergent avait déjà exprimée, et il donna immédiatement ordre d'arrêter la sentinelle. De sorte que, par un étrange revers de fortune (encore que pas trop rare dans la vie militaire), le gardien devint le gardé.

CHAPITRE XV

Conclusion de l'aventure précédente.

Si le lieutenant soupçonnait la pauvre sentinelle de s'être endormie, ce n'était pas là son seul doute, et il lui prêtait un autre méfait plus grave, celui de trahison; car, ne croyant pas un mot de cette apparition, il s'imaginait que toute l'histoire n'était qu'une invention destinée uniquement à le tromper et qu'en réalité l'homme avait été soudoyé par Northerton pour le laisser échapper. Et cela d'autant plus que la peur lui paraissait moins naturelle chez un soldat qui avait la réputation d'être l'un des plus braves et des plus hardis du régiment, ayant été engagé dans plusieurs combats, ayant reçu plusieurs blessures, bref, s'étant toujours conduit auparavant en bon et vaillant soldat.

Afin, par conséquent, que le lecteur ne se fasse pas une mauvaise opinion d'un tel personnage, nous n'attendrons pas un instant pour laver son honneur de cette imputation de culpabilité.

M. Northerton donc était, comme nous l'avons fait observer, pleinement satisfait de la gloire qu'il s'était acquise par son action. Peut-être avait-il vu, entendu ou deviné que l'envie accompagne souvent la renommée; non que je veuille insinuer qu'il avait une inclination païenne à croire à la déesse Némésis ou à l'adorer; car, en fait, je suis bien sûr qu'il n'avait jamais entendu ce nom. Il était d'ailleurs d'une nature active et il avait une grande antipathie pour ces étroits quartiers du château de Gloucester, pour lesquels un juge de paix pourrait bien lui donner un billet. Il n'était pas non plus exempt de méditations gênantes sur certain édifice de bois que je m'abstiendrai de nommer, conformément à l'opinion des hommes, qui, je trouve, devraient plutôt honorer ce bâtiment qu'en avoir honte, puisqu'il est, ou pourrait être si on le voulait, de plus de profit pour la société que presque toute autre construction. Bref, il est inutile de suggérer d'autres causes à sa conduite : M. Northerton était désireux de partir ce soir-là, et il ne lui restait qu'à inventer le *quomodo,* ce qui paraissait offrir quelque difficulté.

Or, ce jeune homme, bien que de moralité un peu tortueuse, était parfaitement droit de sa personne, qu'il avait extrêmement robuste et bien faite. Sa figure aussi passait pour belle aux yeux de la généralité des femmes, car elle était large et colorée, avec les dents assez bonnes. De pareils attraits ne manquèrent pas de faire impression sur mon hôtesse, qui ne goûtait pas peu ce genre de beauté. Elle éprouvait, en fait, une réelle compassion pour le jeune homme; et, apprenant du chirurgien que les choses tourneraient sans doute mal pour le volontaire, elle se douta qu'elles pourraient bien par la suite ne pas revêtir un aspect trop favorable pour l'enseigne. Ayant donc obtenu l'autorisation de lui rendre visite et le trouvant dans une disposition fort mélancolique, qu'elle accrut considérablement en lui disant qu'il y avait bien peu d'espoir de sauver le volontaire, elle se mit à lancer quelques sous-entendus, que l'autre saisit avec promptitude et empressement, et ils ne furent pas longs à s'entendre. Il fut convenu finalement que l'enseigne, à un certain signal, grimperait dans la cheminée, qui communiquait très vite avec celle de la cuisine, par laquelle il pourrait redescendre quand l'hôtesse lui en aurait offert l'occasion en veillant à ce que le champ fût libre.

Mais, de crainte que nos lecteurs, d'un caractère différent, ne saisissent cette occasion de condamner trop rapidement toute compassion comme une folie, pernicieuse à la société, nous croyons bon de mentionner un autre détail qui pouvait avoir sa petite part dans cette affaire. L'enseigne se trouvait avoir, à ce moment, en sa possession une somme de cinquante livres, qui, en vérité, appartenait à toute la compagnie; car le capitaine, s'étant querellé avec son lieutenant, avait confié à l'enseigne le paiement de la solde. Cet argent, cependant, il jugea bon de le déposer entre les mains de mon hôtesse, peut-être en manière de caution ou de garantie qu'il se présenterait par la suite pour répondre aux charges portées contre lui; mais, quelles que fussent les conditions, il est certain qu'elle eut l'argent et l'enseigne sa liberté.

Le lecteur s'attendra peut-être, vu le caractère compatissant de cette brave femme, qu'en voyant la pauvre sentinelle appréhendée pour un fait dont elle le savait innocent, elle intervint immédiatement en sa faveur; mais, soit qu'elle eût déjà épuisé toute sa compassion dans la circonstance sus-mentionnée, soit que les traits de l'homme, quoique assez peu différents de ceux de l'enseigne, ne suffissent pas à l'éveiller, loin de se faire l'avocate du nouveau prisonnier, elle insista sur sa culpabilité auprès de son officier, déclarant, les yeux et les mains levés au ciel, que pour rien au monde elle ne voudrait avoir la moindre part à l'évasion d'un meurtrier.

Tout était maintenant rentré dans le calme et la plupart des gens avaient regagné leur lit; mais l'hôtesse, soit à cause de l'activité naturelle à son caractère, soit à cause de ses craintes pour son argenterie, n'avait aucune envie de dormir et elle décida les officiers, puisqu'ils devaient se mettre en marche dans un peu plus d'une heure, à passer ce temps avec elle autour d'un bol de punch.

Jones était resté éveillé tout ce temps, et il avait entendu une bonne partie de tout l'affairement et le remue-ménage qui avaient eu lieu et dont il fut alors quelque peu curieux de connaître les détails. Il se tourna donc vers sa sonnette, qu'il tira au moins vingt fois sans résultat : car la gaieté de notre hôtesse au milieu de sa compagnie avait atteint un tel paroxysme que nul autre clapet que le sien ne pouvait se faire entendre; quant au garçon et à la servante, qui veillaient ensemble dans la cuisine (car ils n'auraient osé rester ni lui debout, ni elle couchée, seuls), plus ils entendaient résonner la sonnette, plus ils étaient effrayés et, pour ainsi dire, cloués à leur place.

Enfin, une heureuse suspension des bavardages permit au son d'arriver aux oreilles de notre bonne hôtesse, qui lança des appels auxquels les deux domestiques répondirent aussitôt.

— Joe, dit la maîtresse, n'entendez-vous donc pas la sonnette du monsieur ? Pourquoi ne montez-vous pas ?

— Ce n'est pas mon service de m'occuper des chambres, répondit le garçon; c'est l'affaire de Betty, la femme de chambre.

— Si vous allez par là, répondit la servante, ce n'est pas mon rôle de servir les messieurs. Je l'ai fait quelquefois, peut-être; mais que le diable m'emporte si je le fais jamais plus, puisque vous en prenez prétexte.

La sonnette continuant à retentir avec violence, leur maîtresse s'emporta et jura que, si le garçon ne montait pas immédiatement, elle le mettrait à la porte le matin même.

— Si vous le faites, Madame, dit-il, je n'y puis rien. Je ne ferai pas le travail de quelqu'un d'autre.

Elle s'adressa alors à la servante et tenta de la persuader par la douceur; mais tout fut inutile : Betty resta aussi inflexible que Joe. Tous deux maintinrent que ce n'était pas leur travail et qu'ils ne voulaient pas le faire.

Le lieutenant se mit alors à rire et dit : « Allons, je vais mettre fin à cette dispute. » Puis, se tournant vers les domestiques, il les loua de leur fermeté à ne pas vouloir renoncer à leurs points de vue respectifs; mais, ajouta-t-il, il était sûr que si l'un consentait à y aller, l'autre en ferait autant. Proposition à laquelle ils se rallièrent tous deux à l'instant, et, en conséquence, ils montèrent tendrement serrés l'un contre l'autre. Quand ils furent partis, le lieutenant apaisa la colère de l'hôtesse en lui expliquant pourquoi ils répugnaient tous deux à aller seuls.

Ils revinrent bientôt et informèrent leur maîtresse que

le malade était si loin d'être mort qu'il parlait d'aussi bon cœur que s'il se portait bien : il présentait ses respects au capitaine et serait très heureux de le voir avant son départ.

Le bon lieutenant se rendit immédiatement à ses désirs et, s'asseyant à son chevet, lui rapporta la scène qui s'était déroulée en bas, non sans annoncer son intention de faire un exemple de la sentinelle.

Sur quoi, Jones lui raconta toute la vérité et le pria instamment de ne pas punir le pauvre soldat « qui, j'en suis convaincu, dit-il, est aussi innocent de l'évasion de l'enseigne, qu'il l'est d'avoir forgé un mensonge ou d'avoir tenté de vous en imposer ».

Le lieutenant hésita quelques instants, puis il répondit : « Eh bien, comme vous avez disculpé ce garçon d'une partie de ce qui lui est reproché, il sera impossible de prouver l'autre, étant donné qu'il n'était pas seul en faction. Mais j'ai bonne envie de punir le coquin pour sa poltronnerie. Et pourtant qui sait l'effet que peut produire la terreur dans un cas pareil ? Et, à vrai dire, il s'est toujours bien conduit devant l'ennemi. Allons, c'est une bonne chose de voir le moindre signe de religion chez ces gens-là ; aussi je vous promets de le libérer au moment du départ. Mais, écoutez ! on bat la générale. Mon cher garçon, embrassez-moi encore une fois. Ne vous agitez pas, ne vous pressez pas ; rappelez-vous que la doctrine chrétienne prêche la patience, et, je vous en réponds, vous serez bientôt en état de vous faire justice et de tirer une honorable vengeance de celui qui vous a insulté. »

Le lieutenant s'en fut alors, et Jones tenta de prendre quelque repos.

LIVRE VIII

CHAPITRE PREMIER

Chapitre étonnamment long concernant le merveilleux ; de beaucoup le plus long de tous nos chapitres liminaires.

Comme nous abordons maintenant un livre dans lequel le cours de notre histoire nous obligera à rapporter des faits d'une nature plus étrange et plus surprenante qu'aucun de ceux qui sont arrivés jusqu'à présent, il peut ne pas être hors de propos, dans le chapitre liminaire ou introductif, de dire quelque chose de ce genre d'écrits qu'on appelle le merveilleux. A celui-ci, nous tâcherons, aussi bien dans notre intérêt que dans celui des autres, d'assigner certaines limites, et assurément rien ne saurait être plus nécessaire, étant donné que les critiques* de caractères différents ont là-dessus tendance à se jeter dans des extrêmes très différents aussi; car, tandis que certains sont prêts à accorder, avec M. Dacier[1], qu'une chose impossible peut cependant être vraisemblable**, d'autres ont si peu de foi historique ou poétique qu'ils ne croient rien possible ou probable, dont ils ne trouvent l'équivalent dans leur propre observation.

En premier lieu, donc, je pense que l'on peut très raisonnablement exiger de tout écrivain qu'il se maintienne dans les limites du possible, et qu'il se rappelle encore que ce qu'il n'est pas possible à un homme de faire, il

* Par ce mot, nous entendons, ici et presque partout dans cet ouvrage, tous les lecteurs du monde. H. F.

** Il est heureux pour M. Dacier qu'il ne fût pas irlandais. H. F.

n'est guère possible à un homme de croire qu'il l'ait fait. Cette conviction a peut-être donné naissance à nombre d'histoires des anciennes divinités païennes (car la plupart sont d'origine poétique). Le poète, qui était désireux de s'abandonner aux extravagances d'une imagination capricieuse, trouva refuge dans cette faculté, de l'étendue de laquelle ses lecteurs n'étaient point juges ou plutôt qu'ils s'imaginaient infinie et dont, par conséquent, toutes les merveilles qu'on leur racontait ne pouvaient les choquer. Ceci a été allégué avec force pour défendre les miracles d'Homère; et peut-être est-ce une justification, non pas, comme le voudrait M. Pope, parce que Ulysse racontait toute une série de mensonges insensés aux Phéaciens, qui étaient un peuple fort lourd, mais parce que le poète lui-même écrivait pour des païens, qui recevaient ces fables poétiques comme articles de foi. Pour ma part, je dois l'avouer, je suis de caractère si compatissant que je souhaiterais que Polyphème s'en fût tenu à son régime lacté et eût conservé son œil; et Ulysse ne put avoir plus de peine que moi lorsque ses compagnons furent changés en pourceaux par Circé, qui par la suite montra, je pense, trop de considération pour la chair d'homme pour qu'on la supposât capable de la convertir en lard fumé. Je voudrais aussi de tout mon cœur qu'Homère eût pu connaître la règle prescrite par Horace[1] de n'introduire les agents surnaturels que le plus rarement possible. On n'aurait pas vu alors ses dieux venir à toutes occasions, même les plus ordinaires, et se comporter souvent de façon non seulement à perdre tout titre au respect, mais à devenir des objets de mépris et de dérision : conduite de nature à heurter la crédulité d'un païen pieux et perspicace, et qui ne pouvait se défendre autrement qu'en admettant une supposition à laquelle j'ai parfois été enclin, à savoir que ce très glorieux poète (car il le fut sans nul doute) avait pour dessein de tourner en ridicule la foi superstitieuse de son époque et de son pays.

Mais je me suis arrêté trop longuement sur une doctrine qui ne peut être d'aucune utilité à un écrivain chrétien; car, étant donné qu'il ne peut introduire dans son ouvrage aucun membre des célestes phalanges qui font partie de sa foi, c'est une affreuse puérilité que d'aller chercher dans la théologie païenne quelqu'une de ces divinités depuis longtemps détrônées de leur immortalité. Lord Shaftesbury[1] fait remarquer que rien n'est plus froid que l'invocation d'une muse par un moderne; il aurait pu ajouter que rien n'est plus absurde. Un moderne peut, avec bien plus d'élégance, invoquer une ballade, comme d'aucuns ont pensé qu'avait fait Homère, ou un pot d'ale avec l'auteur de *Hudibras*[2]; breuvage qui a peut-être inspiré beaucoup plus de poésie, ainsi que de prose, que toutes les eaux de l'Hippocrène et de l'Hélicon[3].

Les seuls agents surnaturels qui nous soient en aucune manière permis à nous autres modernes, ce sont les esprits; mais de ceux-ci, je conseillerais à tout auteur de se montrer extrêmement ménager. Il convient en effet, comme pour l'arsenic et autres dangereuses drogues de la médecine, d'en user avec la plus grande prudence; et je suggérerais d'en bannir totalement l'emploi dans les ouvrages ou par les auteurs pour lesquels tout gros rire du lecteur représenterait un grand préjudice ou une grande mortification.

Quant aux fées, aux lutins et autres mômeries, j'omets volontairement d'en parler, car je m'en voudrais beaucoup de renfermer dans des limites quelconques ces imaginations surprenantes, pour la vaste capacité desquelles les bornes de la nature humaine sont trop étroites, dont on doit considérer les travaux comme une nouvelle création et qui ont le droit, par conséquent, de disposer comme ils l'entendent de ce qui est tout à eux.

L'homme est donc le sujet le plus élevé (sauf en certaines circonstances vraiment extraordinaires) qui s'offre à la plume de notre historien ou de notre poète; et, en rapportant ses actions, il faut avoir grand soin de ne pas excéder la capacité de l'agent que l'on décrit.

Et le possible ne suffit pas, seul, à nous justifier : il nous faut aussi observer les lois de la vraisemblance. C'est, me semble-t-il, l'opinion d'Aristote; ou, en tout cas, c'est celle de certain sage, dont l'autorité aura autant de poids quand elle aura autant d'âge, « que la réalité du fait n'excuse aucunement un poète de raconter une chose incroyable ». Si l'on peut considérer que cela est vrai en ce qui concerne la poésie, on estimera peut-être impossible de l'étendre à l'historien, celui-ci étant obligé de relater les faits tels qu'il les trouve, même s'ils sont de nature assez extraordinaire pour exiger une bonne dose de foi historique pour les avaler. Tel était le vain armement de Xerxès décrit par Hérodote ou l'heureuse expédition d'Alexandre rapportée par Arrien. Telle fut, plus récemment, la victoire d'Azincourt remportée par Henri V ou celle de Narva gagnée par Charles XII de Suède. Tous exemples qui, à mesure qu'on y réfléchit davantage, n'en paraissent que plus étonnants.

De tels faits, cependant, qui se produisent au fil de l'Histoire, que dis-je ? qui en constituent la partie essentielle, l'historien est non seulement justifié à les rapporter tels qu'ils se sont passés, mais il serait même impardonnable de les omettre ou de les altérer. Il en est d'autres, cependant, moins importants et moins nécessaires, qui, si bien certifiés qu'ils soient, peuvent néanmoins être sacrifiés à l'oubli pour se plier au scepticisme du lecteur. Telle est la mémorable histoire du fantôme de Georges Villiers, dont il eût été plus à propos de faire cadeau au docteur Drelincourt pour tenir compagnie au fantôme de Mme Veale en tête de son *Discours sur la mort,* que de l'introduire dans un ouvrage aussi grave que l'*Histoire de la rébellion*[1].

A vrai dire, si l'historien veut se limiter à ce qui est réellement arrivé et rejeter entièrement toute circonstance dont il est bien sûr qu'elle est fausse en dépit de tous les témoignages, il tombera parfois dans le merveilleux, mais jamais dans l'incroyable. Il suscitera souvent l'émerveillement ou la surprise de son lecteur, mais jamais cette haine incrédule dont parle Horace[2]. C'est donc en tombant dans la fiction que nous enfreignons généralement cette règle de la vraisemblance que l'historien n'abandonne que rarement, s'il l'abandonne jamais, sans renoncer à son caractère et devenir auteur de roman. En cela, cependant, les historiens qui relatent les affaires publiques ont l'avantage sur nous autres, qui nous bornons aux scènes de la vie privée. Leur crédit est pour longtemps soutenu par la notoriété générale; et les archives publiques, appuyées du témoignage concordant de multiples auteurs, attestent leur véracité aux siècles futurs. Ainsi un Trajan et un Antonin, un Néron et un Caligula ont tous trouvé créance auprès de la postérité; et personne ne doute que des hommes si étonnamment bons et si étonnamment mauvais n'aient été jadis les maîtres de l'humanité.

Mais nous qui traitons des caractères privés, qui fouillons les retraites les plus cachées, qui tirons des exemples de vertu et de vice des trous et recoins du monde, nous nous trouvons dans une position plus dangereuse. N'ayant ni notoriété publique, ni témoignages concordants, ni archives pour appuyer et corroborer ce que nous produisons, il convient que nous restions dans les limites non seulement du possible, mais même de la vraisemblance; et ce surtout dans la peinture de ce qui est très bon et aimable. La fourberie et la folie, quelque excessives qu'elles soient, trouveront plus aisément créance; car la méchanceté prête grand appui et force à la foi.

Ainsi peut-on sans grand danger raconter l'histoire de Fisher, qui, après avoir longtemps dû son pain à la générosité de M. Derby et avoir reçu un matin de ses mains un don considérable, voulut s'approprier ce qui restait dans le secrétaire de son ami et se cacha dans un bureau public du Temple, par lequel on pouvait accéder aux appartements de M. Derby. De là, il entendit pendant plusieurs heures M. Derby se délasser à une réception qu'il offrait ce soir à ses amis et à laquelle Fisher avait été invité. Durant tout ce temps, ni l'affection ni la reconnaissance ne lui inspirèrent de réflexions capables de l'arrêter dans son dessein; et quand le malheureux eut reconduit ses invités par le bureau, Fisher sortit vivement de sa cachette, suivit doucement son ami dans son appartement et lui tira un coup de pistolet dans la tête.

Cela, on pourra le croire encore quand les os du criminel seront aussi pourris que son cœur. Peut-être même admettra-t-on que le scélérat se rendit deux jours plus tard avec de jeunes dames à une représentation d'*Hamlet,* et qu'il entendit sans changer de visage l'une d'elles, qui ne se doutait point qu'elle était si près du personnage, s'écrier : « Mon Dieu ! si l'assassin de M. Derby se trouvait ici ! » témoignant ainsi d'une conscience plus desséchée et plus insensible que celle de Néron même, dont Suétone nous dit « qu'après la mort de sa mère, le sentiment de son crime lui devint aussitôt intolérable et le demeura; et que toutes les félicitations des soldats, du Sénat et du peuple ne purent apaiser les affres de sa conscience ».

Mais, d'autre part, si je disais à mon lecteur que j'ai

connu un homme dont le pénétrant génie lui avait permis d'amasser une grosse fortune par des voies où nul ne lui avait tracé d'itinéraire; qu'il le fit sans la plus petite atteinte à son intégrité et non seulement sans le moindre tort ou injustice envers quiconque, mais pour le plus grand avantage du commerce et en apportant un important accroissement au revenu public; qu'il consacra une partie du revenu de cette fortune à révéler un goût exceptionnel dans des ouvrages où la plus haute dignité s'alliait à la plus pure simplicité, et une autre à déployer une bonté supérieure à celle de tous dans des actes de charité envers des personnes dont la seule recommandation était leurs mérites ou leurs besoins; qu'il montra le plus grand zèle à rechercher le mérite dans la détresse, la plus grande ardeur à le soulager, puis le plus grand soin (peut-être même trop grand) à cacher ce qu'il avait fait; que sa maison, son ameublement, ses jardins, sa table, son hospitalité privée et sa bienfaisance publique, tout montrait l'âme qui en était à l'origine, tout était intrinsèquement riche et noble, sans clinquant, sans ostentation extérieure; qu'il remplit tous les devoirs de la vie avec une vertu adéquate; qu'il montra la plus fervente piété envers son Créateur, la loyauté la plus zélée envers son souverain; qu'il fut le plus tendre des maris, bon parent, mécène généreux, ami constant et chaleureux, d'une compagnie intelligente et gaie, indulgent envers ses serviteurs, hospitalier envers ses voisins, charitable envers les pauvres, bienveillant envers tous les hommes. Si j'ajoutais à toutes ces épithètes celles de sage, de brave, d'élégant et, en fait, toutes les autres épithètes aimables qui existent dans notre langue, je pourrais sûrement dire :

> *...Quis credet ! nemo Hercule ! nemo ;*
> *Vel duo, vel nemo* ;[1]

et pourtant je connais un homme qui est tout ce que j'ai dépeint là[2]. Mais un seul exemple (et je n'en connais vraiment pas d'autre) ne suffit pas à nous justifier, alors que nous écrivons pour des milliers de gens qui n'ont jamais entendu parler de cet homme ni de rien qui lui ressemble. De telles *rarae aves* devraient être laissées à l'auteur d'épitaphes ou à quelque poète qui condescendra peut-être à les caser dans un distique ou à les glisser d'un air négligent dans un vers, sans choquer ainsi le lecteur.

Enfin, non seulement les actions devraient être de nature à figurer dans le registre des possibilités humaines et telles qu'on puisse les attribuer à des agents humains, mais il faut encore que les acteurs et les personnages eux-mêmes puissent les avoir accomplies avec vraisemblance; car ce qui peut n'être qu'étonnant chez l'un peut devenir invraisemblable ou même impossible quand il s'agit d'un autre.

Cette dernière condition est ce que les critiques dramatiques appellent conformité des rôles; et elle exige un degré extraordinaire de jugement et une connaissance très précise de la nature humaine.

Un excellent écrivain a fort admirablement fait remarquer que le zèle ne peut pas plus pousser un homme à agir en opposition directe avec ce zèle même qu'un fleuve rapide ne peut emporter une barque contre son propre courant. J'oserai dire que, pour un homme, agir en contradiction directe avec les exigences de sa nature est, sinon impossible, tout au moins aussi improbable et miraculeux que tout ce que l'on pourrait bien imaginer. Que les plus belles parties de l'histoire de M. Antonin soient attribuées à Néron ou que les pires épisodes de la vie de Néron soient imputés à Antonin, qu'est-ce donc qui heurterait plus toute créance que l'un ou l'autre de ces exemples ? alors que tous deux, si on les rapporte à leur promoteur réel, constituent le vrai merveilleux.

Nos modernes auteurs de comédies sont presque tous tombés dans l'erreur à laquelle nous faisons allusion : leurs héros sont en général d'insignes fripons et leurs héroïnes d'affreuses drôlesses durant les quatre premiers actes; mais au cinquième, les premiers deviennent de fort dignes messieurs, et les secondes, des femmes vertueuses et réservées; et il est bien rare que l'auteur soit assez bon pour se donner la peine de concilier ou expliquer ces changements et ces inconséquences monstrueuses. Il n'y a d'ailleurs pas d'autre raison à en donner que la pièce tire à sa fin; comme s'il n'était pas moins naturel à un scélérat de se repentir au dernier acte d'une pièce qu'au dernier de sa vie, ce que nous voyons être généralement le cas à Tyburn[1], endroit sur lequel pourraient certes se clore fort justement certaines comédies, dont les héros se distinguent communément par ces talents mêmes qui non seulement conduisent les hommes au gibet, mais leur permettent de faire une figure héroïque une fois qu'ils y sont.

Sauf ces quelques restrictions, je pense qu'il doit être permis à tout écrivain de donner autant qu'il veut dans le merveilleux; je dirais même que, s'il se tient ainsi dans les bornes de la crédibilité, plus il pourra surprendre le lecteur, plus il fixera son attention et le charmera. Comme le note un génie des plus éminents au cinquième chapitre de son *Bathos*[1], « le grand art de toute poésie est de mêler vérité et fiction de façon à joindre le croyable au surprenant ».

Car, si tout bon auteur se cantonnera dans les limites de la vraisemblance, il n'est nullement nécessaire que ses personnages ou ses événements soient banaux, ordinaires ou vulgaires, tels qu'on en rencontre dans chaque rue ou dans chaque maison, ou qu'on en puisse lire dans les journaux aux nouvelles de l'intérieur. Il ne doit pas non plus se trouver empêché de montrer maintes personnes ou choses qui peuvent n'être jamais venues à la connaissance d'une bonne partie de ses lecteurs. Si l'auteur observe strictement les règles énoncées ci-dessus, il a accompli sa tâche, et il a droit à quelque confiance de la part de son lecteur, qui se rend coupable de déloyauté critique s'il ne le croit pas.

En exemple du manque partiel d'une telle foi, je me rappelle qu'au théâtre le personnage d'une jeune dame de qualité fut condamné d'une voix unanime par un vaste auditoire de commis et d'apprentis comme n'étant pas naturel, alors qu'il avait précédemment obtenu les suffrages de nombreuses dames du plus haut rang, dont l'une, réputée pour son discernement, avait déclaré que c'était le portrait de la moitié des jeunes personnes de sa connaissance.

CHAPITRE II

Dans lequel l'hôtesse rend visite à M. Jones.

Après avoir pris congé de son ami le lieutenant, Jones tenta de fermer l'œil, mais en vain; il était trop animé, trop éveillé pour pouvoir s'assoupir. S'étant donc distrait ou plutôt tourmenté jusqu'à ce qu'il fît grand jour en pensant à sa Sophie, il appela pour avoir du thé; et, à cette occasion, mon hôtesse en personne daigna lui faire une visite.

C'était, en fait, la première fois qu'elle le voyait ou tout au moins qu'elle lui prêtait quelque attention; mais le lieutenant l'ayant assurée que c'était certainement un jeune homme de distinction, elle était à présent décidée à lui montrer tout le respect qu'elle pourrait; car, à vrai dire, c'était une de ces maisons où les gens de qualité, comme disent les annonces, reçoivent en échange de leur argent un traitement fort honnête.

A peine eut-elle commencé à lui faire son thé, qu'elle se mit aussi à discourir : « Mon Dieu, Monsieur, dit-elle, c'est grand'pitié, je trouve, qu'un si joli jeune monsieur se mésestime au point de s'associer à cette soldatesque. Ils se donnent pour des messieurs, bien sûr; mais, comme disait mon premier mari, ils ne devraient pas oublier que c'est nous qui les payons. Et, vraiment, il est bien dur d'être obligés de les payer, et de les entretenir par-dessus le marché, aubergistes que nous sommes. J'en avais vingt hier soir, sans compter les officiers; et, pour ce qu'il en est, j'aime encore mieux les soldats que les officiers, car y a jamais rien d'assez bon pour ces beaux cavaliers; et, pour sûr, si vous voyiez leur note, eh bien, Monsieur, c'est rien du tout. J'ai moins de mal, je vous assure, avec un bon squire et sa famille, à qui on prend quarante ou cinquante shillings la nuit, plus les chevaux. Et cependant, je vous le dis, y a probablement pas un de ces officiers qui se considère pas comme l'égal d'un squire de cinq cents livres de rente. Pour sûr, ça m'avance bien d'entendre leurs hommes leur courir après en criant : Votre Honneur, Votre Honneur ! Je vous en ficherai de ces Honneurs avec un ordinaire à un shilling par tête ! Et puis, y a tant de jurements chez eux, que ça me fait frémir : je crois que rien ne peut réussir avec de pareils mécréants. Et voilà-t-il pas qu'y en a un qui vous a traité de si barbare façon ? J'aurais cru que les autres allaient s'assurer de lui; mais ils sont tous de mèche; car, si vous aviez été en danger de mort, et je suis bien heureuse que ce ne soit pas le cas, ç'aurait été tout de même pour tous ces méchants. Ils auraient laissé échapper l'assassin. Que le bon Dieu ait pitié d'eux; je ne voudrais pas, pour tout l'or du monde, avoir pareil péché sur la conscience. Mais, quoique, avec la bénédiction de Dieu, vous deviez vraisemblablement vous remettre, y a encore la loi qui le guette; et si vous voulez confier vos intérêts au procureur Small, je veux bien être pendue s'il vous le fait pas fuir du pays — s'il a pas déjà filé avant, parce que des gens comme ça, c'est là un jour, et le lendemain, pfuitt ! J'espère, tout de même, que vous retrouverez le sens commun pour l'avenir et que vous retournerez auprès des vôtres. Je suis bien sûre qu'ils se lamentent de votre départ, et si seulement ils apprenaient ce qui s'est passé... mon Dieu ! pour rien au monde je ne voudrais qu'ils le sachent. Allons, allons, on sait bien de quoi il s'agit; mais si une ne veut pas, y en a d'autres qui voudront bien; un joli jeune homme comme vous ne sera jamais en peine d'une dame. Pour sûr qu'à votre place, j'aimerais mieux voir pendre la plus belle, plutôt que de me faire soldat à cause d'elle. Voyons, ne rougissez pas comme ça (il le faisait, en effet, à un degré extrême). Eh oui, vous pensiez, Monsieur, que je ne savais rien, j'en suis sûre, de votre affaire avec Mlle Sophie.

— Comment ! dit Jones, sursautant, vous connaissez ma Sophie ?

— Si je la connais ! Allons donc, c'est bien souvent qu'elle a couché dans cette maison.

— Avec sa tante, je suppose, dit Jones.

— Eh, nous y voilà, s'écria l'hôtesse. Oui, oui, oui, je connais fort bien la vieille dame. Et c'est une bien charmante jeune fille que Mlle Sophie; pour ça, c'est bien vrai,

— Une charmante jeune fille, s'écria Jones, ah, Dieu du Ciel !

> Si on peint les anges beaux, c'est pour lui ressembler.
> Il y a en elle tout ce que nous croyons des cieux,
> Clarté, pureté, loyauté éblouissantes,
> Joie éternelle, immortel amour.

Et aurais-je jamais pu imaginer que vous connaissiez ma Sophie !

— Je voudrais, dit l'hôtesse, que vous en sachiez à moitié autant d'elle. Qu'est-ce que vous n'auriez donné pour être assis à côté de son lit ? Quel cou délicieux ! Ses membres ravissants se sont étendus dans ce lit même où vous voilà.

— Ici ! s'écria Jones. Sophie a-t-elle donc couché ici ?

— Oui, oui, dit l'hôtesse, là même, dans ce lit, ou je souhaiterais que vous l'eussiez en ce moment; et elle aussi peut-être, pour autant que je sache, car elle m'a mentionné votre nom.

— Ah ! s'écria-t-il, a-t-elle donc jamais parlé de son pauvre Jones ? Allons donc, vous me flattez; c'est plus que je n'en puis croire.

— Eh bien, répondit-elle, sur le salut de mon âme, et que le diable m'emporte si je dis une syllabe qui ne soit la vérité, je l'ai entendue parler de M. Jones; de façon honnête et pudique, je dois le dire; mais je pouvais bien voir qu'elle en pensait bien plus long qu'elle n'en disait.

— Ah, ma chère dame ! s'écria Jones, jamais je ne serai digne des pensées qu'elle m'accorde. Ah, elle est toute douceur, toute bonté, toute bienveillance ! Comment un pendard tel que moi a-t-il pu venir au monde pour causer à son tendre cœur un instant d'inquiétude ? Quelle malédiction s'étend sur moi, qui affronterais tous les fléaux et tous les supplices que jamais démon inventa pour le genre humain, pour lui faire le moindre bien; que dis-je, la torture même ne me serait pas une souffrance, pour peu que je la sache heureuse.

— Allons, écoutez-moi donc, dit l'hôtesse; j'y ai dit que vous étiez un amoureux fidèle.

— Mais de grâce, Madame, où et quand avez-vous pu entendre parler de moi ? Je ne suis jamais venu ici, et je ne me rappelle pas vous avoir jamais vue.

— Et vous ne le pourriez certes pas, répondit-elle,

car vous étiez bien petit quand je vous tenais sur mes genoux chez le squire.

— Comment, chez le squire ? dit Jones. Connaîtriez-vous donc le bon, le généreux M. Allworthy ?

— Eh, que oui, dit-elle, qui donc dans le pays ne le connaît pas ?

— La renommée de sa bonté, bien sûr, répondit Jones, a dû s'étendre plus loin encore; mais Dieu seul peut le connaître, peut connaître cette bienveillance qu'il copia sur lui-même pour se faire représenter sur terre. Les hommes ignorent autant cette bonté divine qu'ils en sont indignes, encore que nul ne le soit autant que moi. Moi qui, élevé si haut par lui, recueilli, comme vous devez bien le savoir, comme misérable bâtard, adopté par lui et traité comme son propre fils, ai osé le désobliger par mes folies et attirer sur moi sa vengeance. Oui, je la mérite entière; car je ne serai jamais assez ingrat pour trouver qu'il a usé d'injustice envers moi. Non, je mérite bien d'avoir été chassé, comme je l'ai été. Et maintenant, Madame, ajouta-t-il, vous ne me reprocherez plus, je pense, de me faire soldat, surtout avec une fortune telle que celle-ci dans ma poche. »

Et, sur ces mots, il agita une bourse, dans laquelle il n'y avait pas grand'chose et qui parut à l'hôtesse en contenir encore moins.

Ma bonne hôtesse tomba de son haut, comme on dit, à ces paroles. Elle répondit froidement que les gens étaient les meilleurs juges, certes, de ce qui convenait à leurs propres circonstances.

— Mais, écoutez, dit-elle, il me semble que quelqu'un m'appelle. Voilà ! Voilà ! Ils ont tous le diable au corps; personne n'a d'oreilles. Il faut que je descende; si vous désirez quelque chose de plus, la servante montera. Voilà !

Sur ces mots, sans même prendre congé, elle se précipita hors de la pièce, car les gens les plus ordinaires sont très regardants quant aux marques de respect, et, s'ils se plaisent à accorder celles-ci gratis aux personnes de qualité, ils ne les confèrent jamais à ceux de leur propre classe sans s'assurer d'être bien payés de leur peine.

CHAPITRE III

Dans lequel le chirurgien fait sa seconde apparition.

AVANT d'aller plus loin, afin que le lecteur ne commette pas d'erreur en s'imaginant que l'hôtesse en savait plus qu'elle n'en connaissait en réalité et qu'il ne s'étonne pas qu'elle en sût autant, il sera peut-être bon de l'informer qu'elle avait appris du lieutenant que le nom de Sophie avait été l'occasion de la querelle; quant au reste de ses lumières, le lecteur sagace remarquera comment elle les avait obtenues dans la scène précédente. Une grande curiosité se mêlait, en fait, à ses vertus; et elle n'admettait jamais de bon gré que quelqu'un partît de chez elle, sans qu'elle eût obtenu tous les renseignements possibles sur son nom, sa famille et sa fortune.

A peine fut-elle sortie, que Jones, au lieu de la blâmer de sa conduite, se mit à penser qu'il se trouvait dans le lit même qu'on lui avait dit avoir contenu sa chère Sophie. Cela suscita en lui mille douces et tendres pensées, sur lesquelles nous nous étendrions plus longuement, si nous ne nous disions que les amoureux de cette sorte ne représentent qu'une partie minime de nos lecteurs. Ce fut en cette situation que le chirurgien le trouva quand il vint panser sa blessure. Le docteur ayant vu à l'examen que son pouls était désordonné et apprenant qu'il n'avait pas dormi le déclara en grand danger, car il craignait qu'une fièvre ne fût sur le point de se déclarer; il l'aurait bien prévenue par une saignée, mais Jones ne voulut pas se laisser faire, déclarant qu'il avait assez perdu de sang. « Et, Docteur, dit-il, si vous voulez bien panser ma tête, je ne doute pas d'être bien dans un jour ou deux.

— J'aimerais bien, répondit le chirurgien, pouvoir vous assurer que vous serez bien dans un mois ou deux. Eh, voyez-vous ça ! Non, non, on ne se remet pas si vite de semblables contusions; mais, Monsieur, je n'en suis pas venu jusqu'à ce jour pour qu'un malade m'instruise de ce que je dois faire, et j'exige d'opérer une révulsion avant de vous panser. »

Jones maintint obstinément son refus, et le docteur finit par s'incliner, non sans lui dire qu'il ne saurait répondre des funestes conséquences et qu'il espérait que le malade lui ferait la justice de reconnaître qu'il avait donné un avis contraire; ce qui fut promis.

Le médecin se retira dans la cuisine, où, s'adressant à l'hôtesse, il se plaignit amèrement du comportement difficile de son malade, qui ne voulait pas se laisser saigner bien qu'il eût la fièvre.

— C'est une fièvre dévorante, alors, dit l'hôtesse, car il a avalé à son petit déjeuner deux énormes rôties beurrées.

— Sans doute, dit le docteur; j'ai vu des gens manger alors qu'ils avaient la fièvre; c'est même très explicable; parce que l'acidité causée par la matière fébrile peut stimuler les nerfs du diaphragme et occasionner ainsi un désir irrésistible qu'il n'est pas facile de distinguer d'un appétit naturel; mais l'aliment ne sera pas assimilé, ni transformé en chyle, et ainsi il corrodera les orifices vasculaires — et les symptômes fébriles n'en seront qu'aggravés. En vérité, je crois ce monsieur dans une très mauvaise passe, et s'il n'est saigné, je crains bien qu'il ne meure.

— Chacun doit mourir un jour ou l'autre, répondit la bonne femme; ce n'est pas mon affaire. Tout ce que je demande, Docteur, c'est que vous ne me demandiez pas de le tenir pendant que vous le saignerez. Mais, écoutez donc que je vous dise un mot à l'oreille : je vous conseillerais, avant d'aller trop loin, de voir qui sera votre payeur.

— Mon payeur ! dit le docteur, ouvrant de grands yeux; n'est-ce donc pas un homme de qualité que j'ai entre les mains ?

— Je le croyais autant que vous, dit l'hôtesse; mais, comme disait mon premier mari, tout ce qui brille n'est pas or. C'est un sans-le-sou fini, je vous l'assure. Mais ne faites pas attention que je vous en aie dit quoi que ce soit; je trouve simplement que, dans les affaires, on doit se prévenir les uns les autres de ce genre de choses.

— Et dire, s'écria le médecin en colère, que j'ai laissé un pareil individu me donner des instructions ! Croit-on que je vais laisser insulter à ma pratique par quelqu'un qui ne me paiera pas ? Je suis heureux d'avoir fait cette découverte à temps. On va voir maintenant s'il aura sa saignée ou non !

Il grimpa aussitôt au premier et, ouvrant la porte de la chambre avec une extrême violence, éveilla le pauvre Jones d'un profond assoupissement où il était tombé et, qui pis est, d'un délicieux rêve concernant Sophie.

— Voulez-vous être saigné, oui ou non ? cria le docteur, furibond.

— Je vous ai déjà dit ma résolution, répondit Jones, et j'aurais bien voulu que vous en eussiez pris note, car vous venez de m'éveiller du plus doux sommeil de ma vie.

— Oui, oui, s'écria le docteur, plus d'un a passé dans son sommeil. Dormir n'est pas toujours bon, non plus que manger; mais, je vous le demande pour la dernière fois, notez-le : voulez-vous vous laisser saigner ?

— Et je vous réponds pour la dernière fois : non, dit Jones.

— Dans ce cas, je me lave les mains de votre sort, répliqua le docteur, et je vous prie de me payer de la peine que j'ai déjà prise. Deux déplacements à cinq shillings chaque, plus deux pansements à cinq shillings chaque et une demi-couronne pour la phlébotomie.

— J'espère, dit Jones, que vous n'avez pas l'intention de m'abandonner dans cet état.

— Certes si, répliqua l'autre.

— Dans ce cas, dit Jones, vous vous êtes conduit à mon égard comme un scélérat, et je ne vous paierai pas un farthing.

— Très bien, dit le docteur; mieux vaut s'en tenir à la première perte. L'hôtesse est folle de m'envoyer chercher pour de tels vagabonds !

Sur ces mots, il s'élança hors de la chambre, et son malade, s'étant retourné, retrouva bientôt le sommeil; mais son rêve était malheureusement bien parti.

CHAPITRE IV

Dans lequel paraît l'un des plus plaisants barbiers que l'histoire ait jamais inscrits sur ses registres, sans même excepter le barbier de Bagdad ni celui de Don Quichotte.

L'HORLOGE avait sonné cinq heures, quand Jones, qui en avait dormi sept, se réveilla tellement rafraîchi, en si bonne santé de corps et d'esprit, qu'il résolut de se lever et de s'habiller. Il ouvrit donc son portemanteau et en sortit du linge propre et des habits; mais, tout d'abord, il passa une robe de chambre et descendit à la cuisine pour y commander de quoi apaiser certains tumultes qu'il sentait s'élever dans son estomac.

Ayant rencontré l'hôtesse, il l'accosta fort civilement et lui demanda ce qu'il pourrait avoir pour dîner.

— Pour dîner ! dit-elle; c'est une drôle d'heure pour penser à dîner. Il n'y a rien de prêt dans la maison, et le feu est à peu près éteint.

— Bon, dit-il, mais il me faut quelque chose à manger; peu me chaut quoi, car, à vrai dire, je n'ai jamais eu plus faim de ma vie.

— Dans ce cas, dit-elle, je crois qu'il y a un morceau de culotte froide aux carottes qui vous conviendra.

— Parfait, répondit Jones; mais je vous serais obligé de me le faire passer à la poêle.

A quoi l'hôtesse consentit, disant avec un sourire qu'elle était heureuse de le voir si bien remis, car la douceur de caractère de notre héros était à peu près irrésistible; elle n'était d'ailleurs pas si méchante au fond, mais elle aimait tant l'argent qu'elle détestait tout ce qui avait un reflet de pauvreté.

Jones remonta alors s'habiller tandis que l'on préparait son dîner, et, conformément à ses ordres, un barbier vint lui donner ses soins.

Ce barbier, que l'on appelait Petit Benjamin, était un garçon de dispositions assez originales, à qui ses facéties avaient souvent valu de petits inconvénients, tels que gifles, coups de pied au derrière, fractures des os, etc.

Car tout le monde ne comprend pas la plaisanterie; et ceux qui l'entendent sont souvent mécontents d'en être eux-mêmes le sujet. Mais c'était chez lui un vice incurable; et, bien qu'il lui en eût souvent cuit, s'il avait l'idée d'une plaisanterie, on pouvait être sûr qu'il la lancerait, sans aucun égard aux personnes, au temps ou au lieu.

Son caractère comportait encore bien d'autres particularités, dont je ne parlerai pas, vu que le lecteur les remarquera fort aisément quand il fera plus ample connaissance avec ce personnage extraordinaire.

Jones, qui, pour une raison facile à imaginer, était impatient d'être habillé, trouva que le barbier n'en finissait pas de préparer sa mousse de savon, et il le pria de se dépêcher. À quoi l'autre répondit avec beaucoup de gravité, car il ne bougeait jamais sous aucun prétexte les muscles de son visage : « *Festina lentè*[1] est un proverbe que j'ai appris bien avant de toucher un rasoir.

— Je vois, mon ami, que vous avez du savoir, répliqua Jones.

— Oh, bien peu, dit le barbier; *non omnia possumus omnes*[2].

— Encore ! dit Jones; vous devez être habile au jeu des citations[3], j'imagine.

— Excusez-moi, Monsieur, dit le barbier; *non tanto me dignor honore*[4]. »

Puis, passant à son opération, il reprit : « Monsieur, depuis que je travaille dans le savon, je n'ai jamais pu trouver que deux raisons de se raser : l'une est de faire pousser sa barbe, et l'autre de s'en débarrasser. Je conjecture, Monsieur, qu'il ne doit pas y avoir bien longtemps que vous vous êtes rasé pour le premier de ces motifs. Ma parole, vous avez obtenu de bons résultats; car on peut dire de votre barbe qu'elle est *tondenti gravior*[5].

— Je conjecture, moi, dit Jones, que tu es un garçon bien comique.

— Vous vous trompez grandement sur mon compte, Monsieur, dit le barbier. Je suis trop adonné à l'étude de la philosophie; *hinc illae lacrymae*[6], Monsieur; c'est là mon malheur. Trop d'instruction a été ma ruine.

— En vérité, mon ami, dit Jones, j'avoue que vous possédez plus d'instruction qu'il n'est habituel dans votre métier; mais je ne vois pas en quoi cela a pu vous nuire.

— Hélas ! Monsieur, répondit le barbier, mon père m'a déshérité à cause d'elle. Il était maître de danse; et, parce que j'ai su lire avant de savoir danser, il m'a pris en aversion et a laissé jusqu'au dernier farthing à ses autres enfants... Pour les tempes, vous plaît-il... Ah, mon Dieu ! Je vous demande pardon, j'imagine que voilà un *hiatus in manuscriptis*[1]. J'avais entendu dire que vous alliez à la guerre; mais je vois que c'est une erreur.

— Qu'est-ce qui vous le fait croire, demanda Jones.

— Certainement, Monsieur, répondit le barbier, vous êtes trop sage pour y porter une tête brisée : ce serait comme de porter de l'eau à la rivière !

— Ma parole, s'écria Jones, tu es un drôle de gaillard, et ton humour me plaît extrêmement; je serai très heureux si tu veux venir après le dîner boire un verre de vin avec moi; j'ai grande envie de mieux te connaître.

— Eh, mon cher Monsieur ! dit le barbier, je puis vous être d'un service vingt fois plus grand, si vous le voulez bien.

— Comment donc, mon ami ? demanda Jones.

— Mais en buvant une bouteille entière avec vous, si cela vous convient; car j'aime infiniment un bon naturel. Et, de même que vous avez découvert que j'étais un garçon comique, il faudrait que je n'entende rien à la physionomie pour ne pas voir que vous avez un des meilleurs caractères de l'univers. »

Jones, sa toilette bien soignée, descendit, et peut-être le bel Adonis ne faisait-il pas plus belle figure. Mais celle-ci n'exerça aucun charme sur l'hôtesse : car la bonne femme ne ressemblait pas plus à Vénus dans son goût que dans sa personne. Il eût été bien heureux pour Nanette, la femme de chambre, qu'elle eût vu des mêmes yeux que sa maîtresse, car, en cinq minutes, cette pauvre fille tomba si éperdument amoureuse de Jones que sa passion devait par la suite lui coûter bien des soupirs. Cette Nanette était extrêmement jolie, et à peu près aussi réservée; car elle avait refusé un garçon de cabaret et un ou deux jeunes fermiers du voisinage; mais les beaux yeux de notre héros fondirent incontinent toute la glace de la jeune personne.

Quand Jones revint à la cuisine, son couvert n'était

pas encore mis; et il n'y avait aucune raison qu'il le fût, son dîner étant resté *in statu quo*[1], de même que le feu qui devait l'apprêter. Cette déception eût pu mettre en colère mainte humeur philosophique; mais elle n'eut pas cet effet sur Jones. Il se contenta de faire à l'hôtesse un doux reproche, disant que puisqu'il était si difficile de faire chauffer le bœuf, il le mangerait froid. Mais alors, la digne femme, que ce soit par compassion, par honte, ou pour tout autre motif, je ne saurais le dire, commença par gourmander à la ronde les domestiques de n'avoir point obéi aux ordres qu'elle n'avait jamais donnés; puis, ayant prescrit au garçon de mettre la nappe dans « le Soleil », elle se mit sérieusement à la besogne et l'eut bientôt terminée.

Ce Soleil, où Jones fut alors conduit, était en vérité nommé comme *lucus a non lucendo*[2]; car c'était une pièce dans laquelle le soleil n'avait à peu près jamais pénétré. C'était, en fait, la plus mauvaise de toute la maison; et il était heureux pour Jones qu'il en fût ainsi. Cependant, il avait pour lors trop faim pour y trouver à redire; mais, une fois son appétit satisfait, il ordonna au garçon de porter une bouteille de vin dans une meilleure chambre, non sans exprimer quelque ressentiment d'avoir été relégué dans un cachot.

Quelque temps après que le garçon eut exécuté ses ordres, parut le barbier, qui ne se serait pas permis de lui faire attendre si longtemps sa compagnie s'il n'était resté à la cuisine à écouter l'hôtesse. Celle-ci y distrayait un cercle qu'elle avait rassemblé autour d'elle en lui racontant l'histoire du pauvre Jones, histoire dont une partie lui venait de la bouche même de l'intéressé et l'autre était de son ingénieuse composition; car elle disait que c'était un pauvre enfant assisté, recueilli chez le squire Allworthy, où il avait été élevé comme apprenti, et d'où il venait de se faire chasser pour ses méfaits, en particulier pour avoir courtisé sa jeune maîtresse et sans doute volé dans la maison; car comment, autrement, se serait-il procuré le peu d'argent qu'il avait ?

— Et, ma foi ! voilà votre gentilhomme ! ajouta-t-elle.

— Un domestique du squire Allworthy ! dit le barbier; comment s'appelle-t-il ?

— Eh bien, il m'a dit qu'il se nommait Jones, répondit-elle; mais peut-être est-ce un faux nom. Et il m'a déclaré aussi que le squire l'avait élevé comme son propre fils, bien qu'il se soit querellé avec lui maintenant.

— S'il s'appelle Jones, il vous a raconté la vérité, dit le barbier; car j'ai des parents qui habitent par là; et certains disent même qu'il est son fils.

— Pourquoi donc ne porte-t-il pas le nom de son père ?

— Je n'en sais rien, dit le barbier; il y a bien des fils qui ne portent pas le nom de leur père.

— Or çà, dit l'hôtesse, si je croyais qu'il était le fils d'un gentilhomme, même bâtard, je me conduirais à tout hasard d'autre façon : nombreux sont ces bâtards qui deviennent de grands hommes, et, comme disait mon pauvre premier mari, n'offensez jamais un client qu'est gentilhomme.

CHAPITRE V

Dialogue entre M. Jones et le barbier.

CETTE conversation se tint en partie pendant que Jones était à dîner dans son cachot et en partie tandis qu'il attendait le barbier dans l'arrière-salle. Aussitôt qu'elle fut terminée, M. Benjamin vint, comme nous l'avons dit, le retrouver et fut fort civilement prié de s'asseoir. Jones remplit alors un verre de vin et but à sa santé, l'appelant *doctissime tonsorum*[1].

— *Ago tibi gratias, domine*[2], dit le barbier; puis, regardant fixement Jones, il ajouta avec beaucoup de gravité et un semblant de surprise, comme s'il se rappelait une figure déjà vue : Monsieur, puis-je me permettre de vous demander si votre nom n'est pas Jones ?

A quoi l'autre répondit que oui.

— *Proh deum atque hominum fidem*[3] ! dit le barbier; comme les choses sont bizarres ! Monsieur Jones, je suis votre très obéissant serviteur. Je vois que vous ne me reconnaissez pas, ce qui n'a rien d'extraordinaire, étant donné que vous ne m'avez vu qu'une fois, et encore étiez-vous très jeune. De grâce, Monsieur, comment se porte le bon squire Allworthy ? Comment va *ille optimus omnium patronus*[1] ?

— Je vois, dit Jones, que vous me connaissez en effet; mais, pour moi, je n'ai pas le même plaisir de vous reconnaître.

— Je n'en suis pas surpris, s'écria Benjamin; mais ce qui m'étonne, c'est de ne vous avoir pas remis plus tôt, car vous n'avez pas du tout changé. Et, de grâce, Monsieur, puis-je vous demander sans vous faire offense où vous allez ainsi ?

— Emplissez votre verre, monsieur le barbier, dit Jones, et ne posez plus de questions.

— Ah, Monsieur, répondit Benjamin, je ne voudrais pas être importun; et j'espère que vous ne me considérez pas comme un homme d'une curiosité impertinente, car c'est un défaut dont personne ne peut m'accuser. Mais je vous demande pardon, car, lorsqu'un gentilhomme comme vous voyage sans domestiques, on peut le supposer *in casu incognito,* comme on dit, et peut-être n'aurais-je pas dû mentionner votre nom.

— J'avoue, dit Jones, que je ne m'attendais pas à être si bien connu dans cette région; mais, pour des raisons particulières, je vous serai obligé de ne dire mon nom à personne jusqu'à ce que je sois parti.

— *Pauca verba*[2], répondit le barbier; et je souhaiterais que nul autre ici ne vous connût que moi-même, car certaines personnes ont des langues; mais je vous promets que je sais garder un secret. Mes ennemis veulent bien me reconnaître cette vertu.

— Elle ne caractérise pourtant pas votre profession, monsieur le barbier, répliqua Jones.

— Hélas, Monsieur, répondit Benjamin. *Non si male nunc et olim sic erit*[3]. Je ne suis pas né et je n'ai pas été élevé pour être barbier, je vous l'assure. J'ai passé la plupart de mon temps parmi les gens de qualité et, quoique ce soit moi-même qui le dise, je sais ce qui fait la distinction. Et si vous m'aviez jugé aussi digne de votre confiance que certaines autres personnes, je vous aurais montré que je sais mieux garder un secret. Je n'aurais pas vilipendé votre nom dans une cuisine publique; car, vraiment, Monsieur, d'aucuns en ont usé assez mal à votre égard : non contents de proclamer à la ronde ce que vous leur aviez dit d'une querelle entre vous et le squire Allworthy, ils ont ajouté des mensonges de leur cru, des choses que je savais être des mensonges.

— Vous me surprenez grandement, s'écria Jones.

— Parole d'honneur, Monsieur, répondit Benjamin, je vous dis la vérité, et je n'ai pas besoin d'ajouter que la personne était l'hôtesse. L'histoire m'a ému, je vous assure, et j'espère que tout cela est faux; car j'ai une grande considération pour vous, je vous le certifie, et cela depuis les marques de bon cœur que vous donnâtes à Georges le Noiraud, dont on a parlé dans tout le pays et au sujet de quoi j'ai reçu plus d'une lettre. En vérité, cela vous a fait aimer de tout le monde. Vous me pardonnerez donc, car c'est un réel souci de ce que j'avais entendu qui m'a poussé à ces questions; je n'ai aucune curiosité impertinente, mais j'aime la bonté de cœur, et de là procède *amoris abundantia erga te*[1].

Toute profession d'amitié trouve aisément créance auprès d'un malheureux; il n'est donc pas étonnant que Jones, qui, outre qu'il était malheureux, avait le cœur très ouvert, crût bien volontiers à toutes les déclarations de Benjamin et l'accueillît en ami. Les bribes de latin, que Benjamin appliquait parfois avec assez de propriété, si elles ne tenaient pas d'une bien profonde connaissance des lettres, semblaient toutefois indiquer une certaine supériorité sur les barbiers ordinaires, ainsi d'ailleurs que tout son comportement. Jones crut donc à la vérité de ce qu'il avait dit de son origine et de son éducation; et à la fin, après beaucoup d'instances, il dit : « Mon ami, puisque vous avez déjà tant entendu parler de mes affaires et que vous semblez si désireux de savoir la vérité, je vais tout vous raconter, si vous avez la patience de l'écouter.

— La patience ! s'écria Benjamin, pour ça, j'en aurais quelle que dût être la longueur du chapitre; et je vous suis fort obligé de l'honneur que vous me faites. »

Jones se mit alors à raconter toute l'histoire, n'omettant qu'une ou deux circonstances, à savoir tout ce qui s'était passé le jour où il s'était battu avec Thwackum; et il termina en disant sa résolution de s'embarquer jusqu'au moment où la rébellion dans le Nord l'avait fait changer de dessein et l'avait amené à l'endroit où il se trouvait pour lors.

Petit Benjamin, toute attention, n'interrompit pas une

fois le récit; mais, celui-ci terminé, il ne put se retenir de faire la remarque que les ennemis du jeune homme avaient certainement dû inventer et dire à M. Allworthy autre chose contre lui, sans quoi un homme si bon n'aurait jamais renvoyé d'une telle façon quelqu'un qu'il avait aimé si tendrement. A quoi Jones répondit qu'il ne doutait pas que l'on n'eût usé de tels vils artifices pour le perdre.

Et, sans nul doute, il n'était guère possible que quiconque ne fît la même remarque que le barbier, à qui Jones n'avait confié aucune des circonstances qui l'avaient fait condamner; car ses actions n'étaient plus alors placées dans le jour pernicieux sous lequel on les avait fallacieusement présentées à Allworthy. Et il ne pouvait pas non plus mentionner toutes les fausses accusations qui avaient été de temps à autre portées contre lui auprès de M. Allworthy, puisque lui-même n'en connaissait aucune. De plus, comme nous l'avons fait observer, il avait omis maints faits matériels dans son récit, et, dans l'ensemble, tout apparaissait sous des couleurs qui lui étaient si favorables que la malignité même eût eu quelque peine à trouver de quoi le blâmer.

Ce n'est pas que Jones voulût cacher ou déguiser la vérité : il lui eût été bien plus pénible d'entendre blâmer M. Allworthy de l'avoir puni que lui-même des actes qui avaient entraîné cette punition. Mais ce fut en réalité ce qui arriva, et il en ira toujours de même; car, quelle que soit la loyauté d'un homme, l'exposé de sa propre conduite sera, malgré lui, si favorable que ses vices passeront purifiés par ses lèvres et, comme des liqueurs troubles filtrées, laisseront derrière leur impureté. Car bien que les faits eux-mêmes apparaissent, les motifs, les circonstances et les conséquences diffèrent à tel point quand un homme raconte sa propre histoire et quand c'est son ennemi qui la dit, que l'on ne reconnaît guère que ces faits sont les mêmes.

Le barbier avait bu tout le récit avec avidité, mais il n'était pas encore rassasié. Un détail était resté caché, après lequel soupirait sa curiosité, toute froide qu'elle était. Jones avait parlé de son amour et de sa rivalité avec Blifil, mais il avait prudemment tu le nom de la demoiselle. Le barbier donc, après quelque hésitation et bien des hum ! et des euh ! finit par demander la permission de s'enquérir du nom de la personne qui semblait être la cause principale de tout le mal. Jones garda un moment le silence, puis il dit : « Puisque je vous en ai tant confié et que, je le crains, son nom n'a déjà été que trop divulgué à cette occasion, je ne vous le cacherai pas. Elle s'appelle Sophie Western.

— *Proh deum atque hominum fidem !* Le squire Western a donc une fille qui est passée femme !

— Oui, s'écria Jones, et une femme qui n'a pas son égale au monde. Nul œil n'a jamais rien vu d'aussi beau; mais c'est là la moindre de ses qualités. Quelle intelligence ! Quelle bonté de cœur ! Ah, je pourrais la louer à l'infini et omettre encore la moitié de ses vertus !

— M. Western, une fille aussi grande ! s'écria le barbier; je me rappelle le père enfant; enfin... *Tempus edax rerum*[1]. »

Le vin étant épuisé, le barbier insista vivement pour faire venir une bouteille à son tour; mais Jones refusa absolument, disant qu'il avait déjà bu plus que de raison, et qu'il désirait maintenant se retirer dans sa chambre où il aurait bien voulu avoir un livre.

— Un livre ! s'écria Benjamin; quel genre de livre voudriez-vous ? Latin ou anglais ? J'en ai de curieux dans les deux langues : par exemple, *Erasmi colloquia, Ovide de tristibus, Gradus ad Parnassum ;* et en anglais, j'ai quelques-uns des meilleurs livres, encore que certains soient un peu déchirés, mais j'ai une grande partie des *Chroniques* de Stowe, le sixième volume de l'*Homère* de Pope, le troisième du *Spectateur,* le second de l'*Histoire romaine* d'Echard, *l'Artisan, Robinson Crusoé, Thomas à Kempis,* et deux volumes des œuvres de Tom Brown[2].

— Je n'ai jamais vu ces derniers, dit Jones; prêtez-m'en donc un, si vous le voulez bien.

Le barbier l'assura qu'il y trouverait un grand plaisir, car, pour sa part, il considérait l'auteur comme l'un des plus grands esprits que la nation eût produits. Il alla alors à sa maison, qui était tout à côté, et revint aussitôt. Enfin, après que le barbier eut reçu de Jones les plus expresses recommandations de silence et juré de l'observer de la façon la plus inviolable, ils se séparèrent, le premier pour rentrer chez lui et le second pour se retirer dans sa chambre.

CHAPITRE VI

Où l'on verra plus avant les talents de M. Benjamin et quel était ce personnage extraordinaire.

Au matin, Jones commença de ressentir quelque inquiétude de la désertion de son chirurgien, craignant qu'il n'y ait des inconvénients ou même du danger à laisser sa blessure sans nouveau pansement. Il demanda donc au garçon quels autres praticiens on pouvait trouver dans le voisinage. Il lui fut répondu qu'il y en avait un qui ne demeurait pas bien loin; mais on l'avait souvent vu refuser de s'intéresser à un malade quand un autre avait été appelé avant lui.

— Mais, Monsieur, dit le garçon, si vous voulez m'en croire, il n'est pas un homme dans le royaume qui puisse mieux faire votre affaire que le barbier qui était avec vous hier soir. Nous le considérons comme l'un des plus experts de la région en fait de taillades : quoiqu'il n'y ait que trois mois qu'il est ici, il a déjà fait plusieurs cures magnifiques.

Le garçon fut donc dépêché auprès de Petit Benjamin, qui, informé de la qualité en laquelle on le demandait, s'apprêta en conséquence et répondit à l'appel; mais avec un air et une mine si différents de ceux qu'il avait lorsqu'il portait sous le bras son plat à barbe que l'on avait peine à croire que ce fût la même personne.

— Ainsi, *tonsor,* dit Jones, je vois que vous avez plus d'un métier; comment se fait-il que vous ne me l'ayez pas dit hier soir ?

— La chirurgie, répondit Benjamin avec beaucoup de gravité, est une profession, et non un métier. Si je ne vous ai pas informé hier soir que je professais cet art, c'est que j'avais compris que vous étiez entre les mains d'un autre gentleman et que je n'aime pas m'immiscer dans les affaires d'un confrère. *Ars omnibus communis*[1]. Mais maintenant, Monsieur, s'il vous plaît, je vais examiner votre tête et quand j'aurai bien vu votre crâne, je vous donnerai mon opinion sur votre cas.

Jones n'avait pas grande confiance en ce nouveau professeur; il le laissa cependant enlever le bandage et regarder la blessure; ce que Benjamin n'eut pas plus tôt fait qu'il se mit à gémir et à hocher violemment la tête. Sur quoi Jones le pria avec humeur de ne pas faire l'imbécile, mais de lui dire dans quel état il le trouvait.

— Dois-je vous répondre en chirurgien ou en ami ? demanda Benjamin.

— En ami, et sérieusement, dit Jones.

— Eh bien, sur mon âme, s'écria Benjamin, il faudrait bien de l'habileté pour vous empêcher d'être bien après très peu de pansements; et si vous me permettez d'appliquer un baume de ma façon, je vous réponds du succès.

Jones consentit, et l'emplâtre fut appliqué.

— Voilà, Monsieur, dit Benjamin; et maintenant, je vais, si vous le voulez bien, reprendre ma personnalité précédente; mais un homme doit assumer une certaine dignité de maintien pour pratiquer ces opérations, sans quoi le monde ne se soumettrait pas à son traitement. Vous ne sauriez imaginer, Monsieur, l'importance que peut avoir un aspect grave pour un grave personnage. Un barbier peut vous faire rire, mais un chirurgien devrait plutôt vous faire pleurer.

— Monsieur le barbier, ou monsieur le chirurgien, ou monsieur le barbier-chirurgien, dit Jones...

— Oh, mon cher Monsieur, fit Benjamin, l'interrompant, *infandum, regina, jubes renovare dolorem*[1]. Vous me rappelez à l'esprit la cruelle séparation de ces deux confréries associées, au grand dam de toutes deux, comme il doit en être de toute séparation, conformément au vieil adage : *vis unita fortior*[2], que bon nombre de membres de l'une ou l'autre seraient certes capables d'expliquer. Quel coup ce fut pour moi, qui les unis en ma personne !

— Eh bien, par quelque nom qu'il vous plaise d'être appelé, poursuivit Jones, vous êtes certainement le garçon le plus singulier et le plus cocasse que j'aie jamais rencontré, et il doit y avoir quelque chose de bien surprenant dans votre histoire, que j'ai le droit d'entendre, vous l'avouerez.

— Oui, je l'avoue, répondit Benjamin, et je vous la raconterai bien volontiers quand vous aurez suffisamment de loisir, car, je vous le promets, il faudra un bon bout de temps.

Jones lui dit qu'il ne pourrait jamais disposer de plus de loisir qu'en ce moment.

— Dans ce cas, dit Benjamin, je vais vous obéir; mais tout d'abord, je vais fermer cette porte, afin que personne ne puisse nous interrompre.

Ce qu'il fit, puis, s'avançant vers Jones d'un air solennel, il dit : « Je dois commencer par vous informer, Monsieur, que vous êtes le plus grand ennemi que j'aie jamais eu. »

Jones fut quelque peu ébahi de cette déclaration soudaine : « Moi, votre ennemi, Monsieur ! » dit-il, d'un air où la sévérité se mêlait à la stupéfaction.

— Ne soyez pas fâché, dit Benjamin, car je vous assure bien que je ne le suis pas moi-même. Vous êtes parfaitement innocent de toute intention de me nuire, car vous étiez alors au berceau; mais toute cette énigme s'expliquera, je pense, dès que je vous aurai dit mon nom. N'avez-vous jamais entendu parler, Monsieur, d'un certain Partridge, qui eut l'honneur de passer pour votre père et le malheur de trouver sa ruine dans cet honneur ?

— J'ai certes entendu parler de ce Partridge, dit Jones, et je me suis toujours cru son fils.

— Eh bien, Monsieur, répondit Benjamin, je suis ce Partridge; mais je m'empresse de vous délier de tout devoir filial, car je vous assure que vous n'êtes aucunement mon fils.

— Comment ! répliqua Jones, est-il possible qu'un faux soupçon ait attiré sur vous toutes ces funestes conséquences dont je ne suis que trop informé ?

— C'est possible, s'écria Benjamin, puisqu'il en est ainsi; mais, quoiqu'il soit assez naturel aux hommes de haïr la cause, même innocente, de leurs souffrances, je suis d'un tempérament différent. Je vous ai aimé dès le moment où j'ai entendu parler de votre conduite à l'égard de Georges le Noiraud, comme je vous l'ai dit; et notre extraordinaire rencontre me convainc que vous êtes né pour me dédommager de tout ce que j'ai souffert de ce fait. D'ailleurs, j'ai rêvé, la nuit précédente, que je tombais par-dessus un tabouret, sans me faire de mal, ce qui montrait clairement que quelque chose de bon m'attendait; et, la nuit dernière, j'ai encore rêvé que j'étais monté en croupe derrière vous sur une jument d'un blanc de lait, ce qui est un rêve excellent et présage beaucoup de bonheur, que je suis résolu à poursuivre, à moins que vous n'ayez la cruauté de me repousser.

— Je serais très heureux, monsieur Partridge, répondit Jones, qu'il fût en mon pouvoir de vous dédommager de tout ce que vous avez souffert de mon fait, encore que je n'en voie guère la probabilité pour l'instant; je vous assure néanmoins que je ne vous refuserai rien qu'il soit en mon pouvoir de vous accorder.

— Oh, pour cela, c'est en votre pouvoir, répliqua Benjamin, car je ne vous demande que la permission de vous suivre dans cette expédition. Je l'ai même tellement à cœur que, si vous me le refusiez, vous tueriez d'un seul coup un barbier et un chirurgien.

Jones répondit en souriant qu'il serait désolé d'être cause d'un tel dommage pour le public. Puis il allégua maintes raisons de prudence pour dissuader Benjamin (que nous appellerons désormais Partridge) de son projet; mais tout fut inutile. Partridge avait toute confiance en son rêve de la jument d'un blanc de lait.

— D'ailleurs, Monsieur, dit-il, je vous garantis que j'ai autant d'ardeur pour la cause que quiconque; et je partirai, que vous m'admettiez en votre compagnie ou non.

Jones, qui était aussi content de Partridge que Partridge pouvait l'être de lui et qui, en l'engageant à rester, n'avait pas eu égard à sa propre inclination mais à l'intérêt de l'autre, finit par donner son consentement quand il vit son ami si résolu. Mais, après réflexion, il dit : « Peut-être pensez-vous, monsieur Partridge, que je serai en mesure de subvenir à vos besoins; mais en réalité je ne le suis pas. »

Puis, tirant sa bourse, il compta neuf guinées, qu'il déclara être toute sa fortune.

Partridge répondit qu'il ne comptait que sur ses bontés futures, car il était pleinement convaincu que Jones aurait, avant peu, suffisamment en son pouvoir. « Pour le moment, Monsieur, dit-il, il me semble que je suis le plus riche de nous deux; mais tout ce que j'ai est à votre service et à votre disposition. J'insiste pour que vous preniez le tout, et je ne demande à vous accompagner qu'en qualité de domestique : *Nil desperandum est Teucro duce et auspice Teucro*[1]. »

Mais pour ce qui était de cette offre généreuse concernant l'argent, Jones refusa catégoriquement de se soumettre.

Il avait été résolu de partir le lendemain matin, quand s'éleva une difficulté au sujet du bagage; car le portemanteau de M. Jones était trop grand pour être emporté sans cheval.

— Si je puis me permettre de donner mon avis, dit Partridge, mieux vaudrait laisser ici ce portemanteau et tout ce qu'il y a dedans, hormis quelques chemises. Je pourrai facilement les porter et le reste de vos vêtements sera très en sûreté, enfermé chez moi.

Cette manière de faire fut adoptée aussitôt que proposée; et le barbier s'en fut faire ses préparatifs pour l'expédition projetée.

CHAPITRE VII

Contenant de meilleures raisons de la conduite de Partridge qu'aucune de celles que l'on a déjà vues ; apologie de la faiblesse de Jones, et quelques nouvelles anecdotes concernant notre hôtesse.

Encore que Partridge fût parmi les plus superstitieux des hommes, peut-être n'eût-il guère désiré accompagner Jones dans son expédition du seul fait des présages fournis par le tabouret et la jument blanche, s'il avait eu pour unique perspective de partager le butin fait sur le champ de bataille. En vérité, quand il en était venu à méditer sur le récit de Jones, il n'avait pu se faire à l'idée que M. Allworthy eût chassé son fils (car il le croyait fermement son fils) pour aucune des raisons qu'il avait entendues. Il en conclut donc que tout n'était qu'invention et que Jones, dont ses correspondants lui avaient souvent décrit le caractère impétueux, s'était en réalité enfui de chez son père. Il se mit donc dans la tête que, s'il pouvait persuader le jeune homme d'y retourner, il rendrait ainsi à M. Allworthy un service qui effacerait tout son ancien courroux; il pensait d'ailleurs que ce courroux même avait été feint et que le squire l'avait sacrifié à sa propre réputation. Et il avait, en vérité, de bonnes raisons de le croire en se fondant sur la tendre conduite de cet excellent homme envers l'enfant trouvé, sur sa grande sévérité à l'égard de Partridge, qui, se sachant innocent, ne pouvait imaginer qu'un autre le crût coupable, et enfin sur l'allocation qu'il avait reçue en secret bien après que sa pension lui eut été publiquement retirée et qu'il considérait comme une sorte d'indemnité ou plutôt de réparation d'une injustice; car il est très rare, je crois, que les gens mettent les bienfaits qu'ils reçoivent au compte de la simple charité quand ils ont un prétexte à les imputer à tout autre motif. Si donc il pouvait, d'une façon ou d'une autre, persuader le jeune homme de rentrer chez lui, il ne doutait pas de rentrer en grâce auprès d'Allworthy et d'être bien récompensé de sa peine; et surtout il réintégrerait son pays natal, réintégration qu'Ulysse lui-même ne désira jamais plus ardemment que le pauvre Partridge.

Quant à Jones, il était bien convaincu de la vérité des assertions de l'autre et il ne lui prêtait d'autres mobiles que son amitié pour lui et son zèle pour la cause, manque de circonspection et de défiance de la véridicité d'autrui dont il était hautement blâmable. A vrai dire, il n'est que deux façons pour l'homme d'être doué de cette excellente qualité. La première vient d'une longue expérience, la seconde de la nature même; c'est cette dernière, je présume, que l'on entend souvent par génie ou grandes facultés naturelles et elle est de beaucoup la meilleure des deux, non seulement parce que nous la possédons bien plus tôt, mais aussi parce qu'elle est beaucoup plus infaillible et décisive; car un homme, même s'il a été abusé par un grand nombre de gens, peut encore espérer en trouver d'autres plus honnêtes, tandis que celui qui reçoit de l'intérieur certains avertissements nécessaires lui disant que c'est impossible aurait certes bien peu d'entendement s'il se mettait une fois dans le cas d'être trompé. Jones n'avait pas reçu ce don de la nature, et il était trop jeune pour l'avoir acquis par l'expérience : cette sage méfiance, en effet, quand il faut l'obtenir de cette façon, ne vous vient presque jamais qu'au soir de la vie; et c'est peut-être la raison pour laquelle certains vieillards sont portés à mépriser l'entendement de tous ceux qui sont un peu plus jeunes qu'eux.

Jones passa la plus grande partie de la journée en compagnie d'une nouvelle connaissance. Ce n'était autre que le maître du logis, ou plutôt le mari de la maîtresse. Il n'était descendu que depuis peu, après une longue attaque de goutte, maladie qui le tenait généralement à la chambre durant la moitié de l'année; pendant l'autre, il allait et venait dans la maison, fumait sa pipe et buvait sa bouteille avec ses amis, sans s'occuper d'affaires le moins du monde. Il avait été élevé en gentleman, comme on dit, c'est-à-dire à ne rien faire, et il avait dépensé à la chasse, aux courses de chevaux et aux combats de coqs une très petite fortune que lui avait laissée un oncle, fermier laborieux; notre hôtesse l'avait épousé dans certaines intentions, auxquelles il avait depuis longtemps cessé de répondre, ce pourquoi elle le haïssait cordialement. Mais comme c'était un homme assez bourru, elle se contentait de le harceler de comparaisons désavantageuses avec son premier mari, dont elle avait constamment les louanges à la bouche; et comme elle restait maîtresse de la majeure partie des bénéfices, elle avait consenti à assumer les soins et le gouvernement de la maison et, après de longs et vains efforts, à laisser son mari maître de lui-même.

Dans la soirée, quand Jones se fut retiré dans sa chambre, une petite dispute s'éleva à son sujet entre les deux tendres époux :

— Alors, dit la femme, vous avez bu avec ce monsieur, je vois !

— Oui, répondit le mari, nous avons vidé une bouteille ensemble. C'est un homme très bien et il ne se connaît pas mal en chevaux. Évidemment, il est jeune et n'a pas encore beaucoup vu le monde, car je crois qu'il a été à très peu de courses.

— Aha ! c'est donc quelqu'un de ton espèce ? répliqua la dame; ce doit être un gentleman, bien sûr, s'il aime les courses de chevaux. Que le diable emporte tous ceux de cette distinction-là ! Je voudrais bien n'en avoir jamais rencontré un seul, je t'assure. J'ai de bonnes raisons d'aimer les amateurs de courses, en vérité !

— Certainement, dit le mari, car j'en ai été, tu sais.

— Oui-da, répondit-elle, un pur amateur, certes. Comme disait mon premier mari, je pourrais mettre dans mes yeux tout le bien que tu m'as jamais rapporté, sans y voir plus mal pour cela.

— Le diable soit de ton premier mari ! s'écria-t-il.

— Ne voue pas au diable un homme qui valait mieux que toi; s'il vivait, tu ne l'oserais.

— Ainsi, répliqua-t-il, tu me crois moins courageux que toi, car c'est souvent que je t'ai entendue toi-même l'envoyer au diable.

— Si je l'ai fait, dit-elle, je m'en suis repentie maintes et maintes fois. Et s'il était assez bon pour me pardonner un mot lancé à l'étourdie, ce n'est pas à un homme comme vous qu'il convient de me narguer. Il fut un mari pour moi, lui; et si dans un mouvement de colère j'ai pu user d'un mot malveillant, je ne l'ai jamais traité de vaurien; ç'eût été mentir.

Elle en dit encore bien davantage, mais pas devant lui; car, ayant allumé sa pipe, il était parti aussi vite que lui permettait un pas mal assuré. Nous ne transcrirons donc pas le reste du discours, qui touchait de plus près encore un sujet trop inconvenant pour trouver place dans cette histoire.

Le lendemain matin, de bonne heure, Partridge parut au pied du lit de Jones, tout équipé pour le voyage et havresac au dos. Ce havresac était de sa propre fabrication; car, outre ses autres métiers, il n'était pas mauvais tailleur. Il y avait déjà placé tout son linge, consistant en quatre chemises, auxquelles il en ajouta alors huit pour M. Jones; puis, ayant rempli le portemanteau, il l'emportait chez lui, quand il fut arrêté en chemin par l'hôtesse, qui refusa de laisser rien enlever avant que le compte fût réglé.

L'hôtesse était, comme nous l'avons dit, maîtresse absolue de ces lieux; il fallait donc bien se plier à ses lois. La note fut bientôt établie, et elle se montait à une beaucoup plus grosse somme que n'aurait pu le laisser supposer la façon dont Jones avait été traité. Mais ici, nous devons révéler certaines maximes que les aubergistes tiennent pour les grands arcanes de leur métier. La première est, s'ils ont chez eux quelque chose de bon (ce qui, en fait, arrive très rarement), de ne l'offrir qu'aux personnes qui voyagent en grand équipage. Deuxièmement, demander pour les plus mauvaises provisions le même prix que si c'étaient les meilleures. Et enfin, si un de leurs hôtes ne commande que peu de chose, lui faire payer un prix double pour tout ce qu'il prend, de façon que le total par tête soit à peu près le même.

La note faite et acquittée, Jones se mit en route avec Partridge, qui portait son havresac, et l'hôtesse ne daigna même pas lui souhaiter un bon voyage, car son auberge était, paraît-il, fréquentée par les personnes de condition; et, je ne sais d'où cela vient, mais tous ceux qui tirent leur subsistance des personnes de condition, contractent autant d'insolence envers le reste du genre humain que s'ils appartenaient réellement eux-mêmes à ce rang.

CHAPITRE VIII

Jones arrive à Gloucester et se rend à la Cloche ; caractère de cette maison et d'un avocassier qu'il y rencontre.

MONSIEUR JONES et Partridge, ou Petit Benjamin (cette épithète de « petit » lui avait sans doute été appliquée par ironie, puisqu'il avait en réalité près de six pieds de haut), après avoir quitté leur dernier logis de la façon que nous avons vue, allèrent jusqu'à Gloucester sans rencontrer aucune aventure digne d'être relatée.

Arrivés là, ils choisirent pour leur hébergement l'auberge de la Cloche, excellente maison en vérité, que je recommande à tous ceux de mes lecteurs qui visiteraient cette antique cité. Le patron en est le frère du grand prédicateur Whitefield[1]; mais il n'est nullement contaminé par les principes pernicieux du méthodisme ou d'aucune autre secte hérétique. C'est, en fait, un brave homme tout simple, peu susceptible, à mon avis, de causer du trouble dans l'Église non plus que dans l'État. Sa femme a eu, je crois, de grandes prétentions à la beauté, et elle est encore très bien. Par sa personne et ses manières, elle eût pu faire brillante figure dans les meilleures assemblées; mais, toute consciente qu'elle doit être de cela et de bien d'autres qualités, elle semble parfaitement satisfaite ainsi ou résignée à la condition à laquelle elle est appelée. Et cette résignation est entièrement due à la prudence et à la sagesse de son caractère, car elle est à présent aussi exempte de toute idée méthodiste que son mari. Je dis à présent, car elle avoue franchement que les documents de son frère avaient d'abord fait sur elle quelque impression et qu'elle avait même fait les frais d'un long capuchon pour recevoir les émotions extraordinaires du Saint-Esprit; mais, au bout de trois semaines d'expérience, n'ayant ressenti, dit-elle, aucune émotion qui valût un farthing, elle avait fort sagement mis de côté son capuchon et abandonné la secte. Bref, c'est une bonne et aimable femme, et si empressée à vous obliger qu'il faudrait être d'humeur bien chagrine pour ne pas être extrêmement satisfait chez elle.

Mme Whitefield se trouvait dans la cour quand Jones et son valet y entrèrent. Sa sagacité ne tarda pas à découvrir dans la mine de notre héros quelque chose qui le distinguait du vulgaire. Elle ordonna donc à ses domestiques de le mener immédiatement à une chambre, et bientôt après l'invita à dîner avec elle, invitation qu'il accepta avec gratitude, car, à la vérité, une compagnie moins agréable que celle de Mme Whitefield et une chère bien moins bonne que celle à quoi elle avait pourvu eussent été bienvenues après un si long jeûne et une si longue marche.

Outre M. Jones et la bonne maîtresse de la demeure, prit place à la table un procureur de Salisbury, le même en fait qui avait apporté à M. Allworthy la nouvelle de la mort de Mme Blifil, et dont le nom, que je ne crois pas avoir donné auparavant, était Dowling; et il y avait aussi un autre personnage, qui se donnait pour homme de loi et qui habitait du côté de Linlinch, dans le Somersetshire. Cet homme, dis-je, se donnait pour homme de loi, mais n'était, en réalité, qu'un vulgaire avocassier, sans aucune intelligence ni savoir, un de ces gens que l'on peut appeler les porte-queue de la justice, sorte de surnuméraires dans la profession, qui sont comme les coursiers des procureurs et qui, pour une demi-couronne, font plus de milles qu'un messager ordinaire.

Pendant le dîner, l'homme de loi du Somersetshire se rappela la figure de Jones, qu'il avait vue chez M. Allworthy, car il avait souvent rendu visite à la cuisine de ce gentilhomme. Il saisit donc l'occasion de demander des nouvelles de cette digne famille avec une familiarité qui eût convenu à un ami ou une connaissance intime de M. Allworthy; et, en fait, il fit tout ce qui était en son pouvoir pour donner à entendre que c'était le cas, bien qu'il n'eût jamais eu l'honneur de parler à aucune personne de la maison plus haut placée que le maître d'hôtel. Jones répondit fort poliment à toutes les questions de l'avocassier, encore qu'il ne se souvînt pas de l'avoir jamais vu et que l'apparence extérieure et le comportement de l'homme lui fissent penser qu'il usurpait envers ses supérieurs des libertés auxquelles rien ne l'autorisait.

La conversation de gens de cette sorte étant de toutes la plus détestable pour un homme d'un tant soit peu de sens, la nappe ne fut pas plus tôt enlevée que M. Jones se retira et, non sans quelque cruauté, laissa la pauvre Mme Whitefield faire une pénitence que j'ai souvent entendu M. Timothée Harris et d'autres aubergistes de bon goût déplorer comme la part la plus dure de leur état, à savoir l'obligation de tenir compagnie à leurs hôtes.

Aussitôt que Jones eut quitté la pièce, l'avocassier demanda à voix basse à Mme Whitefield si elle savait qui était ce jeune galant. Elle répondit que c'était la première fois qu'elle voyait ce monsieur.

— Ce monsieur, vraiment ! répliqua l'autre; un beau monsieur, ma parole ! C'est le bâtard d'un individu qui a été pendu pour avoir volé des chevaux. On l'a déposé à la porte du squire Allworthy, où un des domestiques l'a trouvé dans une caisse si pleine d'eau de pluie qu'il eût certainement été noyé, s'il n'avait été réservé pour un autre trépas.

— Oui, oui, point n'est besoin de préciser, je vous le garantis : nous comprenons fort bien de quel trépas il s'agit, s'écria Dowling avec un ricanement ironique.

— Eh bien, poursuivit l'avocassier, le squire ordonna de le recueillir; car c'est un homme timoré, tout le monde sait cela, et il craignait de se mettre dans un mauvais pas. Là, le bâtard fut élevé, nourri et vêtu tout comme un gentilhomme; et là aussi, il fit un enfant à une des femmes de chambre et lui persuada de le jurer au squire lui-même; ensuite, il cassa le bras à un M. Thwackum, un ecclésiastique, simplement parce que celui-ci le blâmait de courir les filles; et après, il tira un coup de pistolet dans le dos de M. Blifil; et une fois que le squire Allworthy était malade, il prit un tambour et en battit dans toute la maison pour l'empêcher de dormir. Il a fait vingt autres fredaines encore, à la suite desquelles, il y a quatre ou cinq jours, juste avant que je quitte le pays, le squire a fini par le mettre tout nu et jeter à la porte.

— Et à juste titre, vraiment ! s'écria Dowling. Je mettrais mon propre fils à la porte, s'il en faisait seulement la moitié. Et, de grâce, quel est le nom de ce joli monsieur ?

— Son nom ? répondit l'avocassier, eh bien, il s'appelle Thomas Jones.

— Jones ! fit Dowling un peu vivement; comment, M. Jones qui vivait chez M. Allworthy ? Est-ce donc lui, le monsieur avec lequel nous avons dîné ?

— Lui-même, dit l'autre.

— J'ai souvent ouï parler de lui, déclara Dowling; mais je n'en ai jamais entendu dire de mal.

— Quant à moi, dit Mme Whitefield, j'estime que, si la moitié de ce qu'a dit monsieur est vrai, M. Jones possède la mine la plus trompeuse que j'aie jamais vue; car, sans nul doute, ses traits promettent quelque chose de bien différent; et je dois dire, d'après le peu que j'ai vu de lui, que c'est le plus poli et le mieux élevé des hommes.

L'avocassier, se rappelant qu'il n'avait pas prêté serment comme il était habituellement appelé à faire avant toute déposition, confirma alors ses déclarations par tant de jurements et d'imprécations que les oreilles de l'hôtesse en furent blessées, et elle mit un terme à cette assermentation en l'assurant qu'elle le croyait.

Sur quoi, il dit : « Vous pensez bien, Madame, je l'espère, que je m'en voudrais de dire pareilles choses de quiconque, si je ne les savais vraies. Quel intérêt aurais-je à perdre de réputation un homme qui ne m'a jamais fait de mal ? Je vous garantis que chaque syllabe de ce que j'ai dit est l'expression de la vérité et que tout le monde le sait. »

Comme Mme Whitefield n'avait aucune raison de soupçonner que l'avocassier eût un motif ou une tentation quelconque de médire de Jones, le lecteur ne saurait la blâmer d'avoir cru ce que l'autre affirmait avec tant d'assurance et de serments. Elle abandonna donc ses prétentions à la physiognomonie et conçut dès lors une si mauvaise opinion de son hôte qu'elle le souhaita de tout cœur hors de sa maison.

Cette aversion se trouva encore accrue par le rapport que fit M. Whitefield de ce qui s'était passé à la cuisine, où Partridge avait informé la compagnie que, bien qu'il portât le havresac et acceptât de rester avec les domestiques tandis que Tom Jones (comme il l'appelait) se régalait au salon, il n'était pas son valet, mais uniquement un ami et compagnon, tout aussi bon gentilhomme que M. Jones lui-même.

Dowling était resté tout ce temps silencieux, se mordant les doigts, faisant des grimaces et ricanant d'un air prodigieusement malin; il finit par ouvrir la bouche pour déclarer que ce monsieur paraissait être un homme d'autre sorte. Puis il demanda sa note en toute hâte, déclara qu'il lui fallait être à Hereford le soir même, gémit sur la grande presse de ses affaires et souhaita pouvoir se partager en vingt, de façon à être en vingt endroits à la fois.

L'avocassier s'en fut alors lui aussi, et Jones demanda à Mme Whitefield de lui faire la faveur de prendre une tasse de thé en sa compagnie; mais elle refusa, et d'une manière si différente de celle qu'elle avait eue pour le recevoir à dîner qu'il en fut quelque peu surpris. Et il ne tarda pas à constater que son comportement avait entièrement changé; car, au lieu de cette affabilité naturelle que nous avons célébrée, elle arborait une sévérité forcée qui fut si désagréable à M. Jones qu'il résolut, tout tard qu'il était, de quitter la maison le soir même.

Il y avait, en fait, quelque injustice dans l'explication qu'il se donna de ce brusque changement; car, outre certaines conjectures un peu dures et mal fondées sur l'humeur capricieuse et changeante des femmes, il commença de soupçonner qu'il devait ce manque de politesse à son propre manque de chevaux, sorte d'animaux qui, ne salissant point de draps, sont considérés dans les auberges comme payant mieux pour leur lit que leur propriétaire, et partant comme étant d'une compagnie plus désirable. Mais Mme Whitefield, il faut lui rendre justice, n'avait pas, de loin, l'esprit aussi étroit. Elle était parfaitement bien élevée, et savait être fort polie envers un monsieur, même s'il allait à pied. En réalité, elle tenait notre héros pour une triste canaille et le traitait en conséquence; ce pourquoi Jones lui-même, s'il en avait autant su que le lecteur, n'aurait pu la blâmer; il eût dû, au contraire, approuver sa conduite et ne l'estimer que davantage du fait de l'irrévérence qu'elle lui montrait. C'est bien là une conséquence encore aggravante de la calomnie; car un homme qui sait qu'il a mauvaise réputation ne peut à juste titre se fâcher contre ceux qui le négligent ou le traitent sans considération; il devrait plutôt mépriser ceux qui recherchent sa conversation, à moins qu'une parfaite intimité n'ait pu les convaincre que la réputation de leur ami a été faussement et injustement diffamée.

Mais ce n'était pas là le cas de Jones; car, complètement étranger à la vérité, il avait de bonnes raisons de s'offenser du traitement reçu. Il régla donc sa dépense et quitta les lieux, bien contre les vœux de M. Partridge, qui, après maintes protestations inutiles, consentit finalement à prendre son havresac et à suivre son ami.

CHAPITRE IX

Contenant plusieurs dialogues entre Jones et Partridge sur l'amour, le froid, la faim et autres sujets. Partridge a la chance de l'échapper belle au moment même où il va faire à son ami une révélation fatale.

Les ombres commençaient à s'allonger dans leur descente des hautes montagnes; la gent ailée s'abandonnait au repos. Les humains se mettaient à table, ceux de rang élevé pour le dîner et ceux d'un rang inférieur pour la soupe. En un mot, l'horloge sonnait cinq heures au moment où M. Jones prit congé de Gloucester; heure à laquelle (puisque c'était le milieu de l'hiver) les doigts sales de la Nuit auraient tiré son rideau de deuil sur l'univers, si la lune ne l'en avait empêché, qui, la face aussi large et aussi rubiconde que celle de certains joyeux mortels qui, comme elle, font de la nuit le jour, commençait de se lever du lit où elle avait passé la journée à dormir afin de veiller toute la nuit. Jones ne fit pas beaucoup de chemin avant de rendre hommage à cette belle planète, et, se tournant vers son compagnon, il lui demanda s'il avait jamais vu soirée si délicieuse. Partridge n'ayant montré aucune promptitude à répondre à sa question, il enchaîna en commentant la magnificence de la lune et en citant des passages de Milton, qui a certainement surpassé tous les autres poètes dans la description des célestes luminaires. Puis il raconta à Partridge l'histoire qu'il avait lue dans *le Spectateur* et dans laquelle deux amants étaient convenus d'avoir pour plaisir, lorsqu'ils seraient à une grande distance l'un de l'autre, de regarder la lune à une certaine heure et de se délecter à la pensée qu'ils étaient tous deux occupés à contempler en même temps le même objet.

— Ces amants, ajouta-t-il, devaient avoir des âmes vraiment capables de sentir toute la tendresse de la plus sublime de toutes les passions humaines.

— C'est bien probable, s'écria Partridge, mais je les envierais plus s'ils avaient des corps incapables de sentir le froid : je suis absolument gelé, et j'ai bien peur de perdre un bout de nez avant que nous n'atteignions un autre lieu d'hébergement. Vraiment, on peut bien s'attendre à être puni de la folie qu'il y a à s'enfuir ainsi la nuit d'une des meilleures auberges où j'aie jamais mis le pied. Je n'ai certainement jamais vu plus de bonnes choses, et le plus grand seigneur du royaume ne pourrait vivre mieux chez lui qu'il ne le ferait là. Et abandonner une pareille maison pour aller vagabonder dans la campagne, Dieu sait où, *per devia rura viarum*[1] ; je ne dis rien pour ma part, mais d'aucuns pourraient bien n'avoir pas assez de charité pour nous croire dans notre bon sens.

— Fi donc, monsieur Partridge ! dit Jones ; ayez un peu plus de courage : songez que vous allez affronter l'ennemi, et vous craignez d'affronter un peu de froid ! Je voudrais bien que nous eussions un guide pour nous indiquer laquelle de ces deux routes nous devrions prendre.

— Puis-je être assez hardi pour donner mon avis ? dit Partridge. *Interdum stultus opportuna loquitur*[2].

— Eh bien, fit Jones, laquelle conseilleriez-vous ?

— Aucune des deux, en vérité, répondit Partridge. La seule route dont nous soyons sûrs est celle par laquelle nous sommes venus. Un bon et robuste pas nous ramènera à Gloucester en une heure ; mais, si nous allons en avant, le diable sait quand nous arriverons quelque part ; car je vois au moins cinquante milles devant moi, et pas une maison nulle part.

— Vous distinguez, certes, une belle vue, dit Jones,

à laquelle l'extrême clarté de la lune n'est pas sans ajouter beaucoup de charme. Néanmoins, je vais prendre le chemin de gauche, puisqu'il paraît mener directement à ces collines, qu'on nous a dit n'être pas loin de Worcester. Et maintenant, si vous avez envie de me quitter, vous pouvez le faire et retourner sur vos pas; mais, pour ma part, je suis résolu à continuer.

— C'est mal me traiter, Monsieur, dit Partridge, que de me soupçonner de pareille intention. Ce que je conseillais était autant pour vous que pour moi; mais puisque vous êtes déterminé à aller de l'avant, je le suis tout autant à vous suivre. *I prae sequar te*[1].

Ils parcoururent alors plusieurs milles sans se parler, suspens durant lequel Jones soupira maintes fois et Benjamin gémit avec non moins d'amertume, encore que pour une raison bien différente. Enfin, Jones s'arrêta brusquement et, se retournant, s'écria : « Qui sait, Partridge, si la plus ravissante créature de l'univers n'a pas en ce moment les yeux fixés sur cette même lune que je vois là !

— C'est très probable, Monsieur, répondit Partridge; et si mes yeux étaient fixés sur un bon aloyau rôti, le diable pourrait bien emporter la lune et ses cornes par-dessus le marché.

— Tramontane fit-il jamais pareille réponse ? s'écria Jones. Dis-moi, Partridge, n'as-tu jamais été susceptible d'amour dans ta vie, ou bien le temps en a-t-il effacé toute trace dans ta mémoire ?

— Hélas ! fit Partridge, il eût été heureux pour moi de n'avoir jamais connu ce qu'était l'amour. *Infandum regina jubes renovare dolorem*[2]. J'ai goûté, pour sûr, toute la douceur, toutes les sublimités et toutes les amertumes de la passion.

— Votre maîtresse fut-elle donc cruelle ? dit Jones.

— Très cruelle, oui, Monsieur, répondit Partridge, car elle m'épousa et fit l'une des plus satanées femmes qui soient. Mais, Dieu soit loué, elle est morte; et si je la croyais dans la lune, selon ce que j'ai lu un jour dans un livre qui prétend que c'est le réceptacle des esprits disparus, je me garderais bien de regarder cet astre de peur de l'y voir. Mais je souhaiterais pour vous, Monsieur, que la lune fût un miroir et que Mlle Sophie Western se trouvât maintenant devant.

— Mon cher Partridge, s'écria Jones, quelle belle pensée vous avez eue là ! Une pensée qui certes ne pouvait germer que dans la tête d'un amant. Ah, Partridge ! si seulement je pouvais espérer revoir un jour ce visage ! mais, hélas ! tous ces songes dorés sont évanouis à jamais, et mon seul refuge contre la souffrance future est l'oubli de toute ma félicité passée.

— Et désespérez-vous vraiment de jamais revoir Mlle Western ? demanda Partridge; si vous voulez bien suivre mon avis, je vous promets que non seulement vous la verrez, mais que vous la tiendrez dans vos bras.

— Ah ! n'éveillez pas en moi d'idées de cette nature, s'écria Jones; j'ai déjà assez lutté pour étouffer de tels désirs.

— Allons ! répliqua Partridge; vous êtes un amoureux bien extraordinaire, si vous ne désirez pas tenir votre maîtresse dans vos bras !

— C'est bon, dit Jones, évitons ce sujet; mais quel est donc votre avis ?

— Eh bien, dit Partridge, puisque nous sommes soldats, employons le langage militaire : « demi-tour à droite ». Retournons en arrière; nous atteindrons Gloucester ce soir, quoique tard; alors que, si nous continuons, nous sommes exposés, pour autant que je puisse voir, à errer indéfiniment sans rencontrer ni maison ni logis.

— Je vous ai déjà dit ma résolution d'aller de l'avant, répondit Jones; mais j'aimerais que vous retourniez. Je vous suis obligé de m'avoir accompagné jusqu'ici, et je vous prie d'accepter une guinée en petit témoignage de ma reconnaissance. Il serait vraiment cruel à moi de vous laisser aller plus loin; car, à vous parler franchement, mon but principal et mes vœux sont une mort glorieuse au service de mon roi et de mon pays.

— Pour ce qui est de votre argent, répliqua Partridge, je vous demande instamment, Monsieur, de le remettre en poche. Je ne veux pas en accepter de vous maintenant; car, pour l'instant, je suis le plus riche de nous deux, je crois. Et si votre résolution est de continuer, la mienne est de vous suivre. Et même, il semble maintenant que ma présence soit absolument nécessaire pour prendre soin de vous, étant donné vos intentions désespérées; car mes vues sont beaucoup plus prudentes, je vous l'assure : si vous, vous êtes résolu à vous faire tuer dans la bataille, moi je le suis tout aussi fermement à n'encourir aucun mal, si la chose est possible. Et, en fait, j'ai le réconfort de penser qu'il n'y aura que peu de danger; car un prêtre papiste m'a dit l'autre jour que l'affaire était sur le point de se terminer et, pensait-il, sans combat.

— Un prêtre papiste, ai-je ouï dire, répliqua Jones, ne doit pas toujours être cru quand il parle pour sa religion.

— Oui, dit l'autre, mais loin de parler pour sa religion, celui-là m'a assuré que les catholiques ne s'attendaient pas à gagner au change, étant donné que le prince Charles est aussi bon protestant que quiconque en Angleterre et que seule la considération du droit a fait de lui et du reste du parti papiste des jacobites.

— Je crois autant à son protestantisme qu'à ses droits, dit Jones; et je ne doute pas de notre succès, mais pas sans combat. Ainsi, je ne suis pas aussi optimiste que votre ami le prêtre papiste.

— Eh, pour sûr, Monsieur, répondit Partridge, toutes les prophéties que j'ai lues parlent d'une grande quantité de sang répandu dans la querelle, et le meunier aux trois pouces, qui vit actuellement, doit tenir les chevaux de trois rois avec du sang jusqu'aux genoux. Que le Seigneur ait pitié de nous et nous envoie des jours meilleurs !

— De quelles stupidités as-tu été te farcir la tête ? répondit Jones; cela aussi vient du prêtre papiste, je suppose. Monstres et prodiges sont bien les arguments qui conviennent pour appuyer des doctrines monstrueuses et absurdes. La cause du roi Georges est celle de la liberté et de la vraie religion. Autrement dit, c'est la cause du sens commun, mon garçon, et je vous garantis la victoire, dût Briarée[1] en personne ressusciter avec ses cent pouces et devenir meunier. »

Partridge ne répliqua rien. La déclaration de Jones l'avait, en fait, jeté dans la plus extrême confusion. Car il faut que nous informions le lecteur d'un secret que nous n'avons pas eu l'occasion de lui révéler jusqu'à présent : Partridge était en réalité jacobite, et il avait conclu que Jones était du même parti et qu'il allait rejoindre les rebelles; opinion qui n'était pas sans fondement, car la grande femme aux longs flancs dont parle Hudibras, le monstre aux yeux, aux langues, aux bouches, aux oreilles sans nombre de Virgile, avait rapporté l'histoire de la querelle entre Jones et l'officier avec son respect habituel de la vérité. Elle avait, en fait, substitué au nom de Sophie celui du prétendant et raconté que c'était pour avoir porté sa santé que Jones avait été envoyé à terre. Partridge l'avait entendu dire et l'avait cru mordicus. Il n'est donc pas étonnant qu'il eût dès lors de Jones l'opinion que nous avons dite, et qu'il avait été sur le point de lui découvrir avant de s'apercevoir de sa méprise. Le lecteur sera d'autant moins enclin à s'en étonner, s'il veut bien se rappeler la phrase ambiguë par laquelle Jones avait fait part de sa résolution à Partridge; et, en vérité, même si ses mots avaient été moins équivoques, Partridge aurait encore fort bien pu les interpréter comme il l'avait fait, persuadé qu'il était que la nation entière avait les mêmes sentiments au cœur; et le fait que Jones voyageât en compagnie de soldats n'avait non plus rien pour l'ébranler, puisqu'il avait la même opinion de l'armée que du reste du peuple.

Mais quelque bien disposé qu'il pût être pour Jacques ou pour Charles, il était encore bien plus attaché à Petit Benjamin. Aussi, à peine eut-il découvert les principes de son compagnon de voyage, qu'il estima bon de cacher les siens et de les sacrifier extérieurement à l'homme sur lequel il comptait pour faire sa fortune, puisqu'il ne croyait aucunement les affaires de Jones auprès de M. Allworthy aussi désespérées qu'elles l'étaient en réalité : il avait, en effet, entretenu une correspondance constante avec certains de ses voisins depuis qu'il avait quitté le pays, et il avait beaucoup entendu parler, plus même que ne l'eût voulu la vérité, de la grande affection que M. Allworthy portait à ce jeune homme, dont, à ce qu'on avait donné à croire, il devait faire son héritier, et que, nous l'avons dit, Partridge croyait fermement être le fils du squire.

Il imaginait donc que, quelle que fût la querelle qui existait entre eux, il suffirait du retour de Jones pour en venir à bout, événement dont il se promettait de grands avantages, s'il pouvait saisir cette occasion de se faire bien venir du jeune homme; et il ne doutait pas, nous l'avons déjà dit, que s'il pouvait en aucune façon être l'instrument de ce retour, cela le mettrait tout autant en faveur auprès de M. Allworthy.

Nous avons déjà fait observer que c'était un homme d'un fort bon naturel, et il avait lui-même déclaré son vif attachement pour la personne et le caractère de Jones; mais peut-être les vues dont je viens de parler contribuaient-elles un peu à le pousser à entreprendre cette expédition, ou du moins à y persister après avoir découvert que son maître et lui-même, tels des pères et des fils prudents, tout en voyageant ensemble en toute amitié, avaient embrassé des partis opposés. Si j'émets cette conjecture, c'est que j'ai remarqué que, si l'amour, l'amitié, l'estime et autres sentiments de cet ordre exercent une puissante influence sur l'esprit humain, l'intérêt cependant est un élément qu'omettent rarement les gens sensés, quand ils veulent amener les autres à leurs fins. C'est, en effet, une excellente drogue, qui, tout comme la pilule de Ward[1], vole tout droit à la partie du corps sur laquelle on veut agir, que ce soit la langue, la main ou tout autre membre, où elle ne manque presque jamais de produire l'effet désiré.

CHAPITRE X

Dans lequel nos voyageurs ont une aventure très extraordinaire.

Juste au moment où Jones et son ami terminaient le dialogue que nous avons rapporté au chapitre précédent, ils arrivèrent au pied d'une montagne très escarpée. Jones s'arrêta court et, levant les yeux, resta un moment silencieux. Enfin, il interpella son compagnon et lui dit : « Partridge, je voudrais être en haut de cette montagne; elle doit certainement offrir une vue charmante, surtout à cette lumière; car la solennelle mélancolie que la lune projette sur toutes choses est belle au delà de toute expression, surtout pour une imagination désireuse de nourrir de tristes pensers.

— C'est bien probable, répondit Partridge; mais si le

haut de la montagne eſt le plus propre à susciter des idées mélancoliques, je suppose que le bas eſt le plus apte à en produire de gaies, et je considère celles-ci comme de beaucoup les meilleures. Je le déclare, vous m'avez glacé le sang rien qu'à parler du sommet de cette montagne, qui me paraît une des plus élevées qui soient au monde. Non, non, s'il nous faut chercher quelque chose, que ce soit un coin sous terre, pour nous protéger du gel.

— Faites, dit Jones; mais que ce soit à portée de voix d'ici, et je vous appellerai à mon retour.

— Sûrement, Monsieur, vous n'êtes pas fou, dit Partridge.

— Si fait, répliqua Jones, pour peu que ce soit de la folie de grimper au haut de cette montagne; mais, puisque vous vous plaignez déjà tant du froid, je préfère que vous reſtiez en bas. Je serai certainement revenu avant une heure.

— Excusez-moi, Monsieur, s'écria Partridge, j'ai décidé de vous suivre partout où vous irez. »

En fait, il avait peur de reſter en arrière; car, s'il était assez capon à tous égards, sa plus grande crainte était celle des fantômes, auxquels cette heure nocturne et la nature sauvage du lieu convenaient à merveille.

En cet inſtant, Partridge aperçut une lumière qui brillait à travers quelques arbres, dont elle ne paraissait pas éloignée. Il cria aussitôt avec ravissement : « Ah, Monsieur ! Le Ciel a enfin entendu mes prières, et il nous a conduits à une maison; peut-être eſt-ce une auberge. Je vous en supplie, Monsieur, si vous avez la moindre pitié pour moi comme pour vous, ne méprisez pas la bonté de la Providence, et dirigeons-nous sans détours vers cette lumière. Que ce soit une auberge ou non, je suis bien sûr que, si ce sont des chrétiens qui habitent là, ils ne refuseront pas une petite place à des personnes qui se trouvent dans notre misérable situation. »

Jones finit par céder aux ardentes supplications de Partridge, et tous deux se dirigèrent sans plus tarder vers l'endroit d'où venait la lumière.

Ils ne tardèrent pas à arriver à la porte de cette maison ou chaumière, car les deux noms lui convenaient aussi bien. Jones y frappa plusieurs fois sans recevoir aucune réponse de l'intérieur. Sur quoi, Partridge, dont la tête n'était pleine que de fantômes, de diables, de sorcières et autres êtres fantastiques, se mit à trembler et à crier : « Seigneur, aie pitié de nous ! Sûrement, ces gens doivent être tous morts. Voilà que je ne vois plus de lumière, et pourtant je suis certain d'avoir vu une chandelle qui brûlait il n'y a qu'un instant... Eh oui, j'ai entendu parler de choses semblables.

— De quoi donc as-tu entendu parler ? dit Jones. Ces gens dorment sans doute à poings fermés ou probablement, comme c'est un lieu solitaire, ils ont peur d'ouvrir leur porte. »

Il commença alors à crier assez fort, et à la fin une vieille femme ouvrit une croisée d'en haut et demanda qui ils étaient et ce qu'ils voulaient. Jones répondit qu'ils étaient des voyageurs égarés et qu'ayant vu une lumière à la fenêtre, ils étaient venus dans l'espoir de trouver du feu pour se réchauffer.

— Qui que vous soyez, cria la femme, vous n'avez rien à faire ici; et je n'ouvrirai la porte à personne à cette heure de la nuit.

Partridge, que le son d'une voix humaine avait remis de ses frayeurs, se lança dans les plus ardentes supplications pour qu'on l'admît quelques minutes seulement auprès du feu, disant qu'il était presque mort de froid; ce à quoi, en vérité, la peur avait autant contribué que la gelée. Il l'assura que le monsieur qui lui avait parlé était un des plus grands squires du pays; bref, il usa de tous les arguments, hormis un seul, que Jones ajouta ensuite avec succès : c'était la promesse d'une demi-couronne, tentation trop grande pour qu'une personne de cette espèce y résistât, d'autant plus que l'apparence de distinction de Jones, que la clarté de la lune lui dévoilait, ainsi que ses manières affables, avaient entièrement dissipé ses premières appréhensions que ce ne fussent des voleurs. Elle consentit donc enfin à les laisser entrer dans la maison, où Partridge, à sa grande joie, trouva un bon feu prêt à le recevoir.

A peine le pauvre garçon s'était-il réchauffé, cependant, que les pensées toujours prédominantes dans son esprit commencèrent à lui troubler un peu le cerveau. Il n'était pas d'article de sa foi en lequel il eût plus croyance qu'en la sorcellerie, et le lecteur ne saurait concevoir figure plus propre à inspirer cette idée que la vieille qui se trouvait alors devant lui. Elle répondait exactement au portrait tracé par Otway[1] dans son *Orpheline*. Certes, si cette femme avait vécu sous le règne de Jacques Ier, son seul aspect eût suffi à la faire pendre presque sans aucune preuve.

Bien d'autres circonstances concouraient à confirmer Partridge dans son opinion : en particulier, le fait qu'elle vécût seule, comme il se l'imaginait alors, dans un lieu si solitaire, et ce dans une maison dont l'extérieur paraissait beaucoup trop bon pour elle, et dont l'intérieur surtout était meublé avec goût de la manière la plus élégante. A vrai dire, Jones lui-même n'était pas peu surpris de ce qu'il voyait; car, outre l'extraordinaire propreté de la pièce, elle était ornée d'un grand nombre de bibelots et de curiosités, qui auraient bien pu susciter l'attention d'un connaisseur.

Tandis que Jones admirait ces objets et que Partridge tremblait sur sa chaise, fermement persuadé qu'il était dans la maison d'une sorcière, la vieille femme dit : « J'espère, Messieurs, que vous vous hâterez le plus que vous pourrez; car j'attends mon maître d'un moment à l'autre, et je ne voudrais pas, fût-ce pour le double d'argent, qu'il vous trouvât ici.

— Vous avez donc un maître ? s'écria Jones. En effet, vous m'excuserez, ma brave femme, mais j'étais surpris de voir toutes ces belles choses dans votre maison.

— Ah, Monsieur, dit-elle, si le vingtième de tout cela m'appartenait, je m'estimerais une femme riche. Mais, je vous en prie, Monsieur, ne restez plus longtemps, car je l'attends à chaque instant.

— Mais voyons ! dit Jones; il ne se fâcherait certainement pas contre vous pour avoir accompli un simple acte de charité.

— Hélas ! Monsieur, dit-elle, c'est un homme étrange, qui ne ressemble pas du tout aux autres gens. Il ne fréquente personne, et ne sort guère que la nuit, tant il désire ne pas être vu, et tous les gens du pays n'ont pas moins peur de le rencontrer, car sa mise suffirait à effrayer ceux qui n'y sont pas accoutumés. On l'appelle l'Homme de la Montagne (car c'est là qu'il se promène la nuit), et les gens du pays n'ont pas plus peur, je pense, du diable lui-même. Il serait terriblement en colère, s'il vous trouvait ici.

— Je vous en prie, Monsieur, dit Partridge, n'offensons pas ce monsieur; je suis prêt à marcher, et je n'ai jamais eu plus chaud de ma vie. Vraiment, Monsieur, je vous en prie, partons. Voilà des pistolets au-dessus de la cheminée : qui sait s'ils ne sont pas chargés, et ce qu'il peut en faire ?

— N'aie aucune crainte, Partridge, répliqua Jones, je te garantirai du danger.

— Oh, quant à cela, il ne fait jamais de mal, dit la femme; mais il est nécessaire qu'il ait des armes pour sa propre sécurité, bien sûr; car sa maison a été assiégée plus d'une fois et, il y a quelques nuits encore, nous avons cru entendre des voleurs alentour. Pour ma part, je me suis souvent étonnée qu'il ne soit pas assassiné par quelque scélérat tandis qu'il se promène tout seul à pareille heure; mais aussi, comme je l'ai dit, les gens ont peur de lui; et d'ailleurs, on pense probablement qu'il n'a rien sur lui qui vaille la peine d'être pris.

— A voir tous ces objets rares, dit Jones, je penserais que votre maître a beaucoup voyagé.

— Oui, Monsieur, beaucoup, répondit-elle; il y a peu de messieurs qui en sachent autant que lui en toutes matières. J'ai idée qu'il a dû avoir un amour contrarié, ou que ce soit pour toute autre raison que j'ignore, toujours est-il que, depuis plus de trente ans que je vis avec lui, je ne l'ai guère vu parler à plus de six personnes vivantes. »

Elle leur demanda alors à nouveau de partir, en quoi elle fut appuyée par Partridge; mais Jones, qui était fort curieux de voir ce personnage extraordinaire, faisait à dessein traîner les choses. Aussi, bien que la vieille terminât chacune de ses réponses en les priant de s'en aller et que Partridge fût allé jusqu'à le tirer par la manche, il inventa toujours de nouvelles questions jusqu'au moment où la vieille déclara avec le plus grand effroi qu'elle entendait le signal de son maître; et, au même instant, on entendit retentir au dehors plus d'une voix, criant : « Ventredieu ! Montre-nous ton argent, et vite. Ton argent, gredin, ou on te fait sauter la cervelle ! »

— Ah, mon Dieu ! s'écria la vieille, des bandits ont attaqué mon maître, pour sûr. Hélas ! que faire ? Que faire ?

— Comment ! Comment ! s'écria Jones. Ces pistolets sont-ils chargés ?

— Ah, mon bon monsieur, il n'y a rien dedans, certes. Ah, de grâce, ne nous assassinez pas, Messieurs ! (car, en vérité, elle avait à présent la même idée de ceux qui étaient dedans que de ceux qui étaient dehors). »

Jones ne répondit pas; mais, saisissant une vieille épée suspendue au mur, il fut aussitôt dehors, où il trouva le vieillard en train de se débattre contre deux bandits, dont il implorait la miséricorde. Sans poser de questions, Jones joua si activement de son épée que les deux vauriens lâchèrent immédiatement prise; et, sans même faire mine d'attaquer notre héros, prirent leurs jambes à leur cou et s'échappèrent, car il ne chercha pas à les poursuivre, satisfait qu'il était d'avoir délivré le vieux monsieur; et, en fait, il pouvait se dire qu'il leur avait bien réglé leur compte, car l'un et l'autre, tout en s'enfuyant, crièrent avec d'horribles jurons qu'ils étaient des hommes morts.

Jones courut alors relever le vieillard, qui avait été renversé dans la bousculade, non sans exprimer son anxiété qu'il n'eût été blessé par ces gredins. Le vieillard dévisagea un moment Jones, puis s'écria : « Non, Monsieur, non; je n'ai que fort peu de mal, je vous remercie. Le Seigneur ait pitié de moi !

— Je vois, Monsieur, dit Jones, que vous n'êtes pas sans appréhensions même à l'égard de ceux qui ont eu le bonheur de vous délivrer; et je ne saurais blâmer les soupçons qui peuvent être les vôtres; mais, en vérité, ils sont sans fondement : vous ne voyez ici que des amis. Nous étant égarés par cette froide nuit, nous avons pris la liberté de nous réchauffer à votre foyer, que nous étions sur le point de quitter quand nous vous avons entendu appeler un secours que, je dois le dire, la Providence seule semble vous avoir envoyé.

— La Providence, certes, s'écria le vieillard, s'il en est vraiment ainsi.

— Ce l'est, je vous assure, s'écria Jones. Voici votre propre épée, Monsieur; je m'en suis servi pour votre défense, et je la remets maintenant entre vos mains. »

Le vieillard, ayant reçu l'arme, qui était teinte du sang de ses ennemis, regarda fixement Jones durant quelques instants, puis s'écria avec un soupir : « Vous me pardonnerez, mon jeune monsieur; je n'ai pas toujours été d'un caractère soupçonneux, et je ne suis pas non plus porté à l'ingratitude.

— Que votre reconnaissance s'adresse donc à la Providence, à laquelle vous devez votre délivrance, dit Jones : pour ma part, je n'ai fait que m'acquitter d'un simple devoir d'humanité, et ce service, je l'aurais rendu à tout autre de mes semblables qui se serait trouvé dans votre situation.

— Permettez que je vous regarde encore un peu, s'écria le vieillard. Vous êtes donc une créature humaine ? Peut-être bien, après tout. Allons, entrez, je vous prie, dans ma petite cabane. Vous avez certes été mon sauveur. »

La vieille était déchirée entre la crainte qu'elle avait de son maître et celle qu'elle avait éprouvée pour lui; et Partridge était encore plus effrayé, s'il est possible. Mais lorsque la première entendit son maître parler aimablement à Jones et qu'elle se rendit compte de ce qui s'était passé, elle retrouva ses esprits; Partridge, au contraire, n'eut pas plus tôt vu le personnage, que l'étrangeté de son costume lui inspira une terreur plus grande encore que ne lui en avaient causée l'étrange description qu'il avait entendue ou le tumulte qui s'était produit à la porte.

A vrai dire, l'apparence du vieillard eût bien pu émouvoir une âme plus ferme que celle de M. Partridge. C'était un homme de la plus haute taille, avec une longue barbe d'un blanc de neige. Il avait le corps enveloppé d'une peau d'âne, taillée à peu près en forme d'habit. Il portait en outre des bottes et un chapeau faits de la peau de quelques autres animaux.

Aussitôt qu'il fut entré dans sa maison, la vieille se lança dans des congratulations sur l'heureuse façon dont il avait échappé aux bandits.

— Oui, dit-il, si je leur ai échappé, c'est bien grâce à mon sauveur.

— Ah, Dieu le bénisse ! répondit-elle; c'est un bon monsieur, j'en réponds. J'avais peur que Monsieur ne soit en colère contre moi pour l'avoir laissé entrer; et, pour sûr, je ne l'aurais pas fait, si je n'avais vu au clair de la lune que c'était un gentilhomme et qu'il était presque mort de froid. Et, pour sûr, ce doit être quelque bon ange qui l'a envoyé par ici et qui m'a poussé à lui ouvrir.

— Je crains, Monsieur, dit le vieillard à Jones, de n'avoir rien dans cette maison à vous offrir à boire ou à manger, à moins que vous ne vouliez accepter une goutte d'eau-de-vie : pour cela, j'en ai d'excellente, que je conserve depuis trente ans.

Jones déclina cette offre en termes fort polis et convenables, et l'autre lui demanda alors vers où il se dirigeait quand il s'était égaré, disant : « Je dois avouer ma surprise de voir une personne telle que vous paraissez être voyager à pied à cette heure de la nuit. Je suppose, Monsieur, que vous êtes de la région; car vous n'avez pas l'air de quelqu'un qui est habitué à voyager loin sans chevaux.

— Les apparences, s'écria Jones, sont souvent trompeuses; les gens ont souvent l'air de ce qu'ils ne sont pas. Je vous assure que je ne suis pas de ce pays; quant à l'endroit où je vais, en vérité, je ne le sais guère moi-même.

— Qui que vous soyez, ou en quelque lieu que vous alliez, répondit le vieillard, je vous ai des obligations dont je ne pourrai jamais m'acquitter.

— Encore une fois, répliqua Jones, je vous affirme que vous n'en avez aucune : il ne saurait y avoir aucun mérite à avoir risqué pour vous servir ce à quoi je n'attache aucune valeur; et rien n'est plus méprisable à mes yeux que la vie.

— Je regrette, jeune homme, répondit le vieillard, que vous ayez des raisons d'être si malheureux à votre âge.

— Certes, Monsieur, répondit Jones, je suis bien le plus malheureux des hommes.

— Peut-être avez-vous eu un ami ou une maîtresse ? répondit l'autre.

— Comment pouvez-vous, s'écria Jones, prononcer deux mots qui suffisent à me rendre fou ?

— L'un ou l'autre suffit à rendre tout homme fou, repartit le vieillard. Je ne vous pose plus de questions, Monsieur; ma curiosité m'a peut-être déjà entraîné trop loin.

— En vérité, Monsieur, dit Jones, je ne saurais condamner un sentiment que je ressens moi-même en ce moment à un si haut degré. Vous me pardonnerez si je vous assure que tout ce que j'ai vu ou entendu depuis que j'ai mis le pied dans cette maison a concouru à exciter en moi la plus grande curiosité. Il a fallu quelque chose de bien extraordinaire pour vous amener à ce genre de vie, et j'ai lieu de craindre que votre propre histoire ne soit pas dépourvue d'infortunes. »

Le vieillard soupira alors de nouveau et resta silencieux quelques instants; enfin, regardant longuement Jones, il dit : « J'ai lu qu'une belle mine est une lettre de recommandation; dans ce cas, nul ne saurait jamais être mieux recommandé que vous. Mais si je ne me sentais pas attiré vers vous par une autre considération, je serais le monstre le plus ingrat de la terre; et je suis réellement peiné de ne pouvoir vous convaincre de ma gratitude que par des mots. »

Jones, après un moment d'hésitation, répondit qu'il était en son pouvoir de lui faire extrêmement plaisir par ses seules paroles : « Je vous ai avoué, Monsieur, ma curiosité, dit-il; ai-je besoin de dire combien je vous serais obligé si vous consentiez à la satisfaire ? Me permettrez-vous donc de vous prier, à moins que quelque considération ne vous retienne, de bien vouloir m'instruire des motifs qui vous ont conduit à vous retirer de la société des hommes et à adopter un genre de vie pour lequel il apparaît assez que vous n'êtes pas né ?

— Je ne me crois guère en droit de vous refuser quoi que ce soit après ce qui s'est passé, répondit le vieillard. Si donc vous désirez entendre l'histoire d'un infortuné, je vais vous la raconter. Certes, vous avez raison de penser qu'il y a en général quelque chose d'extraordinaire dans la destinée de ceux qui fuient la société; car, bien que cela puisse paraître un paradoxe ou même une contradiction, il est certain qu'une grande philanthropie nous incline surtout à éviter et à détester les hommes; non pas tant à cause de leurs vices particuliers et égoïstes qu'à cause de ceux qui sont en rapport avec les autres, tels que l'envie, la méchanceté, la perfidie, la cruauté et toutes les autres formes de la malveillance. Ce sont là les vices que la vraie philanthropie abhorre, et, plutôt que de les voir et d'avoir quelque rapport avec eux, elle préfère éviter la société elle-même. Cependant, sans vouloir vous faire de compliment, vous ne me paraissez pas de ceux que je devrais éviter ou détester; je dirais même que, d'après le peu que vous avez laissé échapper, il semble y avoir une certaine analogie entre nos destins : j'espère, cependant, que le vôtre s'achèvera plus heureusement. »

Ici, il y eut un petit échange de compliments entre notre héros et son hôte; après quoi, ce dernier allait commencer son histoire, quand Partridge l'interrompit. Ses appréhensions l'avaient à peu près complètement abandonné, mais il lui restait encore quelques effets de sa terreur; il rappela donc au vieillard l'excellente eau-de-vie dont celui-ci avait parlé. On en apporta tout aussitôt, et Partridge en avala une grande rasade.

Alors le vieillard, sans plus de préambule, commença le récit que l'on pourra lire au chapitre suivant.

CHAPITRE XI

Dans lequel l'Homme de la Montagne commence le récit de son histoire.

— Je suis né en 1657 dans un village du Somersetshire, appelé Mark. Mon père était ce que l'on nomme un gentilhomme-fermier. Il possédait un petit bien d'environ trois cents livres de revenu, et en avait pris à ferme un autre de la même valeur à peu près. Il était prudent et laborieux, et si bon cultivateur qu'il eût pu mener une vie fort aisée et agréable, s'il n'avait eu pour aigrir le calme de sa vie domestique une franche mégère de femme. Mais, bien que cette circonstance le rendît peut-être malheureux, elle ne le rendit pas pauvre; car il cantonna presque entièrement son épouse à la maison, préférant supporter de constants reproches chez lui que de compromettre sa fortune en se prêtant aux extravagances qu'elle souhaitait au dehors.

» De cette Xanthippe (c'était ainsi que s'appelait la femme de Socrate, dit Partridge), de cette Xanthippe il eut deux fils, dont j'étais le cadet. Il avait pour dessein de nous donner à tous deux une bonne éducation; mais mon frère aîné, qui, malheureusement pour lui, était le favori de ma mère, négligea complètement ses études; à tel point que, lorsqu'il eut passé cinq ou six ans à l'école en n'y faisant que bien peu ou point du tout de progrès, mon père, instruit par le maître qu'il ne servait à rien de l'y laisser plus longtemps, finit par déférer aux désirs de ma mère et le retira des mains de ce tyran, comme elle disait, pour le reprendre à la maison; car, si ce « tyran » administrait au garçon bien moins de corrections que n'en eût mérité sa paresse, c'était encore beaucoup plus que n'en aimait ce jeune monsieur, qui se plaignait constamment à sa mère d'être sévèrement traité, et celle-ci lui prêtait une oreille toujours complaisante.

— Oui, oui, s'écria Partridge; j'ai vu de ces mères-là. J'ai eu moi-même à souffrir de leurs dénigrements, et fort injustement : de tels parents méritent une correction tout autant que leurs enfants. »

Jones reprit le pédagogue de cette interruption, et l'étranger poursuivit :

— Mon frère, qui avait alors quinze ans, dit adieu à toute instruction, comme à tout ce qui n'était pas son chien et son fusil; et il devint un tireur si habile que, si incroyable que vous puissiez le considérer, non seulement il était sûr de toucher un but fixe, mais qu'il en était arrivé à tuer un corbeau en plein vol. Il excellait aussi à trouver un lièvre au gîte, et il ne tarda pas à être réputé l'un des meilleurs chasseurs du pays, réputation à laquelle lui et sa mère prirent autant de plaisir que s'il eût été considéré comme le plus cultivé des hommes.

» La position de mon frère me fit trouver au début mon lot le plus dur en ce que je restais à l'école; mais je changeai bientôt d'idée, car, ayant progressé assez vite dans mes études, le travail me devint facile et mes exercices si agréables, que les vacances étaient pour moi l'époque la plus déplaisante. Ma mère, en effet, qui ne m'avait jamais aimé, craignant alors que je n'eusse la plus grande part dans l'affection de mon père et voyant, ou tout au moins croyant que certains hommes des avoir, et particulièrement le ministre de la paroisse, me prêtaient plus d'attention qu'à mon frère, ne pouvait plus supporter ma vue et me rendait la maison si pénible que ce que les écoliers appellent « le lundi noir[1] » était pour moi le plus blanc de toute l'année.

» Après avoir terminé mes classes à l'école de Taunton,

je fus envoyé au collège d'Exeter à Oxford, où je demeurai quatre ans. Au bout de ce temps, un accident vint m'arracher entièrement à mes études; et c'est là que je puis réellement situer la source de tout ce qui m'est arrivé par la suite dans la vie.

» Il y avait au même collège que moi un certain Sir Georges Gresham, jeune homme destiné à posséder une fortune très considérable, dont, aux termes du testament de son père, il ne devait être envoyé en possession qu'à l'âge de vingt-cinq ans. La libéralité de ses tuteurs, cependant, ne lui donnait guère de raison de regretter la grande précaution de son père; car ils lui allouaient cinq cents livres par an durant son séjour à l'Université, où il avait chevaux et maîtresse, et où il menait une vie aussi dissolue et prodigue qu'il aurait pu le faire s'il avait été entièrement maître de sa fortune; outre les cinq cents livres qu'il recevait de ses tuteurs, il trouvait moyen, en effet, d'en dépenser encore un millier par an. Il avait plus de vingt et un ans, et il n'avait aucune difficulté à trouver tout le crédit qu'il voulait.

» Ce garçon, entre autres passablement mauvaises qualités, en avait une fort diabolique. Il prenait le plus grand plaisir à perdre et ruiner les jeunes gens d'une fortune moindre en les entraînant à des dépenses qu'ils ne pouvaient autant que lui-même se permettre; et plus un jeune homme était sérieux, sage et vertueux, plus étaient grands le plaisir et la jubilation qu'il prenait à sa chute; jouant ainsi le rôle que l'on attribue au diable et cherchant autour de lui qui il pourrait bien dévorer.

» Ce fut mon malheur de faire la connaissance et de me lier d'intimité avec ce jeune gentilhomme. Ma réputation d'assiduité à l'étude faisait de moi un objet attrayant pour ses pervers desseins; et ma propre inclination lui rendit suffisamment aisée la réalisation de son projet; car, bien que je me fusse appliqué avec beaucoup de zèle aux livres, dont je faisais mes délices, il y avait aussi d'autres plaisirs dont j'étais capable de me délecter encore bien davantage. J'étais, en effet, plein de fougue; mes esprits animaux n'étaient pas sans impétuosité; j'étais quelque peu ambitieux et fort porté à l'amour.

» Je n'étais pas depuis longtemps en relation avec Sir Georges que je prenais part à tous ses plaisirs; et, une fois que j'eus accès à cette scène, ni mon penchant ni mon caractère ne me permirent d'y jouer un rôle secondaire. Je ne le cédai à personne en fait de débauche; je me distinguai même bientôt si notablement dans tous les dérèglements et les désordres que mon nom figurait généralement en tête de la liste des délinquants. Et, au lieu de déplorer que je fusse le malheureux disciple de Sir Georges, on ne tarda pas à m'accuser d'être celui qui avait égaré et débauché ce jeune homme plein d'avenir; car, bien qu'il fût notre meneur et l'auteur de tout le mal, il ne fut jamais considéré comme tel. Je finis par tomber sous le coup d'une censure du vice-chancelier et n'échappai que de peu au renvoi.

» Vous n'aurez pas de peine à croire, Monsieur, qu'une pareille vie était incompatible avec aucun progrès dans mes études, et que plus je m'adonnais au libertinage moins je devais apporter d'application au travail. Ce fut en vérité ce qui arriva; mais ce ne fut pas tout. Mes dépenses excédaient maintenant de beaucoup non seulement mon revenu antérieur, mais aussi tous les compléments que j'extorquais de la générosité de mon pauvre père sous prétexte que ces sommes étaient nécessaires pour la préparation de mon grade prochain de licencié ès lettres. Ces demandes, cependant, finirent par devenir si fréquentes et si exorbitantes que mon père en vint par degrés à prêter l'oreille aux rumeurs qu'il recevait de divers côtés au sujet de ma conduite et dont ma mère ne manquait pas de se faire l'écho fidèle et bruyant, ajoutant : « Oui, le voilà, ce beau monsieur, » ce savant qui fait tant d'honneur à sa famille en attendant de faire sa fortune ! Je me doutais bien à quoi » toutes ces études devaient aboutir. Il sera notre ruine » à tous, je le vois, après qu'on a refusé le nécessaire » à son aîné pour qu'il pût parfaire son éducation, ma » foi ! cette éducation pour laquelle il devait nous » payer de si beaux intérêts ! Je savais bien ce que » seraient ces intérêts ! »

» Elle dit encore bien d'autres choses de ce genre; mais je vous en ai assez donné, je pense, avec cet échantillon.

» Mon père, donc, commença de répondre à mes demandes par des remontrances au lieu d'argent, ce qui avança peut-être un peu la crise de mes affaires; mais, m'eût-il envoyé tout son revenu, que cela n'aurait suffi que bien peu de temps, vous l'imaginez, à subvenir aux besoins de quelqu'un qui voulait soutenir le train de Sir Georges Gresham.

» Il est assez probable que les grands embarras d'argent dans lesquels je me trouvais et l'impossibilité de continuer ainsi m'auraient rendu à la fois à la raison et à mes études, si j'avais ouvert les yeux avant de me trouver engagé dans de telles dettes que je ne voyais aucun espoir de m'en sortir jamais. C'était là, en fait, le grand art de Sir Georges, et c'est ainsi qu'il parachevait la ruine de maints étourdis dont il se moquait ensuite, les traitant de sots et de fats pour avoir voulu rivaliser, comme il disait, avec un homme aussi riche que lui. Pour occasionner pareille situation, il avançait lui-même un peu d'argent de temps à autre de façon à maintenir le crédit du malheureux jouvenceau auprès d'autres gens jusqu'à ce que, grâce à ce crédit même, il fût irrémédiablement perdu.

» Mon esprit étant tombé, ainsi, dans un état aussi désespéré que celui de ma fortune, il n'y eut guère de forfait auquel je ne pensasse pour ma délivrance. Le suicide même fit l'objet de mes plus sérieuses réflexions; et je m'y serais certainement résolu, si une pensée plus honteuse, encore que peut-être moins coupable, n'était venue le chasser de ma tête. »

A ce moment, il hésita un peu avant de s'écrier : « Je le déclare, tant d'années n'ont pas encore lavé la honte de cette action, et ce n'est pas sans rougir que je vais la raconter. »

Jones le pria d'omettre tout ce qu'il pourrait lui être pénible de rapporter; mais Partridge s'écria vivement : « Ah, de grâce, Monsieur, dites-nous la chose; j'aimerais mieux entendre cela que tout le reste; et, sur mon salut, je n'en répéterai jamais un mot ! »

Jones allait le réprimander, mais l'étranger l'en empêcha en poursuivant ainsi : « J'avais un camarade de chambre, un garçon très sage et économe, qui, bien que sa pension ne fût pas très importante, avait réussi à force de parcimonie à amasser plus de quarante guinées, et je savais qu'il les gardait dans son secrétaire. Je saisis donc une occasion de dérober pendant son sommeil la clef qui se trouvait dans la poche de sa culotte, et me rendis ainsi maître de toutes ses richesses; après quoi, je replaçai la clef dans sa poche et, feignant de dormir (encore que je ne pusse fermer l'œil un instant), je restai au lit jusqu'à ce qu'il fût levé et parti pour la prière, exercice dont je m'étais depuis longtemps désaccoutumé.

» Les voleurs timorés, à cause de leur extrême prudence, s'exposent souvent à une découverte à laquelle échappent ceux d'une espèce plus hardie. Ce fut ce qui m'advint; car, si j'avais impudemment forcé son écritoire, j'aurais peut-être esquivé même ses soupçons; mais comme il était évident que la personne qui l'avait volé s'était emparée de la clef, il n'eut aucun doute, dès qu'il s'aperçut de la disparition de l'argent, que le voleur était son camarade de chambre. Or, comme il était d'une nature peureuse et de beaucoup mon inférieur en force, et, je pense, en courage, il n'osa pas m'accuser en face, par crainte des conséquences physiques, pires, qui risquaient de lui arriver. Il se rendit donc aussitôt auprès du vice-chancelier et, ayant déclaré sous serment le vol et ses circonstances, il obtint fort aisément un mandat contre celui qui avait alors une si mauvaise réputation dans toute l'Université.

» Heureusement pour moi, je ne couchai pas au collège la nuit suivante; car ce jour-là j'accompagnai une jeune dame en cabriolet jusqu'à Witney, où nous passâmes la nuit; et le lendemain matin, à notre retour à Oxford, je rencontrai un de mes consorts qui me donna assez de nouvelles me concernant pour me faire tourner bride.

— Je vous demande pardon, Monsieur; mais fit-il une mention quelconque du mandat ? » dit Partridge.

Mais Jones pria le narrateur de continuer sans prêter attention aux questions impertinentes; ce que celui-ci fit comme suit :

— Ayant alors abandonné toute idée de retour à Oxford, la première chose qui se présenta à moi fut un voyage à Londres. Je fis part de cette intention à la jeune personne qui m'accompagnait, et elle commença par protester; mais, aussitôt que j'eus montré ma fortune, elle consentit. Nous rejoignîmes donc à travers champs la grand'route de Chichester et allâmes tellement bon train que, le surlendemain, nous passâmes la soirée à Londres.

» Si vous considérez le lieu où j'étais alors et la

compagnie dans laquelle je me trouvais, vous concevrez, je pense, qu'il suffit de très peu de temps pour m'amener au bout de la somme que je m'étais si iniquement appropriée.

» Je fus ainsi réduit à une détresse beaucoup plus grande qu'auparavant : les aliments même commencèrent à me manquer ; et, ce qui rendait mon cas encore plus cruel, c'est que ma maîtresse, dont j'étais devenu immodérément amoureux, partageait cette même misère. Voir dans la détresse une femme que l'on aime, être hors d'état de la soulager et se dire en même temps qu'on l'a soi-même mise dans cette situation, c'est peut-être là une malédiction dont aucune imagination n'est capable de représenter l'horreur à qui ne l'a pas éprouvée.

— J'en suis bien sûr, dit Jones, et je vous plains de tout mon cœur. »

Il fit alors deux ou trois tours désordonnés dans la pièce, finit par demander pardon, et, se jetant sur sa chaise, s'écria : « Dieu, merci, j'ai échappé à cela !

— Cette circonstance, reprit le vieillard, aggrava si durement les horreurs de ma position qu'elles devinrent absolument intolérables. Il m'était moins pénible d'endurer la fureur de mes appétits naturels insatisfaits, fût-ce la faim et la soif, que de me plier à ne pas satisfaire les désirs les plus capricieux d'une femme pour laquelle j'éprouvais une passion si extravagante que, tout en sachant qu'elle avait été la maîtresse de la moitié de mes relations, j'étais fermement décidé à l'épouser. Mais la bonne créature ne voulait pas consentir à une action que le monde pourrait estimer si désavantageuse pour moi. Et comme, peut-être, elle compatissait aux anxiétés quotidiennes dont elle avait dû voir que je souffrais à cause d'elle, elle résolut de mettre fin à ma misère. Elle ne tarda pas, en effet, à trouver le moyen de me tirer de cette situation pénible et embarrassante : tandis que je me torturais l'esprit pour inventer divers moyens de pourvoir à ses plaisirs, elle eut la grande obligeance... de me livrer à l'un de ses anciens amants d'Oxford, par les soins et la diligence duquel je fus tout aussitôt arrêté et mis en prison.

» Là, pour la première fois, je commençai à réfléchir sérieusement sur les égarements de ma vie passée, sur les erreurs dont je m'étais rendu coupable, sur les malheurs que j'avais attirés sur ma tête, et sur le chagrin que j'avais dû causer au meilleur des pères. Quand j'ajoutais à toutes ces pensées celle de la perfidie de ma maîtresse, l'horreur qui m'envahissait l'âme était telle, que la vie, au lieu de me paraître encore désirable, devenait pour moi l'objet d'une aversion extrême, et j'aurais embrassé la mort avec joie comme mon amie la plus chère, si elle s'était offerte à mon choix sans s'accompagner d'opprobre.

» Le temps des assises arriva bientôt, et je fus transféré, en vertu d'un *habeas corpus,* à Oxford, où je m'attendais à une conviction et une condamnation certaines; mais, à ma grande surprise, nul ne se présenta contre moi et, à la fin de la session, je fus relaxé faute d'accusateur. Bref, mon camarade de chambre avait quitté Oxford et, soit par indolence, soit pour tout autre motif, avait refusé de s'occuper plus avant de l'affaire.

— Peut-être, dit Partridge, ne se souciait-il pas d'avoir votre sang sur les mains, et en cela il avait bien raison. Si quelqu'un devait être pendu sur la foi de mon témoignage, je ne pourrais jamais plus coucher seul par peur de voir son spectre.

— Je ne vais bientôt plus savoir, Partridge, dit Jones, si c'est la bravoure ou la sagesse qui l'emporte en toi.

— Vous pouvez bien vous moquer de moi, Monsieur, si cela vous plaît, répondit Partridge; mais si vous voulez écouter une histoire très courte que je puis vous raconter et qui est indubitablement vraie, peut-être changerez-vous d'opinion. Dans la paroisse où je suis né... »

Là, Jones lui aurait imposé silence; mais l'étranger demanda qu'on lui permît de raconter son histoire, promettant de se rappeler pendant ce temps le reste de la sienne.

Partridge poursuivit alors ainsi : « Dans la paroisse où je suis né, vivait un fermier du nom de Bridle, qui avait un fils nommé François, un brave jeune gars plein d'avenir : j'étais avec lui à l'école secondaire, où, je m'en souviens, on lui avait donné à expliquer les *Épîtres* d'Ovide, et il pouvait vous traduire jusqu'à trois vers d'affilée sans avoir recours au dictionnaire. C'était, en outre, un garçon fort sage, qui ne manquait jamais l'église le dimanche et qui était considéré comme l'un des meilleurs chanteurs de psaumes de toute la paroisse.

Il buvait bien de temps en temps un verre de trop, et c'était son seul défaut.

— Bon, fit Jones, mais venons-en au revenant.

— N'ayez crainte, Monsieur : j'y viendrai assez tôt, répondit Partridge. Il faut donc que vous sachiez que le fermier Bridle avait perdu une jument, une jument alezane, pour autant que je me rappelle; et il se trouva peu après que ce jeune François étant à une foire à Hindon... c'était, je crois, un... non, je ne me rappelle pas le jour... enfin, étant là, voilà-t-il pas qu'il rencontre un homme monté sur la jument de son père. François cria aussitôt : « Au voleur ! » et comme c'était en plein milieu de la foire, il fut impossible à l'homme de s'échapper, vous comprenez bien. Il fut donc appréhendé et mené devant le juge de paix : je me rappelle que c'était le juge Willoughby, de Noyle, un digne homme et un homme de bien; celui-ci l'envoya en prison et fit signer à François une *recognisance*[1], comme je crois qu'ils appellent cela... mot difficile, composé de *re* et de *cognosco ;* mais, comme bien d'autres composés, il diffère, dans sa signification, de l'usage du simple. Bon... En fin de compte, M. le juge Page vint présider les assises; l'homme comparut et François fut cité comme témoin. Jamais je n'oublierai, certes, la figure du juge quand il commença par lui demander ce qu'il avait à dire contre le prisonnier. Le pauvre François, tout tremblant, fut jeté dans des transes.

» — Alors, mon garçon, dit M. le juge, qu'avez-vous à dire ? Ne restez donc pas là à barguigner : parlez !

» Il ne tarda pas, cependant, à devenir assez aimable envers François et il se mit à tonner contre l'autre; et quand il lui demanda s'il avait quelque chose à dire pour sa défense, le prévenu répondit qu'il avait trouvé le cheval.

» — Oui ! répliqua le juge, tu es un veinard : voilà quarante ans que je fais cette tournée, et je n'ai jamais trouvé de cheval; mais laisse-moi te dire, mon ami, que tu as eu encore plus de veine que tu ne crois, car tu n'as pas seulement trouvé un cheval, mais aussi un licol[2], je te le garantis.

» Assurément, je n'oublierai jamais ce mot-là. Sur quoi, tout le monde se mit à rire : comment s'en empêcher ? Et ce furent vingt autres plaisanteries, dont je ne me souviens plus maintenant. Il y avait quelque chose dans sa connaissance des chevaux qui suscitait la joie de tous. Il est certain que le juge devait être un homme fort courageux, aussi bien qu'un homme de grand savoir. Et quel agréable divertissement que d'assister à des procès où il en va de la vie ou de la mort d'un homme ! Il est une chose, cependant, que je trouvai un peu dure, je l'avoue : c'est qu'on n'ait pas permis à l'avocat du prisonnier de parler en sa faveur, bien qu'il eût déclaré n'avoir qu'un mot à dire; mais M. le juge ne voulut pas l'entendre, encore qu'il eût permis à un autre avocat de parler contre lui durant plus d'une demi-heure. Je trouvai dur aussi qu'il y eût tant de gens : M. le juge, et la Cour, et le jury, et les avocats, et les témoins, tous contre un seul homme, et un homme enchaîné. Eh bien, l'homme fut pendu, comme de juste, et le pauvre François n'eut plus jamais l'esprit tranquille là-dessus. Il ne pouvait plus être seul dans l'obscurité sans s'imaginer qu'il voyait le fantôme de l'homme.

— Et alors, est-ce donc là toute ton histoire ? s'écria Jones.

— Non, non, répliqua Partridge. Seigneur, miséricorde ! C'est maintenant que j'en arrive au fait : une nuit qu'il revenait du cabaret par un chemin long, étroit et sombre, il donna tout droit dans l'autre. Le fantôme était tout en blanc, et il tomba sur François; et François, qui était un robuste gaillard, tomba à son tour sur le fantôme. Suivit une rixe, et le pauvre François fut affreusement meurtri. Il finit par arriver à se traîner jusque chez lui; mais, tant de la raclée que de la peur, il resta malade plus de quinze jours; et tout cela est très certainement vrai, et toute la paroisse peut en témoigner. »

L'étranger sourit à cette histoire, et Jones partit d'un grand éclat de rire; sur quoi, Partridge s'écria : « Oui, vous pouvez rire, Monsieur. D'autres en ont fait autant, et particulièrement un squire, qui passe pour assez mécréant : ma foi, parce qu'on avait trouvé, le lendemain matin, un veau à tête blanche mort dans ce même chemin, il fut trop heureux de prétendre que c'était entre celui-ci et François que la lutte s'était déroulée, comme si un veau irait attaquer un homme. D'ailleurs, François m'a dit qu'il savait que c'était un revenant et qu'il le déclarerait sous serment devant n'importe quel tribunal de la Chrétienté; et il n'avait pas bu à ce moment plus d'une ou deux pintes à peu près. Que le Seigneur ait pitié de nous, et qu'il nous garde de tremper les mains dans le sang, voilà ce que je dis !

— Eh bien, Monsieur, dit Jones à l'étranger, M. Partridge a fini son histoire et il ne vous interrompra plus je l'espère, si vous avez la bonté de continuer la vôtre. »

Le vieillard reprit donc son récit; mais puisqu'il a eu un moment pour reprendre haleine, nous croyons bon d'en accorder autant au lecteur, et nous terminerons donc ici ce chapitre.

CHAPITRE XII

Dans lequel l'Homme de la Montagne continue son histoire.

— J'avais donc recouvré ma liberté, dit l'étranger; mais j'étais perdu de réputation, car il y a une grande différence entre qui est tout juste acquitté d'un crime par une cour de justice et qui l'est dans son propre cœur et dans l'opinion des gens. J'étais conscient de ma culpabilité et j'avais honte de regarder quiconque en face. Aussi je résolus de quitter Oxford dès le lendemain matin, avant que la lumière du jour ne m'exposât aux regards d'aucun témoin.

» Quand je fus hors de la ville, ma première pensée fut de retourner auprès de mon père et de tenter d'obtenir son pardon; mais, comme je n'avais aucune raison de douter qu'il ne fût au courant de tout ce qui s'était passé et que j'étais bien assuré de la grande aversion qu'il avait pour toute action malhonnête, je ne pouvais entretenir aucun espoir d'être accueilli par lui, surtout n'étant que trop certain que ma mère me rendrait tous les bons offices en son pouvoir. Et quand bien même le pardon de mon père eût été aussi sûr que je croyais son ressentiment, je doute encore que j'eusse eu l'aplomb de le rencontrer, ou que j'eusse pu à aucun prix supporter de vivre au milieu de gens qui, j'en étais convaincu, me savaient coupable d'une action si vile.

» Je me hâtai donc de regagner Londres, la meilleure retraite pour le chagrin ou pour la honte, à moins d'être une personne très connue; car on y jouit de l'avantage de la solitude sans en avoir les inconvénients, puisqu'on peut y être en même temps seul et entouré; et, tandis que l'on marche ou que l'on s'assied sans éveiller l'attention, le bruit, la presse et une succession continuelle d'objets occupent la pensée et empêchent les esprits de se ronger eux-mêmes, ou plutôt de se nourrir du chagrin ou de la honte, ce qui est le régime le plus malsain qui soit, et dont (s'il en est beaucoup qui ne goûtent l'un et l'autre qu'en public) certains peuvent se repaître abondamment et jusqu'à en mourir, quand ils sont seuls.

» Mais, comme il n'est guère de bien sur cette terre qui ne soit accompagné d'un mal, il y a des gens qui trouvent un inconvénient à cette humeur inattentive de la foule : j'entends ceux qui n'ont pas d'argent; car, si les personnes qui ne vous connaissent pas ne vous font pas perdre contenance, elles ne vous vêtent ni ne vous nourrissent non plus. Et un homme peut aussi aisément mourir de faim au milieu du marché de Leadenhall que dans les déserts de l'Arabie.

» C'était alors ma fortune d'être dépourvu de ce grand mal, comme l'ont considéré plusieurs écrivains qui, je le suppose, en étaient surchargés, à savoir : l'argent.

— Sauf votre respect, Monsieur, dit Partridge, je ne me rappelle pas qu'aucun auteur l'ait appelé *malorum,* mais *irritamenta malorum. Effodiuntur opes, irritamenta malorum*[1].

— Eh bien, Monsieur, poursuivit l'étranger, que ce soit un mal ou seulement une cause de mal, j'en étais entièrement dépourvu, tout autant que d'amis et, à ce que je pensais, de relations; quand, un soir qu'ayant très faim et me sentant profondément misérable je traversais l'Inner Temple, j'entendis soudain une voix m'appeler très familièrement par mon prénom et, en me retournant, je reconnus aussitôt en mon interpellateur un de mes camarades de collège, qui avait quitté l'Université depuis plus d'un an, longtemps avant tous mes malheurs. Ce jeune homme, qui s'appelait Watson, me serra chaleureusement la main, et, exprimant une grande joie de m'avoir rencontré, proposa de boire tout de suite une bouteille ensemble. Je commençai par refuser, sous prétexte d'une affaire, mais comme il se montrait très sincère et pressant, la faim finit par venir à bout de mon orgueil, et je lui avouai honnêtement que je n'avais pas d'argent en poche; non sans forger toutefois un mensonge pour m'excuser, attribuant la chose au fait que j'avais changé de culotte ce matin-là. M. Watson répondit :

» — J'aurais cru, Jean, que nous étions de trop vieilles connaissances pour parler de cela.

» Il me prit alors par le bras pour m'entraîner; mais je ne lui donnai guère de peine, ma propre inclination m'entraînant bien plus fortement qu'il ne pouvait le faire.

» Nous entrâmes donc aux Friars[1], qui, vous le savez, eſt le lieu de toutes les réjouissances et de la gaieté. Là, quand nous arrivâmes à la taverne, M. Watson n'eut recours qu'au garçon de cabaret, sans penser aucunement au cuisinier, ne doutant pas une seconde que j'eusse dîné depuis longtemps. Cependant, le cas étant bien différent, je forgeai un nouveau mensonge et dis à mon compagnon que j'avais été à l'autre bout de la ville pour une affaire importante et que je n'avais pris qu'une côtelette de mouton à la hâte, de sorte que j'avais de nouveau faim et que je souhaitais qu'il ajoutât un bifteck à sa bouteille.

— D'aucuns, s'écria Partridge, devraient avoir bonne mémoire; ou bien aviez-vous trouvé dans votre culotte juſte assez d'argent pour payer la côtelette ?

— Votre observation eſt juſte, répondit l'étranger, et je pense que pareilles bévues sont inséparables de tout procédé mensonger. Mais je poursuis : je commençai alors à me sentir extrêmement heureux. La viande et le vin ne tardèrent pas à me remettre tout à fait en verve, et je pris à la conversation de mon ancien camarade un plaisir d'autant plus grand que je le croyais entièrement ignorant de ce qui s'était passé à l'Université depuis son départ.

» Mais il ne me permit pas de reſter bien longtemps dans cette agréable illusion; car, saisissant un verre d'une main et me tenant de l'autre : « Hé bien, mon garçon, » s'écria-t-il, je bois à la joie que tu dois ressentir d'avoir » été acquitté si honorablement dans cette affaire qu'on » t'avait intentée. »

» A ces mots, je fus couvert de confusion; ce que

voyant, Watson poursuivit en ces termes : « Allons, » il n'y a aucune honte à avoir, mon vieux : tu as été » acquitté, et personne ne se permettrait maintenant » de t'appeler coupable. Mais, je t'en prie, dis-moi, » à moi qui suis ton ami — j'espère que tu l'as réelle- » ment volé ? car je veux bien être pendu si ce n'était » pas un acte méritoire de dépouiller un si sournois » et pitoyable coquin; et ce n'est pas deux cents guinées » que je voudrais que tu lui aies prises, mais bien » autant de milliers. Allons, allons, mon garçon, ne » crains pas de me l'avouer : tu ne te trouves pas avec » un mouton. Que le diable m'emporte si je ne considère » pas que c'est tout à ton honneur; car, sur mon salut, » je ne me serais fait aucun scrupule d'agir de même. »

» Cette déclaration atténua un peu ma confusion; et comme le vin m'avait quelque peu ouvert le cœur, je reconnus tout franchement le vol, mais l'informai qu'il avait eu de faux renseignements sur l'importance de la somme, qui ne dépassait guère le cinquième de celle qu'il avait mentionnée.

» — Je le regrette de tout mon cœur, dit-il, et je te souhaite plus de succès une autre fois. Toutefois, si tu veux accepter un conseil, tu n'auras plus l'occasion de courir pareil risque. Voici, dit-il, tirant des dés de sa poche, voici ce qu'il te faut. Voici les ustensiles; voici les petits docteurs qui guérissent les maladies du porte-monnaie. Suis seulement mon conseil, et je te montrerai un moyen de vider la poche d'un jobard sans aucun danger de l'abbaye de monte-à-regret.

— L'abbaye de monte-à-regret ? s'écria Partridge; s'il vous plaît, Monsieur, qu'est-ce que cela ?

— Eh bien, Monsieur, dit l'étranger, c'est une expression d'argot pour la potence; car, de même que les joueurs diffèrent bien peu des voleurs de grand chemin quant à la morale, ils leur ressemblent aussi beaucoup par leur langage.

» Nous avions bu chacun notre bouteille, quand M. Watson dit que la séance était ouverte et qu'il devait s'y rendre, non sans me presser instamment de l'accompagner et de tenter ma fortune. Je répondis que, comme il le savait, puisque je lui avais dit que ma poche était vide, ce ne m'était pas possible pour le moment. A dire vrai, je ne doutais pas, d'après toutes ses fermes protestations d'amitié, qu'il n'offrît de me prêter une petite somme à cette fin; mais il se contenta de répondre : « Ne » te préoccupe pas de cela, mon vieux; cours hardiment » au levant[1] (Partridge se disposait à demander la signification de ce mot, mais Jones lui ferma la bouche); » cependant choisis ton homme avec circonspection. » Je t'indiquerai celui qui convient; ce sera peut-» être nécessaire, étant donné que tu ne connais pas la » ville et que tu ne saurais distinguer un faux jobard » d'un vrai. »

» La note ayant été alors apportée, Watson paya son écot et se leva. Je lui rappelai, non sans rougir, que je n'avais pas d'argent. Il répondit : « Cela ne fait rien; » inscris ton compte derrière la porte, ou bien file » hardiment sans avoir l'air de rien. Ou... attends, dit-il; » je vais descendre le premier; et toi, ramasse mon » argent et inscris toute la dette au bar; et je t'attendrai » au coin de la rue. »

» J'exprimai quelque répugnance à user d'un tel procédé, et lui donnai à entendre que je m'étais attendu qu'il payât le tout; mais il jura qu'il n'avait pas six pence de plus dans sa poche.

» Là-dessus, il descendit, et je me décidai à prendre l'argent et à le suivre, ce que je fis d'assez près pour l'entendre dire au garçon que le compte était sur la table. Le garçon me frôla dans l'escalier; mais je passai si vivement dans la rue, que je n'entendis rien de sa déception, et je ne soufflai pas mot au comptoir, conformément à mes instructions.

» Nous allâmes alors tout droit à la table de jeu, où M. Watson, à ma grande surprise, tira de sa poche une grosse somme d'argent, qu'il plaça devant lui, comme faisaient beaucoup d'autres, qui considéraient sans doute leur propre tas comme un appeau capable d'allécher et d'attirer ceux de leurs voisins.

» Il serait fastidieux de rapporter ici tous les caprices de la Fortune, ou plutôt des dés, dans son temple. Des monceaux d'or étaient en quelques instants réduits à rien à un bout de la table pour s'élever tout aussi rapidement à l'autre. En un moment, le riche devenait pauvre, et le pauvre devenait tout aussi soudain riche; en sorte qu'un philosophe n'aurait pu, semble-t-il, trouver meilleur endroit pour enseigner à ses disciples le mépris des richesses, ou en tout cas nulle part il n'aurait pu mieux leur inculquer l'incertitude de la durée desdites richesses.

» Pour ma part, après avoir considérablement amélioré mon petit bien, je finis par le détruire entièrement. M. Watson aussi, après bien des variations de la chance, se leva de table quelque peu échauffé, déclarant qu'il avait perdu cent guinées bien comptées et qu'il ne jouerait pas plus longtemps. Puis, venant à moi, il me demanda de retourner avec lui à la taverne; mais je refusai péremptoirement, disant que je ne voulais pas me mettre une seconde fois dans un pareil embarras, d'autant plus qu'il avait perdu tout son argent et qu'il se trouvait à présent dans la même position que moi.

» — Bah ! dit-il. Je viens d'emprunter deux guinées à un ami, et il y en a une à votre service.

» Il me la mit aussitôt dans la main, et je ne résistai pas plus longtemps à son envie.

» Je n'étais pas trop rassuré, tout d'abord, de retourner dans cette maison d'où nous étions partis de façon si peu élégante; mais quand le garçon nous eut dit d'un air fort poli que nous avions dû oublier de payer notre compte, je retrouvai toute mon aisance, lui tendis promptement une guinée et lui dis de se payer, acceptant l'injuste accusation portée contre ma mémoire.

» M. Watson commanda alors le souper le plus extravagant qu'il pût bien imaginer; et, quoique auparavant il se fût contenté de simple vin rouge, seul le plus somptueux des bourgognes put répondre à ses désirs.

» Notre compagnie s'augmenta bientôt de plusieurs des personnes que nous avions vues à la table de jeu et dont la plupart, comme je le découvris par la suite, ne venaient pas à la taverne pour boire, mais pour leurs affaires : les véritables joueurs prétendirent, en effet, être malades et refusèrent de toucher à leur verre, tandis qu'ils versaient force rasades à deux jeunes gens qui devaient être ensuite dépouillés, comme ils le furent effectivement sans merci. Ce butin, j'eus la bonne fortune d'en avoir ma part, encore que je ne fusse pas encore dans le secret.

» Il se produisit, au cours de ce jeu à la taverne, un incident remarquable : l'argent, petit à petit, disparut totalement, de sorte que, si au début la table était à demi couverte d'or, avant que le jeu ne se terminât, ce qui ne fut pas avant le lendemain, dimanche, à midi, on ne pouvait plus guère voir plus d'une guinée sur la table; et cela était d'autant plus étrange, que toutes les personnes présentes, excepté moi, déclarèrent avoir perdu; quant à ce qu'il était advenu de l'argent, à moins que le diable en personne ne l'eût emporté, il était bien difficile d'en décider.

— Il le fit très certainement, dit Partridge, car les esprits malins peuvent tout emporter sans être vus, toute nombreuse qu'est l'assistance; et je n'aurais pas été surpris s'il avait emporté toute cette assemblée de misérables, qui étaient à jouer à l'heure du sermon. Et je pourrais, si je le voulais, vous raconter une histoire vraie, dans laquelle le diable enleva un homme du lit de la femme d'un autre, et l'emporta par le trou de la serrure. J'ai vu la maison même où la chose s'est passée, et personne n'a plus voulu y habiter depuis trente ans. »

Quoique Jones fût un peu fâché de l'impertinence de Partridge, il ne put se retenir de sourire de sa simplicité. L'étranger en fit autant, puis il reprit son récit, comme on le verra dans le chapitre suivant.

CHAPITRE XIII

Dans lequel se poursuit l'histoire précédente.

— MON camarade de collège avait ainsi ouvert un nouveau théâtre à mon existence. Je fis bientôt connaissance avec toute la confrérie des aigrefins, et je fus initié à leurs secrets, j'entends à ces grosses fourberies propres à abuser les novices et les gens inavertis; car il est des tours d'un genre plus subtil, qui ne sont connus que d'un petit nombre des gens de la bande, qui sont à la tête de leur profession; degré d'honneur que je ne pouvais espérer, car la boisson, à laquelle j'étais immodérément adonné, et la chaleur naturelle de mes passions m'empêchaient d'atteindre aucun grand succès dans un art qui exige autant de sang-froid que la plus austère école de philosophie.

» M. Watson, avec qui je vivais alors dans une grande intimité, poussait malheureusement jusqu'à l'excès la première de ces faiblesses; si bien qu'au lieu de faire fortune grâce à sa profession comme le faisaient plusieurs autres, il était alternativement riche ou pauvre; et souvent auprès d'une bouteille qu'il était seul à vider, il devait remettre à ses amis plus pondérés le butin qu'il avait pris aux jobards de la maison de jeu.

» Cependant, nous nous arrangions l'un et l'autre pour tirer de précaires moyens d'existence de ce métier, que j'exerçai pendant deux années, période durant laquelle je passai par toutes les vicissitudes de la fortune, tantôt nageant dans l'abondance et tantôt obligé de me débattre dans des difficultés presque incroyables — un jour me gorgeant de luxe, et le lendemain réduit au régime le plus modeste et le plus grossier, tandis que les beaux habits que j'avais le soir sur le dos étaient souvent le lendemain matin chez le prêteur sur gages.

» Un soir que je rentrais sans un penny de la maison de jeu, j'entendis un fort tumulte et vis un grand rassemblement dans la rue. Comme je ne craignais pas les voleurs à la tire, je pénétrai dans la foule, où, m'étant informé, j'appris qu'un homme avait été volé et fort maltraité par des coupe-jarrets. Le blessé était tout ensanglanté et semblait à peine en état de se tenir sur ses jambes. La vie et le commerce que je menais alors ne m'ayant pas dépossédé de mon humanité, bien qu'elle m'eût laissé bien peu d'honnêteté et de pudeur, j'offris aussitôt mon assistance à ce malheureux, qui l'accepta avec reconnaissance; et, s'en remettant à mon égide, il me pria de le mener à quelque taverne où il pût appeler un chirurgien, car, dit-il, il était près de défaillir tant il avait perdu de sang. En fait, il semblait extrêmement content de trouver quelqu'un mis comme une personne de qualité; car, pour ce qui était de tous les autres gens présents, leur extérieur ne lui permettait pas, sans une grande imprudence, de leur faire confiance.

» Je pris le pauvre homme par le bras et le conduisis à la taverne où nous nous réunissions et qui se trouvait être la plus proche. Par bonheur, il y avait là un chirurgien, qui donna aussitôt ses soins; il se mit à panser les blessures, et j'appris avec plaisir qu'elles ne devaient pas être mortelles.

» Le chirurgien, quand il eut terminé son affaire avec promptitude et dextérité, se prit à demander dans quel quartier demeurait le blessé, et celui-ci répondit qu'il n'était arrivé à Londres que le matin même, que son cheval se trouvait dans une auberge de Piccadilly, qu'il n'avait aucun autre logement et qu'il ne connaissait, pour ainsi dire, personne dans la ville.

» Ce chirurgien, dont j'ai oublié le nom, encore que je me rappelle qu'il commençait par un R, avait une grande réputation dans sa profession et il était sergent-chirurgien du Roi[1]. Il avait en outre maintes bonnes qualités; c'était une bonne âme, fort généreuse et toute prête à rendre service au prochain. Il offrit au malade son carrosse pour le ramener à l'auberge et lui murmura en même temps à l'oreille que s'il avait besoin d'argent, il n'avait qu'à le faire savoir.

» Le pauvre homme ne fut pas capable sur le moment de le remercier de cette offre généreuse; car, après avoir tenu quelque temps les yeux fixés sur moi, il se rejeta dans son fauteuil, criant :

» — Ah, mon fils ! mon fils ! et il s'évanouit.

» Nombre des gens présents attribuèrent cet accident à la perte de sang; mais moi, qui commençais en même temps à reconnaître les traits de mon père, je fus confirmé dans mes soupçons et convaincu que c'était lui-même que j'avais devant moi. Je courus aussitôt à lui, le soulevai dans mes bras et baisai avec ardeur ses lèvres froides. Ici, je dois tirer le rideau sur une scène que je ne puis décrire; car, si je ne perdis pas conscience comme mon père l'avait fait un moment, mes sens étaient tellement saisis d'effroi et de surprise, que je ne sais plus ce qui se passa durant plusieurs minutes, en fait jusqu'à ce que, mon père étant revenu de son évanouissement, je me retrouvai dans ses bras. Nous nous étreignîmes alors tendrement, tandis que les larmes coulaient abondamment des yeux de l'un et l'autre.

» La plupart des assistants semblaient émus de cette scène, que nous, qui pouvions en être considérés comme les acteurs, fûmes désireux de celer aussi vite que possible aux regards des spectateurs; mon père accepta donc l'offre obligeante du chirurgien et, étant monté avec lui dans le carrosse, je l'accompagnai à son auberge.

» Quand nous fûmes seuls, il me reprocha doucement

d'avoir négligé de lui écrire depuis si longtemps, mais omit entièrement de parler du crime qui en était cause. Il m'annonça alors la mort de ma mère et insista pour que je rentrasse avec lui, disant qu'il avait longtemps enduré toutes les inquiétudes à mon sujet et qu'il ne savait s'il avait plus craint ou désiré ma mort, étant donné les appréhensions plus affreuses encore qu'il avait à mon sujet. Enfin, dit-il, quelqu'un du voisinage, qui venait de recouvrer un fils des mêmes lieux, lui indiqua où j'étais; et le seul but de son voyage à Londres était de m'arracher à ce genre de vie. Il rendit grâce au Ciel d'avoir réussi à me trouver par suite d'un accident qui avait failli lui être fatal; et il déclara qu'il avait plaisir à penser qu'il devait en partie son salut à mon humanité, dont il se dit plus ravi qu'il ne l'eût été de ma piété filiale si j'avais su que l'objet de ma sollicitude était mon propre père.

» Le vice ne m'avait pas dépravé le cœur au point de le rendre insensible à tant d'affection paternelle, tout imméritée qu'elle était. Je promis tout de suite de lui obéir en rentrant avec lui aussitôt qu'il serait en état de voyager, ce qui arriva au bout de très peu de jours grâce à l'excellent chirurgien qui avait entrepris sa cure.

» La veille du départ de mon père (que je ne quittai presque jamais jusque-là), j'allai prendre congé de certaines de mes plus intimes relations, et en particulier de M. Watson, qui me dissuada de m'enterrer, comme il disait, par simple complaisance pour les naïfs désirs d'un vieux fou. Mais ces sollicitations restèrent sans effet, et je revis la maison de mon enfance. Mon père me pressa alors vivement de me marier; mais pareille pensée était entièrement opposée à mes inclinations. J'avais déjà goûté à l'amour, et peut-être n'ignorez-vous pas les extravagants excès de cette si tendre et si violente passion... »

Le vieillard marqua un temps et observa attentivement Jones, dont le visage, en une minute, passa du rouge le plus prononcé au blanc livide. Sur quoi, sans faire aucune remarque, il reprit son récit.

« Étant alors pourvu de toutes les nécessités de la vie, je me remis à l'étude, et ce avec une application immodérée que je n'avais jamais eue auparavant. Les ouvrages qui accaparaient entièrement mon temps étaient ceux, tant anciens que modernes, qui traitent de la vraie philosophie, mot que bien des gens ne considèrent que comme un sujet de dérision et de ridicule. Je lus à fond les œuvres d'Aristote et de Platon, ainsi que le reste des inestimables trésors que la Grèce antique légua au monde.

» Ces auteurs, s'ils ne m'instruisaient en aucune de ces sciences grâce auxquelles les hommes peuvent se promettre d'acquérir richesses ou pouvoir matériel, m'apprirent cependant l'art de mépriser les plus grandes conquêtes de l'un et des autres. Ils élèvent l'esprit et l'arment et fortifient contre les atteintes capricieuses de la Fortune. Non seulement ils apprennent à connaître la sagesse, mais ils raffermissent les hommes dans ses habitudes et démontrent clairement qu'elle doit être le guide de quiconque se propose d'atteindre au plus grand bonheur matériel ou de se défendre, avec quelque sécurité, contre le malheur qui nous entoure et nous investit de toute part.

» A cela, j'ajoutai une autre étude, en comparaison de laquelle toute la philosophie enseignée par les plus sages des païens ne vaut guère mieux qu'un songe et est en vérité aussi pleine de vanité que les railleurs les plus sots se sont jamais plu à la représenter. C'est cette sagesse divine qui ne se trouve que dans les Saintes Écritures; car elles nous donnent la connaissance et l'assurance de choses infiniment plus dignes de notre attention que tout ce que le monde peut nous proposer, de choses que le Ciel lui-même a daigné nous révéler et à la moindre connaissance desquelles la plus haute intelligence humaine ne pourrait s'élever sans assistance. Je commençai alors à me dire que tout le temps que j'avais passé avec les meilleurs auteurs païens n'était guère que du travail perdu; car, quelque agréables et délicieuses que soient leurs leçons, et même si elles sont aptes à régler convenablement notre conduite quant à leur monde uniquement, quand on les compare à la gloire que nous révèle l'Écriture, leurs textes les plus élevés paraissent aussi futiles et aussi négligeables que les règles qu'établissent les enfants dans leurs petits jeux et passe-temps puérils. Il est vrai que la philosophie nous rend plus sages, mais le christianisme nous rend meilleurs. La philosophie élève et arme l'âme, le christianisme l'attendrit et l'adoucit. La première fait de nous l'objet de l'admiration des hommes, le second de l'amour de Dieu. Celle-là nous assure un bonheur temporel, celui-ci une félicité éternelle... Mais je crains de vous fatiguer avec mes enthousiasmes.

— Pas du tout, s'écria Partridge; à Dieu ne plaise que nous nous lassions des bonnes choses !

— Il y avait environ quatre ans, poursuivit l'étranger, que je vivais ainsi de la façon la plus délectable pour moi, entièrement adonné à la méditation et sans aucun des soucis du monde, quand je perdis le meilleur des pères, un père que j'aimais si parfaitement que ma douleur à ce moment passe toute description. J'abandonnai alors mes livres, et me laissai aller un mois entier aux effets du chagrin et du désespoir. Le temps, cependant, qui est le meilleur médecin de l'âme, finit par m'apporter le soulagement.

— Oui, oui : *Tempus edax rerum,* dit Partridge.

— Je me remis donc, continua l'étranger, à mes anciennes études, qui, je puis le dire, parfirent ma guérison; car on peut appeler la philosophie et la religion les exercices de l'âme, et, quand celle-ci est troublée, elles lui sont aussi salutaires que l'exercice peut l'être à un corps malade. Elles produisent en vérité les mêmes effets; car elles fortifient et affermissent l'âme, si bien que l'homme devient, selon les nobles accents d'Horace :

Fortis, et in seipso totus teres atque rotundus,
Externi ne quid valeat per laeve morari ;
In quem manca ruit semper Fortuna[1]. »

A ce moment, Jones sourit de quelque idée qui s'imposa à son esprit; mais l'étranger, ne s'en étant pas aperçu, je pense, poursuivit : « Ma situation fut grandement modifiée par la mort du meilleur des hommes; car mon frère, qui était devenu le maître de la maison, avait des goûts si différents des miens, nos occupations dans la vie étaient à tel point dissemblables, que nous étions l'un pour l'autre la pire des compagnies. Mais ce qui rendait notre cohabitation encore plus désagréable, c'était le peu d'harmonie qui pouvait exister entre les quelques personnes qui venaient me voir et la nombreuse troupe de chasseurs qui souvent accompagnaient mon frère de la campagne à la table; car de telles gens, outre le bruit et les bêtises dont ils assassinent les oreilles des hommes posés, s'attachent toujours à les assaillir de mépris et d'avanies. C'était si bien le cas, que ni mes amis ni moi-même ne pouvions nous mettre à table avec eux sans être tournés en dérision parce que nous ignorions le jargon des chasseurs. Car, si les gens d'une culture véritable et d'un savoir presque universel compatissent toujours à l'ignorance d'autrui, les individus qui excellent en quelque art mesquin, bas et sans intérêt ne manquent jamais de mépriser quiconque n'y est pas initié.

» Bref, nous ne tardâmes pas à nous séparer, et j'allai, sur l'avis d'un médecin, prendre les eaux de Bath; car ma violente affliction, jointe à une vie sédentaire, m'avait jeté dans une sorte de paralysie, que ces eaux sont réputées guérir presque à coup sûr. Le surlendemain de mon arrivée, comme je me promenais le long de la rivière, le soleil brillait de façon si intense (quoique ce ne fût qu'au début de l'année) que la chaleur me poussa à rechercher l'ombre de quelques saules, et je m'assis au bord de l'eau. Je n'y étais pas depuis bien longtemps, quand j'entendis quelqu'un soupirer et se lamenter amèrement de l'autre côté des arbres. Tout à coup, ayant poussé un juron des plus impies, l'homme s'écria : « Voilà qui est décidé : je ne le supporterai pas plus long-» temps ! » et il se précipita dans la rivière. Je m'élançai aussitôt vers l'endroit, appelant à l'aide de toutes mes forces. Il se trouva par chance qu'un homme pêchait à la ligne un peu plus loin, quoique de hauts roseaux l'eussent caché à ma vue. Il vint immédiatement et tous deux ensemble nous ramenâmes, non sans risques, le corps sur le rivage. Tout d'abord, nous ne perçûmes aucun signe de vie; mais, quand nous l'eûmes soulevé par les talons (car des secours suffisants n'avaient pas tardé à arriver), il rendit par la bouche une grande quantité d'eau, finit par montrer quelques symptômes de respiration et, peu après, il commençait à remuer bras et jambes.

» Un apothicaire, qui se trouvait parmi les gens présents, voyant que le corps s'était à peu près vidé de toute son eau et commençait à être agité de mouvements convulsifs, conseilla de l'emporter sans plus attendre et de le mettre dans un lit bien chaud. Cet avis fut donc mis à exécution, sous la conduite de l'apothicaire et de moi-même.

» Comme, ignorant où logeait l'homme, nous nous dirigions vers une auberge, nous rencontrâmes heureusement une femme, qui, après avoir poussé des cris perçants, nous apprit qu'il habitait chez elle.

» Quand je l'y eus vu déposer, je le laissai aux soins de l'apothicaire, qui, je pense, usa des méthodes appropriées, puisque je sus le lendemain matin qu'il avait bien recouvré ses sens.

» J'allai alors le voir, dans l'intention de découvrir dans la mesure du possible les raisons de son acte de désespoir et de l'empêcher autant que je le pourrais de poursuivre à l'avenir des intentions si criminelles. Je ne fus pas plus tôt introduit dans sa chambre que nous nous reconnûmes; car qui était-ce, sinon mon bon ami M. Watson ! Je ne vous ennuierai pas de ce qui se passa au cours de notre première entrevue; car je voudrais éviter une trop grande prolixité.

— De grâce, dites-nous tout, s'écria Partridge; je voudrais par-dessus tout savoir ce qui l'avait amené à Bath.

— Vous saurez tout ce qui a quelque importance, répondit l'étranger. »

Et il continua de raconter ce que nous continuerons d'écrire après que nous aurons accordé au lecteur, comme à nous-même, un court moment pour reprendre haleine.

CHAPITRE XIV

Dans lequel l'Homme de la Montagne achève son histoire.

— Monsieur Watson, poursuivit l'étranger, m'apprit très franchement que le mauvais état de ses affaires, amené par une suite de malchances, l'avait en quelque sorte réduit à prendre la décision de se détruire.

» Je me mis alors à discuter très sérieusement avec lui contre le principe païen, voire diabolique, de la légitimité du suicide, et lui dis tout ce qui me vint à l'esprit à ce sujet; mais, à ma grande inquiétude, mes arguments ne semblèrent produire sur lui aucun effet. Il ne parut pas le moins du monde regretter son acte, et j'eus tout lieu de craindre qu'il ne recommençât derechef son horrible tentative.

» Quand j'eus fini de parler, au lieu d'essayer de réfuter mes arguments, il me regarda fixement et me dit avec un sourire : « Vous avez bien changé, mon bon » ami, depuis que je vous ai vu. Je doute qu'aucun de » nos évêques soit capable de composer une meilleure » homélie contre le suicide que celle dont vous m'avez » régalé; mais, à moins que vous ne puissiez trouver » quelqu'un qui soit disposé à me prêter cent bonnes » livres, il me faudra bien me pendre, me noyer ou » crever de faim, et, à mon avis, cette dernière façon de » mourir est la plus terrible des trois. »

» Je lui répondis fort gravement que j'avais en effet beaucoup changé depuis notre dernière rencontre; que j'avais eu le loisir de considérer mes folies et de m'en repentir. Je lui conseillai de faire de même; et je terminai en lui donnant l'assurance que je lui prêterais moi-même cent livres, si cela pouvait servir ses affaires et s'il voulait bien ne pas permettre aux dés de l'en déposséder aussitôt.

» M. Watson, que la première partie de mon discours semblait avoir presque assoupi, fut tout réveillé par la seconde. Il me saisit vivement la main, me fit mille remerciements et déclara que j'étais vraiment un ami, ajoutant qu'il espérait que je n'avais pas assez mauvaise opinion de lui pour croire qu'il eût assez peu profité de l'expérience pour se fier encore à ces sacrés dés qui l'avaient si souvent trompé.

» — Non, non, s'écria-t-il; que je sois seulement une bonne fois remis à flot, et si jamais la Fortune me met de nouveau en faillite, je le lui pardonnerai.

» Je compris très bien ce que signifiaient ces termes de « remise à flot » et de « faillite ». Je lui dis donc d'un air fort grave : « Monsieur Watson, il vous faut » essayer de trouver quelque occupation ou emploi, qui » vous procure de quoi vivre; et je vous promets que, » pour peu que je voie quelque probabilité de rembour- » sement, je vous avancerais une somme bien plus » importante que celle que vous avez dite, pour fournir

» à vos besoins dans toute bonne et honorable carrière; » mais pour ce qui est du jeu, outre la bassesse et la » perversité qu'il y a à en faire un métier, vous y êtes » vraiment inapte, je l'ai constaté moi-même, et il ne » peut entraîner pour vous qu'une ruine certaine.

» — Or çà, voilà qui est curieux, répliqua-t-il : ni vous, ni aucun de mes amis, vous n'avez jamais voulu m'accorder le moindre talent en la matière, alors que, j'en suis persuadé, je suis aussi adroit que vous tous à n'importe quel jeu. Je voudrais bien pouvoir jouer contre vous seul toute votre fortune; rien ne saurait m'amuser davantage, et je vous laisserais le choix du jeu, par-dessus le marché. Mais, allons, mon cher, avez-vous les cent livres en poche ?

» Je répondis que je n'avais qu'un effet de cinquante livres, que je lui remis, promettant de lui apporter le reste le lendemain matin; puis, après avoir encore ajouté quelques conseils, je pris mon congé.

» Je fis plus que tenir ma parole, car je retournai le voir l'après-midi même. En entrant dans sa chambre, je le trouvai assis dans son lit, engagé dans une partie de cartes avec un joueur notoire. Cette vue, comme bien vous le pensez, ne me choqua pas médiocrement; et il s'y ajouta la mortification de voir mon billet passer aux mains de son antagoniste, qui ne rendit que trente guinées en échange.

» L'autre joueur quitta bientôt la pièce, et Watson déclara qu'il avait honte de me voir : « Mais, dit-il, je vois » que la chance est si odieusement contre moi, que je suis » décidé à renoncer au jeu à tout jamais. Je n'ai cessé » de réfléchir à l'obligeante proposition que vous m'avez » faite, et je vous promets qu'il n'y aura pas de ma faute » si je n'y donne pas suite. »

» Quoique je n'eusse guère confiance en sa promesse, je lui remis le reste des cent livres par respect pour la mienne; et il m'en donna un reçu, qui était tout ce que j'espérais avoir en retour de mon argent.

» Nous fûmes empêchés d'ajouter quoi que ce soit par l'arrivée de l'apothicaire, qui, l'air rayonnant et sans même demander de nouvelles de son malade, annonça qu'une lettre venait de lui apporter une grande nouvelle qui, dit-il, ne tarderait pas à être publique : le duc de Monmouth avait débarqué dans l'Ouest avec une grande armée de Hollandais; et une autre flotte considérable croisait au large du Norfolk, où elle devait faire une descente pour faciliter l'entreprise du Duc par une diversion de ce côté.

» Cet apothicaire était un des plus grands politiqueurs de son temps. La plus misérable information le ravissait davantage que le meilleur malade, et sa plus grande joie était d'être en possession d'une nouvelle une heure ou deux avant toute autre personne dans la ville. Ses renseignements, cependant, étaient rarement dignes de foi; car il avalait n'importe quoi comme vrai — disposition dont bien des gens profitaient pour lui en faire accroire.

» Il en était ainsi de ce qu'il annonçait à ce moment; car on sut peu après que le Duc avait effectivement débarqué, mais que son armée ne se composait que de quelques personnes d'escorte; quant à la diversion dans le Norfolk, l'information était entièrement fausse.

» L'apothicaire ne resta dans la pièce que le temps de communiquer sa nouvelle; après quoi, sans dire un mot à son malade sur aucun autre sujet, il s'en alla la répandre par toute la ville.

» Les événements de cette nature ont tendance à éclipser auprès du public toutes affaires personnelles. Notre conversation ne roula donc plus que sur la politique. Pour ma part, il y avait déjà quelque temps que j'étais sérieusement préoccupé du danger auquel la religion protestante était si visiblement exposée sous un prince papiste, et j'estimais que cette seule appréhension suffisait à justifier l'insurrection; car on ne saurait trouver de sécurité réelle contre l'esprit de persécution du papisme, lorsqu'il est armé du pouvoir, qu'en le privant de ce pouvoir même, comme une triste expérience ne devait pas tarder à le montrer. On sait comment le roi Jacques se comporta après avoir triomphé de cette tentative; le peu de cas qu'il fit de sa parole royale, de son serment du couronnement ou des droits et libertés de son peuple. Mais tous n'eurent pas le bon sens de le prévoir dès l'abord; aussi, le duc de Monmouth ne trouva-t-il qu'un faible soutien. Cependant, chacun s'aperçut du mal quand il en fut personnellement atteint, et tous finirent par s'unir pour chasser ce roi, contre l'exclusion duquel une grande faction d'entre nous avaient si ardemment lutté durant le règne de son frère et pour lequel elle se battait alors avec tant de zèle et d'affection.

— Ce que vous dites, interrompit Jones, est très vrai; et j'ai été souvent frappé, comme de la chose la plus extraordinaire que j'aie lue dans l'histoire, que, si tôt après cette expérience convaincante qui amena la nation unanime à chasser le roi Jacques pour préserver notre religion et nos libertés, il se soit trouvé parmi nous un parti assez fou pour désirer replacer sa famille sur le trône.

— Vous ne parlez pas sérieusement ! répondit le vieillard; il ne peut exister un tel parti. Quelque mauvaise que soit mon opinion des hommes, je ne puis les croire aveugles à ce point. Il se peut qu'il y ait quelques papistes exaltés poussés par leurs prêtres à se lancer dans cette cause désespérée, qui la considèrent comme une guerre sainte; mais que des protestants, membres de l'Église d'Angleterre, soient de tels apostats, de tels zélateurs du suicide, je ne puis le croire; non, non, jeune homme, si étranger que je sois à ce qui s'est passé dans le monde ces trente dernières années, on ne m'en fera pas accroire au point d'ajouter foi à un conte si absurde; mais je vois que vous voulez vous amuser de mon ignorance.

— Serait-il possible, répondit Jones, que vous ayez vécu assez éloigné du monde pour ignorer que pendant ce temps il y a eu deux rébellions en faveur du fils du roi Jacques, et qu'il en est une qui fait rage en ce moment au cœur même du royaume ? »

A ces mots, le vieillard se dressa et, du ton le plus solennel, conjura Jones au nom de son Créateur de lui faire savoir si ce qu'il disait était l'expression de la vérité; et quand l'autre le lui eut confirmé tout aussi solennellement, il fit plusieurs tours dans la pièce en observant un profond silence; puis il se mit à pleurer, à rire, et enfin il tomba à genoux et bénit Dieu, dans une invocation d'actions de grâces, de l'avoir délivré de toutes relations avec la race humaine, qui était capable de si monstrueuses extravagances. Après quoi, Jones lui ayant rappelé qu'il avait interrompu son récit, il reprit :

— Les hommes n'étant pas arrivés, à l'époque dont je parlais, au degré de folie dont je vois qu'ils sont maintenant capables et que, assurément, je n'ai évité qu'en vivant dans la solitude, éloigné de toute contagion, il y eut un soulèvement considérable en faveur de Monmouth; et comme mes principes me poussaient fortement dans ce sens, je décidai de le rejoindre. M. Watson ayant pris la même résolution pour des motifs différents (car l'esprit du jeu mènera un homme, en pareille occasion, aussi loin que l'esprit de patriotisme), nous fûmes bientôt pourvus de tout le nécessaire et nous nous rendîmes auprès du Duc à Bridgewater.

» La malheureuse issue de cette entreprise, vous la connaissez sans doute aussi bien que moi. Je m'échappai, avec M. Watson, de la bataille de Sedgemore[1], à laquelle j'avais reçu une légère blessure. Nous fîmes ensemble près de quarante milles sur la route d'Exeter; puis, abandonnant nos chevaux, nous nous traînâmes tant bien que mal par les champs et les chemins de traverse, jusqu'au moment où nous arrivâmes à une petite cabane isolée dans la lande, où une pauvre vieille prit de nous tout le soin qu'elle put et pansa ma blessure avec un baume qui la guérit rapidement.

— S'il vous plaît, Monsieur, où était la blessure ? » demanda Partridge.

L'étranger lui répondit que c'était au bras et continua son récit : « Là, Monsieur, dit-il, M. Watson me laissa le lendemain matin, sous prétexte d'aller chercher quelques provisions à la ville de Collumpton; mais — puis-je le dire, ou pourrez-vous le croire ? — ce M. Watson, cet ami, ce vil, ce barbare, ce traître scélérat, me dénonça à un détachement de cavaliers appartenant à l'armée du roi Jacques et, à son retour, me livra entre leurs mains.

» Les soldats, au nombre de six, s'étant saisis de moi, m'emmenaient à la prison de Taunton; mais ni ma situation présente ni la crainte de ce qui pourrait m'arriver ne m'étaient à moitié aussi pénibles que la compagnie de mon faux ami, qui, s'étant rendu, était également considéré comme prisonnier, encore qu'il fût mieux traité, devant faire sa paix à mes dépens. Il tenta d'abord de se faire pardonner sa trahison; mais comme il ne reçut de moi que mépris et reproches, il changea bientôt de ton, me traita d'infâme et dangereux rebelle et mit toute sa propre faute sur mon compte, à moi qui, déclara-t-il, l'avais sollicité et même menacé, pour lui faire prendre les armes contre son gracieux et légitime souverain.

» Ce faux témoignage (de nous deux, c'était en réalité lui le promoteur) me piqua au vif et souleva en moi une indignation à peine concevable pour qui ne l'a pas ressentie. Cependant, la Fortune finit par prendre pitié de moi ; car, comme, un peu au-delà de Wellington, nous nous trouvions dans un chemin étroit, mes gardes reçurent une fausse alerte, selon laquelle une cinquantaine d'ennemis étaient tout près de là ; sur quoi, ils se débrouillèrent de leur côté, nous laissant, mon dénonciateur et moi, en faire autant du nôtre. Le scélérat s'enfuit immédiatement loin de moi, et j'en suis heureux, car, tout désarmé que j'étais, j'aurais certainement tenté de tirer vengeance de sa vilenie.

» Me voilà donc libre une nouvelle fois. Ayant immédiatement quitté la grand route pour les champs, je continuai d'avancer, sans guère savoir où j'allais, mais prenant surtout grand soin d'éviter toute route fréquentée et les villes, voire même les plus simples habitations ; car tout être humain que je rencontrais, je l'imaginais désireux de me trahir.

» Enfin, après avoir erré plusieurs jours dans la campagne, les champs m'offrant la même couche et la même nourriture qu'ils fournissent à nos frères inférieurs, j'arrivai ici, où la solitude et l'état inculte du pays m'invitèrent à me fixer. La première personne chez qui je m'installai était la mère de cette vieille femme. Je demeurai caché chez elle jusqu'au moment où la nouvelle de la glorieuse révolution vint mettre fin à toutes mes craintes de danger et me permit de retourner chez moi et de m'informer un peu de mes affaires, que je réglai rapidement à la satisfaction de mon frère et à la mienne propre, abandonnant tout à son profit, à charge pour lui de me payer une somme de mille livres et une rente viagère.

» Sa conduite en cette circonstance, comme en toutes autres, fut égoïste et mesquine. Je ne pouvais le considérer comme un ami, et en fait il ne le désirait point ; aussi ne tardai-je pas à prendre congé de lui, ainsi que de mes autres connaissances, et, de ce jour à maintenant, mon histoire n'est plus qu'une page à peu près blanche.

— Est-il possible, Monsieur, dit Jones, que vous ayez résidé ici depuis cette époque jusqu'à présent ?

— Oh, non, Monsieur, répondit le vieillard, j'ai été grand voyageur, et il est peu de régions en Europe que je ne connaisse.

— Je n'ai pas l'aplomb, Monsieur, dit Jones, de vous le demander à présent; ce serait cruel, en vérité, après l'effort que vous avez déjà fourni; mais vous me permettrez de souhaiter quelque occasion ultérieure d'entendre les excellentes observations qu'un homme de votre jugement et de votre connaissance du monde doit avoir faites dans une si longue suite de voyages.

— Eh bien, jeune homme, répondit l'étranger, je vais m'efforcer de satisfaire votre curiosité là-dessus aussi, pour autant que j'en sois capable. »

Jones voulut faire de nouvelles excuses, mais il en fut empêché; et, devant lui et Partridge qui, avides et impatients, étaient tout ouïe, l'étranger reprit comme on le verra au chapitre suivant.

CHAPITRE XV

Brève histoire de l'Europe, et curieuse conversation entre M. Jones et l'Homme de la Montagne.

— En Italie, les aubergistes sont fort taciturnes. En France, ils sont plus loquaces, mais cependant polis. En Allemagne et en Hollande, ils sont en général très impertinents. Quant à leur honnêteté, elle est, je pense, à peu près la même dans tous ces pays. On peut être certain que les *laquais à louange* [sic] ne perdront jamais une occasion de vous frauder; quant aux postillons, ils doivent être assez semblables dans tous les pays du monde. Voilà, Monsieur, les observations que j'ai pu faire sur les hommes au cours de mes voyages; car ce sont les seuls avec lesquels j'aie jamais parlé. Mon dessein, en allant à l'étranger, était de me divertir à la vue de la merveilleuse variété de sites, de quadrupèdes, d'oiseaux, de poissons, d'insectes et de végétaux, dont il a plu à Dieu d'enrichir les différentes parties du globe; variété qui, tout en procurant le plus grand plaisir au contemplatif, manifeste admirablement la puissance, la sagesse et la bonté du Créateur. A dire vrai, dans toute sa création, il n'est qu'une œuvre qui ne lui fasse guère honneur, et avec celle-ci j'ai depuis longtemps évité tout rapport.

— Pardonnez-moi, fit Jones; mais j'ai toujours imaginé que, dans cette œuvre dont vous parlez, il y a une aussi grande diversité que dans tout le reste; car, outre la différence de penchants, je me suis laissé dire que les coutumes et les climats en avaient amené beaucoup dans la nature humaine.

— Bien peu, en vérité, répondit l'autre; ceux qui voyagent dans l'intention de connaître les différentes mœurs des hommes pourraient s'éviter bien des peines en se rendant simplement au carnaval de Venise; car ils y verraient d'un seul coup tout ce que l'on peut découvrir dans les diverses Cours d'Europe. Même hypocrisie, même imposture; bref, mêmes folies et mêmes vices sous des habits différents. En Espagne, ils se revêtent d'une profonde gravité, et en Italie d'une grande magnificence. En France, un coquin est vêtu comme un dameret, et dans les pays nordiques, comme un malpropre. Mais la nature humaine est partout la même; partout elle est digne d'horreur et de mépris.

» Quant à moi, j'ai traversé tous ces pays comme peut-être vous traverseriez la foule à un spectacle : jouant des coudes pour passer, me bouchant le nez d'une main et protégeant mes poches de l'autre, sans dire un mot à quiconque, tandis que je me hâtais vers ce que je voulais voir, et qui, si intéressant que ce pût être en soi, ne compensait guère les inconvénients offerts par la compagnie.

— N'avez-vous pas trouvé moins pénibles que d'autres certains peuples chez lesquels vous voyageâtes? demanda Jones.

— Oh si, répondit le vieillard : les Turcs me furent beaucoup plus supportables que les chrétiens; car ce sont des gens extrêmement taciturnes, qui n'importunent jamais de questions un étranger. De temps à autre, évidemment, ils lui lancent une brève malédiction ou lui crachent à la figure quand il passe dans la rue ; mais, après cela, ils ne s'en occupent plus, et l'on peut vivre un siècle chez eux sans les entendre prononcer douze paroles. Mais de tous les peuples que j'ai connus, le Ciel me préserve des Français ! Avec leur satané bavardage et toutes leurs civilités, avec leur prétention de faire les honneurs (comme ils disent) de leur pays aux étrangers, alors qu'en fait ils ne font qu'étaler leur propre vanité, ils sont si insupportables que je préférerais infiniment passer ma vie chez les Hottentots que remettre les pieds à Paris. Ces derniers sont peut-être un peuple dégoûtant, mais la saleté en est surtout extérieure ; tandis qu'en France, et dans d'autres pays que je ne nommerai pas, elle est tout intérieure et les gens puent infiniment plus à ma raison que les Hottentots à mon nez.

» Ainsi, Monsieur, j'ai fini l'histoire de ma vie ; car, pour ce qui est de toute la suite d'années que j'ai passées ici dans la retraite, elle n'offre aucune diversité digne de retenir votre attention et on pourrait la considérer comme un seul jour. Cette retraite a été si entière, que je n'aurais guère pu jouir d'une solitude plus absolue dans les déserts de la Thébaïde qu'ici au milieu de ce royaume si peuplé. N'ayant pas de terre, je ne suis pas empoisonné par les fermiers ou les intendants : ma rente m'est servie assez régulièrement, comme il se doit, car elle est bien inférieure à ce que j'aurais pu demander en échange de ce à quoi j'avais renoncé. Je n'admets aucun visiteur, et la vieille qui tient ma maison sait que sa place dépend entièrement de sa ponctualité à m'épargner tout souci d'acheter moi-même ce qui est nécessaire à mes besoins, à m'épargner toute sollicitation ou toute affaire et à tenir sa langue tout le temps que je suis à portée de sa voix. Comme je ne me promène que la nuit, je suis assez sûr, dans ce lieu sauvage et désert, de ne rencontrer personne. Le peu de gens qu'il m'est arrivé de trouver devant moi, je les ai fait fuir épouvantés, mon costume et ma personne leur ayant fait croire à quelque fantôme ou gobelin. Mais ce qui s'est passé ce soir montre que, même ici, je ne suis pas à l'abri de la scélératesse des hommes, et sans votre assistance j'aurais non seulement été volé, mais très probablement assassiné. »

Jones remercia l'étranger de la peine qu'il s'était donnée de lui raconter son histoire, puis exprima quelque étonnement de sa capacité de supporter une existence si solitaire, « dans laquelle, dit-il, vous pourriez à bon droit vous plaindre du manque de diversité. En vérité, je n'en reviens pas que vous ayez pu remplir, ou plutôt tuer tant de temps ».

— Il ne me surprend aucunement, répondit l'autre, que, pour quelqu'un dont les affections et les pensées sont tournées vers le monde, mes heures paraissent ne pas avoir pu trouver d'emploi en ce lieu; mais il est une occupation unique, pour laquelle la vie entière de l'homme est infiniment trop courte : quel temps pourrait suffire à la contemplation et à l'adoration de cet Être glorieux, immortel, éternel, parmi les prodigieux ouvrages duquel non seulement notre globe, mais même ces astres innombrables dont nous voyons tout le ciel émaillé (nombre d'entre eux fussent-ils des soleils éclairant des systèmes de mondes différents) pourraient bien ne se présenter que comme quelques atomes auprès de l'univers entier que nous habitons ? Comment un homme que ses méditations divines ont, pour ainsi dire, fait admettre dans le commerce de cette ineffable et incompréhensible Majesté pourrait-il trouver les jours, les années ou les siècles trop longs pour la poursuite d'un honneur si exaltant ? Laisserons-nous les divertissements futiles, les plaisirs à la longue fastidieux, les stupides affaires du monde nous enlever trop rapidement nos heures, et la marche du temps semblera-t-elle lente à un esprit occupé à des études si hautes, si importantes, si glorieuses ? S'il n'est pas de temps qui suffise à cette grande entreprise, il n'est pas de lieu qui lui soit impropre. Sur quel objet pourrions-nous jeter les yeux, qu'il ne puisse éveiller en nous l'idée de la puissance, de la sagesse, de la bonté du Créateur ? Il n'est pas nécessaire que le soleil levant darde ses feux glorieux dans le ciel de l'Orient, que les vents impétueux s'élancent de leurs antres pour secouer l'altière forêt ou que les nuées entrouvertes déversent leurs déluges sur la plaine; il n'est pas nécessaire, dis-je, que rien de tout cela proclame sa majesté : il n'est pas un insecte, pas un végétal, fût-il au rang le plus bas de la création, que n'honore la marque des attributs de son grand Créateur, marque non seulement de la puissance de celui-ci, mais aussi de sa sagesse et de sa bonté. Seul l'homme, le roi de ce globe, le dernier et plus grand ouvrage de l'Être Suprême sous le soleil, seul l'homme a bassement déshonoré sa propre nature, et par sa malhonnêteté, sa cruauté, son ingratitude et sa perfidie a mis en cause la bonté de son Créateur en nous plaçant devant la difficulté d'expliquer comment un être bienveillant a pu former un animal si insensé et si vil. Voilà pourtant celui du commerce duquel vous me pensez, je suppose, bien malheureux d'avoir été privé et sans la bienheureuse société duquel la vie, selon vous, doit être fastidieuse et insipide.

— Pour la première partie de ce que vous avez dit, répondit Jones, je suis entièrement et sincèrement d'accord avec vous ; mais j'espère, et je crois, que l'horreur que vous exprimez pour conclure à l'encontre du genre humain est beaucoup trop générale. Vraiment, vous tombez là dans une erreur que mon peu d'expérience m'a permis d'estimer très commune, en jugeant des hommes d'après les plus mauvais et les plus bas d'entre eux ; alors que — un excellent écrivain l'a fait remarquer — on ne devrait considérer comme caractéristique de l'espèce que ce qui se trouve chez les individus les meilleurs et les plus parfaits de ladite espèce. Ceux qui commettent cette erreur sont, je pense, les gens qui, faute de la précaution qui convient dans le choix des amis et connaissances, ont eu à souffrir d'hommes mauvais et indignes un traitement, que deux ou trois exemples leur font imputer à la nature humaine entière.

— Je crois en avoir fait suffisamment l'expérience, répondit l'autre ; ma première maîtresse et mon premier ami me trahirent de la plus vile façon, et dans des circonstances qui risquaient d'avoir les pires conséquences, au point même de m'exposer à une mort infâme.

— Mais vous me pardonnerez, dit Jones, de vous demander de considérer quels étaient cette maîtresse et cet ami. Que pourrait-on attendre de mieux, mon bon monsieur, d'un amour issu d'un lieu de débauche ou d'une amitié née et nourrie à la table de jeu ? Juger des femmes d'après le premier exemple et des hommes d'après le second serait aussi injuste que d'affirmer que l'air est un élément nauséabond parce que tel est celui que l'on respire dans les latrines. Je n'ai vécu que peu de temps dans le monde, et pourtant j'ai connu des hommes dignes de la plus haute amitié et des femmes dignes du plus grand amour.

— Hélas, jeune homme, répondit l'étranger, vous n'avez vécu, vous le reconnaissez, que bien peu de temps dans le monde; j'étais plus âgé que vous, que j'étais encore de votre opinion.

— Vous eussiez pu le demeurer, répliqua Jones, si vous n'aviez pas été malheureux, j'oserai même dire imprudent dans le placement de vos affections. Y eût-il encore beaucoup plus de perversité dans le monde qu'il n'y en a en réalité, que cela ne prouverait pas le bien-fondé d'assertions si générales contre la nature humaine, puisqu'une grande partie de ce qui arrive ne le fait que par simple accident et que bien des hommes qui font le mal ne sont pas totalement mauvais ou corrompus dans l'âme. En vérité, nul ne semble avoir aucun titre à affirmer que la nature humaine est nécessairement et universellement mauvaise, si ce n'est ceux à qui leur propre âme offre un exemple de pareille dépravation naturelle; ce qui, j'en suis convaincu, n'est pas votre cas.

— Et ceux-là, dit l'étranger, seront toujours les derniers à rien affirmer de ce genre. Les coquins ne chercheront pas plus à nous persuader de la bassesse de la race humaine qu'un bandit de grand chemin ne vous préviendra qu'il y a des voleurs sur la route. Ce serait, en effet, une façon de vous mettre en garde et de déjouer leurs propres plans. C'est pourquoi, si les fripons ne se font pas faute de médire de certaines personnes, comme j'ai des raisons de le savoir, ils se gardent bien de faire aucune réflexion sur la nature humaine en général.

Le vieillard prononça ces mots avec tant de chaleur, que Jones, désespérant de le convertir et ne voulant pas l'offenser, ne répliqua rien.

Le jour commençant alors à répandre ses premières lueurs, Jones s'excusa auprès de l'étranger d'être resté si longtemps et de l'avoir peut-être empêché de prendre son repos. Le vieillard répondit qu'il n'avait jamais eu moins besoin de repos, car pour lui jour et nuit étaient même chose et il usait communément de celui-là pour dormir et de celle-ci pour se promener et méditer.

— Cependant, ajouta-t-il, il fait maintenant une matinée superbe, et si vous pouvez vous-même supporter de vous passer encore un peu de sommeil et de nourriture, je serais heureux de vous faire admirer quelques très beaux points de vue, que vous ne connaissez pas encore, je pense.

Jones accepta cette offre avec grand empressement, et tous deux sortirent aussitôt de la chaumière. Quant à Partridge, il s'était profondément assoupi dès que l'étranger avait fini son récit; car, sa curiosité étant alors satisfaite, la suite de la conversation n'avait pas un effet suffisant pour conjurer les charmes du sommeil. Jones le laissa donc jouir de son somme; et, comme le lecteur sera peut-être heureux à cette heure-ci de profiter de la même faveur, nous mettrons fin ici au huitième livre de notre histoire.

LIVRE IX

CHAPITRE PREMIER

De ceux qui peuvent légitimement écrire des histoires telles que celle-ci, et de ceux qui n'en ont pas le droit.

ENTRE autres bonnes raisons pour lesquelles j'ai cru bon d'instituer ces divers chapitres liminaires, je les ai considérés comme une sorte de marque ou d'estampille qui permette au lecteur le plus quelconque de distinguer ce qui est vrai et authentique dans ce genre d'écrit historique de ce qui est faux et inventé. Il semble, en vérité, que la nécessité d'une telle marque puisse bientôt apparaître, l'accueil favorable que le public a réservé dernièrement à deux ou trois de ces ouvrages devant sans doute encourager bien d'autres auteurs à en entreprendre de semblables. Ainsi sera produit un essaim de romans stupides ou monstrueux, qui entraîneront soit un fort appauvrissement des libraires, soit pour le lecteur, une grande perte de temps et la corruption de sa morale; voire même la propagation de la médisance et de la calomnie et une atteinte à la réputation de maintes dignes et honnêtes gens.

Je ne doute pas que l'ingénieux auteur du *Spectateur*[1], quand il met des épigraphes latines ou grecques en tête de chaque numéro, ne soit guidé par cette même considération de se prémunir contre les visées de ces gribouilleurs qui, n'ayant en fait de talent d'écrivain que ce que leur a enseigné le maître d'écriture, n'en ont pas plus peur ni honte d'adopter les mêmes titres que les plus grands génies que leur bon confrère de la fable n'en avait de braire dans la peau du lion.

Grâce à ces épigraphes, il devint impossible à quiconque d'oser imiter *le Spectateur* sans comprendre au moins une phrase des langues savantes. C'est de la même façon que je me suis garanti contre l'imitation de ceux qui sont totalement incapables de la moindre réflexion et dont le savoir n'est pas à la hauteur d'un essai.

Que l'on ne se méprenne pas : je n'insinue pas ici que le plus grand mérite de telles productions historiques puisse jamais résider dans ces chapitres liminaires; mais le fait est que les parties qui ne comportent que le récit pur et simple prêtent beaucoup plus à encouragement pour la plume d'un imitateur que celles qui sont composées d'observations et de réflexions. Je parle ici d'imitateurs tels que Rowe le fut de Shakespeare, ou comme Horace laisse entendre que certains Romains le furent de Caton, c'est-à-dire dans leurs pieds nus et leur visage revêche[1].

Inventer une bonne intrigue et la bien raconter est peut-être un talent fort rare, et pourtant j'ai vu peu de gens se faire un scrupule de viser à l'un et l'autre; or, si nous examinons les romans et nouvelles dont le monde foisonne, nous arriverons, je crois, à la juste conclusion que la plupart des auteurs n'auraient pas eu les dents si longues (qu'on me passe l'expression) en toute autre sorte d'écrit, et qu'ils n'auraient d'ailleurs vraiment pas su enchaîner une douzaine de phrases sur n'importe quel autre sujet. On peut bien dire avec vérité de l'historien et biographe plus que de tout autre genre d'écrivains : *scribimus indocti doctique passim*[2] ; car tous les arts et toutes les sciences (fût-ce même la critique) exigent un certain degré de culture et de savoir. Peut-être la poésie ferait-elle exception; mais encore demande-t-elle le nombre ou quelque chose d'approchant dans les vers, tandis que la composition de romans ou de nouvelles ne nécessite que du papier, des plumes et de l'encre, avec la capacité manuelle de s'en servir. Cela, je crois que les productions des auteurs montrent que c'est leur opinion à eux-mêmes, et ce doit être celle aussi de leurs lecteurs, si tant est qu'il y en ait.

C'est à cela qu'il faut attribuer le mépris universel que le monde, qui qualifie toujours le tout d'après la majorité, a jeté sur tous les historiens qui ne tirent pas leurs matériaux des archives. Et c'est la crainte de ce mépris qui nous a conduit à éviter si soigneusement le terme de roman, nom qui autrement nous eût parfaitement convenu. Cependant, comme tous nos personnages sont fondés sur une autorité sûre, qui n'est rien de moins, comme nous l'avons indiqué ailleurs, que l'authentique Grand Livre de la nature[1], nos travaux ont suffisamment de titres au nom d'histoire. Ils méritent assurément d'être distingués de ces ouvrages que l'un des hommes les plus spirituels considérait comme le résultat d'un prurit, ou plutôt même d'un relâchement du cerveau.

Mais, en plus du déshonneur ainsi jeté sur un des genres d'écrits les plus utiles et les plus intéressants, il y a tout lieu de craindre qu'en encourageant pareils auteurs nous ne répandions beaucoup de discrédit d'une autre sorte, j'entends sur la réputation de maints dignes et estimables membres de la société; car les auteurs les plus ennuyeux, tout comme les compagnons les plus obtus, ne sont pas toujours inoffensifs. Tous deux disposent d'assez de langage pour heurter la décence et médire des gens. Et assurément, si l'opinion que nous venons de citer est justifiée, il n'y a pas à s'étonner que des œuvres d'une si vilaine origine soient elles-mêmes vilaines ou aient tendance à rendre les autres tels.

Pour prévenir donc à l'avenir pareils abus immodérés du loisir, des lettres et de la liberté de la presse, et ce d'autant plus que le monde en semble plus que jamais menacé, je me hasarderai à indiquer ici certaines qualités qui toutes sont, à un assez haut degré, nécessaires à cet ordre d'historiens.

La première est le génie, sans une riche veine duquel aucune étude, dit Horace, ne nous sert à rien[2]. Par génie, j'entends cette faculté, ou plutôt ces facultés de l'esprit qui sont capables de pénétrer tout ce qui est à portée de notre connaissance et dont nous pouvons distinguer les différences essentielles; elles ne sont autres que l'invention et le jugement, et on leur donne le nom collectif de génie, attendu qu'elles font partie de ces dons de la nature que nous apportons avec nous dans le monde. Pour ce qui est de ces deux facultés, nombreux sont ceux qui semblent être tombés dans de très grandes erreurs; car, par invention, on entend généralement, à ce que je crois, faculté de création, ce qui établirait en fait que la plupart des romanciers y peuvent le plus prétendre; alors qu'en réalité invention ne signifie rien de plus (et c'est son sens original) que trouvaille, découverte; ou, pour mieux m'expliquer, une prompte et sagace pénétration de l'essence véritable de tout ce qui fait l'objet de nos méditations. Cela peut rarement exister, je crois, sans la concomitance du jugement; car il me paraît difficile de dire que l'on a découvert la véritable essence de deux choses sans en avoir discerné la différence. Or cela, c'est le domaine incontesté du jugement; ce qui n'a pas empêché certains hommes d'esprit de s'accorder avec tous les lourdauds de l'univers pour soutenir que ces deux qualités ont rarement, sinon jamais, été le privilège d'une seule et même personne.

Mais, quand bien même elles le seraient, elles ne suffiraient pas pour ce que nous voulons, sans une bonne dose de savoir; à l'appui de quoi, je pourrais encore citer l'autorité d'Horace et de bien d'autres, s'il était nécessaire pour prouver que les outils ne sont d'aucune utilité à un ouvrier quand l'art ne les a point aiguisés ou quand il lui manque les règles pour le diriger dans son travail ou les matériaux dont il doit se servir. Tout cela, c'est le savoir qui y pourvoit : la nature ne peut fournir que la capacité, ou, selon l'image qu'il m'a plu d'en donner, les outils de notre profession, et c'est le savoir qui doit les mettre en état, en diriger l'emploi et enfin fournir une partie au moins des matériaux. Une connaissance qualifiée de l'histoire et des belles-lettres est ici absolument nécessaire; et sans une part au moins de cette connaissance, poser à l'historien est aussi vain que de prétendre construire une maison sans bois, sans mortier, sans briques ni pierres.

Il est aussi une autre sorte de connaissances, qu'il n'est pas au pouvoir de l'étude de donner et qui ne s'acquiert que par le commerce des hommes. Elle est si nécessaire à la compréhension des caractères, que nul n'en est plus ignorant que ces pédants érudits dont la vie s'est entièrement consumée dans les collèges et parmi les livres; car, avec quelque minutie que la nature humaine ait été décrite par les écrivains, le véritable système pratique ne se peut apprendre que dans le monde. En fait, c'est la même chose pour toute autre sorte de connaissances : ni la médecine ni le droit ne s'apprennent pratiquement dans les livres. Et même, le fermier, le cultivateur, le jardinier doivent parfaire par l'expérience ce dont ils ont acquis les rudiments par la lecture. L'ingénieux M. Miller avait beau avoir décrit une plante avec la plus minutieuse précision, il ne manquait pas de conseiller lui-même à ses élèves de la voir dans le jardin. De même qu'il nous faut bien constater qu'après les peintures les plus délicates d'un Shakespeare ou d'un Johnson, ou encore d'un Wycherly ou d'un Otway, il échappera au lecteur certains traits de la nature, que le jeu judicieux d'un Garrick, d'une Cibber ou d'une Clive lui fera voir*, de même sur la scène de la réalité, le personnage se révèle sous un jour plus vif et plus cru que celui sous lequel on peut le dépeindre. S'il en est ainsi des belles et vigoureuses descriptions que les grands auteurs eux-mêmes ont faites d'après nature, combien plus encore cela vaudra quand l'écrivain emprunte ses traits non à la nature, mais aux livres. De tels caractères ne sont qu'une faible copie d'une copie et ne peuvent avoir ni la justesse ni l'âme d'un original.

Or, ce commerce de notre historien avec le monde doit être universel, c'est-à-dire qu'il doit s'étendre aux hommes de tout rang et de tout état; car la connaissance de la vie mondaine ne lui enseignera pas celle des basses classes, ni, *è converso,* sa connaissance de la partie inférieure de l'humanité ne l'instruira-t-elle des mœurs de la partie supérieure. Et, si l'on peut croire que la connaissance de l'une ou l'autre lui permette assez de décrire au moins celle qui lui est familière, même là, il restera encore loin de la perfection; car les folies de chaque rang s'éclairent mutuellement. Ainsi, l'affectation de la haute société paraît plus éclatante et plus ridicule en face de la simplicité des basses classes; et, de leur côté, leur grossièreté et leur barbarie frappent comme d'autant plus absurdes qu'on les compare et les oppose à la politesse qui gouverne la première. D'ailleurs, à vrai dire, les mœurs de notre historien gagneront à l'une et l'autre

* Il est particulièrement à propos de parler ici de ce grand acteur et de ces deux actrices si justement célèbres, étant donné qu'ils se sont tous trois formés par la seule étude de la nature, et non par l'imitation de leurs prédécesseurs. De là vient qu'ils aient pu surpasser tous ceux qui étaient venus avant eux, degré de mérite auquel ne saurait jamais accéder le troupeau servile des imitateurs. H. F.

fréquentation; car, dans l'une, il trouvera aisément des exemples de simplicité, d'honnêteté et de sincérité, et dans l'autre de raffinement et d'élégance, ainsi que de la largeur d'esprit, qualité que personnellement je n'ai à peu près jamais vue chez des hommes de basse naissance et de peu d'éducation.

Mais toutes les qualités dont j'ai jusqu'ici doué mon historien ne lui serviront de rien, s'il n'a ce que l'on entend généralement par un bon cœur et s'il manque de sensibilité. Pour qu'un auteur me fasse pleurer, dit Horace, il faut qu'il commence par pleurer lui-même[1]. En vérité, nul ne peut bien peindre une affliction qu'il ne ressent pas en la peignant; et je ne doute pas que les scènes les plus pathétiques et les plus émouvantes n'aient été écrites avec des larmes. Il en va de même pour le comique. Je suis convaincu que je ne fais jamais rire de bon cœur mon lecteur que lorsque j'ai ri avant lui : à moins qu'il ne lui arrive, au lieu de rire avec moi, d'être tenté de rire de moi. Peut-être cela a-t-il été le cas à certains passages de ce chapitre, et cette crainte me pousse à y mettre fin ici.

CHAPITRE II

Contenant une aventure vraiment fort surprenante, qui advint à M. Jones au cours de sa promenade avec l'Homme de la Montagne.

AURORE ouvrait sa croisée; autrement dit, le jour commençait à paraître, quand Jones sortit avec l'étranger et gravit le mont Mazard, dont ils n'eurent pas plus tôt atteint le sommet que le plus sublime paysage se présenta à leur vue. Nous le présenterions de même au lecteur, n'étaient deux raisons : d'abord, nous désespérons d'amener ceux qui le connaissent à admirer notre description, et, en second lieu, nous doutons fort que ceux qui ne le connaissent pas puissent nous comprendre.

Jones se tint quelques minutes immobile, les yeux fixés vers le sud; sur quoi, le vieillard lui demanda ce qu'il regardait avec tant d'attention.

— Hélas ! Monsieur, répondit-il avec un soupir, j'essayais de discerner la route que j'ai suivie jusqu'ici. Mon Dieu, que Gloucester est donc loin ! Quelle vaste étendue doit me séparer de chez moi !

— Mais oui, jeune homme, fit l'autre, et aussi, d'après votre soupir, de l'objet d'un amour plus grand que celui de votre maison, si je ne m'abuse. Je m'aperçois maintenant que le sujet de votre contemplation n'est pas à portée de votre vue, et pourtant j'ai l'impression que vous avez plaisir à regarder de ce côté.

Jones répondit avec un sourire : « Je vois, mon vieil ami, que vous n'avez pas encore oublié les impressions de votre jeunesse. J'avoue que mes pensées étaient bien celles que vous avez devinées. »

Ils se dirigèrent alors vers la partie de la montagne qui fait face au nord-ouest et qui surplombe une vaste et considérable forêt. Ils n'y furent pas plus tôt arrivés qu'ils entendirent à quelque distance de très violents cris de femme, en provenance de la forêt qui s'étendait à leurs pieds. Jones écouta un instant, puis, sans dire un mot à son compagnon (la circonstance semblait en effet assez pressante), il courut ou plutôt se laissa glisser jusqu'au pied de la montagne, et, sans la moindre crainte ou le moindre souci de sa sécurité, s'élança vers le hallier d'où étaient partis les cris.

Il n'avait pas pénétré bien avant dans la forêt quand il vit un spectacle vraiment affreux : une femme à demi nue, se débattant entre les mains d'un bandit, qui lui avait passé sa jarretière autour du cou et s'efforçait de l'entraîner vers un arbre. Jones ne perdit pas de temps en questions, mais tomba aussitôt sur le gredin et joua si bien de son fidèle bâton de chêne qu'il l'étendit tout de son long à terre avant même que l'autre pût se défendre ou même qu'il se sût attaqué; et il ne cessa d'assener ses coups que lorsque la femme elle-même le pria de s'arrêter, lui disant qu'elle pensait qu'il en avait assez fait.

La malheureuse tomba alors à genoux devant Jones, et se répandit en remerciements pour sa délivrance. Il la releva aussitôt, et lui dit qu'il était fort heureux de l'extraordinaire hasard qui l'avait amené à point nommé pour lui porter secours en un endroit où il était bien improbable qu'elle en pût trouver, ajoutant qu'il semblait que ce fût Dieu qui l'avait destiné à être l'heureux instrument de la protection de la pauvre femme.

— Oui, répondit-elle, j'imaginerais presque que vous êtes quelque bon ange; et, à vrai dire, vous avez plus l'air à mes yeux d'un ange que d'un homme.

En fait, il avait un physique charmant; et si jamais une fort jolie tournure et des traits des plus avenants agrémentés de la jeunesse, de la santé, de la vigueur, de la fraîcheur, de l'entrain et de la bonhomie, peuvent faire ressembler un homme à un ange, il avait certes le privilège de cette ressemblance.

La captive délivrée ne tenait pas tout à fait autant de l'espèce humano-angélique : elle semblait pour le moins entre deux âges et son visage n'avait guère de beauté; mais ses vêtements ayant été arrachés de tout le haut du corps, sa poitrine bien faite et d'une grande blancheur attira les regards de son sauveur, et tous deux restèrent un moment silencieux, à se regarder l'un l'autre, jusqu'à ce que, le bandit étendu à terre ayant fait un mouvement, Jones prit la jarretière qui avait été destinée à un autre usage et lui lia les mains derrière le dos. Examinant alors son visage, il découvrit à sa grande surprise, et sans doute aussi avec quelque satisfaction, que le personnage n'était autre que l'enseigne Northerton. L'enseigne n'avait pas non plus oublié son ancien antagoniste, qu'il reconnut aussitôt revenu à lui, et son étonnement fut égal à celui de Jones; mais j'ai idée que son plaisir fut plutôt moindre en la circonstance.

Jones l'aida à se remettre sur ses jambes, puis, les yeux fixés sur son visage, il lui dit : « J'imagine, Monsieur, que vous ne vous attendiez pas à me revoir en ce monde, et j'avoue que je m'attendais tout aussi peu à vous trouver ici. La Fortune, cependant nous a réunis de nouveau, à ce que je vois; elle m'a donné satisfaction de l'outrage que j'ai reçu, et ce à mon insu.

— Il est bien d'un homme d'honneur, certes, répliqua Northerton, de tirer satisfaction d'un homme en l'assommant par-derrière. Je suis d'ailleurs dans l'incapacité de vous rendre raison ici, puisque je n'ai pas d'épée; mais si vous osez vous conduire en gentilhomme, allons là où je pourrai m'en procurer une, et j'en agirai avec vous comme le doit un homme d'honneur.

— Convient-il à un gredin tel que vous, s'écria Jones,

de souiller le nom de l'honneur en l'assumant ? Mais je ne perdrai pas mon temps à discuter avec vous. C'est la justice qui demande maintenant satisfaction de vous, et elle l'aura. »

Se tournant alors vers la femme, il lui demanda si elle était près de chez elle, ou si, dans le cas contraire, elle connaissait dans le voisinage une maison où elle pût se procurer des vêtements convenables pour se rendre devant le juge de paix.

Elle répondit qu'elle était totalement étrangère en cette partie du monde. Jones, après avoir réfléchi un instant, dit qu'il avait près de là un ami qui leur donnerait conseil; il était d'ailleurs étonné que celui-ci ne l'eût pas suivi; mais, en fait, le digne Homme de la Montagne, après le départ de notre héros, s'était assis sur le faîte, où, bien qu'il eût un fusil en main, il attendait patiemment et avec indifférence l'issue de l'aventure.

Jones, sortant de la forêt, aperçut le vieillard assis comme nous venons de le décrire; il déploya aussitôt toute son agilité, et gravit la montagne avec une célérité surprenante.

Le vieillard lui conseilla d'amener la femme à Upton, qui, dit-il, était la ville la plus proche et où il était sûr de trouver tout le nécessaire. Jones, ayant reçu toutes indications utiles sur le chemin à suivre, prit congé de l'Homme de la Montagne et, après l'avoir prié d'envoyer Partridge dans la même direction, se hâta de regagner la forêt.

Quand il était parti faire son enquête auprès de son ami, notre héros avait considéré que le bandit, ayant les mains liées derrière le dos, était dans l'incapacité de faire aucun mal à la pauvre femme. Il savait, de plus, qu'il resterait à portée de la voix de celle-ci et pouvait revenir assez vite pour éviter tout mauvais coup. Il avait au reste déclaré au scélérat que, s'il tentait la moindre indignité, ce serait lui-même qui lui servirait de bourreau immédiat. Mais Jones avait malheureusement oublié que, si les mains de Northerton étaient bien liées, ses jambes étaient restées libres; et il n'avait pas fait la moindre injonction au prisonnier de n'en pas faire l'usage qu'il lui plairait. Northerton, qui n'avait donné aucune parole de ce genre, pensa pouvoir décamper sans aucune atteinte à l'honneur, nulle règle ne l'obligeant, selon lui, à attendre un élargissement dans les formes. Il leva donc le pied, puisqu'il l'avait libre, et s'éloigna dans la forêt, qui favorisa sa retraite; et la femme, dont les yeux étaient peut-être tournés plutôt vers son libérateur, ne pensa pas une minute à la possibilité d'une évasion, ne s'en soucia point et ne se donna aucune peine pour l'empêcher.

Ainsi, Jones, à son retour, trouva la femme seule. Il aurait voulu prendre le temps de rechercher Northerton, mais elle ne le lui permit pas, le priant avec grande instance de l'accompagner jusqu'à la ville qu'on avait indiquée.

— Quant à l'évasion de cet individu, dit-elle, elle ne me gêne aucunement; car la philosophie et le christianisme nous prêchent tous deux le pardon des injures. Mais pour ce qui est de vous, Monsieur, je suis désolée de la peine que je vous donne. De plus, ma nudité suffirait à faire que j'aie honte de vous regarder en face, et, n'était le besoin de votre protection, je préférerais aller seule.

Jones lui offrit son habit; mais, je ne sais pourquoi, elle refusa absolument de céder à ses offres répétées. Il la supplia alors d'oublier ses deux motifs de confusion : « Pour le premier, dit-il, je n'ai fait que mon devoir en vous protégeant; et pour le second, je le supprimerai entièrement en marchant devant vous tout le long du chemin; car je ne voudrais pas que mes regards vous offensent, et je ne saurais répondre de ma résistance au pouvoir de séduction de tant de charmes. »

C'est ainsi que notre héros et la dame qu'il avait sauvée marchèrent comme le firent jadis Orphée et Eurydice; mais, bien que je ne puisse croire au dessein délibéré de la belle d'induire Jones à regarder en arrière, comme elle eut souvent besoin de son aide pour franchir des barrières et qu'il lui arriva en outre bien des faux pas et autres accidents, il fut souvent obligé de se retourner. Il eut cependant meilleure chance que le pauvre Orphée, puisqu'il amena sa compagne, ou plutôt sa « suivante », saine et sauve dans la fameuse ville d'Upton.

CHAPITRE III

Arrivée de M. Jones et de sa dame à l'auberge,
et description très complète de la bataille d'Upton.

BIEN que le lecteur soit, nous n'en doutons pas, fort impatient de savoir qui était cette dame, et comment elle était tombée entre les mains de M. Northerton, il nous faut le prier de suspendre encore un peu sa curiosité, de très bonnes raisons, qu'il devinera peut-être un peu plus tard, nous contraignant à différer encore de le satisfaire.

Aussitôt arrivés à la ville, M. Jones et sa belle compagne allèrent tout droit à l'auberge qui, de la rue, leur sembla présenter la meilleure apparence. Là, Jones, ayant dit à une servante de montrer une chambre au premier étage, commençait de monter, quand la belle échevelée, qui le suivait précipitamment, fut arrêtée par l'aubergiste, qui cria : « Hé là, où va cette mendiante ? Je vous prie de rester en bas. »

Mais Jones fulmina aussitôt d'en haut : « Laissez monter cette dame » d'un ton si autoritaire, que le digne homme retira vivement ses mains, et la dame gagna prestement la chambre.

Là, Jones lui fit compliment de sa bonne arrivée, puis il sortit, promettant de lui envoyer l'hôtesse avec quelques vêtements. La pauvre femme le remercia chaleureusement de sa bonté, et dit qu'elle espérait le revoir bientôt pour le remercier encore mille fois plus. Durant ce court entretien, elle couvrait autant que possible de ses bras sa blanche poitrine; car Jones ne pouvait s'empêcher de couler un regard ou deux, non sans prendre tout le soin imaginable pour éviter de l'offenser.

Nos voyageurs se trouvaient être descendus dans une maison d'extrêmement bonne réputation, où avaient accoutumé de s'arrêter sur le chemin de Bath des dames irlandaises de stricte vertu et maintes demoiselles du Nord, de la même catégorie. L'hôtesse n'aurait donc voulu, pour rien au monde, admettre sous son toit aucun commerce peu honorable. En fait, pareils faits et gestes sont si malsains et contagieux qu'ils contaminent jusqu'aux endroits fort innocents où ils se commettent et confèrent le nom de mauvaise maison ou de maison mal famée à toutes celles qui les tolèrent.

Ce n'est pas que je veuille laisser entendre que l'on puisse maintenir dans une auberge, qui est publique, une chasteté aussi stricte que celle qui était observée dans le temple de Vesta. Notre digne hôtesse n'espérait pas une telle grâce de Dieu, et aucune des dames dont j'ai parlé, ni même toute autre du caractère le plus rigide, ne se serait attendue à une chose pareille ou ne l'aurait exigée. Mais exclure tout concubinage vulgaire et chasser toute catin déguenillée est au pouvoir de quiconque. Cela, notre hôtesse s'y attachait avec rigueur, et toutes ces dames vertueuses, qui ne voyageaient pas en haillons, pouvaient à juste titre l'attendre d'elle.

Or, point n'était besoin d'être vraiment trop soupçonneux pour imaginer que M. Jones et sa compagne déguenillée avaient en tête certains desseins qui, s'ils sont tolérés dans quelques pays chrétiens, facilités dans d'autres et accomplis dans tous, sont cependant aussi expressément condamnés que le meurtre ou tout autre forfait par la religion universellement pratiquée dans ces pays. Aussi, à peine l'hôtesse eut-elle reçu avis de l'entrée des personnes susdites qu'elle se mit à réfléchir au moyen le plus expéditif de les expulser. A cet effet, elle s'était armée de ce long et meurtrier instrument avec lequel, en temps de paix, la femme de chambre avait l'habitude de détruire les travaux de l'industrieuse araignée. En langage vulgaire, elle s'était emparée du manche à balai et elle était sur le point d'effectuer sa sortie de la cuisine, quand Jones l'aborda en lui demandant une robe et autres vêtements pour couvrir la femme à demi nue qui se trouvait en haut.

Rien ne saurait être plus exaspérant pour le caractère humain, ni plus dangereux pour cette vertu cardinale qu'est la patience, que la sollicitation de bons offices exceptionnels en faveur des personnes mêmes contre lesquelles on est violemment en colère. C'est bien pourquoi Shakespeare a si habilement présenté sa Desdémone en train de solliciter de son mari certaines faveurs pour

Cassio, comme un moyen d'exciter non seulement sa jalousie, mais encore sa rage, et de pousser celle-ci au dernier degré de la folie; et nous voyons l'infortuné More moins capable de maîtriser ses passions en cette circonstance que lors même qu'il vit le cher présent, qu'il avait fait à sa femme, dans les mains de son rival supposé. En fait, nous regardons ces tentatives comme des insultes à notre intelligence, et ce sont celles-là mêmes que l'orgueil de l'homme a le plus de peine à accepter.

Notre hôtesse, si facile à vivre qu'elle fût, avait, je suppose, une certaine dose de cet orgueil dans la constitution, car Jones eut à peine achevé sa requête, qu'elle lui tomba dessus avec certaine arme qui, quoiqu'elle ne soit ni longue, ni affilée, ni dure et qu'elle ne menace d'après son aspect ni de mort ni de blessure, a cependant provoqué l'effroi et l'horreur de maints hommes prudents, voire courageux; au point que certains, qui n'avaient pas craint d'affronter la bouche d'un canon chargé, n'ont pas osé affronter celle où était brandie cette arme; et, plutôt que de s'exposer à ses ravages, ont préféré faire figure de piteux fuyard aux yeux de toutes leurs connaissances.

A parler franchement, je crains que M. Jones ne fût de ceux-là; car toutes les attaques et les violentes fouaillées de ladite arme ne parvinrent pas à susciter chez lui de résistance : de la façon la plus lâche, il sollicita abondamment son antagoniste de suspendre ses coups, c'est-à-dire qu'il se contenta de la supplier instamment de l'écouter. Mais, avant qu'il fût fait droit à sa requête, l'aubergiste lui-même entra dans la bagarre, se rangeant du côté du parti qui semblait avoir fort peu besoin d'assistance.

Il est une sorte de héros qui passent pour se laisser guider dans le choix ou le refus du combat par le caractère et la conduite de la personne à qui ils doivent le livrer. On dit de ceux-là qu'ils connaissent leur homme : Jones, je pense, connaissait sa femme; car, s'il s'était montré si soumis devant elle, il ne fut pas plus tôt attaqué par le mari qu'il manifesta un fougueux et immédiat ressentiment et lui enjoignit le silence sous les peines les plus sévères : rien de moins, je crois, que d'être converti en combustible pour son propre feu.

Le mari, avec une grande indignation, non exempte

cependant de pitié, répliqua : « Vous ferez bien de prier d'abord le Ciel d'en recevoir le pouvoir. M'est avis que je vaux mieux que vous; oui, à tout point de vue, pour ça, oui ! »

Et il se mit en devoir de décharger contre la dame d'en haut une demi-douzaine de « putain », dont le dernier était à peine sorti de sa bouche, qu'un coup bien envoyé du gourdin que Jones avait à la main lui tomba sur les épaules.

On peut se demander lequel de l'hôte ou de l'hôtesse fut le plus prompt à retourner le coup. L'aubergiste, dont les mains étaient vides, s'y mit avec les poings, et sa digne épouse, levant son balai et visant à la tête de Jones, aurait probablement mis une fin immédiate à la bagarre et à notre héros mêmement, la chute de ce balai n'eût-elle été empêchée, non par l'intervention miraculeuse de quelque divinité païenne, mais par un incident fort naturel, encore qu'heureux, à savoir l'arrivée de Partridge, qui pénétra à cet instant même dans la maison (car la peur l'avait fait courir tout le long du chemin) et qui, voyant le danger dont était menacé son maître ou son compagnon (comme on préférera) prévint une si triste catastrophe en saisissant le bras de l'hôtesse au moment où elle le brandissait bien haut en l'air.

L'hôtesse vit bientôt quelle était l'entrave qui empêchait ses coups, et, incapable de dégager son bras de la prise de Partridge, elle laissa tomber le balai; puis, abandonnant Jones au châtiment de son mari, elle se retourna avec la plus grande fureur sur le pauvre diable qui s'était déjà annoncé en criant : « Ventredieu ! voulez-vous donc tuer mon ami ? »

Bien qu'il ne fût jamais bien chaud pour se battre, Partridge ne voulait pourtant pas rester inactif quand son ami était attaqué; et il n'était pas trop mécontent de la part du combat qui lui échoyait. Il rendit donc à notre hôtesse coup pour coup; alors la bagarre fut soutenue avec obstination par toutes les parties, et on pouvait douter de quel côté inclinerait la Fortune, quand la dame dénudée, qui avait écouté du haut de l'escalier le dialogue qui avait précédé l'engagement, descendit soudain, et, sans peser la peu loyale inégalité de la proportion de deux contre un, tomba sur la pauvre femme qui se boxait avec Partridge; quant à ce grand champion il n'abandonna pas le combat, mais redoubla plutôt de fureur quand il vit des troupes fraîches arriver à son secours.

La victoire n'eût pas manqué de se ranger du côté des voyageurs (car les soldats les plus braves doivent céder devant le nombre), si Suzanne, la femme de chambre, n'était heureusement venue au secours de sa maîtresse. Cette Suzanne n'avait pas la main morte (comme on dit) et elle eût, je pense, battu la fameuse Thalestris elle-même ou n'importe laquelle de ses sujettes amazones; car elle était d'un physique robuste, viril et tout à fait taillé pour de telles rencontres. Si ses mains et ses bras étaient faits pour assener les coups les plus durs à un ennemi, sa figure était aussi propre à en recevoir sans grand dommage pour elle, son nez y étant déjà tout aplati; elle avait les lèvres si grosses qu'aucune enflure ne s'y pouvait voir, et elles étaient en outre si dures qu'un poing n'y faisait aucune empreinte. Enfin, ses pommettes saillaient, comme si la nature avait voulu placer là deux bastions destinés à protéger ses yeux au cours de ces rencontres pour lesquelles elle semblait si bien faite et auxquelles elle était étonnamment portée.

Cette belle créature, pénétrant sur le champ de bataille, se porta aussitôt à l'aile où sa maîtresse soutenait une lutte si inégale contre un adversaire de chaque sexe. Là, elle provoqua Partridge en combat singulier. Il accepta le défi, et une bataille acharnée s'engagea entre eux.

Les chiens de la guerre ainsi lâchés commençaient à pourlécher leurs babines sanglantes; la Victoire aux ailes d'or planait dans les airs; la Fortune, prenant sur l'étagère sa balance, commençait à peser le destin de Tom Jones, de sa compagne et de Partridge contre celui de l'aubergiste, de sa femme et de la chambrière, et le fléau marquait un exact équilibre, quand un heureux incident mit une fin soudaine à la sanglante mêlée, dont la moitié des combattants s'étaient suffisamment repus. Ce fut l'arrivée d'un carrosse à quatre chevaux. Sur quoi, l'hôte et l'hôtesse cessèrent aussitôt le combat, et leurs prières obtinrent la même faveur de leurs antagonistes. Mais Suzanne ne se montra pas aussi obligeante pour Partridge; car cette belle amazone, à califourchon sur son ennemi qu'elle avait culbuté, était occupée à le bourrer des deux mains de vigoureuses taloches, sans aucun égard à la demande d'armistice qu'il articulait ou aux hurlements de « Au meurtre ! » qu'il poussait de toute la force de ses poumons.

Cependant, dès que Jones eut quitté l'aubergiste, il s'élança au secours de son compagnon défait, dont il arracha non sans peine l'enragée servante; mais Partridge ne se rendit pas immédiatement compte de sa délivrance, car il resta étendu à terre, se protégeant la figure avec les mains, et il ne cessa de hurler que lorsque Jones l'eut forcé de lever les yeux et de percevoir que la bataille était finie.

L'hôte, qui n'avait aucune blessure visible, et l'hôtesse, cachant avec son mouchoir une figure tout égratignée, s'encoururent vivement à la porte pour accueillir le carrosse, d'où descendirent alors une jeune dame et sa camériste. L'hôtesse les mena aussitôt à la chambre où M. Jones avait d'abord déposé sa belle prise, vu que c'était la meilleure de la maison. Pour cela, elles durent passer par le champ de bataille, ce qu'elles firent avec la plus grande hâte et non sans se couvrir le visage de leur mouchoir, comme pour éviter d'attirer l'attention de quiconque. En fait, la précaution était bien inutile; car l'Hélène infortunée, cause fatale de cette effusion de sang, avait pour unique souci de dissimuler son propre visage et Jones n'était pas moins occupé à délivrer Partridge de la fureur de Suzanne. Quand il y fut heureusement parvenu, le pauvre diable se précipita à la pompe pour se laver la figure et arrêter le torrent de sang que Suzanne lui avait abondamment tiré des narines.

CHAPITRE IV

Dans lequel l'arrivée d'un homme de guerre met une fin finale aux hostilités et amène la conclusion d'une paix solide et durable entre toutes les parties.

Un sergent et deux mousquetaires escortant un déserteur arrivèrent sur ces entrefaites. Le sergent s'enquit tout de suite du principal magistrat de la ville, et l'aubergiste l'informa qu'il était lui-même investi de cette fonction. Le sergent demanda alors des billets de logement, ainsi qu'un pot de bière, et, se plaignant du froid, s'étala avec complaisance devant le feu de la cuisine.

M. Jones, à ce moment, était en train de consoler la pauvre dame affligée, qui, assise la tête appuyée sur le bras à une table de la cuisine, gémissait sur ses malheurs; mais, de peur que mes belles lectrices ne s'inquiètent d'une certaine circonstance, je crois bon de les informer qu'avant de quitter sa chambre, elle s'était si bien couverte d'une taie d'oreiller qu'elle y avait prise, que son souci de décence n'était aucunement blessé par la présence de tous ces hommes qui se trouvaient pour lors dans la pièce.

Un des soldats s'approcha alors du sergent et lui murmura quelque chose à l'oreille; sur quoi, celui-ci regarda fixement la dame et, après l'avoir dévisagée pendant près d'une minute, il vint à elle, disant : « Je vous demande pardon, Madame; mais je suis sûr de ne pas me tromper : vous êtes bien l'épouse du capitaine Waters ? »

La pauvre femme, qui, dans sa détresse actuelle, avait bien peu observé le visage des personnes présentes, eut à peine regardé le sergent qu'elle se souvint de lui et, l'appelant par son nom, répondit qu'elle était bien l'infortunée qu'il croyait; mais elle ajouta : « Je m'étonne que quiconque puisse me reconnaître affublée de la sorte. »

A quoi, le sergent répondit qu'il était bien surpris de voir Madame ainsi vêtue et qu'il craignait qu'il ne lui fût arrivé quelque accident.

— Oui, certes, il m'en est arrivé un, dit-elle; et j'ai de grandes obligations envers Monsieur (elle désigna Jones) sans qui il eût été fatal et grâce à qui je suis encore en vie pour en parler.

— Quoi qu'ait fait Monsieur, s'écria le sergent, je suis sûr que le capitaine le lui revaudra; et si je puis être de quelque utilité, Madame n'a qu'à commander, et je m'estimerai très heureux de pouvoir rendre service à Madame; comme n'importe qui d'ailleurs, car je sais que le capitaine ne manquera pas de le reconnaître par une bonne récompense.

L'hôtesse, qui avait entendu de l'escalier tout ce qui s'était passé entre le sergent et Mme Waters, descendit en hâte, courut droit à elle, et se mit à lui demander pardon de toutes les offenses qu'elle avait commises, la suppliant de tout mettre sur le compte de l'ignorance où elle était de sa qualité : « Car, mon Dieu, Madame, comment aurais-je pu imaginer qu'une dame de votre condition paraîtrait dans une telle tenue ? Assurément, Madame, si j'avais soupçonné un instant que Madame était Madame, j'aurais préféré me brûler la langue que de dire ce que j'ai dit; et j'espère que Madame voudra bien accepter une robe jusqu'à ce qu'elle puisse recevoir ses propres habits.

— De grâce, femme, dit Mme Waters, cessez là vos impertinences : comment pouvez-vous imaginer que je me soucie le moins du monde de ce qui peut sortir de la bouche d'une créature comme vous ? Mais je m'étonne que vous ayez l'aplomb de croire qu'après ce qui s'est passé, je daignerais mettre aucune de vos sales nippes. Sachez, créature, que j'ai le caractère plus élevé que cela ! »

A ce moment, Jones intervint, priant Mme Waters de pardonner à l'hôtesse et d'accepter sa robe : « Car il faut avouer, dit-il, qu'au moment où nous sommes entrés, nous avions un air assez suspect; et je suis bien sûr que tout ce qu'a fait cette brave femme ne venait, comme elle l'a déclaré, que du souci qu'elle a de la réputation de sa maison.

— Oui, sur ma foi, c'est bien vrai, dit-elle; Monsieur parle tout à fait en gentleman, et je vois clairement qu'il l'est; et, pour sûr, cette maison est connue pour une maison d'aussi bonne réputation que toute autre sur la route, et, bien que ce soit moi qui le dise, elle est fréquentée par les gens de la meilleure qualité, aussi bien Irlandais qu'Anglais. Je défie quiconque de venir dire le contraire, quant à ça. Et comme je disais, si j'avais su que Madame était Madame, je me serais plutôt brûlé les doigts que de faire affront à Madame; mais vraiment, dans une maison où les gens de condition viennent dépenser leur argent, je ne suis pas disposée à ce qu'ils soient scandalisés par un ramassis de vermine minable, qui, où qu'elle aille, laisse derrière elle plus de poux que d'argent. Ces gens-là ne suscitent jamais ma compassion, car assurément c'est de la sottise que d'en avoir; et si nos juges de paix faisaient leur devoir, on chasserait toute cette engeance du royaume à coups de fouet; pour sûr, c'est ce qui leur convient le mieux. Mais, pour ce qui est de Madame, je suis sincèrement désolée qu'il lui soit arrivé un malheur, et si Madame veut bien me faire l'honneur de porter mes vêtements jusqu'à ce qu'elle puisse avoir des siens, pour sûr, tout ce que j'ai de mieux est à la disposition de Madame. »

Que ce fût le froid, la pudeur ou les instances de M. Jones qui influèrent le plus sur Mme Waters, je ne saurais le dire; mais elle se laissa finalement apaiser par ce discours de l'hôtesse, et elle se retira avec la brave femme pour aller se vêtir de façon décente.

L'hôte commençait de son côté son petit discours à Jones, mais il fut vite interrompu par le généreux jeune homme, qui lui serra cordialement la main et l'assura d'un entier pardon, disant : « Si vous êtes satisfait, mon digne ami, croyez bien que je le suis aussi. »

Et, en un sens, c'était bien l'hôte qui avait le plus de raison de l'être; étant donné qu'il avait reçu tout son soûl de coups de bâton, alors que Jones avait à peine senti un seul coup de poing.

Partridge, qui durant tout ce temps avait été occupé à laver son nez tout saignant à la pompe, revint dans la cuisine au moment où son maître et l'aubergiste se serraient la main. Étant d'un naturel pacifique, il fut heureux de ces symptômes de réconciliation; et, bien que sa figure portât quelques marques du poing de Suzanne et encore plus de ses ongles, il préféra s'en tenir à la fortune de la première bataille que de tenter de l'améliorer dans une autre.

L'héroïque Suzanne était également satisfaite de sa victoire, encore qu'elle lui eût coûté un œil poché, que Partridge lui avait causé dès l'abord. Entre les deux, donc, un traité fut conclu et ces mains qui avaient été les instruments de la guerre devinrent les médiatrices de la paix.

Tout retrouva ainsi un calme parfait; et le sergent, tout contraire aux principes de sa profession que cela pourrait paraître, témoigna de son approbation : « Allons, voilà qui est sympathique, dit-il; Dieu me damne, j'ai horreur de voir deux personnes garder une dent l'une contre l'autre après en être venues aux mains. Quand des amis se querellent, la seule chose à faire est de régler le différend à l'amiable, pourrait-on dire, aux poings, à l'épée ou au pistolet, selon les goûts, et puis qu'on n'en parle plus. Pour moi, Dieu me damne si j'aime jamais mieux mon ami que quand je me bats avec lui ! Garder rancune est plus d'un Français que d'un Anglais. »

Il proposa alors une libation comme partie nécessaire du cérémonial dans tout traité de ce genre. Peut-être le lecteur en déduira-t-il qu'il était fort versé dans l'histoire ancienne; mais cela, quoique fort probable puisqu'il ne cita aucune autorité à l'appui de cette coutume, je ne l'affirmerais pas avec trop de confiance. Il est très vraisemblable en tout cas qu'il fondait son opinion sur une excellente autorité, étant donné qu'il la confirma par force jurements énergiques.

Jones n'eut pas plus tôt entendu cette proposition, que, se rangeant à l'avis du docte sergent, il fit apporter un bol ou plutôt un grand pot rempli de la liqueur usitée en pareilles occasions, et commença lui-même la cérémonie. Il mit sa main droite dans celle de l'aubergiste et, saisissant le bol de la main gauche, prononça les paroles usuelles, puis fit sa libation. Après quoi, chacun observa les mêmes rites. En fait, il est fort peu besoin de donner une description détaillée de toute la cérémonie, car elle différait fort peu des libations si souvent rapportées dans les auteurs anciens et dans leurs modernes transcripteurs. La principale différence résidait en deux circonstances : premièrement, les participants actuels ne versèrent la liqueur que dans leur gosier; et secondement, le sergent, qui officiait comme prêtre, but le dernier; mais il observa, je pense, le rite ancien en avalant une plus grande lampée que toute la compagnie et en étant la seule personne présente à n'apporter pour contribution que ses bons offices dans l'accomplissement de la libation.

Les bonnes gens se rangèrent ensuite autour du feu de la cuisine, où la bonne humeur parut régner sans partage; et Partridge non seulement oublia sa honteuse défaite, mais encore convertit sa faim en soif et ne tarda pas à devenir extrêmement facétieux. Il nous faut cependant quitter un moment cette agréable assemblée pour suivre M. Jones dans l'appartement de Mme Waters, où le dîner qu'il avait commandé était sur la table. En vérité, il n'avait pas fallu beaucoup de temps pour le préparer, car il était entièrement fait depuis trois jours et le cuisinier n'avait eu qu'à le réchauffer.

CHAPITRE V

Apologie de tous les héros qui ont bon estomac, et description d'une bataille du genre amoureux.

Les héros, en dépit de la haute idée que, du fait des flatteurs, ils peuvent avoir d'eux-mêmes ou que le monde en peut concevoir, tiennent beaucoup plus du mortel que du divin. Quelque élevée que puisse être leur âme, leur corps tout au moins (qui est de beaucoup la partie principale de la plupart d'entre eux) est sujet aux pires infirmités, et soumis aux plus viles fonctions de la nature humaine. Parmi celles-ci, l'action de manger, que maints sages ont considérée comme extrêmement mesquine et attentatoire à la dignité philosophique, doit dans une certaine mesure être accomplie par tout prince, héros ou philosophe de la terre, quelque grand qu'il soit; parfois même, la Nature a manifesté la folâtrerie d'exiger de ces dignes personnages une participation à cette fonction bien plus exorbitante que celle qu'elle assigne aux gens du commun.

A parler franchement, étant donné qu'aucun habitant connu de ce globe n'est réellement un surhomme, aucun n'a à rougir de se soumettre aux nécessités que demande sa qualité d'homme; mais quand ces grands dont je viens de parler s'abaissent jusqu'à vouloir se réserver pour eux seuls ces basses fonctions (comme quand, par l'accaparement ou la destruction, ils semblent viser à empêcher tous autres de manger), alors, assurément, ils deviennent très vils et méprisables.

Or donc, après ce bref préambule, nous ne croyons aucunement ravaler notre héros en mentionnant l'ardeur immodérée dont il fit preuve en cette circonstance. En fait, on peut douter qu'Ulysse, qui, soit dit en passant, semble être, de tous les héros de cette épopée de la mangeaille qu'est l'*Odyssée,* celui qui avait le meilleur estomac, on peut douter, dis-je, qu'Ulysse fît jamais meilleur repas. Trois livres au moins de la chair qui avait naguère contribué à la constitution d'un bœuf eut alors l'honneur de devenir partie intégrante de la personne de M. Jones.

Nous nous sommes cru obligé de rapporter ce détail, car il peut expliquer l'inattention temporaire de notre héros à l'égard de sa belle compagne, qui, elle, mangea fort peu : elle était occupée à des considérations d'une nature fort différente, qui échappèrent à l'observation de Jones jusqu'au moment où il eut entièrement satisfait l'appétit qu'un jeûne de vingt-quatre heures lui avait procuré. Mais, aussitôt qu'il eut achevé de dîner, son intérêt pour d'autres objets se ranima, et c'est de ceux-ci que nous allons maintenant entretenir le lecteur.

M. Jones, des qualités physiques duquel nous n'avons encore dit que fort peu de chose, était réellement un des plus beaux garçons du monde. Son visage, outre qu'il était l'image même de la santé, reflétait visiblement la gentillesse et la bonté de cœur. Ces qualités dominaient dans ses traits; et, alors que l'esprit et la sensibilité qui brillaient dans ses yeux, si un observateur averti n'eût pas manqué de les voir, pouvaient échapper aux personnes moins perspicaces, son bon naturel se peignait si fortement dans sa physionomie, qu'il frappait aussitôt presque tous ceux qui le voyaient.

C'était peut-être à cela autant qu'à un teint extrêmement délicat, que son visage devait une singulière exquisité, qui aurait pu lui donner l'air un peu trop efféminé s'il n'y avait joint une personne et un port des plus virils, ceux-ci tenant autant de l'Hercule que ceux-là de l'Adonis. Par ailleurs, il était alerte, distingué, gai et bon enfant; et il était plein d'un entrain qui animait toutes les conversations auxquelles il participait.

Si le lecteur a bien réfléchi à tous ces multiples agréments réunis dans la personne de notre héros et s'il considère en même temps les récentes obligations que lui avait Mme Waters, ce serait faire montre de plus de pruderie que de sincérité que d'afficher une mauvaise opinion d'elle sous prétexte qu'elle en avait une trop bonne de lui.

Mais, quelque critique qu'elle puisse mériter, il est de mon devoir de rapporter les faits avec véracité. Mme Waters avait non seulement une bonne opinion de notre héros, mais aussi une affection très vive pour lui,

Bref, elle aimait dans l'acception universellement reçue de nos jours de ce mot, que l'on applique indifféremment à tous les objets de nos passions, de nos appétits, des désirs de nos sens, et par lequel on entend aussi la préférence que nous accordons à une sorte de nourriture sur une autre.

Mais, si l'amour à l'égard de ces divers objets peut être le même dans tous les cas, il faut bien admettre que les opérations en sont différentes; car, quelque épris que nous soyons d'un excellent aloyau ou d'une bouteille de bourgogne, d'une rose de Damas ou d'un violon de Crémone, nous n'avons pas recours aux sourires, aux œillades, à la toilette, aux flatteries ou à tout autre tour ou artifice pour gagner l'affection dudit aloyau, etc. Il peut nous arriver de soupirer; mais c'est généralement en l'absence, non en la présence de l'objet aimé. Car, autrement, nous pourrions nous plaindre de son ingratitude et de sa surdité, avec autant de raison que Pasiphaé[1] de celles de son taureau, qu'elle s'efforçait d'attirer par toutes les coquetteries déployées avec succès dans un salon contre les cœurs beaucoup plus sensibles et beaucoup plus tendres des beaux messieurs qui s'y trouvent.

Le contraire a lieu dans l'amour qui opère entre deux personnes de même espèce, mais de sexe opposé. Là, à peine sommes-nous amoureux, que notre souci principal est de conquérir l'affection de l'objet aimé. Dans quel autre but, en effet, enseigne-t-on aux jeunes gens toutes les façons de se rendre agréables ? N'était l'idée de cet amour, je doute si aucun de ces métiers qui ont pour objet de parer la personne humaine permettrait de gagner sa vie. Oui, ces grands polisseurs de manières que d'aucuns estiment enseigner tout ce qui nous distingue principalement de la brute, les maîtres de danse eux-mêmes pourraient bien ne pas trouver place dans la société. Bref, toutes les grâces que les demoiselles et les jeunes gens aussi apprennent d'autrui, et les nombreux agréments qu'à l'aide du miroir ils ajoutent aux leurs propres sont en réalité ces *spicula et faces amoris*[2] mêmes dont parle si souvent Ovide, ou, comme on les appelle parfois dans notre langue, toute l'artillerie de l'amour.

Or, aussitôt que Mme Waters et notre héros furent

assis ensemble, la première commença à faire donner cette artillerie contre le second. Mais ici, sur le point de nous lancer dans une description qui n'a encore jamais été tentée ni en prose ni en vers, nous croyons devoir invoquer l'assistance de certains êtres aériens, qui, nous n'en doutons pas, voudront bien nous prêter leur aide en la circonstance.

« Dites-nous donc, ô Grâces ! vous qui résidez dans la céleste demeure qu'est le visage de Séraphine; car vous êtes vraiment divines, vous êtes sans cesse en sa présence et vous connaissez bien tous les artifices du charme; dites-nous quels furent les armes qui servirent alors à captiver le cœur de M. Jones.

» D'abord, de deux beaux yeux bleus, dont les orbes brillants lancèrent un éclair à leur décharge, partirent deux œillades pointées; mais, heureusement pour notre héros, elles n'atteignirent qu'une énorme tranche de bœuf qu'il transférait à son assiette et où vint se perdre inoffensivement leur force. La belle guerrière, voyant son erreur de tir, fit sortir de son beau sein un soupir meurtrier : un soupir que nul n'eût pu entendre sans émoi et qui eût suffi à emporter d'un coup une douzaine de galants, un soupir si doux, si caressant, si tendre, que son souffle câlin n'eût pas manqué de se frayer un passage subtil jusqu'au cœur de notre héros, s'il n'avait été heureusement détourné des oreilles de celui-ci par le grossier glouglou de l'ale que son objet se versait à ce moment. Elle essaya de bien d'autres armes; mais le dieu de la table (s'il en est un, ce que je n'affirmerais pas avec trop d'assurance) protégea son dévot; ou peut-être n'est-ce point un *dignus vindice nodus*[1] et l'immunité de Jones trouve-t-elle son explication dans des moyens naturels; car, de même que l'amour nous préserve souvent des attaques de la faim, il est possible que la faim, dans certains cas, nous défende contre l'amour.

» La belle, exaspérée de ces mécomptes répétés, se décida à une courte suspension d'armes; et cet intervalle, elle l'employa à disposer tous les engins de la guerre amoureuse en vue de la reprise de l'attaque quand le dîner serait fini.

» Aussitôt la nappe enlevée, elle rouvrit les opérations. D'abord, ayant installé son œil droit de façon à prendre M. Jones de flanc, elle décocha de coin un regard des plus pénétrants, qui, encore qu'il eût perdu une bonne part de sa force avant d'atteindre notre héros, ne fut pas entièrement dépourvu d'effet. Ce que percevant, la belle détourna vivement les yeux, pour les baisser à terre, comme inquiète de ce qu'elle avait fait; quoiqu'elle n'eût d'autre dessein par là que d'endormir sa vigilance et, en fait, d'ouvrir ces yeux par lesquels elle se proposait de surprendre son cœur. Puis, levant doucement les deux orbes brillants qui avaient déjà commencé de faire impression sur le pauvre Jones, elle déchargea d'un seul coup une volée de tous les petits charmes de son visage rassemblés dans un seul sourire : non pas un sourire de gaieté ou de joie; mais ce sourire de tendresse que la plupart des dames ont toujours à leur disposition et qui sert à montrer tout en même temps leur bonne humeur, leurs charmantes fossettes et leurs blanches dents.

» Ce sourire, notre héros le reçut en plein dans les yeux et la force l'en fit chanceler tout de go. Il commença alors à voir les desseins de l'ennemi, et, en fait, à en ressentir le succès. Il s'établit alors des pourparlers entre les deux camps, durant lesquels l'artificieuse belle poursuivit son attaque de façon si sournoise et imperceptible, qu'elle avait presque réduit le cœur de notre héros avant même d'avoir repris les hostilités. A vrai dire, je crains que M. Jones n'ait opposé qu'une sorte de défense à la hollandaise et qu'il n'ait traîtreusement rendu la place sans tenir un juste compte de son serment d'allégeance à la belle Sophie. Bref, à peine, les pourparlers plus amoureux terminés, la dame eut-elle démasqué la batterie royale en laissant négligemment tomber son fichu de son cou, que le cœur de M. Jones fut entièrement pris et que la belle victorieuse recueillit les fruits habituels de sa conquête. »

Ici, les Grâces jugent bon de clore leur description, et nous de mettre fin à notre chapitre.

CHAPITRE VI

Conversation amicale dans la cuisine, qui se termina de façon très ordinaire, sinon très amicale.

Tandis que nos amants s'occupaient de la façon que nous avons en partie décrite au chapitre précédent, ils pourvoyaient en même temps au divertissement de leurs bons amis de la cuisine; et cela doublement : en leur offrant le sujet de la conversation et la boisson pour les mettre en train.

Se trouvaient assemblés autour du feu de la cuisine, outre l'hôte et l'hôtesse, qui allaient et venaient à l'occasion, M. Partridge, le sergent et le cocher qui avait conduit la jeune dame et sa femme de chambre.

Partridge ayant fait connaître à la compagnie ce qu'il avait appris de l'homme de la montagne sur la situation dans laquelle Jones avait trouvé Mme Waters, le sergent enchaîna par ce que lui savait de l'histoire de la dame. Il dit qu'elle était la femme de M. Waters, capitaine de leur régiment, et qu'elle l'avait souvent accompagné au cantonnement : « Il y en a bien certains, dit-il, qui doutaient qu'ils fussent légitimement mariés à l'église. Mais, quant à moi, ce n'est pas mon affaire; je dois avouer que, si on me demandait d'en donner ma parole de caporal, à mon avis, elle n'est guère au-dessus de nous; et j'imagine que le capitaine, il pourra aller au paradis quand le soleil brillera par temps de pluie. Mais si jamais cela lui arrivait, cela n'aurait aucune importance, car il ne manquerait pas de compagnie. Quant à la dame, pour reconnaître au diable ce qui lui revient, c'est une bonne personne : elle aime l'uniforme et veut toujours lui faire rendre stricte justice; elle a ainsi demandé la grâce de plus d'un pauvre soldat, et son bon cœur voudrait qu'il n'y en eût jamais de punis. Néanmoins, pour sûr, l'enseigne Northerton et elle étaient fort bien ensemble au dernier cantonnement; pour ça, c'est la vérité vraie. Mais le capitaine, il n'en sait rien; et tant qu'y en a assez pour lui aussi, qu'est-ce que ça peut faire ? Il ne l'en aime pas un brin de moins, et je suis bien sûr qu'il embrocherait quiconque dirait du mal d'elle; aussi ne le ferai-je pas, pour ma part. Je ne fais que répéter ce qu'on raconte; et pour sûr, ce que tout le monde raconte, il doit bien y avoir du vrai dedans.

— Oui, oui, beaucoup de vrai, je vous le garantis, s'écria Partridge : *Veritas odium parit*[1].

— Tout ça, ce n'est qu'un tas de calomnies, répliqua l'hôtesse. Assurément, maintenant qu'elle est habillée, elle a l'air d'une dame tout à fait bien; et elle en a aussi le comportement; car elle m'a donné une guinée pour m'emprunter mes vêtements.

— Une dame très bien, en vérité, s'écria l'aubergiste; et si tu n'avais pas été un peu trop vive, tu ne te serais pas querellée avec elle comme tu l'as fait tout d'abord.

— Tu peux bien parler, vraiment ! répliqua-t-elle. Sans ta bêtise, il ne serait rien arrivé. Il a fallu que tu te mêles de ce qui ne te regardait pas et que tu viennes mettre ton grain de sel.

— Bon, bon, répondit-il; ce qui est passé, on n'y peut rien, alors ça suffit.

— Oui, s'écria-t-elle, pour cette fois-ci; mais est-ce que cela arrangera les choses à l'avenir ? Ce n'est pas la première fois que j'ai à souffrir de ton idiote de caboche. Je voudrais bien que tu tiennes ta langue dans la maison et que tu ne t'occupes que des affaires du dehors, qui te regardent. Tu ne te rappelles donc pas ce qui est arrivé il y a environ sept ans ?

— Bah, ma chère, répondit-il, ne reviens pas sur de vieilles histoires. Allons, allons, tout va bien, et je regrette ce que j'ai fait. »

L'hôtesse allait répliquer, quand elle en fut empêchée par le sergent pacificateur, au grand déplaisir de Partridge, grand amateur de ce que l'on appelle la rigolade et grand animateur de ces querelles anodines qui aboutissent à des incidents plus comiques que tragiques.

Le sergent demanda à Partridge où lui et son maître se rendaient.

— Trêve de *magister,* répliqua Partridge; je ne suis le domestique de personne, je vous l'assure bien; car, même si j'ai eu des malheurs, je n'en écris pas moins

« gentleman » après mon nom; et, tout pauvre et simple que je peux paraître maintenant, j'ai enseigné autrefois dans un collège; *sed hei mihi ! non sum quod fui*[1].

— Il n'y a pas d'offense, j'espère, Monsieur, dit le sergent; mais où vous-même et votre ami, donc, vous rendez-vous, si je puis me permettre cette question ?

— Voilà l'appellation qui nous convient, dit Partridge. *Amici sumus*[2]. Et, je vous en réponds, mon ami est un des plus riches gentilshommes du royaume (affirmation qui fit dresser l'oreille à l'aubergiste et à sa femme). Il est l'héritier du squire Allworthy.

— Comment ! ce squire qui fait tant de bien dans tout le pays ? s'écria l'hôtesse.

— Lui-même, répondit Partridge.

— Dans ce cas, dit-elle, je gage qu'il aura un jour une bien belle fortune.

— Sans nul doute, répondit Partridge.

— Eh bien, repartit l'hôtesse, dès l'instant où je l'ai vu, j'ai trouvé qu'il avait l'air d'un monsieur bien; mais mon mari que voilà veut toujours en savoir plus que tout le monde.

— Je reconnais, ma chère, dit-il, que c'était une erreur.

— Une erreur, oui-da ! répliqua-t-elle; et quand m'as-tu vu, moi, faire des erreurs pareilles ?

— Mais, Monsieur, dit l'aubergiste, comment se fait-il qu'un si riche gentilhomme parcoure le pays à pied ?

— Je n'en sais rien, répliqua Partridge; les grands seigneurs ont parfois de ces lubies-là. Il a en ce moment même une douzaine de chevaux et de serviteurs à Gloucester; mais hier soir où il faisait si chaud, il n'a eu de cesse qu'il n'ait été se rafraîchir par une promenade dans cette haute montagne là-bas, où j'allai aussi pour lui tenir compagnie. Mais si jamais on m'y reprend... Je n'ai jamais eu si peur de ma vie : nous y avons rencontré le plus étrange des hommes.

— Je veux bien être pendu, fit l'aubergiste, si ce n'était pas l'Homme de la Montagne, comme on l'appelle — si tant est que ce soit un homme; car j'en connais plus d'un qui croient que c'est le diable qui habite là.

— Oui, oui, c'est assez probable, dit Partridge; et maintenant que vous m'y faites penser, je crois vraiment et sincèrement que c'était le diable, bien que je n'aie pu voir son pied fourchu. Mais peut-être qu'il a reçu le pouvoir de le cacher, puisque les esprits malins peuvent paraître sous la forme qu'il leur plaît.

— Et dites-moi, Monsieur, demanda le sergent — il n'y a pas d'offense, j'espère, à vous le demander : quel genre d'homme est le diable ? Car j'ai entendu plusieurs de nos officiers dire qu'une telle personne n'a jamais existé, et que ce n'est qu'un tour de nos pasteurs pour éviter d'être mis sur la paille, étant donné que s'il n'y avait pas de diable, les pasteurs n'auraient pas plus de raison d'être que nous-mêmes en temps de paix.

— Ces officiers, dit Partridge, doivent être de grands savants, je suppose.

— Oh, pas trop, répondit le sergent; ils n'ont pas la moitié de votre instruction, je pense, Monsieur; et, pour sûr, moi je croyais bien qu'il devait y avoir un diable, nonobstant ce qu'ils disaient, bien que l'un d'eux fût un capitaine; parce que, que je me disais en moi-même, s'il n'y a pas de diable, comment peut-on y envoyer les méchants ? Et puis, j'ai lu tout ça sur un livre.

— Certains de vos officiers, dit l'hôte, s'apercevront à leur confusion, je pense, qu'il existe un diable. Je ne doute pas qu'il ne règle quelques vieux comptes qu'ils me doivent. J'en ai eu un cantonné chez moi pendant six mois, qui avait l'outrecuidance d'occuper un de mes meilleurs lits, bien qu'il ne dépensât pas un shilling par jour dans la maison et qu'il permît à ses hommes de rôtir leurs choux au feu de la cuisine, parce que je ne voulais pas leur fournir à dîner le dimanche. Tout bon chrétien doit désirer qu'il existe un diable pour punir pareils scélérats.

— Ah çà, l'aubergiste, dit le sergent, ne dénigrez pas l'uniforme, je ne l'admettrai pas.

— Le diable emporte l'uniforme ! répliqua l'hôte; j'ai eu assez à en souffrir.

— Vous en êtes témoins, Messieurs, dit le sergent; il maudit le roi, et c'est de la haute trahison.

— Moi, je maudis le roi ! Scélérat ! dit l'aubergiste.

— Oui, s'écria le sergent; vous avez maudit l'uniforme et c'est maudire le roi. C'est tout un; car quiconque maudit l'uniforme maudirait le roi s'il l'osait; alors quant à ça, c'est bonnet blanc et blanc bonnet.

— Excusez-moi, monsieur le sergent, dit Partridge, c'est là un *non sequitur*.

— Pas de votre jargon étranger, répliqua le sergent, se dressant de son siège; je ne vais pas rester là tranquillement assis pendant qu'on insulte l'uniforme.

— Vous m'avez mal compris, l'ami, dit Partridge. Je n'ai pas voulu insulter l'uniforme; j'ai simplement dit que votre conclusion était un *non sequitur**.

— Vous en êtes un autre, s'écria le sergent, si vous le prenez par là. Je ne suis pas plus un *sequitur* que vous. Vous n'êtes tous qu'un tas de coquins, et je le prouverai : vingt guinées que je bats le meilleur d'entre vous.

Ce défi imposa efficacement silence à Partridge, de qui l'appétit pour les raclées n'était pas de nature à revenir si vite après le copieux repas dont on l'avait récemment régalé; mais le cocher, qui n'avait pas les os si endoloris et qui était plus avide de combat, ne passa pas si aisément sur un affront dont il jugeait qu'une part au moins retombait sur lui. Il s'élança donc de sa chaise; s'avançant vers le sergent, il jura qu'il se considérait comme valant autant que n'importe qui dans l'armée et offrit de boxer avec lui pour une guinée. Le militaire accepta le combat, mais refusa la gageure; sur quoi, tous deux mirent bas l'habit et en vinrent aux prises, jusqu'au moment où le conducteur de chevaux fut si malmené par le conducteur d'hommes qu'il dut épuiser le peu qui lui restait de souffle pour demander quartier.

La jeune dame fut alors désireuse de partir, et elle avait déjà ordonné de préparer sa voiture; mais ce fut en vain, le cocher étant hors d'état de remplir ses fonctions ce soir-là. Un païen de l'antiquité aurait peut-être attribué cette incapacité au dieu du vin non moins qu'à celui de la guerre; car, en réalité, les combattants avaient autant sacrifié à l'un qu'à l'autre. En termes plus simples, ils étaient tous deux ivres morts, et Partridge ne valait guère mieux. Quant à l'aubergiste, boire était son métier, et la boisson n'avait pas plus d'effet sur lui que sur tout autre récipient de la maison.

La maîtresse de l'auberge, appelée pour servir le thé de M. Jones et de sa compagne, fit un récit complet de la dernière partie de la scène précédente, et elle exprima

---

* Ce mot, que le sergent prit malheureusement pour un affront, est un terme de logique, qui signifie que la conclusion ne découle pas des prémisses. H. F.

en même temps beaucoup de regrets pour la jeune dame, qui, dit-elle, était fort gênée de ne pouvoir poursuivre son voyage : « C'est une douce et charmante personne, ajouta-t-elle, et je suis sûre de l'avoir déjà vue quelque part. J'imagine qu'elle est amoureuse et qu'elle s'enfuit de chez ses parents. Qui sait si quelque jeune homme ne l'attend pas, le cœur aussi lourd que le sien ? »

A ces mots, Jones poussa un profond soupir, dont, bien qu'elle l'eût remarqué, Mme Waters feignit de ne pas s'apercevoir tant que l'hôtesse fut dans la pièce; mais, après le départ de cette brave femme, elle ne put se retenir de laisser entendre à notre héros qu'elle soupçonnait l'existence de quelque dangereuse rivale dans son affection. L'embarras de Jones en la circonstance la convainquit de la vérité de son hypothèse sans même qu'il répondît directement à aucune de ses questions; mais elle n'était point assez délicate dans ses amours pour se soucier outre mesure de cette découverte. La beauté de Jones lui charmait grandement l'œil; mais, comme elle ne pouvait voir son cœur, elle ne s'y intéressait aucunement. Elle pouvait fort bien faire bombance au banquet de l'amour, sans se dire que quelque autre avait déjà été ou pourrait être dans la suite régalée du même repas : sentiment qui, s'il n'a pas grand-chose à voir avec le raffinement, a des avantages fort matériels, et qui est moins capricieux, et peut-être aussi moins méchant et égoïste, que les désirs de ces femmes qui consentent sans trop de difficulté à s'abstenir de la possession de leurs amants, pourvu qu'elles soient bien assurées que nulle autre ne les possède.

CHAPITRE VII

Contenant de plus amples renseignements sur Mme Waters et sur la façon dont elle était arrivée à l'angoissante situation d'où l'avait tirée M. Jones.

Bien que la Nature soit loin d'avoir mêlé une part égale de curiosité ou de vanité dans la composition de chaque être humain, il n'est peut-être pas d'individu à qui elle n'ait alloué une dose suffisante de l'une et l'autre pour exiger de lui beaucoup d'art et aussi de peine s'il veut les réprimer et les asservir; victoire absolument nécessaire, cependant, à quiconque aspire le moins du monde à une réputation de sagesse ou de savoir-vivre.

Jones méritait fort justement l'appellation d'homme bien élevé; il avait donc étouffé toute la curiosité que l'extraordinaire situation où il avait trouvé Mme Waters avait assurément dû susciter en lui. Il avait bien tenté, au début, de mettre la dame sur la voie; mais, ayant constaté qu'elle évitait soigneusement toute explication, il s'était résigné à demeurer dans l'ignorance, et ce d'autant plus qu'il n'était pas sans soupçonner l'existence de certaines particularités de nature à la faire rougir, si elle avait dû dire toute la vérité.

Mais comme il est possible que certains de nos lecteurs ne se plient pas aussi aisément à la même ignorance, et comme nous sommes très désireux de les satisfaire tous, nous nous sommes donné une peine peu commune pour découvrir les faits réels, par le récit desquels nous allons terminer ce livre.

Cette dame, donc, avait vécu quelques années avec un certain capitaine Waters, officier dans le même régiment que l'enseigne Northerton. Elle passait pour son épouse et portait son nom; néanmoins, comme avait déclaré le sergent, il y avait sur la réalité de leur mariage quelques doutes, que nous ne nous chargerons pas d'éclaircir pour le moment.

Mme Waters, j'ai le regret de le dire, avait contracté depuis quelque temps avec le susdit enseigne des relations intimes qui ne lui faisaient pas grand honneur. Qu'elle éprouvât pour ce jeune homme une tendresse extraordinaire, c'est très certain; mais qu'elle s'y abandonnât jusqu'à un point très coupable n'est pas tout à fait aussi clair, à moins que l'on ne suppose que les femmes n'accordent jamais à un homme toutes leurs faveurs sauf une, sans finir par lui accorder celle-là aussi.

Le bataillon auquel appartenait le capitaine Waters avait précédé de deux jours dans sa marche la compagnie dans laquelle M. Northerton était enseigne; de sorte que le premier était arrivé à Worcester le lendemain même de la nouvelle et malheureuse rencontre qui avait eu lieu entre Jones et Northerton et que nous avons racontée en son temps.

Or, il avait été convenu entre Mme Waters et le capitaine qu'elle l'accompagnerait jusqu'à Worcester, où ils devaient se dire adieu; de là, elle retournerait à Bath, où elle demeurerait jusqu'à la fin de la campagne d'hiver contre les rebelles.

M. Northerton avait été mis au courant de cet arrangement. A parler franchement, la dame lui avait donné rendez-vous à Worcester même, où elle avait promis d'attendre l'arrivée de sa compagnie; dans quelle vue et quelle intention, c'est au lecteur à le deviner; car, si nous sommes obligés de rapporter les faits, nous ne le sommes pas de faire violence à notre nature par des commentaires désavantageux pour la partie la plus charmante de la création.

Aussitôt que Northerton eut recouvré sa liberté, comme nous l'avons vu, il se hâta de courir après Mme Waters; et, comme c'était un garçon fort alerte et actif, il la rejoignit dans ladite ville, quelques heures après le départ du capitaine Waters. Dès son arrivée, il ne se fit aucun scrupule de l'informer de sa malheureuse aventure, qu'il présenta sous un jour très malheureux en effet, car il en expurgea entièrement tout ce qui pouvait s'appeler faute, devant un jury d'honneur tout au moins, encore qu'il eût laissé certaines circonstances contestables devant une cour de justice.

Les femmes, soit dit à leur gloire, sont en général plus que les hommes capables de cet amour violent et en apparence désintéressé, qui ne recherche que le bonheur de celui qui en est l'objet. A peine, donc, Mme Waters eut-elle connaissance du danger que courait son amant, qu'elle n'eut d'autre considération que sa sécurité; or, comme c'était une matière qui convenait tout autant à ce dernier, elle fit l'objet d'une discussion immédiate.

Après longue délibération, il fut finalement convenu que l'enseigne gagnerait par des chemins de traverse Hereford, où il trouverait quelque moyen de transport vers un des ports maritimes du pays de Galles; de là, il pourrait passer à l'étranger; expédition dans laquelle Mme Waters déclara qu'elle l'accompagnerait de bout en bout, et pour laquelle elle était en état de lui fournir l'argent nécessaire, point fort intéressant pour M. Northerton, car elle avait en poche trois billets pour quatre-vingt-dix livres, sans compter quelque argent comptant et au doigt une bague de diamant d'une valeur assez considérable. Tout cela, elle le révéla avec la plus entière confiance au scélérat, sans se douter qu'elle lui inspirerait par là le dessein de la voler. Comme, en prenant des chevaux à Worcester, ils n'auraient pas manqué d'offrir à des poursuivants éventuels le moyen de découvrir leur route, l'enseigne proposa, et la dame accepta, de faire à pied la première étape, à quoi prêtait fort bien un sol durci par la gelée.

La plus grande partie du bagage de la dame était déjà à Bath, et elle n'avait plus guère avec elle qu'une petite quantité de linge, que le galant se chargea de porter dans ses poches. Tout ayant donc été ainsi réglé dans la soirée, ils se levèrent le lendemain de grand matin, et à cinq heures, c'est-à-dire plus de deux heures avant le jour, ils partirent de Worcester, mais la lune, alors en son plein, leur offrait toute la lumière qu'elle peut donner.

Mme Waters n'était pas de ces femmes délicates qui doivent à l'invention des véhicules la possibilité de se transporter d'un endroit à un autre, et pour lesquelles, par conséquent, un carrosse compte au nombre des choses indispensables. Ses membres étaient pleins de vigueur et d'agilité, et, son âme n'étant pas moins gaillarde, elle était parfaitement capable de s'accommoder à l'allure de son alerte amant.

Après avoir fait quelques milles sur une grand-route, dont Northerton disait savoir que c'était celle de Hereford, ils arrivèrent au point du jour au bord d'une forêt. Là, l'enseigne s'arrêta soudain et, ayant feint de réfléchir un moment, témoigna quelque crainte de suivre plus longtemps une route si publique. Après quoi, il persuada sans peine sa belle compagne de s'enfoncer avec lui dans un sentier qui paraissait couper à travers la forêt et qui, finalement, les amena tous deux au pied du mont Mazard.

Je ne saurais dire si l'exécrable dessein qu'il tenta alors de mettre à exécution était le résultat d'une délibération préalable ou s'il lui vint à l'esprit sur le moment. Toujours est-il qu'arrivé en ce lieu solitaire, où il était fort improbable qu'il pût être interrompu, il retira soudain sa jarretière et, usant de violence envers la malheureuse, il tenta de perpétrer l'affreux et détestable forfait que nous avons dit plus haut et que prévint si opportunément l'apparition providentielle de Jones.

Il était bien heureux que Mme Waters ne fût pas une femme des plus faibles; car, dès qu'elle vit, par le nœud qu'il faisait à sa jarretière et par ses déclarations, quelles étaient ses diaboliques intentions, elle se mit vaillamment en défense et sans cesser un instant de crier au secours, elle soutint la lutte avec tant de vigueur, qu'elle retarda de quelques minutes l'exécution des desseins du scélérat; ce qui permit à M. Jones d'arriver à son aide au moment même où ses forces l'abandonnaient et où elle était complètement maîtrisée, et de la délivrer des mains du bandit sans autres pertes que celle de ses vêtements, arrachés, et de la bague de diamant, qui, au cours de la lutte, était tombée de son doigt ou en avait été extirpée par Northerton.

Ainsi, lecteur, venons-nous de t'offrir les fruits de la très pénible enquête que nous avons faite à ce sujet pour ta satisfaction personnelle. Nous t'avons dévoilé une scène de folie aussi bien que de scélératesse, dont nous eussions eu peine à croire capable un être humain, si nous ne nous étions rappelé que celui-là était fermement persuadé d'avoir déjà commis un meurtre et d'avoir ainsi la vie à la merci des lois. Concluant donc que son unique salut était dans la fuite, il avait pensé que la possession de l'argent et de la bague de la malheureuse compenserait suffisamment le fardeau supplémentaire dont il devait se charger la conscience.

Et ici, lecteur, il nous faut te mettre expressément en garde contre toute tentation de reporter l'inconduite d'un tel scélérat sur un corps aussi digne et honorable que l'est celui des officiers de notre armée dans son ensemble. Tu voudras bien considérer que cet homme, comme nous t'en avons déjà informé, n'avait ni la naissance ni l'éducation d'un gentleman et qu'il n'avait pas qualité pour être appelé parmi cette classe. Si donc sa vilenie devait rejaillir sur quiconque, ce ne pourrait être que sur ceux qui lui accordèrent son brevet.

NOTES

LIVRE PREMIER

Page 10.

1. L'édition originale de *Tom Jones* comportait six volumes.
2. Fielding emploie les mots de *calipash* et de *calipee* : le premier représente la partie gélatineuse de la tortue au-dessous de la carapace, et le second, la partie gélatineuse du ventre du l'animal.
3. Alderman : magistrat municipal.

Page 11.

1. Le *squire* était le seigneur du village et remplissait les fonctions de juge de paix. De nombreux traits du squire Allworthy (ce nom implique une idée de dignité, de mérite) furent empruntés à Ralph Allen (1694-1764), de Bath, grand ami et bienfaiteur de Fielding. Ce célèbre mécène était le fils d'un aubergiste. Il débuta comme employé des postes. Ayant découvert un complot jacobite, il jouit de la protection du général Wade, dont il épousa une fille naturelle. Il devint *deputy post-master* à Bath, et monta un réseau personnel qui, conjointement avec l'exploitation de carrières, lui assura une fortune considérable. Il fut maire de Bath et éleva la splendide demeure de Prior's Park, où il recevait grandement jusqu'à des princes du sang.

Page 16.

1. Bridewell était une maison de force, qui tirait son nom de Saint-Bride's Well (le puits de Sainte-Brigitte).

Page 19.

1. Jusqu'aux années récentes, les domestiques étaient groupés dans une stricte hiérarchie, où l'étiquette était scrupuleusement observée. Aux domestiques supérieurs, on donnait leur nom de famille, aux

autres leur nom de baptême. La cuisinière avait droit au titre de *Mrs.*, le *butler* et le valet, de *Mr.*, et la femme de chambre de *Miss* devant leur nom. Mme Slipslop, camériste de lady Booby, a droit à l'appellation respectueuse de *Mrs.*, bien qu'elle soit fille.

Page 23.

1. Allusion à la *Sleeping Beauty*, titre anglais de *la Belle au bois dormant*.

Page 32.

1. Thisbé, jeune fille de Babylone, amante de Pyrame. Les deux jeunes gens, dont les parents contrariaient le penchant, se rencontraient en secret. Un jour que Thisbé attendait son amant dans un lieu sauvage, survint une lionne blessée. Dans sa fuite, la jeune fille laissa tomber son voile que la lionne macula de sang. Lorsque Pyrame arriva au rendez-vous, il aperçut le voile ensanglanté et, croyant Thisbé dévorée, il se perça de son épée. Thisbé revint peu après et se donna à son tour la mort sur le cadavre de Pyrame. Ceci se passait à l'ombre d'un mûrier. Depuis lors, les fruits de cet arbre sont rouge sang.

2. *Le Songe d'un suite d'été.*

3. « Il en est de ce qu'on ne voit pas comme de ce qui n'est pas. »

4. Tisiphone, une des trois Érinnyes. Le noir est leur couleur, celle de leur peau, de leurs vêtements. Leurs yeux sont emplis de sang. Dans leur chevelure s'enroulent des serpents. Quand à leur sourire, il ne devait pas être des plus avenants...

Page 37.

1. Fielding décrit ici l'hospitalité de Ralph Allen à Bath, dont il avait lui-même souvent bénéficié.

Page 42.

1. William Hogarth (1697-1764), peintre auquel son ami Fielding vouait une grande admiration, dont il témoigna à maintes reprises dans ses romans. Hogarth commença par illustrer *Hudibras* et devint célèbre lors de la publication de *la Carrière d'une prostituée* (1734); il donna ensuite *le Mariage à la mode*, puis *les Élections, la Vie d'un libertin*, etc. Ses tableaux les plus célèbres sont *la Marchande de crevettes, la Partie de musique* et son *Portrait de Garrick*. Il avait une science profonde de la physionomie, et son esprit étincelant de raillerie, ses saillies bouffonnes et quelquefois triviales provoquent le rire, tout en prêchant l'honnêteté et la haine du vice. Il représente assez exactement en peinture ce que Fielding est en littérature.

Page 44.

1. « Je ne veux pas devenir évêque. » Allusion à Sixte Quint.

Page 46.

1. « En jouissance de ses droits. »

LIVRE II

Page 53.

1. C'est là la traduction des vers de M. Creech, bien sûr, et non du latin. Thomas Creech (1659-1700) a traduit Théocrite, Horace, Lucrèce, Ovide, etc.

Page 54.

1. « Par la grâce de Dieu. »

Page 59.

1. « Donnez-moi quelque chose à boire. »

Page 61.

1. Peut-être s'agit-il de John Freind (1675-1728), célèbre médecin et membre du Parlement, auteur de plusieurs ouvrages de physiologie.

Page 62.

1. On trouvait chez le marchand de chandelles tout ce qui était nécessaire aux besoins journaliers. Le « chandler » est une sorte d'épicier-crémier-droguiste-marchand de couleurs.
2. Les miséreux, filles-mères, etc. tombaient à la charge de la « paroisse » ou municipalité.

Page 70.

1. Allworthy rejoint ici Fénelon : « Vouloir la vertu pour son plaisir, c'est tomber dans l'épicurisme. »
2. On appelait « enthousiastes » ceux qui se laissaient guider uniquement par le Saint-Esprit.

Page 72.

1. *Paradise Hall :* manoir du Paradis.

Page 78.

1. Benjamin Hoadley (1676-1761), célèbre théologien et controversiste anglais, qui fut successivement nommé à quatre évêchés et mourut évêque de Winchester.

LIVRE III

Page 92.

1. Banians : habitants de l'Inde appartenant à la religion brahmanique.

Page 93.

1. HORACE, *Épîtres*, livre I, 2, 27.

Page 95.

1. L'original de M. Thwackum passe pour être Richard Hele, maître de l'école de la cathédrale de Salisbury.

Page 96.

1. Le nom véritable de Square était Thomas Chubb. Voltaire le considérait comme le plus logique des déistes.

Page 101.

1. Duplique : terme de pratique ancienne : réponse à une réplique. Dans le langage général, toute espèce de réponse à une réplique.

Page 110.

1. De Hogarth.

Page 115.

1. L'appellation de « Sir » était habituelle de la part d'un fils respectueux.

Page 117.

1. John Tillotson (1630-1694) fut d'abord presbytérien, mais se soumit à la loi du Conformisme et devint archevêque de Canterbury. Ses sermons, d'une grande clarté de construction, contribuèrent à introduire le style moderne de composition.

Page 120.

1. La vente du gibier fut interdite en Angleterre jusqu'en 1831. La délation était encouragée par la loi : le « King's Evidence » ou témoin du roi, ayant chargé ses complices, bénéficiait du pardon de ses propres crimes.

LIVRE IV

Page 122.

1. Il s'agit évidemment de cinq pages de l'édition originale.
2. *Hurlothrumbo* était une pièce burlesque du docteur Johnson, qui fut jouée sur le théâtre de Haymarket en 1720.

Page 123.

1. Allusion à un passage de l'*Essai sur l'entendement humain*.

Page 126.

1. C'est la première salle de réception (Presence Chamber) du roi (Guillaume III), où se voient les portraits par G. Kneller des dames de la cour de Guillaume et Marie, dites « Beautés de Hampton Court ».
2. Ancien club littéraire whig, dont Addison, Steele et autres beaux esprits étaient membres. Il prit son nom d'un traiteur nommé Christophe (Kit) Cat. On y portait des toasts aux dames les plus célèbres par leur beauté.
3. Il s'agit de la première femme de Fielding, Charlotte Cradock, qui lui servit de modèle non seulement pour Sophie, mais encore pour son Amelia. Il lui avait été profondément attaché, tout en mettant souvent sa patience à rude épreuve. Elle était morte en 1742, et il s'était remarié en 1747 avec l'ancienne première femme de chambre de sa femme et nourrice de ses enfants, Mary Daniel, qui fut pour lui une compagne fidèle et affectueuse.

Page 127.

1. Sir John Suckling (1609-1642) vécut à la cour de Charles Ier, où

sa fortune, sa générosité et son esprit le mirent très en vue. Il écrivit quatre pièces, maintenant oubliées, mais sa renommée repose sur ses chansons et ballades, dont surtout la *Ballade sur une noce*.

2. John Donne (1573-1631), poète, qui entra dans l'Église sur les conseils de Jacques Ier, après la publication du *Pseudo-martyr*, ouvrage contre Rome. Il fut nommé doyen de Saint-Paul. Ses œuvres poétiques consistent en élégies, satires, épigrammes et pièces religieuses. Ben Jonson a dit de lui « qu'il était le premier poète du monde à certains égards, mais qu'il mériterait d'être pendu pour avoir violenté l'accent des mots dans le vers ».

Page 135.

1. Allusion à un ancien usage. Vers l'heure du dîner, les traiteurs de Londres envoyaient dans les rues des hommes portant dans un panier soit un gigot bouilli, soit une pièce de bœuf rôtie, etc., et qui criaient : « Viande bouillie ! Viande rôtie ! »

Page 141.

1. Personnage mystérieux qui fréquentait le théâtre et dont les arrêts étaient reçus du public comme des oracles. Il se plaçait habituellement à la partie supérieure de la salle, au milieu du petit peuple.

Page 148.

1. Samuel Butler (1612-1680), satirique, auteur de *Hudibras*, poème héroïque imité en gros de *Don Quichotte*, avec des emprunts à Rabelais et à Scarron. C'est une longue, souvent spirituelle, mais parfois fastidieuse satire dirigée contre les Puritains. Butler mourut dans la misère.

Page 149.

1. *Pippin* : reinette.
2. *Freckle* : tache de rousseur.
3. Les patins étaient une sorte de doubles chaussures, montées en quelques endroits sur un petit cercle de fer, dont les femmes se servaient dans le mauvais temps. Il semble qu'ils tenaient une place de choix dans l'arsenal des armes offensives féminines. Cf. *Jonathan Wild*.
4. *Crow* : corbine.
5. Le nom de *Giddish* évoque l'étourderie.
6. *Slouch* : lourdaud.
7. *Coddling* : pomme à cuire.
8. *Spray* : ramille
9. *Bennet* : benoîte (herbacée).
10. *Potter* : traînasser.

11. *Chambermaid* : fille de chambre.
12. *Ostler* : valet d'écurie.

Page 163.

1. C'est le mot *lie* : mensonge.

Page 171.

1. Pierre Bayle (1647-1706), auteur du *Dictionnaire historique et critique*.

Page 173.

1. Shakespeare.

Page 178.

1. *Quae*
Desperat tractata nitescere quae posse, relinquit.
(Horace, *Art poétique.*)

LIVRE V

Page 179.

1. *Neve minor, quinto neu sit productior actu Fabula.*
(Horace, *Art poétique.*)

Page 180.

1. « Tout homme qui a donné des preuves d'habileté a droit à la confiance des autres. »

Page 181.

1. « Le maître l'a dit. »

Page 182.

1. Virgile, *Énéide*, VI, 663.
2. Horace, *Art poétique*, 359.

Page 183.

1. John Oldmixon (1673-1742), historien et auteur d'un grand

nombre d'ouvrages volumineux, de drames et de poèmes, maintenant oubliés, et d'un essai sur la critique dans lequel il attaquait Addison, Swift, Pope, ce qui lui valut une place dans la *Dunciade* de ce dernier.

2. Pope, *The Dunciad*, I, 94.

3. Cet écrivain facétieux ne serait-il pas Fielding lui-même? Cf. *Joseph Andrews*.

Page 185.

1. « J'ai satisfait ma conscience. »

2. Anthony Ashley Cooper, troisième comte de Shaftesbury (1671-1713), philosophe; disciple de Locke, il soutint contre Hobbes l'existence d'un sens moral. Ses œuvres furent publiées en 1711 sous le titre de *Characteristics of Men, Manners, Opinions and Times.*

Page 186.

1. *N'entre pas dans le sentier des méchants*
Et ne marche pas dans la voie des hommes mauvais.
Évite-la, n'y passe point;
Détourne-t'en et passe outre.
Car ils ne dormiraient pas s'ils n'avaient fait le mal,
Le sommeil leur serait ravi s'ils n'avaient fait tomber personne...

(*Proverbes*, IV, 14-16.)

Ou :

Ne fréquente pas l'homme colère,
Ne va pas avec l'homme violent,
De peur que tu ne t'habitues à ses sentiers
Et qu'ils ne deviennent un piège pour ton âme.

(*Proverbes*, XXII, 24-25.)

Page 187.

1. Partie de l'habit de l'homme qui descendait comme une jupe. Allusion au costume ecclésiastique.

Page 199.

1. Ce spectacle ne devait pas être exceptionnel dans les rues de Londres à cette époque. On trouve dans les *Mémoires de Casanova* l'anecdote suivante :

« En parlant tout à l'heure de Buckingham House, j'ai oublié de raconter une petite anecdote qui peint fort bien l'*humour* des Anglais. Il faut savoir que les allées des jardins de ce palais sont séparées les unes des autres par autant de charmilles à claires-voies. Pembroke et moi, nous nous promenions un après-midi dans ces allées, lorsque j'aperçois à quelques pas six individus accroupis (on devine pourquoi) et le dos tourné de notre côté.

— En vérité, Milord, voilà des gens bien malappris.

— Que voulez-vous dire ?

— Du moins ces messieurs devraient faire face à l'allée.

— Ils auraient tort, car on les reconnaîtrait ; tandis que dans cette posture...

— Le raisonnement est singulier.

— Il est juste : je suppose qu'un lord, un ministre même soit au nombre de ces individus, voilà sa dignité compromise.

— Un ministre, dites-vous, dans cette attitude ?

— Pourquoi pas ? Ne peut-on être pris à l'improviste ?

— En vérité, les Anglais ne font rien comme les autres. »

Page 202.

1. ... du Beau.

Page 211.

1. D'Addison.

Page 228.

1. Un des Sept Sages de la Grèce, né à Mytilène (vers 650-569 av. J.-C.) qu'il délivra des tyrans et qu'il gouverna pendant dix ans.

Page 230.

1. Fielding emploie le mot *well-wooded* et met lui-même en note : « *Well-wooded* est une expression ambiguë qui peut signifier également bien garnie ou bien dépouillée de bois. »

Page 233.

1. Royal : on donne ce nom aux combats dans lesquels il y a plus de deux combattants.

Page 234.

1. Poros ou Paurava, roi indien du Pendjab, principal adversaire d'Alexandre en 327 av. J.-C. Vaincu et fait prisonnier au bord de l'Hydaspe.

Page 237.

1. Poète ridicule dans la comédie du duc de Buckingham intitulée *The Rehearsal (la Répétition)*.

Page 238.

1. Terme de vénerie. Il servit de cri de ralliement pour les troupes du duc de Monmouth, bâtard de Charles II, à la bataille de Sedgmoor (6 juillet 1685). C'est en souvenir de cela que le quartier de Londres où se trouvait l'hôtel du duc prit le nom de Soho.

LIVRE VI

Page 243.

1. Paul Rapin de Thoyras (1661-1725), historien né à Castres, émigra après la Révocation de l'Édit de Nantes. Il servit sous Guillaume III aux Pays-Bas et l'accompagna en Angleterre en 1688. Son *Histoire d'Angleterre*, écrite en français, fut traduite en anglais et continuée par divers écrivains. Ce fut l'histoire classique jusqu'à la parution de celle de Hume en 1754.
2. Laurence Echard (1670-1730), archidiacre de Stow. Il traduisit Térence, une partie de Plaute, l'*Histoire des révolutions en Angleterre*, du duc d'Orléans, et fit de nombreuses compilations d'histoire, de géographie et des classiques. Son ouvrage principal reste cependant son *Histoire d'Angleterre* (1707-1720), qui commence avec les Romains pour se poursuivre jusqu'à son époque. Ce fut l'histoire classique jusqu'à la parution de celle de Rapin de Thoyras.

Page 248.

1. La Bourse.

Page 250.

1. Ce square très à la mode avait été tracé en 1695 par sir Richard Grosvenor. Y habitait en particulier lord Chesterfield, auteur des lettres.

Page 268.

1. Voir p. 115, n. 1.
2. Ancienne pièce de monnaie, qui valait 4 pence.

Page 273.

1. Personnage de l'*Arcadie*, de Sidney (1590), type du berger amoureux.

Page 276.

1. Le blasphème était puni d'amende.

Page 286.

1. Nathaniel Lee (1653-1692), dramaturge, qui eut une vie fort dissolue, laquelle le mena même à Bedlam, où il resta quatre ans; il mourut des suites d'une beuverie. Ses principales tragédies sont *The Rival Queene, Theodosius* et *Mithridate*. Il écrivit aussi quelques comédies et collabora avec Dryden pour une adaptation d'*Œdipe* et pour *le Duc de Guise*.

Page 294.

1. Terme de mépris appliqué aux républicains anglais du temps de Charles Ier parce qu'ils portaient les cheveux coupés très court, et que l'on continua ensuite à donner aux partisans de la maison de Hanovre, appelée au trône d'Angleterre en 1688.

LIVRE VII

Page 296.

1. Thespis, « le père de la tragédie grecque », est réputé avoir converti la simple récitation chorale en drame par l'introduction d'un acteur sur la scène.

2. Il s'agit évidemment du palais de Saint-James, alors résidence du souverain (depuis l'incendie du palais de Whitehall en 1698 et jusqu'en 1837, date où la cour l'abandonna pour s'installer au palais de Buckingham), et du théâtre de Drury Lane (celui qui avait été reconstruit par Wren après l'incendie de 1672).

Page 297.

1. *Macbeth*, V, 5.

2. *The Deity*, de Samuel Boyse (1708-1749). L'auteur n'eut aucun succès et mourut dans la misère.

Page 299.

1. David Garrick (1717-1779), l'un des plus grands acteurs anglais, qui triompha dans Shakespeare. Il dirigeait depuis 1747 le théâtre de Drury Lane. Devant l'outrance du terme « le plus grand génie que le monde ait jamais produit », il ne faut pas oublier que Fielding était homme de théâtre.

Page 300.

1. William Mills, acteur qui eut quelque notoriété († en 1750).

Page 304.

1. C'est naturellement Bayle qu'il faut lire.

Page 306.

1. À l'époque de la révolution de 1688, on nomma *torys* les partisans de la royauté, qui embrassèrent successivement la cause de Charles Ier, de Charles II, de Jacques II et du Prétendant; et l'on donna le nom de *whigs* aux républicains, et ensuite à ceux qui épousèrent le parti de la maison de Hanovre. À partir de 1832, on désigna le parti whig sous le nom de « parti libéral » et le parti tory sous celui de « parti conservateur ».

Page 307.

1. Un *rat*, en jargon politique, c'est un transfuge, un renégat.

Page 309.

1. L'usage étant de porter un toast au roi à la fin du repas, les partisans de Jacques II d'abord, et du Prétendant Charles-Édouard ensuite, levaient leur verre après l'avoir passé au-dessus du rince-doigts rempli d'eau, afin de boire à la santé du « roi de l'autre côté de l'eau ».

Page 315.

1. *Et quae*
Desperat tractata nitescere posse, relinquit.

Page 321.

1. Telles étaient les dispositions de la loi sur le suicide. Ces dispositions, qui comprenaient aussi la confiscation des biens du suicidé au profit de la Couronne, étaient presque toujours éludées par la déclaration du jury que le défunt avait commis cet acte dans un moment d'égarement d'esprit. Si elles ont été abrogées à la fin du XIXe siècle, le suicide n'a cessé qu'en 1962 d'être considéré comme crime, mais la complicité est en même temps devenue punissable d'une peine allant jusqu'à quatorze ans de prison.

Page 327.

1. Sous les premiers Stuarts, ce parc était fréquenté par la cour et quelques privilégiés. Sous la Restauration, remanié et embelli par Le

Nôtre, il devint rendez-vous à la mode ; on pouvait fréquemment voir le roi s'y promener sans sa suite et nourrir les oiseaux du lac, pour lesquels il fit construire une volière. Saint-Évremond en fut nommé conservateur ou « gardien des cygnes ». Cette vogue dura plus d'un siècle, jusqu'en 1786 environ, où Green Park supplanta le parc de Saint-James dans la faveur de l'aristocratie.

Page 335.

1. *Quaker* : membre d'une secte religieuse fondée au XVIIe siècle par le cordonnier John Fox. Les *quakers* (trembleurs) se réunissent pour attendre avec recueillement l'arrivée de l'Esprit Saint. Si l'un d'eux sent l'inspiration, qui s'annonce par le tremblement de l'inspiré, il se lève, prend la parole et tous l'écoutent en silence. Les quakers n'admettent aucun sacrement, ne prêtent pas serment en justice, refusent de porter les armes, tutoient tout le monde et ne se découvrent jamais, même devant le roi. Ils se distinguent en général par la pureté de leurs mœurs, leur probité et leur philanthropie. Ils portaient généralement à cette époque un chapeau à large bord et des vêtements très simples.

Page 340.

1. Un proverbe anglais dit que « le chez-soi d'un Anglais est son château ».

Page 341.

1. Guillaume-Auguste, duc de Cumberland (1721-1765), troisième fils de George II. S'il fut vaincu par les Français à Fontenoy et à Lawfeld, il battit le Prétendant Charles-Édouard à Culloden en 1746, mettant fin à la rébellion.

Page 342.

1. « On lui a donné une hallebarde » signifiait autrefois : on l'a fait sergent dans une compagnie de gens de pied.

Page 345.

1. Le lieutenant ne parle qu'un anglais approximatif — mais comment le rendre en français ?
2. Mathurin Cordier (1479-1564), grammairien et pédagogue français. D'abord professeur au collège de Navarre, il embrassa la Réforme et se rendit en 1537 auprès de Calvin à Genève (où il resta jusqu'à sa mort). Il s'éleva dans le *De corrupti sermonis emendatione* contre le « latin de cuisine » dont usaient les écoliers et publia plusieurs ouvrages de pédagogie, notamment un manuel destiné à initier les enfants à la pratique du latin : *Colloquiorum scholasticorum libri quatuor.*

Page 346.

1. En français dans le texte.

Page 353.

1. Ces mots signifient que personne ne devient tout à coup un grand criminel; mais le docteur en détourne le sens et veut dire qu'une blessure peut devenir plus dangereuse qu'elle ne le paraît d'abord.

Page 354.

1. Mélange de vin des Canaries et de petit-lait.

Page 358.

1. Voir p. 342, n. 1.

Page 359.

1. Village de Bavière, sur le Main. Défaite des Français par l'armée des Autrichiens et des Hanovriens en 1743.

Page 360.

1. « Dans le sens prévu. »

Page 361.

1. Dans *Macbeth*.

LIVRE VIII

Page 369.

1. André Dacier (1651-1722), philologue, secrétaire perpétuel de l'Académie française. Sa femme, Anne Lefebvre (1654-1720) (dont il est question dans *Joseph Andrews*), helléniste et latiniste, traduisit *l'Iliade* et *l'Odyssée*.

Page 370.

1. *Nec Deus intersit, nisi dignus vindice nodus.*

Page 371.

1. Voir p. 185, n. 2.
2. Voir p. 148, n. 1.
3. L'Hippocrène (« fontaine du Cheval ») jaillissait des flancs de l'Hélicon (Béotie) et était consacrée aux Muses. Elle tirait son nom du cheval Pégase, qui l'avait fait jaillir en frappant le rocher d'un coup de pied.

Page 372.

1. Ces deux histoires ont été rapportées par sir Walter Scott dans ses *Lettres sur la Démonologie* (10e lettre). Il prétend que le récit écrit par Defoe sur l'apparition de Mme Veale, dont les circonstances avaient une telle apparence de réalité que la plupart des contemporains y ajoutèrent foi, l'avait été pour faire vendre les *Consolations against the Fears of Death* du docteur Drelincourt, qui citait la chose.
2. *Quocumque ostendis mihi sic incredulus odi.*

Page 374.

1. ... *Qui me croira? Personne, par Hercule!*
   Un ou deux, ou personne. (HORACE.)
2. Ce passage est sans doute un hommage à son ami Ralph Allen.

Page 375.

1. Lieu du gibet.

Page 376.

1. Pope.

Page 385.

1. « Hâte-toi lentement. »
2. « Tout n'est pas possible pour tout le monde. »
3. Jeu d'écoliers qui consiste à citer alternativement des vers dont la première lettre doit être la dernière du précédent.
4. « Je ne me juge pas digne d'un tel honneur. »
5. « Dure au rasoir. »
6. « De là viennent ces larmes. »

Page 386.

1. « Une lacune dans le manuscrit. »

Page 387.

1. « Dans le même état qu'auparavant. »

2. Jeu de mots introduisible : le mot *lucus* (bois) vient, dit-on, de *non lucet* : il ne fait pas clair, parce que le soleil pénètre difficilement dans un bois épais.

Page 388.

1. « Le plus savant des barbiers. »
2. « Je vous remercie, Monsieur. »
3. « J'en atteste les dieux et les hommes. »

Page 389.

1. « Le meilleur de tous les protecteurs. »
2. « Peu de paroles. »
3. « Si je suis malheureux maintenant, il ne s'ensuit pas que je l'aie toujours été. »

Page 390.

1. « Mon grand amour pour vous. »

Page 392.

1. « Le temps ronge tout. »
2. Tom Brown (1663-1704), satirique, auteur du *Traité des erreurs populaires*.

Page 393.

1. « L'art est une carrière ouverte à tout le monde. »

Page 394.

1. « Ô reine, vous m'ordonnez de rouvrir de cruelles plaies. »

(VIRGILE, *Énéide*.)

2. « Les forces réunies en deviennent plus fortes. »

Page 396.

1. « Il ne faut désespérer de rien sous la conduite et les auspices de Teucer. »

Page 401.

1. G. Whitefield fut un des premiers disciples de John Wesley et un des fondateurs les plus ardents du méthodisme. Les deux apôtres ne furent pas longtemps d'accord, et Whitefield, très calviniste, devint le chef du premier des schismes qui divisèrent cette secte, aujourd'hui très nombreuse.

Page 407.

1. « À travers champs. »
2. « Un fat quelquefois ouvre un avis important. » (BOILEAU.)

Page 408.

1. « Marchez devant, je vous suivrai. »
2. Voir p. 394, n. 1.

Page 410.

1. Briarée, géant mythologique, fils du Ciel et de la Terre, qui avait cinquante têtes et cent bras. Il fut précipité dans la mer par Poséidon et enchaîné sous l'Etna en compagnie de ses frères par Zeus, en punition de sa révolte.

Page 412.

1. Empirique en grande faveur auprès de George II pour l'avoir guéri d'un mal au pouce.

Page 415.

1. Thomas Otway (1652-1685) débuta par des tragédies héroïques, traduisit la *Bérénice* de Racine et le *Scapin* de Molière, écrivit des comédies médiocres et deux tragédies en vers blancs, dont *l'Orpheline*, citée ici.

Page 422.

1. Jour de la rentrée des classes.

Page 429.

1. Comme les lois anglaises n'admettent pas la poursuite d'office, même dans les cas criminels, on oblige le plaignant à signer un engagement de poursuivre l'accusé devant la cour de Justice, et c'est ce qu'on appelle *recognisance*.
2. *A halter* signifie en même temps un licou et la corde de pendaison. La plaisanterie est donc plus appuyée en anglais.

Page 432.

1. « On tire des entrailles de la terre l'or, source de tous les maux. »

Page 433.

1. Le monastère de *Whitefriars* (Frères blancs) avait été dissous en 1538, mais le droit d'asile attaché à son enceinte ne fut aboli qu'en 1697. Le quartier (connu sous le nom d'Alsatia) avait donc été adopté par les débiteurs et hors-la-loi de toute espèce. Ou bien s'agit-il du quartier de *Blackfriars* (Frères noirs), où, après l'expropriation des couvents, s'était établi (en 1596) le premier théâtre couvert de Londres, et qui devint sous les Stuarts un centre favori des artistes?

Page 435.

1. Expression d'argot, signifiant : parie hardiment sans avoir de quoi payer si tu perds.

Page 439.

1. Le mot sergent en anglais indique un grade au civil comme au militaire. Nous voyons ici un sergent-chirurgien; il y a des sergents ès lois, et ils forment la première classe des avocats.

Page 442.

1. « Fort, ramassé en boule sur lui-même et sans prises, rien au-dehors n'est capable de l'arrêter; contre lui, la Fortune s'acharne en vain. »

Page 449.

1. Bataille où fut vaincu le duc de Monmouth, bâtard de Charles II (6 juillet 1685).

LIVRE IX

Page 458.

1. Joseph Addison.

Page 459.

1. *Quid? Si quis vulti torvo ferus et pede nudo,*
Exiguaeque togae simulat textere Catonem,
Virtutemne repraesentat moresque Catonis?
2. « Ignorants ou savants, nous écrivons tous indistinctement. »

Page 460.

1. Ce Grand Livre est le grand livre cadastral *(Domesday Book)* de l'Angleterre, établi en 1086 sur l'ordre de Guillaume le Conquérant.
2. *Nec studium sine divite vena,*
   Nec rude quid prosit video ingenium.

Page 463.

1. *Si vis me flere, dolendum est*
   Primum ipsi tibi.

Page 480.

1. Pasiphaé, fille d'Hélios et femme de Minos, mère d'Androgée, d'Ariane et de Phèdre. Elle se prit d'amour pour le Taureau envoyé en Crète par Poséidon et donna naissance à un être monstrueux, le Minotaure.
2. « Les traits et le flambeau de l'amour. »

Page 481.

1. « Un dénouement digne d'une intervention divine. »

Page 484.

1. « La vérité enfante la haine. »

Page 485.

1. « Mais, hélas! je ne suis pas ce que j'ai été. »
2. « Nous sommes amis. »

TABLE DES MATIÈRES

Préface de Jacques Brenner VII

HISTOIRE DE TOM JONES, ENFANT TROUVÉ

Préface par Henry Fielding 3

LIVRE I

CHAPITRE I. — *Introduction à l'ouvrage, ou menu du festin* . 9
CHAPITRE II. — *Bref portrait du squire Allworthy et description plus étendue de Mlle Brigitte Allworthy, sa sœur* 11
CHAPITRE III. — *Curieuse aventure qui arriva à M. Allworthy à son retour à la maison. Bienséante conduite de Mme Déborah Wilkins, avec quelques improbations concernant les bâtards* 14
CHAPITRE IV. — *Où une description met en danger le cou du lecteur ; comment il y échappe ; et de la grande condescendance de Mlle Brigitte Allworthy* 17
CHAPITRE V. — *Qui traite de quelques affaires ordinaires, ainsi que d'une remarque fort peu ordinaire à leur sujet* . . 21
CHAPITRE VI. — *Mme Déborah est introduite dans la paroisse par une comparaison. Brève description de Jenny Jones ; difficultés et découragements qui peuvent assaillir les jeunes personnes dans leur recherche de l'instruction* . . 22
CHAPITRE VII. — *Contenant une matière si sérieuse que le lecteur ne pourra rire une seule fois de tout le chapitre, à moins que ce ne soit par aventure aux dépens de l'auteur* . . 27
CHAPITRE VIII. — *Dialogue entre Mmes Brigitte et Déborah, contenant plus d'amusement, mais moins d'édification que le précédent* 31

CHAPITRE IX. — *Comprenant des matières qui surprendront le lecteur* 34
CHAPITRE X. — *L'hospitalité d'Allworthy ; brève esquisse du caractère de deux frères, un médecin et un capitaine, reçus par ce gentilhomme* 36
CHAPITRE XI. — *Contenant maintes règles, et quelques exemples, sur la façon de tomber amoureux : descriptions de la beauté, et autres incitations plus prudentes au mariage* . 40
CHAPITRE XII. — *Contenant ce que le lecteur s'attendra peut-être à y trouver* 45
CHAPITRE XIII. — *Qui conclut le premier livre ; exemple d'ingratitude, qui, nous l'espérons, paraîtra contre nature* . 48

LIVRE II

CHAPITRE I. — *Montrant quel genre d'histoire est celle-ci ; à quoi elle ressemble et à quoi elle ne ressemble pas* . . . 52
CHAPITRE II. — *Pieuses mises en garde contre les trop grandes manifestations de faveur à l'égard de bâtards ; et importante découverte faite par Mme Déborah Wilkins*. 54
CHAPITRE III. — *Description d'un gouvernement domestique fondé sur des principes diamétralement opposés à ceux d'Aristote* 56
CHAPITRE IV. — *Contenant une des batailles, ou plutôt un des duels les plus sanglants qu'ait jamais comptés l'histoire domestique* 60
CHAPITRE V. — *Contenant bien des choses qui permettront au lecteur d'exercer son jugement et sa réflexion* 65
CHAPITRE VI. — *Jugement de Partridge, le maître d'école, pour incontinence ; témoignage de sa femme ; brève réflexion sur la sagesse de notre loi ; et autres graves sujets, qu'apprécieront le mieux ceux qui les comprennent le plus* 71
CHAPITRE VII. — *Brève esquisse de la félicité que les couples avisés peuvent tirer de la haine ; courte apologie des personnes qui ferment les yeux sur les imperfections de leurs amis* 77
CHAPITRE VIII. — *Recette pour regagner l'affection perdue d'une épouse, recette que l'on n'a jamais vu échouer, même dans les cas les plus désespérés* 82
CHAPITRE IX. — *Où l'on verra, dans les lamentations de la veuve, la preuve de l'infaillibilité de la recette indiquée ; autres accessoires convenables à la mort, tels que médecins, etc., et épitaphe dans le style de la vérité* 84

LIVRE III

CHAPITRE I. — *Contenant peu de chose, sinon rien* . . . 89
CHAPITRE II. — *Le héros de cette grande histoire paraît sous de très mauvais auspices. Petite anecdote d'un genre si*

bas *que certains l'estimeront indigne de leur attention. Un mot ou deux au sujet d'un squire, et un peu plus concernant un garde-chasse et un maître d'école* 91
CHAPITRE III. — *Caractère de M. Square, le philosophe, et de M. Thwackum, le théologien ; discussion sur...* 96
CHAPITRE IV. — *Contenant une apologie nécessaire de l'auteur ; et un incident puéril qui en demande peut-être une aussi* . 99
CHAPITRE V. — *Opinions du théologien et du philosophe sur les deux garçons ; quelques raisons de ces opinions, et d'autres choses* 103
CHAPITRE VI. — *Contenant une raison encore meilleure des opinions sus-mentionnées* 108
CHAPITRE VII. — *Dans lequel l'auteur lui-même fait son entrée sur la scène* 112
CHAPITRE VIII. — *Incident puéril, qui révèle, cependant, un bon naturel chez Tom Jones* 114
CHAPITRE IX. — *Contenant un incident d'un genre plus odieux ; commentaires de Thwackum et de Square* 116
CHAPITRE X. — *Dans lequel le jeune M. Blifil et Jones paraissent sous des jours différents* 119

LIVRE IV

CHAPITRE I. — *Contenant cinq pages de papier* 122
CHAPITRE II. — *Brève esquisse de ce que nous pouvons faire dans le genre sublime, et description de Mlle Sophie Western* . 125
CHAPITRE III. — *Dans lequel l'histoire revient en arrière pour rappeler un incident insignifiant, arrivé plusieurs années auparavant, et qui, tout insignifiant qu'il fût, eut certaines conséquences par la suite* 128
CHAPITRE IV. — *Contenant des matières si profondes et si sérieuses que certains de nos lecteurs pourront ne pas le trouver à leur goût* 131
CHAPITRE V. — *Contenant des matières appropriées à tous les goûts* 135
CHAPITRE VI. — *Justification de l'insensibilité de M. Jones à tous les charmes de la belle Sophie ; laquelle justification rabaissera peut-être considérablement sa personne dans l'estime des galants beaux esprits qui applaudissent aux héros de la plupart de nos comédies modernes* 141
CHAPITRE VII. — *Qui sera le plus court de ce livre* . . . 145
CHAPITRE VIII. — *Bataille chantée par la muse en style homérique, et que seul pourra goûter le lecteur humaniste* . . 147
CHAPITRE IX. — *Contenant des choses de caractère fort peu pacifique* 152
CHAPITRE X. — *Histoire racontée par M. Supple, le desservant. Pénétration du squire Western. Son grand amour pour sa fille et manière dont elle le paya de retour* 156

CHAPITRE XI. — *Mariette Seagrim l'échappe belle. Quelques observations pour lesquelles nous avons dû plonger assez profondément dans la nature* 160
CHAPITRE XII. — *Contenant des affaires beaucoup plus claires, mais découlant de la même source que celles du chapitre précédent* 165
CHAPITRE XIII. — *Terrible accident qui arriva à Sophie. Vaillante conduite de Jones, et conséquences plus terribles de cette conduite pour la jeune dame. Courte digression en faveur du beau sexe* 168
CHAPITRE XIV. — *Arrivée d'un chirurgien. Ses opérations, et long dialogue entre Sophie et sa femme de chambre* . . . 172

LIVRE V

CHAPITRE I. — *Du* sérieux *dans l'art d'écrire, et des raisons de son emploi* 179
CHAPITRE II. — *Dans lequel M. Jones reçoit maintes visites amicales durant sa réclusion. Quelques belles touches de la passion de l'amour, à peine visibles à l'œil nu* . . . 183
CHAPITRE III. — *Dont tous ceux qui n'ont pas de cœur trouveront qu'il contient beaucoup de bruit pour rien* . . . 189
CHAPITRE IV. — *Petit chapitre contenant un petit incident* . 192
CHAPITRE V. — *Très long chapitre contenant un très grand événement* 195
CHAPITRE VI. — *Dont la comparaison avec le précédent permettra au lecteur de rectifier un certain abus dont il s'est rendu coupable dans l'application du mot* amour. 204
CHAPITRE VII. — *Où l'on voit M. Allworthy dans un lit de souffrance* 210
CHAPITRE VIII. — *Contenant des choses plus naturelles qu'agréables* 216
CHAPITRE IX. — *Qui, entre autres choses, pourra servir de commentaire à la parole d'Eschine selon laquelle « l'ivresse montre l'âme d'un homme, comme un miroir reflète sa personne »* 221
CHAPITRE X. — *Montrant la vérité de maintes observations d'Ovide et d'autres auteurs plus graves, qui ont prouvé sans réplique que le vin est souvent l'avant-coureur de l'incontinence* 226
CHAPITRE XI. — *Dans lequel une image dans le goût des périodes longues d'un mille de M. Pope amène une bataille aussi sanglante qu'il s'en puisse livrer sans le secours de l'acier ou du fer* 230
CHAPITRE XII. — *Dans lequel se voit un spectacle plus touchant que tout le sang du corps de Thwackum et de Blifil, et de vingt autres de leurs semblables, ne serait capable d'en produire*. 234

LIVRE VI

CHAPITRE I. — *De l'amour* 239
CHAPITRE II. — *Caractère de Mme Western. Son vaste savoir et sa grande connaissance du monde ; exemple de la profonde pénétration qu'elle tirait de ces avantages* . . . 242
CHAPITRE III. — *Contenant deux défis aux critiques* . . 249
CHAPITRE IV. — *Contenant diverses choses curieuses* . . 253
CHAPITRE V. — *Dans lequel se trouve rapporté ce qui se passa entre Sophie et sa tante* 256
CHAPITRE VI. — *Contenant un dialogue entre Sophie et Mme Honour, lequel atténuera peut-être un peu les touchantes impressions que la scène précédente aura pu susciter dans le cœur d'un lecteur au bon naturel* 261
CHAPITRE VII. — *Tableau en miniature, comme on devrait toujours le faire, d'une cour en due forme et portrait grandeur nature d'une scène d'un genre plus tendre* 264
CHAPITRE VIII. — *La rencontre entre Jones et Sophie* . . 269
CHAPITRE IX. — *Qui est d'un genre beaucoup plus orageux que le précédent* 272
CHAPITRE X. — *Dans lequel M. Western rend visite à M. Allworthy* 277
CHAPITRE XI. — *Chapitre bref, mais qui contient assez de matière pour toucher le lecteur au cœur bienveillant* . . . 282
CHAPITRE XII. — *Contenant des lettres d'amour, etc.* . 284
CHAPITRE XIII. — *Conduite de Sophie en cette circonstance, conduite que ne blâmera aucune personne de son sexe capable de se conduire de la même manière. Et discussion d'un cas épineux au tribunal de la conscience* 289
CHAPITRE XIV. — *Chapitre bref, contenant un court dialogue entre le squire Western et sa sœur* 293

LIVRE VII

CHAPITRE I. — *Comparaison entre le monde et la scène* . . 296
CHAPITRE II. — *Contenant une conversation que M. Jones eut avec lui-même* 300
CHAPITRE III. — *Contenant plusieurs dialogues* 302
CHAPITRE IV. — *Portrait, d'après nature, d'une dame de la campagne* 308
CHAPITRE V. — *Conduite généreuse de Sophie envers sa tante.* 311
CHAPITRE VI. — *Contenant une grande variété de choses* . 314
CHAPITRE VII. — *Étrange résolution de Sophie et stratagème plus étrange encore de Mme Honour* 320
CHAPITRE VIII. — *Contenant des scènes d'altercation d'une espèce assez commune* 325
CHAPITRE IX. — *Sage comportement de M. Western dans ses fonctions de magistrat. Suggestion aux juges de paix*

concernant les qualités nécessaires à un greffier, et exemples extraordinaires de folie paternelle et d'affection filiale . . . 329
CHAPITRE X. — *Contenant plusieurs choses, assez naturelles peut-être, mais non moins triviales* 334
CHAPITRE XI. — *Aventure d'une compagnie de soldats* . . 339
CHAPITRE XII. — *Aventure d'un groupe d'officiers* . . . 343
CHAPITRE XIII. — *Contenant la grande adresse de l'hôtesse, le grand savoir d'un chirurgien et le solide talent du digne lieutenant pour la casuistique* 351
CHAPITRE XIV. — *Chapitre des plus terribles, en vérité, et dans lequel peu de lecteurs devraient se risquer le soir, surtout s'ils sont seuls* 358
CHAPITRE XV. — *Conclusion de l'aventure précédente* . . 364

LIVRE VIII

CHAPITRE I. — *Chapitre étonnamment long concernant le merveilleux ; de beaucoup le plus long de tous nos chapitres liminaires* 369
CHAPITRE II. — *Dans lequel l'hôtesse rend visite à M. Jones* 377
CHAPITRE III. — *Dans lequel le chirurgien fait sa seconde apparition* 381
CHAPITRE IV. — *Dans lequel paraît l'un des plus plaisants barbiers que l'histoire ait jamais inscrits sur ses registres, sans même excepter le barbier de Bagdad ni celui de Don Quichotte* 384
CHAPITRE V. — *Dialogue entre M. Jones et le barbier* . . 388
CHAPITRE VI. — *Où l'on verra plus avant les talents de M. Benjamin et quel était ce personnage extraordinaire* . . 393
CHAPITRE VII. — *Contenant de meilleures raisons de la conduite de Partridge qu'aucune de celles que l'on a déjà vues ; apologie de la faiblesse de Jones, et quelques nouvelles anecdotes concernant notre hôtesse.* 397
CHAPITRE VIII. — *Jones arrive à Gloucester et se rend à la Cloche ; caractère de cette maison et d'un avocassier qu'il y rencontre* 401
CHAPITRE IX. — *Contenant plusieurs dialogues entre Jones et Partridge sur l'amour, le froid, la faim et autres sujets. Partridge a la chance de l'échapper belle au moment même où il va faire à son ami une révélation fatale* 406
CHAPITRE X. — *Dans lequel nos voyageurs ont une aventure très extraordinaire* 412
CHAPITRE XI. — *Dans lequel l'Homme de la Montagne commence le récit de son histoire* 421
CHAPITRE XII. — *Dans lequel l'Homme de la Montagne continue son histoire* 431
CHAPITRE XIII. — *Dans lequel se poursuit l'histoire précédente* 437

CHAPITRE XIV. — *Dans lequel l'Homme de la Montagne achève son histoire* 444
CHAPITRE XV. — *Brève histoire de l'Europe, et curieuse conversation entre M. Jones et l'Homme de la Montagne* . 451

LIVRE IX

CHAPITRE I. — *De ceux qui peuvent légitimement écrire des histoires telles que celle-ci, et de ceux qui n'en ont pas le droit* . 458
CHAPITRE II. — *Contenant une aventure vraiment fort surprenante, qui advint à M. Jones au cours de sa promenade avec l'Homme de la Montagne* 463
CHAPITRE III. — *Arrivée de M. Jones et de sa dame à l'auberge, et description très complète de la bataille d'Upton.* 468
CHAPITRE IV. — *Dans lequel l'arrivée d'un homme de guerre met une fin finale aux hostilités et amène la conclusion d'une paix solide et durable entre toutes les parties* . . . 473
CHAPITRE V. — *Apologie de tous les héros qui ont bon estomac, et description d'une bataille du genre amoureux* . . 478
CHAPITRE VI. — *Conversation amicale dans la cuisine, qui se termina de façon très ordinaire, sinon très amicale* . . . 483
CHAPITRE VII. — *Contenant de plus amples renseignements sur Mme Waters et sur la façon dont elle était arrivée à l'angoissante situation d'où l'avait tirée M. Jones* . . . 488

NOTES. 493

DU MÊME AUTEUR

Dans la même collection

HISTOIRE DE TOM JONES, ENFANT TROUVÉ, tome 2. *Traduction de Francis Ledoux.*

COLLECTION FOLIO

Dernières parutions :

1988. Lawrence Durrell — *Monsieur ou Le Prince des Ténèbres.*
1989. Iris Murdoch — *Une tête coupée.*
1990. Junichirô Tanizaki — *Svastika.*
1991. Raymond Chandler — *Adieu, ma jolie.*
1992. J.-P. Manchette — *Que d'os!*
1993. Sempé — *Un léger décalage.*
1995. Jacques Laurent — *Le dormeur debout.*
1996. Diane de Margerie — *Le ressouvenir.*
1997. Jean Dutourd — *Une tête de chien.*
1998. Rachid Boudjedra — *Les 1001 années de la nostalgie.*
1999. Jorge Semprun — *La Montagne blanche.*
2000. J.M.G. Le Clézio — *Le chercheur d'or.*
2001. Reiser — *Vive les femmes!*
2002. F. Scott Fitzgerald — *Le dernier nabab.*
2003. Jerome Charyn — *Marilyn la Dingue.*
2004. Chester Himes — *Dare-dare.*
2005. Marcel Proust — *Le Côté de Guermantes* I.
2006. Marcel Proust — *Le Côté de Guermantes* II.
2007. Karen Blixen — *Le dîner de Babette.*
2008. Jean-Noël Schifano — *Chroniques napolitaines.*
2009. Marguerite Duras — *Le Navire Night.*
2010. Annie Ernaux — *Ce qu'ils disent ou rien.*
2011. José Giovanni — *Le deuxième souffle.*
2012. Jan Morris — *L'énigme (D'un sexe à l'autre).*
2013. Philippe Sollers — *Le Cœur Absolu.*
2014. Jacques Testart — *Simon l'embaumeur (ou La solitude du magicien).*

2015. Raymond Chandler — *La grande fenêtre.*
2016. Tito Topin — *55 de fièvre.*
2017. Kafka — *La Métamorphose et autres récits.*
2018. Pierre Assouline — *L'homme de l'art (D.-H. Kahnweiler, 1884-1979).*
2019. Pascal Bruckner — *Allez jouer ailleurs.*
2020. Bourbon Busset — *Lettre à Laurence.*
2021. Gabriel Matzneff — *Cette camisole de flammes (Journal 1953-1962).*
2022. Yukio Mishima — *Neige de printemps (La mer de la fertilité, I).*
2023. Iris Murdoch — *Pâques sanglantes.*
2024. Thérèse de Saint Phalle — *Le métronome.*
2025. Jerome Charyn — *Zyeux-Bleus.*
2026. Pascal Lainé — *Trois petits meurtres... et puis s'en va.*
2028. Richard Bohringer — *C'est beau une ville la nuit.*
2029. Patrick Besson — *Ah! Berlin* et autres récits.
2030. Alain Bosquet — *Un homme pour un autre.*
2031. Jeanne Bourin — *Les amours blessées.*
2032. Alejo Carpentier — *Guerre du temps* et autres nouvelles.
2033. Frédéric H. Fajardie — *Clause de style.*
2034. Albert Memmi — *Le désert (ou La vie et les aventures de Jubaïr Ouali El-Mammi).*
2035. Mario Vargas Llosa — *Qui a tué Palomino Molero?*
2036. Jim Thompson — *Le démon dans ma peau.*
2037. Gogol — *Les Soirées du hameau.*
2038. Michel Déon — *La montée du soir.*
2039. Remo Forlani — *Quand les petites filles s'appelaient Sarah.*
2040. Richard Jorif — *Le Navire Argo.*
2041. Yachar Kemal — *Meurtre au marché des forgerons (Les seigneurs de l'Aktchasaz, I).*
2042. Patrick Modiano — *Dimanches d'août.*
2043. Daniel Pennac — *La fée carabine.*
2044. Richard Wright — *Fishbelly.*

2045. Pierre Siniac — *L'unijambiste de la cote 284.*
2046. Ismaïl Kadaré — *Le crépuscule des dieux de la steppe.*
2047. Marcel Proust — *Sodome et Gomorrhe.*
2048. Edgar Allan Poe — *Ne pariez jamais votre tête au diable* et autres contes non traduits par Baudelaire.
2049. Rachid Boudjedra — *Le vainqueur de coupe.*
2050. Willa Cather — *Pionniers.*
2051. Marguerite Duras — *L'Eden Cinéma.*
2052. Jean-Pierre Enard — *Contes à faire rougir les petits chaperons.*
2053. Carlos Fuentes — *Terra Nostra,* tome I.
2054. Françoise Sagan — *Un sang d'aquarelle.*
2055. Sempé — *Face à face.*
2056. Raymond Chandler — *Le jade du mandarin.*
2057. Robert Merle — *Les hommes protégés.*
2059. François Salvaing — *Misayre! Misayre!*
2060. André Pieyre de Mandiargues — *Tout disparaîtra.*
2062. Jean Diwo — *Le lit d'acajou (Les Dames du Faubourg, II).*
2063. Pascal Lainé — *Plutôt deux fois qu'une.*
2064. Félicien Marceau — *Les passions partagées.*
2065. Marie Nimier — *La girafe.*
2066. Anne Philipe — *Je l'écoute respirer.*
2067. Reiser — *Fous d'amour.*
2068. Albert Simonin — *Touchez pas au grisbi!*
2069. Muriel Spark — *Intentions suspectes.*
2070. Emile Zola — *Une page d'amour.*
2071. Nicolas Bréhal — *L'enfant au souffle coupé.*
2072. Driss Chraïbi — *Les Boucs.*
2073. Sylvie Germain — *Nuit-d'Ambre.*
2074. Jack-Alain Léger — *Un ciel si fragile.*
2075. Angelo Rinaldi — *Les roses de Pline.*
2076. Richard Wright — *Huit hommes.*
2078. Robin Cook — *Il est mort les yeux ouverts.*
2079. Marie Seurat — *Les corbeaux d'Alep.*
2080. Anatole France — *Les dieux ont soif.*
2081. J. A. Baker — *Le pèlerin.*

2082. James Baldwin — *Un autre pays.*
2083. Jean Dutourd — *2024.*
2084. Romain Gary — *Les clowns lyriques.*
2085. Alain Nadaud — *Archéologie du zéro.*
2086. Gilles Perrault — *Le dérapage.*
2087. Jacques Prévert — *Soleil de nuit.*
2088. Sempé — *Comme par hasard.*
2089. Marcel Proust — *La prisonnière.*
2090. Georges Conchon — *Colette Stern.*
2091. Sébastien Japrisot — *Visages de l'amour et de la haine.*
2092. Joseph Kessel — *La règle de l'homme.*
2093. Iris Murdoch — *Le rêve de Bruno.*
2094. Catherine Paysan — *Le nègre de Sables.*
2095. Dominique Roulet — *Le crime d'Antoine.*
2096. Henri Vincenot — *Le maître des abeilles (Chronique de Montfranc-le-Haut).*
2097. David Goodis — *Vendredi 13.*
2098. Anatole France — *La Rôtisserie de la Reine Pédauque.*
2099. Maurice Denuzière — *Les Trois-Chênes.*
2100. Maurice Denuzière — *L'adieu au Sud.*
2101. Maurice Denuzière — *Les années Louisiane.*
2102. D. H. Lawrence — *Femmes amoureuses.*
2103. XXX — *Déclaration universelle des droits de l'homme.*
2104. Euripide — *Tragédies complètes,* tome I.
2105. Euripide — *Tragédies complètes,* tome II.
2106. Dickens — *Un conte de deux villes.*
2107. James Morris — *Visa pour Venise.*
2108. Daniel Boulanger — *La dame de cœur.*
2109. Pierre Jean Jouve — *Vagadu.*
2110. François-Olivier Rousseau — *Sébastien Doré.*
2111. Roger Nimier — *D'Artagnan amoureux.*
2112. L.-F. Céline — *Guignol's band, I. Guignol's band, II (Le pont de Londres).*
2113. Carlos Fuentes — *Terra Nostra,* tome II.
2114. Zoé Oldenbourg — *Les Amours égarées.*
2115. Paule Constant — *Propriété privée.*
2116. Emmanuel Carrère — *Hors d'atteinte?*
2117. Robert Mallet — *Ellynn.*

2118. William R. Burnett — *Quand la ville dort.*
2119. Pierre Magnan — *Le sang des Atrides.*
2120. Loti — *Ramuntcho.*
2121. Annie Ernaux — *Une femme.*
2122. Peter Handke — *Histoire d'enfant.*
2123. Christine Aventin — *Le cœur en poche.*
2124. Patrick Grainville — *La lisière.*
2125. Carlos Fuentes — *Le vieux gringo.*
2126. Muriel Spark — *Les célibataires.*
2127. Raymond Queneau — *Contes et propos.*
2128. Ed McBain — *Branle-bas au 87.*
2129. Ismaïl Kadaré — *Le grand hiver.*
2130. Hérodote — *L'Enquête,* livres V à IX.
2131. Salvatore Satta — *Le jour du jugement.*
2132. D. Belloc — *Suzanne.*
2133. Jean Vautrin — *Dix-huit tentatives pour devenir un saint.*
2135. Sempé — *De bon matin.*
2136. Marguerite Duras — *Le square.*
2138. Raymond Carver — *Les trois roses jaunes.*
2139. Marcel Proust — *Albertine disparue.*
2140. Henri Bosco — *Tante Martine.*
2141. David Goodis — *Les pieds dans les nuages.*
2142. Louis Calaferte — *Septentrion.*
2143. Pierre Assouline — *Albert Londres.*
2144. Jacques Perry — *Alcool vert.*
2145. Groucho Marx — *Correspondance.*
2146. Cavanna — *Le saviez-vous? (Le petit Cavanna illustré).*
2147. Louis Guilloux — *Coco perdu (Essai de voix).*
2148. J.M. G. Le Clézio — *La ronde (et autres faits divers).*
2149. Jean Tardieu — *La comédie de la comédie* suivi de *La comédie des arts* et de *Poèmes à jouer.*
2150. Claude Roy — *L'ami lointain.*
2151. William Irish — *J'ai vu rouge.*
2152. David Saul — *Paradis Blues.*
2153. Guy de Maupassant — *Le rosier de Madame Husson.*
2154. Guilleragues — *Lettres portugaises.*
2155. Eugène Dabit — *L'Hôtel du Nord.*

2156. François Jacob — *La statue intérieure.*
2157. Michel Déon — *Je ne veux jamais l'oublier.*
2158. Remo Forlani — *Tous les chats ne sont pas en peluche.*
2159. Paula Jacques — *L'héritage de tante Carlotta.*
2161. Marguerite Yourcenar — *Quoi? L'Éternité (Le labyrinthe du monde, III).*
2162. Claudio Magris — *Danube.*
2163. Richard Matheson — *Les seins de glace.*
2164. Emilio Tadini — *La longue nuit.*
2165. Saint-Simon — *Mémoires.*
2166. François Blanchot — *Le chevalier sur le fleuve.*
2167. Didier Daeninckx — *La mort n'oublie personne.*
2168. Florence Delay — *Riche et légère.*
2169. Philippe Labro — *Un été dans l'Ouest.*
2170. Pascal Lainé — *Les petites égarées.*
2171. Eugène Nicole — *L'Œuvre des mers.*
2172. Maurice Rheims — *Les greniers de Sienne.*
2173. Herta Müller — *L'Homme est un grand faisan sur terre.*

Composition Darantière
Impression Brodard et Taupin
à La Flèche (Sarthe),
le 7 août 1990.
Dépôt légal : août 1990.
Numéro d'imprimeur : 6780C-5.
ISBN 2-07-038264-8 / Imprimé en France.

49407